新编杨慈燈文集

夏正社 主编

陈实 副主编

②

辽宁人民出版社

新编杨慈灯文集

1938

同　情

邻居吴太太，因为快要生第二个小孩的缘故，不能做许多劳苦的活计，所以新近雇了一个老妈子来代她做饭、洗衣、打扫屋子等工作。

这老妈子有五十多岁，皱巴巴焦黄的面皮，堆积着浪花那么多的枯纹。头发差不多全已灰白，走起路来蹒跚的蹀躞蹀躞着，像小孩子刚学会走路一样，两只老眼总是放着忧郁的光，她的耳朵有点很要紧的毛病，对她说话的时候须大声喊着，不然悄声悄气的说她是听不明白的，往往听错了会弄出错误来，吴太太为这件事很不满，打算立刻辞掉她另雇，但一时又雇不着，只得将就留下了。

她穿一双男子的破鞋，没有袜子，脚上绑着破布，大家看着她的两只不像样的脚哈哈大笑，吴太太说："她是穷人，没有鞋穿，那是当然的啦！不是穷人怎么能这大年纪，出来雇给人家当仆人呢？富家的阔奶奶有像唱戏的票友那样给人家当老妈子为图消遣的么？不消说她是穷人而且穷得连一碗饱饭都吃不着，一件暖衣都穿不上，和要饭花子差不上下啊。"

她自己对大家说："唉！唉！没有法子呀！你们想想，我这么大年纪，实在不容易啊！做饭得做得好好的，要有滋有味，洗衣服得干干净净，还得快洗，洗得多，收拾屋子得清清洁洁的，洒水呀，扫呀，仔仔细细的，一不小心，碰掉茶碗，打碎玻璃，弄坏一件器具，这是很不对的呀，饭做迟了，屋子收拾得不好，这都是对不起老爷和太太的事啊。"

"我这么大年纪，唉！真难为得没有法，儿子做工把脚轧断了，成个残废，他能干什么呢？什么也不能干了，什么是个富富裕裕的家，有吃有喝，可以养活他不愁，那里行呀？真是，唉！一点法子没有！老头子老得不成样子，气力没有了，眼睛花，花得什么也看不见，这不是，这不是两个残废人，什么也不能做，可是得吃饭么？唉！两张嘴，都吃得很多，可是不能做活计，什么是富家，穷得连一只猫都喂不起……"

"唉！我的闺女，她每天跑十几里路，到工厂去，早晨天不亮就得爬起走，晚上黑黑的，路已经看不见了，她才到家，她辛辛苦苦的，赚几个钱有限，真不容易呀！"

"还亏是她勤快，知道俭省，一件衣服也舍不得穿，省下来，把这几个钱当养家用，没有她可怎么办呢？老天爷呀！那真不知弄得哪步田地，怕是除了要饭吃，简直没有别的法子好想了！她的命也真是苦啊！如果哥哥好好的，平平安安的，不弄毁了两腿，怎会她辛辛苦苦的去劳力呢，一家人都是苦命，我的命更苦！一个好好的儿子都担不起，唉！"

"闺女不是小了，十七八了，按正理，应该找个合适人家，给人家做个媳妇，这有多么好，当爹的不乐，当妈的不乐？爹妈没有不乐的呀！就是命不吉，她又要强，很有志气，对天发誓，说是情愿一生不嫁，尽自己的本事养活爹妈和哥哥，当妈的说什么好呢？我呀！唉！我天天背着她哭一场，闺女看我愁得死去活来，常常劝我说：'妈！不要愁，我一个总减少得过来这几个人，只有老天爷保佑，甚也不怕的，挨饿总不至于，混一天是一天！'"

"闺女的话也很对，愁也没有用，没有她，我真是一天也不能活了，一家人眼瞅着她，她也不负辛苦，起早晨爬半夜，刮风下雨，没有一天不去上工。"

"唉，真不容易！我年纪也不行了，找点缝缝补补的针线活计也不好找，东托人西托人，想着雇给人当支使，等了又等，好容易遇见了贵人，吴太太是好人，她能将就我，做我都做得来，就是耳朵差点，可是大一点声满能听见，我出来总算少一口坐着吃饭的，我赚两块补助补助，有什么法子想呢？这个年头又不是从前了，唉！不容易呀！"

听到她这样说的太太小姐们，都大有所感的低下头来，这就是同情吧？是的，大家都很同情。

她做了四天，吴太太大不满意，她不是做错这样就是做错那样，她把饭碗越洗越肮脏，告诉她扫地之前必须洒水，她扫完了以后才把水洒上，她的耳朵聋得要命，叫她拿茶碗，她去搬一块砖来，饭做得半生不熟，顿顿如此，无论怎样教导她，只是点头，一做还是做错了。

吴太太忍无可忍，把她打发走了，又托人到别处打听着另雇。

太太小姐们都说，像她这样愚笨当老妈子怎能行呢？

（《泰东日报》1938 年 1 月 11 日、12 日，署名：慈灯）

木匠学徒日记

三月初二

父亲回来的时候，刚一进门就说："活计讲妥了"，这不能算是个快乐的消息，因为这两个多月，从开春以来，都在家里闷着，一点工也找不着做。两个"风匣"，一张"饭桌"，几个"洗脸盆架"，和几条"板凳"，去年腊月底没有卖出去，现在还放在那里，父亲又挑着到乡下去卖了几次，结果是怎样挑着去怎样挑着回来的，一样也没有卖出去。父亲说有一个庄稼老哥要买饭桌，只有四角钱，真是可以，四角钱木头钱不够？还有一个老哥要买"四人锅盖"，这真是没有办法，你挑"风匣"出去卖，他们要买饭桌，你挑饭桌出去卖呢，他们又要风匣了！而且"货到地头死"，无论什么东西，要挑着叫卖，就不值价钱了！人们都是不认识货色的，他们以为挑去出去卖的木器，必是"行货"做的不坚固，糊弄人的，其实不见得。总之，一切如父亲所说……要手艺混饭吃的人一年不如一年，一天不如一天！但细考察起来，做哪行生意不是如此，也须是年头赶得，不足怪……

这些日子，家要的吃粮烧草所存无几，父亲愁的门里走到门外，一点办法也想不出，但今天父亲近乎寻常的高兴起来了！父亲从来都是这样：不如意的时候就愁眉不展，得意的时候就快乐非凡，世上人都是这样吗？

我把"家事箱子"收拾好了，凿子一一磨快，锯也锉了，连所有的斧子都磨了，这些器具钝的很不像话，在父亲手里使用了四五十年，使用起来很不方便，父亲也不想置备了，混一天两晌午。

初三

我和父亲到木场去选木材，木场伙计们，他们竟不相信我们买这样好的材料呢！他们看不惯我们从来只是买一点板皮木梢，竟不理我们搬来搬去的挑选。按正理，他们应该过来帮忙，像……那样的对待客人，殷勤的招待着，可是他们不。

初四

木料，"家事箱"和行李载在车上，一只老箱子和一只驴拉着走。我和父亲则随在车后面步行，赶车的是"东家"家里的长工，他是一个有着肥壮体格的小伙子，他的脑袋特别大，走起路来像瘸了一条腿的母鸡，一跳一跳的奔走，他把鞭子扛在右肩上目不转睛的注视前方道路的景况，鞭策着牲口前进。他的声音和他的鞭子，差不多一样的清脆响亮，他是天生的一副好嗓门，又加上长久的叫喊训练，他骂牲口说："兔羔子"，那后面必须不时的挨打，挨打像是它的唯一的嗜好，否则它不肯用力的把绳子拖直。

三十里地的路程，不知走了多少时间，我也没有表。走过了十几里路程以后，道路坏起来了，狼牙石块的，曲曲折折的山路，车轮笨重的压着发出艰难痛苦的叫声，木料重得互相拥挤，两个牲口因为道路崎岖和车身摇晃的缘故，致使身子不能自主，脚步也很难立稳的东一脚西一脚，很不容易的，像在锥子上走路的情形一样。

经过几个小村落，我没有注意什么，我带着两本书，打算偷空把它读完，这两本书我读过几遍了，里面还有许多情节不理解，我多读它几遍，一定可以明白，这是我的笨经验。但是不知能不能偷出个空来，只要没有人监督我做活，多少一点读书的时间总可以找得出来吧？

父亲默默的注意着脚下的石块，在走着他自己的路，有时他生怕我绊倒似得转过头来看看我，想要说些什么张一张嘴又闭上了。

走进一个村落里，这个村落靠着海边，可以听到潮水涨落的浪花澎湃的轰动声音，车在一棵大柳树下的门楼前面停止了。立刻飞出几个孩子来，就是东家新建设的别墅。

我们把木料搬下来，抬到院子里放着。赶车的告诉父亲说，西厢房空着，里面还没有修好，什么东西也没有，可以在那里面做活。

我们连休息几分钟都没有，立刻动手做起来，父亲量着木料，计算着尺寸，在每一寸应该裁掉的地方画一条线，他指示着我下手裁，锯是新锉的，很锋利，我一下一下割着，我知道给人家工作用不着性急，干一天是一天工钱，应该十天完的活计，要五天就做完，东家也万不能开付六天工钱的，而且他也决不会因此而感激你，说不定疑惑你大概是太做得草三潦四了吧？反之，应该十天做完的工作，十五天才做完，这样东家也无话可说，因为他是"外行"。

初五

有很好的饭菜吃，这是我最高兴的事情，东家怕事情没有干完，在城里住着还没有回来。东家奶奶和她的儿媳妇担任做饭，收拾饭菜给我们吃，我很奇怪，像这样贵人家，为什么不雇个厨师呢？越有钱越省，或者是这个道理，要不然东家必是个食吝不厌的看财奴，舍不得花钱雇厨师。

东家奶奶是个四十开外的妇人，眉目之间出现点忧愁的成分，当端着筷碗，在桌上很有秩序的摆着的时候，便可以看见她的眉头是紧紧的皱在一起，决不是快乐的意思。在她的芳心里，据我猜想，也许有什么烦恼的问题解决不了，别看有钱人，只有钱我是承认的，如果有了钱一切就快乐，那我可不信！因为书里有这样话，说有钱人也有忧愁，那种忧愁往往比穷人还来得迅速。她一定有愁苦事，在她的脸上写着，瞒不住人。

至于她的儿媳，我却看不出她是忧愁是快乐。她很年轻，脸和手胖得很，胸部分外发达，那形状却又不像有了小孩，好像我在什么地方看见的。卖啤酒，公司的看板上画着的西洋人，因为喝啤酒的成绩把肚皮膨胀的高高的，圆圆的，像个球似的大腹一样，她的面貌不能说是美丽，但也不是奇丑，看衣服是很朴素的，乡土气很深，她一定是乡下产而且不识字，无疑，做起活计来，手脚很敏捷，进行的很快。她一只手端了三碗饭，这是饭馆跑堂的技术，她怎么会呢？

这一个大家，我所见的只是这两位主人翁，几个孩子，也不知是她们俩哪一位的宝贝，很喜欢围在我附近看我做活，拾取一些小木块去闹着玩，有时很妨碍我，我就对他们瞪眼睛，命令他们躲开，他们的背景很大呢！不服从我指挥，竟执意反抗，这样真叫我有点不能忍受，我威吓他们，举起一只手，做出打的姿势，然而他们连这也不怕，没有法，我把木料在他们身前噗哆一声扔下，这样把他们骇跑了，他们跑到远远的，嘲笑着对我喊道："小木匠！小木匠！"

"兔羔子！"我学着赶车的骂牲口那种声音对他们反骂，父亲对我摇摇头，意思是告诉我不可和他们惹气。

缺少两条二寸五见方、长七尺的材料，只得把一条五尺的长条割开了。木头箱在长凳上，父亲在上面，我在下面，两个人扯着大锯一下一下锯，锯碎的渣屑落在我的头发上、臂上、肩上，东家家里的长工坐在旁边吸着他的烟管，悠悠自得的看着我们工作，父亲看长工一眼，微笑着问道：

"我说东家家里的人不多呀？"

"哪里？"他喷出一口灰烬，答道：

"多得很呢！"他又吸了几口烟，说：

"这一家从前是两个爷爷留下了四个儿子，四个儿子分家住，东家便是第二个儿子的大小子，东家是弟兄俩，老二不成手，把三间房子和点地卖了，领着老婆孩子到丈母家去合伙过！决不会过好！哼！不成手！东家是买卖人，东跑西奔给人家跑跑腿子，你别看他跑腿子，发财了，大财呢！这里的七间正房，东西各五间的厢房，前院的十一间一共是二十四间大瓦房，三出三进，在这一村里第一家了，东家过来了好几十天，有本领啊！只是单枪匹马在外面混，只说盖这些房子就很不容易！远近三五十里谁不知道？也有说他的坏话，造他的谣的，传说他不是正经八当儿发财的家，其实"人无横财不发，马无野草不饱。"这不是古人说的明明白白的吗？什么正经不正经？看着人家发了财，你眼馋也是白眼馋，东家的两个小爷，大的帮着父亲做事，二的读书，家里这媳妇，二儿到过年五月娶，媳妇可不了得，是个大财主的小姐，听说和二少爷在一个学校里读书，你看如今晚的事，没有过门的夫妻能够天天见面，二少爷今年正月来过一回，下乡来看房子。嘿！好漂亮小伙呀！伙计，穿的洋服，大氅、皮鞋，洋气极了！哪敢动人一下？哼！那还了得，有钱就是大爷，什么叫正经？这就叫正经，你们爷俩正经吗？可是蹲在这里割大锯……"

"真是！真是！可以！"父亲鄙夷的点着头。

空洞的屋子里将告沉寂，只有锯的动响的声音，我身上的锯的屑越发多了，似乎要把我埋没似的。长工男装一袋烟、吸着，思索着什么，把一条腿前后摇来摇去，接着说："东家在外面娶了第二房，把家里这个老东西愁死了！那有什么法子呢？人家有本事，娶十个也满可以养活得过来，各房修理了以后，就要回家下来过了，听说老爷把买卖交给大少的管理干，他在乡下只管着享清福，厨子当然也得找两个，小老婆还能没有几个丫环吗？啊呦这时候，这院子里就要热闹起来了。

我预测的很不错，东家奶奶果然有忧愁事。

初七

今天真倒霉！一桶油放在窗台上，我蹲着不小心，一仰脖，碰到了油桶，满满的一桶油差一点全扣在我头上，幸而闪得快，油在我头上滴了一滴，我赶紧回身把它扶起，如果这一桶油糟蹋了，可得赔账，这桶油很贵，我怎么能赔得起呢？

粘在头发上的一滴油，足足洗了五回，还没有洗干净，水都染红了，脑袋被打破了一般，我和东家奶奶讨了两块肥皂头来洗，儿媳妇看见我满头鲜红，以为真是打破了，很惊骇的样子袖手旁观，她知道我做错了事以后，却咯咯笑了起来，觉得很开心。

晚上我和东家奶奶说："屋子里没有一盏灯哪行呢？"她吩咐长工给预备，长工找了个小油灯，但是没有油，我又和儿媳妇讨油，她指示我放油瓶的地方叫我自己去倒。

有着一盏小油灯，方便极了，我的铺是三块木板，把小油灯放在头上，我躺着舒舒服服的读着书,有说不出来的乐趣。有一盏电灯,那才好啊!我做梦也梦不着啊,但是我多么贪心不足!有一盏小油灯,满可以看清旧书上的字了,总是有一种对于物质不满足的虚荣的火在我心中燃烧,这种卑贱的毛病非改不可,在我这样的境地里,必须养成忍受艰难,不辞劳苦,物质购买的缺乏,琳琅环境的威力,征服自己的时时免不了的幼稚的人生观才好,趁着晌午休息的机会,我跑到海边上去玩,不到两分钟就跑到了。

沙滩有几个人在那里修补船身,船是旧了,像一个苍老的病人似的伏在床上,默不作声的让医生给他涂抹,修船的人一边工作一边哼哼的唱,不知他们唱的是什么歌调,浪花平静的时候,他们的歌声唱的高声,浪花奔奔腾腾的冲上岸来,汹涌的吼着时,他们的声音就渺小了。

几个小孩子坐在他们的附近玩石子,一个赤着脚肚的渔夫模样的汉子,从遥远的地方走过来。

我在沙滩上来往徘徊着,眺望那海的那一方,紧接着天空的浩瀚的边界,燎原的白色灰蓝色的烟云布满在无垠的海空上,仿佛在云深处,有一个与我现在置身完全不同的国度,那里有什么可留恋,只能放在幻想的烟雾。

真的,美丽的景物,我却不能说出到底是什么来,这是一种很难思量的,近乎梦的文章,我在书里接近过这样以揣摩的描写,当我转过身来想往回走的时候,看见父亲寂寞的立在我后面,他说:"住两天你回家去一趟,我已经和东家老婆说妥,她答应预支几个工钱,你拿回去买一斗苞米,叫你姐姐推一推,临走那天家里只剩下三角钱了,唉!日子越过越穷!"

我不敢看父亲那副憔悴的脸,从这张脸上可以看明白是一个光明磊落,不肯往人间的邪路上踏足一步,情愿在穷苦中按部就班的生活着的可敬爱的灵魂,他的唯一的欲望,只有工作,有了工作他便牺牲他的血与汗,这样就能得到生活,不至饿死,他不贪婪发财,真的,这是我可以从他一举一动一言之中观察出来的,他时常想象着说,只要一年到头不停的有工可做,他便心满意足,此外什么也不想。

似乎他一生的理想已经盼到手,他无须苦愁了,有了这次的工作,他面上的一层深重的愁苦的云消散不少，可见他心地的简洁与坦白。从我能够记忆的时候起，他就是吃苦的劳动着，他有的时候也很不诚实，譬如对债主的态度，他变着所有的债主骗他们，说明天给，后天给，到了大后天还是不给，还是不讲"信誉"，似乎也就是没有人格。长工所说的是二十世纪的真理，应该信仰的宗教："有钱就是大爷，什么叫正经？这就叫正经，哼！你们爷俩正经吗？可是蹲在这里割大锯！"

海上潮正在急急的暴涨，因为稍有些风从背面吹起，海面的平静不保了，浪花的阵头高声，张牙喷墨的滚动着前进，勇猛的向岸上狂奔，冲击的吼声震人心魂，修船人的歌一点也听不见了，几个孩子仍在那里相安无事的玩耍，父亲说："回去罢！"

我随在他身后面，看着他的背影，我忽然想起读过的一篇文章了，叫《背影》，作者是谁我可记不清了，写他的父亲送他上火车，给他去买橘子的时候爬过一段高台吃力的情景。他看着父亲还不像我父亲这样可怜，他的父亲穿的是长袍，我的父亲呢？两相比较，有天壤之分，那么我单是滴泪还是不够的，然则我应该抱头大哭不是吗？唉！痛酸的滋味在心里藏着，不能哭出来的，所有的悲哀都咬着嘴唇冷冷的忍耐着罢！假如我觉得痛苦，那些一天连一顿冷饭都吃不饱的人更当如何？

在海边的沙滩上走，我又记起"沙俄"的"沙葬"来了，一个人上前很难，陨落起来是很容易的。"沙葬"大概是象征一个人陨落时不自觉和走错道路的危险，结局的凄惨可怕。

初九

东家回来了，他一见我像一只洪水猛兽似的很惊叹，他问我多大岁数，我好不踯躅的回答，"二十岁！"

他很相信了，我如果说实话是十六岁，他恐怕不认为真，我长得太快了，十六岁长我这么高我也不承认很少，据说人的身量有先长后长，就是说有发达得快的，我自己也觉得长很高，太不像十六岁的人，这样我很高兴，无论谁问我，我总说十八！十九！但说二十今天还是初次。

他看我一番，很满意的点起高贵的头，他又问我念过书没有，我说读过几本好像吃饭一般的变成大粪了，和没有读过书似的，目不识丁的人一样，除了学木匠之外，没有干别的资格，我想干一番轰轰烈烈惊天动地的事业，但本领不足，说到家也只好学木匠手艺，俗话说的好，家财万贯不如手艺在身，我是一定要学手艺的。

东家不能说是一个"普通"的人，因为大发财源的人，都属于英雄豪杰一系，他的头与粽子形相似，后面通扁而平，前额突出的稍欠，自然，嘴和普通人极相仿，因戴一架金丝腿养目镜——也许是近视镜，但据我判断他不能有许多读书时间，他的事情很忙，不拼命读书的眼睛近视的少，有许多摆浪子的花一角二买一副玻璃眼镜戴着见美，这是另当别论了。

东家的眼镜一定是养目镜，总之就算养目镜，为保护眼睛起见，而我看他的眼睛有点像"拿破仑"，此人的相貌非凡，难怪发了大财，可惜我不涉足相学，不然我定给他相上一卦，捧他一场，敲他个竹杠。他的体格属于中等身材，如《桃花江》歌中所说的"不瘦也不肥"，他穿的是深蓝色绸缎棉袄，带花马褂，脚蹬红色皮鞋，是个中外混合打扮。说话的声音有点哑，腔调是属于什么地方呢？是极和蔼可亲的，决没有惹不起的臭架子，他问这样问那样，最后讨论到本题上去。

"老师父，你想支几个工钱么？可以啊，你的儿子不能算一个整工，他学徒还没有满哩！给半个工钱吧？无论哪里都是这样规定，我们也不必例外，是不是？就算半个工匠。"

他原来还是一个守规矩的人！但父亲对他说："徒是学满了，不信给你看看，他没有一样不会做的，比我做的还好，这绝不能撇钱，东家可以每天来看看，他做活做的怎样，东家岂能还在乎这几个钱呢？得、得，东家，你看着办吧，我知道东家是明理的人，我们做的不慢啊！我们爷俩连烟都不曾抽，不停的干，管保很快就完。"

他没有话说的，笑笑，到底是英雄，宽宏大量，什么也没有说就背着手去了。

父亲看看我，做个嘲讽的笑脸，父亲支到了两元四角钱，我拿着一气赶到家，半天不见小弟弟和小妹妹，看见他们，我觉得悲喜交集，抱着弟弟亲了半天。他的笑脸因为跑着红红的，疲乏的喘着气，摸摸我的耳朵和鼻子，妹妹亲切，姐姐在缝补着旧衣服，他们看我来家觉得奇怪，我告诉他们说我回家来的使命，他们才安心了。

"我立刻就去买吧！"我拿着专为装粮的麻袋，弟弟要跟去，我领着他，他扯着我的手跳着走。

粮价增高了！这真是要穷人的命，苞米涨到了一元七，整整比上月贵两角，真了不得，我督促伙计正确的量够，这小子也不是个好种，最后的第二升明明缺一点角，我看的极分明，他偏说不缺，噗一声倒进袋里，我强硬的说不够，主张重量，他没有办法又幺了一点算是补数，这些东西比童话中的狐狸还要狡猾几倍，可恨已极！我将来倘有掌大权的一天，非砍这类狡猾的东西不可！

四十来斤的一斗苞米轻得很，两袋白面在我扛来不算一回事，我又买了半升黄豆，拿一个铜子给弟弟买了两块棉子糖，这种糖简直是欺弄小孩子，做得花样翻新很好看的，放在嘴里不到几分钟就化净了！一个铜子两块太贵，应该四块还差不多，弟弟喜欢的了不得，真可怜！幼年失去母亲的儿童及不幸如果没有姐姐热烈的保护他，他将怎么办呢？邻居的孩子们都生龙活虎一般，成群结队的满街跑，他的性质寡欢的很！只是孤独的一个人在寂静的处所跳圈玩。或者玩石子，或者在地上摸坐着父亲画这种动物的形状。

妹妹仅仅是个十岁的小姑娘，她竟能和大人一样的做着活计，她把家里收拾的干干净净，有一棵草枝在屋里地上，她也要拾起来。她成天到晚不开口，不问她话是不说话的，她不懂得什么叫欢乐，她沉默得像一个塑像，她一点不像姐姐，姐姐是喋喋不休的，她不肯稍让人一步，就是说话也是一样，她非把你说不肯罢休，她的勇气如铁石般的顽强，我把拳头伸出来，她克制着想打我一巴掌。

我把苞米扛回家，姐姐说她今天不能做了，必须头一天把"磨坊"定好，又跑到磨坊通知，弟弟随着我跑得咳嗽起来，我背着他走。

十二

东家不时的来看我们做活，参加意见，他不喜欢正中为一个大福字，他同意画一幅画，画里顶好是一只仙鹤，一棵松树，一个赤红的太阳，父亲说这很容易，不过须费工夫，如果仅仅是画画，自然是简单得很，可是怕不耐久，最讲究的是雕刻，雕刻，虽然多费几天工，却能长久的保持着不变样，描画就不同了。

父亲把一只仙鹤和半棵松树刻出来了，我雕刻赤红的太阳，工作的大体告成，只有细小部分的雕刻，这些细小的活更难着手，松树叶父亲说留着我刻，他的眼睛有点不行了，看得时间多些，他就觉得昏花。这叫他很急躁，而且发怒，平均十分钟，他必须休息一次眼睛，把眼睛用力措着，上下翻看，他的眼累得通红，技巧练得很熟，无奈眼睛不给他做主也是无法，我偷着看他的眼睛紧闭了多时，很苦楚的摇着头的光景，眼泪就要从我的心里涌出，我咬一咬嘴唇忍耐着，让生活的鞭子在无形中敲击着我的灵魂，我的灵魂虽然是很强硬的，他不服各种困难，但痛是他要感觉到的，他也有悲酸的泪泉，深的广的悲哀的血他的忍苦的力量有时不能驯服悲哀的压迫，但他忍着，晚上睡觉的时候，父亲说他的两眼太使他受苦了！我急忙的把灯吹熄，没有心思看书了。

我做了很愁苦的梦，我梦见父亲在荒凉的草原上睡着，有几只狰狞的野兽伏在他的周围，我因为惊慌呆住了身子一动也不会动，仿佛是站在一个污秽的池边，池里也有什么可怕的东西在潜伏着，我想跳进深池，跑过去看看父亲睡熟了没有，我要告诉他在那里睡眠的危险。我们必须醒着想一个计策，我跑过去了，几只野兽之后退几步的时候，我叫醒父亲，告诉他四面的情形。他说在这种境地里，睡觉惯了，没有什么。我解释给他听，自己都不明白我是解释了些什么，我还背着她的意旨将他拖起，他不肯走，他说我所说的路是他走不通的道路，不愿更改，他抛开，不顾我的说明和乞求，往他自己的路上走去了。几个野兽伴着他，不知往什么地方去了。

我望着他消减的影子，然后孤独的走我自己的路，时候好像盛夏但却比隆冬寒冷，雪花飘起来了，我很愁苦的像猫似的惓伏着走，走来走去又到原来的地方，看见父亲睡在那里，几只凶猛的张开血盆似的大口了，它们已经等不耐烦，打算动手了。

想到这些事，我不知道怎么样解决才适当，我希望有个独身男子爱上了她，做她的丈夫，和我们同居，这样一定很有趣，我曾在许多熟眼的木匠中留心，没有等到这样一个人，我不愿把这件事和父亲说，但我知道，我就是对他说他也不会反对我，父亲是个讨厌神佛的人，凡事只要他能办，不是欺骗人的，他就愿意从事实行，有许多事，他都不按古人规定的法做，而依着他自己心的原理去做了。

东家批评我，说我不应该是一个木匠，当木匠未免大材小用了？

我应该是一个什么呢？我会做什么？当小学教员，我没有资格，当大学教授，我没有那种程度，所有的银行商店不是我开的，我想当一个书记，当一个高等职员，怎么能办得到呢？我想当一个威风凛凛的将军，但我没有进过军官学校，不懂得军事学，怎样指挥百万的武士去作战呢？别说我没有学问，有本领当个木匠有什么不应该呢？个人难道非固定的做一样事不可吗？我以为身份不必论学问尽可放在一边，无论什么职业都可以干一干，而我不敢也不行啊！我的肚子等不得，我算什么"材"什么材也不是，认识几个字，会写几个字，读了两本书，就算有"材"啦？这和作诗是一样的，许多人都能作两首似通非通的诗，但许多人并不是诗人，如果凑几句诗就成诗，那么地球上将挤满了诗人先生呢！今天的日记本简直是瞎扯，不要糟蹋这幅篇了！唉！

二十

东家开付工钱的时候，无端的吹毛求疵，说这点做的不大好，那点做的不大好，到底是什么地方，哪一点，怎样的不大好，怎样才算好，他就闭口不说，他本来是个外行偏要装明公，真是没有比这种行为更卑鄙的事了，说自己不知道事情的人都是不知廉耻的人，他大概是舍不得痛痛快快的开付工钱，他的手指，只有握着向自己的袋子里装才慷慨，而向外拿却万分踌躇，是的，这种人才能当财，虽然是踌躇，但又不得不拿，真是何苦。

放着英雄不装。每一位英雄都会犯这种病的，来的时候，有车载着"行李"和"家事箱"，往回走得自己挑着跋涉三十余里，真到日落昏才到了家。上午的半天东家怕吃亏不够本，修修门，修修窗，实在找不出什么好做的事情了，把一条二人凳带来叫我们平一平，然后才放我们走！

房东老头子的消息非常灵通，我们一到家，他就跑来要房租，两个月没有打房钱，他知道我们赚了几个工钱，说是再拖延下去就请我们搬家，好说歹说付了一半，他还喋喋不休的说长说短，七十多岁的老头子，掩埋着坟里去的人，他还不厌恶钱的叮当声，他有许多房屋，完全指着穷人供给他们一家大小的穿绸戴锻，死后他儿子们接继他的事业。

二十一

父亲打算搬到一个不远的小镇，那里的房租便宜，而且可以容易找到工作，做好的家器也能摆在街头给来往过路人买，我们赞成这样做。

二十五

我们昨天搬到这里来，锅碗瓢盆和破烂东西都整理好了，房子是两间，上屋是一对夫妇所开设的成衣局，生意不怎样好，男的是个中年汉子，他不会做衣服，完全依靠老婆养活他，他一天的业务只是抱孩子，女的烧饭，而且他的老婆手艺不叫强，并且常常到了说定的日期做不出来，把主顾都失掉了。还有一家是铁匠铺的家眷，一个院子里总共三家人还空着两间房子没有人住，我们的接手是一家杂货铺，掌柜好摆着骄傲的样子，很瞧不起穷人的神气，时常把他的眼珠冷冷的瞥着，似乎对于新搬来的我们很憎恨，常迈方步走到我们窗前，嘲笑的向里看看，仿佛像个侦探似的来侦察我们，因为他是这一个院里的房东，他为的是仔细观察我们能不能拿得起房租。

门前隔着街道，进城去的乡下人四面八方都从这里经过，从朝至暮，不断的车轮转动的声音，和皮鞭清脆的抽响，卖包子小铺的伙计们叫声是这街上最高的音乐，他的嗓门尖锐而且悠长，各种干扰的声浪之中，他的腔调能够穿过一切，他高喊着："啊！新出炉的猪肉馅包子啊！啊！啊！"

还有卖豆腐汤子和油条的老头子的叫喊也很特别，他的声音叫人听了会产生一种滋味，有点像感到生的苦味的意思，早晨天不亮，他就喊了起来，他是第一个打败了一天的静寂，起了个每天的开头，似乎像雄鸡高唱一样，铁匠炉在我们的两边不远的一个拐角，他们的锤打铁声也很响亮，尤其是在晚上，很有节奏的叮光的乐曲在空中荡漾着，往西面一望，可以在黑暗中首先看到那一炉赤红的火光，当铁锤敲打一下时，就有美丽璀璨的火花四下迸射，那情景是很动人，隔着我们三家的一个卖花生烟卷小摊的，乞丐很不少，形形色色，他们的乞讨方式也很出奇，有的拉着胡琴沿门唱西皮，有的断了两脚在街上跪着用两膝爬着走，他的叫声比石头还硬，叩起头来砰砰的骇然的响，如果给他一个铜子，他像要把头磕碎似的用力的在石上撞击，有一个乞丐写粉笔字，他在石台上写着他的姓名年月与籍贯，他的痛苦的经历，不幸的遭遇等等，字写的相当好，常常有一些人围着看他的画法，赞叹他的才能，但施舍的人很少。

（原文缺失）

（《泰东日报》1938 年 1 月 13—2 月 9 日，署名：慈灯）

声　音

那一年冬天，曾有过这么回事，在寒冷的早晨，第一声鸡鸣过后，天色还没有大亮以前，我时常是醒着躺在床上，等待黑暗的窗纸渐渐发白，到屋子里的器物真的可以看清楚的时候，我便应该起身了。

醒着，我是知足的在被窝里发懒，当黑影向各处消散，向角落里，开始移动着，我就听到了街上，每天必有一次，那单调的，苦闷的，疲劳的脚步和窒息的咳嗽声。

脚步踏在冰冷的紧硬的道路上，发出艰难的声响，那咳嗽，是最后的绝望，像筋疲力尽的老马，很难迈进第二步的努力的气喘！

这几声脚步和咳嗽，是每天早晨第一个打破街上静寂的声音，寒风吹着电线杆，像呜呜的风箱伴着一个缺少温柔的人凄凉的哀唱！

听到这脚步，这咳嗽，这电线杆的哭泣，我在被窝里有些不安了。

他是什么人？是强壮的青年，还是衰弱的老人？做什么职业？是吃得饱，睡得舒舒服服的人么？

他不能是一位学者，一个商贾，一个文明绅士，一个拥有万贯家财的富翁。为了猜测，使我苦恼，我很想说明他是怎样的一幅面貌，我抬起头来，掀开被角，打算出去看一看，但寒冷逼着我又躺下，懒惰迫着我不必起来，它们——寒冷和懒，似乎告诉我，这是多余的，好奇得过于幼稚！

终于我下了决心，经过几个踌躇的早晨，我立志非得出去看一看不可了，然而寒冷和懒惰又把我推倒，叫我没有穿衣服的勇气！

这一早，听到脚步由远而近，咳嗽有含糊而响亮，我便奋不顾身的，把寒冷和懒惰一脚踢开，急忙爬起，但袜子不知扔到哪里去了，东一把，西一把，在黑暗中摸索，洋火不知放在什么地方，不能点灯，只得罢休，我冻得抖抖擞擞的躺下去了。

啊！被窝里多么温暖！躺着多么适宜，我真是何苦来呀！

又是几个早晨，西北风呜呜的响，电灯丝哭的加倍的凄惨，那脚步和咳嗽声，比往前加倍的沉重和浓烈，像是一口气喘出去，第二口气几乎不知道能不能上来一样！

醒着，我是悲哀了的，我不能心满意足的躺着了，在黑暗中，这些夜之神部下的大队人马，它们开始退却着，向更黑暗的角落了，地球的别方，去布置他们的力量，我在被窝里，摸索着，摸索着把袜子套在脚上，裤子穿好，撑着上身，扣上衣裳，然后我等待着，寂寞的，焦急的，忽然，由远到近，那脚步、那咳嗽，渐渐地临近了，终于走过来了。

我一跃而起，穿鞋，摸索着，开房门，撑在门框上，院子里一块石头，险些把我绊倒，我赶紧把插门的上下两道闩拉开，跑到路上去，东西一望，黑暗中，什么也没有，西北风在怒吼着，电线丝呜呜的在哭，诉说它的悲惨，那脚步，那咳嗽声，原来早已走远！

多么冷呀！天色还黑暗的很哩！风在黑暗的怕人的大洋里呼啸着！

只走这区区的几步道路，冻得我战战兢兢，我的动作太慢，而门，那阻挡我道路的阵号，那石头，险些绊倒我，这黑暗，是我的行动很艰险困难的一切这些成因，我是白白的受苦了！真是何苦呀！

然而更好奇，另一个早晨，我早早爬起，在街上散步着，这一天比较温暖些了，风也不像往日那么吼得凶，电线丝也不哭了，他的泪早已哭干，早已停止了呼吸吧！我走着，等待着，拍着双手，预备那声音一近我就上前问他："喂！你是做什么的？"时间一分一秒的过去，东方已经发白，太阳爬出东山，向大地侦察着，伸张着，天是亮了。我是白等白守候了一清早。

以后，当黑暗没有退去的时候，我仍是醒着躺在床上，一连几天，那苦闷的，沉痛的声音，是再也听不见了！永远的，永远的……

（《泰东日报》1938 年 2 月 18 日、19 日，署名：慈灯）

见　识

　　下午六点钟，坐在屋子里翻弄报纸解闷，忽然听得外面街门响。以为是同屋居住的江波回来了，房门砰一声推开之后，接着是一阵凉风吹了进来，吓了我一跳。猛抬头去看，原来是同事又是好朋友冯尚克。于是把报纸叠也不叠的丢弃在桌上，和客人握手。并且这样说："我听说你辞职了，可是确实吗？"

　　克连帽子也没有摘下，坐在床边。他的面孔是悲苦的、悲惨的，好像走头无路的一只鸟，又受了一场狂风暴雨的吹打，加倍的沮丧了一样。他的一双不能忍耐的和愤愤不平的眼睛，在帽檐下闪着光。把两手交叉着放在胸前，看着对他问话的人的脸。这幅脸显然是流露出不满意和希奇的意思，我自己会觉得出来的。我打算严厉的说些什么而不知怎么终于没有说，话刚要出口又忘记了。我觉得说话没有关门重要，替他把门推合，这位先生连关门都忘记了！

　　我把肘支在桌角上，等着对方回答："我本应该早就辞职了。"克感慨的说，同时摘下帽子来，放在桌边。"你想想，我还能干下去么？经理吹毛求疵的处处找毛病，无论怎样，我总不会叫他顺眼。一年来，你是知道的，我不能做分外的事，四点钟以后谁都走了，他还找些事叫我做，并且一定叫我当天做出来。什么意思呢？他看我像一只狗呀！妈的！什么东西，忍无可忍。我几次把他给我的事情到第二天干，嘿！这家伙，他拿起章程来了！他好像看我真是除了这个大门之外，再没有第二条路了……你想……"

　　"那固然是呀！"我等不得他再唠叨了，插嘴说："你！噢！多余多余，真的，端人家饭碗哪能免得受气？你的脾气太暴，我知道，你总得……"

　　"总得改改么？哼！我不相信这个世界会饿死活人。"

屋子里静下了，我打算说这句话："饿死活人并不难！"但没有说。

我们俩的话只说了这么几句，都觉得决不应该再说下去了，那是会伤友情的，因为"友"必须"情"来支持。劝现在决不成，往往会因之决裂。

"也好！"我换一种好受口气，安慰着他，并且说："那么你打算到那里去呢？"

"没有一定。"这便是回答。

"没有一定！那怎么好？顶好是先谋妥一个地方，然后再辞职……"

"没有关系！不怕！"

"怕自然是不怕，不过……啊！这两天我在外面跑，事情还没有办完，如果我知道你辞职，我一定阻止你！"

"噢！先生！你要知道，你的场所是怕行不通的呀！这种事拿志气可用不着呀！想想，一顿饭不吃可以忍受，但长久却不成。你又不是不知道，现在找职业该有多么难，你做错了！先生，请你听我说……"

"这事我不放在心上！"

"是的，当然！你不放在心上，你不会放在心上，可是，那么你第一步怎样计划的？"

"没有计划！"

"嘿！你！你只凭着一时的勇气做事，我说，你该知道，你想既无出路，而且……啊！你！不应该！……"

克拿起帽子，把我的话打断。

"这要往那去？啊？"我立起来，打算拦住他往外去，外面天色是黑下来了。"我回去收拾收拾东西，江波回来时支应一声。"

"那么你……"

克不等我的话说完，已经开了门，而且走出去了，我呆若木鸡一般的立着，不知怎样做好，为这个朋友抱很大的悲观，直到江波回来，我还是立着胡想，电灯已经亮了，我简直不知做甚么好，看着江波脱衣摘帽，看着他冻得赤红的面孔，看着他在屋子里像鸡似的跳来跳去。

谈起克的事来，我和江波的意见完全不同，大声的讨论起来。

"像你这样前怕狼后怕虎是做不起大事来的。"江波轻蔑的说，他躺在床上，两手抱着后脑壳，一条腿垂在床下，摇来摇去。

我的嘴喋喋不休的演说着，报纸也忘记是拿在我的手里，搓成一个细长的圆筒。我指手画脚的解释着，纸筒在半空点来点去，说了下面许多话，这些话都是临时想出来的。

"你们这样的勇敢，唉……算什么呢？只能把事情做坏，决不能把事情做好，一点目的都没有，只是盲人瞎马，胡闯一阵，这是算不上勇敢的。我说，你和克一样，我的话你不能高兴听。有的时候迫不得已，我们非低头不可，但另一个时候，我们便可肆无忌惮的向前闯去，这两个时候完全不同。因为不能出同样的办法，在理想的机会还没有到来以前，我们必须一面倒向深不可测的溪流是走不过去的。为什么你要去冒险呢？所有的事理须有计划，有方法，先生！我不是信口雌黄呀！真的……一匹野马给一个不会骑马的人一骑就骑出毛病来了！他怎么就不会把握现有的一匹马，用手段来把讲服呢？笨！唉！你们总觉得明白什么……"

"得，得，得，别说那一事了，我已经听你说了一百八十遍！"

是的，"话不投机半句多。"我不说了。

克是一个不肯弯腰的家伙，但这算什么志气呢？这种志气，我并不是没有拿过，而拿得比他还要坚强。因为他还没有碰几次钉子，江波也是一样。他们从家里一帆风顺的习惯了，不知道那种痛苦滋味，这样的孩子，社会上多得很！必须经过几次打击，就会知道我的话不错了，

我们没有福利的时候，一定得忍耐一些，我们的拳头硬了，再对着敌人挥着不迟。拿着鸡蛋碰石头算什么聪明？只怕你的拳头越来越轻了，那才不堪设想之至。

然而周尚克失业不久，又找到了职业，而且是更好的职业，这真是我料不到的！江波还笑我见识太浅，真的，我的见识确是太浅了！

（《泰东日报》1938 年 2 月 23 日，署名：慈灯）

老师的教训：献给偏爱本刊的小读者

记得是去年元旦——或者是前年？（我近来脑筋很坏！）各国的首领都在广播电台上，来了一段动听的演说。

他们是英雄豪杰，伟大的人物，所以在元旦那天说点什么，大家已觉得很意思似的……

我不是英雄豪杰，不是伟大的人物，当然没有在元旦那天对着国民发言的资格啦！——其实叫我发，我也不是不敢发，我是很愿发的呢！

正因为很愿发，才想起这个法子，就是写这几句，今天敬献给偏爱本刊的小读者。这样，一来可以达到我出风头的欲望，二来于小朋友们不能一益处没有，真是一举两得，何乐而不为？好在二年来大家都熟悉了，诸君决不能摆起尊贵的架子，我也无须扭扭妮妮的客气。

我要说的，不是关于这一年来本刊的成绩如何，或希望明年大家怎样努力的陈套——现在就让我赶紧说吧：别扯来扯去没有头绪了。

那一年，是放假的一天，我到老师的家里去串门，这位老师，在我们夜学校里教国文，兼地理历史。

时候虽然是严冬，但是这天却不冷，道路的两边，铺着白雪，我故意走在雪上面，印着我的脚窝，我知道这种践踏的痕迹，并不能留得很久远，只要太阳一出，晒上两天，雪就会融化了，不消说我的足迹便也消灭。虽然暂时的似乎很美丽好看，自己以为有些意义。

适值老师在家里闲着，他对我说了几句极深刻的话：

"你不要问那些伟人都是怎样成功的，即使把他们的步骤，像解剖学似的一件一件来分析，你即使能够完全的领悟了解，而且依照他们的优秀的特征去实践，恐怕你也不见得就会成一个伟人，像那些成名的人物一样的享受盛名的。"

因为那些成功的伟人，他们自己并不能在事后，把握住他们努力的奥妙的要诀，你在报上，或杂志所见过的，我怎样会活到二百零八岁……我怎样写成那些长篇小说……这些话，你顶好无须全部相信，你即使照他的法子，不喝酒、不吸烟，也不见得会活到二百零八岁，你即使照他的法子，这样布局，那样结构，也不见得会写出他那样一部成名的小说。此外还有许多，像我的发明的事业的经验哩，我的从事创作的经验哩，这些经验，这些优秀的转弯抹角的近乎于笑谈，你虽然知道了——当然是吃不了亏的话，但你也决不能会得到你理想那样的好处。什么高尔基研究，低尔基研究，这种书你可以到书局去就能够买来。世上不知有多少人读过拿破仑传记，为什么在莎士比亚以后，就没有一个人超过他的？为什么在贝多芬以后，就没有一个人超过他的？莫扎特五岁会作曲，这是人人知道的了，为什么知道他的人，到了五十岁也不会作曲呢？我的意思，并不是说，你不必知道高尔基研究，不必知道莫扎特五岁会作曲，相反的，这些成功的执行人的报告，你可以接受，可以窥察，不过你不一定须遵照他们的迈步的往事而去仿行，只有他们的方针——甚至这种方针，执行人也不能预先瞄得准——但你应该记着。比方像一个人对你说："快跑吧！迟一分钟便赶不上火车了！"一样！

指导下学习的必要，不过是一门教育学说：非是会教的人合法的指引和严厉的监督，学习的人非真实努力去学习，双方并进不可。然而在事实上，无须指引或监督，只要努力学习就成的人是很多的。

举起例子和证据，举多少也举得出来呢。

所以我说你不必注重那些伟人的经验或什么研究，只要你知道下面这件事就妥，虽然成不了大功，也失不了大败。而且是一定的，可以得到很不错的成绩。

你要注意我从这往下说的话：

"你懂不懂得尝试和意外成功的道理？"

你要成功为一足球好手，那么第一个重要的条件，就是时时的踢球。你单是站在场子外面看人家比赛，或者看一本足球训练法，当然有很多不足，然而你如果不踢，就是看几十年也不会踢的。反之，你如果想唱歌唱的漂亮，就非时刻喊叫不可，那些成名的老生花旦，他们拿手的西皮二簧，就是不间断的练习喊叫，而喊叫成的。

你想会吹哨，就得常常撅着嘴唇吹，自然而然会吹得十分动人，别人指导你，这样卷舌头，那样用气，告诉你八百遍你不会吹，有许多孩子连别人指导你一下都用不着的就会吹口琴，而且吹得很好，这是什么原因呢？没有比这原因更简单、更容易解释，就是由于他们自己的尝试，常常练习会的。所谓技术和方法，指点起来很难，因为不是一指点你就可以会。理发学徒学剃头，学习的要领和着眼点就是常剃，没有别的，只以"常干"就是达到技术成功的领域的一途！

你如果问："我怎样写文章？"，这个问题就像："我怎样吃饭？"，我说你应该吃面包，恐怕你家里只有窝窝头。你不必问，你只要肯干，我敢武断的说，你自然而然就会干了。这个"干"就是唯一的方针，成功的妙诀。心理学家试验老鼠走迷宫，老鼠不会说话，当然不会问怎么走，他只是自己乱闯，东一头，西一头，到处碰壁，但他终于摸索到了放置食物的所在。人比老鼠当然聪颖多了，除了乱闯的试验之外，还有思索的安全办法，难道人连老鼠也不及么？

高尔基的成功，并不是别人在他背后指引，你这样，那样！他只有他自己在黑暗的圈子里摸索的经验，后来他摸索一线出路，就把这线路告诉你，然而你也未必以为看了几本书，就自信有创作的天才。那些成名的大文豪，把人类的思想倾向，和生活方式都转变了的学者，他们时常整夜不眠不休，从黄昏到大天亮的读书、思维、创作等调练，好像你时常从早晨幽闲到晚上，也和你看了几场电影，未必就能当上好莱坞那些大明星一样——那些思维的英雄，他们都是从痛苦的火炉里锻炼出来的，你要抱着成功的野心，势必钻进难熬的火里，忍着痛楚挨一场焚烧不可！倘你半途忍耐不足，爬了出来，那么你还是该种地种地，该拾大粪拾大粪，别想成高尔基那样的大文豪了。

想成一个骑手，就常常去骑马。那些马术教师，他们指教你的时候，一定是先告诉你马身体各部的名称，只这些名称就够你记一个月，至于马的身体内部的构成，和怎样喂养、调教，这些常识，有一部很大的书够你两个月研究的了。待到你实地的去乘马，恐怕你还有点害怕吧？你见过鞍具都不用，腾在马上，驰走如飞的那些蒙古少年没有。我曾在运动会场上，亲眼见过一个拉洋车的下场跑长途，他并没有进过体育学校，但那些把赛跑的姿势、动作、训练法至少研究了三年的学生们，结果都没有追上这个拉洋车的。结局洋车夫当时跑了第一名！而得了许多奖状，报上还登着他的像片，（登像片在他倒没有什么，因为他不看报，也不知道这事，他最欢喜的是把许多奖品卖掉，和老婆孩子们吃了一顿饺子！）

日本人有许多惊人的剑术的本领的，这些本领是怎样成的？就是血与汗锻炼成的。研究文艺、练习创作，没不如此。研究文艺，无须搜求那些陈旧了的臭理论，研究那些臭理论，就如尾随在电影女演员屁股后。

而你只要多多的读作品就行，好像一般俗气之辈多多的积金一样有用处。练习创作，无须留神那些作家的什么经验，只要你多多的创作就行，千万不要怕幼稚。这好像练习滑冰，必须多多的摔到，甚至跌破鼻子砰掉牙，你要忍着痛赶紧爬起来接续干，管保你得到好成绩！想想我的前后不免冲突的矛盾的理论吧！

我很高兴的辞别了出来，或者我们还说了些别的话，但是现在可想不起来了。

我想说的话，只是这几句，本想再多来几句，恐怕你们不耐烦，而且我的闲扯时间也不多，大家要宝贵光阴。

这几句话，算是一朵无名的小花放在大海里，给前途无量的诸君当礼物。

十二月的一天晚上

注：我的老师姓韩，我曾写过一篇《韩先生》，上面的话，便是他说的。距今九年前，韩先生病故于烟台，我顺便在这里留个纪念！

（《泰东日报》1938年2月25日、26日，3月2日、3日、4日，署名：慈灯）

哥哥的还家

是初冬的夜里，没有风，不怎样寒冷，月亮刚出来，在东方探着头大地还是很黑暗，勉强可以看见道路，我深一脚浅一脚的顺着山坡往西走，路旁的树木和石块，好像一个什么东西蹲在那里，狰狞的望着我，树枝一响，就像野兽要跳出来了，我的胆量很小，骇得毛骨悚然。有时竟怕得停了下来。观察着，猜测着。

道路前面，仿佛是个可怖的世界，是个魔宫，有长角兽坐石阶上吸烟，有眼睛生在肚皮上的怪物吹着笛，有一只腿的狐狸跳着舞，有红眼睛大嘴的妖精唱歌，还有许多可怕的鬼怪在那里群集着，这些幻象，不消说是由于胆怯而生，但我怕得多么凶啊！我好容易走过山坡，穿出树林，跳过溪流，到了村庄的前面，我总算放了心了，可是群犬一窜而出，对着我狂吠，我拾起石头向它们打去，把它们击退，它们在身后尾随着咬，我顾前怕后的奔跑着，到家还有半里地，我像小鱼从陆地跳进水里一样！

这二十几里路——从工作的地方到家，足足走了两点多钟，最初的几晚，父亲和我一块回家，给我做伴，我不觉得害怕，这一天，父亲因为腰酸腿痛太厉害，他很忧愁走远路，我一个人，他又不放心，我鼓着勇气，叫他睡在工作的地方，我一个人回家给弟妹做伴，两个孩子年龄太小，没有母亲，没有亲戚，没有邻居照管，一路上我想起来，心里很是酸痛，恨不能一分钟就飞到家，汗流了出来，疲乏我早已忘记了，到村头，望见小屋的房顶，房后的槐树，寂寞的悲愁的蹲在大地上，转过街角，是一块空地，有一道墙垣，在墙角的地方，草叶滚动着响，到附近我就向那黑暗的墙角里望一眼，好像那里有点什么，走到跟前，我聚精会神的一看，我的天！原来是我妹妹把弟弟抱在怀里成了一个小团团，互相拥抱着睡熟了！

毕竟是初冬的夜里，到底不能不冷，我因为走远路，而见焦急，所以不觉得冷，这两个孩子，他们每天黄昏照例要出来迎接，迎他们的父亲和哥哥，这时，必是等候过久，蹲在墙角里睡熟了！

我一时简直是疯了，难过到极点的看着这一对可怜的孩子，他们瑟缩着，不时的打着寒战，泪水像泉涌一般顺着我的两颊淌下，我把他俩呼醒，他们惊骇得跳了起来，弟弟竟放声大哭，声音很可怕，我抱起他，搂在我怀里，安慰着，他睡眼朦胧的叫着："妈妈！"

"爹呢？"妹妹扯着我的衣襟问，她不住的因为冷抖擞着。

"爹不回来了！"

打开低矮的房门，室中黑黑，一点看不见，妹妹摸索着寻找火柴和油灯，她焦急得发怒了，埋怨自己忘性大，不知火柴放在那里，只听得她把凳子碰倒了，又推翻饭碗，费了很久的苦心，她才燃着了灯，凄冷的小屋，好像露天地一样，我找了些干柴，燃着，在地中央，干柴冒着烟，噼啪的吼着发响，赤红的火光灼灼的跳跃着，火尖夹着蓝色的光彩，我们在四周围着取暖，弟弟还不住的打阿欠，两只小手揉着迷迷的眼睛，还在我怀里歪着头。

我学鸡叫：

"够够够欧！隔！"

他笑了，笑得很响，并且要求着。

"再学一个猫叫！"

"好！"我张着嘴，舌头低压着："咪噢！咪噢！"他不困了，火熄以后，我们上床睡觉。半夜里，妹妹在梦中说着吃语。

"怎……怎么还不……回来呀！"

窗纸发灰白色的时候，我静静的爬起穿好衣服，把干柴送进炉里烧，刷锅，淘米，蒸上干粮，从冰冷的咸菜缸里捞出咸萝卜，切成一条条的长方块，放在碟里，然后把妹妹叫醒。

"饭已经好了，你再睡一会儿，但晚上别出去迎，在家坐着等我，听见吗？弟弟醒来好给他穿衣，别冻着他，不要和那些捣蛋的孩子们一块玩，听见么，咸菜也切好了！"

我想了一想，没有什么别的事嘱咐她了，我含着泪，冒着刺骨的西北风跑了，走到山坡上，东方初放着金黄的、紫的、红的，各种颜色混合着的光辉，朝阳还不能暖着我的身体，我的鼻尖和耳朵冻痛了！

（《泰东日报》1938年2月23日，署名：慈灯）

留声机

这一天，从前柜上的伙计们，以至后屋家的母亲和姐姐的脸上，都显着出奇的愉快。父亲微笑着舞动斧头，把七长八短的木头砍得有角有棱，而且砍得比几时都快都多，伙计们也是如此，他们的活计进行得很快，一面谈天，一面不停的操劳，他们打算到晚上吃饭的时候，把一张桌子和几把椅子全做出手，父亲说：

"大概今天晚上一定可以借得来，我们唱到半夜，情愿明天起迟一些。"

姐姐时刻问母亲说：

"是真的一个木头匣子里面能唱戏么？"

伙计告诉我：

"那里面装一个小孩子，把机器一扭，就嗷嗷唱戏，什么都会唱，南天门，打渔杀家，武家坡，霸王别姬……"

另一个伙计问他：

"拉胡琴，打锣的？总得请几位来吧？"

"不用！那里面都有，什么都有，只稍把机器一扭，锣鼓就响起来，接着就唱，西皮、二黄，不论什么戏，不但一点唱得不错，而且比戏台上的名角都唱得漂亮些呢！"

"真奇怪！我从来不曾见过。"

"上面有一个菜盘大的玻璃盘子，一开始唱就转得风快，它一不转，戏就不唱，就算完了！"

父亲在旁边补充着说："还有针，没有针是唱不出来的。"

"针？"那伙计不懂父亲的话，奇怪的问："什么针？做衣裳的针吗？要针有什么用？"

"不是做针线活用的那针，这是钢针，稍微粗一点，短一点，唱完两

522

片就坏了，没有用了。"

"怎么就坏了呢？断了么？"

"不是！针尖会磨秃的，这样就不中用了。"

"那可以磨一磨。"

"那不行！一停就算完，磨也不济事。"

这一天光阴大家都觉得过得太快，到了晌午休息，父亲回到后屋家，姐姐问他说：

"爹，今晚上能借来？那戏匣子……"

"不定规！谁家都抢着去借，粮栈东家很不高兴对外借，他说花一千多块买的，其实他撒谎，不过几百块，他可是答应借我了。"

"爹！你应当早一点去拿，一个人能拿来么？"

"三个人，一个搬匣子，一个拉喇叭筒，一个人提戏片，一大包戏片，他们还得跟伙计来，好摆弄机器，只有那一个伙计明白机器。"

"咱们也买一个来家吧！"

"怎么能买得起啊！"

"谁说不是！"母亲在炕里做针线，插嘴说："好几百块！买木料也买好几十车，唱一气也不能当饭吃。"

父亲饿了，自己从锅里拿出干粮充饥，伙计们在前柜上个个欢心鼓舞，互相谈论，争讲"戏匣子"的构造等等，下午比上午过得更觉得慢了，父亲做一阵活计就问："天黑了吧？"

"还早呢！"伙计转过来对他说，声音里含着些埋怨的意思，埋怨这时间去得迟缓。太阳刚落，父亲就穿上大衣走了，他一走，大家便吵闹起来，这个说不能借来，那个说一定能借来，互相争执不已，举明，但父亲回来了，是完全空着手回来的，他一进门说：

"李伙计！伙计，张郭……"

三个人跟着父亲去了，这时母亲也把饭预备妥当，等着父亲回来好开。

张伙计肩上扛着一个亮晃晃折大喇叭筒，李伙计抱着一个四方的木匣，那木匣装修得十分美观，轻轻的放在桌上了，张郭的腋下夹着一大包东西，他不知放在什么地方恰当，过去两个人接下来，在炕上放一床棉被，把一垛四方形的纸口袋，中央有黑圈，上面写着金字的东西放好了，跟来的伙计，穿着蓝布大衫，大家都看着他，看他把四方匣打开了，里面有几件放光的银饰的器物，他把那大喇叭按在匣子的一端，又从匣里拿出一个弯曲的铁棍，插进匣子的腰上转圈扭，母亲和姐姐都过来了，街上也站了许多人，等候听奇怪的匣子会唱戏，但母亲看了一会儿，忽然想起自己的职责，就去提醒父亲说：

"他爹！不用开饭么！"

"不着急！都不饿呢！"

大家也觉得母亲多事，都对她放着不满的眼光，她哪里明白，仍催着父亲说：

"我看还是吃过饭再唱吧！"

"你用吧！"我们大声说。

"无论怎么你们都得吃饭呀！你们都饿啦！他爹！我去收拾吧！"

"唉！你在这里坐一会儿吧，不要多说了！"

"我去端饭来，你们都得吃。"母亲用围裙擦擦脸，往后屋走去，同时喊道：

"春菊啊！来帮我收拾！"

姐姐不答，站在父亲旁边看，母亲骂起来：

"这丫头，有热闹什么都忘了！"

母亲打开锅盖，白色的浓雾向屋顶飞腾，她先拿出热好的干粮，菜，又一勺一勺盛出稀粥，碗和碟摆在金黄色木制的方盘里，两手端着往前柜上送，她走到院子中央就停住不走了，惊愕的倾耳细听，果然是锣鼓响了，她站在外面问：

"饭端来了，吃吧！"

没有人听见她的声音，她又喊道："吃饭！吃饭！"

"他妈！你拿回去吧！我们现在不能吃……"父亲脸也不转过来的对她说。

"你们饿了呀！"她仍是唠唠叨叨发慈悲，没有人理她，没有法，她只得默默的端回去了。

站着的，坐着的，倚在门框上的，屋子里挤满了邻居，街上也是站着的，坐在石阶上的，靠在窗子往里面看的一大群人，黑色的圆盘迅速的旋转，并画在细密的线道上，从喇叭筒发声，胡琴，琵琶，铁板，唱，都清清楚楚的传播出来，母亲重把饭放在锅里，盖好木盖，又点柴火放进炉坑，为使饭放在锅里不冷，她拿出活计做着等他们开饭。

　　上灯时分，她仍然等不到开饭，夜一点一点深，她坐着一动不动，忧愁将冷的饭食，不时进添几块柴放进炉里烧，前面是锣鼓胡琴的合唱，大家听得把饥饿都忘记了！

（《泰东日报》1938年2月27日，署名：慈灯）

小松树

有一次，我和一个志趣差不多可以说是相同的朋友，在一天北风呼呼的深冬的早晨爬山。

是放假的日子，我们闲着无聊，想起这段消遣，于是，我们穿着短衣和破鞋，往连绵不断的山岳里风带出发了，目标，是一个不十分远的比较在附近是最高的山峰。

初出发，为回避北风袭击起见，我们顺着狭窄的山谷间，像猫似的躬着腰，踏着崎岖不平的道路上不稳的石块，加小心的往上爬。一股气达到第一个山腰，接着是奔向山顶，很不费力的到达了，再继续走时，显然是到了高处，风加倍的凶猛，似乎故意和我们作对，想把我们击倒，跌下深渊。

但我们对于爬山一向是爬惯了，不觉得怕，只是这无理的风，它竟下着毒手，不分青红皂白，任意的吼叫着，我们巧妙的，及惊的，各方面须担心，累得汗水直滴。爬上山坡，跑下去，潜在深谷里走，弯弯曲曲的爬向另一个山坡，选着简捷易行的道路——事实上并没有这路，我们只凭着目力和脑筋测量，认为是道路，便毅然的走上去，不知道是爬过几个山坡，跃下几个深谷，一次比一次艰难，而终于，结果是远到了相望的目标，居高临下，回头一望，确是惊人，连我们自己也想不到会走这样辽远！

疲劳是忘记了，艰险不过觉得有趣和可笑罢了！

我们在另一条选择的路往回走着，有一个深谷之中，有几棵小松，并没有加以商量，我们用力的把小松拔出来了，预备拿回去栽在门外面，看看是很小的松树，谁知拿着却吃了大苦。

黑呼呼的吹来，我们都倒了，爬着走，但爬着走也不行，因为这是小松树的力量，风吹着它，他把我扯倒了！这是想不到的，在大风的天气，拿着一棵小松树走在山顶上却有着许多危险，和拿一把伞一样！

然而我们舍不得抛弃，和风争斗着，在狂风的威力之下挣扎着，把小树藏在背后，前面来的风把我们吹向后退，拿在身前，更不合法！竟一步也走不动？！左也不是，右也不是，我们穷了计策，最后的决心是，只有努力的一条路了！忍着辛苦，冒着艰险，步步是困难，我们都不肯舍弃，觉得如果瞧着若丢扔了，便是说意志弱，很为羞辱，为了兴趣的竞争，我们愿意牺牲性命，摔倒，流血，碰碎骨头，这都不足虑，我们以为跌倒是荣耀呢！

　　你这狂吼的北风，不顾它袭击得怎样猛烈可怕，我们的小松树是紧紧的握着，后来我们安然的到了家，小松树像胜利的大旗一般，插在床角上。

　　我们——我和我的朋友，相对之笑了！为的是我们幼稚的冒险的行动笑了。

　　小松树在屋子里，我们把它当成装饰品，忘记了它是我们的生物，没有泥土的培养和水分是不能长久活养的。

　　这一个星期，落下几枝细长的尖叶，我们很犹豫着，但也没有立刻培栽起来的勇气，它的针一般的细叶纷纷落着，如果动它一下，那更落得凶，有许多虽然未落的绿叶后来衰枯了，变成黄色了，终于枯萎了完事！

　　我时常记起这件平凡的小事，但它给了我什么很大的有益的教训么？

　　"是的！"

（《泰东日报》1938 年 3 月 6 日—10 日，署名：慈灯）

一个青年的生活 (残篇)

——十年前的事情

在"包办酒席，应时小卖"的饭馆，薄薄的黄漆木板隔成的小屋里，坐着一个十七八岁的人。他的肘支撑在桌上，两手捧着脸，像睡熟了似的垂着头，坐着一动也不动。八仙桌上罩的一张油腻沾污了的白布，和他肮脏的蓝竹布长衫没有大差异，他的头发至少有两个半月不曾剪了，很像一个没有时间修饰自己的艺术家，可是在跑堂的眼里，这很显然是个穷光蛋，藏在桌子下面的两只脚，无论怎样掩蔽得周到，一眼就可以看得出，那是一双破旧不堪的坏皮鞋，卖给收破烂的勉强值三个铜板，左脚的鞋后跟露一个窟窿，三个铜板恐怕也不值呢！

摆在桌子的四周，除了他坐的不算外，一共是三条方凳，墙上钉两个铜帽挂，一个的外钩断了半截，都生锈了，在帽挂上方，挂一张烟卷公司的广告牌，画的是两位服装很摩登的女郎，在月夜的树阴下闲坐，一位身穿粉红色旗袍，两条大腿儿交叠着，怀里抱着琵琶，玉指尖尖的微笑着在弹奏，弹的是《桃花江》吧？穿浅绿色旗袍的另一位手指间夹着香烟，弯着杨柳细腰伏在弹琵琶的身后，也是微笑着，表示生活上很满意的样子。在她们婀娜的姿影的背面，是美丽曲折的栏杆，皎洁的月光投射在平静的池面，在水中映出一个神秘的月影，夜大概深了？大地静悄悄的，微风吹拂，把从樱桃口里喷出来的烟卷的香味吹得四散，任凭你是英雄好汉，倘若嗅到这股香味，也怕你不得不醉熏熏的了！总之，这幅画是处处表现着一个画家的天才和苦心描写，一张卖两角半钱是不算贵的……

可惜他饿得要命！无心仔细的欣赏，而且在画的右头贴的那张红纸条，上写：现钱交宜，概不赊账。很使他不高兴，屋顶上悬挂着的各色各样不同的万国旗，其中有一个撕碎了，也使他愁苦，他把脸从手心里拔出，摸一摸缺少秩序的头发，摸了一手尘土，他的脸庞还没有消瘦下去，眉毛下面闪着艰难的目光。

跑堂的进来，吓他一跳，他缩一缩肩头，对跑堂说：

"给我倒杯茶！"

他的声音里含着怒气，但跑堂的对各种声音听惯了，连答应都没有就转身出去了。

隔壁，有几个男子和两三个女子在快乐的谈笑着，碗碟相触的清脆声，和酒烟的恶气味，从板缝里传过来，他嗅到那饭菜香，引得肚肠咕噜咕噜直响，他恨不能跳过去把那人赶出去，痛痛快快的吃个大饱，他实在饥饿得忍无可忍，他的肚子早已饿扁了啊！

他知道那女的是饭馆里的招待，当他进来的时候，她们曾探头望望他，只看一下他的衣服，就把油头粉面缩进去了。她们都是"站在时代尖端"的女性，有出人头地的狡猾的聪明，有丰富的虚荣的经验，善于观察，有对于各色人分析得十分正确的智慧，她们的眼光很锐利，会判断、推理，所以她们很了解在他身上是敲不出半分小费的。实际上确是如此，他的袋里只剩下最后的一角钱了，他两天没有吃一口东西，他不忍花去这一角钱，这一角是他卖去了所有的几本好书所得的钱，他花这样的钱有多么痛苦，但他走到这家饭馆门前时，饥饿逼得他一步也不能再忍耐了，鬼才知道他为什么不把这一角钱区分为两次，在街头买点零食充饥，却跑到这来一次就把一角钱牺牲。

和他接洽的就是刚进来的跑堂，这小子有一副狰狞的面孔，对穷富客人用不等的眼球看待，他没有好声气的问明白了他叫什么饭，便高叫一声：

"大碗面一个啊！"他满可以听得出这声叫是没有正经的，似乎叫一个大碗面是多余上这里叫一样，连一杯凉水都不给他，他记得顾客入席之后，应该有条"手巾把"打上来，他现在正需要一条手巾擦擦脸，他四天没有洗脸了，觉得面皮紧巴巴的不好受，他为讨一杯茶恳请了四次，好容易请到跑堂老爷驾临，但这跑堂的听说要茶一去就不复返，他忍耐着，坚毅的咬着牙齿，他等不得了，饥饿之火在他心里燃烧起愤怒的气焰，他把桌子一拍，高声喊道：

"跑堂的！"

回答他的是隔壁里开心的大笑，板壁格格振响。

一个人说：

"干一杯！来，来，痛快点。"

又一人说：

"不行，不行，我，我快醉啦！"另一个人说：

"哪里？醉了不要紧，我送你回去，快喝！"

一个女子娇滴滴的说道：

"喝！一！杯！罢！"

这个女子说话把第一个字拉得很长，腔调很温柔以表示她的文明的思想，她的诚意，恳切，对待有钱的客人的忠心无二。

接着就是水灌进喉里的努力吞下之声，又一阵噼啪的鼓掌，嬉笑，疯狂般的唱着。

盼望茶和饭的总不到，急得他眼睛冒火星，他用力的在桌上捶两下，这两下很有效力，门帘一揭，女招待进来了。她步履轻盈的，扭动着肥臀，涂得和妖精差不多的嘴唇，像吃了一个死孩子似的血红，足有二寸厚的粉，擦得脸雪白的，描着眉毛，她装作处女般害羞的情态问道：

"什么事？"

"面！快去看看好了没有？"

"什么面？"

"我叫的面，大碗面……"

她转身去问了一问，事实上也不知是真问假问，她回来安慰着他：

"就得，别着急。"她拖一张板凳坐下说："你只一个人吗？不喝酒么？"

"不，不喝！"他懒得和她答话，无奈英雄气短，而且他是读过四大部《世界文学读本》的人，不能和她一般见识，所以不耐烦这么哼了一声。

"不叫菜么？"她整理着乱的发又问，他又哼一声！

"嗯！不……"

"叫一半样菜吧！我替你想，海杂拌？炸对虾？烧海参？炒肉片？"

"你还曾说些什么？"他心里想："你的本领只有说几种菜名罢了！"让我背一背给你听！"普希金，哥郭尔，阿克沙珂夫，屠格涅夫，奥察洛夫，陀思妥耶夫斯基，托尔斯泰，柴霍甫，高尔基……你懂么？小样？"

"我给你叫海杂拌怎样？"

她看沉默不语，说着跑了出去，他来不及开口，她已经进来，坐下说："要下雨了！"

"你叫了么？我不要！"

"雨天没有地方去！正好这里吃点儿，你的头发怎不剪剪？"跑堂的端上大碗面，他狼吞虎咽的大块往嘴里夹，她很开心的鉴赏着他乞丐式的动作，他全不在意只顾大嚼，这时，他的希望，便是放在面前的珍宝，他张动着嘴巴，像饥饿的狗一样拼命的吃着，海杂拌也端上来了。他看了看，虽然食饱，却未敢下手，他没有看见她夹着给他送进饭碗里去，吃到嘴里才发觉，但咽至喉头又不能吐出来，不时的发着疲乏的因大嚼而劳苦的气喘，没有几分钟光阴，他吃光了，使他惊骇的是海杂拌缺少了许多！他觉悟了！恐慌了！踌躇了半天，哝哝的问她：

"多少钱？"

她出去以后，狰狞的面孔进来。他又问：

"多少钱？"

"大碗面一角六，海杂拌五角，一共六角六。"

"大碗面不是一角么？我记得是一角……"

"不是！一角六，决不能多算，先生！"

他的袋里只有一角了，他掏了出来，放在桌头。

"我以为大碗面是一角了，我只有一角钱……怎么办？"

跑堂的摇一摇脑袋，很不信任的神气，出去招呼另一个伙计进来，这伙计一进门就对他警告道：

"我们这里是言不二价的，六角六的饭钱，只付一角，无论走遍天下也办不出这样事，请你照数付钱好了，没有什么说的……"

"我没叫菜……"

"什么话呢？你明明吃了菜怎么说没叫呢？"

门口围了一群看客，隔壁的少爷公子们也过来了，大家很有趣的研究这一幕喜剧的开场。

窘迫和分割的苦恼袭击了他，他叫苦了！他踌躇着，说明理由，但他们全不相信，连女招待也不承认是她所做的坏事，他们异口同声的咬他是无赖、流氓，上天知道，他是无赖汉么？他的母亲怎样在他少年时代苦心教养他，她临死的时候还嘱咐他说："要做一个好人！"他能忘记这些伟大的教训么，他就是饿死也不愿意当流氓的，但是他们竟无理的把"无赖"、"流氓"的罪名加在他身上，他没有什么说的了，他情愿脱下长衫拿去典当付饭钱，他们赞成这样做，面孔狰狞的跑堂尾随着他，陪他去当。

他在哈哈大笑之下走出饭馆，跑堂的紧紧的监视着他，像看守重罪的囚犯一样。

深秋的细雨丝丝的下着，他的心被侮辱得粉碎，他在当铺里埋着脸皮脱去长衫，呈到比他高半倍的柜台上，敬请上面那阎王老爷的批准。

"写多少？"阎王老爷轻蔑的问。

"给五角六罢！先生！"他哀求着说。

"至多能写三角钱，再多一个不领！"阎王爷斩金截铁的这样回答。

"先生！"他快要哭出来了。"求你给写五角六罢，我等五角六用！我有了钱马上来赎，愿出三倍的利息……先生！五角六！"

"不行，不行，拿到别家当去罢！"

"据我看"，狰狞的跑堂说："你这件衣服不值五角六分，这样办罢！把衣服给我，就算值五角六，我拿回去，算了！怎样？"

怎样办呢？他想了一想，把衣服交给茶房，低着头走了，饭馆里的人都有趣的把这事当作酒足饭饱的笑话高谈。

"他明明是没有钱可来吃饭，这纯粹是个无赖！"

"哈哈，你看他那二年不剪的头发。"

"他那双破皮鞋，脚后跟都露出来了！"

"别看穷，他还耍脾气呢！砰砰敲桌子。"

"现在还穿长衫，老天爷！什么时候！不是夏天了！"

"而且他那件破长衫脏得多可怜呀！"

"哈哈！真有趣！"

他的肚子，算是饱了——有一碗大卤面和侮辱，他跑回小客栈，他在小客栈里住了十多天，客栈掌柜已经对他声明数次，倘不赶紧交清房钱，就要不客气的把他驱逐出去，他不知说了多少好话，但说好话是没有用的，拿出钱来比什么都好，可是他拿不出来呢！他抱着新的愁苦迈进客栈的门坎。

客栈掌柜正好和他碰个对头，看他这种狼狈情形，马上明白了这个所以然，掌柜先开了口，——他是有发言的优先权的。

"房钱五天一清算，这是客栈的规章，先生住下就是十几天，一个大子不给，要的时候，今天推明天，明天推后天，总这么推是不成的，如果实在没有钱，请换个地方去住罢！我没有法再客气了！实在的！这真不像话……"

"先生！"他苦苦的哀求着说："我从失业以后，所有的东西都当净花光，你看我，连身上一件长衫都当掉了！请你同情我，可怜可怜我，帮助帮助，我情愿给你工作，我什么都做得来，不要先生工钱，只要赏我一碗饭吃就行，无论怎样求你帮助……救救我……"

掌柜转动一下四方形脑颅，在功利方面打一阵算盘，仔细的打量着他，说道：

"客栈里的生意不好，没有再雇一个人的力量。"

"先生！"他急忙插嘴说："我一个铜板的工钱也不要，只赏我一碗剩饭吃就满足，当客栈的茶房，我从前干过，真的，先生！你可以让我干一天看看……"

掌柜大发慈悲的应许了他的所请，不过不知道他可不可靠，因为这个缘故，不叫他做屋里的事务，只在外面劈柴、挑水、打扫院子、洗刷各种器物、搬运东西，上街雇车，帮帮厨师烧火，洗碗碟，凡是吃力的工作，各方面都用到了他，他很有气力，做起活计来很快，有忍艰耐苦的勤劳精神，他的孜孜不休的做工的态度很可嘉。

这家小客栈，是在一条热闹的街道的街角上，正当十字路口，从东向西，从南向北，来来往往的马车和行人，像一群群鲫鱼，一群群蚂蚁似的，从朝至暮，至深夜，他们——人和牲畜——总是不断的飞跑着，匆忙的奔走着。

小客栈对门，是一家钱庄，门前有一棵粗大的电线杆，他每天出门必看见那里——靠钱庄门口的电线杆跟前，蹲着三个褴褛的孩子，一个像是姐姐模样，年约十四五岁，瘦长的小脸上满是泥土和黑灰，披散着头发，又零乱又肮脏。她的衣服简直不能叫衣服，那只是些破片，用绳头紧在身上，脚上没有鞋，围一条破麻袋片当裤子穿。蹲在她身旁的像是妹妹，有八九岁，形样和她相仿，她们的面前铺一块破布，上面有几个铜板。还有一个六岁的男子，他光着头，裸着下身，皮肤完全被尘土遮满了，好像泥土是长在皮肤上一样！他没有一定位置，东跑跑，西跑跑，尾随在过路人身后，伸出一只手，或者迂回到行人前面，弯下两膝，跪下叩头。八九岁的女孩，时时也和他一样的去动作，姐姐就如商家的账桌先生似的，原位不动，监视着慈善家所投掷在她面前的铜板，弟弟和妹妹得到了铜板必到她面前交账，把铜板放在她眼前，她有时很有经验的指挥着弟弟和妹妹向某一个过路者去讨钱。

行路人发慈悲的很少，有的虽然接受了叩头却不施舍，甚至很感到可憎而驱逐着，甚至咒骂，有的觉得很有趣，微笑着站在那里十几分钟的看着开心，但叩头的尽管叩头，得到报酬的时候很少，还有的以为尾随是件莫大的耻辱，拿出要动打的姿势，更有的因为懒惰不肯摸摸衣袋，默默的走去了，不消说叩头的尽管白叩头。

这三个可怜的，被世界所丢弃，所忘记，无人照管的孩子，怎样的忍耐着，制服着感情，苟延残喘的生活着，他们没有父母，他们的父母是谁，谁也不知道，没有谁过去问问，谁也不管，只觉得不相干，因为不是自己的同胞手足，所以不闻不问。

任凭他走到哪里，总会遇见这样的孩子，褴褛的、憔悴的，伸出污黑的小手。行路人发慈悲的很少，人们在镜子里所见的只有他自己的面孔，只要自己吃得饱，住得舒服，此外便不问别的事了，你饿吗？好！请你等一等，你冷吗？好！请你别着急！

孩子们不愿饿，不愿冻死，他们还是彷徨在街头，尾随在行人身后，伸出一只手，绕在行人的前面，弯下两膝跪下叩头……

"老爷太太们哪！发发慈悲吧！"

街上来往的行人，谁也不管谁，褴褛的孩子们尽管叫，尽管哭，谁也不管谁，大家都不相干哪！

他在小客栈真当跑腿，在街上看到许多使他惊叹的事，他差不多每天看见有一个小姑娘随着她的母亲，天天到各处去寻些活计做，补补旧衣裳，缝缝破裤子。

做这项职业的人很多，活计很少，她们一天很不容易找到几件活计，赚得区区几个小钱，还不够买一条粗布裤子穿。

她们有了活计便坐在顾主的街门旁边，一针一针补，一针一针缝。

小姑娘垂着头，低着眼睛，什么地方也不看，也不望，只是一心一意的帮助母亲做活，动作极其迅速，她母亲还没有补完两只裤子，她已经补完了两只。汽车在街心上，离她不远的地方，嗖一声飞过去了，马车在马路边，距她很近，巴嗒巴嗒过去了，行人匆忙的，迟缓的，在她面前来的来，往的往，她毫不注意，有时她只稍稍的用眼角瞥一下，所看见的仅仅是风一般快的汽车轮，交换着奔跑的马的四蹄，人们的两腿和两脚。这些腿和脚真是五光十色，等等不一，有的裤角挽着，赤着两足，有的裤角肥肥的，直直的，宽宽的，拖在地上，有的布鞋，有的皮靴，有的皮靴又翘又尖，后跟垫一条高棍，那是马蹄铁做的吧？但她只是一瞥这些景物，立刻恢复她的意识，做她的工作。

她的面上虽然没有表情，她的心灵深处却有着起伏的情绪，她时常一边做着一边暗暗的哀怨起这些事，他凭着读书四部文学读本是可以想象得出来的，那小姑娘哀怨着：针呀！我拿着你，运用你，也是劳动你，并且也苦了我……

朝朝暮暮，坐在街上，有了活计，我就不停的做，不停的，不停的做得我的腰酸、腕痛、手麻、头昏昏、眼花花，我的母亲，她的头发半白，手笨拙，早已不堪操作，因为生计，不得不忍耐着。

假如我的父亲不死，哥哥还活着，便无须我母女俩来在街头，像乞丐一般，过着颠沛流离坎坷的生涯。

父亲在工厂里被打断两条腿，他受不住残废的痛苦，偷偷的爬到码头，对着可怕的海，扑通一声跳进水里去了，深更半夜，无人理会，可怜他终于淹死。

哥哥久久不归，无处探听他的下落……

针呀！哭杀了母亲！哭杀了我！我们还得活下去，不得不想法，我们没有房产田地，没有分文储蓄，没有什么本领，无一技之长，针呀！于是想到了你，靠着你，你是我们求生的武器。

那些不拿针的人，她们穿绸摆缎，是怎么回事呢？

我们从来不能吃饱，一天一顿，有时一顿分做两餐，饿着肚子补着缝着。

针呀！我拿着你，断续的缝着，已经有多少年了？我早已计算不清，道不明了。

针呀！假如失掉了你，没有你帮助，我们可怎样办呢，将连寒冷的小屋也租不起，不能充饥的食物也没有得吃，破烂衣服也没得穿，真的变做乞丐，提着木杖，拐着铁筒，一家一家去问，去讨求，看那些残酷的脸色，粗的细的蛮横的嗓门，忍受那些少教养的狗的狂吠……

针呀！倘若到了那步田地，我实无勇气过活下去，我将蹈父亲的后尘，寻哥哥的怨梦去……

小姑娘缝着，有时停止了工作，看母亲靠在墙上，合着双目，那枯黄的憔悴的面容，衰弱老残的身躯，她在做片刻的休息着，小姑娘看这副可怜的姿态，禁不住从眼角落下泪水。

针呀！万一我可怜的母亲丢弃了我，永远的抛掉了我，我应该怎样处理呢？我仍是靠着你一针一针的补缀吗？

她有时长久的停止了做活计，细看指间捏着的针，细小的、寸来长、银亮的针，针也像是疲乏了，小姑娘的活计进行得很快，一只破裤子补完了后跟，放在身旁的"针线筐"里，就拿起另一只，仔细观察破坏的范围，计划缝补的方法，她先剪好一块蓝色的粗布角，在裤子底上横量竖量量妥了再剪裁，裁得圆圆整整，忽然在针上引了线，开始一针一针的缝，一针一针的补。

他几乎把这小姑娘的动作和她心灵深处的悲哀都观察得极其熟悉了。

他还知道在小客栈附近，时常在街上徘徊着个疯汉。

这个男子有三十几岁，每天早上在街头哭喊，凡是听见他哭喊声的人，不管是正在怎样的快乐，一定要立刻觉得悲哀起来的，他一边哭喊，一边诉说着，似乎在向人间说明他哭喊的原因。其实用不着，他老是说，人们差不多全知道了，虽然全知道，却没有谁帮他设设法，救他出于苦难，只是走出门来，或者探头在玻璃窗，看他那副可怜的样子，摇摇头，叹几声气罢了！

他的样子不仅可怜，还有点诙谐、可笑，正因为又可怜更加上又可笑，所以才叫人觉得越发有一种深切难耐的悲酸！觉得这滋味分外难过的尤其是他，在他心里似乎有着不可忍受的怒气将对谁爆发个淋漓痛快。

他最觉得可怜的是这疯汉的两个小的孩子，一个男孩刚刚会走，抱在他怀里，一个女孩始终牵着他的衣襟，寂寞的尾随在他的身后，低着头，跟他各处流浪。

这一小队行列，在街上走过的时候，人们觉悟到有一层黑影从天上落下来，但这是一瞬间的事……

看起来体格很强壮的，他怎么会疯了呢，一个人怎么能好好的会疯狂，会痴痴癫癫。

他的衣服肮脏得极不堪而且也破碎了，头发松乱得很，脸因为长久不洗的缘故，乌黑憔悴，以至不容辨出他本来的面目来。

他常常的是顺着街边走，黄昏以后，在小客栈这条街上，差不多可以天天看见这疯汉，听到疯汉的哭喊，许多小孩子在周围随着他，并不是看热闹，是好奇的被他的悲哀的故事所打动，还想从他的举动、他的什么秘密的地方研究出更详细的酸痛的经验，他的声音粗壮有力，震动了每一个听到他声音的大人和小孩的心弦。

他从别人嘴里知道了这个汉子疯癫的原因，这汉子原来是个耐苦的青年壮丁，凭着铜皮铁骨，满身的气力去赚钱养活他的妻和小孩，凡是劳力所得到的代价大概都有限，他朝朝暮暮卖他的气力和血汗，结果还不大能养活起他的老婆，他的老婆是个不能受苦的少妇，满脑子对于物质永久不会满足的坏蛋，她心肠凶狠，对他忠实的丈夫从来没有好气，不会管教自己了，对孩子缺少爱，母亲不喜欢自己生养的孩子，算是哪一种生物呢？鸡鸭猫狗，在所有的动物之中很少找得出不爱自己的孩子的禽兽来，然而这位出奇的、可敬的女性竟与众不同，她确确实实不爱自己的孩子！

她怨恨丈夫无能，不能使她吃得饱饱，住得舒舒服服。她嫌恶孩子累赘，不能使她安安静静，自由自便。她的心底里，隐藏着不顾廉耻的勾当，丈夫的忍耐耐苦，打动不了她的邪欲念，孩子的天真活泼唤不起她的愿望。她悄悄的，人不知鬼不觉，丢抛了孩子，躲开丈夫，跟她的野男人偷跑了，不知跑到什么地方去了。父亲为孩子苦煞，东西奔跑寻访她，但到哪里去找得到她呢？在这人烟稠密的大都会，他到哪里找得出他的妻子，并且找得出又有什么用呢？

他这样诚恳，思想很简单的男子，他狭窄的胸襟怎能经得起这重大的打击，这严重的创伤哪是他忍受得了的？

于是……于是，他捶胸跺足的哭起来，喊他的悲痛，停止了劳动，抱起孩子，到各处去呼唤，求人们的同情和公正的审判，但同情有什么用？事后的审判当怎么补足？他什么也得不着，停止劳力接着便是饥饿袭击他，一个目不识丁当然说不上什么人生观的男子，他抗不了风吹雨打，于是……于是，他疯狂了，人们都称之为疯汉，大家都熟悉他的妻子是随着一个流氓逃跑的。

这个汉子是疯了，哭着喊着，向半空诉说他的悲哀，他的不可挽救的创伤……

两个孩子，哭喊着找他们的妈妈，他们也知道妈妈不会来了，停止了哭和找，她们爱父亲胜于母亲，但饿了没有办法，有慈悲心肠的道德家，施舍一点残剩的冷饭……

不消说这个汉子领着他两个可怜的孩子，和那些不幸的人一样街头便是家。

总之，无须一一仔细构写，他耳所闻，目所见，亲身所经历的事情，叫他忍无可忍，对着青空大骂起来。

但他为自己的生活计，给掌柜好好的做活？很勤快，很能吃苦，掌柜很中意他，升他当茶房，茶房这种职务他从前干过，很有经验，掌柜很满意他，给他少数的薪金。

头发剪了，脸洗得干干净净，他新做了一套夹裤夹袄，买一双长脸圆口鞋。

他在小客栈里服务了一冬，这一冬，他完全是被物质、经济、环境这三位大魔王征服了，他有多大本领也不行，他虽然厌恶极了这种倒茶打洗脸水的奴隶生活，但除此而外没有别的办法，人穷志不穷这句格言是讲不通的，他希望当教员，办不到！他希望当银行书记，办不到！他希望当买办，当官，他希望从天上像雪花一般掉下一万块大洋，怎么能办得到呢？能办得到么？自然你有几个铜臭，你是什么都容易办的……

春天来到的消息到处显露着的时候，他辞了茶房职业，他给掌柜再三鞠躬道谢，提着小包袱上了火车，这是他一冬计划好了的，他只要有几个车次，便立刻离开这个客栈，他没有目的地可去，他流浪惯了，他的腿会走路，什么地方都能够去，天涯海角，他到过许多地方，这种今日东明日西的生活他几乎过习惯了，他没有在一个地方住下一年的耐性。

在他未到这里以前，他在 e 埠一家洋行里当书记，当字匠！每月的薪水是十三元零六角，可惜这家洋行倒了。他在这家洋行里住了九个月，成天到晚握着笔头，像警犬似的蜷伏在桌子上，头极力前倾，眼睛注视着账簿的格线，一笔一画的写去，所写的净是数目字，他的手和思想一天到晚在数目字上活动，不能发挥一点别的。

摆在他桌上的是些比猪粪都讨厌的文具，他时刻接触的几个同事比苍蝇都讨厌，他一天在经理面前至少说两千回"是！"啊！这洋行总算倒了，他飞出笼子，虽然笼子外面给了他许多苦，在受苦的当时觉得很难受，可是过后细想倒是很有意义的。他到这个都会来，本想访一位从前在轮船打杂的同事，不巧，这位同事早已跑到别处去了，他在客栈里蹲了十几天，他在饭馆里所受的侮辱，这些打击，叫他哭不得，笑不得，他决不相信什么命运，他知道这是一种可以改良的力量，在背地里直接间接的摆布着他，叫他倒这样的霉！

坐在三等车厢里很舒服，他的位置是个角落，车里的旅客很稀少，寥寥的可以一看就数得过来，车在迅速的飞跑着，他从车窗往外看，那些应接不暇，时刻变换的田园风光，他忘记自己所受的痛苦，很有趣的想着过去的事。

那一年，是西历多少年？他可想不起来了，总之是他在 G 省一家大鼻子洋行当仆役的那年——但他可不会说外国话，一句也不懂，也无心学习，因为他的职务用不着外国话——那一年他是十四岁，这是他记得千真万确的。他为不通"也死""隅来"，也瞬间的立过志要研究，曾有位同事劝阻他，说本国话还没有学会还是学本国话的好，这位比他聪明的同事的意思是叫他念国文，这个意见他同意了，他同意这个意见有理由，原来他那时，只要倒出闲空来，死心塌地的读报上的文艺作品，拣选其中最合口味的则把它剪下，贴在他专为这个钉成的大本子上，每天总剪下一两块，贴得整整齐齐，空隙处，剪报上那些心爱的插图补充，这样忙碌着几乎成了他不可缺少的嗜好。不过他有许多读八遍也不懂的地方，而且生字太多，原因他读书太少得可怜！这件事时常苦恼着他，查字典，他又觉得很讨厌。在读一块作品时，急切的是读完，中途为生字翻弄字典，总得耽误几十秒钟，如果有一半个不识的字倒还可以，可是太多了！像"哩"、"噢"、"哟"、"嘎"、"哧"等浅近的字眼他都不能正确的知道是怎样读音，"呀"、"啦"他是知道的，不熟悉的太多，一块作品，比如是三千字，其中至少有一百他不知道的生字，翻字典有时竟翻到半夜，好容易查出一半来，但这一半又不能全记住，渐渐他觉得查字典实在太讨厌了，查得他头迷眼花，数字的笔数，找索引，记住子丑寅卯，在多少页里，又必须在这页里用手指指点搜索，唉唉！没有比这件事更叫他难受的，以后他干脆查也不查了，他练习会判断，这一个字不认得他，猜测这一句的意思，便容易了解了，然而这种办法决不能叫他满意，他需要无论什么字都能够认得的本领，从上面所说的那位同事对他警告以后，他立刻觉悟到，正好有一个教国文的夜学校离他们宿舍不远，他马上牺牲了六分之一的月薪——两元钞票——交给夜学校老师，报了名。这一天晚上是他发奋用功的第一步，可惜发奋的毅力支持了不久，电影却把他的灵魂牵去了，这两元学费从此花在电影上，而且深深的着了迷，不过报上的文艺仍不断的酷热读着，他最喜欢的是那一串串的长字眼，虽然很难懂，他只觉得出奇，他还摸索着用长长的一大串字眼来写信，比方说："你十二号写的信，今天收到了"这样写本就满好，他呢？却不，这想写："我真是一点也没有想到今天午前十点钟会接到你十二号那天写给我的这一封叫我十分欢喜的信……"这样他还嫌短！尽可能的把它再拉长一些，多加几个字进去。

这地方，是个荒凉的山野间。这间久久无人居住的小屋，离村落很远，孤独的蹲在郊外。门前有一道溪流，越过去便是一丛黑压压的树林，每天天一黑，就听得森林里，有野兽噪叫，令人毛骨悚然，头几天的一晚，他们都睡熟了，被窗外可怕的声音惊醒！他急忙爬起，从窗空中窥探，只见凄惨的月光下，清清楚楚的有两个张牙舞爪的猛兽，在院子里走来走去，把鼻子紧贴在地面嗅着味道，他不知这猛兽叫什么名，身长与老母猪相似，灰黑色，眼光炯炯，那张盆似的大嘴，看一看会把人吓死！他的身体简直吓僵了，他的舌头只是伸出，不会说话，妹妹在后面扯他的衣襟，悄声问他是什么，他不能言语了，眼睛都不会动了，直直的做手式给她看。

"呀……呀……呀！"他上气不接下气的喘气，仅仅呀几声，他摸索着爬下墙去，战战兢兢的在水缸旁边摸到斧头，伏在窗前防守着动静，等了多时，不见有什么，再探望一下，那两个东西原来早跑走了，这一夜他整夜不能合眼，斧头在手里一时一刻不敢放松，仿佛斧头便是生命的保障。

天亮之后，他找许多木板和粗树枝，小窗封闭，让光明从小空里透进一丝丝来，门外设了各种障碍，天未黑之前，他们赶紧把门关好，用大石和木棒做支柱，颤抖着过这不安的恐怖的一夜。

他们附近的小村落，据说在二年前，曾有一晚，足有二十三只狼去合伙袭击，人们放火吓退这些野兽，但结果被咬伤的人还是不少，一个孩子被咬去了，三个汉子被咬倒，几只狼跳进一个家屋里，把吓倒的两个妇女咬死，小孩子藏在箱里，侥幸脱出性命。不久以前，有个醉汉白昼在林中睡觉，经人发现后，只剩一堆残骨和满地鲜血……

一连几天他为这事设计，为预防野兽袭击起见，斧头磨得风快，菜刀磨得亮亮的，此外还有一条非常坚硬的大棒，随时随地放在身边，一有不测，他马上可以轮起来抵抗。

头一天黄昏，在他们搬进这小屋后的第六天——树林中发出几声可怕的噪叫，那声音，任凭你的胆量多大，也会竖起头发，把帽子冲掉。他的妹妹，骇得面无人色，紧紧的抱着他，牙齿不住的咬响，他安慰她，说许多怎样勇敢不惧怕的话来，鼓励她但没有什么效力。她仰头看他一眼，又瞅着昏睡的母亲，结果仍是战兢兢的抱着他紧紧的不放。

雨和雪和风的吼叫，渐渐的加紧，好像有几千几万的猛兽集合在窗前，预备袭击他们的小屋，把他们撕碎了分享盛餐一样！天已大黑，他握着斧头，把菜刀给妹妹，妹妹拿着，告诉她万一有东西闯进来的时候，怎样勇敢、拼命的砍去，因为争斗可以从危险之中换出胜利来，他们不能坐以待毙，或与洪水猛兽去握手，求它们宽饶，它们是不懂得这个的，它们唯一的需要是饱腹、美味。他想着，在这样风雨雪之夜，怎样防护自己而保得性命的安全，人与兽争斗非以残酷的手段不为功，因为兽是残酷的，他这柄斧头，其实不过是安慰他的工具罢了，他怎样能抵挡数十只凶残的野兽呢？当时想到这里，他不禁打着寒战，心里恐慌得很，可是他立刻决定，无论怎样，他不能坐着连手也不举一举，就让野兽吞食了！

等了好久，门发生动摇，他急忙舍弃了窗，跳到门后面，叫妹妹守着母亲。

门接着又是几声响声，显然是有什么东西在外面推撞，越推越紧，危险得很！门是不十分牢固的，倘若门被推坏了，野兽闯进来，那真是了不得，危险到家，他将怎样办呢？急得他手忙脚乱，用肩头靠着门，用力的抵抗着，忽然一声巨响，门闩断了，一扇门半开，一个毛黑黑的头伸进来，张着大嘴，他赶急举起斧头，对准狼的脑门猛力劈去，狼吃了一斧，吼叫一声，向受制于人倒下去了，很沉重的摔在外面，他知道它一定是死去了，接着又是一个头颅，不消说他又是一斧，可是门眼看倒塌，把他压得喘不过气来，这算完！外面不知有多少猛兽，疯狂的向里直接直闯，举起斧头他一斧一斧的砍去，毫无瞄准的时间，只是乱砍，妹妹也跑了来，举起她的菜刀，和他一样的乱刀砍去，"狼呀！狼呀！都是呀！"她失声的狂呼着，这时她的灵魂是另一个了，他所不熟悉的另一个，她的动作很迅速，很机敏，很猛很强，被他们砍死或砍伤了许多，外面一片，骇人的噪声，窗也有推撞的声响了。

"快！快！去守窗户，去……快……"

他这样指挥着，妹妹跑了去，他砍着这面还担心着那面，一只狼猛扑过来咬住他的斧头，他举起左拳打去，打了数下狼才告退，接着是两只一齐向上扑，一只奔向他的头，一只扑向他的腿，他只能砍伤向头上扑来的一只，他的腿终被大咬了一口，另一扇门眼看也要倒塌，他急得心慌意乱，手脚不知所措，斧头不停的乱舞，左手也乱打过去，腿痛得要命，他疯狂一般的呐喊着，高呼求救，但他们的茅屋距小村落过远，风就把他的喊声压灭了，他知道呐喊不成，还是拼命抵抗，妹妹叫着：

"不好！坏啦……哥哥呀！窗要倒……要倒……"他不知怎样办，简直发了昏，这里是不能舍弃的，反正他们算完了，"我们的命到今天，到今夜，到此刻算结束告终，以后我们没有挨冻的难受，没有饥饿的忧愁，没有……一切的烦恼都没有了！只是，只是啊！我们死得太悲惨！太可怜！天哪！没有谁来救我们，我们孤苦伶仃，我们薄弱贫乏的力量！我们死在荒凉的山野间，连知道的人都没有，我们的尸身无人埋葬，我们连尸也没有啊，天哪！我们到死的时候还得不到平安，不能好好的死去，我们没有坟墓……我们与人世，隔一道无底的鸿沟，我活着不幸，到死还是不幸啊！……"

他一面乱砍，一面大哭，忽然，他立刻清醒，狼全死了，在他面前没有一只活的了，另一扇门只倒了一半，原来还有几只在向小窗猛袭，他探头一望，那里只有三只，跳着向小窗碰冲，木板和树枝半数被撕去了，他悄悄踏过去，从后面砍去，砍伤一只，另一只转头就跑，从门上跃进屋子去了。

"不好了呀！进来啦！啊……"

妹妹绝望的喊着，他奋不顾身的跑进去，狼已经跳上炕去，把妹妹拖倒，他急慌了，斧头落在地上，他不顾命的猛扑过去，死命的叉着狼脖颈，死死的挣扎，发出难听的绝命的喘声，那一只也跑了进来，咬住他的肩膀，妹妹奋力拿刀一砍，狼负伤退出去，他手里的一只已经将死，他把它拖出去，这时妹妹已把斧头拾给他，三下两下把狼砍碎了。

事不容缓，他急忙收拾门。这时只有雪在狂暴的下，雨是已经停了，雪花铺满大地，门前是黑色的死去的狼和红色的血。门已经坏了，他只得用木桩和大石压紧，窗户可以将就。只盼望，这一夜可这样就过去。他的腿剧烈的痛起来了，肩头和左手也被咬伤，血滴着，他只觉得口渴，万幸，妹妹只是衣服撕破，她说什么地方也没咬着，无损毛皮，他很痛苦的高兴，这场恶战的成功。忽然妹妹倒在他的怀里，昏过去了，她的背上衣服撕破，雪映着屋子里很亮，她背上的鲜血看得清清楚楚，他拍她的小脸，已经苍白，眼睛紧紧的闭着，气已绝了！啊！他抱着她给母亲看，老天！母亲早已断气多时啊！母亲的手和脸冰凉，他跳了起来，拿着斧头就往外跑，他要去干什么呢？一点不知道，仿佛他的灵魂已离开他而去，不是他的了，他连意识也没有了，风刮着他跑，身体不知是什么力量在支配着，脚不连地的跑去。

雪已停，大地静悄悄地，跑了许久，他跳过溪流，直向树林中奔去，奇怪得很！那树林里，在一个黑暗的地方有赤红的一缕火焰，夹着烟雾，火焰四周，好像蹲着几个奇怪的人，他大胆的走近前去果然是几个人，他们在那里弄火取暖，看见他很惊骇似的，他们是五个人，其中一个拿着长矛的突地立起，上下打量他，很仔细的，看他手里握着斧头，回头向其余的人做暗号，他们同时立起，原来他们都拿着同样的长矛，矛尖放着寒光，一看就知道很锋利，只轻轻一刺，就可把人的身体洞穿，他们个个体格魁伟，头上扎着长布，身穿兽皮短袄，脚上是皮制的短靴，束着腰带，背后还插着短刀，这种刀是他从来不曾见过的，宽而长，刀尖是方形没有刀刃，也没有刀梢，看那样子必锋利无比，决不是他迟钝短小的斧头可担当得起的。

他们的眼睛和狼一样的可怕，先前立起的汉子看了他才开口问道：

"做什么的？"

"复仇！"很奇怪！他还会说话，可见他的灵魂并没有离开他去，只是意识模糊，心里可很清楚。

"复什么仇？"他不耐烦的问并向其余人使眼色。

"吓死我的母亲，咬死我的妹妹，咬伤我的腿，请看！"

举起他负伤的左腿，鲜血凝结在裤上，一片赤红，被咬伤处已冻结，那家伙又问：

"谁咬伤的？"

"狼！残酷的野兽！"

"狼？是什么时刻？你住在何处？"

"刚才，有一大群，我没有检查数目，总有二三十，啊！真可怕呀，它们把我们的门撞坏，疯狂□□□□□□□啊！真可怕，妹妹……"

他忍不住悲痛的哭起来了，他回忆那时那种情景，此刻还觉得心胆寒战，可怕万分。

"你住在哪里呢？"他大不耐烦的这样问。

"离这里不远，隔一道溪流，在小村落的东端，是两间孤独的小屋，半个月前，我们流落到此地，我们是穷人，没有东西吃，在村落里租不起房屋住，人们指示我们，说是那两间小屋空着，没有人敢住，因为住在那里危险。我们颠沛流离，一向过着乞讨生活，哪里顾得什么危险不危险，于是就在那两间小屋里住下了，不幸，母亲病倒，我和妹妹每天到村里讨点东西吃……啊！凶猛的狼群，竟来袭击我们，可怜的母亲、妹妹！她们被咬死了……"

"那么狼全部都跑了么？"

"已经全被我和妹妹砍死！或者还有一只是逃了！"

"什么？"这家伙忽然大怒。

"你全把它们砍死了么？这个畜生！"他气得发抖，其余的人也生起气来，和他说话的汉子过来就一拳，他躲避不及，一踉跄，向后摔倒，跌在雪地上。

"喂！你这是怎么？"他和这家伙理论。"狼杀害了我们，你该帮我复仇才是，把这丛林中或别处所有的狼，和其他处的野兽整个杀死，免得再残害别人，这是你我应尽的义务，你为什么还打我呢？"

"畜生！那些狼是我们驯养的，我们全赖这些聪明勇猛的家畜过活，如今全被你杀死，你这胆大的东西！非叫你偿命不可！"

这家伙说着就要拿矛刺他，其余的几个人急忙过来阻止，说这样的处罚未免太便宜了，应该捉回去想个最厉害的处分办法。

于是他们七手八脚把他捆起。啊！好冷的可怕的夜，这不可思议的灾难！他是置身在怎样的一个梦境的世界里呢？他们驯养这一大群没有理性的狼来过活，这是什么意思呢？直叫他很费思想也不容易把其中的道理想开。

他们驱他前进，他的手倒绑在身后，天又冷，怎样走呢？哀求他们放开，他的母亲和妹妹死在那间凄凉的屋子里，无人埋葬，实在是很可怜的。

"快放开！快点！把我放开吧！"

他蹲下不走了，他们看他不前进，一阵脚踢拳打，他的腿痛楚得很要命！他跪起走几步，无论怎样也不能走了，他躺在雪里打滚，叫哭连天，但他们打得厉害，连痛带冻加上伤感，他已经半死。

他发觉以后，身体一点不能动了，他们把他绑在树上，打算乱枪刺死以后，剥皮烤吃，他们说：他们很饥饿了，等不得回去，趁着他还是活的，刺几枪，然后烤，肉一定很香，吃着必有美味。

他们的人面孔，这时变了，变得狰狞可怕的狼面孔，张牙咧嘴，和狼一样，只有两条腿立着和穿着衣服的不同。

"啊！啊！不幸的境遇莫甚如此！母亲、妹妹，你们是多么不幸啊！我们哪！实在说不上幸福，看一看，母亲想一想，你如果不是饥饿难忍，怎会病倒。你生下我们在这世间，孤苦伶仃的，虽然得不到饱食暖衣我们毫不怨，然而这悲惨的灭亡啊！也罢，我毕竟尽了我的渺小的力量杀死几只狼，算是达到我对种种残酷的待遇和迫害稍尽不屈服的思想与手段，死了也觉得安慰。"

"好！假面孔的人们！"他大叫着："你们原来是依狼过活的？是不是？我不必思索你们的生活方法，快举起你们的枪矛，苛毒的向我胸膛刺吧！"

他们张牙舞爪的举起矛来，跳着退化的野蛮的舞，这大概是他们杀人前的一种仪式或制式的原因，跳了一会把枪尖对着他身体的各部，头、胸、两腿，一齐刺下，用力的，狠狠的，刺进他的体内，血泉涌一般流下。

但他不感到疼痛，只觉得寒冷，冻得不得了，终于把他冻醒了，他离开了这可怕的梦境，真的醒了。

妹妹睡在他的怀里，他把菜刀放在身边，他的斧头还握在手里，母亲也睡熟了，他看看窗，窗好好的，门也并没有坏，雪大概还在不住的下，积雪必有相当的厚了，时间总在过半夜两三点？

这是那时的噩梦的情景，以后几年来，他所过的生活，虽然没有真的被野狼袭击，可是他的生活的内容，那些小客栈街道附近的孩子们，"缝补"

的小姑娘、疯汉，以及数不清道不明多的人们，都和他一样的过着这样悲惨的生活呢！

他想得很疲乏，他不想想了，火车在飞跑着，机轮轧轧的做着愤怒的音乐，一只肘当枕头，伏在柔软的座位上希望睡过去。

——无论何时何地全是这种情形——"你是谁呀！"——他的眼泪快流出来了！——进来的是位活泼的女郎——狼吞虎咽的把两个馒头吃了！——"给我滚出去！我没有工夫管这些臭事！"——这个胖子决不是好东西——各种声音从小包袱里传了出来——要想顺顺利利的开拓一条永久的光明的大路，那就非另想个高明有价值的办法不可——……"赏我碗饭吃吧！"——

黄昏时分，火车到了P城车站，他从毫不谦让的人群中挤出车厢，他的行李只有一个小包袱，夹在腋下，匆匆忙忙的走着，他把票给了收票员，这是拥挤得最难受的最后的一关，所有的人都像有重要的急事似的，不肯落后，尽着所有的气力向前挤，这些应该向前却不向前，不该缩后却缩后的大国民，无论何时何地，全是这种情形，他很愁苦的忍耐着，好容易挤出车站，洋车从四面八方把他包围，争抢生意，谁知他是没有坐车资格的，他左右摇头，摆着手，声明不坐，但可怜的洋车夫们似乎很知道他的袋里还有几个铜板似的不肯放松，他低着头，一言不发从圈里走，打一条出路闯出去了，他长长的吐口闷气，顺着街边赶紧的走，深怕黑暗的夜落下来把他压倒，街的路灯亮起来了，告诉他夜立刻就要来到，警告他尽可能的快些跑。

其实用不着警告，他三步当两步，把赛跑的姿势都拿出来，他很快的转过弯去，经过一条十字街，于是急转直下，顺着从早嚷嚷到晚的大街奔走，汽车一辆一辆的接着飞过去，马车一辆一辆跑过去，洋车夫的两腿迅速的交换着，人群，来来往往，从他身旁擦过去，有的碰一下他的臂膀，碰的人必觉得疼痛，因为他的臂膀有力，但他一概不留心，急急的奔跑，走过二里来地，他的额头出些微汗，不过他不知道疲乏了，夜可是真来了。

他也到了目的地。

他到一家大门口，这是一条很幽静的街道最高大的一个大门，他轻轻的敲敲，可以听得院里有说笑声，正因为院里有说笑声，所以他的敲声没有发生效力，只得敲第二遍，力量重一些，但还没有应声，他又敲第三遍，砰！砰！砰！这次的声响很大，里面问道：

"谁呀？"是个女子的声音。

"我呀！"他这样很客气的回答。

"你是谁呀？"这问话显然带一多半开玩笑消遣的性质，接着是一片笑声，又是沉默，这次的回答叫他难住了，他怎么说合适呢？他吞吞吐吐的说：

"我是来访问经理的。"

"访问经理有什么事？你贵姓？你尊姓大名？"

这简直是吃饱了饭，拿他来开心解闷，他有点恼了，他从很远的地方跑了来，整整坐一天火车，这一天肚里还没有进一点东西，加上忧虑和烦恼，这时他哪有心思来开玩笑呢？从里面发出一声厉害的命令：

"快去开门！不准胡闹！"

他听得出这是经理的声音，脚步临近了，但还问着"你贵姓？"

"我姓杨！从张城来的。"

"噢！"这一声很温柔，而且很含些安慰的意思，门开了，他急忙脱帽鞠躬，因为天黑了，他看不出这位女郎的面孔。

他被领进屋子里，这是一间华丽的客厅，洋式的躺椅，洋式的茶几，墙上挂几幅洋式的油画，什么都是洋式，门窗、地毯、桌上的烟盒，什么地方，因为这小包袱不是洋式的，等了片刻，经理进来，一看，愕然了。

"怎么？你怎么来了？喂！"

"是！我从张城来……"他要哭，话很难过的说出嘴来了，"我在那面找不着事情做，我只得来……求求经理，赏我碗饭吃！"

他的眼泪快流出来了，经理让他坐下，他立了半天，看经理坐下之后，这才坐在椅子角上，手里抱着包袱，像落难的妇女抱着还不肯舍弃的爱儿，两眼像小狗乞怜似的望着经理为难的神色，皱着眉头。

"那里你不是有个朋友吗？一点事情找不着吗？"经理端详他一会，这样说，他很抱歉的垂着头，看看胸前。

"买卖倒后，我就到这来，洋行里人是满满的……我没想到你能够来，我想，你再不能到别处托托朋友吗？这一冬你住在哪里？"经理燃着一支烟含着，说话的时候看着他的包袱，好像那包袱里是大洋钞票。

"我再不认得谁了，那面的朋友到别处去了，我在客栈里……"

"在客栈做什么？"经理插着嘴问。

"给他们……写账！新近又雇了人，我只得到这里来……"

"好吧！既然来了，我给你想想法看吧。"

"谢谢经理，给我费心。"

"但你怎么知道我在这里住？"经理很有趣的问他。

"买卖关门头几天，别人告诉我说，经理要到这里的广兴洋行做事，他们也告诉了我经理预定的住处，这地方我很熟，太太和小姐都好啊？"

"都好！"

他只知道太太和小姐，却从来不曾见过一面，刚才给他开门的或者就是小姐吧？

"郑三！"经理喊着。

进来的是位活泼的女郎，有十七八岁，她顽皮的对经理说：

"郑三去送母亲和姑母去看戏还没有回来呀！"

"那么叫厨子来！快点！"

"是，快点！"女郎很顽皮的答应着出去，他想这不像是小姐，她不能有这么大。厨子是个满脸麻粒的中年汉子，他只立在客厅外面听吩咐。

"厨房还有睡觉的地方么？"经理问道。

"有啊！"胖子嘎声的这样答，并且看看他。

"领他去，给他预备个地方睡。"经理对厨子说，同时转过脸来向他。

"你在这里先住两天，我看看想个办法吧！跟他去！"

"是！谢谢经理。求经理费心……"

他在胖子的屁股后面走到了厨房去，胖子问他：

"找事情？现在找事情可不容易！"

给他预备睡觉的地方，是在胖子身边，那一间小屋只能睡三个人，已经有三份行李卷摆在炕里面，一点闲空没有，胖子把右边的一份行李拿到外屋去，放在橱箱上面，对他说：

"你先在这空地方睡吧，人回家了，总得十天八天才能回来，不然没有地方再预备给一个人睡。"

他的肚子响了一阵，这时才想起一天没有吃东西，想起来便觉得饥饿难忍，乞求胖子：

"有什么吃的没有……"胖子正放开行李预备睡，不耐烦的瞥他一眼，说：

"碗都收拾完了，明天早晨的吧！"

"我今天一天没吃东西，有点饿……"

"那有什么办法呢？"

"我袋里还有几个铜板，全给你，求你找点吃的，什么都行！"

胖子已经躺下了，他的话像一个字没有听见一样，默默的，一言不发，他从袋里把铜板完全拿出，一个不留，送到胖子面前，胖子看一看那数目，又把头转过去对着墙壁，他哀求道：

"求你帮帮我的忙，找点吃的，什么都行，我有事情以后，一定不忘你的，请……收了这钱，我现在只有这几个，别嫌少……"

"你自己找去吧，在那面橱里，有两个馒头，可是菜不准动。"

他打开橱门，果然里面有两个馒头，还有两盘剩菜，这好像发现了黄金一般的叫他乐不可支，他拿出馒头来，关好橱门，狼吞虎咽的把个馒头吃了，这样很小的馒头他吃着，少到家也得八个，两个够做什么呢？

不吃倒好，这一吃越发觉得饿了，胖子已经很快的像猪一般睡过去，他看放在胖子身边的铜板全没有了，十六个铜板只买两个馒头真是太不合算，无论走到哪里没有这样贵的馒头，他知道没有什么吃的可以增加了，把小包袱当枕头，衣服也不脱，饿着肚子躺下去睡，但他哪里能够睡得着，又饥又饿现在又觉得疲乏了，腰骨酸楚，他在火车上，在乌烟瘴气的垃圾堆里，直挺挺的坐了一天，很痛苦的焦熬着，这十几小时的光阴真不容易过，他此刻想起来更觉得加倍艰难，地球的面积虽然很大，他的路却这样少，几乎没有一步是他走的路，没有一点立锥的地方，谁知情形更糟了！

自从洋行一倒，这个供给他吃饭穿衣服的地方失去以后，简直是失掉了生命，他没有法找第二条生路，没有至亲好友，找不着一个能帮助他的人，就是有能力帮助他的也未必肯帮助，人有几个愿意帮助别人的，就是帮助那也不过是迫不得已，因为某种关系，为维持身份和面子，不得稍稍帮一下罢了，他深知这层，所以愁苦得这一个月来几乎白了头发，他把一冬所积蓄的几个小钱全用在这一趟的路费上了，要不是经理发慈悲，收留了他，这一夜得睡在什么地方呢？是不是得蹲露天地？唉！真艰难到极点，但他又高兴，总算不错，他到了这里仅仅有一线很少的希望的光……这位光明之神不消说就是睡在他身旁的胖子的主人，王经理大人了，王经理是好人，实在的，没有对他说："给我滚出去！我没有工夫管这些臭事！"

他翻来覆去，肚里咕噜着，判断这一次命运不知如何，总之，饿不死吧？经理照旧和头年一样的胖胖的身躯，那说话的声音，一举一动，完全没有差别。

那女郎是谁呢？能是经理的小姐么？听说经理小姐还很小。

这个胖子决不是好东西，他想着：托尔斯泰也不知是谁曾说：世界上没有一个艺术家是吃得胖胖的。这话很对，有许多文艺家的境遇很不幸，"看我的境遇，很有当文艺家的资格了？"他微笑着翻一翻身。

包袱当枕头究竟不如枕头舒服得多，他觉得头下很不稳，修整了一下，包袱里是纸声响，是的，他的这个小包袱里面不是衣服，是唯一能解除他苦恼的宝贝，他走到哪里带到哪里，所有的东西都当光卖净，只有这个小包袱原封不动，还保存着，有几次他很想把小包袱里的东西焚烧但总舍不得。

这个圆圆的、长长的、扁扁的、灰蓝色的包袱皮包成的小包袱，好像留声机、无线电机、影戏放映机一样的可供他消愁解闷，他躺在小客栈里也行，坐在火车上也行，睡在草原上也行，在这间厨房里更行！比方现在他可以听见里面有各种声音，响动，有河水经过林边潺潺的喘声，有在街上成千成万的人们聚在那里因为什么事而大呼小叫，有谁家的小鸡咯咯的在庭院里找食吃，又可以听见妇女因为维护孩子出来和邻人争吵，失学的贫儿，脸向着墙头悲哀，母亲追打女儿丢了丑，饿着肚子三天没有东西下肚的青年的彷徨，挨打受骂的童养媳的啜泣，农人、工人、学生、商人，幸福的、可怜的，哭的哭，笑的笑，各种声音从小包袱里传播出来，他立刻坐起，把小包袱打开了，他不想睡了。原来小包袱里并不是像童话一般不可思议之境，有什么奇怪的宝物，而是一打一打的稿纸，页页写满了钢笔和铅笔字，这些东西都是他写的，在悲哀的时候，在艰难没有办法的时候写的，这样写可以舒畅他的灵魂，他决不是什么作家，他只是一个无家可归，无亲可投，失了学又失了业的人，境遇不十分叫好的人，这些东西便是他"苦闷的家"（自然他懂得象征苦闷的算不得艺术），因为他不是什么家，所以象征些什么是没有关系的。

他现在翻弄着稿子，这一来像留声机的上了弦，无线电机对准了音，声音清清楚楚的可以听明白了。

河水经过林边是一道不是普通的小河，乃是可以冲断了长堤、险巍的高山，拖倒了铁桥一切巩固的建筑物的水，来势汹涌，其力不可挡，这猛壮的溪流的吼声正是经过林边走向山头向着大洋奔去的，水流的喘声恰如暴风雨一般急骤的音乐，一阵狂风挤过树梢，雨水瓢泼似的倾盆直下，灰土坚固的石墙轰然一声倒坍，大小石块顺着水流滚去，这河奔流的吼声确实令人战战兢兢。

他翻过两页，河水的吼声才算停止，接着是成千成万的人拥挤在街头狂呼，这是举行什么庆祝会吧？情形极盛一时，这些人山人海的人像喝醉酒的一般闹闹嚷嚷，摘下帽子摇摆，呐喊声打成一片，只听得嗥嗥如雷鸣接续不断的，却测不出其意义来，他把这几页又翻过去，于是这些呼声也渺茫了，隐隐约约还可以听得出一点来，但远了，听不见了，如在极远极远的远处。

小鸡咯咯叫是在乡村，一个景致清幽如世外桃源一般的乡村，不仅只有鸡叫，小鸟、鸭、蝉，各样的声音都有，只是小鸡的叫声大一些罢了，因为这里所写的是以小鸡做题，描出乡村生活的一幕来。现在老妈妈正从草屋走出，手拿着米粒，小鸡从四面八方集拢来，咯咯的发出欢乐的叫声，妇女因为护孩子出来和邻人争吵，把小鸡的叫声的一幕压过去了，地点是都市贫民窟的一角，孩子们不受半点教育，父母因为迫于生活忙，无暇顾及孩子。而父母自身就是粗野的，不懂得指教孩子的人，孩子们像小狗一样，三五成群的在泥堆里打滚，时常玩恼了吵起来，骂起来，打破鼻子，抓破脸，他们的父母鉴于自家孩子吃亏，不顾情理的出来和得了便宜的孩子的父母争论，这样由于孩子打闹变成大人争吵了，闹得天翻地覆，不成样子。这一篇的主人是个铁匠的妻子，她为维护自己的孩子和邻居一个洗衣女争骂。

晚上两家的丈夫为这事又闹起来，拼死拼活的相打，后来铁匠舞起打铁的八斤大锤，一锤把洗衣妇的丈夫的脑袋打碎了！这一幕写到警察来把铁匠绑起结束。接着是失学的儿童，他是穷人很有教养的好孩子，因为拿不起学费而不能上学，看小朋友拿着书包从门前经过，自己脸向着墙忧愁的光景。母亲追打女儿丢了丑，这是到处常闻的趣事……也是悲事，虽然不一定母亲都追打，而女儿丢丑却是家常便饭，事实比雨点还要多几倍也说不上丢丑，不外是一般人所谓的私通，这里所写的故事发生在乡间。一个寡妇守着一个孤女，这位寡妇对成人的女儿看管得极严，谁知不严还需好点，越严越容易出问题，女儿终于生了个又肥又胖的大小子，寡妇妈妈大发雷霆中，把女儿打得死去活来，女儿忍不住这种毒打，为报复起见，在众人面前把妈妈的事实检举了出来，故事进展到这里就算告终了。

三天没有东西下肚的青年，大概写的是他自己吧？他暂时放下稿子，看着呼呼睡得猪似的胖子。

天不过刚过半夜，他的肚里又响起来了，不知什么时候他又昏睡过去，他接续做着梦！

拥挤的群众，分成四个大洪流，一流从左面向右挤，一流从右向左挤，一流从后向前，一流从前向后，说起来这是一而二二而一的事，他挤了一夜，做了一夜拥挤的梦，胖子翻过身来把他挤得很难受，这小屋子要睡三个人可是要命一样！第二天早晨他老是想着梦中的意义，他想从梦中的情景想出一个真理来，可是胖子说了下面的话把他刚要想出的给忘了。

胖子侍候经理吃完了饭，收拾点剩余的饭菜，叫他：

“吃罢！”

他真饿急了，昨天晚上他又受了冷，身体不住的抖擞，他靠着炉灶跟前，烤着火取暖，胖子在他身后转来转去，忙着替太太小姐们预备饭，看他像是一只讨厌的猫一般，不时的对着他的脊背放白眼球。他蹲在那里苦恼着咀嚼失业的苦味，无奈他是个举目无亲孤苦伶仃的人，他思索着他所读过的书里有没有写着落到像他这步田地应该如何处置的话，书里是有的，但所写的只是些苦况，仔细描写，一些风呀雨呀罢了，并没有明明白白的告诉应该向东向西，有的写着努力呀！前进呀！但怎样努力怎样前进，却叫人摸不着头脑，他此刻唯一需要的只是吃，胖子准备的饭菜，似乎故意减少，没有许多残余。他嗅着小锅里冒出的鱼肉的香气，那是太太小姐吃的，就是剩下来他也吃不着，胖子一个人就收拾净了。

胖子做好的饭菜由一个清瘦苍白的家伙端出去，这个骄傲得忘了形的奸臣，他的眼睛比胖子还要冷酷几分，他看着这小子出来进去忙碌着猜想他必就是经理所喊的郑三，他一走进来就在他身上打量，这叫他很难过。他走到大门外面散步，看见那女郎在院子里跳着游戏，还有一位比她稍小些的小女，此外有两个半大孩子，无忧无虑的快活的玩耍，他低着头走了出去，他听到身后一片耳语，接着是天真的欢笑，他明明听了这几句开玩笑的话。

"我在那面，……找不着事情做！我来……来求经理赏……赏碗饭吃……哈哈哈哈……真可怜！"

跑到大门外面，像无数的枪剑向他猛刺一般，酸痛得很！他在门外徘徊着，又听到了笑声，这声音很临近，他一回头，几位女公主提着书包出去了，啊！她们都穿着一样的学校制服，鞋袜，一个年纪最小的，有十一二岁的小女士回头仔仔细细的看了他一下，很满意的欢笑着跑去了。

"……赏我碗饭吃！"

她们走远了，还这样取笑，回头来看他开心，他有点怒发冲冠了。

他在厨房里猫似的蹲了几天，看胖子的眼色吃点残余的饭菜，焦苦的等着经理给他找事情做的成功的消息。那个顽皮的，模仿着说"赏我碗饭罢！"的天真的女郎确是经理的小姐，她不看见他便罢，一见面，她就嬉皮笑脸，得意非凡的对着其余的三个孩子做怪脸，说一千遍亦不厌的"赏我碗饭吃罢！"她模仿得活龙活现，那悲哀的音调，那愁苦的表情，那可怜的姿势，把他那晚的情形，暴露个淋漓尽致，诸如这些，很能显出她演剧的天才来，看这种聪明，可以预知她将来有不可限量的前途。较小的姑娘，是她姑母的宝贝女儿，性质和经理小姐天地相殊，她只是微笑着看经理小姐模仿，但她的微笑里面含着点同情的成分，她不大高兴这样的拿着开玩笑来侮辱人，找别的游戏的提议去打闹，是个近乎温和可是不沉默的性格，玩的时候是很雅致的，不像经理小姐那样的快活得忘了形，不知天多高地多厚了。

那两个年龄八九岁的孩子，一个男的一个女的，都是经理的妹妹所生，经理还有个少爷，比小姐大两岁，在学校里寄宿，他从来没有见过，经理的太太有二十八九岁，或者有三十多岁，她因为顿顿吃好东西又加上保养得周到，所以体格很强壮、丰满，走路喜欢低着多肉的脸，像在地上想发现点什么，她是掉了东西在寻找一样。经理的妹妹很年轻，把头发烫得弯弯曲曲，旗袍滚着花边，从这件旗袍可以知道她的丈夫很能赚钱，是她好在饭后到门外顺着街边散步，悄悄的唱着歌，她必看一份杂志，知道饭后散步可以消化，比吃一个苹果还多效力。四个孩子看她一出门，就身前身后的缠扰她，她似乎很喜欢孩子，愿意孩子随着她各处绕圈。他很懒看胖子和郑三那两副冷淡狡猾的面孔，他为躲避他们到外面去坐在树上，一坐就是几个钟头，他很乐观的看目前的景况，经理妹妹遇见他时，就问他些姓名年龄籍贯等话，她的记性很坏，问他的名字问过四次了，但他都立起敬答，十二分客气，他是必须客气的，经理太太只见面对他点点头，上下打量着他，却不和他说话。那是很显然的，和这样一个人讲交际没有好处，深怕他乘机伸出手来！那有多么讨厌哪！如果他是一位西装革履的大阔少，到她们家来她早就点头弯腰的让到客厅里喝咖啡了，人都是这样在利益方面打算盘。

那位经理妹妹的女儿和他相识了，她的芳名叫"丽明"，十四岁，初中二年生。她的小弟弟八岁，是二年级小学生。经理小姐是十五岁，这很使他惊叹，十五岁竟长得那么大——和他同级名叫"荷芬"。

丽明小姐，领着她的小弟弟和小妹妹，在他附近游玩，丽明问他：

"你会讲故事不？"

他想了一想，他读过安徒生童话集、格林童话集、鲁滨逊漂流记，还有其他寓言故事等等，可是他早已忘记了，讲不出来，但他说："我会讲许多你们老师都没有听过的好故事！"

"真的吗？"丽明正经的问他，不大相信他的话，一个人的衣服太旧，无论什么事都叫人不信任，人的眼睛由小孩时代起，就遮上了一层盲目的布，说的心愿是纯洁的，那真的是不可靠得很！

"当然我不撒谎！"他对她说。

"那么你讲给我们听，要好好的故事。"

几个孩子围着他，听他开口讲。

这件事使他穷苦了！他不知怎样推托，假装翻着眼球在想。

"因为我知道的故事太多了，一时想不起讲哪段好。"他这样吹着说。

"随便讲一段！"丽明像是观察出了他的马脚，逼着他。

"他不会！不会！"她的小弟弟对她说，他们轻视的看着他窘苦的形状欢笑。

这一家人！这两家人，主人仆人，连小孩都轻视他了，他极力的想着故事，他想用故事征服这些孩子，使他们对他发生敬意。

他想出一段事故来，很高兴的讲给他们听。

"我讲一段笑话，你们或者听过也说不上，这是本国的笑话，据说是实事，很有趣呢！"他这样说。

"你们要静肃。"他说着便开始讲他的笑话了。

"从前，一定说出某年某月我也说不清，总之是从前，有一个博学多才的县官，他生平所做的事情几乎没有一件不是奇奇怪怪而含着幽默味的，也许不算幽默，属于诙谐，你们明白什么叫幽默和诙谐么？你们可以问问你们的老师……就看这件事便可以明白。有一天，他到外面散步，和你们母亲时常的散步一样，不过他借着散步考虑各种事。他走到一处看见一间茅屋门前有一个老头和老婆抱着磨杆推磨，不消说这对老夫妻一定是过得很穷，穿着破乱衣服，样子很可怜，你们想，这样的老人不休的做着活计，而你们小小年纪成天到晚，只是玩、玩、玩，什么也不做！你们一点不知道，你们吃的、穿的、住的都是这样劳苦的人所供给你们的，穿好的、吃好的、什么也不做，你们吃的穿的是谁供给的？是你们的父亲么？那不对呀！全是这样劳苦的人的生产，你们的均衡生产书里是这样写着的么？你们的先生是怎样讲的，恐怕他和你们一样的不见得明白什么吧！你们且不要性急，好好听，这段故事，很有趣啊。

一位县官到了乡村，看到推磨的老夫妇。

这位有学问的县官站着看了多时，看他们推磨的吃力情形，他们怎么连一头小驴都不养呢？这位有学问的人真是可笑，连穷人养不起驴的这理都不知道！可是你们别小看他，正因为他是这样的善疑多怪，所以他比谁都伟大些。他上前问道：

'你们为什么推磨不用驴呢？'

'我们这样人家，'老太婆答：'哪里会养活得起驴呢？借也是借不起的！'他这才明白，很有所感的回去命令部下的当差，吩咐他们说：'往西面去，有一里半路，可以看见孤立着一间茅屋，门前有一对老夫妇，抱着磨杆推磨，就把这两个老东西立刻捉来！'

当差的唯命是听，急忙跑去把那一对可怜的老夫妻捉来了。

他当即升堂开审，老夫妻吓得战战兢，跪在下面，只听上面严厉的说道：

'我这个县里，没有人抱着磨杆推磨的，你们两个老东西可恶！丢我的面目，真正岂有此理？'说着把'惊堂木'用力一拍，'啪'的一声响。"

他说着在膝盖上一拍，孩子们惊愕的看着，他接着往下讲：

"'大老爷呀！饶命！倒霉！于我甚相干，闲话少说，来！'他向两旁一喊，当差的赶快向前迈进一步，听候命令。

'去买二升卤盐，用盐水活活的灌！把这对老东西灌死！'"

"他多坏呀！还有什么学问呢！"丽明不满的插着嘴说。"别着急！"他说："好好往下听吧！等讲完你就知道他有没有学问了。"

"'是！'当差的出去心里想这真是怪事！老爷是这样有学问而且忠贤的人，怎么做起这种缺德的事来？……

他越想越不高兴，到了一家他熟悉的大商家，告诉伙计给量二升卤盐，掌柜的听说他买盐，知道是出了什么事，好奇的问他，他把这事一五一十的说了，掌柜的跑到后屋，告诉伙计，'少给半升，他们拿去灌人，少给一些不要紧，好在他们也不会试量的……'

这位掌柜是出于好心，他对这事很不平，一举两得，少给半升，因为好人少受罪，他可以多赚矣。

卤盐拿了回去，大老爷命令当场重量一回，看看够不够，哪里会够，足缺少半升还多。

大老爷不禁大怒，把商家掌柜传来了。

'好你这个奸商，无怪你发了大财，原来你是个骗子，买二升盐连一升半还不够，其他对人民的交易不想可知，你是听打听罚，由你自便。' '

大……大老爷！听打怎么说，听罚怎么说？……'

'听打，便打你两千大板，把你打死算完！听罚呢，罚你一头毛驴，立刻送到！'

'大……人老爷！我……我情愿受罚！'

'那么快回去把毛驴送到！'又肥又壮的一头小毛驴立刻送到了。大老爷对老夫妻说：

'对不住二位老人，使你们受惊了，现在这里的一头毛驴赠送你们，请牵回去推磨或做别的用吧！'"

"你们说，他有学问没有？"

他讲完故事问丽明，丽明很惊叹这故事，不住的说：

"啊！他真有学问哪，有本事！"

他又接着讲：

"这段故事我也是听别人讲的，据说这个县官真有其人，他生平所做的事，都是很令人惊叹的，不知有没有书，像《徐文长故事》那样有趣的书，你们知道徐文长故事么？"

"我们没有听说过"，丽明很抱歉的摇着头说。

"徐文长故事只是有趣，可以当笑话看，没有这位老先生的故事又可笑又可悲而且很有意思。我讲一段徐文长笑话给你们听，这是我从书里看来的。"

"好！好！讲！"丽明催迫着他。

"有一天，徐文长的几个朋友问他说，倘若你能叫那面门口立着的大姑娘一笑又一生气，我们请你大吃一顿，徐文长说好。正巧那大姑娘旁边有一只狗在那里坐着，他过去对狗叫道：'爸爸！'那大姑娘掩面大笑不已，以为这人是疯子，他又回头对姑娘叫道：'妈妈！'这回大姑娘很生气，连羞带怒的跑过去了。"

"哈哈！"丽明笑得弯腰屈背，两个孩子都笑得不知怎样好。

老实说，他并不怎样笑，他怎么能笑出来呢，到这步，他应该大哭一场，可是他又一想，哭有什么用呢？这点生活上的不如意——本来生活是少有如意的时候——而这些不如意，或者说打击，像苍蝇一般时刻来扰乱他，像蚊虫一般使他的身体受些伤痕。这些身体上的创痛，比如一天没有东西下肚啦，没有温暖的衣服啦，都算不了什么，他还有这里的厨房可蹭，许可他吃点东西，已经很好了，他既已生下来了，既已活在这世间，既已呼吸着这宇宙的空气，就无须垂头丧气了，动不动就悲呀哀呀的了。所要紧的，只是非挺硬胸脯不顾三七二十一的向前闯去不可，是不容踌躇的，是不容彷徨的，闯碎了头，擦伤了皮肤，是一个青年应该在努力的途中常锻炼的功课，他想到自己过去几年的生活，综合起来下个结论，便是不肯忍受衣食上的苦，他觉得孤独，觉得什么都没有兴趣，没有意义，这些思想不见得是对的，他蠢得很可怜！他曾听过些没有价值的书，在他这样人生观宇宙观不定的人，不能无坏影响可说。自然这不是书的罪过，是他的罪过，然而书也负一部分责任，他读过些咬文嚼字空无一物的书，那能有什么好处呢，那些连自己的价值都不知道的作家捉笔就是吃、喝、玩、爱、老婆、孩子，再不然就是人生没有意义啊！我好痛苦呀！实际上他刚从销魂窟里享乐够了……总之这些书都该丢进厕所里去，写这些东西的人也该丢进厕所里，他愤愤的想着这些事，虽然愤愤他又觉得愤愤的不对，他也读过几本很有价值的书呢？他矛盾的想着这个想着那个，他以为还是讲故事，给这些孩子们听，可以消灭这些胡思乱想。

"我再讲一段那位博学多才的县官的故事吧？……"

"好！好！"丽明的弟弟第一个表示欢迎，于是他开始讲了起来。

"又有一次，他在街上闲走，看见一个卖柴的农夫扛着扁担，扁担头挂着一斤猪肉，他过去问道：

'现在不是过年过节，你卖一担柴能赚几个大钱？还要买肉吃！你必是一个不孝的人！'

'母亲患病，她想猪肉想得要命，我是为买肉给母亲而来卖柴的，并不是自己吃啊！'

'把他拿回去，再领到领他肉铺去捉肉铺掌柜！我回去等着。'他这样命令着身旁的当差，买肉的或卖肉的都传到，他就问肉铺掌柜：

'你可知道他买这斤肉做什么用么？'

'不知道！'

'为什么不知道？'

'他没有告诉我！'

（原文缺失）

事，都是不闻不问也不管，只要自己的营业发达，自己的老婆孩子吃得饱饱的，住得舒舒服服的，便满足了！是不是？此外不知道人类之

（原文缺失）

肉铺掌柜岂敢不从？大老爷命令两个当差的带着卖柴的跟肉铺掌柜去取三十吊钱，并告诉他们取到钱之后，让卖柴的回家就行了。钱交给卖柴的，两个当差的对农夫说：

'你这样容易的得了三十吊钱，我们为你跑来跑去，你总合计合计才对！'

'那么，就，就送二位各位两吊吧！'

（原文缺失）

当差的回去大老爷问道：

'怎么那卖柴的这样不知好歹？他真的拿着钱走了么？也不分几个给你们俩么，你们俩为什么不和他要几个呢？真是一对傻瓜！我派你们两个去，就是这个意思，我一向很穷，从来不曾给你们一个大钱，想这样一个

办法，你们却不懂得。'

'我们不能这样办！决不能，大人……决不！'

又命令另外一个当差的，把

（原文缺失）

而默默的拿着走了？好！打你八十大板再说，来人！

'大人……我……我已经给了他们每人十吊啦！……'

大老爷一听这话，恶狠狠的对当差的骂道：

'你们两个畜生！快把钱拿出给我。'

两个当差的只得全数掏出，大老爷瞥两个当差的一眼，说：

'我早知你们两个东西不办人事，在外面狐假虎威。现

（原文缺失）

他指教着丽明说：

"现在社会上有本领的女子不多，希望你将来做个有本领的女子，至于长大嫁丈夫，那是一般女子的归宿，一个有价值的超群的女子，决不能嫁了丈夫就大满其足，再什么也不做了……"

"你再讲一段故事吧！"丽明不耐烦的请求他。

"噢！"他这才觉悟！原来他的哲学没有用，她们爱惜的是出奇的有趣的故事，而不是干燥乏味的什么大道理，可不是怎的？他对于人生未免要求得太严了！初中二年，是的，十五岁小姑娘，两个几岁的小孩子，他喋喋不休的讲道理呢？但他说：

"讲故事自然可以，我有点饿了……"

"我……我回家"，丽明的弟弟站起来就跑："和妈妈要蛋糕！"

他想阻止他，已经跑远了，拿回来的是一包香喷喷的好东西，丽明说用不着客气，不够还有，这些不好吃的蛋糕有的是？她们早已吃得多多的！

他打开纸包一看，简直垂涎三尺，各样颜色形状不同的糕饼中，他只

是在鲜果店窗上看见过，他从来没有吃过。他一看四下无人，一口一块，甚至一口两块，三口两口把一包果子吃净了，孩子们看他这种吃法很是有趣，开心的笑着，跳跃着鼓起掌来喝彩，丽明笑着指示他：

"吃东西应该细嚼慢咽。"

"谁说的？你们老师告诉的么？那可真是太落伍了，细嚼慢咽是古年的学说，如今早被推翻了呢？狼吞虎咽的吃才合原则，你们老师都是些饭桶而已！"他摇晃着头这样反驳她，因为肚里进去了食料，所以说话的声音也高了起来。

"讲啊？讲故事！"丽明的弟弟等得不耐烦。

"一定讲就是，但讲完须有一包点心报酬，怎样？"

"行行！两包也行！"他们异口同声嚷着，他怕里面听着，嘱咐说话小一点声，他们静寂起来。

他抹一抹嘴，说他的故事。

"这故事和先头说的不同，先头说的是别人给我讲的或从书上读的，这一段是我自己所做，原稿虽遗失，但我还没有忘，就讲这段给你们听吧，题目是《铁匠的奇遇》，好好听着。"

"在一个乡村里面，住着一个铁匠，他是出名的慷慨和诚实，譬如谁的锄头坏了，买不起新的，只要到他那里一说，就可以分文不备的讨柄新锄。他所制造的器具，不但美观，而且结实耐用，从朝至暮，他的小屋子里冒着赤红的火星，他没有徒弟，也没有帮手，自己拉风箱，自己把铁放在火里烧。烧好之后，自己舞起大锤来打，没有妻子给他做饭，他是个独身的青年汉子，因为他太慷慨的缘故，所以无论怎样出力的劳动，而他的生活还是很穷，没有东西吃是常有的事。终于他连打铁所不可少的各种材料也缺乏了，只得停工，他把零碎东西全送人，自己只拿着大锤——这半生的好友，和一个盛干粮的口袋，过他流浪的生活去了。他没有目的，全无计划，随便走去，远远的离开他住着的乡村。

他走了一天，到一个大森林里的时候正是严冬，冷得要命，铁匠的衣服很单薄，但他的体格锻炼得很强壮，冷一点没有妨碍，不过他的肚皮是不能锻炼的，这时饥饿不堪，袋里携带的一顿干粮已经吃净，他忧愁的坐在树下面，左思右想，想不出好办法，太阳又快落下西山。

正在这时，走来一个老头子背着一捆干柴，从他旁边经过，看他在那里发愁，便不忍的放下干柴问他：'喂！伙计，在这里坐着干什么？'

铁匠抬起头来，望着这个憔悴的眼睛煦煦有光的老头子答道：

'干粮没有了，又无处投宿……'

铁匠说完这话垂下头去，老头子觉得他很可怜，对他说：

'那么就跟我来吧！'

铁匠扛起大锤，随着老头子走，老头子直向森林的深处走去，铁匠看见前面有两间茅屋，那就是老头子的家，他有一个年轻女儿，有十八九岁，很聪明伶俐，并且姿容美丽，一点不骄傲，是个好女子，她正在炉下烧着饭，看见老父亲的身后随着个汉子，忍不住问道：'父亲！这先生是哪位？'

'姑娘，不用问！'老头子直爽的说：'我也不知道他是哪一位，快预备饭给我们吃吧！'

这个老头子在森林中住得很久了，据他告诉他女儿说：他从前是个渔夫，不幸，他在海中遇着风浪，他的小船被浪打翻了，他的三个同伴全淹死，只剩下他一个人，抱着破碎的船板，在水面漂了几天，后来遇救脱险。他的老婆听说他在海上遇险，哭了半夜，第二天嫁人了，他的老婆是个骄傲的女人，虽然嫁个有钱人，觉得很荣幸，可是后来丈夫讨厌了她，把她赶出去，她于是变了乞丐。老头子回来以后，又听说老婆嫁了人，他没有回家的勇气了，他也没有孩子和什么可留恋的东西，便决心不再过航海生活，无意中走到树林里，发现这两间无人居住的小屋，就居住下去。这个姑娘，是没有父母的孤儿，她生下五个月，不知怎样会睡在这树林里，老头子到附近砍柴听到幼儿的哭声，看是个被弃的小孩，于是抱回养着，如今已经长大成人。这一晚，铁匠睡在这屋子里的草堆上，半夜，他听见远处有野兽嗥叫声，越叫越近，随后来到门前，撞着门咯咯响，铁匠拿大锤，开了门出去，空中挂着月亮，他看得分明是只肥大的狼，正要对他扑去，他举起铁锤就打下去，把狼打死了。

他又回到屋子里睡下，不久他被一种声音惊醒，急忙提了锤出去看，原来是一只黑熊，他举锤就打，熊闪避不及，死在锤下，以后又有一只虎来，也被他锤死在门前，次日一早，姑娘最先起身，她看见门前三只死去的猛兽，急忙告知他的父亲，老头子很惊骇，他指着铁匠的鼻尖大怒的说：'你这汉子真粗莽！你可知道这三位都是我的朋友啊！'

老头子抱起虎哭着，又抱起熊哭喊着，又抱起狼悲哀了一场，不要说铁匠，姑娘也惊呆了，她从不曾听父亲说过有这样三个可怕的朋友，在这森林里，一向是没有野兽的。

'汉子！'老头子伤心一会，然后对铁匠说：'你赶紧从我这滚开吧！'

铁匠拿起他的大锤叩头，满心疑团的离开了，还不住的回头来望老头子和姑娘。

我已经说过，这姑娘是好人，她看着铁匠被赶走，觉得心里很不忍。她很可怜这个无家可归，无亲可投的铁匠，她比那些受过教育，觉得自己很不错，其实是些苟且偷安，没有羞耻，而且还装架子很足的姑娘们高尚得多了。等铁匠走远了，完全看不见了，老头子对姑娘说：

'孩子！你不要怕，这三只兽都是人扮的，过来看。'

可不是么，老头子把三只野兽的皮剥下去，里面全是人，三个中年汉子，披狼皮的脑袋被打破，披熊皮和虎皮的也受了同样的创伤，都死去了。老头子从虎皮翻出许多食物，从狼皮里翻出许多钱。把皮挂在屋子里，然后将三个人埋葬了。

女儿始终是莫名其妙，她再三问着父亲，老头子叫她进小屋子里对她说：

'这是很简单的，我从前的那三位海上的伙伴，他们和我一样，并没有淹死，这是我在海上遭难以后不久就知道的，他们都年轻力壮，游到很远的地方，被别的船搭救出险，从此他们也厌恶了海上生活，他们老早就跑到这森林里来，凭着他们的智慧，先后打死三只猛兽，剥了皮……他们抢这皮，想出很好的计策来，就是劫着过路人财物过活，我到这里就是他们的劝诱。那一天，我险些被他们三个吓死，到眼前来一看，他们认得是我，还劝我在这里住，时常帮助我。昨夜，他们就是来送衣服和钱的，该死，我怎么会睡得一点不知道呢？啊！这汉子，打死我的三位好友……'老头子说到这里很愁苦，女儿安慰着他说：'父亲，请不要愁！那汉子也是出

于好意，假如他知道这事，或者不会这样做错了。'

铁匠很骇怪的走他的路，他总想不出为什么一个人竟会与野兽为友，那老头子说不定是个疯子吧？他走着走着，看见有个中年妇人在林里彷徨，他好奇的走过去问。那妇人满面愁伤，像有很悲哀的事苦恼着，她对铁匠说：'十年前，我和丈夫路过此地，因为迷失了道路，在这里休息着，我们还有个不满一周岁的小女儿，忽然从林子里出现三只猛兽，一只虎，一只熊，一只狼，我们骇得魂不附体，惊慌得连孩子也顾不得，拔腿就跑。幸好那三只猛兽并没有追，它们似乎也知道我们是穷人可怜，我们总算逃出了一条活命，可是我的孩子算完了！唉！伤心！后来我们听见风传，据说在这森林里时常有三只猛兽出来吓人，它们并不咬人，只是把衣服财物劫去。有人说这是三个强盗假扮的，也有人说不是，是真的三只猛兽，还说有个大盗就在这林里住。我的丈夫就说这三只兽不像是真的，据他说，三个不同的野兽决不能为伍，他一定要来探听是真是假，或者能找回孩子来，这话已是五年前了，我们遇险不久，他就回来找孩子，可怜他一去不回返，我以为他必是给野兽吃了。我守节到如今，孤苦伶仃的活着，很是艰苦，如今，我不能痛苦的过下去了，寻到这里来，我想孩子死在这里，丈夫也死在这里，我也愿意在这林里死去，但我等了两天，不见野兽出来吃我，我正想上吊寻死……'

妇人哭泣着，伤心伤意的，铁匠是个聪明勇敢的小伙子，他前后把这件事想去，忽然他像得到了一个结论似的，跳起来说：'我说不定可以帮助你寻到你的孩子，那十年前抛弃的孩子。'

'你说的可当真？'妇人惊奇的说。

'是女的，她不能活着。'

'你随我来吧！我一定可以办得很好！准叫你和你的女儿见面就是。'

他们到老头子那里，老头子已经吃完了饭，坐在小屋前休息，他看铁匠回来很是奇怪，铁匠说：

'我把东西忘在这里，请让我找找。'

他一直走进小屋里，老头子来不及阻止他，他已经进去了，他看见那三只兽皮挂在墙上，他的猜想已有十分的把握，他出来扭着老头子的衣襟，吓着问他：

'你快告诉我，你的女儿是从哪里拾来的？'

老头子被他有力的手腕一摇，险些跌倒，他嚷嚷的说：

'这事我不瞒谁，我的女儿我也告诉她说过，她是从小我在路上拾得的，那时她还不满一岁。'

'在哪里？在哪里？那一定是我的女儿！一定是……'

妇人慌忙的这样说，这时姑娘汲水刚回来，妇人抱着她就哭，把姑娘弄得很糊涂，老头子对她说：这妇人就是她的母亲。她放下水桶，抱着母亲也哭起来了。

铁匠很感动的站着看这一对母女，又跑进屋里去研究兽皮，待他出来，老头子不见，不知哪里去了，无论什么地方，望不见他的影子，铁匠说他必是逃走。

正在这时，突然有一队骑兵疾风迅雷一般包围住这两间小屋，他们捉住铁匠把他绑起，问他余党逃往哪里，又问那老头子，铁匠不知这是怎么一回事，姑娘过去报告那位骑兵队长，说是铁匠是好人，他打死了三个强盗，尸首在附近埋着，她把详细的情形，她从今早才知道老头子是个著名大盗的首领的头，全盘告诉那队长。铁匠补充着说：老头子刚才逃走，只是不知逃走的方向，骑兵队长指挥全队人马，分头搜剿，他留两名骑兵在这里等候，他们把兽皮搬出，刨开坟墓，抬出那个强盗来。老头子被捕了，在不远的地方，他蹲在草丛中，因为他知道逃不出去了，他手里握着枪，指着自己的胸口，他要求不要绑他，如果绑他，他便立刻打死自己。骑兵团团的把他围住，逼他往屋子那里走，他走得很快，姑娘看见了养活自己十年，像自己的父亲一样的老头子。

现在虽然知道是个大盗，却不能不生悲感，她跪在老头子面前，哭着，老头子对她凄切的说：

'如今你已得遇母亲，尽可离开我了，你不知道我是什么人，现在你可以明白了，官兵来剿却是我料想不到的，我的好友已死，我知道我亦不久了，我的一生到此刻算到了终点。'

他说到这里，把女儿推向一旁，跟跟跄跄爬到他的好友那三个尸身跟前，砰然一声，他的手枪开火，倒在好友们身上，枪扔得很远。

这件事叫铁匠很满意，原来他并不是一个铁匠，乃是一个有名的侦探，他所以假装铁匠，不过为侦探这森林里的四个强盗，当他离开老头子去的时候，就是去喊他的兵士。

官兵把四个尸身抬走了，铁匠扛起大锤打算到别处流浪去，但妇人留住他，意思是在这树林里住下去，铁匠很同意这意见，因为森林里的祸害现在已去，可以安居乐业。铁匠呢，他和那位好心肠的姑娘结了婚，他以后不想当侦探了，愿住在这林里，以后……嗄！以后怎样，我忘了。"

他讲完了，喘口粗气，这段故事里有个很大的错误，那女儿被抛弃时不满五个月，十年以后，不过十岁或十一岁，怎么会十八九岁了呢，那八九年是从哪里来的呢？

这段故事，是他小包袱里藏着的工作品之一，他本想把这故事改作，到底没有改，这些孩子不会发觉这错误，他们说很好。

"快拿点心去呀！"他伸出手来要报酬，丽明的弟弟跑去拿出更多的糕饼来，他异常高兴，假如讲一段故事赚一包点心，那么这一年的生活无须担忧。

他乐得不思索的吃着，忽然经理小姐走出来，他急忙把点心藏在衣襟下，装做坦然无事。丽明和两个孩子跑去玩去了，他趁着她们不留心的中间，溜进大门里，窜到厨房里去，蹲在炉灶下偷偷的吃他的好东西。

他在经理家的厨房里呆了两个月零四天，什么事情也没有找到，他没有勇气再等下去了，在B埠他有一个朋友，他想到那里去看一看情形怎么样。他把这种意思对经理说明以后，经理没有什么意见，但愿意帮助他，给他路费，告诉他说：

"那面如果不成，再回这里来，在这期间，我必打听找事妥了就写信给你。"

他一句话也说不出来，泪水含在眼眶里，默默的看着屋顶。

一条街道，在B埠要算最宽大的直通到码头，就在这条街，对着码头说是左边，有家高大的洋楼，正好矗立在街拐角，除了正门以外，还有一个便门，这个便门是在胡同里，换句话说就是在洋楼的背后，像人的屁股似的开着一扇铁门，其余的一扇时常是关闭着。熟悉这里的情形的几个要饭花子，每天总悄悄的进来几次，从院墙角处庞大的脏土箱里拾取废物，这些废物按正理应该说是宝物，因为在拾取的人的眼里一定是这样，他们翻弄得十分仔细，搜索得很有顺序，空的罐头盒，鸡腿或鸡骨，和尘土混成一团的饭球，这是很难发现东西，至于牛肉片、鱼肉，就非得有经验的人是认不出来的。这些人尽管来拾取，没有谁干涉中，厨房里的伙计们从朝至晚的忙碌着没有工夫出来驱逐，间或有几个捆着白饭单的伙计探头和他们开玩笑，喊着："滚！"可是这些花子，似乎很明白呼喊的人都不是坏心肠，相反的，他们是很有良心的，对于花子倒霉的景况很同情，有时他们很慷慨的把残余的米饭，全送到这些花子的铁筒里，打发他们心满意足的再三道谢而去。

早晨从靠厨房跟前的一间狭小的板屋里，走出一个青年，戴着礼帽，夏天戴礼帽，总有点热吧？他的脸色倒很好，圆圆的，很有润色，大眼睛，像女子似的两道秀眉，有着动人的媚态，他静静的关了门，经过脏土箱，穿出铁门，轻捷的到了街上，他一出那便门，就像放了心了，很坦然的在街上走着，不过他的脚步很有忧愁的形状，他一点目的地没有。在街头站一会儿，看看来往不断的汽车，在商店窗前停一会儿，看看里面陈设的商品的标本，他低着头计划着，这一天到什么地方去消磨，这一个大都市差不多没有一条胡同他没有走遍，无论什么地方，凡是他有权利到的都到了，公园不要提，连公园门前的沙粒，甚至没有一粒不经他踏过，码头上、海边，他曾在船坞整整坐了一天，看那些忙碌得连自身的存在都忘记了的人们，他有时在一个青年会的图书室里，看着报纸和杂志，非到电灯来时不肯离开，管理图书责任的人都对他注意了。

他竟和他成了朋友，曾有一天，那位先生和他谈得很投合，他把自己的身世和目前的景况都说了，那位图书管理人，是个永久不更换衣服的穷苦的青年，长着和蔼的面庞，对于什么人都放着怜悯的目光，听他说话总是喜欢低下眼睛看他的破鞋，这叫他并不为难，他很习惯破衣破鞋的穿戴了。他对那个人说：

"我是从Ｐ城来的，以前我在本埠做过事，因为不满意我的职务，也太受气，我就不干了，在各地胡混了几年，连不满意的职业也找不着，我此刻住在朋友地方，这位朋友为我的事也很愁苦，他在厨房里打杂，弄点东西给我吃，我成天什么事也不做，也没有事情做，各处闯荡，到晚上就回到朋友地方睡，我已经过一个多月了，这里的杂志我全看完了，以后只有看报纸，这里……"

他的意思是问这里有没有适于他的事做，那位青年摇摇头，接着就是叹气。

"经费不足，我们几个人仅仅是吃饭不花钱罢了，至于薪水，那……一个铜板没有……"

这里是一点希望也没有的，他看着每个走进来的青年，学生都是说说笑笑的，没有什么忧愁的形色，他则不然，连假装笑一下都笑不出来，那位也很可怜的人安慰着他说：

"你年纪很轻，找事情是很容易的，慢慢总有机会。"

这个机会事实上可真不多，找事情一点也不容易，他望着街上的行人而长吁短叹，好像他不是为自己愁苦，而为行人抱悲观了。

现在他移动脚步了，一直往西面走去，经过一家大银行，他仰脖颈看这家银行的楼顶，很有所思的停住脚步，如果我能够在这里做点事，一定很合适，谁要问我"阁下在哪里恭喜？"我将毫不踌躇的回答："银行呀！"银行两个字该多运气呀！是金钱的表示，是财富的泉源的象征，问我的人会想到我的钱包是满满的，那么无论谁都不敢轻视我了？可不是吗？有了钱谁敢轻视？我如果愿意吃点什么呢，就一直的走上饭馆的楼梯："跑堂的！来！一个海杂拌，一个炸龙虾，一个……"他想到这里，舌头伸出来，贴着嘴唇转个圈，又缩进去，他想起那一次在饭馆里受侮辱的事了，那狰狞面孔的跑堂，那不负责任的狡猾的招待，那当铺小子的苛毒，"赏我碗饭吃罢！"的开玩笑的骄傲，无论怎么达观，明白人情世故，这些，他能不觉得难过么？但这是过去的事了，不必想它罢！他走开了，他走到一座大楼前面，又立定脚步惊叹一声："啊！"我如果在这里做点事有多神气啊！比在银行里还要好，不知怎样，我的八字里能不能有这种红运，他又走到一家著名的大旅馆前面。

我咬着牙拼命干，落伍是很可羞耻的事体，我喜欢大家夸赞我，不愿意同学们讥笑，结果不错，总算没有落伍，但是，腿累得好酸，最后的关节运动几乎喘不上气了啊！这种干法，要命一样！

我想大哭一场，但是没有眼泪。

唉！我想饺子吃！

（原文缺失）

拿些剩饭给他。他的朋友是厨房里的打杂，上面已经说过，这位朋友很滑稽，无论到了怎样窘苦的地步，他不能因之不开玩笑，他喜欢讲女人的事情，在街上碰见一个女子，他能把这个女子形容得叫人捧腹。他抱着远大的企图，常常把他将来的了不得的事业的计划对任何人发表，别人都笑他，说他那副尊容活像个大傻子。这是对的，他的模样很可笑，天生成的诙谐，他的眼眉的两端距离太近，简直快要接触到一块了，鼻子出奇的高大，有个紫红色的尖，头顶有个铜板大的范围没有头发。两肩宽大得很，很有臂力，别人对他的讥笑满不在乎，他时常和一个同事姓刘的打闹着，这个姓刘的很蔑视他，可是总被他摔倒，压在下面。他们的友谊是从小在一条叫什么"汕"的街道，一家印刷店里当学徒时，因为是同事的缘故发起的。他们一块失了业，而他的朋友很侥幸的又找到了这种职业，他从离开P埠就与这个朋友离别，这次见面，如兄弟般亲密起来。这个朋友在饭单下面，从厨房偷拿些东西来给他吃，他今天早晨出来的那间小屋就是他的朋友的寝室，只能睡一个人的位置又不得不加上了他，他早晨出来的时候刚刚吃过一顿米饭，吃得饱饱的。

他打个阿欠，又睡过去了，这时不是回去的时候。天正热到极点，公园里一个人也没有，夜一般静寂，只有都市里的嚣声，时时把稳静的空气扰乱，这样的嚣声没有一时停止，地球不碎，恐怕是没有休止的时候。他已习惯这样的嚣声的扰闹，只要不是一面大鼓在他耳边敲打他就能睡得平平安安，那些稍远处的繁杂，他像丝毫不听见一样，他的头脑不觉喧闹的难过，凡是稍稍安静一点的地方，他都可以睡得很甜。他的鼻尖出了些汗，身体像大字形躺着眼睛紧闭，嘴唇显着微笑，他是在做当银行经理的梦，或者是下饭馆吃饭，正在大吃二喝，或者是坐汽车到海边消遣去坐在凉栏里守着娇妾，或者是做着别的幸福的梦吧。

"喂！起来，起来。"

一个人在他的头上这样叫，他吓了一抖擞，急忙爬起，原来是他的朋友立在眼前。"完了！"他的朋友对他说："这回我们连吃饭的地方也没有了！姓刘的那个畜生他把我偷着拿东西给别人吃的事告诉了主人，于是主人辞退我了，叫我立刻走开，这小子，他为他的小舅子找职业，把我顶了！这个畜生！"

"…………"

"我知道你大概在这里，所以我跑来找你商量。"

他们不约而同的走去。

"趁着我现在还有船票钱，我们到别处去吧，横竖饿不死两条腿的活人，我们屡次失业，也没见得就饿死。"他们在一张椅上坐下，他的朋友还是牢牢叨叨说个不休。

"这个 ×× 犊子，我早知他怀恨我，他终于施出小人的手段来，但他能把我驱除世界么？海阔天空，我们无论走到哪里也不怕，只要腿会走，胳臂会操作，我们肯吃苦，有活的勇气，敢去竞争，那就什么也不惧，胜利是要归到勇敢这方面来的，而且在这种地方，我早已厌了！人是不应该死死的守在一个地方的，舍不得抛弃自己的住得舒服的屋的人，这种人都极卑陋不堪！世界决不是这种人创造的，这种人属于灰色人一类，我对我自己的心起誓，我今后如果在一个地方呆半年，那我还是投海死去的吧！我要趁着我的腿还动的时候，尽可能的多走一些路，到各个地方去看一看，开一开我和瞎子差不多的两只无用的眼，我现在这样的烦恼有什么益处呢？他不能叫我前进，却迫着我后退。这小子我原谅他，我不能和他一般见识，我如果和他一样的去思想，去怎么自私自利，也许我早就胖起来了。所有的人都只顾他们的家，其次是他们的亲戚，就不能把他们那陋贱的爱向大处放一放，只顾自己，其次是拥护亲戚，而把别人踏倒，或者踏死，永久没有翻身的希望，这样才满足，为满足自己的没廉耻的念头，不怕良心责斥的尽其低劣的手段，我们这次一块远远的去……"

　　说得很兴奋，他听着很高兴，他想不到这位朋友比从前进步多了。说了一阵，他们又不约而同的立起来，他们走到动物园前面，那里在铁栅栏里，卧着一只肥大的黑熊，闪着冷酷的熊眼珠。它隔壁的栏里，也是一只供人赏玩的黑熊，很习惯了它的生活，在那里得意洋洋的来回迈方步，它很骄傲它有那样一个温暖的洞穴，容得下它睡得舒舒服服的家，有人到了一定的时间送东西给它吃，既然有地方可睡，有东西可吃，那么以外还需要什么呢？一个宇宙间的动物，只要取得生活的地位，那地位的价值或什么都可以不必论及的，这左右！一只悠然自得的散步着的，一只泰然自若的卧着的两只熊就是活龙活现的好榜样。

　　这一对，一个年约二十三四岁，一个十八岁的一对朋友，他们像亲兄弟似的，牵着手，他们的意志和兴趣，完全是一致的。他们把去处商量好了，他们现在要做的第一件事，是到客栈去打听出港的轮船的日期和时间，正凑巧就在这一天的下午六时，有去他们所决心去的地方，他们很高兴的离开了这个公园，离开这个都会了，轮船临开的时候，他们并肩靠在栏杆上，看着澎澎湃湃的海水，船慢慢的离了岸，直到望不见陆地了，这才回到舱里去，一个外国水手在甲板上唱着悲壮的歌。

　　轮船在水里航行了一天一夜，风平浪静，他们很太平。第四天下午八九点钟，他们就可以上陆了。

　　　　　　（《泰东日报》1938 年 3 月 6 日—10 月 18 日，署名：慈灯）

小　钟

他把电话听筒挂上以后，心里想：

修是四点钟下班，那么从他们的办公处，坐电车到这里来总得半小时——至晚五点钟总可以到，还有两小时，我应该看点书或者写着信等他。

这样决定了，同时已经走到楼上，自己住的房间里。

他从皮包内找出《屠格涅夫代表作》坐在床头上翻阅第一页：

"屠格涅夫评传：

一、在……许多文豪中，伊凡·屠格涅夫是最先闻名于国外并为读者最广的作家，而且又唤起全世界……"

街上过来电车，轰轰的巨声，把玻璃窗震得格格响，他急忙抬起头来，觉得这不是读书的地方，把书好好送进皮包里，打算夜里清静的时候读。

他在屋子里踱着，很不耐烦的听着窗外那些杂音，把眼眉锁在一起，这个旅馆的位置正临十字大街，站在窗前望一分钟，能使人半点钟不快，起初他本不想在这里住下，因为房价便宜，而且只住一夜，第二天就得走了，所以他终于决定住在这里，从前蹲露天地怎么蹲了呢？现在能一个月赚二十三块钱就要装大爷摆谱么？他颇以自己一时的虚荣心反悔了！

他现在所等着的修，是他从小在乡间的同学——那时修的父亲在乡间教书，所以修也随着到乡间去读书，他之所以那时在乡间，也因为父不得志流落在乡间，过着穷苦的生活，他和修正好是同年级并且是同桌，所以很要好，而修的父亲也时常帮助他父亲在走投无路快要挨饿的时候，他们老少两辈人，几乎是同病相怜，都陷于贫困的境地，但修的父亲还比他父亲强一点，故乡有几间房子，虽然教书并不是飞黄腾达的事业，比起他父亲的木匠手艺来，多少总好像优越一些？就是修以后还升学读过二年书，也比他在四年级下来就去当仆役幸福点，后来虽然两个人的父亲，前后离开乡村到别处去了，修也单人匹马到社会去赚饭吃了，然而这期间还有些差异，修所受的生活的皮鞭没有他重些，他到了挨冻挨饿几乎死去的地步。

他在鸭绿江飘泊的那一年，忽然接到修的信，从此他们通起信来，直到如今，还没有断绝消息，头几年他在Ｄ镇给人家倒尿壶，有几天，到Ｆ城去托朋友找职业，回来一看，桌上有一封信，是给他的，但笔迹和写信人的地址，却使他莫名其妙，拆开读完，才知道了，使他很是感叹，他从前的老师，夏先生写来的，说是这几年不幸，时乖运拙，为衣食到处奔波，风尘仆仆，到此地来，为的看一个在车站做事的侄子，听说他也在这里便亲身来访，虽知适值他出门，未能见面，嘱咐他努力前进，信里写着许多鼓励他的话。

他跑到车站里去打听，找到了老师的侄子，是位和蔼可亲的青年，告诉他说，夏先生早走了，得了感冒，在这里住了几天，到什么地方去了也说不准，因为夏先生到这里来为的找职业，此去，当然没有别的，据夏先生说，或者是到Ｆ城一家报馆去找找朋友设法。

他现在想起来了，有一年他和父亲住在一个镇上，那时，他的境遇恶劣到了极点，住在镇上到四下找工作，工作是不常有的，好像金子一样不容易落到他手里。他的年龄还小得很，就是找到了工作也领不到成人的工钱，只有领取半个工的资格，其实体格很强壮的吧，做起苦工来不下于成人，他多么盼望赶紧的长大啊！他苦恼着自己的年龄小，曾为这事，一个不见得愚笨的孩子竟哭泣过。

窗外，街上，又是一阵电车的哭闹，和那些蚂蚁一般的各种车声凑成一片熙的戏台，他仍是来回踱着，把头垂到胸前，看着地板和自己的脚尖。他接续想着。

那时候，天空好像特别的灰惨，风也格外寒冷，大地冰结得出奇的坚硬，树哀号着，海因为忍不住无情北风的袭击，愤然的翻着大浪，黑云密布着，宛如天就要倒下来，地也要爆裂一般，这是可怕的冬日，他的衣服单薄得很，身体抖着，从一家粮店买半袋小米，背在肩上，急急的往他栖息的家里奔跑，好像他的妹妹跟着他，随在他的身后。——但这一点他记不清了，他背着米口袋走，忽然在街边上，他看见一个人，一个中年的绅士，穿着长袍，闲眺的性质立在那里，目不转睛的望着他，近前一看，这人便是他从前的老师，夏先生，他立住脚，也不知说了些什么话，他觉得羞耻不过，跑了。

是的，他曾问过修，夏先生告诉说，在 F 城一家洋行学事，此外或说些他自己从失学以后的倒霉的经历。

他踱着，踱着，忘记了此刻他自身的存在，他又简单的想。

前年，我回家看父亲时，曾和修聚了两天，现在他不知怎样了，在电话里听着，他的声音还是和前年一样，大概他没有什么变更，只有我，啊！我变得多么厉害呀！我和修的年龄本是相同。但我的形状好像大他六年，转眼又是二年，我的面貌也许像大他十岁了！

他踱得腿酸，坐下去，打算不想了，事情全已过去，想他做什么，徒使自己惆怅，灵魂感到沮丧，过去就是死，摆在面前才是新，他安慰着自己，鼓励着自己，振作起来，打开皮包，翻出信纸信封和笔。

他开始给父亲写信了，报告父亲一路平安，到达 A 地，又写信给弟弟，别为他走了而伤心，他快活的写着，纸上一行一行加多了钢笔字。

忽然听外面敲门，茶房走了进来，对他说："有位夏先生来。"他急忙放下笔，以为修来了，正要出去迎接，客人已经进来，却是他刚才想过的修的父亲，他幼年的老师，真奇怪得很！但老师一面摘下帽子，一面对他说明，同时在椅子上落座，"你打电话时，我正在修的办公室处，他说你来了，住在这里，他还没有完事，少等一会儿必来！"

不知道有多少年不见了，他连个礼都没有行，以为他骇住了，这时他明白了，老师必是和修住在一起，他把信纸信封收拾一下，扔进皮包里把椅子往前搬了一搬，凑在老师跟前，"你知道吧？我到 D 镇去过一次，你没有在家，我写了一封信给你。"

"是！信拜见了，我去打听过，说是先生已经去了 F 城，常接到修的信，说是先生的景况很不好！"

"啊！这几年，一年不如一年，你怎样？"

"也是不好呢！先生！但比从前好一点，总能够生活……"

"你的学问进步得很惊人！我听说过……以后还得加倍用功，青年人受点苦算不了什么，西方有句格言，说'少年得志大不幸'，这句话说是对的，你后来还进学校么？"

"没有，上过夜学，学国文，我现在还是什么也不懂。"

他说起幼年的事，失学以后的景况，直至现在，先生静静的听着，叹息着，他的泪水快要涌出又叹息着收回去了，勉强的笑着。

街上，不消说，车、马、人的喧闹声如前，可是屋子里罩上一层悲哀的阴影，"先生用过晚饭吗？"

"我等一会儿回去吃……"

他走了出去，告诉茶房，叫两个大碗面，这个茶房穿得很漂亮，很像一位公子哥，他从前当茶房却不是这样，穿的是破破烂烂的，只可叫做衣服罢了。

饭送到时，老师无法推辞，于是，一位老年人，一个青年人，相别八九年的师生，嚼着悲哀和快乐两种混合滋味的面条。

修来，钟已敲六下，瘦了！修的面貌很像美丽的少女。

讲了许多话，老师拿起帽子告别！

"你们好好谈谈吧！我先回去！"

他挽留不住，只得让老师下楼，他送到门口，老师说明天再来送他行。

"今天晚上住在这里吧，修明早再回去，耽误不了上班吧？"他请求着说。

天色黑下来了，满街电灯，照得明亮，他们到各处逛了一气，回来时买一些点心，谈着各种事情，忘记了困倦，从小时候说到现在的事情，谈到鲁迅的《狂人日记》，讲电影，讨论目前的生活计划，批评地球，还讲到结婚。

"你想不想结婚呢？"他问道，笑嘻嘻的。

"不想！"修摇着头说，"怎么结呢？我也养活不起呀！那些肉女人要不要不吃劲！"

"对！确是养活不起，我们的年龄还不到，但如果有一个也可以，因为时常也想呢……顶好是能娶一个会赚钱的妻子，分工合作，家庭的费用双方负担。"

"然而现在！"修失望的说，"有经济独立的女性还不多呢。即使有着生活独立的本领的女子，大多数是只要嫁了人便一切罢休，对人生就算这样了，不嫁人的呢，到死守在笼子里，猪一般生活着，不觉得寄生的羞耻，或者束缚太大，压迫太甚。但毕竟还是猪性质，羊思想，鸟趣味，如果有一点老鼠的倾向就好了，因为老鼠被捉进笼子里，它知道恐惧，撞碰着、挣扎着叫，然而觉悟的也不少，积极的也不少，但我们这地方可没有，信不信？"

"信！确是如此！"

次日中午，修又跑了来，拿着一个小夹，里面是一架小钟送他做纪念，凄切的回去了，他收拾皮包里的东西，把信附邮，问茶房说：

"北行的火车不是一点半开么？"

茶房说："不错！是一点半开！"

他把衣服穿好，提着皮包，走下旅馆的石阶，迎面走来一个人，是夏先生，一定要去送他，他坚决不肯，强硬的把老师推回去了。

他到火车站了，坐在长椅上等候着，皮包里有些声音，滴答滴答，他知道送他这小钟的心意，是嘱咐他日夜不休的前进的鼓舞，盼望。

他了解的，坚决的点点头，眼睛向房上看着……

（《泰东日报》1938 年 3 月 19 日—24 日，署名：慈灯）

义 儿 （残篇）

　　我在深而长的森林中走着，义儿在我的前面离开我四五步——四五步的距离是它的习惯，迫不得已，它决不离开我很远，跑到我看不见的地方去，用不着我下命令，或威吓它，它始终和我保持着亲密的友谊，它是一时一刻舍不得离开我的，它不见得会以为我是它的保障，它不要我什么报酬，这是真的。

　　虽然我供给过它很劣的食物，但那是它不愿吃的残余的东西，又是那么少，少得可怜，还不够它一口就吞下肚里的质量，它为不使我难堪，不得不将就领受，凭着它的机警，它的灵敏的动作，它满可以到我主人的厨房去寻些较优的东西吃饱，可它决不是只能温饱便一切都满足的动物，它明知道随着我从没有什么幸运，相反的，在我的四周，时刻就有危险的，很容易就可以把我伤害的野兽潜伏着，连带的它也有遭殃的可能性，它如果和我分手，选它自己的路走，还许能够安全，至少能避去一些危险，过着平安点的生活。本来在这个境地里……然而它似乎对这些事像是毫没有考虑的必要，它以为只有多年的友谊的情感把我们互相之间牵系着，此外什么利害关系是不能去思想一点点的，义儿实在是有超乎人类以上的高尚的灵魂，我不愿名之为狗，它是我可爱的义儿，一位忠义心深阔而且是十分勇敢强壮的弟弟。为了它，我几乎与我的主人翻过脸，我的主人很看中了它，可是我无论如何决不肯把它献给任何一个有指挥我权柄的人。

　　它四腿踹着雪，尾巴摇动着，走了一程必回头看看我，观察我一下，我是多么疲乏，恐惧，不知所措，当它回头看我时，我立刻改变一副样子，表示天翻地覆，我满不在乎，有这条命够了，死不见得是很可怕很丑恶的，我微笑着并且带点胸有成竹的样子给它看，果然它很信我，我的鼓励振起它加倍的志气来，勇往直前，用它摆动的尾巴告诉我，说我既然不在乎它更不在乎，其实它早就不在乎？它是勇敢的，不像我卑怯怕死！如果不是这样，为什么我们饥饿到连路途都认不出的地步它还分寸不肯离开我而自去呢？

是的，我们完全是迷失了路途了，我简直想不起是什么时候了，从什么地点走进森林里来，仿佛是鬼把我们领进来的，鬼没有形象，我连这点也不能证明，我真是太愚笨了，错误的原因也不能解释，我只记得早晨从小客栈出发，一直往前走着，经过无数的山和河，只是没有遇到一个人家，据说我们如能不休歇的走，到晚上能达一个村庄。

（原文缺失）

"义儿！义儿！"

它是很听我话的，比我对我的主人听话得多，它听我唤它，知道我不准它前去冒险，我百般安慰着它，叫它理解我的意思。

森林并不如我所判断的深而长，前面的树木稀少了，我快活得几乎喊了出来，义儿也很高兴，尾巴大抡，张开嘴反复数次，表示和我同感。

我走进这森林里，是道路穿通这森林，路把我引进来的，走出森林，可以望见前面不远的村庄。

太阳不过刚落，在林里觉得天眼看要黑下来，是树阴把晴空遮蔽了的缘故，现在我们算到达了村庄，我可不敢决定这是不是我要来的村庄，我打听一个走路的老头子，他说我并没有走错，我问他哪一家是这村里最穷的一家。

他愕然了！上下奇怪的打量着我，这时我已经走到他的面前，我能够很正确的观察他的面貌，破帽下面那副饱经风霜的老脸，在告诉我他是吃尽了辛苦和忧患的人，两只疲劳的眼睛深深凹在眼眶里，像一对光亮不足的纸灯笼，他的衣服糟糕得很！我认为他还不及要饭花子那褴褛还美观些，原来他就是给我主人叩响头的可怜人！我对他说明来历，同时把信掏出来投在他的怀里。

"这是什么呀？"

"你看一看自然会明白。"

"我不识字啊！你费心给我看看，是怎么回事，先生……你可是城里来的？"

"不错，是城里来的，我走了两天一宿，这倒霉地方，连个代步的车都没有，晌午还得饿着肚子。"

"啊，啊，你先生辛苦了，辛苦了！快随我到家坐，到家休息休息，弄点饭……啊，啊，叫先生辛苦，这么，这么远，远离风尘的……"

两间低矮的茅草小屋，窗纸全破了，用些布片堵塞着，挂着厚厚的一层白雪，像是故意装饰的门面，他的小庭院里，靠窗前摆一盘石磨，西墙角打一个草棚，那许是牲畜屋子，可是里面什么也没有，空洞，一只猫在棚顶上走过，跳到墙上，顺着墙慢行，到窗前，一下就跳到磨上，再一跳就跳到平地，跑着溜进屋里去了，他的老婆正坐在土炕上缝一件什么破东西，屋子里黑得很，我看不清这位老婆的面庞，她也看不见我的，十五岁的小姑娘大概就是坐在她母亲身旁帮着缝些什么的那个孩子了。她停止了做活计，瞪起圆圆的大眼睛来看我。

我把信打开！我还不知道这封信里写的是什么，我拿到门口才认清了字，已经是黄昏时分，义儿不耐烦的在屋里走来走去，看着我，它不好意思张嘴表示饥饿，然而它因饥饿的冲动显然有几分不能忍耐的反应了，信里所写的和我途中所想的一样，我把事情对老头子说了。

"妈！我不去！我不！"

小姑娘扯她母亲的衣襟，这样哀求着说，她已经听明白了我的话，她几乎就要哭出声来。

老头呆若木鸡似的站立在炕边，老婆哭起来了，小姑娘哭出声来，一个粗嗓，一个细嗓，合奏着悲哀的音乐，这音乐弹伤我当仆人为送行任务多余强硬起来的心，我的头垂下了，我没有想到会有这样的难过给我，我的矛盾的思想陷于苦恼的乱泥涡里，深深的拔不出来，小姑娘到我主人家怎样享福，是我愚健的想过的，现在摆在我面前的情景，叫我闭口无言，我如果那样说就变成骗子了，我是个人，这是不错的，但我不是骗子，我只要尽仆人的职责就够了，决不能当骗子，来欺自己的良心，同时欺骗他人，义儿张着嘴给我看，它是饥饿了，这一刻我觉得义儿可憎，怎样的一幅悲惨的图画展在眼睛里，它还顾它自己的肚皮，小姑娘伏在她母亲怀里痛哭，她是在哭我带来了恶运，我是一个施恶运之神，我是捉弄人间不幸的魔魁，她该有多憎恨我，她必充满愤恨，将向我复仇的宿愿在小心里，虽是如此，而我的主人该负全部责任啊！

痛苦使我忘记之饥饿，义儿身前身后的徘徊着，天是黑了，我不能在这家里住宿，我不想尽我的职分了，我的使命不是为恶人传达坏消息，应该毅然的到那里去做点什么的决心燃烧着我，就是走到森林做一个原始方式的蛮人也好，可惜我现在的能力弱小，没有帮助别人的手腕，我又不忍着这不幸的一家，我忽着烦恼冒着黑夜走出去，不管老头的误会和他的各式各样的乞怜。

我还是穿过森林，狼把我吞下去也不要紧，义儿不了解的跟着，踏着雪往来时的路途奔跑。

发奋和痛苦支配着我，羞耻刺激着我的感官，我的神经觉得痛楚，但不能向何处反应，这一夜不停息的活动在路上，翌晨便到了小客栈，我和义儿吃得饱饱的，休息片刻便接续赶路，疲乏我不知道，我忘记了睡眠的必需，我赶到主人家是第三天下午，一路上我的脑子完全是混乱，疯狂一般的大踏步走。

"我到了那里，找着了那个最穷苦的一家，可是小姑娘已经早死，没有领回来，这件是实在的，邻居们都给我证明。"

我这样报告我的主人，他醉了酒还没有清醒，他问我各样不相干的话，他发怒，他又欢心，他的脾气没有一定，我去偷会主人的小姐，她愿意趁着机会和我到世界去学习点什么，或做点什么。这是她从前会和我说过的话，现在我迫她实践前言，她无论如何不肯，这是个下贱东西，她只有说话和好奇的勇气，没有创造生命的真精神，我只好带着义儿离窠，无目的地向飘荡的路上出发了。

义儿是我唯一亲切的旅伴了，人与人之间不容易找到真的友情，即使所谓爱，也都含着自私和虚伪，想不到一只狗，竟比人还更多好处，我不如往原始的路程倒退了，虽然有些不合道理……

我们走了一天，因为寒冷和饥饿，不得不回到原处！主人的家里，他质问我，审判，然而我很圆满的撒着谎，说是义儿跑掉，我不得不去追赶，他宽恕了我，同时加几番警告。

我跑到厨房，寻了骨头，义儿很满意的啃着，牙齿啮在硬骨上，发出格格之声，我也吃饱了！

义儿撒欢地跑了过来，好像它知道事情就这样过去了。

　　　　读杰克伦敦《野性的呼唤》之后产生的这篇东西，十一月八日

　　　　　　　（《泰东日报》1938年2月25日，署名：慈灯）

足球鞋

张秃子在 M 公司里，任了二年端茶水职务，二年来，他唯一的造就，是踢足球踢得很妙。公司里组织一个足球队，他便是这队里的一员帅将，他的特长是把守三门，但前军也能胜任，论起他的技术，别说把二门，把大门也干得来，而且干得很好，他实在是一个万能的好手。

不过体格稍低一些，因为他的年龄还是十五岁，因为小一点，所以大家商量的结果，就把他安置在三门最边当。不消说，张秃子自己也无不赞成，他是时常不违背别人的本意的。

年龄虽小，却没有骄傲的毛病，这是张秃子可取的特长之一。当然你无故打他一巴掌，他也要还你一脚，这是每一个人受了刺激之后的自然的反应。

M 公司里有一位信基督教的伙计，他曾指教过张秃子说："有人打你的左耳光，你把你的右耳光也给他！"然而那位先生，有一次因为下班晚了半点钟，宿舍里的人都开完了饭，大师傅忘记给他留饭，只得端一碗残剩的饭菜送给他。太饥饿的冲动之下，他忍不住大怒，把筷子折断，抛弃了，并且在桌上用力拍了一下。其时有一位别的好"吃生米儿"的老伙计，根据"过午不候"的大家定下来的开饭原则质问他，并叫他赔偿公众的筷子。就这样，你一言，我一语，揪打了起来。

张秃子是看热闹里的一个，他很奇怪，这位基督教徒为什么别人打他的左耳光，并没有把右耳光也送过去，而且竟也动起武来呢？他生气，折筷子的原因不过因为一顿饭啊！

张秃子所以当你无故打他一巴掌他也还你一脚，实在是由于大家的合法的教导，在这种缺少同情的环境里，你要讲人道主义是不行的，你讲博爱，他可不讲博爱，还一脚就是最好的宗教。

张秃子挨了几次欺负之后，深深的觉悟到这痛苦，当别人打你一巴掌，你如果甘拜下风时，那他以后还要打你第二巴掌，第三巴掌，你如果当他打你第一巴掌时，就上去不由分说猛力的还他一脚，他以后要欺负你时，至少总得合计合计，这是 M 公司里的伙计们的哲学，就是"不打不交"移地叫皆然，张秃子也养成了这种习惯性。

　　你如果对于生物学或心理学有所研究的话，你总会深深的同情张秃子，——话似乎有点跑题太远了。

　　现在还是说、张秃子把三门把！他不是踢得很好吗？是不是？是的，他踢得确实很好。他们的队长，一长下巴扁脑壳的家伙，他时常在众人面前把张秃子的技术优良的特征用解剖学的原理大加称赞！

　　他们到达运动场时，常是请求一个学校里的值班教员的批准，为借用这个运动场须费许多手续的麻烦。后来因为打碎了教室的玻璃窗，学校当局很不痛快，结果无论如何也不肯借用了。其实这个学校里的博士生们的脑筋也欠周到，把一面的大门安放在教室前面，难怪不打玻璃呀！只要把两个大门的位置方向一换就行了。

　　队员诸君，为运动场问题还费了一番周折，本来没有运动场怎么踢球？在大街上踢，有来往不断的行人车马，打了那一位，人家恐怕也要干涉，背不住会上衙门说理的。

　　他们吃饭后，就着饭桌开了一次圆桌会议，讨论的结局，是每个人掏出二十四个铜子儿，合起来买三条长木杆，特派专员，到他们宿舍的南方，距他们宿舍约一千二百米的空场上，选好了安置大门的地点，就到那里去练习着，他们的大门，是活动性质，去时大家轮流扛着，回来又必须携归，因为放在那里，会被小偷悄悄的拿回家去烧火。

　　张秃子努力的从事训练，可惜有一件事，他买不起球鞋，每月的四块钱薪水，他父亲总是来要了回去。他的家本很贫寒，一双球鞋，据说总的四五块钱，其至六七块钱，他哪能为买球鞋而把父母姐妹挨饿都不顾呢？他穿一双破鞋，在脚背上像铁匠似的盖一块硬厚布，用绳子捆结实，这样去踢。大家都嘲笑他，他觉得害羞，有几次他曾下着决心不踢了，但那一个有头脑大小的"斧头报"有着很硬征服的伟大的魔力，好像他有一个绰号就叫"铁拐李"的同事的灵魂，生生的被一个叫大双凤的妓女抓去了一样！一天不去就觉得痒痒难受！连觉都睡不着！

他们的足球队预定在一个星期日的下午两点，和另一个团体做初次的友谊比赛，，张秃子没有球鞋，大家催迫他快买，如上所述，他是买不起的，于是，预备员的大小刘，补充了他的位置，他虽然是正式队员，却没有正式下场的资格。

这一天，是个天朗气清的午后，队员们都高兴的穿了有宽格的红线裤子和球鞋，一堆十来个人，说说笑笑的走了。

张秃子躺在宿舍里一共睡七个人的炕上，两只含着泪水的眼球向上翻着，仿佛在他的泪水里，显出运动场上两队健儿，在那里追逐着，观众踊跃异常，人山人海的围在四周参观，还有新闻记者在那里眯着一只眼拍照片，预备登报纸，他又听到观众鼓掌和欢呼的声浪，球在半空飞来飞去的声音，在地面上运动着的声音，当前军到达庇荫里，已经越过二门，互相"怕斯"的一刹那，或演着最精彩的一幕，他忽然跳起来了，但刚一进门坎，又漏了过去。

他在桌底下掏出他的那双漂亮球鞋，翻来覆去的观看着，他的眉头紧锁，欲哭不能，把硬鞋一脚踢进桌底去，那双破鞋碰在墙上，竟跳了回来，他又一脚，没有踢准，脚背踢在桌腿上，因为用力过猛，痛楚难忍。一条腿满地跳，手抚摸着脚背，总算哭起来了。

（《泰东日报》1938 年 3 月 31 日、4 月 1 日，署名：慈灯）

猫的故事

乡下的人们都睡熟了的时候——当然还有夜里——一只聪明的猫绅士，走到牛大哥的圈里，轻蔑的对老牛说："你太傻了！"

"什么？"牛大哥虽然睡熟了，可是他的睡眠不深，猫绅士刚一进来，他就觉醒，听了猫绅士的话，这样反问说："我怎么太傻呢？"

他困倦的打着阿欠，不耐烦的摇摇头，猫绅士趴在食槽上蹲着，对老牛大哥嘲笑着说："你的力气比东家大得很，可你却惧怕他，怪不怪？他一威吓，你就老老实实的，连摇一摇角的勇气都没有！你工作的真可怜！你不知道为什么你一天比一天瘦的不堪……"

"去你的罢！微小的东西！你当不知道东家是供给我食料的主人么？"

"莫非你不想一想那些食料都是你的笨力量所生产的么？你的寝室不过只是这么残脏的墙角，上面打一个草棚罢了！"

"去！去！"老牛大哥不痛快。

"我的笨力量有什么用？没有东家我是不能够活的，快滚蛋！我要睡，不准扰乱我，明天还有许多工作要做。"

它说着，白色的黏涎从口中流出，呼呼的打着鼾声睡熟了。

于是，猫绅士只得无味的走开，自言自语的说，"这个愚蠢的家伙，他不能懂得他自己的价值！"

猫绅士走到马先生的棚里，马先生正因为打喷嚏在醒着喘气，"你来做什么事，朋友！"马先生这样问。

"我为想着一个问题，所以来问你，就是，你为什么不跑到山上去自由的过活？"

"我可以回答你，但请你注意，我们的谈话不能过久，因为忙了一天，我现在很困，你要知道，跑到山上，诚然舒服，然而自由是没有的，并且到了冬天就走投无路了。"

"那么到冬天可以回到原处。"

"那有这样容易的事件，你的意思，只是尊求我的舒服，什么不做，一味的享乐吧？"

"看起来你是和老牛一样的不堪造就，你总不能说享乐比遭罪坏呀！"

"去你的！这种话我听得不知有多少，我很困，要睡了，你还是到别处唱高调好。"

马先生容易发怒，他跳起驱逐他，没有法，猫绅士走到猪奶奶那里去，猪奶奶成天到晚的睡还是睡不够，她的肚皮因为吃的太多像一个大鼓似的膨胀着，现在躺在烂泥汤里昏昏的做着好梦。

"喂！醒醒！猪奶奶！"猫绅士呼唤，但呼唤了半天，没有应声，猫很失望的走开了。他走到了密斯鸡们的家里去，打算和她们聊聊。密斯鸡们的房门关的很结实，他推了一推，觉得不是他的力量所能推开的，便在门口等候着密斯鸡们出来开门后让他进去。

但只听得里面格格的发着抖，分明是害怕的情况，有一个恐怖的这样说："不好，是什么野兽来陷害我们了！"

"不是！不是！"猫绅士辩论着说，"是我呀，你们的好友呀！

"不，不，你滚开！请你到别处去吧！我们不能开门，现在是夜深了，请你明天来。"这便是密斯鸡们的回答。

"请开门，我们来少谈谈！"猫绅士要求着说。急得他心头火冒。

"这小鬼不怀好意！"其中有一只密斯鸡这么说，这真叫猫绅士动气，他咒诅着走开，他先蹿上墙头，然后跳到房顶上，在皎洁的月光映衬之下，他看见树枝上立着一位猫头鹰女郎，还笔直的瞪着圆眼球看他，似乎有许多话打算和他说。

"少见！"猫仰着脖头点一点头。

"你不睡么？这三更半夜的时候。"

"我白天有的是工夫好睡！"

"那么牛、马、鸡们他们白天也有的是工夫好睡吗？"

"当然！他们如果要睡便能够睡的！他们都是些傻瓜！"

"放屁！"猫头鹰女郎是新近从外国回来的，所以满肚子新知识，她开始了一篇演说：

"你说他们是傻瓜？我看你才是傻瓜。牛和马忠实的尽着职责，忍耐艰苦的埋头工作，猪奶奶虽然蠢些，但她不像你信口开河，你站近一些听我说：你是一个残酷自私的动物，你极力的捕杀了许多老鼠，为的献媚东家，你在饭桌下拾取些人们施舍的零碎食品，难道你比牛、比马们高尚些？你这不知羞耻的下贱的牲畜！只懂得献媚，你明白什么？你简直是……"

猫绅士听到这里，大发雷霆，早已不能忍耐，咬牙切齿，竖起胡须和尾巴，呼呼的喘着气，他用尽平生的气力，向树上一跃，打算把猫头鹰女郎活捉过来，捶个半死，但他所捉住的一棵树枝太细，自然抓住了，但经不起他的重量，慢慢的向下弯、弯、弯，他急得乱抓，笑的猫头鹰屈首捧腹，喘不过气来，终于噗咚一声，猫绅士跌了下去，冰硬的地面把他摔个半死，距离是这样的高，把他的腰跌断了！爬也爬不起来，竟嗷嗷的哭着呐喊着求救，猫头鹰女郎飞了下来，站在他的身旁，嘲笑着他，把他气得发昏，后来他就这样连痛带气的死了。

（《泰东日报》1938年4月2日、5日，署名：慈灯）

冬 天

　　带着不愤的气概的北风卷着沙土，怒吼了一声，袭过天空，玻璃门的玻璃铿啷的做响，屋顶似乎惧怯的震动了一下，但立刻就归于平稳，不过街上的几个星寥的行人，脖颈加倍的缩进领子里去，脚步加快，然而前进很困难，有一个人竟跄跄的退后几步，打一个圆圈，可见外面的风实在不小。

　　清实读了一半，伸个疲乏的懒腰，原位不动的坐着运动他全身的筋骨，他是跋涉了深奥难测的长途，这时为了调剂精力，瞬间的停止下来休息片刻，并且顺手去没劲的填了两块煤。

　　大家神经堕性化，堕到连两块煤都不愿意弯腰去填的程度，本来炉子里的几块煤早已减去了炽盛的火焰，只残留将熄未熄的火炭，屋子里的温度低下去，终于溜走了对妓女学专家的老程，而饭菜博士也借着上厕所的假定，顺着尿道潜走了，他们都跑到后屋或厨房，那真是比较前楼温暖许多的，只抛下我们两个小伙计，不得不监视着书架，等候着主顾，仿佛书生着腿，很有不监视就会随着顾客，像一个热情的姑娘，连前途都不着想一下就有跑走的可能一样！其实顾客决不会有——会有一个冻得抖抖擞擞的花子老哥倚着玻璃门站了一会儿，他知道就是站两天，恐怕也没有得到一个铜板的希望，所以，默默的，凄切地走了，他的背后披着破麻袋片，并且还挂着稻草绳。

　　只有我一个人是清闲的坐着，我在等候着铁壶里的半壶水快开，我想喝一杯白水可以暖暖我几乎冰结了的肚肠，因为焦急，我拿起铁钩在炉里乱撞着，清实接续读他的书，他的精神集中在铅字之间，连窗外街上的情景都不看一眼，他把脊梁靠依在柜台上，两条腿交叠起，放心大胆的自由的读着，书简直把他的灵魂抓住了，好像食物的对于老鼠在饥饿的冲动下的需要，努力的寻求食物便是饥饿的刺激通报他的感官。他不问食物的粗劣难嚼，甚至不易吞咽，只尽着他的牙齿所能啃得动的力量，在一块木头上拼命的啃吃着。

铁壶肚里的呻吟加响，喉咙放大了，炉里的火燃烧得很旺，水快开了，我找了一个茶碗，天色还没有傍晚，屋子里忽然黑了起来，走到窗前一看，原来是大片的雪花开始飞扬，像千千万万的小舞女在宇宙间疯狂的舞蹈，她们也不研究她们的舞对于穷弟兄有什么好处，这种雪花很适于贡献给饱而且暖的人们消遣，我喊着："下雪啦！喂！"但回过头来一看，清实坐在那里一动也不动，头不抬眼不睁，这只小老鼠啃木头正啃得有滋味，连猫的呼唤也不顾了。

雪花一时比一时舞得欢……

（《泰东日报》1938 年 4 月 6 日、7 日，署名：慈灯）

微　笑

这天傍晚，易君在市上一家熟悉的小饭铺里吃饱了肚子回到居处，天已经黑了，但是雪没有停，落了他满身雪花，好像戴着白帽子和穿着白大衫一样。

在门口，他摘下帽子，抖搂抖搂，然后用帽子把身上的雪片打扫干净，跺跺脚，推开房门。

三十烛火的电灯放着灿烂辉煌的光，屋子虽小却非常光明，墙上密密的排列着三十几个世界著名的大文豪的相片，桌上乱七八糟的堆着各种书籍。他看见了这些，脸上流露出无比的愉快。

他脱了青布棉袍，挂在门后的洋钉上，动手去生炉子，干柴和煤炭堆在床底下，他先把干柴劈成碎块，找了一张旧报纸，扔进炉里，燃了火柴，填上煤，很快的，炉子里呼呼的烧起了。

他拉过四方形的小板凳，坐在温暖的炉子跟前烤手。

对面屋住着的一对青年夫妻，不知因为什么哧哧的笑了起来。

他忽然想起一件事，赶紧跳起，从棉袍袋里掏出一封信，这封信，他本来看过了，可是现在他又拿出看，这封信的魔力一定很大。

"……

你的脾气真怪，也许因为我没有见识，不能理解你，可是我和你在一处，总觉有一种我也说不出是什么样的痛苦在压迫着我，所以，我想还是离开你的好……

请原谅我，我愿意和你永远做个朋友，自然，我这样说是很难过的，我还没有提笔写这封信给你的时候就流泪了，现在，我的痛苦实在是笔墨所不能容的！……

朋友啊！请原谅我吧！你是胸襟广大的人，你能原谅我并且你决不会憎厌我，你会觉得我可怜。我呢，今生今世决不会有一刻忘记你的……"

信是很长的，不过这几句要算最重要了。

炉火烧得很旺，屋子里的冷气完全逃跑了。

他拿起铁勾，把炉盖挑下来，坐上铁壶。

对面屋的夫妻还在说笑，有一阵雪花打在玻璃窗上，他把铁勾在炉腿上轻轻的敲着，眼睛盯着茶壶嘴。这是二年前的事了。

那时候，他在城住，因为差事轻快，所以闲暇的时间多，二十二岁的他在寂寞的时候很容易想到异性身上去，他看朋友们的情信来来往往，在公园里或在别处一看见那些一对一对的人儿，就羡慕万分。同时，想起他自己的孤独，就难过。

他成天被包围在羡慕和渴想的空气里，呼吸是很艰难的。有几次，机会眼看到了然而他没有勇气，结局全失败。

这一天，他的朋友 C 君领他去看比赛篮球，在运动场上，C 君指着一个穿皮鞋的姑娘对他说：

"那是 K 君的妹妹，你想认识她么？"

他羞歉的连连的点着头。

经 C 君一介绍，认识了。

他的性子真急，晚上就写了封求爱的信。

过了三天，C 君来找他：

"喂！易呀，你怎么写这样的信给她？"

C 君把他写的信还他，这使他莫名其妙，怎么，这信会到他手里？

C 君把信扔给他就走。

他完全是陷五里雾中，无论怎样也想不开这闷葫芦。不久以后，他才知道，这个姑娘原来是 C 君的情人，而且订了婚！

这事，C 君并没有告诉他，别人也没有对他说过，他又不是神仙，怎么会知道呢？

唉，他对于自己的不可捉摸的幸福完全灰了心，他不敢追求了。

寂寞的时候也只有寂寞罢了，但是，他只是灰了心，还没有死心呢。

半年以后，幸福张开了翅膀向他飞来了，他好不欢喜。赶紧跪下两膝表示欢迎。

这位天使的美貌真是……世界上没有一件东西能及得上她，他一见她就五体投地，整个的灵魂倾倒了！

信写了无边无数，横一封，竖一封，写呀，写呀，不知写了多少，每一封都写得很长，时常写一封信，从一天日落黄昏起，直写到第二天早晨，晨鸡三唱。太阳升到三丈高，他才喘口粗气放下钢笔。

他俩坐在公园里谈天。她问：

"我还不知道，你在那个学校读过书呢？"

"我……在乡间的初等小学校读了四年半……"

"以后呢？"

"以后……在 D 埠一家外国洋行里当小仆役……"

"当小仆役？"她觉得稀奇，在他身上看了半天，皱皱清秀的眼眉。

"是的，我干了二年啦。"他觉得非常光荣，眼睛射出满足的光芒。

"那么，你没有在大学读过书么？"

"大学？"他张着嘴："没有啊，我怎么能在大学读书呢？请你想，我连中学都没有读过，而且……连高小还没有毕业……唉，请你想，我不是很可怜的人吗？"

他抱歉的垂了头，光荣和满足的光芒收回了，换出来悲苦和羞耻的光。她的眉头皱得加倍的紧了，很可怜他。

她想了一想：

"你以后还做过什么？"

"茶房。"

"茶房？什么茶房"

"旅馆茶房…"

"就是在旅馆里侍候客人的茶房么，打水，扫地，跑街是不是？"

"是……不过，不大跑街，因为旅馆里有专门跑街的伙计……"

"当茶房一个月赚多少钱？"

"不论月，论年，一年二十四元，小柜在外。"

"小柜能有多少呀？"

"啊，小柜很多，如果走运气，一个月能弄七八元呢。"

"受不受气？"

"不……不受气，没有什么气可受的，只要把活计做好。"

这一场谈话使他非常愉快，他还讲了许多，他以为讲这些，能打动她的芳心，她会可怜他，同情他，因之会加倍的爱他。这样的爱不像建筑在沙土上的，是同情的爱，伟大的爱，人间没有什么能超过这种爱的。可是，从此以后，不知怎么她总没有回信给他，他一天写一封信去，后来一天写两封，一天写三封，一天写四封，一天写八封。然而他就是一天写一万八千八百八十八封，也得不到她只字片纸的回信。

他哀求呀，哭诉呀，这是真的，他一面写信一面流眼泪，信纸上洒满了斑斑点点的泪水。

最终，她倒老没有理他。

易君一连好几天吃不下饭，想呀，想呀，想个半死，得了一场重病，差一点见阎王。这回易君可灰心了，并且他也觉悟了。

然而灰心是灰心，觉悟是觉悟，他还不断念，这好像被妓女迷住或有赌钱瘾的人，嘴里说不去不去，不干不干，还是去了，赌起来了。他是个心里明白腿打绊的人，只有嘴皮意志没有实施的决意。唉！易君真是个可怜亦复可笑的家伙。

住了两三个月，他又认识了一个女子。一双大眼睛非常动人，说起话来莺声燕语一般。

易君如获得了至宝，高兴的了不得，成天到晚总是笑。可是，她有点奢华的习惯，这叫易君不容易对付，他是个小职员，一个月的薪水不过二十三元零六毛，还不够她买一瓶香水，易君所以为这不算什么大毛病，他想用他的美德来感化她。

她的奢华习惯好比永久的筑城，坚固异常，而易君的美德，就如一支旧式的火炮，只能在出大喜的时候用做点缀，搬到前线上作战是没有用的。这次的友谊，没有支持上十天，而他的腰包花光了不算外，还拉了一大堆债务，她看出他是个穷光蛋，一无所有，便不理他了。他呢，压在重重的债台下面好久没有翻过身来，要不是后来有一阵风把债台刮倒，他只有被压成粉碎了。

在旷野里彷徨的这一年，总算过去。

易君迎上了二十三岁这年头，这一年一开始，他就拼命用功，一宿到天亮的读书，总想把灵魂寄托给书本。易君的生理不知合不合逻辑，他的年岁越大，青春的烈火烧得越盛，尤其是春夏之交烧得最凶，他把凉水泼在头上也弄不灭这烈火。其实不泼也许好些，这一泼好像火上加油，如火山一般爆发了，像野兽一般屈服在难以制服的力量之下，叫哭连天的易君苦楚实在是一言难尽。

哎，不错他得到一个伴侣了，这个伴侣是花了三块六毛钱得到的，第二天一早就得原物奉还原主。

"没有抗？没有抗？"

他时常这样像驴似的大声嚎，并且握着拳头敲打自己的胸膛。

像住在棺材里一般的苦闷，他艰难的度过了这一年，一个时常和他通信而没有见过面的朋友给他介绍了一个女性。

他写了信去，说："我老是思慕你，已经二年了。"

这是实情，因为这个女性，他早就知道，只是没有机会写信去，主要的原因是不知道她的通信处。

易君写道："老是思慕你，已经有二年了，在我一样的……"

这封信，他完全误会了人家的意思，只是问他："你为什么思慕我？"而他竟真的把为什么思慕的心理写了一大篇。

回信是大大的不满，说他没有理智。

实在，易君真是个傻瓜！他应该死心了，可是他还不死心，骨头真硬。他听朋友说，有个女郎很喜欢他，曾各处打听过他的通信处。这个消息，在他，为真是大旱时期一朵乌云，一丝细雨，他马上写了信去，而回信马上就到了。

我们的易君，千次失败总不挫折，他终于成功了！他一向抱着"九十九次失败，还有最后一百次的希望……"这个主意的，而这主意却是不错，他门里走到门外，门外走到门里，为他的成功而祝福。

这个女郎，是勇敢的，她不顾别人的议论和讥笑，也大胆的和他同居了许久。

可惜他俩的性情不同，天长日久，觉得难受。

商量的结果，离开。

现在，他拿着一封信，就是这个女子写的。

……

铁壶响了，易君倒了一杯开水喝下，拿了几块煤填进炉里，他立起来伸了一个懒腰，在床前倒立了五分钟，做了几节健身运动，然后又坐下想着：这些事，都是错误的。以后我不该再往错误的路上走了！

他坚决的瞪着眼睛，看着渐渐发火的炉盖，忏悔自己的过去。最后，微笑了，好像小孩子得到母亲的原谅和安慰一般。

一九三八年十二月三日于油灯下

（《泰东日报》1938 年 4 月 8 日、9 日，署名：慈灯）

在散兵壕里

我们的一连弟兄，在团的最左翼，构成一个支撑点，而我们的一排，是连的左翼排，我们的一班偏偏是排的左翼班，我们几个人的左侧面，没有邻接部队了，我们好像感到寂寞和孤独的苦味，那前方横躺在高坡下面的河流，恐怖的抖颤着身体奔跑着，只能看得见溪水的涟波，却听不到潺潺的声响。紧接着河岸，是广袤的草原，芊芊的绿草编织成一块四边不齐的绒毯，在中央的几处似乎缺少几对裸露着灰黄色的毡皮，也可以看清几处高坡和凹坑，稍往远处一看，便是突出地面，高高的屹立着，互相拥挤着的连绵不断的山脉。

一个孤寂的村落，蹲在森林的后面，一条大道直入森林，向村落西端，山脚主脉弯处拐去，那是笔直通 M 县的大道了，也是通敌的主要隘口，当他们从村落的两端走出来时，我们就很容易的给他们一下当头棒喝。

天空像一个苦恼的人脸色，几朵乌云从山顶钻出来，大概是因为懒惰，想停在那里聚集在一起，也模仿着山腰的挤拥情形，不过拥抱得更贴近些，前后更叠起多层，这是亲密的或者由于胆怯吧？但太阳还在乌云的深层恍动，恍惚露出的一点光彩，整个的面孔被乌云的衣襟遮掩了。

预期的时间还没有到来，大家把背靠着胸墙坐着或躺着休息，张得紧的眼皮像一尾一头鱼煮熟了不愿意睁开，军帽扣在前头上，歪侧在左额角，枪依斜挂在右肩，用一只手环抱着，两腿一伸一屈，臀部的一面稍微挤垛，他也许是睡熟了。

李海便蹲在他的右邻，正从干粮袋里摸出一块锯齿形的硬面饼，慢慢的啃着嚼吃，这种硬饼的形质，收藏的日子越久越紧硬，像一块缺少柔性的木板，就因为硬，所以嚼着更香，馒头和烧饼放得久了更好，但那样好东西不容易得到手呢！李海已经把这块硬饼收藏了两个多月，悠闲的机会，时常拿出啃着品滋味，并且在他的牙齿嚼动的同时，还时常停下一刻来休息，这样，一来可以恢复疲劳的牙齿好揭起新的力气，他方而能够在头脑里思索着往事的一缕缕轻烟，仿佛就如在梦境里回到很久别的故乡和他的父母，家园的老少聚会面，畅谈着自己经历的冒险的故事，他在畅谈时，总不能不加几句过五关斩六将的英勇的花样，以加重故事的精彩，也许他并不想这些琐事，他是在幻想的空中楼阁，宫殿里总不出美丽的丑恶景象！

乌云稍稍的松散，向上抬头，伸着懒腰，因为拥抱过久，感到乏味，现在离散开向四面飞去，西北角的天空，也有几许乌云向上腾起，像刚掀开锅盖的熟气向天空弥漫，带着潮湿和使人觉得不快的风吹起。

终于有一雨滴降下了，这雨点刚好落在大头鱼仰着的面颊上，他惊醒了，睁开眼皮向半空望望，很不耐烦的嚼动一下嘴唇，瞥李海一眼，似乎憎恶又有些欣喜，他悄悄伸过手去，动作很灵敏的一把夺过硬饼，急忙大大的咬了一口，但立刻张起大嘴，蹙着眉毛挤着眼珠，硬饼没有咬动，觉得牙齿因为用力过猛，疼痛了，李海并没有过去争抢，他知道这样的硬东西，除了他那一副天赋的铁的牙齿以外，别人都是不及格的，所以他不觉得好东西忽然丢失的惊慌，而且开心的，得意的，看着大头鱼这种不自量力，当大头鱼硬把饼抛弃在他怀里，他重新拿出，泰然自若的送到嘴边，雨点三三五五的滴下来了。

这时乌云布满了天空，无疑的，那里的雨将来和我们作对了，在雨雾中的不易观察，倒算不了一回事，我们舒服躲安乐窝里，如果下满了水，我们就如亡家一般的沮丧了，那才是真正的糟糕！

细雨开始零星的降下，悠悠然的，不慌不忙，像音乐家在试弹他的琴弦已经试合适，这才正式的弹起来，雨水左右偏斜着下，把灰暗的一片雾气的大气拉成了一张放光的鱼网，大家稳不住了，有的立起，有的还不在乎的躺着，愿意被雨水埋葬。

一忽，天空变了！雨很快就停止，但乌云只是加浓，有几处增加的欠周到，云里出现很大的空隙，好久才补充上。李海把硬饼装进干粮袋里，还在袋上面拍拍，大头鱼咒诅起来了这可恶的一场小雨实在扰乱了他的好睡，并且糟踢了他的好地方，不能高枕横卧，只得将就一点，就像猫似的弓着腰，把脖子缩进去。

　　忽然一声记号声响，大家慌忙跳起，把枪端在臂座上等待，我们听到后方连长呼喊的高声，又听到排长急忙的指示，班长跳到我们每人的身后，矫正大家不正确的姿势和枪的位置和瞄准的方向，山炮第一声放烈，炮弹射到村落的中央，那里直向半空腾一股黑烟，一声清脆的炸裂声传到很远，几间房屋轰然坍塌了，敌军先头部队约有一排的骑兵迅速的奔向森林里去，我们的炮弹接连不断的向森林里射去，一个炮弹在山脚爆发了，又一个炮弹把一间草舍打翻，一炮正中森林，黑烟直向四面充去，仿佛那里是起了大火。

　　寂静了片刻，接着是阵地里的机枪扫射，炮弹怒吼着，弟兄们极快的扳动枪机。敌军步兵部队的尖兵排亦达村落后方，接着是一个大部队直向山头攀登，他们打算占领那高地，然而炮弹直向那里飞去，有一个炮弹瞄的非常准确，正命中敌步队的侧方，恍惚有些紊乱，但最先到达的骑兵部队有如一缕烟似的向山脚转弯处奔驰而去了。

　　大雨倾盆的下了起来，雨也激怒起，倚着它所有的力量直扫……

（《泰东日报》1938 年 4 月 12 日、13 日，署名：慈灯）

幻　景

　　这样的一天早晨，把水泼在地上，立即成了冰，在外面站立一分钟，就有把耳朵冻掉的可能，狗藏在草窝里，蜷伏着像一个贝壳，踢它一百脚也不肯离开原位，猪在圈里，尖锐的嚎哑了喉咙，悲苦的焦急的哭着，因为将有冻死的恐怖蹲在一角瑟缩，鸡们都不知道跑到那里取暖了，北风带着大雪在不间断的怒吼。

　　这时，我的小屋里，虽然烧着炭火盆，炭火闪烁的喷着，但寒冷还是照样向我袭击，唯一的办法就是盖一床被，把头和全身包裹着，只露两只眼睛，瞅着小桌上打开的书而心里却想些别的事情。

　　玻璃窗上，凝结着浓厚的层层的花纹，仿佛大海洋中的波涛汹涌，风从半空扫过，腾起朵朵的乌云，激起了整个的海面，疯狂一般的跳着动乱的舞，有几处疲乏到了极点，感到厌倦，觉得有苟且偷闲一下的必要，便羞耻的躲在背处，有时良心不安的睡着休息，但我顺一顺眼睛，似乎看到全面的玻璃是个平静的春深的乡村，并不是风浪做的海洋，桃杏花已经盛开过后，残花片片的落在树下，零乱的堆积着，几间低矮的茅屋没有院落，里面很像有几个知识分子从远方跑了来，为羡赏着桃源美景，深深的沉醉着并大发牢骚。

　　那——在下右方是一道河水穿过狭窄的山谷间，从枝叶密茂的森林旁边流去，绕过几个茅屋的侧面，弯弯曲曲的向不知何处奔流，急流里，顺着溪水，恍惚我的灵魂在，摇着一叶扁舟，同时还有几个同伴，我们毫不能，自主的，顺流而下，舢板的腰身不时的，因为急流太猛，所有碰撞在岸边的岩石上，发出痛楚的噼啪声，流到平坦处，我们又到舒服的溪流了，然而转眼之间，舢板走到绝峰，像刀切似的峭壁立在我们面前，舢板就从这危险的境界，随着瀑布，直向无底的深洞下迅速的降下去这一刹那，真是心惊胆战的片刻的光阴，不知何时，舯板跑到山林里，船在无水之河里航行起来，我们可以听到那剩在后面，留在远处的知识分子们的大发牢骚的歌声，因为学问和思想和行为落了伍的缘故，决无毅力的在唱着飘渺的向坟墓里去的进行曲，我的几个同伴，多么有趣的拍着手啊——这是事实。我们的小船虽然走远了，离开知识分子的距离过长，但我们还同情他们，希望他们跳上舯板，大家一道向前奔去，不过此刻已迟，而且我们觉得那歌声太也与我们的烦恼不吻合，船早已走到无水之河流里了。

忽然！无水之河宣告不适于我们的航行，船底破碎，几块木板挂在树枝上像商店的招牌随风摇晃，船已经不成其为船的模型，我们也终于变成我们之所以为我们矣！这以后的遭遇必须大家分离，我和同伴诸君握手相别，大家一致的点头示意，表明为各自的前途祝福。

就是这样，我越过无水之河，蹒跚到无山之谷中，坐在无草之地上，虽然时候正是春深，但是却听不到一声半声的什么鸟鸣，仿佛这是无鸟的世界，当然也决无野花盛开，更是一片——一片使我觉得奇异的梦境，浑浑噩噩，上无晴朗的蔚蓝色的苍穹，下无平静的溪流深潭，有一方圆不大的沼泽，污泥乱石填的满坑，一股股恶臭的味道向半空传去。

我从无草之地爬起，摇着意志不坚，目标无定的头，跑到远远的境地里去——这是不同的花园了，仿佛有点像荧幕上看过的，有着许多野兽的地方，人迹是绝无仅有，野猪或猛虎分外的多，最捣蛋而且十分难惹的是毛猴，它们在地上又能在树上跳来跳去，当我正踟蹰彷徨，望着这些博士们时，一只毛猴首先跳过来抓破我的鼻子，连带着捣破我的脸颊，我躲开它，藏在一个很适于我藏身的岩石下面的窟窿里，看着身前身后那些不见得怎么样勇敢的野兽，走过来走过去，也不知它们是做什么，它们怎样用着它们的闲暇在我全是外行。一只黄花斑的豹子爬上高大的象背上，象很是得意的驮着而去，一只野猪打算攀到象背上，模仿着豹，但总因身不灵，只得尾随在象的屁股后而摇摆，很是得意的盲从的踱着。一只小兔子跑得太急，不小心碰了它一下，这使它非常的愤怒，几乎大发雷霆，动了武来，多亏黑熊过来讲情，才给兔子恨恨的一瞥饶恕了它，不然小兔子真是愁坏了呢。它虽然避免了野猪的惩罚，总未能逃脱猛虎的一顿点心，而猛虎结局被狮子王饱餐。

这一切虽不能使我惊奇，在岩石里可有些藏不住了，害怕驱我爬到一棵树上，这附近的青草很繁茂，比无草之地强得多了，因为草好像人的衣裳，总比裸着好看一点儿，爬到树上，虽然地位高起一些，然而还是免不了要死的，并且目标显然很容易被这些野兽发现，第一个先来的是狼，他自己来似乎觉得不够，还召集一大群，围着我的四周叫喊，摇动树干，计划把我摇掉，像叶子似的落在他们之间，好争抢啃吃。

树没有摇动之前，我攀到旁边一棵别的树枝上，我发现这个逃生的妙法，从这棵树攀到别的树，不停地攀着，筋疲力尽终于掉了下来。

凭着我先天的遗传和后天的经验，忍着痛爬了起来，没死地逃跑，野兽们风起云涌地在后面追踪，带我跑到无山之谷中，无草之地上来时，它们才停止罢休，不愿追踪了。原来它们是害怕这无山之谷和不毛之地呀！

找到无水之河，在树枝上摘下挂着的木板，尽着我仅有的本领和所见，把破碎的小船动手修补，制成一种板式舢板棺材的形状的长方形木闸，推到无水之河里，企望达到连我自己也莫名其妙的乡村去。

孤独的也算是小船之类的东西，在无水之河航行起来，意料之外地流到春深的乡里去，在平坦的稍斜的岸边上陆，走到几个知识分子面前去，他们还在大发牢骚地唱着难入我的听觉的歌，叫我从感官里反应出他讨厌的冲动来，我重登小舟，想着急流地奔去，经过几处险峻的山谷，小船几乎颠簸碎了，好容易保持着原状，算是博得险峻的同情，让我安然地走过去……

我的眼睛盯在玻璃窗上久了，觉得昏花把头垂下去，让我的幻觉——在头脑凌乱的翻着花样的梦一般的思索，暂告一段落，冒着屋子里的寒冷，把抱在身上的被子推在后面，跳到地上去，抓过几块木炭，放在火盆里，紧抱着炭火盆，让温热的火来烧着我冰洁的心，感受着金光灿烂的火星以忘记外面的风雪交加和室内的寒冷。

火确是有使得我的心温暖的效果，但我的意识又陷入玻璃窗上零乱的世界里去。那些交织的一片奇异的花纹，现在看起来，因为距离远一点儿，视觉有些变了，风浪大作的海面其实是一锅小米稀粥，灶下的干柴烧得正旺，所以锅里的水把米粒玩弄得不知怎样才好，粥是成热了，粘成像一盆浆糊，如果不是天气酷冷，或许这盆粥不至凉得这样快，热气全消，现在盛吃，有点儿风晚，倘若吃得舒服，顶好是倒在锅里重热几分钟。你也可以说那玻璃上凝冻的花纹是公园，那么请你准去散步吧，你愿意看老虎的话，请到右上方的一角去，靠着那下面，很像一条我们没有见过，只凭着幻象出现的一条龙，张牙舞爪地正从黑暗云丛中走出来，嘴里还喷出一缕长长的似水非水的烟雾。你可先到龙王庙去看一下，那画在墙壁上的龙的伟姿，做你想象的材料，帮助你的思索进展。

玻璃窗上，在冬天早晨，我可以看到的花纹，它的凝冻的步骤，我直无从说明，我可以张嘴在玻璃上哈一口热气，观察它渐渐变移的性质，但这时是不美丽的，到了事后，最好在早晨，我们把窗帘一掀，请看吧，无从猜想它是从哪里开始落第一笔。

你尽可任意批评，甚至胡言乱语，张三说像牛，李四说像马，像牛像马可由尊便，我可不能不离开火盆，跳到炕里去了，因为这样不自然的火烤，不如盖着被的滋味美妙，——也许这也是同样的理论，张三说盖被不如烤火，李四说烤火不如盖被，或者周五出来说是前后两者都不好，顶好的办法是生个洋炉子，但王六恐怕要跳起来叫道：何不可烧暖气呢？

倘若我的宫殿是生洋炉子或烧暖气，那么我这狭窄的屋室里一点儿不会这样冷。玻璃窗上也不会有着这样丰富的花纹供我胡思乱想！而我并不是对于物质的享受就是这样便感到满足，在张三喝着小米稀粥，甚至连小米稀粥都没得喝，而李四却坐在上等饭馆里吃西餐的这种状况之下，我是至死不会满足，可是现在不应该说到这些，我的两眼仍旧注视着玻璃上的电影。

它也不是海，也不是公园。在我此刻看，它是一只猫头鹰，在半夜里，在我的屋后，对着我或者对着别人出神，我虽然住在屋里，而他是在外面，中间有一道坚厚的墙壁遮挡着，但它也总会想到这个屋子里或别的所有的屋子里都住着人类。

它有点儿像一本表皮做着的美术画，许多耸立在烟雾里的歪斜的高楼中间，矗屹着几个高出云端的大烟，浓烟突突地冒出，在半空织成一朵朵模糊的轮廓，在街道两旁，有树枝一般弯曲不直的电线杆，你也可以说那长巴巴挂在电杆上，像葫芦的东西就是明亮的路灯，下面来往不断的行人，如鲫鱼一样！

但你如果看见过地图的话，便是一幅新版的地图，除了国界省境山脉等外，还描绘着各地的牲畜形状，及植物的繁茂的情形，不消说：你可以猜想，那是一幅描写自然的景物画，是出于闺阁小姐的手笔，你也可以判断，那是一幅名家的雕刻，一种不赏的前进的象征主义！

大概我死于幼年的七岁时候，也许不会想到这些，我的脑里，决没有这些复杂错综的想头，比方我立刻看到那玻璃窗上，除了许多的花纹，像别的景物外，那一条河流确实相像得很，无论什么人来看必与我的推理抱同感，假定这是一条可流我们的思想的标准不可越出河的范围以外，只有几个原则，请你活用……你可以先那是与河近似的，江、湖、海，各样的溪流。

那么，小船经过几次险峻的地点，但是通了过去，以后不免遇到几次危险。

为便利起见，给我船起名为"思索的船"——这和盲诗人爱罗先珂的"幸福的船"是不同的，他的船是打算超渡人类到幸福的世界去，我的船不过是驼着我自己的灵魂，在艰难的流里打着痛苦的滚罢了！

我离开知识分子所在的乡村，思索的船既未打翻，也没有破碎，可以说一帆风顺的到了愚蠢的镇上，凡是在这镇里的年轻人都非常愚蠢，老辈都还比较聪明一些，这些愚蠢的年轻人——正因为年轻，所有和我容易接近，大家商量一阵，讨论一阵，主要的论点，是我的思索船修补得合法与否的问题，活泼的谈话接续了好久结局是没有结局，也不知思索船到底应该怎样修补，怎样补法，补好之后，怎样摇橹，怎样前进，以至前进的目标，大家都莫名其妙，只是如老鼠一般的吱吱吱、吱吱吱，终于有一个年轻人出来发表他的意见，他本着常识和经验，说明他的设计，可惜赞成他的意见的人不多，只有四个，我是四个之中的一员，当然我是极力维护他的，我们不愿讥笑和喝倒彩，把小思索的船放在溪流里，顺着前进的河水航去了，航到那里没有一定，只是这样不停的航，冒着艰难的水流，吃着困难的风，呼吸着难受的空气，不停的航，航到那里，无须预先指定，因为思索的船没有非要指定不可的强词。

不幸得很，思索的船没有走多远，碰在名叫没有方针的暗礁上了，几个人落水，会游泳的人游到岸上去，不会的则淹死在叫伟大的深潭里去！

火盆里的炭火像有了草料的牲畜一样，快活的嚼动着，闪闪的火苗跳跃着，小屋子里弥漫着熏眼的烟，玻璃窗开始流泪了，哭了，这幅美丽的图画不是不朽之作，所以这样快的就朽了！

但它的朽不是由于情愿，而是由于炭火的温暖，把屋子的冷冰冰改变成暖烘烘，烟火构成的温热的环境。

（《泰东日报》1938 年 4 月 19 日—23 日，署名：慈灯）

可怜虫

杨先生是研究过三册《青年文学自修读本》的人，并且正努力的学习创作。他的毛病真多得很！桌上的小钟的滴答之声，竟有打扰他思想的嫌疑，当他打开书本没有读下去时，首先必对那像糖块一般的小钟憎恨的瞥一眼，似乎这小钟和他有几世的怨仇一样，为给小钟安置个适当的位置，有时劳动了十几分钟或者还多一些，他把小钟移到桌角，距他远点，但这还不成，小钟歌唱的声音不但不因之减小，却加大起来，对于他的读书有着很大的威胁，虽然眼睛盯在书本上，脑里却只有小钟清脆的声，急得他跳了起来，把小钟送到窗台上。离他更远一些，一瞬间，小钟似乎开口无声，服从了他，但过几分钟，他读了三行，那小钟又活泼的扭扭打打的跃起来，还有锣鼓的敲打混合着观众的喧闹。这样他书上一行一行横排的铅字，就变成拥挤的人群了，他看见那些花花绿绿的演员在半空中任意乱舞，敲锣打鼓的音乐家们在摇头摆尾用力敲打着手里的声乐器，演员们合唱着！

农人起早庄稼好，收成丰富乐逍遥。

一家肚子吃得饱，一齐来唱秧歌调。

秧歌调啊踩高跷，大家齐唱兴致高。

白菜姑娘穿着绿袄，两只小脚扭踏踏。

老头儿戴着红毡帽，一个一个乡下佬。

啊，滴滴答答啊，滴滴答答，招的旁人家哈哈哈笑……

这首歌曲，是他从房东家的戏片上听会的，怪得很，这时小钟也会唱起来！他在书上拍了一巴掌，把小钟拿到外屋，放在锅台后面，嘱咐蹲在墙角上变成了灶王爷代他监视，叫小钟不准出声，悄悄的呆着。

他长的吐口闷气坐了下来，眉头深锁，咬着下唇大发其愤，孜孜的读了下去，一行一行，一页一页进行得很顺利。

忽然哇的一声！西下屋的孩子尖锐的嚎了起来，接着是断断续续的咿唔着哭，喊着妈妈，当妈妈的大概正在为做饭奋斗，没有余暇顾管孩子，孩子加倍的哭闹，住一刻，是拍拍的几下打，孩子挨打之后并不住口，把又尖又细的孩子嗓门提得非常高，好像在院里炸了一个山炮弹似的叫，杨先生坐不住了，他一个高起来，形容他这时的状态，至少得费三篇稿纸。他知道，要使这个孩子停住不哭，就与他读着的书一样的难深，不容易下手。

跑了几圈，他扣上帽子，到街上找他的安静。

"杏仁茶——呀！"刚一出街门，就有一声粗哑的呐喊吓了他一跳，卖杏仁茶的老头子，正挑着担子在街门放下，并且像熟人似的对他点点头，因为这是老主顾。

"来一碗？"老头子笑着对他这样探问意见，他想了一想，计划这一天的饭应该怎样吃法，早晨照例的六个烧饼和一碗开水已经吃完，午饭还不到时候，这时要来一碗杏仁茶未免太奢侈，但他的肚皮总是没有一定的主张，现在来一碗杏仁茶，再加上两条油炸鬼，或者能够等到晚上，那么午饭就无需跑二里地去喝二分钱一碗的小米稀粥了，而且他对那家小饭馆近来的营养政策很是不满，米粒明明是减少了若干，那掌柜偏说没有这种事情，故意撒谎。

来一碗就来一碗，他点点头表示认可，老头胜利的咧开大嘴去掀锅盖，对于老主顾的待遇格外的优厚，盛得满满的一碗，双手捧着献给他，油炸鬼是他自己动手挑选的，选择的标准，不消说是认个头大为定，但堆在盘子里的油炸鬼好像书局里货架上排列的各种书，无论那一本，他都觉得不错，他一边吃一边喝着，一边在心里决定，将来发了大财时，非把书局里的书全部买来不可！他一想到发财的念头，不觉对老头满身油腻看一眼，这个老头何尝不想发财呢？像鲁迅那样的学者，都在"自我表现"的作品"端午节"里写道："那时，他们茫茫然然的走过稻香村，看见店门口竖着许多斗大的字的广告道：'头彩几万元'，仿佛记得心里一动，或者也许放慢了脚步罢了……"不消说这篇作品内在的含义是剥露众人的欲望，但有几个人没有这种弱点了？托尔斯泰的放弃财产，也许是早年挥霍厌了的缘故吧？他对俄国的托尔斯泰的主意特别讨厌！

杏仁茶喝了半碗，房东老家伙的女儿出来了，看一看他，也许是很轻蔑他们读书人都不懂得在街上吃东西不卫生的道理吧。但她算是什么东西，虽然是师范学校的学生，前途好像是不可限量似的，其实也不过，嫁了人，替人家生上一打孩子罢了……并且那走路时的屁股挪来挪去成什么样子？他诅咒着把半碗杏仁茶一口喝了下去，舍不得的数了六分钱交给老头。

西下屋的孩子的哭闹已是结束，房东二少爷和他的妻子说笑的声音传播得很远，他这样想：那未必就算是永久的幸福吧？读书才是快乐的妙诀。

他恍惚听得房东大丫头走了回来，从他窗前经过，到屋子里去，和她的哥哥嫂子说了些什么，她的哥哥嫂子说了这么一句："可怜虫！"

可怜虫？这是说谁？他奇怪的猜测着这句话的深意，同时就有一只母鸡飞上他外面的窗台，尾巴把窗纸撞破了一个窟窿，他禁不住生气的走了出去，在门后找了一根木棍，过去就是一下，正打在母鸡的腰上，母鸡嘎嘎的呼痛，跳着闪动着不堪使用的翅膀逃跑了。上屋家的玻璃窗显出几张开心的平面的可憎的脸，这只母鸡是房东的家眷，她们总有些不高兴，虽然是开心或者要对于他这样的下毒手提出的抗议吧，但他们知道最近会有一封信，后面印着什么司令部的字样，因为他不在家，邮差交给了房东，从这一件事上判断，他们必须在他身上合计合计，虽然他目前是个失业的人，但却无从摸准他是哪流的人物，本来在两个月前住在东下屋的一个抱蹲的青年，被请上去了当团长的，这是一个很好的例子！所以，——他即使是无缘无故的打了他们的母鸡，他们也该为这位不得志的英雄特别原谅，何况他们的母鸡明明弄坏了窗户纸了。

其实那封什么军令部的信，不过是一个倒痰桶的杂役通知他，现在没有杂役的职位了，做别的差事，必须有新的介绍人，否则，只得暂时的等一等。

书本用不着打开，因为是打开放在桌上的，他的肚皮里很满意的告诉他，一时是不至于饥饿，好好读书罢。

他好好读书，一行一行，一页一页，目不转睛的注视着书页上的黑色铅字，上屋房东家的戏匣子开始唱了：

正月是新年……

正月是新年……

良人出征去扫边关……

花灯儿无心点，

收拾弓和箭。

他听着房东大丫头随和唱着道：

三月十艳阳……

三月十艳阳……

良人出征去扫边疆……

百花儿无心赏，

整日懒梳妆……

听到这里，他把书合上，装在袋里，打算到树林或到河边去读了。

（《泰东日报》1938年1938年4月26日—28日，署名：慈灯）

七年后

在夏天，到了午后的 B 村，是格外的清静幽雅，蝉不响的伏在树枝下睡午觉，一只老犬在树荫下蜷曲着，像煮热的虾一般闭上眼，因为闷热的缘故，把舌头吐到唇外，肚皮一鼓一鼓的喘着粗气。河里，在一处较深的水潭，有几个小孩赤裸着身体，有趣的泼弄水玩，时时的发出尖锐的叫声和吵闹的谈话。

河岸边，靠在树上，躺着一个须髯半白的老头，眼睛半睁半闭的向西面望着，他的毛驴在距他不远的青草地，探伸着脖劲吃草，尾巴不停的左右摇摆，把盘踞在屁股上的马蜂打跑，这种毛驴的性质和苍蝇一样，虽然被憎厌的驱逐了，但它仅仅绕一个小圈子还是飞回来，有时飞到毛驴的肚皮上，不是尾巴的技能所能达到的目的时，就抬起后腿，猛然踢去，或者回过头在肚子上啃一口。

这时老头子的眼睛睁开了，他看清从西面向他走来的是个穿白色长衫，戴着厚边的外国式草帽的少年人，他稍稍的欠一欠身，知道了陌生的不是本地的少年人对他脱下草帽，行这外国式的鞠躬礼，并且说：

"对不住，老伯父，我打听打听，老王家，叫王诚民的住哪里？"

老头子挤一挤眼睛，仔细的去上下打量着这个少年，几个在水里的裸体的孩子好奇的向这面望着，停止了他们的嚣嚷和顽皮的动作。老头子虽然是集中了他的注意力，但总不能辨识这个少年人究竟是谁，他从所有的亲属中去回想，可是想不出什么来，所以他反问道："你贵姓？"

少年人好像奔波了很多的路程，额角流些汗水，他从喇叭形的裤袋里摸出一条小手巾擦着汗，并且坐了下来，吐口闷气，两道清秀的眉毛下面的大眼睛发出好奇的希望的光，水里的孩子们看了半天，知道与他们毫无关系，就接着无忧无虑的游戏。

老头子等了好久，并不见这个少年答话，以为他是没有听着，就默默的不开口，乘着这个机会努力的对少年观察。

少年第二次探问着："新打邻村搬来的老王家住在哪里？请老伯父告诉我！"

老头子说："你是他们什么亲戚？"

少年说："没有什么亲戚！"

老头子更加奇怪的问："那么你找他们有什么事么？"

少年爽快的说："没有什么事！"

这真的让老头子莫名其妙了！

但这少年想了一想，踌躇的问：

"老伯父你认识他们么？"

老头子说："嗯，认识！是邻居！……"

少年垂着头，像回忆什么似的看着自己的沾满了尘土几乎变成黄色的皮鞋，老头子也随着去看。

沉默了约五分钟，少年脸红的抬起头来问：

"他们家里从前有个在城市读书的女儿，不知现在出嫁了没？"

老头子急忙反问："就是王诚民的民女么？他有两个女儿，大女儿已经出了阁，二女儿还没有，现在还在城里读书，你问的是哪一个？"

少年说："我也说不上她是大的还是二的！——让我想一想——啊！她那时说过，她还有一个小妹妹，那么她是大的！是的！是大的！可是，她……真的出阁了么？几时？嫁给什么样人？"

少年急不可待的情形看着老头子。他这时才看出这个老头子并不像庄稼的人，好像是做过商业或当过师艺的先生，现在是告老还乡之类的人物，因为他穿的是长梁圆口鞋，那两只手就是很好的证据，但少年也不在这些事多费考虑，他把眉头深锁了起来。

老头子左思右想，猜不出这个闷葫芦里是装些什么药。

"当然我不是说谎，他的大女儿出阁了，是今年春天出阁的，他的丈夫是教员，现在城里教书。"

这几句话有如死刑判决书一般，少年人红脸转成了苍白，沮丧的用手巾擦抹汗珠——其实他是在擦着快要涌出的泪水。

老头子满腹疑团，极力的设法得到少年人的真情实话，等着这一瞬间的——少年忍不住的悲哀过后，就和气的问道：

"少年人！莫非你和这个大姑娘有什么关系么？不妨对我说一说……"

"这件事情是很简单的。"少年人忍着难言的苦楚说："这是七年前的事情了！那时我们在城里一个小学校里读书，换句话说，我们是同学，我的家很穷，我的父亲不知道流落到那一方去，我的母亲领着我在姨母家里寄居，王诚民，便是我的姨母的邻居，他在城里经商，十年前，当我是十岁的时候，我已经和王诚民老先生的大女儿同了三年学，她是和我同岁，她时常到姨母家，和我的表姐们游戏，同时她和我最要好的，本来我们是两小无猜，抱着一颗天真的心互相爱着，直到我们到了十三岁，从小学到卒业的那一年，我们凭着耳濡目染，明白什么是夫妇的故事，在我们的头脑里，其实也是懵懵懂懂。

可是我们都觉得相爱了数年的光阴，形影不离，忽然离散了，确是一件人生的最大的苦恼，这时，我的父亲已经从什么地方流浪归来，决定带着我终日以泪洗面的母亲和毫无世事经验的我到别处去。谋生。为了我们多年的热爱与友谊，总须有点纪念起见两个就约会在我将随着父亲离开姨母家头一天晚上，——也是这样的一个夏天，屈指计算，从今天算到那一天整整是七年岁月，不多不少，在满天闪烁着星斗的菜园的角落地方，互相抱着悄悄的痛哭，两个人鼻尖对鼻尖，表示坚决的信任，对半空的繁星发誓，她说：'从今晚此刻算起，再住十年，在这十年当中，不怕它海枯石烂，天翻地覆，我情愿不顾一切的难关等着你。'我说，'在这十年期间，我将日夜不忘记你的恩情，虽然我受这样的苦，也要为你牺牲，为我自己的事业为我俩的前途，以我的灵魂去奋斗，或者用不着十年，我如果有独立的生活的能力时，就来见你，过十年以后你可以用你的勇气来撕碎我们的契约，再住十年，我们不过才二十三岁，请你忍耐等着我来见你的那天……'

当时我们的誓词，虽然现在决没有一个字一个字记清的可能了，但我俩所说的意思确是如此，距当初到此刻已经七年，还有三年才到我们的期限，我已经达到了——可以说，有了独立的生活的能力了，我是机关里当一个小职员，我的职位是书记，每月有二十六元的进薪，我本想再过两年，阔一些时再来见她，谁知我等不了呢，并且这样的来见她也不至使她太失望，然而……谁料想……还没有到十年，七年还不到，她已经出了阁……"

少年人说到这里，泣不成声，含着泪继续说着下面的几句话：

"昨天，我才奔到姨母家里，听说她家于二年前就搬到这村庄上，今天一早，我就开始徒步跋涉，走了五十多里的路，我是从数千里外而来的……唉！我是白跑了数千里长途，白费了七年的空想，结果是如做梦一般，此刻，我的梦已醒了，但我的悲哀一时还不能断……"

老年人忽地跳了起来，拍拍少年的肩膀，再也忍不下去的说："我就是她的父亲，这个无耻的失约的女子的父亲，你不要伤心，如果你是在世界里走了几年路的男儿，那么你无需觉得吃惊，这就是所谓的现在的人生，任凭你走到哪里，不能够事事都碰上圆满，止了你的泪，唤起你的智慧，以你的全副精力集中在事业上，别为分文不值的臭丫头身上的牺牲，世上的丫头不是只有一个，——当然男子也是很多——你不要愚痴的浪费感情，现在这不是个用情的宇宙，你应该运用你的理智，记住我的话，少年人，你不能在一个丫头身上得到什么好处，你只能得到这些，心跳、担忧、小小的希望泡影，幻灭、惆怅、眼泪……比方现在，你的成绩不过是眼泪而已，即使你的希望成功，也不过是惊奇，欢喜、片刻的幸福，得意……然而到没了还是和苍蝇一般，快活的飞着过了一夏天，冬天一到，就算完事！你不可模仿那些鲜花争艳，应该学习那些苍松的毅力的永久性。就是这几句话，少年人，现在即使看见你的情人，你要知道，你决找不到当年的那一番诗意的情景了。你就看她那早已没有了天真，而是换上一副虚荣的眼珠和虚伪的笑脸就会大大的失望一场！"

少年人扣上草帽，顺着来路默默的去了。水里的几个孩子早已经玩得厌倦，做了鸟兽散了，只有毛驴还是不变它先前的状态，探伸着颈脖，接续它的原始的本能，不可一日间歇的把肚子吃饱，但蝉已经醒了，在树枝上轻试它的铜喇叭，由低而高渐渐的吹得嘹亮了起来，似乎很能得意一时的。

　　老头子望着走远的少年人的背影，司空见惯的坐了下来，靠在树上，恢复了他那一双半睁半闭的眼睛，听着头上的蝉疯狂一般的吹完了又哭的，哭完了又唱，蜷曲在树荫下的老犬觉得有移动一下位置的必要，便抖搂抖搂的褴褛的毛，向东边的小树林里走去了。

　　这时太阳已经西下，在田陌中间的小路上，少年人在那里寂寞的走着。

　　　　　（《泰东日报》1938 年 4 月 29 日、30 日，署名：慈灯）

拳术师

这样的一个有趣的青年，住在我们的邻壁，我是偶然和他相识的。

他是部里的职员，每天下班以后，就可在院子里看见他，同时有许多街坊四邻的小朋友和他在一起，说说笑笑很是热闹，起初我并没有留意，以为他们只是在那里玩游戏罢了，后来才知道，他原来是在教给小朋友们练拳术。这件事使我很感兴趣，我便时常立在石阶上看他们的消遣。

他是怎么样的把这些孩子召集起来的我可说不上，从小朋友的渐渐增加的步骤上，我可以猜想得出，他也许是由于忽然的一阵高兴，在院子里做了几种初步的武术姿势，被一个或两个小朋友们发现呢，于是请求他，怂恿他，鼓励他再作，他的脸皮也很厚，不愿一个院子里的许多人们讥笑，竟从头到尾，在庭院里，挥手踢脚的跳来跳去，打了半套少林拳。

这种有趣的动作，把孩子们的好奇心唤了起来，小朋友们的宣传法很快，你传我，我传你，住不上两天，街门口围了一群孩子，探头探脑的向里面观望。房东二秃子，大概是宣传主任，有负责的关系，就做了大家的代表去请愿，其实这位青年无需请，早已脱去大衣，在院子里打起少林拳的其余的半套了。

孩子们三三五五的挤进来看，西厢房的几位小姐们，也把脸贴在玻璃窗上，情不自禁的看着微笑。

他的轻举妄动，不见得是为了博取谁的欢心，主要的目的锻炼他自己的，其次是为了调剂他枯燥的生活起见，用这种把戏来联络孩子们，多少总可以减少许多无聊和苦闷，至于那几位小姐的开心大小，他都满不在乎，他对于儿童的爱好和憎厌，成人们的程度一样！

就是这样，为了训练自己，为不辜负小朋友们的希望，他每天利用闲暇的时间，玩着这套功课，他本不想把这种把戏教给孩子们，因为房东二秃子从旁边模仿他的姿势，模仿得不正确，他过去很客气的矫正一下，这样连他自己也莫名其妙的做起二秃子的老师，并且也兼收其余的几个孩子做徒弟，不但观众增加起来，徒弟也增加了，房东——一个在海关上做事的中年人，为他独一无二的少爷——二秃子——拜了一个师傅的光荣起见，把这位青年特意请到客厅里，以后称起老师来，而且不收他的房租。

房东雇来几个苦工，把院子收拾很整洁，厕所的位置移到别处去，几处凹凸不平的地点铲得很平坦，一天的工夫，才把这个简单的运动场修筑完竣。这个青年很快活，当运动场修好时，他裸着上体在半空翻了几个筋斗，招得大家哈哈大笑，鼓起掌来，他接着做了个诙谐的面孔，把几位爱读张资平小说的小姐，惹得弯腰屈背，丢开爱情小说，出来看他满身强韧的粗筋肉了！

据说会武的人最忌的是接近女子，但他并不如此，反转身向那几位小姐赔笑道："别见笑啊！"

我和他相识的起因，是在路上误撞了一下，我从厕所出来，他是进厕所，我刚一转弯，当然未免走的太慌了一点，和他正面冲突，两个人大笑着表示道歉，他以后见我，总是点点头，有一次在他门前经过，正好他把门打开，我向里面望了一望，看他屋子里的设备，他急忙举起手招我，意思是喜欢我进去谈天，恰好我也正闲着无聊，就走了进去，坐在他指示给我的凳子上。

他好像在那里写着信似的，但他放下笔，问我许多生活上的身边琐事。他的屋子很狭小，床头放张小桌上面堆满着各种书籍，从我的座位到他的床边，不过三步来远光景，门后挂着一柄在武术房里，在戏台上，常见的那些武生拿着的短刀，刀柄穿着水红和深红色的绸布。

"你的武术很好呀！"看了半晌，我这样颂赞着说：

"唅！"他摇一摇头似乎他的意见和我不大相同，正经的说："闲得没有办法的时候，玩玩罢了，我很喜欢踢足球，可是附近没有足球场。"

"是的，没有，你是怎样学会武术的？从小么？"

"那——啊！在学校时学了一点，如今都忘了，现在练习姿势，完全是我临时编造的，本着我从前学习的各种要领，独出心裁的加了些新花样，不合原则，只有玩玩罢了！哈哈，总是忘不了玩。"

我们的谈话没有接续到很久，因为是初次的谈话，而且我也知道他有事情很忙，所以赶紧辞别出来，以后他也常到我的屋子来串门，我们弄的像多年的旧友，情投意合，自从他从别人的嘴里听到一些关于我的身世后，和我要好的更是加倍，有时我不在屋子里时，他就可以随意进来翻弄我桌上的书，我也可以同样的，不经他批准便把他未曾读过的书，到他屋子去拿过来，读完了后再给他送过去。

　　夏天晚上，屋子里闷热异常，大家都坐在院子乘凉，他和他的徒弟们，在练着发明的武术，他说那些旧有的武术，有许多动作不适于孩子们的身体发育，因之非加一番改革不可，他还主张适用学说，就是，只叫孩子们自己比量花样，结果好像练足球只是踢大脚，要练习射大门，而且常常的比赛，他的实施方法，是叫两个孩子互相争打，规定几项规则，比方脸的部分不准打，小便部分不准踢，其余各处，尽管有力打去，正和斗拳相似，但又不大相同。

　　因为他的斗争规则，就是打倒以后，还可以不必停手，而被打倒的人并不因之就算失败，可以在下面挣扎，除非甘拜下风，情愿认为告饶，大声喊"败啦"，这才算是审判胜负的标准，他把这些规则对他的徒弟们讲释，并且对房东先生说明这种锻炼方式的意义，房东先生是没有不赞成的道理的，他的二秃子从学习以后，第一最显著的现象，就是面孔比从前红得多，态度活泼了许多，走起来路来迈着方步，端平着肩膀，挺着胸脯，不但体格强健了若干，听说在学校里没有那一个孩子敢欺负他的，他是学武术的呀！学武术的人都是有两下的，和他们动手动脚决找不着便宜，好像不懂辩论术的人和演说家争辩一样！

　　他做着模范：

　　三个小朋友——这三个小孩都是小学五年级，二秃子也在内，要算力气最大的——打着他一个，他左挡右挡，小朋友们勇猛的直向他进攻，拳打脚踢，尽着所有的本领，像三只小鸡对一只狗拼命的争斗一样，他一不小心，一巴掌把一只小鸡打哭了，其余的两只停了手，他很不好意思，另从徒弟之中选拔一名，重新开战，斗了几分钟，他高呼停止，批评那几种动作不合理，加以矫正的要领详细指示。

这一次——是第一次演练他的功课，二秃子和东屋家李进比赛，他在旁边审判。口号一出，两只小鸡开始斗了起来，二秃子一跃，抱住李进的脖颈用着全力想把李进摔倒，但李进伶俐得很，急忙向后一退，把头一低，脱开去势，并且向左边一闪，顺手一拳，在二秃子腰部击中，这时二秃子站立成骑马蹲裆式，虽然挨了一拳，并不严重，他很迅速的爬倒就是一个转身，一扫堂腿把李进扫倒，跌个倒栽葱，二秃子趁机飞去，打算压在李进身上打一个痛快，谁知李进早已准备安当，两只脚交提着一勾，二秃子便倒下去了，于是李进急忙爬起来，抱住二秃子的两条争命似的腿，在泥地上滚来滚去。

老师在旁边鼓励着，跳着高喊口号，房东先生和他的大小二位太太看的出了神，几位小姐笑得喘不过来气，门房里住着的一家鲜果铺掌柜的眷属，都笑得忘记了忧愁，因为他们柜上的伙计拐走了不少现款，鲜果铺几乎有关门的命运。

结果是二秃子宣告胜利，但第二次二秃子又告武勇，可惜一来因为疲乏，气力还没有恢复，终于被程光明打败了，一个尖脑壳的少年和一个小眼睛孩子相头斗，尖脑壳的脑壳跌肿，鼓起一个很大的包，险些出血，哭着回家了，同时逃走了三个徒弟房东先生劝告罢休，说是这种教育太危险，几位小姐的议论是，把小孩子养成斗争的习惯没有什么好处，她们的意思是，应该指教孩子们——尤其男孩像小羊一般温顺，这样一来，社会才有文明可说，才有价值呢！

还是房东先生的意见范围广一些，他说还有各个教练比较适当，然而拳术师累得满头大汗，瓢一盆冷水，洗着头脸，几个徒弟的溜走和小姐们的批评，房东先生的建议，使他很不高兴，他知道他的哲学只能行这样一个起头，并且我坐在一边，袖手默默的笑，和他自己浇在头上的冷水，都是有冷却他滥用感情的力量而有余。

从这一次闹了一场笑话之后，他便辞掉了毫无代价，只是免打房租的职务，但他自己，却不间断的练起短刀来。

很可笑的是他的威名大震，左右四邻都知道他是个（把式匠）很有些怕他的形势。

转眼到秋天了，拳术师因为转职的缘故搬了家，房东先生鉴于厕所太远，又把位置移到原处，大家都觉得很便利，庭院里渐渐的肮脏起来了。

现在，留给我唯一的纪念就是他那柄短刀，挂在我的门后，他因为携带不方便，所以送给了我，时常劈柴找不着斧头，我就拿这柄短刀来代替，终于把刀尖砍坏了！但是很方便……

（《泰东日报》1938 年）5 月 5 日—7 日，署名：慈灯）

方　盘

　　早晨很早的他就爬起来，抖抖擞擞的穿着衣服，父亲颤着声音说：

　　"赶紧的走吧！赶紧的走吧。"

　　说"赶紧的走吧！"是催他快点起身，把几件木器挑出去卖掉的意思，因为家里米也没有了，柴也没有了，钱也没有了——这一早的饭，还不知拿什么来做。昨天，他曾跑到四乡去，冒着寒风叫喊，直至日落黄昏，他才赶回家去，只卖掉一条小板凳，四角五！刨去两角房租，清还两角钱米账，五分钱买了小米，一家五口人，就吃这五分小米，这是一天仅仅只能下肚的一点可怜的米食！他的小弟弟饥饿难忍，已经不只哭过三两次！

　　他迅速的而且又是懒懒的穿好衣服，在门后的铁丝上扯过灰黑色的手巾，把眼睛擦了几下，破鞋必须绳头捆结实，不然走路是不方便的，担子用不着收拾，两条板凳，一个方盘，六个筷子箱，倒也轻捷，他把帽子拉到耳朵下面，一条手巾当作围脖，打开门，出去了，父亲在后面告诉他，"实在卖不出去，就早些挑回来了！"

　　街道上满铺着不平的石头，两旁一列的房屋，门都紧紧的关着，这时候，人们多半还没有醒，除了电线丝呜呜的哭声以外，街上什么动静也没有，十字路口的电灯还亮着，他的脚步分外的响，两只手扣在耳边上，为的遮蔽风吹。扁担不时的换着肩头，这样可以活动一下身体的全部。

　　时候再坏也没有了——这样的冬天无论走到什么地方去，都找不到一点工作可以赚钱，那些稍有点产业的木匠，这种时候，大概都生着火盆，在家里守着老婆享这一冬的清福。待到了明春，再出去找活计，但是他一个木匠学徒，穷苦到极点，父亲什么法子都想不出，一个有着丰富的生存经验的老年人，遇到生活的铁棒打下来时，简直是走投无路，只得咬着牙挨一下痛打，不过比起小孩子来，或者少一点惊慌，但无言的悲哀恐怕是比小孩子的焦急的哭泣还要加倍的难受。

出了小巷，穿过大街，经当铺门前，一直的向西面走去，离开了这个近代的都市的背面的贫民窟，他的目标是附近的乡村。

在路上，他碰见几个从乡下赶着牛车，奔到都市来的老哥，载着他的柴草。

在山上，在树林后面，有几座美丽的洋楼，他恨恨的看一眼，他知道那寂寞的在山下的一圈房屋，是囚人的宫室。

风吹着他跑，顺着尘土飞扬的马路，脸冻得红红的。

太阳从山顶钻出来了，很骄傲的，不肯立刻就散发他的温暖，像一个吝啬鬼的使用钱，慢慢的，思索着，很踌躇的从袋里掏出。乡下佬一个两个，从他旁边擦过去，鞭子和车滚轮的声音，消没在西北风中间，他从一条铁路线下面，很狭小，几乎看不见道路的桥筒走过去，在这一刻，他感到有被压死的忧愁，走过桥筒不远，隆隆一声巨吼，从他的脑袋飞过去，这是早晨第一趟东京的客车，他停下来，遥望着，忽然使他大吃一惊，父亲从后边跑来了！

"什么事？"他很奇怪，打算高声喊，他看见父亲举手招呼，张动着嘴不知说些什么，他急忙往回跑，跑到父亲面前，听父亲这样说：

"你走后，来一个老哥要买方盘，我直追到这里，喊破喉咙呼喊你总不听见……"

"那么我就快回去吧！"

"不用！你把方盘给我拿回去就得！"

他望着走远的父亲的背影，挑着担子，回头走他自己的路。到一个乡村里去，他呼喊着担子里几样物品的名称。

一个老太婆出来问他，有方盘没有，他说有一个卖去了，这便是这一天的主顾，直到天黑，他跑断两腿，没有卖去一件东西，晚上到家，看见方盘放在炕上，父亲告诉他，说是卖主等得不耐烦，父亲拿着方盘跑回家时，人已经走了，所以这个方盘结果是没有卖。他什么也不说，拿着这个方盘就跑，父亲呼喊他是怎么回事，他无暇回答，像不顾命似的跑去了。

他不知跑了什么时候，在黑夜里，怅惘若失，寻找着他白天要买方盘的主顾，他已经绝对找不着那人家，他呼喊着，惹得群狗飞出来狂吠。乡下人讥笑他，说他黑夜卖东西真是有点太奇怪，但他不顾这些，各处打听白天向他要买方盘的老太婆，没有人懂他这种疯狂的行为，只有犬吠着出来答他！

今天，一家人真要挨饿了！

他不知道跑到什么地方去，忘记了寒冷，忘记了这时天色早已大黑，在他朦胧的意识中记得的，白天会跑过的村庄，跑到各个街去招呼，跑到半夜，他的方盘也没有人买。

天空挂着凄凉月，在大街上走着的他，因为饥饿和寒冷，在铁道线上倒下去了。

这时，远远的有火车的汽笛的吼声传了过来……

（《泰东日报》1938 年 5 月 11 日、12 日，署名：慈灯）

贼

茶房蹲在厨房里，靠着灶坑跟前在吃饭，左手端一碗包米楂子稀粥，碗边横放着几条粗块的咸疙瘩菜，右手运用着竹筷，很敏捷的把稀粥输送到嘴里去，因为饭是刚出锅的，烫得他不时的挤着眼睛，加上性急，几乎喝一口发一声气喘。

二掌柜走进来，慌忙的把眼珠向四面一射，最后看见了他，说道：

"快到东楼上去！有事情！"

"唉！"他答应一声，舍不得放下这碗热饭，不顾命的快吃，筷子碰着碗边清脆声，二掌柜不耐烦的等着他，恨恨的向他瞥着冷眼色，好像看一只饥饿的狗！

他喝完一碗，还想去盛，但二掌柜阻止他道：

"得，得，回来再吃，先看看吧！快点！"

他服从的连连点头，掀起衣角，擦干嘴唇和手，从二掌柜身旁冲出去，直奔东楼，在院子里用两手遮着耳朵，一股气跑上楼梯，立在屋外的老客——一个头发疏稀的中年人——蹙着眉头迎他，这使他很吃惊，不敢过去问有什么吩咐，同时二掌柜随后跑来，告诉他这位旅客无缘无故的丢失了放在行李下面的钞票。

"是么？"他惊愕的问，老客疑惑的上下打量他，似乎是无言的向他审讯。

"你看见没有？"二掌柜这样没有好声的追问他。

"我不知道呀！"

"不知道？"这便是老客的话："刚才，当我起身的时候，只有你进来扫地，我到外面去过一趟，等我回来，你已经不在，而钱也不见！怎回事呢？"

"我去吃饭哪！先生！刚才……还没有吃饱……"

"你如果拿了去，没有什么，好在数目并不多，只是二十来块钱罢了！"

旅客好像亲眼见他拿了他的钱一样，这位不满十六岁的茶房，急得两眼向外突涨，嘴唇张开，两手不知放在何处适当。

老客从他外表观察，已经证明了这是事实，二掌柜无话可说，满脸横肉，宛如一只吃人的鸟，冷冷的向他放着狡猾的目光，打算把他一口吞碎吃掉！

人间没有再比污蔑的罪名更难洗涤的办法！茶房只有焦急，冤枉的张着灰白的嘴唇，两眼，就像中途迷失了方向的孩子寻不着母亲一般的惆怅，他跑到屋子里去，在床下搜索，在桌子上面，在抽屉里，在被褥中间，在地板和屋角的各个黑暗处极力寻找，无论那里，都找不到，最后，他是束手无策，呆若木鸡，二掌柜把脚用力在地板上踹着，和老客的手用力的在壁上捣着合起来威吓着，把茶房催得团团转，很想从床柱上抓过那他连影子都未曾见过的钱钞，猛力的向这两个无所根据的混蛋掷去，向他们的鼻子上，脸上，丢一个痛快，可是那所谓丢失的钱，好像老鼠一般，藏在窟穴的深处，不肯轻意的走出一步来！

"你到底看见没有！"老客逼问着。二掌柜附和着说："快说实话！饶了你就是！把钱拿出来！告诉我，你把钱藏在那里？到底你是不是……"

"我一点不知道什么钱哪！我去吃饭来的，扫地的时候没有见过什么钱，而且这位老客把钱放在行李下面我更是一点不知道！"

他想放声大哭，对老天呼喊，辩论他的冤枉，忍着满眼涌现的泪水，转身向着墙壁回想扫地时有没有在泥土中见过钱钞。

二掌柜客气的到房间里寻找，找遍了各个地方，没有什么钱，老客对他重复的说明着：

"我早晨起来，钱还在着，我就顺手放在行李下面，这时候茶房进来收拾屋子，我到厕所去了一趟，回来洗完了脸，忽然想起要把钱装在袋里，我记得清清楚楚，是放在行李下面的，但伸手一摸，嘿！钱没有了，掌柜你想！不是茶房是谁？因为除了他之外，没有别人进来……"

"是呀！这真奇怪！"二掌柜摇着聪明的脑袋这样说。

站在壁角的茶房，无法申辩，他在脏土箱里翻了又翻，结果翻不出钞票来，除了破草乱粪以外，什么东西也没有。

二掌柜为维持旅馆的名誉起见，卷起他的袖子，和老客协力，在房间里做最后的一次详细搜查。

这一对各自为了利益，对于好人坏人，不懂得观察，信口开河，而结果是以小人的鬼心眼对君子下判断的商人，终于在十分钟以后，弄明白了青红皂白，他们虽说是忘记了苟且羞耻，然而这时却也觉得虚伪的脸皮发烧了！

他们东翻西翻，翻得很是仔细，你老母猪似的蠢笨，把整个房间里的所有的地方都搜遍，忽然老客在被单的皱叠缝里，抖搂出几张票子，飘飘摇摇的落到二掌柜胸前：

"这不是么？"二掌柜叫了起来。

茶房跑进去一看，钱放在桌子上，像一个"包公"似的公明的证人严厉的站在三个人当中，比法官还要简单的，把这件不清不白的案子断个水落石出。

茶房应该到法庭去提出控告，告发这一对无耻的因犯，把他们送到西比利亚去做苦工或者押在牢狱里二十年以示惩罚，但这个茶房不出声溜下楼去，走到厨房里，端起他先头放在锅台上的饭碗，盛了满满的一碗包米糙子稀粥，并且在煤烟熏黑的格板上的坛子里，夹出一个咸萝卜，放在菜板上切成一条一条的长方形，然后蹲在灶前，烤着炉火，望着那坐在墙壁上，脸面早已变得墨黑的灶王爷，一口一口的喝着，泪水滴下来，用油腻的袖头抹了一抹，把一条咸菜一口吃下去了，接着是咕噜不停的喝着变冷的稀饭……

（《泰东日报》1938 年 5 月 13 日—15 日，署名：慈灯）

一个失业人

冬常那时是在一个叫沙荷口的镇上，一家山东人所开设的格局很小的木厂里做工。

如其说是木厂，还不如叫柴厂恰当些，因为他们行里并没有成材的木料可卖，只是一些从外国的"机械锯厂"贩来的细长木条，砍成相等的长短，捆成一个圆形再拉到街里去叫卖罢了。

这家柴厂的位置，临着大道边。在附近的西面，是一个时常是寂寞的火车站，从铁路的桥洞下向西面走，那地方叫湘鲁交，是个人烟稠密，贫民最多，到夏天常发生时疫症的地方！但这地方并不是他们的劈柴贩卖区，他们的主顾是在希岗和留家屯一带——这两处地方接近着□埠的市街范围以内，所以房屋的建筑还较湘鲁交高尚文明得多。

冬常的职务项目很复杂，主要的任务是劈木柴，附带着煮饭，和伙计们拉着车大街小巷，一家一家去问，很客气的地寻找生意，并且他还给掌柜洗汗臭的袜子和破旧的衫裤。

虽然说不上是很阔差事，然而在失业很久的冬常，却是很重要的饭碗保险公司，这个保险的契约就是没有一定，或者明天，或者后天，可以由掌柜随便区署，可是在冬常都没有关系，只要这一天能够吃饱肚皮，那么在这个美丽可爱的世上就算享一天的幸福，多少人都为了这单调的生存感到厌恶而长吁短叹！这些人，多吃饱喝足的人，冬常决不是这类人，他是时常在朦胧中，看见那走天国的大路口挂着恐怖和痛苦的标语，所以他宁愿多受一天罪可不愿轻易往死之国的途上走。

冬常是个强壮的小伙子，没有父母兄弟等这些长尾马缠累，他自己吃饱，就算一家安全，可惜他有一不能忍耐的脾气，也是这次造成失业的原因，这些事，他从来不加考虑，当他的脾气爆发时，好像火山破裂一般！

他是先有为而思想在后的人，他常常后悔自己的缺少检点，但事情一临头，又忘记更改的决心了！

在柴厂失业，就因为下面这节很简单的小事。

一天——是天气很热的一天，他和另一个绰号叫地瓜蛋的伙计拉着劈柴，走在半路上发生矛盾，终于动起武来，他把地瓜蛋的后脑壳一劈柴打破了一小窟窿，他是在前头吃力的推着车，走了一程，觉得后面推车的好像一点不拿出力帮助，当他回头看时，有高高的一垛劈柴挡着，他只得接续多用他的血汗。

接着走了若干远，他忽地停下来跑到后面去一看，地瓜蛋离开车身三四步的，在那里悠然自得的活像个大少爷一般的迈方步走着！

不由的，他抹一把头上的汗珠，怅怅的对着地瓜蛋咒骂起来。

"什么东西！你怎么一点不拿出力量，连推一下都不干么？"

"×××！你说的什么？"

地瓜蛋并不因为自己的错处赔罪，倒反强硬了起来！瞪着眼珠仇视他。

"你奶奶！你并不是大爷呀！你出来做什么的？你是不是把我当牲畜看？"

"嘿！你这小子，一张嘴就动骂，有话好说，你骂什么？"

"不但骂你，我还要教训教训你！这样的大热天，你在后面偷懒，叫我一个人卖命，你莫非是把狗眼子生在后面？"

"放屁！"

他们俩你一言我一语的打了起来，冬常从车里抽出一块劈柴，对着地瓜蛋头颅就是一下，因为他不这样下毒手是要吃亏的，地瓜蛋急忙一闪，没有闪灵敏，后脑壳挨一下重击，立刻就有湿淋淋的东西滴了出来，地瓜蛋顺手一抹，看见手上沾了许多血，抱着头跑回去了。

冬常立刻觉得忏悔，但他咬着下唇把柴拖到街里，费了半天工夫，才卖光了，当他满以为无事，就可以过去的拉着车，像一匹毛驴似的跑了回去一看，掌柜迎面就是一顿臭骂，并且怒吼着告诉他，立刻滚出去，这个木厂里不用这种野蛮的伙计，地瓜蛋把头用破布包扎着，胜利一般的望着他，用着伤痕，用着乞怜和说谎，在掌柜面前把他告败，他知道事情不能挽回，他接这抛弃地上的一元二角工钱，半个月零十天的代价，扣上帽，他没有行李，单人独马，倒也方便，到一家咖啡店的厨房里去，找他的朋友设法，这位朋友正在沏着柠檬茶，给他倒一碗，并且从橱里拿出一块剩面包，叫他吃完再做商量，好在地球是大的，无论如何，总不至于饿死，一个身强体壮的人。

柠檬茶和面包比窝窝头和大葱好吃多了，这个朋友，是他从前当洋行小使时的同事，据这个同事说：在南山（街道名）有一个外国的公馆用当差，晚上一定领着他去看一看。

就是这样，他们在一座美观的洋楼前叩着门，里面出来一位太太招他们进去说话。

"一个月三块钱，管饭吃，要一家商店的保证。"

这是工作的契约，他没有什么意见的答应下来，保证由这位同事代找，从这一刻开始，他正式的做了外国公馆的当差。

不过他不懂得外国话，外国太太很不满，鉴于他的适当的年龄和少女一般的美貌就留下了。

外国太太很年轻，是个中等身材，有着美发，镶着金牙的女人，虽说不上是标准美人，倒也不怎样可憎。她有四个孩子，两个男的，两个女的，最小的一个刚会学习爬行，哭起来好像火车的汽笛，响的震耳，据太太在纸上写着告诉他，意思是老爷到外埠去公干，家里没有看门人，从前雇一个小使，因为偷了什么东西便把他开除。

他看着太太作各种业务给他学习，第一是收拾厨房，第二是扫厕所，第三是洗衣服，第四是照管孩子，第五是……

这些琐事，不要说叫他干，连看一眼就叫他腻上加腻，烦上加烦，他愿意到码头去扛豆包，也不愿意干这种臭职务，他辞别一声，他只会说："杀腰那啦！"便扣上帽子跑了！

他跑回朋友的房里像猫似的蹲了三天，这三天，凡是 D 埠的任何街道，他都遛到走遍，没有什么职业给他做。

我还是闭起两眼瞎闯吧！

他这样决定了，于是他顺着直通中州的大马路徒步旅行，他企图会当个小学教员的表姐，但不知道这位表姐是不是仍在原地方。

经过后甲荀和山村柳两个半似乡村半似镇头的地方，他休息了半点钟，回忆二年前在这些小地方和苍蝇一样碰壁倒霉的事情，到中州是晚上了。

这一天，他在路上舍不得花去一元二角的全部财产，经过几块瓜地时，在地边偷摘几个甜瓜当做饭餐。

被包围在绿树林里的学校，在晚上，像一个阴森的坟场，那依稀的电灯，很像是豆油做成的灯火。他走到教员宿舍窗前，里面说笑声传播到很远。他壮一壮勇气，走了进去，他的忽然的出现，至少给几位教员一个惊骇，他说明他的来意，告诉他表姐的姓名，二年前曾在这个学校里供职的先生，"噢！"一位穿白色衬衫的先生对他说："早已辞职了，现在大概在 F 省。"

"啊！"他只啊一声，便道了谢，走进城边去，在河边的草地上过一夜。

他决心向北走了，顺着铁路沿线，情愿走两个月，四个月，半年，达到 F 城为止。

在他还没有十分确定究竟到哪里去安当以前，他想找点儿什么职业，顶好是赚一串买车票的路费，可以一天就到了 F 城，第二天下午，冬常君站在一个火柴工厂招募着新到的工人的行列之中，等着选拔合格了。他当选了，但两个月之后又到了 F 城，在 F 城住两天后，不知怎么又会绕到鸭绿江……

（《泰东日报》1938 年 5 月 17 日—19 日，署名：慈灯）

妖魔的箭

在天昏地黑，大雨将至的傍晚，半空刮起可怖的西风，带着草叶和廖土一道掩去，并且有鬼哭狼嚎的吼声在半空回响，这时我正走在广大的坟里面，正从露着污秽的棺木上面跨过，打算躲开前进。在凹城躺着的骷髅，想快些走完这段令人毛骨悚然的弯曲的小道，而且有一股难嗅的近于潮湿的恶劣气味随着风吹来，在苍老的松树下，蹲在土堤背后的山神影子一闪，便消失了。住一刻，当我快要走到松树差二三十步的光景，就有一个东西跳了出来，挡住去路，我仔细一瞅，原来并不像是一个现实世界的人，他的头发披散着，发乱的拖在脑后，两只野兽似的眼睛，鼻子是个蓝色的平面，嘴向两边极力的裂开，衣服长长的拖在脚下，以至于遮住了他的脚，看不见他的脚是什么样，左手里拿着一张铁弓，身后好像背着弓囊，里面插几只铜箭，箭柄还放射着寒光。

我把朦胧的眼揉了几下，生怕这形象不过是个恐怖的幻觉，但并不是！眼睛越揉，越看得清楚，那立在前面的确是个形体，他微笑起来，待我惊慌失措，抖抖叟搜的，企图绕路逃跑的时候，它竟往前进了二尺，看情形，是喜欢过来和我亲近一番。然而我闭住了呼吸，没命的，奔上山神庙背后的高坡，从不是这路的坟地里的乱闯，跑了半天，回头一看，总是不能离开山神远一些，那奇怪的形体还是站立在原处，寂寞的盯住我，不过他一定是转了一个身，并且拉开弓，把箭搭上了。

我只听得半空数万的鬼哭狼嚎的声音闹成了一片，那形体——大概就是所谓妖魔，看他把右手一松，嗖！的一声，我来不及闪躲，锋利的箭芒已经刺进我的胸膛，我觉得一阵痛楚，便轰然倒地，两手用力的拔着箭！但是拔不出来，我抬起面孔看着箭身，写着许多字，我所能认得的，是这几个："当你在人间的路上奔走时，这第一箭是你必需的药品，家境贫穷……"

我急忙伏身跪拜，向妖魔求饶，谁知他上体一屈，箭柄捣地，箭峰向里进了几寸，我还来不及哭喊，就有第二箭嗖的一声射来，正中成的左腿，在膝盖骨上洞穿了！我的右腿立即弯曲，忍着难言的酸麻，爬出几步距离，原来这支箭上也有字体，是这几个：

"恶劣的境遇把你从母亲的怀里夺下，投到生动的污秽的洪流去，让你在泪河里打着旋转，这是初步悲哀的经验……"

可怖的西风刮得昏天地黑，我哭喊着，求他停手，因为他接着还是张弓搭箭，只见他把右手一扬，很痛快的收回他的弓，一刹那间，我的右腕流出鲜血来，这支箭已把我的腕关节射碎，箭落在身旁，上面也有字，"吃苦是锻炼你的金丹，虽则流一点血，然而不算什么，你可割掉这只手腕，做你换取生活上重大的条件，如果不够，那么——快看这一箭！"

接着又是嚓的一声巨响，只见他把右手一扬，我的左脚，脚背上直直的竖着一支新到的箭，上写：

"加上这一只脚，大概总可以够了。"

我咬着牙齿，闭上眼睛，把这几支箭用着平生之力气拔掉，扔在一边，在地上滚来滚去，为的是避免他接着再射，同时疼痛已经使我的两眼昏花，只听得耳边的风哭和头上的鬼叫，在我的身边的棺盖忽然爆裂，从里面伸出一只手骨，在焦急的挥动着，意思是求救，但我的身体已动弹不得，而头脑的正中被一支箭射破一块皮，这时我回身看那棺木的骚动，无意中闪躲了这一支危险的箭，那箭飞到那只挥动的手骨上，手毫不觉痛似的把箭摇落，摇到我的附近，妖魔喊道："快去看看那支箭，可以治愈你现在的痛苦！"我爬一步一歇的，好容易把身体搬到箭旁边，一手抓过箭来，紧贴在脸上去："其实痛苦逼迫你读了一页书，这一页书并不能达到你的理想，这一支箭骗你活动一下，可以追加你此刻多痛苦些呀！"

啊啊！我痛楚得几乎昏了过去，我疯狂一般的打着滚、呻吟着、呐喊着，把牙齿啃着石头，脸被草枝撕破了，几处妖箭洞穿的伤口，这时鲜血如泉涌一样，这周围的地面染了一片赤红，以后又接连着几箭，都射在我身体上不关痛痒部分，有一支写的是："年龄之使，拖你到异性的烈火里，烧你一个半死不活……"

我气得破口大骂，待到我已完全忘记了伤痛，便爬起来，想闯上前去，夺下他的弓箭，但我终于立不起来，惹得妖魔哈哈大笑，便把几支箭射完以后，影一般随着西风飘来，把我身上穿满的箭和落在地上的都收拾起来，用衣襟，把箭头的鲜血抹净，装进袋里背负着而去，留下我满身伤痕，连一步都不能移动的叫苦连天，哭肿了眼睛，叫破了喉咙。

灰惨的天空加重了黑暗的颜色，雨在一滴一滴的领着头下，鬼哭狼嚎的闹声已经渺茫，隐弱的只能听到一点余音，棺木外伸出的一只手骨，这时把棺盖撞碎，跃跃欲试的打算爬了起来，棺里有身体左右碰动的骚响，或者也许是在呼喊着，但我听不懂他的言语。

雨淋湿着我的伤痕我昏迷的睡过去了，我醒过来，大雨在倾盆的下，墓地里是一片放光的烟雾，闪电的光，照着我身体四面还红得新鲜的血，但血已经和雨混合，立在我旁边的——是什么东西呢？

"我在棺木里挣扎了好久，"他说："今天算爬出来！"

天是早已黑了，我看不见他的形样，听他的声音，也许是像一个人，他把我拖起来，我在后边随着他，借着闪电的光来认清我们的道路，但我凭着他的方向，因为我自己不知道方向，只要走出这墓地，便算走的很不错，我有些不信任他的领导，然而除他之外，再找不出别的方针来。

我们走了，不知好久，总走不出着墓地，我还痛得很，真想倒下不走了，可是那更没有希望。

我毅然的舍了前面的指引者，向另一个方向奔跑，向那不时的打着闪电的和隆隆的雷声的一面……

（《泰东日报》1938 年 5 月 20 日—22 日，署名：慈灯）

狐仙庙

　　在 B 村的东端，寂寞的立着一棵孤独的老松树——虽说是孤独，但它的环境却很是热闹呢！

　　据说这棵老松，有四百多年的高寿。也许因为年老的缘故，所以枝干生长得非常古怪，每一条枝干，总是弯曲得无法再弯曲的程度。有的枝丫互相交叠着，好像糖麻花一样。在围径足有五六个人伸平两臂才能围抱得过来的粗大的树根，向上延长有三四尺光景，是一个大窟窿，因为这个大窟窿，哎！这棵老松的身价便涨百倍。

　　其实也难怪，这个窟窿也正经八当的有着神秘的历史。在 B 村的人们的脑里，印象都非常的深。好像过去的许多年代，那些愚蠢的俄国人一时一刻的忘记不了对着上帝在胸前画十字一样；不过 B 村里的人并不是各个这样信心很深。曾有过喝醉了酒的汉子，对着这个大窟窿里撒了一泡尿。相传这个醉汉，就是在距今二十年前，当他撒完尿以后，忽然满口吐着白沫，大跳大喊，没有几分钟，就撞在这棵树上死掉了。一个人这是实实在在的情形，一点不说错。

　　因为"事实胜于雄辩"，B 村的人们都确定的这样说，并且比相信大婶子都是女的还来得可靠，决不会有一点错误！

　　相传大窟窿是在一百余年以前，一天风雨大作，雷闪交加的深夜里，只听得霹雳一声震天的巨响，把正在睡熟的人们惊醒。不停的又是几声雷声，闪雷的巨光从黑夜的半空掠过。接着就有什么喊声在村落的东端发起。第二天就有一条巨大的青蛇死在那里。

　　不消说，这条毒蛇一定是妖怪，不然是不能藏在树洞里的。雷神爷爷出了不少的力量，才把它搜索出来。那第一声巨雷，就是劈开松树，把树劈了一个窟窿，妖精逃脱不得，终于被打死在树下。

这个事实，一百年前的老辈们却在当场亲眼见过！大概是事后不多天也是在一个夜里，有一位老头子明明看见有个白发苍苍的老太婆，扶着拐杖，后面随着许多小狐狸，给她搬着东西，走到大树下面就不见了。

这件事轰动了Ｂ村的人们，聪明的老年人和那少数的圣人门徒，凭着庄子哲学的思维法去推理。结论是这一队行列，必是狐仙搬家，那在先头引路拄着拐杖的老太婆就是"胡大太爷"，其余都是还没有成功的弟子。

"一定是这样！决不会错！应该修庙！保佑风调雨顺，国泰民安！"

当时的村民大概都这样说，当然是由聪明的老年人和智识份起头，大家附议。一座虽然不大，倒也很美观的小庙修筑成了！

庙堂的位置，就在松树的对个，相隔不过四五步距离。初一、十五，香火很盛，尤其最近几年来，松树枝上挂红布条和匾额。匾额上刻着金字，写的是"心诚则灵""有求必应"等字样，象征这棵树的仙气万丈。

你如果害头痛，可以拿了香火来，但千万别忘记带个小酒盅。香火燃着之后，烧上几张黄纸，把庙台左角安置的一个盆形的铁钟，用木棒敲几下，接着跪下叩头，好好祷告。过一刻钟以后，看吧！你那斟满了一盅酒，并且杯口盖着红布的酒杯，一定是满满的一杯五光十色的圣药金丹。那么你恭而敬的捧了回去，管保头痛的人饮下之后，立刻就会痊愈的。不但头痛，凡是人类所能遭遇的一切病症，没有治不好的。灵似的走了出去。

满天的星斗，闪烁的挤着眼睛，像是微笑的神气窥看二媳妇，目送着她到松树下面。小庙前面，在冰冷的石台上跪下双膝，合着手掌和眼皮，垂着头，嘴里悄声的说些什么。可怜的姿势祷告了好久，才爬起走开。但她也不上香，也不烧纸，也不拿起木棒把钟敲得咣咣响，只是叩了头，叫着祈愿，再叩了头，走开，这样便算做完了她的功课。

她是现在Ｂ村敬神的代表，许多人都知道她似乎有个不得不敬的原因。她所以敬得特别的殷勤，主要的目的是为了多年在外未归的丈夫，她的苦闷的企图，她的悲哀的祷告方式，希望求神的帮助，把她的丈夫拖回来。

她的年纪已经衰老，明知她的心愿恐怕是不能达成的，然而并不阻止她这番贞烈的行为。公婆也盼望自己的儿子回心转意，赶紧的回家。

虽然是读书人，不能像大儿子一样上山下地，难道说离家十载，竟一趟也不回家看看爹妈么？即便爹妈不算，还有老婆孩子。

这个女孩，是在他取亲的第二年所生，他还没有看见这个孩子呢！

他离家的头二年，时常的一两个月写封信回家，报告老爹老妈，间接告诉他的妻子在外面教书生活，平安适宜等消息。到第三年竟连这样的信也没有了！而且没有一个人知道他到了什么地方去。

他的岳父特地跑到数百里外去打听，结局是没有得到准确的消息。

城里的人造着各种不同的谣言，说是他和么女士发生了恋爱，双双地到别处去了。这个"别处"究竟也不知是那一省的地名，弄得岳父无可如何，抱着愤愤然的怒气把这样听的谣言通知亲家。

转眼就是四年，五年，很快！在二媳妇，也是很慢的把光阴在偷偷的流泪中度过去。她开始拿着香火去祷告了，但常常的拿着的香火必须很多的钱买，终于连最后的一文钱也花光，通都买了香火，只得赤手空拳的去叩头，寞寞的跪拜。

时常是不间断的这样去祈愿，祈愿了二年，但他的丈夫，那受了新教育，教书的青年，总没有回来，神仙的力量也没有把他拖回来。或者是因为二媳妇缺少香火的条件不足，神仙没有理这份意吧，没有帮助他，还没有动手去拖吧。

二媳妇抱着坚贞的意志、信仰，"心诚则灵""有求必应"的启示，所以她的容颜虽然愁苦得很快的憔悴了，已经眼看着就要衰老了，无奈信仰的力量太强，把她简单的灵魂束缚得很利害。几次也曾动摇了贞节——然而幸亏是在夜里，有一宿的工夫可以翻来覆去不安的悔过。

一天傍晚，是一个很恼人的春天的傍晚，二媳妇不见得是很勇气的走到狐仙庙，望望四下无人，没有甚么声息，就寞寞的跪了下去，真挚的念着她练就的词句。当时，正吹着令人舒适的含些甜意的风，吹拂着她的鬓角，他把词句祈愿了一半，很快念完就回家去了。

这一夜非常的痛苦，那皎洁的月光偏偏从窗空里射进来，正射到女人睡熟的脸上。这可爱的面孔像谁呢？这样引人欢欣的面孔啊！它在女孩的面上亲一下，接着是泉涌一般的流泪。

她的公婆在隔壁的屋内，清楚的听到他在难言的悲酸之中极力挣扎的啜泣声。

寒冷的冬天下着大雪，凛冽的西北风在路上乱闯着。二媳妇冒着严寒，奔到狐仙庙，叩了头并且祷告完，很安心的跑回家去。在寒冷的屋子里，她的情绪很温暖的燃烧着，满怀着希望的烈火，深信她的丈夫不久就会因为她的忠心而回家来，然而她希望的烈火后来越烧越渺小，终于连丝丝的火星也消灭了，只剩下冷冷的悽凉的一堆炭灰！

十年！啊！十年！二媳妇的祈愿成绩如何，很不错呢！她的丈夫果然是如他的公婆所猜想，一去不复返了！二媳妇如今的志愿已变，她不再到狐仙庙去祷告了，她的方针是依着Ｂ村的优秀的特征，这种特征自然不单是Ｂ村如此，走着守节的真理的步履！

但是狐仙庙并不因为二媳妇不去祷告而冷落。郑老三的结亲正为他妹妹的病时常去敲钟求药，关老太太是Ａ村人，当然也是善男信女之一，至于她十七岁的女儿患的是甚么病症，恐怕除了她的女儿自己以外，没有谁能够知道。或者如郑老五的老婆所说：这种病用不着狐狸大仙来治，自然而然会好的。

郑老太太爱女儿心切，那些胡言乱语没有一块的价值，她自己的女儿，本来一向是三门不出四户，规规矩矩的，她比谁都知道得详细，她只有这个宝贝儿，她是不能置之不理的，所以她还是听信女儿的话，有点痨病，非弄点仙丹之类出奇的妙药吃吃不可。

郑老太太煞费苦心，很不容易的挪动着小脚，拿着祭品，走到狐仙庙去，跪拜完后，在老松树枝上系一块红布条，回去的时候，两手捧着小盅把这杯天赐的仙丹给女儿喝下去了。谁说不是病呢？面黄肌瘦的女儿，连饭都不愿意下，唉！郑老太太把药给女儿饮下之后，忧虑的叹一声长气。

李成财——是Ｂ村一个和其他农人一样的将近老年的中年汉子。忽然他的牲口不知怎么着了慌，没命的飞跑起来，他坐在车上用尽方法，想勒住疯狂的马，但是不中用，他骇得面无人色，终于跑到不是道路的高坡，大车翻了过去，把他轧在下面，牲口同伤还是小事，他的一条腿打断了！

这件不幸的交通横祸，也会关联到狐仙庙上！说起来也实在是凑巧得太巧！Ｂ村的人们议论纷纷，大家没有不对这祖传的狐仙庙的神灵毕现惊叹不已的，难怪老张家二媳妇默默的拜了数载！

李成财的打断腿应该是事理的必然，因为他欠着狐仙庙这笔已经欠了十三年！现在狐仙太爷显灵，把这笔欠帐一笔勾销了！

十三年前的事情，人们还记得很清楚，好像一个用功的小学生，能把一课三百字的课文背诵出来一样。

那时候，李成财和他的弟弟李成富因为个人的妻子之间闹什么意见，由于妇女不时的吵嘴，惹成男子汉们的动武，终于弄出一场轩然大波，逼到分家的地步算完。

"妻子是人家的好"这句话放这里可不成立了！成财和成富哥俩，不因为觉得自己的妻子好，如果都能把自己没有见识的妻子申斥一番，彼此互相道歉，是决不至闹得脸红脖子粗的。虽说学者之中也有这种缺点的，明明知道自己的言论欠正确，偏要固执自己的偏见。

但成财成富哥俩却不该有这种高尚的羞耻，他们多半是主张小家制度，抛下人有许多施用这种手腕，因为欣慕小家庭生活，而厌恶大家庭这种勉强的团结，就以无端生事，打架的炸弹来破坏，妇女时常是先觉而且是惹起战端的健将。

七间房屋，把中间的一间毁坏，砌成一道高墙，把两家隔开，每份所得的三间，只消把门和炕的位置变更，改造一下就妥，连骡马和家禽都照二一添作五，二五进一十的公式分开了。

就是这样，他们分居过活。起初，他们两家的小鸡过不惯，因为在一起久了，忽然的拆开，还是不容易拆开的，时常混在一起，把蛋下在不是自己的窝里。为这件小事，两家又发生冲突了（这节事故似乎有点像托尔斯泰的《燎原》其实决不有一点一样）闹得你埋我怨，各正一门。有一天成财家的小鸡把蛋下在成富家里，从早晨争吵到黄昏，没有结果，成财和成富哥俩就议决到狐仙庙去起誓。

把香插在香炉里，烧了纸，哥俩怨恨的跪在一列，成财先对着庙洞里的木牌——神座——斩金截铁一般的发着誓说："我李成财家的鸡，如果没有把蛋下在他们家里，而我是无端胡说的，那么叫我在三年以内，跌断了两条腿！"

成富接着模仿他的大哥说话的形式道：

"他的鸡如果下在我李成富家里，而我偏说没有，偷着吞没，那么在三年以内，叫我跌断了两条腿！"

三年以内，两个都没有跌断腿，无从证明孰是孰非，谁知十三年后，李成财竟打断了一条腿哩！

B村的人们都批评着说："这一定是成财家的鸡并没有把蛋下在成富家里，他是胡说八道，虽然在三年以内，狐仙太爷没有惩罚他，一定是由于他在别的地方做过一点善事，所以没有两腿全断，也是因为这点积福积德所致。"

所谓积德的功劳，应归于老张家二媳妇，因为老张家二媳妇原来便是李成财的亲闺女，她积年的祷告功夫，很感动了仙佛，所以无力帮助把她的丈夫拖回，就在她的父亲身上间接的报还了！毕竟是神仙的誓愿比人类聪明得多的！拖回她的丈夫，没有省下她父亲的一条腿并且迟延了十年才打断的酬谢，有价值！

断一条腿其实无防大体，不像断一个头，断头不容易活下去，断腿还可以医治，而且成财的腿并没有彻底的打断，不到八个月，就能够自由自在的活动了。

在这八个月里养伤期间，成财是不断的咒骂着狐仙太爷，他不承认这是什么神佛的驱使，待到了他的伤一好，马上扛着十字架，在晚上，在人们不能注意的夜里，他一个人去把狐仙的宫殿倒翻了。

这一天，是天气晴朗的上午，老张家二媳妇走着站着，总觉得心里不安，好像有点什么事情要降临似的，这是一种很奇怪的感觉。她的十三岁的女儿在屋子里，收拾收拾这里，收拾收拾那里，很快乐的在屋里哼着唱歌。二媳妇拿一碗剩饭，想倒在院子角放着的破碗里喂狗，这只老狗忽地立起来，把尾巴左右的摇摆着向门外跑去了。

二媳妇抬头去一看，一个比青年人老一点的人，穿着长衫的人走进来了，这只老犬便是对着这人奔去的，但它并不咬，只是疯狂一般的向那人身上扑去，跳着，站了起来，伸出舌头。

那人是谁二媳妇茫然的立着看，总觉得非常的面熟，但是就是想不起来，她的心里跳得很快，心跳的声音传到很远，她不敢相信自己的眼睛，她以为这不过是个幻景，是个梦罢了！然而太阳在半空挂着，射着它在五月应该放射的光度。

这不是别人，这人就是她祷告了十余年的丈夫啊！呀呀！他怎么会回来了呢？真是奇怪的事情！

毁坏的狐庙，在第四天上，又动工重新修筑了。

工程的监督是李成财，他说把庙拆翻就是为重修。没有别的，因为他的心给他下了这道命令！他如果不独自担起这笔费用是得不到平安的，他简直一时一刻也过不下去！

他的省下一条腿，和迟延了十余年，以及他的女婿的忽然还乡，这都是神佛在暗地的保佑的结果！

有一件笑话传出来了！说是郑老太太的女儿，郑老五的妹妹，忽然生了一个又肥又胖的大小子，虽然郑老太太的女儿还没有出嫁，郑老五还不知道他的妹夫是谁，又肥又胖的大小子还不知道谁是他的爹爹……

（《泰东日报》1938 年 5 月 24 日—31 日，署名：慈灯）

深林的战士

　　一个孤独的青年，走入深林里，步行在乱草丛中，打算窥听那些没有羞耻的鸟族的私语，蛮横无理的野兽们的动静，以及苟且偷安的虫子们的唱歌。

　　这时有半明半暗的月，从黑云后照着他的头顶，浓密的树荫的暗影遮蔽着他的身体，他静悄悄的走，像一个幽灵，他把胸脯向前挺着，囊中的弓箭握在手里。

　　忽然！可怕的一下！忽然从草丛中跳出一个东西来！挡住他的去路，并且拿出威吓的口气大声问道！

　　"呔！立定……你是做什么的？不准向这面走！"

　　他多少总骇怕了一下，退后几步，急忙探手入囊、掏出箭来、按在弦上准备发射。

　　对方等了片刻，不见回答，便咒骂了几句，接着只听嗖的一声，他赶紧向旁边一闪，一支好大的投枪穿过树身，他对准前面的影子只消把右手一扬，便听得"呀！"的一声痛苦的呐喊，来个狼头人身的怪物，他的箭正刺中怪物的咽喉，把毛茸茸脖头刺穿，可以看出鲜血正向四下奔流，他将箭拔出，在鞋底上把箭尖擦了一下，打算继续走路。

　　站住！妖魔！

　　在前面就有一声呐喊并且有许多声音附和着叫道：

　　站住！妖魔！

　　他张弓搭箭、对准前面那跳着、正向他奔来的黑影发箭。

　　连着有几声绝命的喊叫，同时一大群怪物跑上来把他包围，从四面列成一个圆圈，很有确信的举着投枪，对他示威。

　　空地，半明半暗的月照得很清楚，他看出这些东西都像刚才的那一个怪物相仿，不过面孔的分外的狰狞，眼睛突出，像要掉出来的一般，拉长了脸，张着大嘴，血红的舌头吐到嘴外面，牙齿格格发出响滴着唾沫。

他转身一跳，攀着了一根树枝，猴一般的灵敏的爬到树上，对着下面射箭，绝命的嚎叫和投枪向上面雨一般飞去的声音，把这树林里的清静给搅翻了。

他偏身一闪，接着投枪，擦的一声反投了下去，立刻就是一声大哭的反响。他把接过投枪反投下去，接过投枪便反投下去。

但有一枝投枪几乎刺着他，他怒从中来，从树上跳下来就开始很有秩序的乱刺，并且闪躲着，跳过来，跳过去，把投枪打向一边，顺手直刺进去，许多狼面人身的怪物倒下去了，未死的家伙在打着滚叫，有一小部的早已逃了。

他把失掉的好箭找回来，扔弃了无用的投枪，把一个尸体的胸膛打开，挑出心肺，把黑色的心块拿到明亮处翻弄着看。

啊！这才是妖魔的心！真正妖魔的心都是黑色，他打开许多的胸膛，挖出心来，结果都是黑色，还有的黑色的心生着斑点，有几个心，还没有完全变黑，有一部分是灰色，其实也是快将变成完全的黑色的一种灰色！

他把这些妖魔的黑色的心抛弃，把染污的手在草叶上擦了一擦，走了，向着森林的更深层。他本打算到深林里来听听鸟的私语，但是这些鸟怎么一个也没有了呢？野兽们呢？它们都跑到那里去啦？还有虫豸，虫豸的歌声一个也没有了！他走着并且想着这个道理，但是研究不出来，他恍惚听得在远处有些什么骚动的声音，他伏在地面上听了半天，然而听不出什么意思。

死一般寂的深林，只有他踏倒乱草的声音，在一棵大树后面，一晃，有个什么东西的影子没了，他跑过去一看，看不出什么来，还有一只大鸟忽地飞走了，急急的闪动着翅子，好像死里逃生一样！他的心不免一跳，有种莫名其妙的预觉，他感到这深林里有些异样！他到过许多深林，从未见过这样死寂的深林，他与许多妖魔争斗过，从未见过今晚所碰到的这些妖魔样的轻弱，不中用，他禁不住笑起来了，这一笑便意外的治好了心跳，不觉得有了不得的异样了。

他走了一程，坐下休息，那骚动的声音在远处又起来了，他摘下弓来，拉满了弦，向远处那有骚动声音的方向，用力的射去，为的试探着动静，片刻之后，有一声近于呼叫的声音传来，他知道一定又是有妖魔了！因为妖魔是他唯一的仇敌，他的弓与箭是专门给妖魔预备着的，只有妖魔，生着黑色的心的妖魔，他发愿，非把这些心已全黑的妖魔斩尽杀绝不可。他找到了，其实是妖魔来找他，为的复仇。这些妖魔排成一大队，喊着号走过来，向他挑战。

数目太多了！他从来没有见过这么多，他想到在别的深林里逃脱的妖魔大概都躲到这里来，因为妖魔太多，所以把鸟兽，虫豸们吓跑了吧？但是先头那只飞去的大鸟呢？也许妖魔的侦探哩！

妖魔队的首领在当头！见他，便叫起来："妖魔，现在就来砍下你的头！"

原来他呼妖魔谓妖魔，妖魔呼他也谓妖魔。他立即一箭射去，妖魔的首领当场倒地。

可怕的争执起了，战争打成一团，呼嚎的声浪震天动地，他在妖魔当中，夺过妖魔的投枪，刺死几个，打出一条出路，向林外逃跑了，他的目的在引诱妖魔到宽广的地方去，借着月光，月光正好走到无云的天际，映得荒野一片凄黄的颜色。妖魔死死的追着他，到荒野，他立着等待，当妖魔的大队全跑出来深林，他笔直的围进队里，撞撞、刺刺，躲避，挡住刺来的投枪，挡住刺来的投枪，反手刺，反手刺，跳出去，跳出去，再围进团阵，再围进圆阵，刺，刺，刺，直刺，滑刺，直刺，滑刺！

妖魔们叫哭连天的嚎喊着，血花飞贱……

从深林里连绵不断的跑来大队妖魔，加入兽团，有一队举着火把，火焰闪耀的喷着，在周围助阵呐喊，有的把火把向他胸前投去，他接过火把打在一个妖魔面上，这个妖魔满脸着了火，痛得满地打滚，把脸贴在草上摩擦，草接触了火，烧起来了，荒野是一片的火光，黑烟向半空升腾，火把像蝴蝶一般飞舞，妖魔们本来全身长毛，烧得骇人的呼叫，许多妖魔抛了投枪，倒下去滚着，爬着，终于所有的妖魔，都连带的遭了同样的命运，他立在一旁大笑，鼓着掌胜利的唱起歌来。

所有的妖魔都烧死了，但有一部分逃跑。他疲乏的离开战场，重入深林里去，希望找一个地方休息片刻，奇怪的妖魔出现了，使他大吃一惊。

这是一群没有武器的妖魔，赤手空拳，凭着眼泪和撒谎，跪下向他求饶，他从树上找出一支投枪，向各个妖魔的胸中刺去，都刺死了，大鸟飞在他前面，哭着求他释放，他举起投枪，但大鸟飞去，他一箭射去，大鸟便翻身落地，他过去把失的好箭收回，爬到树上，高的树上去睡！

不知睡到什么时候，他一翻身掉了下来，跌得很痛！终于醒了！

他是睡在床上，做着这样有趣的梦，想一想，笑起来了！一本"格林童话"放在枕边，这时天已经大亮，昨晚，他读着这本童话，读到过半夜，难怪会做出这样有趣的梦哩，我们的战士现在爬起来穿衣服了！

确实不知道我自己究竟是怎么回事，不但在夜里睡觉的时候做梦，就是在青天白日的时间也是时常——甚至于不间断的在做着梦的。

其实我并不愿意在时间做什么梦——就是夜晚我何尝愿意做梦呢？但梦神恍惚是时刻藏在屋子黑暗的角落里，或潜在道路旁的草叶底下，当我坐着或走着，或者在做着活计的时候，他——梦神——像开玩笑似的把我拖着走，拖到他的境界去，他无形的力量我简直无法抗拒，好像火车把我载着跑一样，不到站口，他决不停止，我非到站口不能下车，而且他总不拖我到快乐境界去。每次，一定的，他非把我拖到苦恼的境界叫我难堪一场不可！这叫我很不高兴，我所以讨厌他，怕他，憎恨他就是这个原因，我愿他把我拖到幸福的乐园去，当他冷不防跳出来就扯紧我的衣襟时，我是怎样的恐惧而且挣扎呀？可是他的力量大得很，不是我可以挣扎的，我如果强硬过分，不服从他，不听他的指挥，他便会生起气来，毫不留情面的，不理我的流泪和乞求，只把我拖到苦恼的城里，然后关上悲哀的大门去了！

我在苦恼的城里拼命的捶门，然而喊哑了嗓子也是多余！除非他赦免了我，拉开大门，让我出去，我这才能得到舒服了吧！

我不知道怎样——有什么法子可以躲避他，不使他常常来和我为难，但这好像在大风中，在黑夜的大雾里走路，希望风不吹我身，黑暗不包围我，大雾不降临我一样的不容易。

一天不饮不食我能够将就，唯独这位梦神老爷把我活活难住，真是此魔王还厉害呀！现在，我正想着他，想着怎样躲避这位债主，谁料想，他……啊！梦神，他又来了！从桌子下面出来的，多人的腿底爬到身后，紧紧的揪住我的衣服，把我左右摇摆着笑着，将我提起，好像猫提起一个老鼠似的不费力，把我拿在空中，真叫我骇怕得很！慌得心惊胆战，毛骨悚然……我像一片风中的黄叶，飘飘摇摇！随着他走了！

求求你！可敬的梦之神！快放了我！放我去吧！定一定神之后，我这样哀求着他，虽然我知道这是多余，他决不会放我走。

梦神笑着说："来吧！没关系！"

"但我不愿意……真的！希望你别时常的这样做弄我……放了我吧！

他不说话了，梦神的脾气，我非常熟悉，他从来没有说过三句话。

我急切的乞求着他，

"放了我吧！放了我吧！"

"你可敬的梦之神！"

"来吧！没有关系！"

"你还是拖我到苦恼之乡去么？"

"是呀！"

别！别！听我说……你可爱的梦之神，送我到快乐之园去！或者别处，那些美丽幸福的地方……千万别拖我到伤心之城去！

"求求你，开恩……恩！"

他终于没有听我话，不理我的乞求与哀怨，我伤心的哭着他也不管。

这是我从来没有到过的境界，因为飞腾的道路我毫不熟悉，全然不是我到过的处所，我所到过的村庄都市记得——唯有这次，啊！他或许是拖我到幸福的地方去吧？

我有些新的希望，忐忑的曲着身体在他有力的翅膀之下，到一个陌生的大门前面，把我推了进去，随后关上大门，并且在外面挂上铁链，把大门锁上了，我听到那笨大的铁链打开又关闭的声音。

这也是个城镇啊！只是不知道幸福还是不幸？

立刻就敲门是无望的，我知道这种碰壁行为，如果只能惹得梦神的嘲笑，我向里面去了，刚一拐弯就令我非常的吃惊，几乎骇个半死。

这城里的人奇怪得非常！

一个人的头倒生着，眼眉在下唇，其次眼睛，鼻子嘴，下巴颏，紫色的长发披在肩头，他面前放着一个担子，篮子里面盛的不知是什么东西，他是袖着两手蹲在墙根。

"买二斤吧！贱哪！"

他并不奇怪的看着我，默默的这样向我探问着。

"你卖的是什么？"我壮起胆量上前问他，同时仔细去看着他篮里的货品，那样子，好像落花生，但颜色却是白的，稍微有些发红，又好像糖果？

"这是什么呀？"我拿起一个端详着，又问了一句："连这个都不知道？"他轻蔑的说："手指哪！新出锅的！"

他说着就跪下身来，抓起几个咬着吃，"手指？什么手指？"我明明看出是什么了！急忙把拿在手里扔掉，至少我的身体是抖擞了起来！

"当然是人的手指呀！新出锅的！一角钱四斤半！贱吧？"

我惊骇的瞪着他奇怪而且难看的脸，我不知道嘴在大张着说什么话。

过来两个和他同样的倒生着头，和他同样的并不对我奇怪的人，到他的担子蹲了下去，先是争论价钱，争论的结果是一角钱五斤，他们吃得又香又甜，嘴角滴着油水，并且一面在吃着一面还满足的谈天。

我恐慌的跑了，听到后面嘶长着嗓门喊道！

"手指——啊！一角钱四斤半！"

我跑到街上来了！这一回的惊奇更甚！原来这城中的房屋没有门窗，人们都在梯子上走来走去，他们的门窗是在上面，对着天空，进去的人，只见爬上梯子，到平面的房盖上，像蚂蚁入穴一般，头向下跳进去了！

这样的房屋，我连在别的梦境里都没有看见过！这真奇怪呀，门窗开在上面，下雨怎么办呢？降雪怎么办呢？莫非这城里是永久不下雨，也不降雪的么？爬上梯子，头向着下面下去，那是怎样的走法呢？只见那些人们爬了上去，把两腿倒向半空一伸，便踪影全消，不见了！但上来的时候却是头先伸出，而且出来的时候，也是两脚踏着梯子一步是一步走下来的。

这些房屋里面仿佛是在做着交易，那也许是商店吧？为不辜负这一个梦境起见，我决心爬上一家的房屋去看个究竟。

我选一家出出进进，有许多人在那里上面复下的房屋，随着人们爬上梯子，待到我走上房顶，只觉得后面像有人推我似的，我一踉跄便头向下的跌了进去，和倒栽葱一样，我是翻了一个筋斗，出乎我的意料之外，很平安的落地，立在屋子里拥挤着的许多人们之间。

　　好宽大的屋子呀！这些人在做什么呢？他们围成一个圈子，在圈子中央有个轮盘，不停的转动着，上面写着花花样样的数目字，这些人每人手里拿一把锋利的尖刀，互相割着身体上各部分的筋肉。

　　简直是不可思议，这是在做着什么呢？而他们，这许多人也和卖手指和买手指吃的人们一样的倒生着头，一样的并不觉得我奇怪，我进来和不进来一样！他们并不注意我，就是注意，也不过是淡淡漠漠，仅是有意无意的看一眼罢了！

　　我是怎样倒着栽下来的？这也是连我栽下之后也莫明其妙的事情，后进来的人，都是从上面的圆形的窟窿口倒着栽下来的，翻一个筋斗平安落地，至于上去，却在另一边，有个梯子，需要用手杖慢慢的爬着上去。

　　（《泰东日报》1938 年 6 月 1 日、2 日、4 日，署名：慈灯）

梦

　　我确实不知道我自己究竟是怎么回事，不但在夜里睡觉的时候做梦，就是在青天白日的昼间也是时常——甚至于不间断在做着梦的！

　　苦恼的梦无须说，我早已做够，奇怪的梦，简直是糊涂梦，我也做够，就是连幸福的梦，快乐的梦我也没有勇气去做了。

　　但梦神，他不知从什么地方，在我走路的时候，从道旁一跃而出，拖着我就跑，跑得可怕的快，我的嘴还没有张，打算乞求他释放我的话还没有吐出一个字，他就把我抛弃在一个会来过几次的乡村，闪着黑的翅膀，独自飞去了，也没有告诉我到什么时刻才来领我回去。

　　这是一个没有树木，没有青草，没有河流，没有花的乡村，其实这样的乡村就是不在梦里也可以看到的，这样的梦，枯燥乏味，好像在沙漠里骑着脚踏车一样，除了苦恼之外，恐怕没别的吧！

　　如果既是身入梦境，至少总得有一个春深的大花园，园中开满了鲜艳的花，随处是温香的风，美丽的蝴蝶，当然！在园中应该有一个常在书里所见的那一座富丽堂皇的宫殿，住着许多月宫里的仙子。

　　这样的梦还不失其为一个梦，梦之所以为梦，总得有这样的大花园，不然还是昏昏的睡去的好，不必做梦，然而梦神不容商量，宛如大海的涨潮落潮，我不能指挥他按着我的意旨去动作！

　　我在梦乡里，分明的知道得很清楚，我是在做着梦的，可是，像害怕这种事制止不住，比方这样的乡村，连青草没有，有什么意思呢？

　　我所谓的没有什么意思就是苦恼，我所谓的苦恼也就是没有什么意思，即便在梦中，也应该有点意思，或生或死，全没有关系，一定得有点意思不可，不然在这样的梦里简直是糟糕！比在沙漠里骑脚踏车还要无趣得多啊！只请闭目想想，那种在沙漠中骑脚踏车的滋味……

但我在这里，连青草都没有的乡村，还不如骑脚踏车向沙漠里走哩！

我在没有树的乡村里，在没有青草的道上行着，愁苦地看着这一个没有河的偏僻地方，那些少数的人，只知道饱而且暖之后，至于将来能不能饱而且暖都不想的人们，他们是成天到晚地在坐着，或工作着出神，他们的思想是在什么也不想上面打转，他们所打的转，不过是像一阵旋流地转，说不出他们转的是什么意义，小孩子突然把皮球一转，这是游戏，然而他们不容易解释，也无须解释，因为没有意义可解！

"你所想的不对吧？"就有这么一句话，在我身后面响了出来。

我回头一看，原来是一个小姑娘，头角上梳着两个头辫穿着红棉袄，十一二岁的小姑娘，骑着坐在墙头笑嘻嘻地看着我。

哈哈，她能够知道我，想的不对吧？这一定是一个不凡的小姑娘，这样小姑娘的不凡，恐怕不在梦中是没有的。

"请你告诉我所想的怎样不对呢？"

我把后脚引靠前足，立定了这样亲切地问着她，同时我把脸松动一下，不这样我知道即便不凡也不肯回答我的话，她果然如此，看我笑了她也笑了，其实她先头就笑，不过这一笑与那一笑，有些不同。

"我领你去看一看怎样？"她说着，跳下墙头。

虽然是在梦中，也不能无可无不可，有一个大花园当然是"可"，有一个"厕所"却不可，这是任何人的做梦也都该本着这个原则，所以我仔细地问着！

你是说领我去看一个大花园，还是一个厕所呢？也不是大花园，也不是厕所！

那么是什么呀？也不是什么！

这可奇怪了！这一个虽然连树和草和河流都没有的乡村，却有这样的一个奇怪的小姑娘，那么应该给这个乡村起个名叫"奇怪的小姑娘的乡村"，可不能反过来说叫"奇怪的乡村的小姑娘"或"小姑娘的乡村奇怪"，毕竟是梦啊！起名也必须梦一点儿才行，这样，在梦里并算不得矛盾。

我跟着去看"也不是什么"。

这个"也不是什么"是在一间草房里，虽然不是严寒却生着炭火盆。

也许是村里的人都挤在这一间屋子里，大家好像是在商量着什么事还没有讨论出头绪来。

绑在壁柱上的两个人首先捉住我的视线，也许是这屋子挤满的人首先捉住我的视线的！在梦中，这件事很不容易弄清楚！现在他们是从壁柱上解下一个人来，但并没有解下被绑的人的身上捆住了手脚的绳索，只是解下绑在壁柱上的一条绳索罢了，原来是两条绳索。

虽然解下绑在壁柱上的一条绳索，然而被绑的人还是绑着，不过叫他离开的壁柱，和绑在壁柱上的另一个人离开罢了！因为这是"也不是什么"而我从来又是不会在梦中见过"也不是什么"这事情的，所以必须看得格外的仔细。

被从柱上解下的人，立在人们的中央垂着头，样子好像正在做着梦一样。

大家似乎是早已商量妥当，这时都立了起来，挥着手，表示赞成我的意思，接着就开始向外面挤，费了很久工夫，才完全的挤了出来，屋子里只剩下一个还绑在柱上的人，被解下的一个是押到街上，大家围了一个很宽广的圈子，有的跳上墙头看，我和不平凡的小姑娘站在人群里面，从挤挤巴巴的人群中探出脑袋去。被解下的人到这时还是垂着头，一个大汉子，好像群众的代表，在被绑的人肩上拍了一下，问道："还有什么话要说么？"那人抬起脸来，对着大家微笑，想了又想，说了下面这样的话，"我没有做什么事，我不过在想，在这间乡村里边栽一棵树，种一点草，开辟一条河流……"

"用不着什么树什么草的！"

"用不着倒不要紧，你们大家请想：有一棵树和一点草、一条河流该多么好呀？"这便是那人的回答。

"放屁！"这是大家的口号，并且举手做手势，暗示那大汉。

大汉从衣袋里摸出一条并不怎样大的毒蛇，在那人眼前现了出来，那人因为害怕把嘴一张，这条毒蛇就钻进他的嘴里去，这人做出一副可怕的痛苦的表情，在大家鼓掌叫好的欢呼之下，跌倒下去，也不知是死是活了！别的几个人跑进屋子里去，过一刻，把另一个人牵出来。大家让开一条出路，把他引到中央，也是那大汉拍了他一下，问道：

"你还有什么话要说么？"

那人始终是仰着脸的，始终是对着大家微笑，也没有开口就说：

"我只是想培栽一朵花罢了。"

"这样想就不行！"那大汉不变他说话的方式和威吓的口气这样叫：

"用不着什么花我们不懂得！"

"不懂得不要紧，待我培养成功，诸位自会懂得呀！"

"放屁！"这是和先前一样的大家的口号，并且和先前一样的举手做手势，暗示那大汉。

大汉从衣袋里摸出一条并不怎样的毒蛇，在那人眼前现了出来，那人因为大笑所以把嘴一张，这条毒蛇就跟进他的嘴里去，这人和那人是绝然不同的，他脸上的表情只是微笑，但最末的一刻脸色完全苍白，在大家愕然吐舌，忘记了鼓掌的稀奇之下很不满的注视之下，倒了下去，也不知是死是活。

人们解散了圈子，向四面去了，只剩下小姑娘和我，小姑娘怅惘的看着躺在无草之地下的两人，大有所思的沉默着。

"这两个人是谁？"我忍不住这样问了。

小姑娘的眼睛里涌出满眶的泪水答道："我的哥哥！"

如果是梦，一定会有个大花园不可，一座宫殿当然不可缺少，即使没有宫殿，也得有两位月宫仙子，只是这样的梦苦恼得很呀！谁说这样的梦不是和骑脚踏车在沙漠里一样？那些咬文嚼字的诗人学者或许不承认会有这样的梦，原因是他们还没有做过这样的梦，也不知道有这样的梦，梦之神时常是拖他们到咖啡的都市里，牛奶的城里去的，只怕不知道骑脚踏车在沙漠里去着的滋味吧！

"梦里的小姑娘，再会吧！"梦之神已经扯住了我，小姑娘木然的立在那里啜泣，我随着梦之神跑了，他只消把我扔出梦的乡以外，我就算清醒。

多苦恼的梦呀！一点趣味没有。既是梦，非有一个大花园，五百个月宫仙子……

但醒后我是一切全忘记，只有，没有树、没有青草、没有河流、没有花……我疲于这样单调的梦了！一定得有一个大花园，咖啡的都市一样。

我确实不知道我自己究竟是怎么回事，不但在夜里睡觉的时候做梦，就是在青天白日的昼间也是时常！甚至于不间断的在做着梦的！而且我所做的都是些苦恼的没有价值的梦！可恶的！——我把小锅放在灶上的时候这样愤怒的想——这是捣蛋的梦神的罪过，他有意无意的捉弄着我，我屡次的哀求他都没有用，他是怎样一个难缠的家伙呀！我几乎快要被他揉烂死了呢！唉！有什么法子可以把他制服？

小锅里是我自己给我自己做的小米稀粥，这是我在冬天一天三餐，每天不变样的食品，还有临时现买的包米饼子和咸菜，对于吃东西，在我简直像对梦神一样的讨厌，如果我的肚子能够不饿，我就一点不吃。

经济问题我倒不考虑，我所忧愁的是麻烦，吃一顿饭虽然用不了几分钟，但做一顿饭却必须费不少功夫，炉子里几块半死不活的煤，苟延残喘的闪烁着。而往往，梦神就趁着我在这样焦急的期待当中跳出来，一把抓住我，拖着就跑，现在我是多么害怕！我不停的挑选着煤块，希望烧得猛烈些，小米粥可以快点煮熟，然而便在这时我正忧虑着、苦恼着。害怕着梦神终于又跳出来，一把抓住我，拖着我就跑。

我心慌意乱的不知如何措手从他的有力的翅膀下挣扎着苦苦哀求，但这都无效，他的力量大得很！不是挣扎可以脱免！

"送我到幸福的国去！要有个大花园！你送我去吗？"我随着他，这样问，他是只说了一句话：

"这不是由你决定的事！凭我送你到那里去吧！"

他拖我到一个陌生的地去把我完全的抛开，他自己飞去，这东西多么可恶！他屡次都是这样，把我一抛就不管，领我跳出梦境就算完，也不知道是天堂还是地狱，说是幸福的国又不像，苦恼的城当然更不是，类似一个愚蠢的人类容易发狂的漩涡，但这些人类却没有穿现代人类的服装，他们的生活方式近于原始化。肚前挂着一排草叶，赤裸着身体，披散着头发，光着脚，脚腕系着一圆串旧铜铃，两个或三个牵着手或者互相搂抱着，在青草地上专注的跳着舞——如其说跳舞，还不如说发疯恰当些，不知有多少人，这些人没有秩序的在乱跳，团团的聚了一大群，好像中了魔一般，脚上的铜铃花的响，还有一个尖鼻子家伙在圈子外面吹喇叭，他的喇叭又大又长，鼓着嘴巴突出着眼珠，似乎很是吃力的吹着奇怪的乐谱。

大喇叭发出咕咕的青蛙叫的腔调，在他身后有个伙计背附着一面大鼓，另一个人好像打铁挥舞着棒乱鼓敲打大喇叭的音调高扬时，鼓的敲打便随之加响。跳舞的人更加发疯，不顾命地跳了起来，有的因为用力过猛筋疲力尽，倒下躺着，嘴里喷着白沫，这时就从场子外面跑进几个人，把这个快死的家伙抬了出去，抬到有沙滩的地方，那里挖着许多窟窿，把这家伙头向下对着窟窿推了进去，好像倒栽葱的法子一样，埋上沙土，在上面踏结实，只留两只脚在沙上面，起初那两只脚还不停地活动着，宛如小孩子反抗时跳动的脚一样，但是一刻就静止了，一点儿动作也没有。那里，在沙土的上面露着许多一对一对静止的脚，正在跳着的人们并不注意倒下去的人，也不理这些倒下的抬到什么地方。

大喇叭不停地吹，打鼓不停地在乱敲打，这些人们，一式地乱舞乱跳，用力地跺着脚，使脚上的铜铃发声，站在场外的闲人，看见有倒下去的便过去带着扛抬，并且摘下那铜铃，挂在自己的脚上，加入群众，开始狂跳。真是稀奇古怪的梦！这样的梦确实是不多见！这些人也不知什么时候才算跳完，那突然倒下去的，口喷白沫的，被埋葬了的是怎么回事呢？这样的梦我不能了解，和我未在做梦时候看过不理解的书一样。

我决心在梦中去寻求幸福的国了，我离开这些人群，寂寞地走，也不知道走着的是不是道路，梦中的道路我不会选择，这和我不是在做梦时不会选择道路一样，我在不做梦时走路是不选择的，实际上在梦中也找不着道路，无须在路上走也可以吧？

我看见两个人奇怪的走路方法，一个人骑在另一个人的脖颈上，拿着鞭子，指挥者打着他所骑着的人的全身，被骑的人流着汗，喘着疲乏的气，肯定地接受着皮鞭似乎那鞭子像糖块，越多光顾越好！

我看三个人奇怪的走路方法，一个人骑在两个人的脖子上，拿着鞭子，指着打着他所骑着的两个人的身体的不论哪一部分，被骑的两个人流着汗，喘着疲乏的气，肯定地接着皮鞭，毫无怨言是两个被骑的人有点儿互相憎恨的意思在面上显露着。但骑在上面的人，他们觉得很平常。没有什么，至于那皮鞭，就如糖块，越多光顾越好！

我看见四个人奇怪的走路方法，和两个人走路、三个人走路的情形完全不一样！只是稍微有些不同，那便是乘骑的姿势稍加变更，是这样的两个人被骑，另一个人在后面扶着，把脑袋钻进乘骑的人的屁股一面，宛如一个合适的鞍具。

但，三个人毫无怨言，上面的挥着皮鞭……

我看见五个人奇怪的走路方法，我看见六个人，九个人，二十三个人，七十八个人奇怪的走路方法，还看到数千万，那数目简直不是我的脑筋可以数得过来的数目，他们都和两个人，三个人等的走路方法一式，拿着皮鞭打着，流着汗的毫无怨言。只是拥挤的太凶，常有被挤倒、被践踏的人，但毫无怨言，只是流着汗，而我看见一个老妇，她脖子上骑着一个十八九的姑娘，这姑娘拿着皮鞭，在老妇的面上、身上、背上、腿上猛抽，老妇咬着牙齿、嘴角流着鲜血，前头破一个窟窿，鲜血顺着脸腮直滴，她的面孔憔悴苍白，头发凌乱衣服破碎，赤着足，在崎岖难行的路上奔波，那姑娘穿着华丽的衣服，面上涂抹着厚的脂粉，瞪着不满的眼睛，冷酷的举起皮鞭……但老妇张着嘴，忍耐着，毫无怨言，默默的奔着路。

我看见一个老头子，他的脖子上骑着一个二十左右的男儿，这男儿拿着皮鞭……但老头子并不停歇，默默的走着路，毫无怨言。

真是奇怪的梦，如果是梦，为什么没有一个大花园呢？还有仙子……唉！我惊愕在梦中走着，也不知所走的路我也不知道是不是路。其实在未做梦时走的路我也不知道是不是路。有一个小姑娘，她的脖子上骑着一中年汉子，这个汉子拿着皮鞭，小姑娘咬牙切齿默默的走着，但她的气力太小，中年汉子的气力太大，她很艰难的一步一步向前对付，走到一处偏僻地方，忽然从斜坡后面跳出两个人，把中年汉子从小姑娘脖子上拉下，压倒，一个人在上面骑着，不给那汉子有反身的余地，另一个人动手掘窟窿掘得很快。掘好之后，把中年汉子推进窟窿里，头向着下面，像倒栽葱一样，培上泥土，踏牢固，只留着两只脚留在外面。

小姑娘很高兴的跑到那两个人面前，流着眼泪，和那两个人吻着，他们商量着什么事，忽地跳起来拍着手，一起动工，老头子背负着二十左右的男儿从这里经过，从身后飞出两个人和一个小姑娘，把二十左右的男儿夺下，推进窟窿里去，培上泥土，踏牢固，只留着两只脚在外面，老头子高兴的跑到那两个人和小姑娘的面前，流着眼泪，和他们吻着，商量着。老妇背负着十八九的姑娘走到了这里，从身后飞出两个人和小姑娘，老头子把十八九的姑娘夺下，推进窟窿里去，培上泥土，踏牢固，只留两只脚露在外面，老妇高兴的跑到那两个人和小姑娘老头子面前，接吻并且商量。

奇怪的五个走路的人走到这里，留下四个，其余的一个被推进窟窿里去，活埋，培上土，踏平，只留下两只脚，以后是奇怪的四个走路的人走到这里，和三个、两个奇怪的走路的人，都是同样的埋掉了一个，那些六个人、九个人、二十三个人、七十八个人和数千万，那数目简直不是我的脑筋可以数的过来的数目，都从这里路过，都是一样的，埋掉了一个，培上土，踏平，只留两只脚。这里没有埋掉的人成了一群欢呼着，一起歌唱，不知往哪里去了。

有几只野兽悄悄的走来，先啃着那些露在外面的一对一对脚，慢慢吃着，渐渐的刨着泥土，向下面吃着，好像吃香蕉一样，一面吃一面向下剥着皮……

这是什么梦呢？奇怪的梦呀！真是不可思议的梦……但梦之神气呼呼地来了，一把揪住我，把我大摇着，骂道："兔羔子！你是什么意思？竟敢自己在这境界里乱跑，随便偷看！我领你到什么地方，你就在什么地方看好了！那跳舞会不是很热闹么，你跑到这里做什么？走！"

他的声势几乎把我吓昏，像小鸡一般的提着我，闪动着他有力的翅膀，把我拖到梦境以外来，于是我便醒了！

小米稀粥已熟了，因为锅里的热气太多，把锅盖儿顶了起来，米汤冒了出来，洒到炉上，毕毕剥剥的响。我吃着小米稀粥，思索着：这样糊涂的梦有什么意思呢？真正的梦非得有一个大花园，开满了鲜花不可，即使没有宫殿，也该有个凉亭。建筑在花园的中间，靠着荷池的一头，旁边竖着弯曲的栏杆，侧身一望，就可以看见水里的金鱼，那么回头过来的时候，就有几位相陪的仙子恭恭敬敬的献上葡萄酒，或者是果子露，再不然要没有这些，来碗白开水，加上一块方糖——就是没有方糖也行啊！没有开水也行啊！只要有这样一个大花园，几位仙子……

从此，梦之神也许不能来拖我，因为我越过他的范围，偷看了别的事情。但这不是我愿意看的，我已经说过不只一遍，我是愿去看一看那大花园，仙子，究竟是什么样。

我吃完了三碗小米稀粥，两个苞米饼子，已经饱了，接着的工作是刷锅刷碗，我确实不知道我自己究竟是怎么回事，不但在夜里睡觉的时候做梦，就是在青天白日的昼间也是时常，甚至于不间断的在做着梦……

（《泰东日报》1938 年 6 月 5 日—19 日，署名：慈灯）

鸡小姐

姐姐家里饲养的六只母鸡之中，有一只金黄色黑脖子的鸡，她从不会下一个蛋，吃东西时，她却争先恐后，抢着大嚼，而且比哪一只鸡都吃得多。因此，或者还有别的缘故，我就对她没有好感很嫌恶她，憎恨她，常对她加以冷眼。

她吃饱以后，摇头摆尾，得意的散着步，对于我的怒视毫不理会，满不在乎的瞥着我，有时还对我放冷箭！原来她的神气是明显着对我也不抱好感，这种态度叫我愤怒，失了我的自尊和威严。我想痛打她一顿，或者杀了炖鸡肉吃！

哪有连个蛋也不下的母鸡呢？身为母鸡就必须下蛋，正如老母猪到了年节必须给人类做几顿大嚼一样！我真生气，我找到那只母鸡瞪着眼睛问她：

"喂！你怎么不下蛋？"

"什么？"她带理不理的答道：

"下蛋？"

"是呀！我问你为什么不下蛋？下蛋！明白么？"我怒吼着，气的够受，想立刻踢她两脚。

"老伙计！"她从肩膀向后望着说："下蛋的事，是的，我不知道，你以为我不合法吧？看你那神气。"

"母鸡岂不是应该下蛋么？"我真忍不住了，大声起来。"什么？"嘿！她叫得更响：

"应该？你以为应该。我却不以为应该，下蛋只是那些下蛋的鸡们的事，她们的使命，她们的信条，然而我，我是不下蛋的，我活着不是为下蛋啊！这就是我的思想，别的鸡们我不知道，确是如此难道为了你们，人，应该下蛋么？嗯？我不愿和你说这些，你是不会明白啊！因为你不懂我思维，你！你恐怕永远不会懂，总之，我不下蛋。"

她说着就跑了。

我追了一程，没有追上，姐姐跑出来把我拖回去，告诉我，说是两只老鼠把猫打败了，把他咬倒了，把他拖进穴里，姐姐指给我看，但已经看不见了。拖进去了，只听得饭桌下的墙角，黑暗的穴里有不断的老鼠们大吵大闹的声音，老鼠们是胜利了，他们是在唱着凯歌。

然而我正聚精会神的看得很有意思的时候，姐姐在我的后脑壳上，冷不防就是一掌击下，这是为什么呢？我发昏了！跌倒了！

一天上午，姐姐到河里洗衣服，我也随着去了，她的条件是不准我四处跑，静静的坐在她的身后。当然，这是我容易办到的事。

这里，真是一个风景清幽的乡村啊！

有弯弯的柳树，成行的尖叶槐，那远远的山静静的坐在大地上，这碧澄的溪水在面前欢喜的流动着，还有羊儿最喜欢的那一匹黄绿色的草原，芊芊的小草之间掺杂着红的石柱子花和黄的蒲公英还有许多别样美丽的鲜花。开遍在草原之上，蝴蝶姑娘们呢，她们成群结队的到处飞舞。虽然是春深了，春深的消息各处显露着，我坐不住了。

"我到那面采几枝花就来！"我对姐姐恳求着说。

"但不准跑到远处啊！"她担心的警告着我。

"当然！你放心就是！

"我走了，我走不远，看见一个蚂蚁对着我跑来，他跑得真快，近前一看，原来是我的好友，我曾救助过他的那一天，我也是随着姐姐到河边来。我坐在石头上看着下面——水里的鱼，只有两三尾小鱼，他们在玩捉迷藏游戏，我正看着出神，这只蚂蚁从我旁边经过，他为躲避我起见，向危险的路上走去，一失足，呼一声响，落水了！他拼命的在水下挣扎着，但总是爬不上岸来，千钧一发、危险得很，我急忙挽起袖子，伸手把他救起，他的身下全湿了，和落汤鸡一样的可怜，因为吓昏了，抖抖擞擞的，不住的对着我鞠躬道谢，身上晒干之后，他才说声后会有期，就快乐的去了。现在我们碰了一个对头。他好像早就看清楚了是我，又向我道谢，说那一天实在感激不尽，于是我们一道散着步，他愿意领我去看他们大队的体操运动，我很高兴乐不可支的声明着愿意随他去。

我们走过一个斜坡，从一朵紫色的老姑花下面经过，我记得老姑花还不到我的脚面高，然而现在竟比我高出数丈，真有趣。我们走得很快，不知走了多远，我回头望不见姐姐了。蚂蚁弟指着前面不远的一棵艾子树，说是到那里是到了，可不是么？确是到了，那里是一片广阔的平地，没有青草，很是平坦光滑，我看见，有许多蚁排着一列列的四方队形，动作一致的活动着，呼喊着很洪亮的声音那是喊着数目，据蚂蚁弟说那一位立在大队前排指挥着的教师蚁，是这队蚁最高的首领，他讲解着，说是体操一完就解散了，就开始工作去了。他们总是忙忙碌碌的，很少休息时间，没有星期日或什么放假之类足能阻止进步的坠落日子。他把我介绍给这位首领，这位教师蚁体格健壮，精神旺盛，和蔼可亲，是位足够模范的英雄。"啊！原来是先生！多谢你援助救他出险，快请里面谈谈……"

他们的大队已解散，教师蚁说着和我握手，蚁弟在先头引路，我们走进洞里，门前有两个卫兵，首领和他们握手为礼。他们欢迎着，对我微笑。

洞门很狭小，只能通过去罢了。可是走到里边去，便豁然开朗，在我面前展开的是富丽堂皇的第二道大门，雕刻的奇奇怪怪，建筑得很是惊人，银色石片筑成的屋宇，金色泥沙铺垫着的大庭院。这一切，都是我从所未见的景致，教师蚁的居室和众蚁们的宿舍，完全是一般无二，显不出首领的尊贵和奢华来，他室内的设备很简单整洁，凡是人类所用的器具这里都有，所不同的仅是式样奇异，这是完全不同之点，比方写字台的四腿乃是水草叶所做，寝床的帐帷条蜘蛛网的丝线拉成，就如深秋的细雨交织着。光辉的银纲隔板上堆满着书籍和纸张，文具在写字台上陈列着。这是一间充满了智慧气氛的屋子，教师蚁终日埋头办理他真理钻研的程序和思想发展的捷径。

我们谈得情投意合、教师蚁并不摆他首领的架子。他把众蚁屋住的宿舍全部导着我去参观，他虔诚的矫正我许多错误的观点，他暗示我真理之间的敲拍和推开的方法指示我在黑暗之中以前进的道路，他的趣旨吻合着我的灵魂的倾向，他的智慧之眼向我放着希望的光，我们离别时是以深刻的了解而默默的握手欢笑。

我在草原上走着，思索着，与教师蚁会面增加我若干识量。姐姐的衣服早洗完了，她不耐烦的眺望着，举手示意、叫我快些回去，我跳着跑起来通知她，做着点头的服从的记号，我跑到她面前了，她发着怒，斥责我走得太远、时间太长、以后须特别注意。

雪白的一群羊儿，在草原上低头吃着草，他们都是耶稣的门徒呢。

那只母鸡对我前日的质问很是不满，她亲自找我来，补充她未说完的话，我是坐在石阶上，她是立在草堆上："是的，我对你说：你姐姐喂养我、是她满头愿意、并非我强求、我一点没有求她什么，正如天空对于我一般。而她并非是白喂养我，在也撒着米粒的手指之间是挟着一个目的啊！她为叫我下蛋才把米粒赐予我，这是无须解释的道理，只要她抱此企图，我吃着就算报答了她，米粒是她希冀的符号，我的吃便是酬她的希冀的礼尚往来，再下什么蛋就报答太多了，我说，就是这样……"

"去你的罢！"我吼着，对她说："以后再讨论！"

公公蹲在我们的旁边他的话我听着很入耳，佩服的点着头，这是只老狗了，他的鹿色花斑的长毛，很凌乱的脱落了，牙齿也少了许多，显得很不整齐，他在姐姐家里守着门，忠实地尽了多年的职务，是只难得的好狗，在他年轻时是非常的勇武，喜欢争斗，如今争斗的爱好早已减少，而变得异常沉默，寡静的过着他最后一段的生活，我爱惜他，保护他，惋惜他的生命没有多久了。

不过他很嫌恶我对鸡小姐的轻蔑和压迫，但他不知道我的怒气是很短的，大发雷霆，不过半分钟，过后——或者立刻就会反悔，觉悟自己的偏见太深，我会改变谦虚的态度，来取得他的同情的反应，但这些日子，我的精神病确实闹得凶恶，很容易发怒，做错了许多事情，叫姐姐为难，她是如何为我担心啊！我们聚在一起，公公闭着眼睛，他是思量着鸡小姐的话，这时鸡小姐看我的怒气已息，放心的来和我接近着，我知道她是要把我劝服，这是不可能的事，公公的意思是各种生物之间的智慧感情很不易融合，因时因地而又因各个思想不同，理论和行为不能一致，公公有一种可怕的分析的破坏才能，只是观察不深，但他的证据都算合理。我还不会加以可否，虽然姐姐说我是书呆子，中了书中毒胡思乱想，所以得了精神病了。

　　然而我很清醒，我会用微笑来带起怒颜，公公说着他的话，他是年老了，说话需不时的休息着，以恢复气力，好像人们的工作一样。鸡小姐也忍耐的听着。"这些个年头，我住在你姐姐家里，细说起来，这是为什么呢？如今我年老了身体衰了，可是我的见解却不见得亦衰，依你说或者我是很衷心为你姐姐尽了我一生的职务，实在！我自己也很承认是这样，就是你姐姐她终日眼看着我守门的热心，尽我的能力履行职责，她除了佩服赞美之决无异议，你也同样的道好吧？我自己呢？我自己知道我自己究竟是怎样的，当然比你姐姐和你知道得更深，更正确些，可不是么？夜里了，凡是黑夜须要睡眠的都睡熟，我也睡熟，不过我在夜里的睡眠不深，倘若有一点什么动静的时候，一点爬虫的脚步，小鸟的呼吸，蚊虫的飞动，各种渺小的声音我都可以听清楚，狼和强盗的接近当然不消说，我一发觉有不利于我的事物，我马上就要呐喊起来，我和邻居的同伴们一向是联络一气团结得很牢固的，虽然平常我们常有打闹争斗的事，但当有什么事情发生，我们会一致的去对付，狼如果来，它老远老远，不怕它行动得怎样鬼祟我可以立即察觉。于是我就喊起来。（请你注意不要嫌我的话说得琐琐碎碎，没有头绪，因为我不这样说你和鸡，究竟谁是谁非是不会深刻的解决的，我说话是尽所能的力求简单），我对狼来时的呐喊是为什么？没有比这件事更简单。不明白这点小事可谓愚傻不堪。我是为自己的利害打算哪！我不喊——你们叫我的喊是叫'咬'或'吠'吧？也罢，怎么说都没有关系，只要能说明白的话就好——我不喊，它便不知道我的存在。它倘若发现我是睡着，那它将毫不踌躇的先把我的咽喉咬破，它企图做什么就容易达成了，吃猪啦，吃鸡啦，它可以任意为之、我的力气在它以上，它听到我的喊声，必须再三合计合计它不敢和危险来碰一碰，正如人们多数是怕危险的情形一理，我的力气虽然胜它一筹，但我总不能不警戒着，对于凶猛苛毒的东西不警戒着是会吃亏的，我喊是为自己的安全，对于其他，老实说，都是如此。对强盗的光临，也莫不一样。我不喊，像猪似的睡着，那么强盗、他如不是瞎子他第一要结果我，把我结果以后，他才能和狼一样的放心做他的事，我对狼、对强盗的喊都为我自己的性命打算，至于乞丐是你姐姐讨厌的，谁不厌恶乞丐呢？有谁把乞丐请到家里炕头上睡的么？我驱逐乞丐是为得你姐姐的欢心，我的别的同伴们也全是这样痛痛快快的说一句，我为了活着，为了生存容易起见，不得不讨你姐姐的高兴。我尽职，是为我自己尽职，不是为你姐姐，何况不是一样鸡下蛋就是为得你姐姐的欢心，这只鸡是个直率坦白的家伙，然而并不好……"

公公的话说完之后，又对着鸡小姐说："你这家伙的直率是得不到好处的，我告诉你，哼——你不用不愿意听，活着的时候不需要坦白，你自己想想，坦白直率的品格能有什么好处呢？你虽然很聪明，很有学问，但傻一点呢！你不知道你这样活着很不方便哪！"狗公公的话很有研究，但它的话还没有讲完，接续说着下面几句话：

"我老了，我许多年亲身经历的事情，幸福的，艰难的各式各样，很多很多，你的小脑袋里是装不下了的呢！你明白什么！我劝你，你如果不想立刻就死去，那么好好的多下几个肥大的蛋吧！"鸡小姐早已听得不耐烦了，当公公喋喋不休的说着的时候，她只是摇头，她很不赞成公公的满嘴胡说，她反驳公公道：

"你！老东西，你是个老奸巨猾的脑袋，哼！正因为你亲身经历的事多，所以你比谁都不诚实些，你一面取悦于这个老伙计，你一面施展你的滑头学说。你想我能像你那样摇着尾巴羞耻的去拍马屁么，你真可恨老不死的……"

公公大怒，跳起来就要咬，鸡小姐吓得连喊带叫，一溜烟逃跑了。

这事一定得有个商量，我告诉公公一个巧妙的计策，因之可以得到一个好友。

自从与教师蚁相会以后，我对鸡小姐的固执谅解许多，公公很喜欢，他愿意我主张的办法。

我假意去劝说公公："坐下，有话好说何必动气。"

"这东西，真不可交。"公公经我劝说，坐下来，他哝哝的咒骂着。

鸡很是不服，她也反骂公公："老羞成怒，老滑头，只会拍马屁。"

理论是理论，我还是坚持我的意思，狗公公悄悄对我说了几句话。我点头示意，于是非叫鸡下蛋不可的主张在我的口头更强更硬了，我把鸡小姐追了过来，逼她蹲在我的面前，我审问着，威吓着她。

"我不下！不下。"鸡小姐被迫无法，伤心的哭了起来，但哭也不行，我指着她吼道："你不下？好——我叫姐姐杀了你吃肉！"

"不下！不下！"鸡小姐哭出声来，跳着，各处躲避着，怕我动打。

"这东西是非打不成的！"狗公公这样怂恿着我说，并对我使个眼神：我找了截绳子，把鸡小姐捉住，把她的两腿绑结实。不管她怎样哭喊，怎样叫骂，我生生的把她捆起，她躺着打滚，闹得很凶。

"下不下！到底？"

"不下！不下！"她还是不服从，哭喊得震耳的响，别的鸡知道了这件事，看见这种情景，都扭动着屁股过来劝，这些母鸡都是下蛋的。她们从来不说半句话，很能服从主人的意旨，她们什么也不研究，对于事事物物不闻不问，除了吃和下蛋以外……

黑鸡——一只年龄最大的鸡，走来对鸡小姐说：

"小妹子！你何苦这样强硬呢？你快应许了下吧，下蛋怕什么呢？

又不是什么吃苦的事！你不看我们都下得很自然么。这是千古不变的定律呀！你何苦来要？……唉，你快答应下吧！不然他会杀了你呀！啊！快一点答应下吧！……"

老妹子只是哭，不搭理黑鸡的劝说，杏核似的眼睛哭得赤红，黑鸡很失望，很替她担忧的去了。第二个来的是黄鸡，翅膀有些黑羽毛的她说：

"你就是答应了下吧！如果实在不肯的话，他把你放了以后再说。不吃眼前亏要紧。"但鸡小姐强硬得很。种种的学问和思想把她的意志打得铁一般强，威迫是动摇不了她的思想的基础的，劝当然更劝不好。我的解决的办法就是拿一条粗硬的柳枝，敲打着她的身体各部，用力抽打着她。

"你下不下？你下不下？你快说！你！"

"妈呀！唉妈呀！——把我打坏啦——唉呀——"她挣扎着拼命的哭喊，满地打滚，污染的尘土沾脏了她的羽毛，我不停的打着她。

"用力！用力！"——狗公公鼓励着我说，"这东西非打不可——我的理论，岂是谬论的么？但她不肯接受，这样的强硬算什么聪明呢？为她将来打算。现在也应当改掉她这种与众不合的态度，像她这样，在宇宙间生存是不适宜的。非打不可……"于是，我更加用力的毒打她。

"唉呀！唉呀！啊！啊！啊！"她拼命的叫喊着：

"做什么？傻子！你干什么？你！你这该死的……"姐姐气的跺着脚跑了出来，这样大骂道："你，你打她做什么呢？哎呦！可了不得啦还把鸡绑着打！这疯子……"

她夺下我的柳条，把鸡放跑了，不住的咒骂着我，推我进屋子里去。

"给你一些时间，让你考虑一下，等一会儿我再来问你，看你怎样回答，听见没有？"我高声喊着对鸡说。

"考虑什么？回答什么？"姐姐咒骂着说："鸡会说话么？"

姐姐的婆婆和小姑们大笑不止，她们觉得我实在愚傻吧？这些蠢货，她们懂得什么呢？

姐姐监视着我，她说我的精神病又重了，其实我很清醒，我告诉她，我没有病，和一般人是一样，但她不信，不放我出去。这样，我就在屋子里胡闹，她没有法，看守着我，让我在院子里散心，她晒着太阳做针线活。

鸡小姐看见我就要跑，我把她堵住在角落里，威吓着她用很大的声音："你究竟下不下？"

"不！打死我也不下！我不怕你这个东西……"

"啊！你真行，有志气！鸡小姐对不住，请你听我说，我很佩服你，从现在，从此刻。"

"你又胡说八道什么？"姐姐拖我坐下，审问着我。她的眼睛因为焦急而发红，终于哭了起来。

"啊！我的弟弟，好好的竟得了精神病，啊！怎么好呢？一……一天到……到晚，只是说胡话！……只……只是……"

"我没有病啊！姐姐！"我对她说："我是很清醒的，为什么你们偏说我有精神病呢？我岂不是知道白天与黑夜么？白天是光明、自由、容易工作、看得见一切事物的真相，清清楚楚。黑夜却与此相反，没有光明，没有自由、不容易工作，看不见一切事物的真相，模模糊糊一片沉闷和寂寞，不是这样么，不是么？"

"我不懂你说些什么，你如果不是有病，为什么不老老实实的，只是胡闹乱闹，瞎说八道的？你应该稳稳心神，病就好了。"

"是的呀！姐姐！你看我这不是很安分守己的么？"

姐姐用衣角擦擦泪水。抱我在怀里，安慰着我，说："这样，啊！慢慢就会好了是不是？不要乱闹，在姐姐身边……"

我躺在她的怀里睡熟了。

醒后，我发觉自己是睡在炕上。姐姐不知哪里去了，我溜了出去，和鸡小姐讲和，我和公公多了一位志同道合的好友——鸡小姐。她是一位聪明有学问的。当我拿着柳枝试验她时，公公背地里很感动的流了许多眼泪，我和公公的意思，就是为看着是不是真正的有毅力，她的思想是不是与她口头所说的一般至死而不变。

果然！但，这是我们意料之外的，蛮横与无理的压迫不能使她屈服，她坚强的拥护着她的信仰，比维持有限的生命更重要，她不下蛋，这不下蛋便是她的全部的学说、思想、真理、信仰，她不屈服，决不向仇恨的一面投降、告饶。

虽然我和公公未免近于开玩笑，但她确把我们感动了。

我们三个在门口散着步，我们谈着，向草原走去，鸡小姐说我打得很狠，把她打得很痛，幸亏是她，锻炼的结实，没有负伤，不然真不能忍受啊！我很抱歉的对她赔着罪。我对她的观察是和公公一样的浅薄无稽，完全错了，我以为像她这么嫩小的身躯，只消几下毒打，她就痛快的下蛋了，其实更不是！

公公的腿不行了，他不能走得很远，我们走了回去。公公说他的腿很酸痛，我们很为他忧伤，他的体格，一天比一天衰弱下来了。

在姐姐忙碌着，没有功夫照顾我的时机，我一个人向草原上跑了，我想起一位蝴蝶我好久不与她见面了。正好在草原上，在微风里，在花枝上，碰到了她。

"少见！"她飞舞着说。同时问道："上那里去呀？"

"游戏呀！"这便是我的回答，并且反问着"你呢？"

"在这里等一个同伴，我们要赴十日会去。"

"什么叫十日会？"

"每隔十天大家聚会一次，有跳舞、唱歌、讲故事，无论谁都赴会呀！"

"可不可以准我去看一看？只看两分钟……"我很婉转的请求准许，但她想了想，"行倒是没有什么不行，不过得问会长的同意……也好，"蝴蝶踌躇了一会儿，很决然的说："请随我们来，我给你问问看，大概能行吧。"她的同伴到了，我很欢喜的随着她们去，我的身体轻离开地面很高，在上面飞过去，我一瞬间看见两尾小鱼在水里抱着亲吻，我把这事对蝴蝶说，她告诉我："亲吻是我们的礼节，我们见面时要亲吻的，不然须领受对方责备，认过错。"

我们飞到很远的地方去，越过草原了，回头看看村庄，房屋很小的，那群雪白的羊儿也望不见了。飞到谷里，一处开满芬香的花园，不知有多少蝴蝶在那里，跳着、舞着、拍着手的。"你在这里稍等一等，去去就来，对不住。"蝴蝶对我说，让我在外面等候着，我点头表示谢意。蝴蝶去不多时就飞回来了，很满意的说道："会长很想你去，她说久闻你的大名，请你就到。"

这一乐真是非凡，会长是位肥胖的奶奶，穿着浅黄色黑花的衣衫，两旁是些远处赶来的蝴蝶向她问安。她一一答应着和她们亲吻，祝她们健康。使各个心满意足的跳到会场里，找她们久别相逢的好友去谈天。在这里，没有所谓男女的区别，他们都情投意合，如兄妹姐弟一般，我很荣幸，会长让我坐在她的身旁，我看见许多与领我来的蝴蝶相熟的好友，在群众中向她招手打招呼，欢呼着。

会长因为和这个和那个新到的蝴蝶亲吻，没有功夫和我长久的说话。我也不愿说话满心热烈的盼望快些开会，好看看这样千载难逢的盛会。蝴蝶全都齐了，站满在会场上，会长请大家静点，她只消把手一挥，全场马上静寂听她说话：她所说的只是娱乐的节目和次序，大家排得整整齐齐的，开始按着会长的手势合唱。

他们唱着，并且开始一致的跳着同样的舞，花样簇新。五光十色的翅膀，开、合、开、合，跳起来，向右转一圈翅膀开、合、开、合，跳起来，向左转一圈，翅膀开、合、开、合，跳起来，又跳着跳三回，翅膀开合开合三回，又跳一回，翻过去整个的肚皮仰向上方，翻过来头向下弯，抬起来，身体向左向右转，翅膀向左向右斜接着跳，转圈很有秩序的向前跑十步，又向后退十步，终于一个连接一个转着大圈跑，一层一层，很像画着大小不等的圆圈在圆盘上。他们这样舞蹈的一个姿势，忽然停止，只停止一瞬间，唱歌开始。这回是随舞随唱，舞得很快，唱得也很快，在我盼望千万别中止时止住了，看得我眼睛都花了，这样美妙的歌舞是我从生以来第一次看见的，我情不自禁的拍起手掌。领我到这里来，费心给我向会长问的那位蝴蝶忽然跑上来，很不安的贴着我的耳说：

"阁下！你做错了事呀！在这里不该拍手，对不住，你快走开，不然会长要生气啦！好朋友！走吧！"

我觉得脸发烧，默默的立起，场里那些只可爱的眼睛，都极不耐烦的集中我，会长很生气，一言不发，把脸转向别处，只得打趣的走去，我走到很远的地方，回头看看，只见那数千数万的翅膀又在开合呢。只是听不见歌声，我很懊悔的往家走，不知走了什么时候，心头闷闷的，眼泪含在眼眶里，但难受在心里却哭不出来，我为什么要鼓掌呢？啊！鼓掌是人类无聊的逢场作戏，不见得是至诚的赞成表示，蝴蝶是不需要这种讨厌的举动的，我做错了事走回家几乎连开门的勇气都没有，站在门外面不住发愁。后来是开门的声音把我惊醒。"你又跑哪里去啦？"姐姐把我推进去。

讲故事，未得见以后的节目真是蠢事。

公公病得很重，我和鸡小姐轮班看护着，轮到鸡小姐的班次，我就拿着姐姐所做的纸船到河边游戏，我的病，据姐姐说好多了。但我不能承认有病，我的意识，并不算不清醒，然而这点事，也许没有辩驳的必要。公公的病才是很要紧的，他躺在草堆里，在他的穴巢前面晒太阳，饮食一点不少，他所得的食物，都让鸡小姐代他吃。

我们忧愁得没有办法！我孤独的，往河边走去了，阵阵的微风把池面吹起层层的波纹，我把小船放在池边，船顺着风往下流驰去了。这叫我很高兴，在岸上跳着欢呼，但我决不鼓掌，我把手伸出又缩回去，为的养成习惯，蹲在池边的草丛里有个青年青蛙，他看见我的快乐情形，跳到水里。找他自己的游戏去了。有一只小鱼浮出水面，对我说：

"对不起，朋友，请你静一些，我的母亲正睡得很熟，静一些好么？谢谢你！"

"好啊！我很抱歉。我愿意做你的好友。你愿意么？"

"很荣幸，很荣幸，真的，你就是啊！我知道你就是救那位蚂蚁君的先生，我们都知道，大家常说起，我自然很高兴和你为友，只怕不够资格哩！"

"我到过蚂蚁君家里，他们的家真大呀！我还认识教师蚁先生，蚂蚁君说他很有学问，所有的蚂蚁都跟他学习，都爱他、敬佩他，他们大家选举他当教师的。我想求他教给我智慧，他们那里的书真多呢！"

我不愿说起参加蝴蝶们的大会的经过，觉得那是要被小鱼君嘲笑的，其实小鱼们懂得什么叫嘲笑，他们只以爱和游戏做宗教上的信仰。不幸的是无理的落网。时常他们的同伴遭了大难，这件事是他们时常要研究的。预防政策，所以网罗尽管布着，而大海里的鱼是决不会断绝种族的。这件事小鱼并不挂在心上，好像人类永远不愿想到坟墓里去是一个道理。他的小嘴不住的开合着，我看我的脸微笑，我忘记了纸船，已经流到很远的下流去了，想去追，又舍不得和小鱼君谈天，同时又舍不得小船，不知怎样办好，小鱼看明白了我的心意，对我说："你的小船走远了，快去追吧，我回家了！改日慢慢谈！"

"好！再会，祝你平安！但你的家在何处？"

"在绿水的深处，在水草之间。"

溪流很浅，我在岸上跑着，追着了小船，取上来，因为想起公公，打算回去，但忽然看见自己所立着的地方距离蚂蚁君家没有多远，那朵老姑花。我记得那天就是从这条路经过的，于是我决心去看一看蚂蚁君。

我的身体变小了，我很有趣的走着，把小船舍在池边，预备回来拿，在路上遇见几位不相识的蚁，这些蚁都和我一式的点头，并且说："你就是回来看我们体操的先生吧？"

"是的，不错。教师蚁可在家么？"我这样问他们。

"在家，在家，你去吧。"

在路上接续不断地碰见许多蚂蚁，都一致的同我亲切的打招呼，因为我是他们教师的朋友，他们对我好像和对他们的教师是一个样子。走进蚂蚁洞里，看见蚂蚁君在门口散步。

"喂！你来啦！真好！请到里面。"我和蚂蚁君牵着手，到教师蚁的屋子里去。

教师蚁正伏在写字台上低着头写字，写的极快，一篇篇的写了许多，开门他都不知道，蚂蚁君低声对我说："教师在写论文，那是给我们预备的讲义。"我叫他不要放声，在后面有趣的看着，教师蚁写一篇又一篇，他的笔在纸上飞跑，他有时一口气写下去，写成了一大篇，有时稍停停，歪头想想，接着又低头接续写，有时很费思索的样子左思右想，甚至放下笔抱着头。

他想起来时马上写下去，很怕忘掉了一个字似的，赶紧的写，不知道写了多少篇，他忽然停住了，拿起纸来念，很不满意的样子大摇其头。把笔放在桌子上不住的敲，敲得很响，他很愁恼似的立起来，看那情形，大概无论如何也想不出来了。他离开座位，抱着头在屋子里来回走，因为他的眼睛是往下面看的，所以没有看见门口站着的客人。这样使我越发高兴，觉得有趣，教师蚁走着突的一跺脚，那样子真奇怪！他赶忙跑过去拿起笔来，还没有坐稳就动手写，但写了两行，又觉得不满意，放下笔，歪头寻思，寻思不出来踱方步。这回他很愁苦，很焦急，不知道怎样做才能把他思想的泉水涌出来，他一转头看见了我和蚂蚁君立在门口望着他发笑。

"呀！你什么时候来的？"他说着过来和我握手，他握手，像是想起来什么似的赶忙说道："对…对…对不住，请先在那，那边坐，我少写几句字，呀！呀！我想起来了，想起来了！"蚂蚁君让我坐在上次来时坐的椅子上，看着教师蚁慌忙的情形，他一口气写了几篇，啪的一声把笔放下，说："哈哈，完了！"

真是完了，他吐一口长长的闷气，舒舒服服的掉过身来，"我愿意你时常来听听我的讲义，你只是玩么？"

"好！好！"我满口应承，深恐教师蚁变了话，急忙说："我真愿意从今天起，我每天来，求老师教我，我真愿意多蒙指教！"

我把怎样去参加蝴蝶们的大会，怎样做错了事，怎样和小鱼君相识，怎样追他的小船追到这里，才想到上这里来的话都对教师蚁说了。

"那不对呀！"教师蚁说："你不该会贪爱小船比喜欢和小鱼君谈话还重要些，小鱼君是不喜欢你玩弄小船的，人类坐着船到江、海、河里去捕鱼，这船直接的做了人类捕鱼的帮助，没有船，人类便不能大批捕鱼，船的本身虽然不是专供给人类捕鱼为目的的，可是他被人类所利用，这就有使小鱼憎恨它的理由，所以小鱼不但憎恨直接伤害他们的人类，同时也憎恨被人类所利用而间接来伤害他们的小船，这就是和人类最厌恶的刀枪一样！刀枪虽不能直接活动去伤人，它被人所利用了去伤害人，那它就成了被厌恶的目的物。

你玩小船是玩的目的。可是小鱼们却不喜欢你这样玩，你现在玩小船觉得小船有趣，那你将来就真正有去使船的可能。而你使船做什么呢？大多是捕鱼的，你就不捕鱼，把你的船运输货物和旅客。这也是小鱼们最不喜欢的哩。不但是小鱼，连我们也不喜欢那些唯利是图而不惜生命去冒险各种艰险的动物！蝴蝶也不是我们最爱好的，他们贪玩得过分了，不懂得劳苦的意义。我的话你可了解怎么样？"

"明白一点。"我很抱歉的说："求你多一点给我一些什么吧！"

真的，我从不会听过这样深刻的讲话，所以教师蚁的话很对我口味，虽然我不能完全了解，然而我可喜欢听。从此我做了教师蚁的学生，我有千万的好同学，我把蝴蝶姑娘们的唱和舞竟忘了，不但忘，而且也很不高兴她们老是那样唱和舞，一点什么事都不做呢。

但我毕竟是幼稚不堪，教师蚁总是一样的活动着一张嘴喋喋不休，所讲的可是头头是道、至明至理，却总不免令我起干燥乏味之感。我辞别了教师蚁，跑到草原的西边去，想会蝴蝶姑娘，调剂一下耳朵脑筋的疲倦。

草原是美丽无比，但草可长很高了，雪白的羊儿仍在那里吃草，他们也长大了，比从前肥许多了。蝴蝶姑娘又美又活泼，不变的舞着唱着那些鲜花，旧有的不知道哪里去，新生的倒很茂盛繁多，草原不改昔日的光华。

我找到了一个相识的蝴蝶，这位小姐简直叫我有点不敢认呢。她穿一件浅黄色、有各种颜色花纹的绸旗袍，脸孔擦得粉红，她已是位成年的姑娘，很懂得一些事情。她见我不住的看她很是高兴，我们双双坐在花裳之中谈着各样事，都是很有趣的。蝴蝶，姑娘很惊讶我拜蚂蚁为师，她说："那才是些傻子呢！他们终日劳劳碌碌为的什么？嗅不到花的芬芳的香、听不到鸟儿的娓娓的歌唱、不跳舞、不游戏，只是牛样的忙、劳劳碌碌，整个的美丽的春天就这样没有意义的过去，我们如果就这样乏味的活着有什么味呢？真不堪想象，真的……"蝴蝶姑娘说嚄一嚄嘴，哼着唱一首小曲。

羊儿，跑！跑到姥姥家，咕咚、咕咚，下大雨！哗！哗！

我好久没听到这样动听的歌了，比教师蚁的干燥的言论有味多了。

"你再唱一首！"我说。

于是她又唱、唱得比先头那首更美妙、更婉转。她说：

"人类都不知道我们会唱歌，他们只知道我们会舞。其实我们唱歌比舞还擅长呢！"

"是的"，我说："你唱得真好，我从前还没有领悟你唱歌的美妙，人类确是不知道你们会唱歌，你可不可以舞一个给我看呢！"

"但请你不要见笑。"蝴蝶姑娘娇羞的说，同时舞了起来。她的舞实在进步得令我惊叹不已，她的舞技可以说成熟。她舞完一段就坐在我的身旁看着我的脸。

我忽然想起公公来，急忙往回跑，好像谁在后面指挥着我似的。蝴蝶姑娘呼喊也听不见了！

跑到家，公公已经没了气，鸡小姐立在那里哭着，我也哭！

姐姐劝慰我，拖我进去，她说我又犯了病，公公死了值得什么哭呢？

春已去、夏已尽、秋天来到了，而且深了，树上的叶黄了，风吹来，叶哭哭啼啼的和树枝告别，随着风跑了。蝴蝶姑娘们苍老得很快，她们的翅膀硬了，舞不动了。终于，连影子也不见，不知她们到哪里去了。我寂寞得很，想去访问教师蚁，但蚁的门找不着了，水里再也看不见小鱼，青蛙也不知道都搬到何处，我在树林中寻找，在池边徘徊着，但姐姐和她的小姑，把我拖回去了，姐姐告诉我说：

"那只黄鸡，经过我好好喂养，已经下起蛋来了，她的蛋很大呢！"

"真的么？这？"

"你看？"姐姐把鸡小姐下的蛋拿来给我看，啊！真是很大的蛋呀！

我在院子角里，在那群鸡中，发现了鸡小姐，她竟与那些鸡合群了！她面孔红红的极力躲避着我。姐姐说道：

　　"现在，所有的鸡都下蛋啦。"

　　我跑了。姐姐和她的小姑在后面追赶，但她们追不上我，我一气跑到公公的墓场，坐下来，伏着野草，伤感的对公公说：

　　"公公！鸡小姐经姐姐好好饲养以后，如今下起蛋来了！她的蛋，比别的鸡们大许多！"

　　我听得公公在坟墓里的声音，他答道：

　　"好呀！朋友！这才是合法的呢！请你代我为她说祝福，祝福她今后的生活更容易了！再会吧！朋友！不要怪！"

　　"但……"我的话还没有出，姐姐们追了上来，她们惊的奔跑着，老远就向我招呼喊着，叫我回去，我爬起来，摇一摇头，跑了，向草原——荒凉的、已丧失了光辉的草原，无垠的草向那渺茫的远方……

　　姐姐和她的小姑不放松的后面追赶……

　　（《泰东日报》1938年6月21日—29日，署名：慈灯）

几封信

给 超

超:

来信问:"你的又一集都是怎样写的呢?"

你这很简单的一问,真把我问住了!

你如果问:"十一年年式轻机关枪一分钟能连续发射多少发子弹?"

我可以马上回答你:"大约是五百发,一秒钟约八发。"

但是又一集是怎样写的,这个问题可把我活活难住!

我恍恍惚惚记得是这样:

那是,我刚读完一本《安徒生童话集》,其中有一篇《卖火柴的女儿》很适合我的口味,我一连读了三遍,仔细地思索着这一篇所以好的原因。

忽然,我好像恍然大悟似的,马上打开抽屉,拿出纸、笔,开始练习。

这时候,仿佛有个神仙坐在我的身后,告诉我:

"题:《黑夜》,写吧!"

我匆忙动手:

"可怜的孩子,他战战地开了门……"

从这一句直写到:

"从朝至晚表现一幅哭丧的小脸,笑的时候也是寞寞的,冷冷的。"

中间曾间断过几次,这几次的间断,我想的是一段外国电影。这影片里表演的是个孩子受继母虐待的可怜的故事,我把记得最清楚的一幕写在纸上,这便成了又一集的第一篇《黑夜》。

写到"笑的时候也是寞寞的,冷冷的",本来还想写下去的,不知怎么，我把笔放下了。从头咕噜着念一遍，不满意！想团成一个纸蛋，当球似的踢着玩，但是，却装进铁篓里——这个铁丝框，是我保存稿子的仓库，装满之后，便全拿出来，移到大封筒里，在封筒上面写："一九三几年，从几月到几月的出品……"还在适当的地方画一个小船或一只小鸟奇奇怪怪的妖精的面孔什么的。这样做完，就扔进皮包里去。

因为皮包里装得太多，便拿出来整理，认为皮包里装得太多，便拿出来整理，认为"对付"的，捡出来，太不像样的，撕碎烧火，整理了几十篇，封一个大封筒上写：

"大连飞弹町六七……"

于是，登出来了！

登了两个月还没有完，我很奇怪，我写了这么多吗？喂！我写封信给编者：

"认为不好的请别登，有一篇《母亲读本》那简直不是文艺，请不客气的抛弃了吧！"

后来——我一连有一个多月没有注意"少年"——有一天在澡堂洗澡，要一份报看，使我很惊骇，又一集还没有登完么？标题的铅字变大了！容易惹人注目吧？我也不问澡堂愿不愿意，把又一集裁下来，要一点浆糊贴在白纸上，写给编者，请求把"又一集"这三个标题的铅字缩小，我的假理由是："这样排可以节省地盘……"编者是位好说话的人，慷慨的批准了我的意见。

其实我的忧虑是：这些粗制滥造的旧东西，如果被读者发现是要见笑的，或者骂我一顿也说不上，我神经过敏的很觉不安。

是哪一天，我可忘记了，接到编者先生一封信，他说：

"你的又一集爱读的人很多，足见你写的很动人了……"

我明白，这是好意的鼓励我，我不应该得意。事实上，的确我害羞！

让我把害羞的原因对你说一说。又一集所包含的许多篇，凡是读过几本书的人都可以看得出，其中没有一篇是合乎新文艺的条件的。显而易见，每篇的形式不消说，就是内容几乎篇篇是"个人笔调"、"自我中心"这样的基础，作为文艺作品的中，不是有新文艺修养的人喜欢的。自然，"个人笔调"也很有力量，可是这种力量，只能在思想的启蒙期能发生效果，而到了思想已经有了系统，差不多都有个"观"字抱着这一个时候"自我中心"就失去其价值了！你如果保存着报纸，请你翻一翻看，又一集的每一篇，简直能脱掉"个人笔调"的旧，几乎一篇也没有。这样的东西，我希望不单你，每一个少年人，都应该认识清楚，慈灯的又一集除了多之外，恐怕找不出第二个好的道理来。

超！你问的，我不愿意写，你有学习的毅志的话，请求把眼光放远点，尽有着许多你应该知道的伟大的事，何必要知道微小的我呢？

你总说我"太客气"，这话不对，莫非说，像我们这些正在瞪着眼睛寻找学问的门的人，不应该客气点，而应当"自夸"或"吹牛"吗？

一两天内，我的这个思想大概不会变更：

我们总得戴着谦虚的眼镜，骄傲的衣服必须脱去埋了！

说起错误，是的，我和你一样甚至比你还厉害，时时刻刻的犯。不过我们得努力改，昨天的错好像死了一样，不必忧虑，只要知道错，而且能改，就应该原谅吧？古年的人不是也说过么："人谁无过，过而能改，善莫大焉！"

写多了，再谈吧。

给　M

M：

你问我的问题和超问的一样，可是你比他问的更仔细。我很奇怪，你从前不是说"对于世上的事用不着认真……"么？然而你现在竟认起真来了？

可也是，从前的你和现在的你是不一样的，就是昨天的你，前一分钟的你和此刻的你也不一样吧？好！我希望你对于万般事要认真，可不马虎。

不过，我不知道怎样答你才好答吧？不高兴！不答？觉得对不住似的，真把我难个半死！又一集的每一篇，正如你所说：都有个来历。

你对于生物学很有研究，草的种子是风的力量所运输，人类是猴子渐渐变成的，不满两个月的胎内的婴儿的形状，是和鱼、□、兔子、鸡、猫、狗等等，一模一样，陈列在一处，几乎辨别不出那是兔子，那是人。而这些人物，决不是从半空掉下来的或者是赤裸裸的地上生出来的。

文艺作品，也和这个道理一样，决没有从天上飞下来的或者是从赤裸裸的地上跳出来的。

又一集，没有讨论的价值，因为这些东西我不认为是文艺。那些描写老婆孩子、吃喝玩乐等大作，不但是我，凡是研究过两天文艺的人大概都不认是文艺。这样的文艺，好像是说地球是方形的，短刀花枪比手榴弹高射炮有用处一样可笑！

我可以这样对你说：

"鹦鹉"一篇，是读了盲诗人"爱先诃"先生的《狭的笼》之后产生的。《狭的笼》描写的是只老虎，我的《鹦鹉》是飞禽，内容的旨趣完全不同，但是我的技术和形式是模仿。

你认为模仿是不好么？我不能说你想的不对，各人有各人的意见。

我以为模仿是学习创作的人，在从各方面找寻影响的一个比较最有力的方法。第一：我们知道，模仿和那种"改头换面"剽窃的下作完全无关，着眼点在抓住技术和形式，发挥自己所学习得来的才能，不注意那"模特儿"的全副的骨。

你很爱读"妥斯托也夫斯基"的作品，他的"地下室手记"和"赌徒"我也很喜欢，并且不只读了一遍，不但是我们总觉得□发现，有名的批评家们早有公论，说是"托氏"的作品，在他们国中最特别，最出奇。

然而，他无论怎样出奇或出类拔萃，他的那样名著，决不是从赤裸裸的地上生出来的。我们现在所以把那些名家的作品翻了又翻，第一个着眼点不是领会其技术和形式么？我们所要把握的不是他们整个的思想，因为我们有我们这个时代的思想。你如果有天才，当然可以独创一种新风格，新的技术和形式。但是像我这样的蠢材，既创不出什么新风格，还不如跟人家学习点零碎为妙！又一集的材料多差不全是从生活中找到的影响，可是从书本上得到的影响也很多。没有生活的影响，单从书本上，学习是不行的；反过来说，不从书本上学习，单从生活上找影响也不成。裁衣服必须剪子，没有剪子不能裁衣服；而单有剪子没有布也不行。机关枪确是最伶俐的武器，然而没有子弹，这机关枪就毫无用处。两者好像男女一样，缺其一则种族便不能接续，谁不承认这个事实？

给 黎

黎：

我知道你在海外，每天为了求学很忙，所以半年来，信少了。

但是我却写那样的明片逼你，真是，太不对！希望你原谅我的幼稚才好。

一个星期之前，当我接到你的信之后，立刻复了你，见了吧，七月十五、六，我能和你聚在一处谈谈。可惜，我的嘴还没有我的笔聪明一点，肚子要有十句，话只能说出三句两句。如果写，可以对付写出四句五句。我的嘴缺少训练，我时时刻刻感到有赶紧训练嘴的必要。也曾本着练习演说的要领练习过几天，但是总因缺乏恒信，失败了！

有两个小朋友，希望我把信也发表，这怎么能办到呢？十封信，只能发表三封两封，因为有许多信不适于发表。比方我们在这信里讨论到异性，甚至开起玩笑，说些丑事，这怎么好发表呀？

发表的，一定得于读者有益处。那么这么样的信，也能有益处么？

虽然没有益处，也没有坏处！"明"有信给我，我给他的信，总是摸什么说什么，不管三七二十一，他不生气，可见他是宽宏大量的人。我的脾气不好应该改改，不可说话不检点，叫人家难为情。说起来，我这个人，缺点实在太多，这些日子，我在睡觉之前，总是静坐十分钟，像古年那些道德家似的做"自省"工夫。

我的嘴，喜欢喋喋不休，像尖嘴老婆一样，得得得，得得得，不知得些什么。因为嘴碎，得罪了很多朋友。

我有个同事的妻，养了五个小子，一个丫头。有一次我到他们家里串门，和她开了个玩笑。我说：

"你的孩子太多啦！简直像×××一样！看呐！一大群，吱吱喳，吱吱喳……"

谁知她竟会因这句玩笑生了气呢？哎！我以后再没有脸儿去串门！还有一个同事的妹妹也被我得罪。

她是个小我两岁的中学生，很喜欢看张恨水的小说。

我对她说：

"那种鸟书，顶好丢进厕所去！"

我，敢对天发誓，我只说了这么一句，再什么也没说，她回身就走，我听见她在外面哼了一声。

这一哼，把我哼得很不痛快，一连有两三点钟觉得不高兴，乏味儿！

也有朋友说，我的"个性太强烈"。我自己的个性是怎样，我还不知道哩！谁的个性不强烈？女子都温柔，但是你打她一巴掌，恐怕她要吼起来吧？我曾为了撒谎，努过很大的力气改。

为了忏悔自己的错误，曾拿刀割破手指，到现在，我的左手无名指，还留着个很明显的伤痕。一看见这记号，就觉得好笑，也觉得难受。

多么愚蠢，这种轻举妄动的勇敢算什么呢？何苦来！

我不是对你说过么？在路上看见女子，总是回头回脑的去展望，这毛病，到现在还没有改好。老天爷！这真难改！你在大学，可曾听说有什么治这种病的药么？

"明"曾告诉我医治懒惰的药方，见面时能借两本书给我么？这一个月来，我什么也没有读，我落伍了！

（《泰东日报》1938 年 6 月 26 日—7 月 14 日，署名：慈灯）

妻的威严

C 先生这一天从部里下班，并没有立刻回家，他头不抬眼不睁，一直的往他要去的一家客栈走去。

他走起路来很快，在他身左身右来往的人与车，好像一点没有看见一样，他只是在脑里想：

——这位先生，现在也不知怎么了？二年多不见面，也没有通过信，他的消息我一概不知，可是他现在，怎么会知道我在这里呢？奇怪！也许是……别人告诉他的？

——听他在电话里说话的那种音，和二年前丝毫未变。人也不会变样吧？仅仅才二年光景，大概……

他无头绪的思索着，恨不能一下飞到目的地，和他这位二年未见，忽然来电话打听他，说是刚从 G 省来的友人 T 君会面。

他很后悔，为什么不坐洋车呢？坐洋车不消说一定是比一步一步走快的。但是他不能坐，他也不是讲人道的伪君子。因为他袋里一分钱没有，所以坐不起，而且他新近发薪领到的总数，全部"银钱交权"献给他妻子保管，除非有"正当理由和证据"的用项，不然他一个铜板也不能从妻子的仓库里讨出来。他是一个很讲"家道"的人，他的妻是个懂得"御夫术"而能干的家庭独裁政治家！他和 T 君的关系很深，三年前，他们是同事，差不多有着"同生死，共患难"的交情，他失业的时候，T 君养活他半年多，给他拿伙食费并且供他零花。

他一定知道我结了婚，所以特意来看我的，他或者是由 G 省来办事顺便看我，那么我一定得请他到家住几天，好好报答他从前待我的恩惠，叫他知道我是一个讲义气的男子。

他想着，同时在肚里下决心，转眼间，到客栈了。

茶房在先引路，领导他走到"同房"去。

他想：

——怎么他不住"单间"呢？莫非他还是像从前那样的离奇古怪么？他的朋友一看见他，立刻就迎上来，和他亲热的握手。

但是，这不能不使他吃惊，T君比二年前老多了，那头发，怎的？也不好好剪剪？棉袍太脏了！处处表现着寒酸气！

"啊！少见。"他半天才说出这句，并且问："你好么？"

"不好！"T君爽快的答："这一年，没有一天不倒霉，你看吧，我现在弄成这个样子了！"

两个人对面坐下，茶房走出去，外面有人喊："开饭啦！"

C先生不知用什么话来安慰这个人好，他很踌躇的看着朋友的脸，他想豪爽的说：

"请你赶紧到我家里住吧！这地方怎能住得下去呢？走吧！"

这句慷慨的话在他肚里打转，转了半天，好容易转到喉头。但是，哽住了好像一块骨头似的叉在嗓子里，无论怎样努力，也吐不出来。

——把这样一个人领回去，她能高兴么？如果他是穿一件大氅……他这样想着，同时看看朋友的鞋，那双破皮鞋不冻脚么？

"请你不要为难。"他的朋友看他半天不说话，这样说了。"你如果肯帮我忙，借几个路费给我就行。我想去P城，这地方我很讨厌，决不在这里逗留。"

"那太办得到！对不住，你告诉我，你得多少？……"

"十五元吧！"

"请你少等一等，我回到部里去设法，但是……你着急走么？我希望你在此地至少住两天，或者就请到我……"

"这里，我绝对没有可留恋的，你如果肯帮助，那么求你就设法，我的本意是决定今天晚上这趟车走。

"那么——我立刻就去。十五元……怕不得吧？行我一定……"

他戴上帽子就跑，可是比来时走的慢了！他两条腿大概是因为走路太多的缘故，这时已经感到疲乏。他想喊洋车坐着回家，没有喊。他在街头十分踌躇前后立不定主意，不知怎样办能"尽美尽善"，他想了半天，除了回家之外，没有第二条路可寻了。

部里的同事早已作鸟兽散，他此刻回部里找谁呢？所以决定回家。

他走了半点多钟，好容易把无力的身子搬到公馆。

C先生的尊夫人，是位思想摩登，面貌像天仙一般的女子。此刻，她正坐在椅上拿一本新小说翻弄着看。不消说，等他回来已经好久，早已不耐烦了。他小心翼翼的开了门，先把帽子脱下来，对着尊夫人一鞠躬，很文明的蹀到夫人面前，伸出右手。

她很甜蜜的微笑着，得意洋洋的立起来，看着他的眼睛，同时握住他的手，并且左手去接过帽子，很挂心似的皱着柳叶眉，莺声燕语一般的问道：

"你怎么这时才回来？"

"对不住！我去会一个朋友……"

"朋友？什么朋友？"

"从G省来的，他是我的好友，现在失业了！"

"哼！失业算什么，这个年头，这种事并不奇怪！"

"他从前和我这不错呀，所以他来……"

他的话还没有说完，女英雄马上就插上嘴：

"所以他来借钱！是不是？"

"是的！"他服从的点着头："我总得给他设法。"

"因为什么呢？"她正颜厉色的审问。

"你不知道呀！他可不是一般人可比的，从前……"

"得，得，你别说了！我劝你，别管这些闲事了，你没有帮助别人的能力！"

"他只借十五元，今天晚上走，到P城去。"

"十五元？没有！"

"有！给我吧！"

"没有！没有！"

她转过身去，把背向着他。他从右面绕到她面前，嘴现一副可怜的面孔给她看为讨她的同情。

但是，她把腰一摆，像一尾黄鱼似的摇动着走到窗前，一只手伏在窗台上，看着外面的什么。

他并不恼怒，很温柔的走过去，在她背后说：

"我已经答应人家了。"

"没有！没有！没有！"

她猛一回身，吓了他一大跳，要不是站得稳，定惊倒了。

"那四十元呢？"

"什——么？"她的声音很大说："那是，你不是说给我做大氅么？你看，我那件大氅已经旧了！叫我穿出去，怎样见人呢？丢人现眼的……"

她说要哭的样子，这一来，把他的灵魂弄软，他没有办法，忧愁的坐在椅上，寻思着计划。

他忽然想起来了，说道：

"我没有对你说过么？"

"什么事？"

"关于这位朋友的事。"

"不知道！"

"啊！让我告诉你，他真不是一般人所比的，大前年……"

"得，得，别说了！你肚子不饿么？我可饿了！张妈！"

她呼喊着。

应声而至的老妈子，规规矩矩的立在门口，敬听主人的吩咐。

"开饭！"她的命令一下，老妈子立刻应答一声：

"唉！"便出去端饭。

C先生和尊夫人对面坐着用饭，他没有心思吃饭，吃两口便放下碗，看看女的脸色，张嘴说道：

"说实在是！给我十五元吧！我真没有办法！"

女的正伸筷子夹菜，听到这句话，把筷子放下立起身，走了。走到窗棂前，没听见一样的看着外面的什么。

这真叫我们的C先生为难，他怎样办呢？

他赶紧过去求饶，求这位天使别生气，他说了许多话，天使笑了，他一见她笑便乘机问：

"给我么？"

"什么呀？"她又变了脸色，说："我不是说过么，没有！"

再可没有别的计策了，C君寂寞的吃完了饭扣上帽子，想出去。

"上哪里去？"女的把他拖住，紧紧的扯着他的胳臂。

"我对那位朋友说，就说没有！"

"好！你这样对他说吧！本来我们没有钱，那四十块钱，我是要做大氅的，因为非做不可呀，我那一件太旧了，简直连出门都不能了。"

"好，我去一趟！"

"可是……你早点回来呀！我在家要闷死了！"

"一定！一定！"

C先生走在街上，头上的天，脚下的地，好像都变得狭窄了。他垂着头走路，想着他自己，他觉得羞耻了，他想回去，一定要拿出钱来。可是，他只能立定了脚步，停几秒钟，接着又往前走了。

这时天色早已黑了，街上没有多少行人，他很慢的向前走着。

——我怎样对他说好呢？他等了这许久，从前他曾养活我半年，而现在，仅仅和我借十五元钱我都办不到……

他很快的回家：

"一定得给我钱，快！"

他毅然决然的对妻说。

她差不多是一惊，但是立刻就很有经验是稳住神，要哭的样子去开皮箱。咕噜着说：

"请你全拿去吧！这不是我的钱，我没有权利要你的钱，都请你拿去！"

她把几张票子全抛地上，一头倒在床边，捧着脸，哭泣起来。

C君看着那两个又饱又圆的小肩头，一纵一纵从头到脚跟，软了！

他过去赔罪，用着他最温柔的话调，百般的求饶。

这时，在一家客栈门口走出一个可怜的青年，他左腋下夹着一个小包，立了片刻，向大街的四面看了一看，愁苦的向西面去了。

电线杆上挂着的路灯，照着这个倒霉的家伙，好像一个幽灵似的，在一个胡同的转弯处消失了。

（《泰东日报》1938 年 7 月 7 日、8 月 8 日，署名：慈灯）

假　面

一定的，我已经决了心，跟狐狸到世间学习一切的事情去了。

狐狸是个有着小眼睛和长尾巴的家伙，走起路来很是活泼敏捷，说话的嗓门很响亮，他很不满意我对于各种事情总是惊慌失措，觉得稀奇。我的两腿站立的姿势和上体过于挺直，他都不嫌麻烦的给我加一番矫正，叫我在站立的时候要常常的把足跟靠在一起，上体顶好是向前弯一些，头深深地垂着，两肩不可过平，应该向下缩屈，脖颈绝对不准向后仰，两手向下垂着，无论如何，千万不能交叉起两臂或把手叉在腰上，说起话来要和气婉转像老鼠呻吟似的低声，像黄莺歌唱一样的动人，他并且给我一副微笑的假面。

"这是什么？呀？"我接过一个硬厚的假面来这样问他："戴在你的面上，把你本来的面目遮住。这样！你看！像我这样，把绳头捆在脑后，结结实实的，你还要注意不用说在别人面前要戴这副面具，就是自己一个人的时候，也不能把它摘下来，要养成习惯，天长日久，自然会觉得不拘泥的，只有在睡眠的时候，可以把假面拉一拉，但不许全拉下来，不许挂在墙上，或者放进抽屉里防备丢失，万不得已，也得放在靠胸的衣里藏着，记住么？这样戴！快戴上！"

我颇觉得踌躇，带上这东西有什么用呢？我在脸上比量一下，嘿！闷塞异常！比防护毒瓦斯的面具还沉重窒息，我把抛在一边，执意不戴。但狐狸急忙过去拾起来，大发雷霆的吼道："你！这是怎么说的？你要知道，这是处世的法宝呀！没有这副面具，比没有翅膀不能飞的小鸟还不容易活命呢！听我说，快戴上，这样一来……"他把我推一个转身，险些跌倒，将面具扣在脑后捆扎得非常紧，我挣扎着，用力脱掉，他打下我的两手，叫我规规矩矩的不要忘记了他刚才指教我的一席话，"看！

我是怎么说的？那两腿是那样站的么？快把两手垂下去，脖颈！脖颈！稍向前弯曲一点！"

他热心的训练着我，做各种处世的基本动作当做模范，指点我模仿的要领，运用和实施的妙诀，他说单单这一门功课，三年还是毕不了业！

他的学生并不只我一个，有着很多，那马路上来往不断的行人，农夫，小贩，工人以至商店里的学徒，掌柜，华丽的居屋里的达官贵人，都经他指教过，领有他的卒业文凭，他的学生多得很！简直没有正确的数字，他只能说出一个约数，他的教育手腕非常新颖有效，从开天辟地，创世纪以来，从纵的历史，一直到现在，地球上所有的人几乎都经他改造，其中许多半途逃跑，不听他训导的，但这些人就是被人们所憎恨所厌弃的变种，因为大家不愿意被憎恨被厌弃，所以都争先恐后的拜倒在他的门下当一个最忠实的弟子，不消说：我是一个不愿被憎恨的被放弃的人，才把全部的灵魂呈献给他，起誓发愿，签订服从的条约，无论在什么时候，在什么地方，必须真挚地遵从他的指导，由于条约的限制，我只得戴着假面，忍耐着面具的难闻的恶心味道，随在他的后面走，这面具一定是很坚固的质料所造成，外表是一个在不知多少世纪以前——或许那时还没有时历——首届一指的美术家所彩画，后代各国，就没有产生一个画家能优于这位天才的圣人的技巧，东西两半球上的人，从古至今，都用这副面具，好像使用太阳和月亮一样！或者也须中间，有过几次的小改革，就是——简单的说：有过几个奇怪的人打算把这副面具另换一个，然而这种主张并没有成功，倒反像天文学家发现了几个新星座相仿佛，大家更多利益，更巧妙的运用起来罢了！我伸手摸了一摸，扣在我面上，除了不自然以外，也不怎么特别的笨重，对镜子一照，和我的本来面目不相上下，唯一的差异，显而易见的是天真消失了，我心里有点难受！

狐狸很高兴，他说看我先头的固执性想不到会这样快的变迁。

"我相信，你能够成一个我最优秀的学生，或必须会超过那些达官贵人的成绩！"

"哪里呀！"我几乎哭了起来对他说："我心里难受呢！"虽然你这

样夸赞……

"是么？"他回头看看我，很奇怪看看我……"哈，原来是……啊！面具没有捆牢……"

他拖我到他的胸前，推一个转身，使我的背向着他，连解开的绳头，重新捆起，这回捆得很结实。"这就得了，现在随我来吧，我到实地指教你。"

我们走到街心，他叫我喊住一个正在走着的马车。"不行！不行！这……不行！"

"怎的呢？"真的叫我莫名其妙，我高喊了一声，他说不行，莫非喊错了吗？

他说："你这样喊法，尚欠威严，不能像少女那样，很柔的喊道：'马车呀！来！'这决不行！在这种时候你必须拿出尊贵威严的大声叫道：'马车！'明白？板起面孔！喊喊看！"

"是的"，我喊道："马车！"那车夫急忙把头掉过来，他看见主顾所在的地点，举起鞭子把车轮转过方向，驾着马很快的向这面奔来。

"是呀！必须这样，才合乎原则。"

他很满意的拍拍我的肩膀，我的面具情不自禁的笑起来，但心里很难受，我们跳上马车，在车水马龙的大街上奔跑。

"从现在，我就要正式的训练你，我先介绍你在一个大老爷公馆里当差，这是教育你这样人最好的化学实验室。""你是随时随地的指教着我么？"

"当然！我一时一刻不能够离开你，在旁边指点你怎样见人，怎样说话，怎样做事，你要伶俐一点，学学乖。"

"什么叫学乖？"

"就是见机生情，随机应变的运用着你的面孔，比方大老爷骂你把事情做错，你就该表现一副承认悔过的脸，太太问你她新做的一件旗袍式样如何，你就该表现一副羡慕万分的脸，而且连材料也赞美一番，这些事是简而易学的，你会很快就学会，放心！"

马车在指定的一座大楼前面站住了，这是一个很幽静的别墅，楼房四周有茂密的树木，也不知是叫什么植物的枝叶顺着红墙向上爬着生长，在绿叶中间突出的纱窗有洁白的窗帘随风飘荡着，那窗帘总是丝和纱做成的吧？我们走进美丽的大门里边，狐狸和我的脚步踏着细沙铺成的地面沙沙的发响，我觉得很有趣。当门房里走出一个人来问话时，这才惊醒了我，因为我欣赏这和公园相仿的院落几乎呆了。

"什么事？"那门房很神气的问我的老师——啊！我竟称起他老师来了，本来他的博学很够当我的老师的资格。不知有多少人都情愿向他领教啊！

他上前去鞠躬，很客气的说，我注意他这时面具的表情，和对马车夫的形式差不多了！真是奇怪呀！我应该怎样呢？

他的鞠躬和面具和嘴的运用至少是发生了效力。门房去报告，等了足有两点钟，让我进去见主任。

我等得好不耐烦，不时的跳了起来，但狐狸老师的眼色明明警告着我，叫我悄悄的把面具沉静下来像无风时平稳的池面连一丝波纹也不能起。所谓的主人，是个三十上下的肥胖的太太，脸上的粉少说抹了二寸厚，眼尾是毛笔画成的，嘴唇涂得赤红红血一般的红，这完全和我不同的面具，不免使我大大的吃了一惊！

"就是他么？"她神气十足，坐在沙发上，连屁股都不动。一下的这样问我老师，同时上下打量着我：

"当然！"我一看她那种样子，非常的生气，插嘴这样喊着说，像招呼马车一样的用着威严的口气。

"喂！"她站起来就要跑，吓得目瞪口呆，和狐狸老师一样，但狐狸老师急忙说道："……他不知太太就是太太，请原谅，原谅，这……啊！原来是……"

想不到博学多才的狐狸老师这时竟也着了慌，他把我一检查，知道是面具歪了一点下面部向左斜过去，这是我上楼梯时不会抬步，不小心摔了一跤，把面具跌歪了的，他急忙给我正了一正，太太似乎也看到这样，但她不安的瞪着我，经狐狸老师说了半天，她才安静下来。问狐狸老师关于我的事情，审问着我的年龄籍贯与出身经历等多余问的琐事。问这些事决不能就会了解一个人的思想倾向做事如何，她连这点都不知道，虽然面具用的很适当，很熟练。

"是的，太太！我已经说过，小伙漂亮……请看，怎样？我的话不错吧？"

太太点点头，就是批准收留我的意思，并且答应狐狸也住在这里，好随时教导我，起初我以为安排我的屋子就是在会见太太的客厅里，谁知并不是，是和门房那小子在一间室内，不过我们的任务不同，而地位是相等的，他的面具的形状完全是和我的出自一个地方，这使我发生了疑问，太太的面具为什么是另一形式，和我相差得太远呢？

"傻子！"狐狸老师我当质问他时，这样劈头骂了一句，然后解析道："太太所戴的面具和你的一定是不同，为什么门房所戴的面具则与你相像呢？因为他是男，你也是男，男与男的面具自然是一样，只是依各人的运用而稍微差别的这一点分歧，太太是女，不消说和你和门房是完全不同的，难道你连这点区别都不能么？嗨！我以为你很聪明，原来更笨！"

"那么世间有两副面具并不是一副，男的专用一副，女的专用一副，是这样么？"

"对呀！不过你要知道的面具比较男的面具容易用一些，容易发生效力一点。"

"请你快给我换一副吧！要这……"我说着就动手解面具。

"且慢！"他赶忙阻止我，把我推一个转身，看我是不是已经解开，我还没有醒！他放心的把我转过来，斥道：

"你这二虎蛋！这是不能的，我只有男的面具，你想换女的么？"

"嗯！我要换女的。"

"无须！虽然是运用的程度有些差异，但不定换过来就有些好处，或许更糟也不定规！"

"怎么说？"

"这就是所谓幸福和不幸福问题，带来女的面孔，虽然运用起来，容易发生效力些，但这里还有着时间关系，正因为女的面孔运用起来容易发生效力，所以损坏得也加倍的快，而且男的面孔如果运用得法、技巧成熟，比女的面孔还容易发生效力的很多，听我的劝告，还是不更换的好。"

"如此说来，还是不更换的好，但请你总须把这件事下个标准，我运用起面具来可以不至弄错，就是对于戴女的面孔和对于戴男的面孔，有什么不同的地方没有？"

"你是说，对于戴女的面孔这样来运用你的面孔，对于戴男的面孔这样运用你的面孔的意思么？是不是？"

"是呀！就是这事，既有男女不同的区别，我想，我的面具一定须有两个不同的固定的运用标准，请你说明这个法则。"

"好！我可以告诉你个大纲，你只要记住下面这个定义，保管你运用起来，决不会发生半点差错，你要切记在心里，不可一时忘却！不论！戴男的面孔或戴女的面孔，他如果是乞丐，你就尽可无须用好声气的把他赶跑，但是——不论戴男的面孔或戴女的面孔，他如果是润人儿，你可千万别没有好声气的对他说话，这是不但戴男的面孔的人，也是戴女的面孔的人，男女两方面运用面孔的根本的原理，好像二加二等于四似的数学公式，绝不会有一点错处，明白没有？我也可以再说一遍，我想你不至于笨到这个程度吧？"

"明白是明白，我有点难受！"

"难什么受呢？你倘若愿意被憎恨，被厌弃，那么你就相反的运用着你的面孔，你倘若不愿意被憎恨，被厌弃，就好好听我的话，做去吧！"

"让我考虑看看！"

"不容你考虑！你的肚皮饿你。当务之急便是吃饭，这还考虑什么？"晚上，当门房和护理睡熟之后，我便摘下面具来，两手捧着看了又看，多么丑恶的面孔啊！太太呼喊时，这个面具便浮出服从的微笑来，殷勤的去奉承，当时似乎还不觉得怎样，事后一想，再以见者可耻的面孔，真叫我羞无藏身之地。

我学习这种学问，是谁叫我学的呢？并没有谁在后面逼迫我，我自己愿意学的，狐狸不过是为了请求不使我失望起见，答应指引我，负着领导的责任，刚一觉个起头，我就后悔起来，夜里想起这些，翻来覆去睡不安稳，这一天我把面具稍稍的歪一点戴着，为的在晚上，在事后，看起这个面孔来，总会减少一点痛苦。

有一天，我歪戴着面孔侍候太太，她惊讶的看着……我好像一个冷酷的野兽。

"你干什么用那种坏眼色来看我？我未必不是一个人吧？"

"什么？"把脚在地上一捣，不忿的吼道："你和谁说话是这种说法？"

"和你呀！你是什么东西？难道你和别人不同么？你也有着两条大腿吧？"

"可恶！"狐狸老师急忙的跑进来塞住我的口，用他毛茸茸的一只手把我的鼻孔都塞满了。

"啊！"他检查一下我的面具，"原来是面具戴歪了！快点，这……正过来，绳头捆得太松了呀！笨货！"

他一面给我矫正面孔，一面陪着满脸的笑，向太太道歉。

面具正好之后，我也觉得把事情做错，但太太怒，看形势，决不是三言两语的道歉可以把过错挽回，狐狸老师也觉悟到这里，他无计可施，便把我一脚踢倒，在地板上爬，他凶狠的捶打着我，把我打得半死不活，以解太太的心头之恨，你这笨虫！真是少有！他把我拖到外面，指着我的鼻尖叫骂……我忍无可忍，过去给了他一个耳光，因为他把我的面具打掉了。

他吃一耳光，马上飞奔上楼把掉落的面孔拾了来，强硬的很！一戴在我的面上，就有一种说不出的力量把我束缚，任他摆布，我想到这事，马上拼着命把假面挣下来，丢到厕所里去。这叫狐狸可怕的怒起来了："你是打算侮辱我么？"啪的一声响，我只觉一巴掌打到我的面上，眼睛一花，昏倒在地。

不知在什么时候，我才醒过来，他舞台剧面具从厕所里拾了来给我捆上了，他说这副面具到现在才算训练得很不错，每一副面具都必须在厕所里或在别的肮脏地方打几个滚这才够得上一副面具的资格。晚上，我偷偷地摘下面具一看，老天！这面具丑恶得真是难以想象呀！我悄悄的走出屋子来，把面具埋在花园的草根深处，很难发现的地方。

第二天一早，我假装惊慌的说：

"我的假面呢？啊！我的假面丢了！"

"真的么？"狐狸跳起来说，并且在屋中各处搜寻。"没有面具，我将无法指教你，傻子呀！你丢失了处世的法宝呢！你是怎样把它失去的？唉！你后悔也来不及了呀！你还不赶紧找么？唉？"

我懒懒的到各处寻找，结果是找不着，当然他也找不着。"怎么办呢？"他失望的说，"笨虫，没有面具我是不能教你的，正如公园里把老虎放出铁栏一样！"

他恨恨地并且又是可怜我的和我说了许多话，流着泪走了，连向太太辞别一声都不的走了，他走向哪里去我一点不知道，正如他从什么地方来我一点不知道一样，然而没有他，没有了假面，我顿觉轻快异常，好像千斤的重担从我的肩上拿下。

太太惊奇的看着我的脸，问道：

"你的面具呢？"

"抛弃啦！"

"忘记了呢！"

"那么狐狸先生呢？"

"到哪里去了呢？"

"不知道！"

"我的天老爷呀！你是什么人？连面具都没有的人，成什么人！来人哪！快把他赶出去！这个没有面具的人！"门房气喘喘的跑来了，拿着木棒，无头无脸的对着我乱打，太太是完全的疯狂，口喷白沫，活像一个夜叉，跳起来，叫着骂，指手画脚的指示门房，怎样把我推出大门以外。

我好像经过一场暴风雨似的连滚带爬的抱头而逃，好容易下楼梯，跑到大街上，正好有一辆马车从门前经过，我急忙把他呼住，他一看我的脸，挥起鞭子就跑，把马抽得跳起来，一溜烟跑远了。我在后面追了一程，回头眺望，太太还立在大门外指手画脚的说些什么，门房拿着大棒在半空像舞台上的武生，很热心的耍着花枪。

我走到十字街口，毫无主见的彷徨着，路上的人们，几乎没有一个不戴着假面，这都是狐狸先生门下卒业的学生，他们都学得很好，但他们因为走路忙，没有工夫注意我，只有三个一群的小学生看到我是没有戴面具的吓得转弯抹角，向本来不是他们要走的路上跑去了！这也是我意料不到的事，没有面具，竟有这许多不便，跑回去，像一个小偷一样溜进花园里，打算挖出我的假面，我正在寻找着，忽听得楼上大喊：

"贼！贼！快捉贼！"

原来是太太在楼上发现了我。门房提着大棒直向我飞来，我吓得魂不附体，大声喊着："别动打！别动打！我是来找我的假面，我的假面在这里藏着……"

门房不问三七二十一，也不理会我的话，恨恨的打着我，我忘了痛，在不知是不是我埋藏的地点挖着，但挖了一处什么也没有挖出来，连挖了好几处！！门房横一棒，竖一棒，在我的背上打着，我咬着牙，同时哀求他，说明我的来意，这时，狐狸先生忽然出现了，他劝住门房，叫他停手，帮我在一处想不到的草叶里把假面挖出来了，他先给我戴好之后，嘲笑着对我说："现在你总该好好的听我指导了？"

"是！"我哭了起来。

但他马上瞪了我眼，推我一个转身，并且打我一巴掌，把鼻子打破，这个假面必算坏了！因为鼻子破碎，势必露出我的真鼻子来，其余部分还安全，他说这样无妨大体，可以使用，戴上，便利多多。

实在不错，太太立刻变一番声气，愿意留我接续干下去，不过须加工减薪，比方厕所的扫除应该由门房担任，这回却叫我负责，可惜她不满意一件事，就是我的假面破了鼻子，将来恐怕连眼睛也要连带破碎的，那么口不消说也有破碎的危险。

"太太暂时将就吧！"狐狸这样讲着情："这个伙计的前途是没有乐观的，总算我没有收留了他，将来是没有希望的，所以我特来告辞请太太看着我和他短期间的师生之情，就勉强用几天，以后——如果他的眼睛和嘴破碎时，就请打跑了他，只是现在，求您将就。"

太太答应他的所请，我一直保存到好久，没有使眼睛和嘴破碎，在第四年末尾一天深黑的冬夜我忽然在路上被冰滑倒，把假面摔跌破，不但眼睛和嘴的部分跌破，连耳朵也摔碎了！

太太一看见我的假面毁坏，吓得一跳三丈高，对着我就开了一枪，一颗子弹穿过我的耳旁，险些打中，我从楼上遗失到楼下，拖着一条跌断的腿跑了，大概在半个月以后我就冻死在街衢口，几个苦力把我埋在山坡。

后来我不知怎样会复活在另一个世界里了。

（《泰东日报》1938 年 7 月 10 日—13 日，署名：慈灯）

不倒翁

一个青年的居室里，靠墙角的地方放一张桌子，这张桌子比八仙桌还要大半倍，在居室中占着四分之一的位置，上面堆积着许多书籍博士，和报章杂志先生们。有两个很大的抽屉，左面的抽屉里放的是筷子、饭碗、碟子、杯子等各位伙计，因为房子布置得有条不紊，所以各位伙计的地盘并不拥挤，而且很宽敞舒服。右面的抽屉里装满了文具之类的绅士小姐和各式人物，因为大家毫无秩序的挤在一堆，当然是觉得不舒服，因为这个缘故，近来，当青年不在室内的时候，这个抽屉里就时常发生骚扰和争斗的局面，闹的格外的热闹。

骚扰的中心是从不倒翁身上发起，这个不倒翁大概是青年在路上拾得的，觉得有趣便顺手扔进这个抽屉里，以后他每逢靠抽屉，或关抽屉不倒翁就滚来滚去，滚在大家身后，并且虽然是跌倒了却能够直接爬起来，若无其事的泰然的立着。

这叫大家不能不奇怪了，首先是聪明的人物，只是有点骄傲的色水瓶，发起了表示不满的议论，他说："这是什么东西？我们的世界里已经挤得够难受了呀！他却挤进来捣蛋，而且，你们看！他总是这里那里的移动着，真讨厌！"

这时不倒翁正蹲在浆糊瓶的肩上，色水瓶的话好像一点没有听见，还是原位不动，默默的呆立着，浆糊本是个傻瓜，别人的话，无论有理无理，全奉为金科玉律，当做意志不变的信仰着，色水瓶的话给了他一个训导，他以为这是不错的，并且色水瓶是位聪明人物，一向大家都知道，他的话一定是很有些意义？他只凭"讨厌！"这句话，就领悟到不倒翁原来是个可厌的家伙。

"滚一边去！"浆糊把后头一偏，不倒翁立刻摔倒，跌到享乐家的茶碗背上，茶碗还伏在那里昏睡，这一碰，把他碰醒，他连眼睛都不睁的把身体一翻，把不倒翁滚在黑色细铅笔女士和黑色粗笔绅士之间，这一对情人本来在依偎着商量婚事的进行，不倒翁真不作美，把这一双情侣不但吓了一跳，而且使他俩离开得很远，他正跌在中间，以为这可平安了。谁知粗铅笔定睛一看，原来是这么个怪物，细铅笔因为害怕和焦急，不停的抖擞着身体，粗铅笔心痛得很，忽然无名火起，滚过来一撞，把不倒翁推翻了，翻到半截黄铅笔老头子的怀里，粗铅笔靠着细铅笔，把细铅笔搂在怀里，安慰着。

折断了腿，夭亡了！屋中的主人为顾恤这位哲学家的弟子起见，给了他一个很优秀的坟墓，很仔细的把夭亡的图钉出殡，送到炉里火葬了，以后又在图钉博士的教室里撰出一位优秀的弟子代替了夭亡的地位。

还有音乐家口琴先生，虽然因为年老，掉了几个牙齿，但他还是受这屋中的主人的厚待，常常来请他出去做几个，每逢送他回来的时候，虽然没有给他特设的地盘休息，却照例的让他在角落里至少总能躺下身子，这就很不易了！

新买的红铅笔是位青年学者，虽然是花钱买来的，然而屋中主人很器重他，非常的信任他，常常屋中主人读书时，在一行一行的错字旁边标着记号，此外还有许多有名的人物，一时也举不完。半截黄铅笔的老头子把不倒翁收留，老头子的判断力很强。他知道这位不倒翁也许是主人的恩爱的仆人，所以和他接近一些总吃不了亏的。

但抽屉里的世界发生骚乱了不消说是因为不倒翁，影响到黑色粗铅笔绅士和锥子老总当面冲突，而粗铅笔是负了伤，大仇总不能不报，钥匙和铁兄弟俩劝解着，从中间调停着，但都归无效力。三个寸洋钉工程师是怂恿他们的能手，他们三个时常趁着抽屉世界开的机会滚来滚去。有一次静坐主义哲学家的教室大门倒坍，原因是年久朽坏。这些哲学家的弟子全逃路了！跑到抽屉世界的各处。

他们也是因为在教室闷腻了的，却不至逃跑，他们到各处去很不受欢迎，这个理由，或者是起于他们带静坐哲学的臭味，可是也怪最捣蛋的锥子老总却锐利。橡皮婶子守寡多年，因为看中一位圆钉学生，把他迷住不放了，这个学生把哲学全忘了，死死的钉橡皮婶子的怀里，一时一刻不放，好像贝壳粘在石礁上一样！叫是鸡的妓女大家都非常讨厌她，但自从哲学家的弟子们四散以后，她的红运复兴，有两个哲学家的弟子沾着她的屁股不放。把年已及笄的雪花膏气得脑顶放光，这位雪花膏本是乡下姑娘，从前，她是这屋中的主人的表妹的丫环，这个表妹是偷着从家乡跑出来的，和屋中主人同居了几天，后来被家乡得悉，把表妹撵回去了——现在她无事可做，和她失掉了主人的朋友香水瓶女士很要好，不过香水瓶早有情人，她的情人是从外国学医回国的阿斯匹林医生，医生成天到晚靠着她，急得雪花膏时常偷着哭，而且细铅笔和粗铅笔的要好情形就是不经剪子编辑发表，她也熟悉得很！各方面的影响，她哪能不焦急呢？

她从得到不倒翁到这里的消息就这样想着她。

告诉她这一个怪物已被他的勇敢打跑，细铅笔因之更爱他、赞美他勇武的精神，很够一位马上英雄的资格，并且吻着他，闭着眼睛起誓，说是海可枯，石可烂，她永远属于他，到死不会变心，这叫粗笔特别高兴起来了，他立刻也发誓，说是她是他的小鸟，有着美丽羽毛的小鸟，他是这样说的："小鸟一定不可缺少一个英雄来保护，你如果愿意，我立志保护你，保护你一生，直到白头到老！""直到白头到老！""是的！"小鸟说："我真为我自己荣耀得很！有你这样忠勇的保护者，请你随便无论要什么，我的眼睛，我的鼻子，我的每一枝羽毛，我愿意灵魂也赠送你，为了你的好意，我牺牲一切的自由，连幸福都……"细铅笔呻吟到这里，好像听到旁边谁在咕咕的笑，可不是么？蓝铅笔头正忍不住笑出声音来，这使黑色粗铅笔不由大发雷霆，上去就是个耳光，把嫉妒的蓝铅笔头打哭了！

细铅笔觉得解了恨，得意的微笑起来。

"王×××！"锥子在旁边不愤了，开口骂了起来——他愤了，开口骂了起来——他是一个好奇龙的退伍骑兵，看粗铅笔未免太无理、就不平的咒骂着挑战。粗铅笔哪里能在未婚妻前忍受这般侮辱，便不自量力的举起他的拳头，但细铅笔女士是知道锥子老总不好惹的，急忙抱住她的保护者，劝他别去打架，可是晚了呢！锥子老总有一种争斗的嗜好，这是很好的机会，把他的锥尖向粗铅笔绅士身上直刺过去，绅士闪躲不及，把身上刺了一个小窟窿，痛得张牙咧嘴。

　　这段新闻由报馆报道后，整个的抽屉里全知道了，而且不倒翁到这个世界里来，也向大家传播开去，红色皮鞋油的时髦太太，生生的拖着她的丈夫——黑色皮鞋油，跑到锥子老总那里，探问真情。抽屉世界里的人物多得很！这有许多学者老爷，老爷们中间最出名的是主张静坐的哲学家图钉博士，和他的一群弟子，每天在四方形的教室里研究着静坐主义，卒业的优等学业生，有许多被这屋中的主人选拔出来，给他们很合适的职业，比方墙上有一张从杂志上剪下来的图刻画上面，就雇用了八个图钉学士、一张从书上剪下来的高尔基的肖像，也雇用了四位图钉学士，还有玻璃窗上，用在布幔上也雇用了十来位图钉学士……这些学士总不愧为哲学家弟子，用起他们的哲学来总有着不错的成绩，只有一位，是在布幔上服务的。

　　因为有如今她知道不倒翁是被黄铅笔所收留，她很想过去会一会，见一面，可是又不好意思——她的历次失败就由于这里矛盾心理在作祟，这一次她要试一试。

　　更不巧，偏偏粗铅笔绅士和锥子老总时刻要宣战的时候各方面的言论都是一致，埋怨不倒翁，就是没有他来，绅士决不会和老总动起武来的。她又不敢接近不倒翁了。趁着这一个机会，懂情的少女密斯信纸和邮差信封小伙发生关系，热到极度，这叫雪花膏姑娘气得大哭了！局面一乱，她胆怯起来，却不知道这正是好机会，香水瓶骂她无用，没有得到幸福的资格。说她只适于倒霉罢了！

　　半截黄铅笔老头子鉴于大家的言论，似乎是趋于一致的倾向，他只得让不倒翁自己去找位置，并且屋中的主人——青年，这一天不知从什么地方拿着几位文章头工人和一些稿纸农夫，扔进抽屉世界里来，把地位塞得更加满，浆糊傻子忍不住喊起来，"主人哪！我们这里再不能住下去了！"

　　"什么？"青年听到这话急忙打开抽屉，皱着眉头，不满的问道："不能住？"

　　他把抽屉开了又开，关了又关，故意使抽屉世界里混乱，抽屉世界里，起了一阵大哭大叫，锥子老总跳到了粗铅笔绅士面前，拼命的攻击，细铅笔女士被半截黄铅笔老头子搂过去，雪花膏姑娘在三个三寸洋钉工程师中间不知怎样处置自己，其余像钥匙和锁弟兄俩乱打闹，哲学博士早因弟子们潜逃气死，他的弟子们现在大显身手，各处飞舞着。只有不倒翁一人倒下爬起，应付余裕的还能够立起身来。青年停了手，把不倒翁拿了出来，放在桌上，用手指扳弄着玩，不倒翁被扳倒以后，立刻就跳了起来，这个青年若有所思的把不倒翁拿在手里看着，看了半天放在桌子上。

"一定得整理整理！"青年自言自语地说着打开抽屉，把茶碗拿了出去，把半截黄铅笔头、蓝铅笔头、雪花膏姑娘、香水瓶小姐全抛进炉里去烧，还有腐朽的苹果妓女，阿斯匹林医生等全烧化了，剩下的人物整理得很有顺序的安置着，从此抽屉世界里像个抽屉样。不倒翁很幸运，他立在案头上，宛如一个胜利的模范小人物，这叫聪明的色水瓶看见真能气个发昏。

（《泰东日报》1938 年 7 月 20 日—23 日，署名：慈灯）

笔 记

其一

妹妹忽然对我这样说：

"哥哥呀！我也不知怎么，看见谁家的小鸡满院子跑，就想起那一年住在朱村时候的事情了！你还记得不？"

"什么事？"

"那一件关于小鸡的事！"

"小鸡的事？什么小鸡？我不记得……"

"唉！你的忘性真大！一点不记得么？真的？"

"你说给我听听吧！我想不起来！"

"那时候正是春天，桃花也开了，杏花也开了，园子里的青菜的嫩芽都长出来了，我每天跑到园里去看一看。有没有谁家的小鸡进去吃菜，因为……你会记得吧？那园墙不高，邻居们的小鸡常偷着飞进去，把菜芽吃掉了！那园子，不是租老金家房子住，和他们讲妥，归我们种的么？你记得不？父亲买些葱苗，蒜苗，白菜种子，豆种，把园子都种满了，园子的四周还种些包米、甜杆……这些事，我现在还记得清清楚楚。到了夏天的傍晚——母亲还活着的时候——她拿了水桶和我到河边，汲满一桶水，两个人抬着，抬到园里，在每一株白菜根上浇一些，平均一桶水能浇六株白菜。我们一趟一趟的到河边去汲水，连说带笑的走着，那时弟弟还小，他不能做什么，只是随在母亲身旁，或者跑到前面去，跳着走，拍手唱，有时从袋里掏出呛的'笛子'吹——那笛子是我给他做的——他吹得很响，好像小喇叭，很是好听，你那时，哥哥！忘记了？你不是也时常帮我们的忙么？

但母亲不准你，她怕妨碍你用功，这些事，你现在全忘记了？母亲去世的第二年春天——啊！你那时不在家，我没有对你说过么？那里是——你让我想想……是啊！是啊！你走后半个月，那些邻居们的小鸡就对我们变了态度，似乎它们也知道母亲去世哥哥离家，没有人保护我和弟弟，竟敢三五成群，结着队飞进园里，如狼似虎的把菜芽咬掉了！这还不算，园地的好土，什么连有希望的种子都刨了出来，把成长的菜园糟蹋，并且蹂躏了肥料。

尽着他们的原始的本能，做了极可恨的事情。起初我还远不知小鸡敢飞到我们的园地里，把菜芽和种子毁坏，我知道这个祸患以后，又悲哀又生气，恨不得立刻把这些不懂得人道的小鸡抓过来，一个一个活活的把脖颈扭断！哥哥！你不知道！当时真把我气死了！

我把这事告诉爹，爹说：

'那是园墙太低的缘故，弄些枣棘插在园墙上就能挡住。'

枣棘是现成的，我们院子里有许多，我和弟弟动手，把几处要点，适当的配置着枣棘，这些？都插在墙窟里，用石头挡着，但这样是不成，因为枣棘是陈腐的，不能达到我们的理想，小鸡不是偷着飞进来吃掉了菜芽，就是刨毁了种子。这些小鸡都是东屋家后房老婆，待前妻孩子狠毒，三日两头打骂，是个没有良心的女人！

没有良心我也不管，我终于去找她，警告她：'钱大婶——你们的小鸡飞进我们园里，把菜芽吃掉，把种子刨坏了！请你管管你们的小鸡！'

'那叫我怎么管呢？'她无理的瞪起白眼球这样说。

'你们的鸡，一定能管！'

'鸡又不会说话，本是些畜牲，怎么管法？'

'把鸡翅剪剪就行的，那有什么难？'

'我没有工夫！'

'没有工夫？嗯？好！我给你管！'

我气得真够受！没有多和她再唠叨，她根本不讲理，她也不懂理，和她论的什么理等于对牛弹琴！

我和弟弟商量个'自然的办法'，没有别的，首先是准备妥石块，时刻到园里去侦察，一发现小鸡，便勇猛的打去，眼瞅着钱大婶家的几只鸡飞了进来，震动着翅膀，从枣棘上面一跳跃而过。"

"哥哥呀！你知道，我已经说过，这些陈腐的枣棘的尖刺本应该是锐利的，但这些枣棘太陈腐，所以没有用。"

"当这几只小鸡刚飞进来，足还没有落地，我们就对准了目标凶猛的打去，弟弟一颗石头命中，把一只小鸡打得嘎嘎叫，我奋不顾身的跳上前去，在这只逃脱不得的小鸡身上用力的踹了几脚，把它踹得连滚带爬，拼命的哭喊。"

哥哥！请你要这样想，我们对小鸡的手段诚然是过分，然而这是迫不得已的法子，如果它们不吃掉菜芽和刨掉种子，决不能这样打它们的呀！这也可以说是理所必然！很合哲学上最正确的一派主义。然而这一打，可闯下祸了！

那狠毒著称的钱大婶，她一听到鸡叫，马上跑了过来，手指脚画，耀武扬威，满脸横肉的对我们宣战。一言，一语，我就和她吵起嘴来。爹正好这一天出外工作去了，不然她也不敢这样大胆。但我也并不怕她。

争吵的结果，是没有结果的结果。她自知理亏，不过不肯认错，爹晚上回来，我对他报告，他只摇一摇头，说声"唅！"意思是，为这点小事争吵，没有价值。

但以后，我仍是不改变态度，钱大婶家的小鸡除非不飞过来，一被我或弟弟发现，我们就毫不踌躇，飞沙走石，干一个痛快。

过去的事，我时常想念起哥哥，你知道？那个钱大婶不是好东西！可杀不可留！……

其二

我今年十六岁，真的！一点不撒谎！你看我像十八岁吧？其实不是！

我确实是十六岁！我记得清清楚楚，决不会错呀！你看！我的脸，多么消瘦，我从前不像这样，还有手，你看！皱皱巴巴的，好像鱼鳞一样！多难看哪！你不知道，难看倒不要紧，很痛呢！你看！我的衣服，补了又补越补越不暖和，这件破棉袄已经穿了五年了，别的地方还将就，只是这袖头，太不像样，你看！这不是么？破得零零碎碎，补也不成，补上之后，过不上两天，还会破而且破得更糟！胸前这地方油腻和灰抹满了，低襟也是一样，更使我发愁的就是鞋！你看！这双鞋，后跟也该缝了。

我东一头西一头，足足跑了二年半！从早到晚不停的这样跑，东一家去送碗面条，西一家去送碗饺子，一个提盒，我一天到晚不离手的提着它不知跑了有多少路，这都跑遍了大街小巷，差不多我都跑遍了！几乎没有一个胡同我没有走过！

有时遇上忙，不免做得慢一点，并不能怨我，但是，花钱的老爷们却在我身上出气！我时常挨一顿臭骂！这还不算，有的竟要动手打呢！我挨过不少次无理的痛打！你不知道啊！先生！我的家境很寒苦，不得不给人家当牛马一样的使唤！

我低声下气的把眼泪吞进肚里，我把各样痛苦都藏在灵魂的包袱里，这个包袱里装满了侮辱和悲酸和不满和忍耐！

我对谁去倾诉这包袱里的苦衷呢？谁能同情我、可怜我、帮助我呢？而且那些文字的陈腐的乱调有什么用呢？

什么用处也没有！什么用处也没有！什么用处也没有啊！二年半的时间合计在一起真的不少吧？你看！我混了二年半还是这样！

你不知道，在温暖的春日和凉爽的秋天还容易过，难受的日子是五逢六月的大热天，太阳好像火盆似的放在头上烤得头迷眼花，晒得肩背紫一块红一块爆皮，夜晚想好好睡一下吧，嘿！那些苛毒的蚊子、虱子、臭虫，也不知有多少，成千成万，你看！我身上这些伤痕！你看！我解开衣服给你看看吧！看！这！这！

你恐怕想象不出这种难受的滋味吧？

到冬天，嘿！那更是……简直提不得！

你不知道，那西北风，比小刀还厉害，可怕极了！你看！我的耳朵！这不是冻疮吗？你看！还有脚哩！我的脚呀！受的罪最大！一到冬天，我的脚就犯冻疮，痛得要命，痛得夜里连觉都睡不着！

说起来我这二年半所受的苦楚三天也说不完！

我看见人家那些和我年龄相仿的孩子，都快快乐乐的拿着书包，三个一伙五个一群，嘻嘻哈哈的上学校，那种快乐的情形和我苦楚的景况一比，你想想了，先生！我心里是什么滋味？

当然！我不是不知道，赶不上我的环境的还大有人在，但是我不能顾别人，你看我这不是连自己都顾不了么？是不是？前天我受的打击委实影响了我的精神，晚上，别人都睡了，我在两块木板临时做成的床上，翻来覆去，总是睡不着，想想死去的母亲，想想终日挑一担卖不上两角钱的花生烟卷，大街小巷去到处叫卖的父亲，和八岁的妹妹孤独的看着家的情景，以至于我自身，这些愁苦的生活酸味哪能不叫人悲哀呢！我想起这些事情，无论怎样也睡不着了！

那一年，先生！我是九岁，我记得清清楚楚，一点不会错，我的妹妹还在母亲的怀里，两只小手又嫩又可爱，除了吃奶睡觉以外，她什么也不要，父亲的身体那时还很强壮，决不像现在这样的衰弱，先生！你见过他吧？他那时是在一家工厂里做工，一天所得的血汗的代价，还可以对付的养活我们几口人，我白天到山上去拾取干柴，晚上母亲教我念三字经百家姓，后来母亲想送我入学校，但是拿不起学费，先生！这件事你是知道的吧？拿不起学费，就没有资格读书！

我的母亲是那一年夏季得时疫症故去的。

母亲故去不久，父亲很快的就衰老了，衰老的人工厂是不用的，他没有办法，便想出这么一个小本营业，混着不至饿死。

我呢是托亲告友，找到这门赚饭吃的职业。

先生！我用不着说：你能知道像我这样一个送外卖的小伙计，所受的待遇，那比外国差得多了。

唉！我不愿讲下去了！先生你偏要我讲！

前天此事的经过是这样，我把四个菜一个汤和两壶酒送到一个旅馆去，这个旅馆距我们柜上并不算远，不过半里路光景，因为跑了一天！这时是晚了！我很困乏，我注意到旅馆的门前跑出一个大汉，他也不知有什么要紧的事情，跑得那么快，我来不及躲避他和他正面碰上了！

先生！你不知道！我不得不伸出一只手去阻挡，同时把提盒急忙向后拿开，这样一来，饭菜也许没有危险，谁知道这个大汉，他误会了我，说我推他不当，侵犯了他，他连我分辩的工夫都不让，一拳打过来，正中我的胸前我一跄踉，坐了一个屁股蹲，哗一声响，提盒闹"内乱"了！

我赶快打开提盒一看，上层放着的一碗汤，完全洒光！下层的菜盘里装满了汤水。

我想捉住那个汉子叫他包赔，但我抬头一看，他早已无影无踪，只有旅馆的一个掌柜看着我很开心的发笑！

我急中生智，把菜盘里的汤水全倒在碗里，可惜只剩了半碗，我提着就走，走到指定的一个房间，"先生！叫的饭菜送来了！"里面有格格的笑声，半天不答应，我再一次的招呼着说："先生！叫的饭送来了！"还是没有应声，里面只是格格的发笑，我大声喊道："先生！叫的饭送来了！"过了半天，门开了，一个骨瘦如柴穿西装的青年指示我说："放在那桌上吧！"

我恭恭敬敬的在桌上放了筷碟，摆着酒壶，床上坐着一个妓女打扮的女子在疲乏的梳理头发，很憎厌的看着我的衣裳……

我把菜摆好，退了出来，刚要走，里面呼喊，我知道要坏事。

"这汤！！怎么只剩了半碗？"青年摆起很尊贵的神气来审问我，拿起筷子敲着碗。

"啊……是的！这汤少了一点——回头填一些送来吧！"

"什么？"青年很不满的说，"是不是洒了？这不是么？会！都洒到菜里去了！这怎么吃？……你看！"

他说着就夹了一点菜着送到唇边去尝味道，他尝了一尝，眼眉上皱，把筷子啪的一声，瞪起眼珠，仇视着我说"这菜是什么味？你看看拿回去！不要了！"

那女的也插嘴说："你是不是把汤洒到菜里去的？"

"不……稍微！！那是……"

"不要！不要！快拿回去！"青年斩金截铁的这样说，把菜盘推到桌边。

"先生！你不知道！这样拿回去，真是一点办法没有，掌柜非打我一顿不可，而且还要扣除我的薪金。"

我哀求着说，"先生！请你将就点吃吧！这……都是我……"

"将就？"他听了我的话，很是生气了，拍拍桌子说："我们是花钱了！为什么将就呢？谁花钱将就你？花钱将就么？"

"先生！请原谅我，钱不要紧！将就这一顿，我……我给……"

"我不是花不起这几个钱呀！什么钱不要紧？吃你们的东西，不给钱能行么？将就？怎么将就？你能将就我们不能将就！"

"你快拿回去吧！"女的很憎厌的对我说，并且很娇媚的对青年说道："叫他快拿回去！你看他多么肮脏！你看！他那一只黑手……还拿筷子碗，多么……"

女的说到这样，皱着眼眉，挤着鼻子，噘着嘴，把脸转到一边不看我，好像要吐的样子！

青年瞥了我一眼，吼着说："不拿回去么？你不拿回去，我就摔到外面去……"

"是！是！先生！我就……"

"赶快！"

我抖抖擞擞的把菜收到提盒里，悄声悄气的退出去。刚出旅馆的门，那撞我并且还打我一拳的蛮横的回来了，正好和我碰个对头，我放下提盒，一把扭着他的衣襟，你为什么撞了我还打我？我满腔怒气，完全集中在他身上，我死死的抓着他不放，他举手就打，我一闪，没有避免，被他打中，你看！先生！就是这里……这！我的脸，这里不是青肿着吗？就是他打的，我几乎气昏，我拿出全身所有的力气来，趁其不防，狠狠的一拳对着他的鼻子打去。

他急忙后退两步，但是退步也没有用，鼻子立刻出血了！泉涌一般！他两手抱着鼻子，只顾疼痛，无暇反击我，我提起提盒就要逃跑，但旅馆掌柜上来就把我抓住。

"你打坏了人，还想跑？"

"他先打我的呀！他把我推倒，这里面的菜不能吃了！他应该包赔……"

"胡说八道！"掌柜生生扯着我不放，这事与他有什么相干呢？他明明看见我进来的时候被汉子推倒他还开心的笑着哩！然而这时，他不但不帮助我，却和那汉子一鼻孔出气，反去帮助无理的一面，先生！你说他是一个什么动物呢？

我的怒气像火山一般爆发起来，我顾不得许多，一拳把掌柜的鼻子也打破了。

提盒，我也不要了！我也不回去了！我拔腿就跑，一气跑到你先生这里。

我知道先生你是好人！"您"在我们楼上包饭，已经有三个多月，我可以看得出来，先生你是好人，你能帮助我，果然！先生收留我了，我真高兴啊！我在这里，情愿效劳一生，给先生做点零碎事，只求先生你赏我碗饭吃，吃苦我是自信能吃得来的，无论做什么，只要是别人能做的吃力的活计，我就能做！

先生！你问我的事情，我都说出来了！

你看！先生！他把我打得真不轻！这脸，还肿着，很痛……

我前天晚上跑到你这里，先生！你不知道！我不敢立刻就把我闯的祸对先生说，怕先生疑心我做了别的坏事，先生！你看！我这个样子，我能做什么坏事呢？逼上梁山，他们逼得我走投无路，除了把他们的鼻子打破之外一时间没有别的好办法。这是迫不得已的呀！唉！先生！你既然知道我前天的事情，我只得把真情都吐了出来！你千万别告诉我们掌柜，说是我在这里，不然他们会立刻来捉我，把我打个半死不活……

你看！我的脸！肿得很高，痛…痛得很厉害！但…但是不要紧……

我……先生！我不知怎样？将来……现在，脸，很痛！

（《泰东日报》1938 年 7 月 24 日—31 日，署名：慈灯）

访问父亲的梦

其一

父亲是去年六月离开这个世界的，到今年六月，整整是一年了。

我很想念父亲。因为父亲，不是一个除了吃饭睡觉之外，便什么事不闻也不问的人，我所以能够知道我活着应该做点儿什么事，完全是父亲指教我的，他很明确地指示了我一生的方针，甚至嘱咐我将来在临死的那一天抱着怎样的态度。

我感谢父亲，同时也感谢那些忘记了自身的幸福的人，这些人和我父亲一样深刻地影响了我的精神。

我不该忘记这些人，他们都是些可尊敬的伟大的灵魂啊！

有一天，我做着访问父亲的梦了，我意想中的父亲的居处，不是一个荒凉的森林便是乱山堆，可是，父亲并不在这样的地方居住，他住在一个人烟稠密的部落里，他的居室的设备很简单，除了两块木板架成的床铺之外，什么也没有。

"父亲你好啊！"

当我进门的时候，这样对他说。

他坐在床上，早已看见了我，欠一欠身，微笑着看我的脸。

"你怎样？"他问。

"不好啊！父亲！从你离开我们以后，一切都不大顺利。"

"我在这里也是如此……"父亲止住了微笑，感叹地说，

"你决想不到吧？这部落里深灰色的老鼠很多呀！"

"是么？"我很惊奇地瞪着眼看着父亲的手指。"起初，我也想到这

707

层，深灰色的老鼠本是各处决不会缺少的，两千年前，甚至还早一些时候，这些灰色的老鼠便布满阴阳两界了！""浅黄色的大狸猫怎样？两年前已经有了没有？""有时确实有的，不过浅黄色的大狸猫太放松，而且深灰色的老鼠繁殖的效率颇大，不久，便大大的增加了！"

不访问父亲，不听父亲这么说我决不会想到这些事，即使偶然间能想到，也怕想不彻底，父亲的与世长辞，在我，真是一个很大的损失。但是宇宙间的事，多半都是我的能力干涉不了的，我在自然的力量下从生到世间那一天起就甘拜下风了。

这种思想，不消说是与父亲的趣旨冲突的，然而这是好久以前的思想，我自从懂得命运是一套假网之后，立刻就不顾三七二十一的把愚盲之袋的线扯断了！

我静静的听父亲说。

"越增加越多，这本是当然的趋势，无须奇怪，直至我还活在阳间的那一刻，我很清楚的知道，这些深灰色的老鼠真是不得了了！"

但是我还没有十分的受到对付这些东西的训练以前，谁想到，我很快便到阴间来了呢？

来就来吧，我以为这一回，总可以少看见些深灰色的老鼠了，谁料想到，看见的并不少，事实上在这部落里，深灰色的老鼠的数目并不下于阳世，我如果晚离开阳间半年，我就不愁没有方法对付它们了，现在我很苦恼这事，为这些深灰色的老鼠。

"那么……"我等不得的插嘴说，"让我也快快的来吧！我也许能够帮父亲尽点义务行么？"

"用不着！好孩子！你听我说，在阳间寄存的深灰色老鼠，如果不赶紧捕灭，这事就不容易，目前的当务之急，全靠你们的手腕施行，不然，两方面的希望都很小，你要深思这个道理才好！"

父亲对我微笑着，他已经说完了他要说的话，我呢，我还没有十分听懂，很想求父亲再讲一些，可惜梦醒的时间迫近，我只得睁开眼睛，这几天，我很想念父亲……

其二

有一天，我又做着访问父亲的梦了。

"你来迟了一点。"父亲劈头就对我这样说，同时离开板床，立了起来，一只手放在我的左肩，我看着放在我左肩上的父亲的手指，听他说话。

"现在有许多深灰色的老鼠变成了浅灰色的老鼠了！"

"这能么？"

"不但是能，还有的完全变成了白色了。"

"它们未免变得太快了些么？"

"我也这样想，可是的确都变了呢。我们能不承认么？"

"……"

父亲微笑着，把放在我肩头上的一只手拿下去，坐在床上，眼睛看着我的脸，我想在父亲的床上坐一坐，但父亲摇摇手，作一个挡驾的姿势。

"不让我坐呀？"

"你不应该坐我的床上，因为我的床是旧的，陈腐的了，对不住，你立着吧！"

"那我走得乏了呢！父亲！"

"那不要紧！"

但是我不听父亲的话，终于坐在父亲的身旁，得意的摆动着两腿。

父亲看我坐了下来，很不高兴立刻垂下头去，收去了微笑，换上一副悲观的颜色，我莫名其妙，停止了摆动的两腿，瞪起眼睛，想张嘴，但是没有张。

"你坐得很久了啊！"父亲说，"好孩子，离开我的床，站着吧！在老人的陈腐的床上坐得太久是没有好处的，那是年轻人的羞耻，莫非你忘记我从前告诉你的话么？"

我立刻想起来了。

那是父亲还没有离开阳世的头一天，一个春天的下午的事，我随着父亲在路上走路，我们走的什么路，或走路的目标，此刻都已记不清楚，我只记得是在走路，这是千真万确的。

当时有温香的花的风，吹到我的鼻孔里，我有点飘飘然，后来醉醺醺的坐在青草地上玩弄着一棵小草，嘴里还唱着无聊的歌。

父亲看见这，大不高兴，甚至要打我两巴掌。

现在我想起父亲的教义，不觉羞耻起来，赶紧立起，抱歉的低下脑袋。

父亲微笑了，他说了这些话："现在，深灰色的老鼠还没有个个都变成浅灰色或白色，你是不能贪着坐下的，你留心这些情形吧，浅灰色的和白色的恐怕比深灰色的还可恶呢。你怎样想？会想么？"

"这个……我不会想，但是，让我想一想看吧！"

其三

如今，父亲所说的那些变成浅灰色或白色的老鼠，并不是真正的变，原来都是些假的，为了这事，父亲愁眉不展，东跑西奔，和他的老朋友们去商量。

头些日子，我还做了一场访问父亲的梦，在那梦中的谈话，此刻我完全忘记，——但我只记得一句，父亲再三地嘱咐我："决不要坐在老人的床上！"这句虽然是在梦中接受的话，可是我永远不能忘记。

所谓深灰色的老鼠变成了浅灰色或白色的事，只是梦中的故事罢了！并不是真的，或留心四方，总没有发现老鼠们有什么作为，所以不放在心上，认为这都是些梦。

从父亲去世后，一年以来我时常做着访问父亲的梦。

最使我惊骇的是，在我没有做梦的画面，竟真的看见变成浅灰色和白色的老鼠了，这真有趣。

闭上眼，我想念着父亲，睁开眼，泪水涌出来了，但是很高兴。

（《泰东日报》1938年8月17日—19日，署名：慈灯）

烦闷的夜和胡思乱想

这时候，也不知道是几点钟——因为我的破表坏了，头两天拿到钟表店去修理，他们张口就要两块钱，老天爷！多么骇人的数目呀！我一个月的薪水刨去伙食费还剩不到两块钱，这只手表是姐夫给我的。

我想，大概总在过半夜一两点钟的光景了。

下了一天令人不快的雨，到这时还不住，滴滴沥沥的雨声好像一个被遗弃的女子哭泣一般，哭得肝肠寸断，芳心儿都碎了！然而没有人安慰她，其实安慰她也怕没有用，不但不能使她的思想转到极致，也许更使陷于悲观，甚至生起不愿活的念头了！这样痴情的家伙，世界上多得很，她们的心眼儿和脾气大概都固执得很，容易受骗，并且在受骗之后不回心转意，一股劲的钻进苦恼的窟窿里去，任你是怎样的大力士也不能把她拖出来！

唉！我已经躺下，有三四个钟头了，翻来覆去，总睡不着，我用尽所知道的各种治疗失眠的方法，都不发生效力，我甚至一二三四五的数了数百、数千个数目，但是没有用！

如果有安眠药水，我一定服下，不管它有害于身体没有，只要能叫我入睡，什么毒法子我都肯用的。

据专家说，有失眠症的人，顶好预备两张床，更换着床睡，这法子也许有效？可惜我买不起两张床，只这一铺木板架成的金丝床还是很不容易得到手的呢。专家的言论是对哪一种人发的？我想：他决不是对我这种人说的！这种聪明的学者，对我没有用，他决不会造福于我的，相反的：他只能叫我难受，我不需要他。

记得幼年时代在乡间小学校读书，有一天一位新从师范卒业的女士给我们讲常识，她洋洋得意的说：

"我希望大家以后不要吃大葱大蒜，因为吃大葱大蒜，嘴里有臭味儿，外国人最厌恶，这是不文明的……"

多聪颖的思想呀！她真文明极了！头发剪得短短的。

让魔鬼抓去吧！这些文明的高论！

我们住在乡间的小民，除了大葱大蒜之外，还有什么菜可吃呢？你说吃什么文明？请你拿给我们吃吧！你时常吃的那东西，也不见得文明哩！你以为我们年龄小不知道哇？哼！我们什么都明白！

回想起幼年的事，我更睡不着觉了！

我幼年的生活不太好，父亲时常赚不上吃的，一家人只得饿着肚子。在我们几个饿着肚子的同时，世界上不知有多少人也在那呼饥叫寒。甚至连大葱大蒜都没有呢。我们饿着肚子算文明么？外国人厌恶饿肚子不？请你到外国去看一看，所谓外国有没有饿肚子的？本国外国都是人类，不必要什么区别吧！

数年前，她的说话，她现在如果想起来一定觉得羞耻，她现在或许早嫁人了，她不是进步便是退步了。

我怎么还能睡得着觉呢？一定是窗外的雨影响，还有那一阵阵吹着窗纸啪啪地响的风雨姑娘啊！请你止住眼泪，不要哭了！他既然放弃你了，你还恋他什么呢？恋恋他的憎恶么？天下的男子不只一个，合得来，就并着肩走，合不来，尽可分道扬镳，看看开吧，胸襟太狭小是不行的，你有理解生物进化哲学的必要，你还缺少训练。

是的，缺少训练。我爬起穿上衣服，在桌子摸到火柴，点亮了玻璃罩灯，把油绳旋高，屋子里立刻透明，我不想睡了，这样美丽的夜，睡觉觉得太可惜了，不如做点什么，顶好写字。现在我的思想正如泛滥，到处横溢，我应该把这些胡思乱想加以整理，我思展着，找寻一个线索。

忽然，我想起来了。

一位朋友曾告诉我一段有趣的故事，我还没有把它记在本子上。打开墨水瓶拿起钢笔。

他的故事是这样的：

有五千七百多人的一个部队开始退却，哈哈，那光景，不用到眼前去看，只想一想，就知道是怎么样的热闹了。我兴奋的想着，眼睛看着淡黄色的墙。

这故事不太好，我不愿意写，我脱下衣服，闭了电灯，决定睡了。雨照旧的下，她还没有哭够，但是我瞪着眼睛瞅着黑暗，不能睡。失眠的味道是焦急、痛苦的，我觉得身体像放在油锅里，被蒸煮着一样，又好像有许多魔鬼，堆起一堆木架，燃着了火，把我的手脚捆牢，放在火柴焚烧！

这讨厌的雨，讨厌的风，苦闷的夜。

我这些该死的胡思乱想，快停止了罢！

停止了，我的心隐静了，像风平浪静的池面。

我快要睡了，多么的香甜的睡乡啊！懒得接近的我的梦神，请来把我拖去吧！

但是，我平静觉得心的池面，不知怎么样，又波动起，好像还有人在我头上说话：

"我希望大家以后不要吃大葱大蒜……"

"因为大葱大蒜……"

"嘴里还有臭味……"

"外国人最讨厌……"

"这里不文明的……"

梦神来了，他拖我走了，不知走到什么样的世界里去，我希望去快乐的花园，那里的人都不吃大葱大蒜。

我确定睡着了！

（《泰东日报》1938 年 8 月 20 日、21 日，署名：慈灯）

给溪岩伉俪

两个弟弟：

我把在大连几天的生活写出来吧，好在我此刻清闲，并且费不了许多时间，而在你俩，会感到兴趣的。

我蛰居的地方，你俩知道，是个寂寞的灰色县城，没有高尚的山、美丽的河、理想的树、幸福的花等等，天空的云是死的，动也不动，我的心，快冰洁了。

深夜坐在窗前，外面的黑暗，想着：快闷死了！怎么办呢？走！

很快的，第二天一早就上了火车。

呜——火车吼了一声，库、库、库、库……开了！

一顶破礼帽，一件破长衫，一双破皮鞋，这是我旅行的服装。此外，有本书（高尔基的《我的大学》），这本书我读了又读，越读越觉得好。

经过奉天，我去看一个朋友，他和我一样，是个时常投稿的人。不过，他比我们的学问高多了，我们再研究十年，恐怕也赶不上他。他的笔名据我所知道的有二十七个，他是个音乐教师，一副和蔼的面孔一见我就把牙齿露出来了：

"呀！"他快乐得把眼珠瞪了起来，我们紧紧的握着手。离别的时候互相抚抱着，滋味是酸的……

晚上我坐在大连市外的姐姐家里，她忙得像只鱼一样，东一头西一头，给我做饼吃。弟弟搂着我的腰不放，我吻着他的鼻子和眼睛，咬他的脸颊。姐姐看着我在油灯下吃饭，她快乐得不知怎样好，哭一阵，笑一阵，哭哭笑笑的好像发了狂。

第二天，我坐在父亲的墓旁，父亲的坟埋在一个荒凉的山坡上，凉爽的风把我的衣襟吹起，我回想往事，默然。

我身后有棵憔悴的槐树，冬天还没有到，它的叶就已落尽。我看见满天飞跑着的强壮的云欢喜了，但后来还是寂寞，因为这里也没有高尚的山、自由的花等等，天空的云虽然在飞跑，然而无聊。

旧日的朋友们一个也没有了！也不知都飞到哪里去了。

弟弟给我一张运动会的入场券。

"这里是招待来宾的地方"。我刚入运动场的正门，一个穿着黑衣戴黑眼镜的女郎这样对我说，意思是不准我走正门。我回头一看，可不是么，别人都从两边走，都不走正门。我羞愧的低了头，绕着向西边走去。

"绿券在这里走不行，那边。"我刚进门，守门的人阻止我。

爱！我怎么老碰壁。

噢！原来我拿的入场券是绿色，必须走绿色的门。

于是，我老先生就寻找绿色的门。

绿色的门什么地方也没有，发现了一个拥挤的门，我随着蚂蚁似的人群挤进去。

我坐了两分钟，黑！太阳晒脑袋，我把帽子忘戴了！哎！

我坐的地方没有棚，我怕有棚的地方要钱，所以总未敢移动位置，坐了五分钟，不成！晒得难受，有两个人从我身后走，把衣襟踏了许多土，我赶紧立起，这么踏来踏去如果把我的衣服踏破没有穿的了！走吧！我到乡下去看妹妹，她去年冬天出的阁，胖了！真奇怪，女子一嫁人就胖，不知怎么回事。我写了封信给一个未见面的朋友，总未见回信。有一位在报馆做事的朋友，他待我极优隆，请我下馆子、请我看电影，还领我到他们的印刷所里参观。他的一个同事打听我，从前，曾和我一道去南方流浪的同伴现在什么地方。啊！我说不上喽！因为六七年前一分手，以后便分道扬镳，各奔前程了！

在星浦海边坐了半天，想起从前流浪到南方的事情。我的眼睛钉住了，钉在无垠的大海的远方。

浪花向我爬着，喷着白沫，好像要把我拖到水里见龙王爷。像个幽灵一般，我顺着海边寞寞的走去，不知走了什么时候心头沉闷得很，好像有块大石头压在我头上，有个无形的网把我套住，喘不出气来。

这一天，我遇着闲步走到露天市场。

我注意各种人，留心他们的姿态、动作、说话的声调，后来刮起大风，刮了我一脸泥土。我走进一个胡同，有人从后面扯了我一把。

回头一看，呦！原来是做灵肉生涯的同胞，她那丑像的脸做这种生意很不合适，我如果好好洗洗脸，擦点粉，抹点胭脂，一定比她强。

我立定了看她。

"请进来坐坐！"她笑着说，这一笑更难看。

我心里难受得厉害，有一柄利剑刺穿了我的胸膛。

晚上，我写了六千来字，第二天早晨上厕所，没有手纸，这六千来字当手纸用了。

这地方苹果很贱，姐姐买了很多苹果给我吃。

在火车站上，有个警察问我从哪里来，我把"身份证明书"拿给他看，他很客气的给我敬礼，并且说："对不起，辛苦了！"

一转眼，我回来了，回到这寂寞的灰色的县城。

其实，我跑了一趟，得到了什么呢？什么也没有。

这几天，更寂寞！寂寞得要死。夜里，我捏着钢笔，坐在墙壁下，沉思默想，为我的苦闷的灵魂开辟道路。我还抱着更大的野心，想为全人类开辟一条思想的路。

预定到今终止，须写出四集，现在才对付出一集，那三集恐怕产不出来了。那么，我真得憋死了！

但是不要紧，这几天我拼了最大的力，写成几篇，饭可以不吃，觉可以不睡，字是不能不写的。

你俩在一起，一定有趣。我希望与一个努力的人都走进成功的门，坐在胜利的凳上。

再谈。

（《泰东日报》1938 年 10 月 13 日，署名：慈灯）

黄　昏

　　邻家后园墙头露出的柳梢在晚风里摇动着，一双黑猫蹲在墙头上，一动不动，好像已经睡熟，这时，天色快黑了。

　　老木匠在他狭窄的屋子里，开着门，把一块长方形画黑线的木料用斧头砍着，斧头顺着黑线旁边很齐整的砍下去，木屑崩碎落在地上，堆集在一处，屋子里充满了木柴气味，老木匠肩上有些锯渣，像雪花一样，上体是赤裸着，筋肉强韧的突出。他高举起斧头，很精巧的舞动着，砍了一阵，他停了手，望望外面渐渐黑下来的天色。他知道休息的时间到了，晚饭还没有做，他必须自己料理，但是他没有勇气做什么了。他想起儿子来，想起现在孤独的生活，憔悴的面上徒增了好多皱纹，他疲乏的坐在凳上，眼望着渐黑的天空，伤心的叹着气。

　　他的儿子从离开他，已经三个月了，他只有这个儿子。他的儿子和他一样强健有力而灵敏，不过也太直率大胆，不适于和他在一起做工，所以便离开他，到远处谋生去了。

　　他恍恍惚惚看见他的儿子从街上走进来，很踉跄的奔到他面前，坐在门槛上，正对着他，眼眶里包着泪水。

　　"爹爹呀！我受了苦，我在外面没有一定住宿的地方，没有一定吃饭的地方，顿顿吃不饱，我时常挨饿，我在路上过夜，往往的受了凉。患过几次很重的病，头昏，身上发烧，没有一个人理我，没有一个人同情我，肯帮助我，我想喝口水都办不到，我很想念你呀！爹爹！可惜我不能回来了，现在的我是一个幽灵，我的身体早已离开了人间，爹爹！今生我不能和你见面了！"

　　老木匠一愣，非常惊骇，他瞪起眼睛去看，只看他的儿子非常消瘦，苍白的脸色，披散着头发，头发上还粘着污泥和血，衣服完全擦破，手里拄着一个木杖，坐在那里哭泣。

他想赶紧过去拖过儿子，然而他的身体像钉住，动弹不得，他只是焦急和张嘴，却吐不说半个字。

"爹爹呀！我从离开你就受了苦啦！你看我头发上还有血，这是那一天我饿得太急，偷了一个烧饼，还没有吃，就被人家发现了，把我的头打破了！他们三个人打我，我苦苦的哀求，但是他们一概不理，几乎打坏了我，我好歹逃跑了，我跑到市上，想找点工作，找不着，我肚子饿坏了，没有办法，我伸手讨要，可是没有人施舍，唉，爹爹，我怎么能活下去呢？"

儿子伤心伤意的哭，放下拐杖，扯起破碎的衣襟遮着脸。

老木匠看到这幅凄惨的光景心中一酸，放声大哭起来，他想抱过儿子来，可是很奇怪，他不能动。

"爹爹呀！我忍着饥饿走到各处，各处都是无情的面孔，人人都生着一颗自私自利、寡廉鲜耻的心，他们对于人类的文化少有帮助，所做的只是些破坏的行为，他们连一生在做些什么都不明白，他们不知道人类应有的同情和互相帮助的义务，他们的个性卑陋已极，连个正确的观念也没有，他们没有人生观和宇宙观，他们的意识都是错误的背谬的，我想一个个教训他们，矫正他们，但是我饥饿得一点力气都没有，在人群中我没有站立的位置，他们驱逐我，不准我说话，他们不愿接受有意义的话，他们欢迎的是撒谎的要诀，欺骗的方法。有一部分人虽然喜欢真理，但是他们胆小如鼠，这些东西也是没有希望的。我饿了，我有许多话没有对人们说，便离开了人间，我还没有取得'客观上胜利的代价'。我想，这个地球到如今，不过是刚开始旋转，然而我却早早的离开了这地球，爹爹呀！不要伤心，为使人类的生活向上，为人类谋幸福而牺牲的人一天比一天多了，这是好的。"儿子擦擦眼泪，默默的立了起来。

"爹爹呀！以后，我们虽然没有见面的机会，你无须思念我，从现在，我就到快乐的世界去了，在这个世界里是没有忧愁的，住几年，你也来吧！爸爸！再见了！保重！"

老木匠止住了哭，他看着儿子立了起来，拿起拐杖，蹀躞着走了，很焦急的想把儿子拖住，他一跳，忽然醒了，天色已经黑了，老木匠摸索着找到火柴，点起可怜的小油灯，灯光照着整个小屋子，显得分外的孤独凄凉，老木匠爬上炕去，也不想弄什么东西吃，吹了灯和衣睡下了！

外面，在墙头上蹲着的一只猫，这时好像刚睡醒，咪噢咪噢叫了两声，很快的跑了。

（《泰东日报》1938 年 10 月 28 日、29 日，署名：慈灯）

黄花鱼

——十年前的故事

一队步兵——约有四十名——在一条狼牙石块的小路上很杂乱的行进着，因为走了一天路，晌午没有吃饭，所以都加倍的疲乏了。

这时候，已是黄昏，毒热的太阳早藏到山后面去，但热气还没有全减，路上的石块好像在火里烧了一番的铁一样，穿着鞋走，还觉得脚底下热，他们拖着两条硬邦邦的腿，肩上的枪像扁担似的没有规矩的扛着。胸前的纽扣完全打开，露着变黑了的白衬衫，有的摘下帽子，有的歪戴着，都垂着脑袋，或者歪着脖子，把下巴倾向斜方。这一队的队长是个青年军官，他的脸色像西瓜皮一样，把一柄生锈的指挥刀当拐杖，走一步，向地上捣一下，再拖一下刀鞘打在石块上，噼噼啪啪的响，有时，简直没有力气提起那柄破刀，一直的拖着走，这柄指挥刀他给起名叫"要饭棍"。

走到一座小山的斜坡的下面，道路非常的坏，他们很留心的看着脚底下，生怕被石块绊倒，排长的刀拖得加倍的响，一个走在队伍最后的老总埋怨着，说些怨天尤人的话，他在嗓子内咒诅这倒霉的命运。

忽然，排长的刀不响了，他在队伍前面停下来，摇摇手。

"立下！在这里坐下休息十分钟！"

他们都默默的坐下去，有的竟躺下去，闭上眼皮，像从水里跳到陆地上的鱼，快断气了。

"再走六里路，有一个村庄，我们就在那里吃饭……"那排长说，"真倒霉，如果我们上午不走错了路，多走了十里，此刻早已到了。李排长！"

"有！"一个坐在最远的老总，这样答应了一声。

"这怨你呀！"排长接着说，"我嘱咐再三，叫你好好打听着走，你偏弄错了！真该死，我们快饿死了，都怨你一个人！你承认不？"

"是的！但是，我确定是打听得很明白，那庄稼佬明明告诉我，往西边的那条路上走，谁知，他是胡说八道，奶奶个孙子，不走运！"

"如果我们再那么走下去，可真太倒运了，我走着走着，总觉得那方向不对，喂！你们别睡熟了呀！"

真的，有几个老总，呼呼的打起鼾来了！

"哎！起来，走了！"

这一次开始走，光景就不大妙，队伍显然更杂乱了，甚至你碰撞我，我碰撞你，有一个老总像喝醉了酒似的，撞到前面的人背上，多亏旁边一个弟兄把他拉住，不然，一定会跌倒了。

"加小心！留神脚下的石头！"排长呼喊着。

一块高约四尺，方方整整的大石，挡在路前的正中，他们从旁边绕着走过来，接着显出一条小河，水流动着，发出清脆的声音，那水是乱山间流下来的。

他们很欢喜，没有排长的命令，都随便的蹲下去，用手捧着喝，互相拥挤着，后面的人拥到前面去，把头调回来，在人当中挤着蹲下身了，抢不到位置的人，不满的咒骂，把枪在石上捣着响。排长寻的位置很不错，他能够屈着上体，像鸭子似的探着脖颈把嘴贴到水面上喝一个痛快。

夜，像一面无垠之大的黑色的网，在他们头上罩下来了，他们在这网下面，除了身前身后的旅伴的黑影之外，便什么也看不见，那近在咫尺的山，还能看得出来，但是那巍峨的庞大的深黑的山影，显得出奇的高，特别的怕人，似乎要崩溃，坍塌下来，会把他们压成一个薄薄的肉饼。

他们喝饱了水，接续走路，排长在先头领导。

然而，走到这样，排长的勇气完全被黑暗吞没了，他连提起军刀的气力都没有，两条腿更缺乏韧性，虽然受过相当的训练，无奈饿着肚子，有精神有元气也不济事。

他们又不得不走，道路是不是走的正确，连排长也没有确信，没有人好打听，手里又没有地图，他们只是沿着这条小路希望达到目的。

照时间计算，他们应该遇见村落了，但是，没有什么村落，他们终于连迈步的勇气也没有，大家都愿意这样挨着饿在路上躺着睡，等天明再说。

排长没有法，派一个人当警戒兵，命令全体抱着枪睡。

警戒兵轮流到第三个……这是个格外多睡的矮子……他站了几分钟的岗，觉得上眼皮总是找下眼皮，身体不住的打晃，他恐怕跌倒，赶紧坐下去休养，他眼睛一闭，睡神马上来把他的魂灵拖到昏迷的世界去了。就是这样，连一个警戒的人也没有，他们像一群猪似的呼呼的昏睡，直睡到大天全亮，他们睁开眼睛一看，好好的吃了一大惊！四围环立着二百多敌军，个个瞅着他们发笑，他们的枪和子弹全丢了！

排长带着他的队伍，走到来时的路上，他们吃饱了，队伍不像先前那样的杂乱，他们有一夜的好睡，身体的疲乏已经恢复，但是排长的军刀还是照旧像拐杖似的在地上捣着，拖着，噼啪的响，他们走到那条小河，都蹲下去喝了水，喝得十足之后，默默的接续旅途。

太阳已经走到半空，放射着毒热的光芒，这一队步兵，不间断的举着两腿，一步一步向前量，他们的步伐，照原则，从后足跟是七十五生地，而一分钟走一百一十四步，这是基准，但是他们现在的步度和原则是不一致的，他们的休息时间也没有一定，这正如他们的信仰，不必合乎哲学上的什么派别，也无须讲什么逻辑。

这一天晚上，他们走到目的地了，他们迟到了一天，但是，这没有关系，因为排长是有满肚子比那些会写一长串字眼的哲学家还聪明的理由和证据的，他的理由是，命令接到的太晚。

他们很安全的服着守卫的任务，虽然一个星期之后，他们被开到前线去开了两次火，弟兄死伤一多半……排长的大腿中了一枪……又住了三天，未死伤的三分之一的弟兄也寿终正寝了，然而，这种平凡的事情，算什么稀奇呢？

排长的伤养好是在三个月以后，他改变了生活方式了，他挑一担黄花鱼在城里的街上窜着叫卖，黄花鱼的季节过去，他就贩卖白菜、大萝卜、大葱、大蒜、和土豆什么的。

有一天，排长挑了一担黄花鱼在 C 城一条清静的胡同里叫卖，他上身穿着一件补着许多破绽的夹袄，一双鞋破了后跟，脚背上系一条线绳。

他的脸色还和从前大致不差，只是消瘦了许多，他张着下巴喊：

"新鲜的……黄花鱼哩！"

他叫了四五声，从一个小门楼里走出一个二十三四岁的妇人，走近他问道"怎样卖的？多少钱？"

"六分钱，太太！"

"六分钱？嘿！真贵！"

"多少钱不贵？"

排长说话的声调和从前对部下下达命令时差不多，虽然他会为了这努力更改，但是往往全忘记了，不免叫顾客不满，刚才，他又把那种命令调拿出来了，那位太太不痛快的瞪着他，似乎想着骂，严声厉气的反驳他……

"做买卖人那样说话么？"

"你说怎样说好？教给我吧！太太！"

排长放下担子，他嘻笑中含着怒气，他的对于环境的不可制止的愤懑的气焰将爆发了，他的眼睛冒着冷光，凶残的对着妇人射去，好像在战场上对敌人的态度一样！

这位太太很吃惊的倒退了几步，咒诅起来。

"这该死的卖鱼的！一辈子不会把生意做好……"

"说什么？你！"

"你想做什么？"

"倒霉！"

太太怒气冲天的走进去，把她的丈夫叫了出来。

她的丈夫刚一迈门槛，大惊失色，叫道：

"呀！不是老程么？"

"喂！老程！是你么？你看！我把嫂子得罪了！这……这真……对不住！……"

黄花鱼挑进院子里，两个朋友凄切谈着话，排长很颓丧的说到自己的境况，他的同学一面摇头一面叹气。

发怒的太太这时很抱歉的在做饭，排长从筐里，选了几条肥大的黄花鱼，太太客气了半天才肯收下做菜。

"你那次和我别后，没有一个月我们就开了战，最先虽然是我们占了便宜，然而两个月以后，胜利又归了你们那面，我是请假回故乡来住几天的，做梦也想不到这样巧，又碰见了你，而你现在，竟大大的变了！"

排长说："回想过去，好像做梦样，如今，我除了卖黄花鱼之外简直没有出路，也许人生并不像一场梦，似乎是一套把戏，你说可悲吧，但是又有点可笑！你几时离开 C 城呢？"

"我想住个十天八天，多延迟几天没有关系，我想，你还是放弃这种职业和我一块去吧，大概总会设到方法。"

"不！我还是干这个好，那碗饭我不想吃了。"他们谈着，谈着，谈到多半天，排长要走了，他又在筐里拣了几条肥大些的鱼，赠送他的朋友，挑起担子，和他的朋友握手告别。他在城里，在各条胡同，大街小巷的瞎窜，叫喊着，到晚上他住在小客栈里，本来，他是个无家无业的孤独人，小客栈便是他的归宿，白天，他到码头上，拿着他的资本，和那些赤胸露腿的渔人办交涉采买他的货物，办妥就挑到城里去卖。这样的生活，他接续了一年多，后来他投效到一个师司令部里当一个少校参谋，因为这师长是他从前的教官，所以不能不收留他。

十七年秋天，战事爆发，他随军出征，在前线战死了。

他是孤独的，死后，连一个为他掉一滴眼泪的人都没有，他的包裹里有一册手记，有一页的几行这样写着：

我说人生并不像一场梦，简直是一套把戏，能看开这个，决不会忧愁。

又有一页写着：

现在，不知黄花鱼卖多钱一斤了？

（《泰东日报》1938 年 10 月 13 日—11 月 5 日，署名：慈灯）

弟　兄

　　K君坐在床边，把他的枪牌手枪分解开。跟前放有几片破碎的白布头，这是擦枪用的，还有一个火柴匣一般大的鸭蛋形的铁盒，里面是浅黄色的像香油似的油类，这也是擦枪用的，他手里拿着一个细长的铁条，前端有一个小孔，他把碎木片撕成几块长方形，用手指捻着，穿进铁条的孔里，在油盒里沾了一下，然后伸进枪腔来回拖着摩擦。

　　他拭擦得很是细心，不时的检查着自己拭擦的成绩，他把枪腔举到半空，闭着一双眼，对着明亮的窗户，检查枪腔是不是拭擦干净，他生怕枪腔里留存一小点脏东西，因为这是很容易使枪腔发生腐蚀的。

　　两联新鲜的子弹散乱的放在床上，床头堆一件衬衫，好像撕碎了，这件衬衫上有模糊的血迹，这时是下午五点钟，K君忙着擦枪，顾不到疲乏，他忘记额角流出的汗水，也忘记了刚才在林中发生的恐慌，但是，他的眼睛时时向外面望着，似乎怕外面有贼，或者怕有什么可怕的野兽跳进屋子来，他的心还有些不自然的跳动，有几次他竟放下正在拭擦着的手枪，忽然跳起来，从床下拿出短剑，握在手里，好像要开始和谁争斗。

　　现在，他已经把枪擦好了，各部零件都凑在一起，一个完整的手枪出现，他又把子弹加以整理，一个一个装进去，收拾床上的零碎，他把那件破碎的衬衫拿起看了又看，奇怪的歪着头。

　　这是刚才，过去还没有半点钟的事情，他在附近的树林里散着步，忽然，他看见从树林的一端，跑进一个人来，这个人跟跟跄跄的奔跑着，跑到一棵枝叶茂密的大树后面站着，那姿势是在掩蔽自己，极力的缩小身体，探头向西面望，住了片刻，从西面飞跑进一个人，他跑得出奇的快，三步两步跳进林中，各处搜查着，他看见K君之后，马上闯上去，但是他又退回去，他看见身后那藏在树背后的人影了。

他一见那人，立刻动起骂来：

"畜生！你跑到这里藏着？好，我要了你的狗命！"

藏着的人站起来，哀求着：

"哥哥！你饶了我吧！我……我再永远也不敢了！饶了我……"

K君非常奇怪，他不明白这是怎么回事，他想上前去问一问，但是他的腿不能动，只是远远的立在草地上，惊愕的、好奇的看着。

"畜生！我怎么能饶你？你干出这种缺德的勾当，你算是个什么东西？无廉耻，你简直是块石头！你是个傀儡！我不要你这该杀的弟弟，你是个禽兽！你决不是人类中的一员，是一个人，不会做那种事，去帮助他的敌人，畜生！你现在就是觉悟，我也不能饶你，因为真理不容，明白么？畜生！滚过来！来！不过来么？畜生！"

"啊！哥哥！你别那样动怒，请听我说，我是迫不得已，你不知道我的苦衷，让我说……！"

"用不着说！我懂得你那下贱卑陋的性格，你那不知羞耻的灵魂，从你苟且的偷生到世间以来，就是污蔑的，低贱的，你未经正义熏染的脑袋，永远没有正确的希望的一天，我并不想管你，但是你变成了我们的障碍，你是我的敌人，我能饶你么？畜生！你滚过来，不滚么？"

这个人骂着，并且指手画脚，他前进了两步，一把揪住那人的衣襟，上去一个耳光，那人躲避不及，挨了一下，想还手，但是跌倒了，两个人打做一圈，K君跑过去，想规劝。

"你是干什么的？用不着你管！"

上面的人这样下警告："你们为什么要这样的争斗呢？"

"用不着你管！"

两个人拼命的厮打，下面的人嘴角流着血，因为被骑着反不过身，所以很难施展手腕，上面的人一下比一下打得凶猛，咬着牙，眼睛冒着红光，他的拳头像雨一样，下面的人连能够防击的气力也没有了。

尖锐的一声大叫，下面的人猛然乘势跳起，他用着全力，把上面的人推翻，他顺手抓起一块石头，但是一举起，K君跳过去把他抱住，夺下石头扔在一边，把两个人分开，立在中央同时掏出手枪举到胸前，他注视这两个人。

被称为哥哥的，是一个宽肩膀大眼睛，体格魁伟的青年，因为用力太多，面孔很有些与他相似处，年纪好像小他两岁，他的鼻孔和嘴被打破，鲜血流满了衬衫，那件灰白色的衬衫被撕成粉碎了，一片一片的挂在身上，露着筋肉，样子很可怜，K君看了半天，他们都不说话，他的手枪还在举着。

"你们究竟为些什么呢？"

我说："用不着你管，请你躲开！"

被称哥哥的，从K君身旁绕过去，一跳，抓住他的敌人，两个人又打起来，你一拳，我一腿，干得很猛烈。

K君对着半空，把"引火勾"一扳，砰一声响，把树身都震动了，这一下很有效力，那两个人停止了厮打，惊慌失措的看着他。

"走！"被称为哥哥命令着伸手指着西面。

"但……你肯饶了我么？请你再打我几下，饶了我吧！"

"快走！"

"是的……我走就是……"

哀求的人在前走着，他一面走一面把破碎的衬衫脱下来，看了一看，抛弃了！

K君看着他们渐渐走远的背影心里十分纳闷，他不能猜透这两个人是为了什么，他远远的尾随在后面一直跟到树林的边沿，那两个人走到一个墓地，停住脚步，在说些什么，呆呆的立了好久，忽地，两个人，互相前进了几步，都伸着两手，抱在一起，紧紧的搂着，这样抱了大半天才松手，两个人互相搀着，慢慢的走去了。

K君闷闷的踱回林中，他拾起那件沾满了血迹的破碎的衬衫，走回他的居所。

他的住处距树林有二里路光景，是在一个山坡下面，房屋的东端！

K君看了半天，从这件衬衫上也研究不出个所以然来，他把衬衫围了一圈，扔到窗外的石台上。

过了六七天，K君在瓷器工厂的办公处做完了事下班回宿舍。在半路上，碰见那两个相打的人之一，正好和他走在一条路上，他好奇的走上前去，问他：

"请原谅我的多问，你们那天为什么事呢？"

"意见不合！"

"那么就争打么？"

"是的！这一打，就打和了！"

"他是你的什么人？"

"弟弟！"

"你们是关于怎样的意见？"

"对不住！这不能说！"

他们在一个岔路口分了手，K君把这段故事的经过写下来寄给他的一个聪明的朋友。

他的朋友回信告诉他，说：

"这种事算什么奇怪呢？一个行动的范围非常狭小的人是对于任何一点小事都要觉得奇怪的，无疑的，这位哥哥，是为了救他的弟弟走上的人道主义者的科学的路上，不得不举起拳头大打一场，这一场打，是很有益的教训，但是你那一枪，真是多余！……"

K君看到这封信简直更糊涂了！

过了几天他把手枪掏出来，反复的看着，他把子弹倒出来，数着，少了一个，他很可惜的叹着气，懒懒的把子弹装进去放在床下面去了。

（《泰东日报》1938 年 11 月 6 日、8 日，署名：慈灯）

苍　蝇

　　"我这房子，并不是租不出去的，你们搬进来住了半年，只打了三个月的房租，这种事情你就无论走到哪里也讲不通！"

　　"他大叔！你的恩不小呀！本来，我们已经觉得不对了！他爸爸急得什么似的，肯不吃不穿，总想赶紧把房租打上。可是，他这两个月，东一头，西一头，什么地方都跑到了，一点活计找不到，没有法，求亲告友，结果也是不行，人穷了哪有什么亲戚，唉！一点法子想不出来……"

　　"那么，我的房子算白叫人住？天下有这种事么？你无论去到哪一国，也没有白住房子的事情，住了半年，只打了三个月房租，这能说出理么？"

　　"是呀！他大叔！这是不对的呀！人都有颗良心，得到人家的恩惠，哪能不领情啊！他大叔，你已经做了善事，请你做到底吧！再让几天，他爸爸这几天没有回家，大概是找到工作了，只要赚到钱，马上就给大叔送去……真是，太艰难了！这日子，还有什么过劲……"

　　"如果他找不到工作，赚不到钱，便没有房租，是不是？艰不艰难，我不管这些！我这一百多房户，要是个个都像你们这么办，我真是太倒霉了吧？现在找房住的人有的是，你们既然打不上房租，还是让别人来住的好，这三个月的房租，我情愿不要，你们赶紧搬走，好在别处也有的房子，实在我从来没有见过这样房户，真……"

　　"他大叔，叫我们搬走，你心里一定不忍，你是善心人，总是可怜穷人的，再宽让两天看看，他爸爸赚到钱，马上就给送过去，决不会错，你请放心，这几天，家里连一点米也没有了！两个孩子都病了！我……他大叔！你可怜可怜……"

　　"好！这么办吧！让你两天工夫，赶紧搬走，房租呢，我情愿不要！"

　　"我说……他大叔……你再……"

房东已经走了出来，她的话还没有说完，就住了口，把正在病着的又黄又瘦的三岁的儿子放在炕上，三步两步的走出去，但是房东已经走远，她只能看着那房东的肥胖的背影，失望的喘着气，她呆呆的立在门口思索着这生活的苦味，忧愁着丈夫的数日不归，两个孩子的病，家里的米，她眼眶里的泪水和额角的汗水混合着流到腮边，她的嘴角动了一动，举起左手，用袖子擦着眼睛……

　　三岁的小儿子这时哭了起来，小嗓子嘎哑，不住的咳嗽，喊着妈妈，同时，睡在炕西头的六岁大儿子也叫了起来。

　　"妈妈！我渴！渴。"

　　妈重抱起小儿子，并且给大儿子拂去脸上盘踞着的苍蝇，在靠北墙的土缸里瓢了一碗凉水，大儿子困难的爬起来，痛苦的张开嘴巴，贪食似的把一碗水狼吞虎咽的喝净了，还喊着："还要！妈妈！再给我一碗吧！"

　　"这凉水，喝多了不好呀！"

　　"不，不，我渴！这……嗓子痛，身上发烧，妈妈，我的头像碎了似的……"

　　"唉！好孩子，别着急，过两天就会好的，妈妈再给你瓢水，等着……"

　　这正是七月的三伏天，太阳毒热的挂在半空，小屋子里，火烧一般热得难熬，因为受了太阳的恩惠，苍蝇们欢欣的在各处飞舞，因为住在屋子里的人，不知道消灭这些万恶的苍蝇的根本的方法，所以苍蝇是分外的大胆，病着的孩子们的面上，因为没有力量举手驱逐它们，竟敢飞到眼睛上、鼻子上、嘴上，各处去践踏、吸吮，青天白日之下，土墙上会有许多臭虫，在大蠢动，屋子缺少窗户，新空气不容易进来，住在这里像鸟笼子一般大小的洞里，别说发育不完全的孩子，就是大人，也容易生病的，虽然是二十七八岁的人，然而是一个无智的软弱的女子，肥胖的房东那一番冷酷的声色，她除了忍气吞声，哀求之外，还有什么法子呢？两个孩子都病了，而且米也吃光，丈夫外出寻找工做，还没有回来，加上房东来狠狠的逼迫，这些无情的生存的刀剑向她刺来的时候，有力量抵拒么？

　　抱在她怀里的小儿子，眼皮垂着那样子，很叫人忧愁，恐怕活不过这一晚。

她在小屋子里走着，思索着，忘记了热，看看怀里的和炕上病着的孩子，再想想在外面奔跑的丈夫，她的眼眉深深的锁在一起，头歪在一边。

苍蝇在她的四周飞舞，落在她的身上，但是她并不驱逐，这已经早成了习惯。

小儿子在她怀里睡熟了，她把他放在炕上，拿起一片破布，给大儿子赶一下苍蝇，这些苍蝇一齐向四面飞去，但是绕了个圈子，立刻又飞回来，落在孩子的身上！

她听见一阵脚步声，接着门推开了，她的丈夫回来了。他手里捧着一个纸包，腋下还夹着一个纸包，欢欢喜喜的走进来，脸上胜利的笑。

"这是烧饼。"他放下纸包，"是酱肉。"

妻子奇怪的看着他：

"你从哪里来的钱买这些东西？"

"不要问，你吃吧！孩子怎样？"

"你看，还不见好！"

"刚才……刚才怎么？"

"房东又来闹一场。"

"不要紧，再来，你给他钱就是，这里，有的是钱！看！"

他说着，从怀里掏出一个手巾包，打开，可不是钱吗？票子是三十几元，还有许多小钱。

"这些钱！从那里来的？"

"赚回来的！"

"？"

"你快收好！我那里有点事必须出去一趟……"

丈夫匆忙的走了，她惊愕的看着钱，莫明其妙的皱着眉，屋子里的苍蝇渐渐的少了，因为黄昏已经来到，黑暗眼睐着便赶来，大儿子睡得很熟，小的也昏昏的睡着，她把钱藏在炕头的褥子下面，留出几块装在袋里。

过了两天，肥胖的房东过来：

"你们还不搬走吗？莫非说要我来……"

"他大叔！房租给你预备好了！"她急忙插嘴说，"本想给您送过去，因为孩子有病，我不能离开。"

她掏出钱钞，呈给房东，这几张票子，把肥胖的房东的嘴堵住，他什么也不说，把钱收起微笑起来。

"这不就得了么？我有这几间破房子，真不容易啊！为了收房租，成天奔跑，好！下月请不要迟延，我走了！"

她送到门口，回头给孩子赶苍蝇。

苍蝇加倍的多了，并且，活泼多了，这正是它们的极盛时代，驱逐是驱逐不了的，她刚一赶那些苍蝇还是回来，只是绕个圈子，展展两翼罢了。

苍蝇不但是数目加多而且动作也更加灵敏，更加大胆，更加狡猾，她的小儿子，就在这一天在许多苍蝇围绕、吸吮之下死了！她在苍蝇乱舞的屋子里哭讼着胸中的悲哀，那些苍蝇随声附和着唱。

她哭泣着，身前放着小儿子的尸身，苍蝇落满了，她的眼泪太多，没有工夫驱赶，她自己身上落满的苍蝇也没有工夫驱赶，小屋子里，苍蝇构成了一个很大的势力圈，她在这圈里只有悲苦的眼泪。

她的丈夫，弄了一条破草席，把小儿捆好，挟到野外，刨了一个坑埋了。现在，她唯一的大儿子，病还没有好，她谨慎的看护着，苍蝇们无忧无虑的飞着爬着，悠然自得，很是快乐，它们都吃得饱饱，住得舒服，一点挂心的事情没有。虽然过不了一个月，秋风就到了，但是它们哪懂得这个呢？所以——苍蝇们相安无事，蒙太阳的照顾，在人间得一席位，暂时是无须挂什么心的……

现在她把房租打上，放了心，可是，她更加愁了，她的丈夫不知在外面做些什么。

（《泰东日报》1938 年 11 月 9 日—11 日，署名：慈灯）

五封信

本来，这是件小事，但是在我却发生了一点兴趣了！为我正在寂寞的时候。

是暑期中的事情，上午我们照常上班，下午随便休息，挂钟刚敲过一点，我们就赶紧收拾起堆集在桌上的文件，跑到宿舍去睡觉。

天气热得叫人心忙意乱，什么也不想做，洗海水澡虽然是我们最欢喜的消遣，但是海距我们太远，坐火车得两点多钟，时间和经济都不许可，所以只好睡觉，其实睡觉也不能睡得太久，三点得起来开始用点功。因为我们都抱着成功一个压倒古今那些英雄豪杰的伟大的人物的野心。

这一天特别热，宿舍的窗全开，和我同室的于君，拿着几封信在热心看，他有时把信拿到胸前，垂着头看，有时把信举起，举到鼻子前面，我躺在床上，望着远处的山和蓝的天空，想——这时，如果我能够有个可爱的情人给我来封甜蜜的信该多么好呀！连个情人都没有的英雄未免太抱歉了。

"你看！今天，我接到五封信，这五封信叫我笑也不是，哭也不是，真是啼笑皆非，你看！这五封信。"

"五封信？你的信真不少！我一个月连半封信都接不到！实在抱歉，你这些信，都是情人来的么？"

"不，是，你看看就明白了！给你……"

我转头欠身接过信来，一封一封的看。

大哥：

七月初三，我们家乡发大水了！水差一些浸到我们床上，这一场水，把我们毁了！几亩菜园，本是我们这一家的生命钱。可是，大水把我们，大水把我们的生命吞去了！我们怎样活命呢？

河水原就不小，加上一连三天三夜的雨，这河水，就一时比一时的膨胀，冲过了土堤，越过了岸，像一盆水洒了似的，一直流到我们街上，闯进院子里，家家户户都沾了光，西头老王家，老郭家，还有张四奶家，他们的房子都倒了！因为他们那处是凹地，水走到窗户上面，他们的房子本来不结实，这一来，真吓死人！房子倒坍的声音我们都听得见，我们连去看一看都不能。

这还不算，水刚消下去，胡匪上来了！

老天！真吓死人！他们一共有一百多人，各家窜，拿着枪，牵牛牵马，被、褥子、衣服、米，什么东西都拿，老张头因为说了几句不满的话，被他们打个半死不活，李老四的儿媳妇和二姑娘也被抢了去，我们村里，这两个出名的美人，不知怎样下场，胡匪闹了一头响，才走，抢个净光，我们的牛被他们牵去了，五只母鸡一只公鸡也被抓了去，还拿去六件棉衣，他们走后，母亲急得大哭，我们怎样活命呢？

母亲打算和我到哥哥那里去，听说路上不太平，过不去，家乡又不能过活，简直一点法子都没有，我读不读书倒不要紧，生计实在是个大问题。这年头真是要人命！听说现在有许多地方的人没有东西吃，只得吃青草，像这样子，我们到今年秋天，没有东西吃，也只好啃青草了！

哥哥，你有什么办法没有呢？

弟弟：

我读完这封信，瞅瞅于君苦笑的脸，把这封信放在床上打开另一封。

清：

我回到家住了半个月，这半个月快把我气昏了！

亲友的闲言乱语，其实不算什么，我也不管；父亲和母亲的埋怨也不算什么，我也不管；只是，哥哥和嫂嫂那样比较不错的人说起难听的话来了！

亲友完全是造谣，他们说我破坏家风，给祖宗丢脸现世，认为我犯了法，希望自己知道害羞，自动的实行自杀为合理。然而我无论怎样愚蠢，软弱，还不至于干出这样傻事，我决不承认我做了什么坏事。清，你说，我做了什么缺德的事么？

不错，我和你会了面，和你同居了几天。然而，天知道，我们是清清白白，我们从小就住在一起，直到现在还没有改变的友谊，难道说见见面，同居几天都不成么？

嫂嫂说：同居几天，按现在的风俗，自然不算什么，不过，年纪都大了，总该加检点，结了婚就没有什么的了。

愿意说什么就说什么，我都不管，我们是神交，谁也不怕！过几天，我想到姨母家里住，我在家里简直住不下去了！

清，你的身体好么？我很挂心你，盼望你多给我写信。

英：

我看完这封信。一种惊奇的念头涌上脑袋，我把这封信从头又看了一遍！

"喂！你是几时和她同居的？我怎么一点不知道？"

"一个月以前了。"

"噢！勿怪你请了一个星期假，原来是为了'清白'和'神交'。哈哈！亲友哪能不说闲话呢？但是，亲友怎么会知道了呢？她的行动有点欠周密，以后还得加倍的练习……"

"确实，我们是清清白白……"

"不错，我也承认你们是清清白白，因为是神交的缘故所以……"

"难道说同居几天都不成么？但，她嫂嫂的意见也该采纳，因为她是'过来的'，比较有经验，年纪大了，总该检点，而且，一旦生小孩子，那怎么处置呢？据我看，她嫂嫂是好心好意，顾虑得非常周到圆满。"

于君微笑着不说话，这就证明他们是清清白白的了！

我很惭愧的放下这封信，伸伸舌头，动动嘴唇，挤挤眼皮，打开另一封。

清：

我是上月十四号从 e 县来的，现在住在 P 城一个亲戚家里，自从去年春天赋闲到如今，一点头绪摸不准。而目前，感到经济窘苦，几乎连理发钱都没有出路，典当已经乏术，求贷早已无门。于是想起你来，所以写这封信给你，不为别的，如果你愿意，——你能办到的话，请你借几个钱给我渡过当前的难关。

唉唉！我何尝有向人家摇尾乞怜的嗜好，无奈，物质经济环境时常左右着我，志气是没有用的，你肯不肯帮帮忙？英雄落难，也是没有法子呀！

唉！我的通信处如信封所写，祝你特别慷慨。

e.M

这封信原来是借钱！我打开第四封信。

清：

你千万别信老冯的话，他撒谎，我能干出那种事情？

你想想看，我到老张家去串门，一共是四次，而每次去不过三十分钟。老张家有个风琴，我去的目的是过过风琴瘾，老冯是胡说八道，他简直是无事造谣，可打，如果叫老张知道，多不好！

今年的暑期，我们这里不同往年，下午不但不休假，却增了一门剑术和战术的教育，每天累个死，哪有工夫扯闲蛋呢？你们好幸福，愿意就睡，愿意走走就出去走走，昼间的蓝天和白云，傍晚的落日和彩霞，都是画一般的好景色。可惜，我没有工夫鉴赏了，等到我闲起来时，只能听到凉的虫声了！

典：

这封信，我有点不明白！怎么"串门"，"过风琴瘾"，"叫老张知道多不好看"，这是什么意思？

"这个典是我从前的同学，老冯老张也是我从前的同学，老冯告诉我的，说是：典和老张的妻不知怎么像浆糊似的粘上了！"

"他信上说的明白，目的是过风琴瘾，正如你一样，即使同居几天，也是清清白白，非常自由，非常神秘，非常高尚，非常纯洁，非常……"

我打开最后一封。

大哥：

昨天写了封信给你，母亲怕你接不到，所以又叫我写一封。七月初三，我们家乡发大水了……

"这一封和前一封一样吧？"

"是的，一样！"

我把信整理好，交给他，我困了，连连的打着哈欠，流出眼泪来。

窗户外面，有一棵柳树，细密的枝叶摇摇摆摆，好像被人家说了闲话的姑娘，满不在乎似的，这种神气在五六年以前是很少的，如今进步了！好像那春天时细嫩的柳叶现在粗壮了许多一样！

这棵柳树，正正当当站在窗户前面，梢头映着天空和云，绿与蓝和白相衬，再受阳光斜射变成了金黄，像画一般美好，比画还要可爱，那摇摆的枝叶好像在说：

"一种欢乐的浪漫的友谊，总比道德的孤单的苦味儿美丽得多神圣得多！"

可不是么？南面靠角落地点的厕所，虽然并不像柳树那样的到了秋深便老衰枯死，然而，它那灰色的砖墙，道德的臭味恐怕从来没有一个画家喜欢把它入画的，柳树青春时代的美，时光虽短，比起厕所来，却胜强万万倍，那枯寂，永久的是死气沉沉的厕所说几句闲话有什么关系呢？它的言语带着臭气，年轻的花和草，除非是死的，活的都不愿意听吧？

于君躺下了，我合上眼皮，待到睡醒之后，精力一增，便开始用功，有一阵轻微的，带着甜性的风吹进屋子里，打了一个旋转，扑到我的脸上，好像有个温柔的嘴吻着我的一样……

（《泰东日报》1938 年 11 月 12 日、13 日，署名：慈灯）

花的种子

正是草木的凋枯死灭的冬季。

有几个差不多是疯狂的年轻人聚在山坡上，为一件细小的事故在大吵大闹。

这时候，荒凉的山坡上刮着凛冽的西北风，四外，除了憔悴的树林和寂寞的高山以外，便是上面的灰色的天和浓黑的没有快活的郁闷的云。

这几个，研究过文艺和哲学的年轻人，怀抱着一种好奇的念头，外表显出一副自信，其实是轻浮的态度，打算在这荒凉的季节里把花的种子培到冰硬的土里去，让它生长，并且希望开花，开着美丽的，动人的，能使人们一看，把人类原始的本性改变那样奇妙的花。

他们所拿的花的种子并不是像神话世界里所说的那种神奇的花的种子，只不过是些很平常的，无论谁，都能在随时随地所能看见的花的种子，而他们对幻想以这样的种子来变成奇的花，不是妄想是什么？

为了这个，其中也有几个不赞成的人，提出意见来和大家议论，他们起初议论得很安静，后来简直是失去了研究的态度，好像无知的妇人吵嘴打架一样，你一言，我一语，各政一门，吵闹得很凶，有一个因为说话的声音过大，被风吹了嗓子，不停的咳嗽，面孔涨红，一只手握起拳头砰砰的捶着胸。

有一个穿黑色棉袍，肩头露出棉花的人，说起话来，好指手画脚。这时，他把右手伸出对着半空点了一点，说：

"即使是奇异的花的种子，在这种昏睡的季节种下去也不会长的，一定！"

立刻跳出一个人来反驳他：

"你自己以为很对的话，其实只是很坏的意见罢了，我们所以决定栽种，是因为这花的种子正因为不是奇异的花的种子，——但是我们绝对的相信，倘若把它栽种下去，等到明年春天那新的春风刮来的时候，那新的温暖的太阳出现的时候，便会繁茂的发芽，生长，而且开着满山满野的好花，嗅到这花的香气的鸟会说话，看见这花的颜色的人，会改变了以往陈腐的思想，就是半空的云，因为欢喜的缘故，而变幻起各种惊人的形状来……"

说这话的是个圆脸，他一只袖子挽了一点，两腿离开的站着。在他的袋里，装着的种子，但是他的话还没有说完，另一个人便张嘴把他打断。

"这真是普天之下从所未闻的偏见，这是可笑的狂人的心理，这简直是在睁眼做梦，做着没有边际的梦，连三岁小孩子也要讥笑吧？"

一阵凶猛的风把他们说话的声音吹灭了，憔悴的树林里有几声的嚎叫。

风一停，他们仍接续打嘴仗，争得比先前更激烈，还吹着哨互相撞着。

"你说的不对！"

"哎，我告诉你，你只凭着一般人所具有的那一脑袋浅见解，是没有资格来判断我们的事业的意义的，你没有深刻的理解，所以，哎，我劝你——少开口为妙！"

"说实在话，这种愚蠢的工作确是徒劳，甚至有害，你们，喂，罢休吧！等到明年，万物更生的春日……"

"呀！依你说，怎么，这寂寞的一冬便寂寞的过去么？啊？"

"因为是死灭的冬季，许多生物都在昏睡，所以除了忍耐着度过以外，确实没有别的办法，冬季不适于栽种，难道说你不知道？"

"得，得，你用不着说，我知道你有满脑子宇宙的法则，请你拿一边去，我们有我们的原则，你想一想看，因为死灭，便一任其寂寞，这种思想，多么可怜。"

破棉袍的哼了一声，把鼻子扭一边，吐了一口唾沫。

"那么，哎，你们可以现在立刻动手栽栽看，究竟能不能生长，这个证据比什么高超的理论都有力！"

"我决不赞成！"一个眼睛很小的人向前迈了两步，把两手背一伸："因为我看不惯傻子们做傻事，如果当我在场一定要尽全力来阻止。"

"哼，那不必，我看你尽可远远的走开去，或者用衣襟遮住眼睛，这都没有什么……"

"呃，眼睛虽然不见，但我的心看得清楚，所以我非阻止你们不可！"

"对！止！我否认你们的蠢行为，为了大家的缘故，一定要阻止！"

"去你妈的！我们非种不可！"

"不成！"

"一定！宁死也要栽种，任何人也阻止不得，因为人类没有这种权利！"

"哒！你不懂什么叫权利，权利不是大甜梨，乃是一块石头，我要抓起扔过去，你的脑袋便要开花！明白么？"

"放屁！世界一切的暴力我全不怕！"

他们吵闹个没有开端，虽然冷风在狂吹，附近憔悴的森林里有野兽在嚎叫，但是，他们全忘记了。他们的说话，都拿他们自己的个性做基础，只凭着嘴巴的开闭，把言语吐出来，便自以为高尚，认为真理。虽然懂得文艺和哲学，总因人格修养还有点缺乏的缘故，随便骂两句也不理会，并且，他们之间有个家里很有钱的人，喜欢喝啤酒，最近住过一宿野妓，得了一种肮脏病，他不能立得太久，这时，他已经疼痛难忍了，然而他还支持着。

山坡上的冷风变本加厉，刮得一刻比一刻凶猛，这些愚傻的怪小子为了显露自己的聪明，不顾冷风凛冽，吹透他们的骨髓。倘若自己的意见能战胜，即使是冻死在山上也情愿，不过他们那冰冷的面孔全现有不耐烦的神色了。

"依我说还是这么办好"，其中的一个想了再三，这样说，"我们都承认这是愚昧可笑的，但是愚蠢的人既已愚下去了，我们就看着愚下去吧！决心种的人，请动手栽种，让我们看看愚蠢的结果如何？"

"不成！非是大家完全同意，这种子是不能栽下的，即使栽，也不能生长，再不会盛开，现在当务之急的大问题，便是大家究竟同不同意。"

"无论如何，我决不同意！这可笑的事体，我如果去同意，那就失掉我的廉耻，我也有多年研究的苦心和成绩和自信！"

"两派的兴趣既不能合一，就分手为妙，各走各的道路，愿意栽的人尽管自由的栽种，反对的人不必过问，该做什么就去好了！怎样？"

"叫人莫明其妙，为什么能抱着这种可笑的想头而死死的不放呢？"

"去你妈的！我们的事你没有干涉的权利！"

"你又说权利？这是块石头，打在你头就要出血了！"

"我要种了，哎，你们闪开，在这里障碍了我们！"

"放屁一样！我说你听，这样的种子，要不在死灭的季节下手培植，便永远没有繁茂的希望，这样的大寂寞，你也过不惯的，假设是愚蠢，也何妨试试，你的固执，真算可以，脑筋不能开开窍么？"

他们争论到毫无兴趣的地步，有一个问："说明理由。"

一个答："理由已经陈述，没有再费唇舌的必要，你的脑袋，如果健忘，请赶紧医治。"

大家都不说话，他们感到无味，但是这几个差不多是疯狂的年轻人，宁肯站在山坡上让冷风刮僵，也不愿离开一步。

浓黑的，郁闷的云忽然又增加了，从四面八方聚合来，把黑暗的天空涂了一层可怕的深黑，接着落起雪花，并且那冷风，也骤然间改变情势，狂暴得怕人，野兽也叫得更凶了。

这几个年轻人，因为怕冻死，不约而同的散了。

他们所讨论的事情，很可惜，连个头肚都没有。

可是，只有一个圆脸没有跑，也不是没有跑，跑一跑又回来了。

他找了一块尖石头，在冰硬的泥土上刨着，用着他的全力，他挽起袖子来，已经忘记了冷，努力的刨。

刨了半天，没有刨到二寸深，雪又给埋没了，他一手扫着一手刨，深深的弯着腰，遮挡雪花，这时，有一只狼立在他背后，看他的工作很奇怪，便立定了看，忘记了吃他。

他从衣袋里掏出一个纸包，把种子撒在冰硬的坑里，忽然，他从腋下看见狼的尾巴，赶紧跳起来做了一个争斗的姿势，狼一看，这是要动武？

"哈哈！"狼笑了一声，把嘴在泥地上碰碰，接着高嚎了一声，那声音使人毛骨悚然。黑压压一大群，呼的一声跑来把团脸围住。

团脸冒着严寒，解开衣服，露出赤裸裸的胸，在他还没有埋好的花的种子上面仰着躺下。呼呼的风，刮得昏天暗地，堆堆的雪花盖着一片血红的地皮，那里是埋着花的种子的地方，并且也是团脸的坟墓。

就在这旷野，住了不几年以后，便开了满山的奇异的花，嗅到这花的香气的鸟便会说话了，连嗅到这花的香气的狼也闭上它们惨毒的嘴，走起路来，把前腿竖起，身子挺直，学人的姿势在走路了……

（《泰东日报》1938 年 11 月 15 日—17 日，署名：慈灯）

抬　泥

——十年前的事

　　"从前，真的！我一点没有想到我当老总，来干这种事情，抬泥、搬石头。那时，我实在没有办法，就决定当兵去。于是，便入了伍，干起来了。可是我只知道当老总是专门到战场去打仗，却没有想到，还抬泥、搬石头、干这种苦工。他妈的！真倒霉，早知是这样，我也不来了，本来我还能干点别的，你看！哎！我的肩头磨破了，这扁担，一点不平，我说的……原来是这么回事，还不休息么？骡蛋！"

　　我的伙伴戚石华，这样咕噜着说。他在我前面，和我抬一个挑筐，他不时的歪着脑袋把扁担换肩，两条腿不规则的迈着步，像喝了酒的醉汉，他说话并不回头看我，他的话一半是对我讲，一半是对他自己，或者是对空气，他不管我是不是在留意的听他讲话，一味的讲下去。其实，我也不知道我究竟是在留心的听他讲话还是倾力在工作上，他讲也好不讲也好，讲不讲在我全一样，我的肚子饿得瘪瘪的，想吃饭，但是工作还没有头绪，很疲乏，盼望休息半点钟，躺着或是坐着。

　　我们蹀躞的前进着，挑筐摆来摆去，挑筐是不耐烦了，它在怀怒它的工作，可是它做不得主，我们不放下它，它不敢逃跑，它本来是个没有生命的东西，对于生活的不满只会小有表示，而没有去创造的勇气与能力，不过它是有用的，没有它，我们的工作进行得更慢，受苦也要加倍。

　　戚石华接续发牢骚：

　　"如果只做这种苦工，抬泥，搬石头，我哪如去做一个瓦匠呢？当个瓦匠，能养活老婆孩子。哎！我连个孩子都没有，连孩子他妈还没有呢！一个人在外面，真没有滋味！不如去投江，如果现在有一顿好饭菜吃，那么，我们的工作还算有点代价，什么也没有，喂！怎么还不休息，莫非说……钟点还不到么？唅！"

我静默着，眼睛看着地。

"你没有烟么？噢！你不吸烟！我忘记了，你怎么连烟都不吸呢？有礼？说起'在礼'，我在过不少次，后来都解了，没有用。一个人顶多不过活六十岁，信这个，信那个，这个礼，那个教，一点用处没有，完全是骗人。现在，什么我也不信，我只信吃饭，不吃饭可不行，你就是信什么教，也得吃饭，三天不吃饭饿得难受，十天八天不吃就会饿死，死了就算完！人一死，什么都完蛋，一了百了，非常干净，什么母亲哪，儿子哪，房子哪，地哪，所有的，鸡猫狗，全与你断了关系，朋友也是，亲戚更不消说了，可是我总想不开，人死了究竟有没有所讲的灵魂？没有十八层地狱？信耶稣教的说：什么天堂？上帝？上帝是造物主？人不是猴子渐渐变化的么？猴子，这倒像是真的，人和猴子真是一模一样，没有什么分别，人和狗也没有大差别，狗的前腿立起来，只用后腿走不是和人一样么？哎！我不懂！"

到了地点，我们放下挑筐。如其说放下，不如说是扔下，扁担一扔，挑筐便滚几个翻身，扣过去，戚石华一脚又把它踢过来。

铁铣是现成的，头朝下的插在泥地里，我们轮流着铲泥，一铣一铣的铲到挑筐里，这工作进行得比走路还要慢，半天才弄满一筐。

当我们拿起扁担，伸入绳结去时，都懒懒的躬下身体，喘着粗气，很艰难的把扁担送上肩头。

"哟、哟！嘿！我的肩头好痛！"

戚石华叫喊着，像一匹受伤的野兽。

我默默的，抬起来走路，眼睛看着地。

我们的伙伴都在工作，没有一个清闲，只有班长一个人立在高岗上，神气十足的叉着腰在监督，他的鼻子歪着，一双脚的脚后跟抖擞着，时时的打扫喉咙，这意思是警告大家他没有睡熟。

一间厨房的根基还没有打好，这点工作做了一个月了，这间厨房恐怕二年以后也建筑不成功，大家都懒懒的，不经意的慢手慢脚，没有一个热心的拿出全副精力从事工作，虽然有日期限着，然而那算什么呢？谁管他！

我们把一筐泥送到房基附近，然后，和先头一样，抬着空的挑筐，摇摇摆摆悠悠然然，好像在昏昏的睡梦中。

谁说我们不是在梦中活着的人呢？明天是怎样，是向东向西，甚至过一刻，我们是不是还能够照旧的在宇宙间生存，我们一点也不知道，为什么要活着，活着为了什么，我们全不懂得，我们不会思维术，更不明白什么唯物论的辩证法，或辩证法的唯物论了！我们还不能够清楚的认识这人生，还没有个正确的人生观、宇宙观，我们只能够直觉到人类在自然界的地位是非常的渺小，刮风下雨，能拖去了我们的生命，一顿不吃便左右了我们的思想和灵魂。我们没有所谓意志，戚石华也许算得上是有意志的，他愿当老总，于是便入了伍，然而他当初只想到当老总是专门到战场去打仗，哪知道还抬泥、搬石头、饿着肚皮做苦工呢？

班长下令休息——在这个环境，他是我们命运的操纵者，别看他鼻子歪，他有指挥我们的权柄，我们都得服从他，因为他是我们命运的一部分。

我们坐在泥地上，好像坐沙发上一样，戚石华在我旁边，屈着他的腿，懒懒的，好像一只猫，他把帽子扣在脑角，好像一个赌钱光棍，他讲起幼年时代在家乡放猪的事情。

"过去很久的事，还和昨天的事，先一刻的事一样，我小时候是很受苦的，论家境我不应该受苦。但是我却受了苦，我的母亲老早的就抛弃了我，继母待我不如一只狗，父亲是个'内不惧'的人，所以继母即使把我活活的磨难死他也不管，现在想起来我还切齿恨他。七岁的时候我开始读书，只读了二年，女妖精便打发我出去给人家放猪。

那时候，乡村的风景确是很不错的，鸟鸣啦，花香啦，野草啦，都可入画，不过不能陶醉我。

我放的猪有大有小，一共是十三只，赶它们到野外去，我只消远远的坐着便妥，猪是最老实的动物。

有一天，我睡熟了，醒来的时候，已经是日落黄昏，我把猪的数目检查一看，无端的少了两只，我跑到各处寻找，一点踪迹没有，我知道是坏了事，这一定叫狼赶走的。

这样回去，挨打是脱不了的。我的念头一转，跑了！

我跑到都市里，受到各种苦，许多年来，我所过的，不是人的生活，人的生活是应该洁净的，我在烂泥里睡觉，你想想我过的是怎样的生活？哎！后来我寻到工做了，我在工厂里做工，后来，我又变了主意当老总去！哈！便跑到这里来了，认识了你和别人，明天是怎样，谁知道呢？哼！我们过的不是人的生活！"

我们休息了半点钟，班长下令开始工作。

工作开始了。

我和戚石华，还是抬一个挑筐摇摇摆摆，好像在梦中一样。

（《泰东日报》1938 年 11 月 18 日、19 日，署名：慈灯）

待　机（残篇）

——十年前的事情

　　他们在散兵壕里蹲了三天三夜了，幸福当然是说不上的，但是他们有吃有喝有睡，可以说过得很舒服，这样的生活如果能接续十年八年或者一生，他们便情愿把世界上那些平庸的幸福都抛弃不要了！

　　他们头上是蓝的像海洋似的天和洁白的飞跑着的浮云。前面是一片广袤的旷野，四周有连续的山包围着，后面是一片深绿带黄的森林。秋风刮起，把树林吹得哗哗的响，好像海面的波浪在腾腾的翻滚。

　　这是一年四季中最好的季节了，那落叶，飞云，虫声，风和春一样的动人，不过蹲在散兵壕里的弟兄，他们并不为这奇异的野景所陶醉，他们喜欢的是睁着眼睛做梦或闭着眼睛闲扯。

　　现在，在散兵壕的一角里，有四个老总聚在一起，懒散的靠着胸墙，你一言我一语，高谈阔论，说得兴致勃勃，妙趣横生，他们起初是闭着眼睛，后来谈得太高兴，都睁开眼睛并且坐起来了。

　　其中一个歪戴帽的说话的声音最低，他说话的时候好噘着厚嘴唇，他说："如果我有了一万块钱，得维持一生的生活，第一，你得想到住处，顶好是花个三头二百，买两间草房，再置几亩地，说上个贤良的媳妇，种田。这样，衣食住便完全解决，剩下的钱全留着家用……"

　　"那不成！"这次张嘴的是个小眼睛，他的眼睛像松鼠一样，眼睛虽小，但说话的声音却很大，他举起手来把歪帽的话岔开了："你真是个傻子，这个年头，还是种什么地，你能种舒服么？有了一万元，决不种地了！买几个好看的姑娘，我是掌柜，老板。哈哈，钱是很容易赚的，这个年头，你得看情势，到了种地的年头才种地，干什么也不如这个好！"

　　"那可不成！我说……"

　　说这话的是个大脑袋，"那不是人干的事，你们想，你们从不是有钱就花，得乐且乐，本来这是对的，及时行乐，你不然便是个傻子，我说买汽车，便是这种意思，其实不一定非买汽车不可，我都计算好了，首先，做几件好衣服，有了好衣服穿到什么地方便是少爷，你就是什么样的人，也不敢轻视穿得阔阔的，做几件衣服也好花许多钱……"

"谁说的？"歪戴帽急忙插上嘴，"单看你做什么衣服，做粗布，当然花不了多少钱，你如果是做洋服，好的一套就得百八十，加上皮鞋、帽子、外套、衬衫，零零碎碎总得二三百。当然，你买套现成的，三五百元就可以，可是那装大爷可装不出去了！"

"开一个鲜果铺。"一个肩膀最宽的老总等不得的这样说，"你装大爷，能装几天？装大爷必须多多的花钱，不多花钱，还成什么大爷呢？鲜果铺是中等买卖，凡是好吃的东西都卖，我想吃什么就吃什么。伙计们当然是不敢干涉的。"

小眼睛："你是个馋嘴。不用说赚钱，你这样嘴就把买卖吃倒了！"

大脑袋："及时行乐，这是至情至理，我时常想，人活一辈子，转眼就老，争名啊！夺利啊！什么鸟用处呢？有了钱，干脆花一个痛快，花完就算完，该吃就吃，该喝就喝，我很奇怪有许多有钱的看财奴，他们这样想法，那样想法，左不过撒谎，投机，欺骗、费尽心机，好不容易赚到几个钱，守着守着，一个铜板舍不得花，直到死也拿不去，留给他的后人，痛快抖搂净了，这种人多么傻呢？他那脑袋一定是木头做的，丝毫不开窍，牛一样！"

（原文缺失）

（《泰东日报》1938 年 11 月 20 日—24 日，署名：慈灯）

病

我有个朋友名字叫巴贤，因为和我是同事，所以住在一个宿舍里。

他的体格很壮，"跑运动会"的时候下场干过一万米。他有一面非常精美的小镜子，时常照来照去，舍不得抛开。

他的脸子很漂亮，好像一个少女，穿戴很讲究，虽然是个小职员，赚钱有限，但是从各方面检省起来，把赚的钱完全集中在身上，倒很像一个富家公子。他还有副宽边眼镜，外出的时候就戴上。在家里，他是不戴的，因为戴着还不如不戴看得清楚。他的洗脸盆内从来不会缺少一瓶雪花膏。

有几天，他坐立不安，我以为他是得了发寒症。

正吃吃饭，他忽然扔下筷子和碗，急急忙忙跑出去，东南西北聚精会神的看，看看没有什么才寞寞的走回来。

星期的一天，他更不安静了，忽然打开窗户，向外面看，忽然开开门，叉着手在那里像等什么似的，忽然跑到街上踱来踱去，踱了半天才回来，休息片刻又出去踱。

"你是怎么回事，一点不安静？"

"哎！你哪里知道？我盼望邮差呀！邮差这两天怎么不来呢？莫非说他病了么？如果是我想亲自到邮局去取。"

"喂！亲自去取？……什么信盼望得这样的热烈？好家伙！……"

"我也用不着瞒你，照实话对你说吧！她！不是别人，说起来你也会知道，经理的小姐呢！你见过吧？就是盼望她的信，她怎么还不来信呢？已经有一个多星期了啊！按理，早该来信了，但是怎么不来呢？莫非说……"

"怎么？你和她通信了么？呦！这……好！你真有本领！我佩服你，巴贤！"

"你先别佩服，事情怎么还说不上呢！我想了好久，可不可以写封信给她呢？我的胆子太小，这件事，我想来想去总没有把握。写吧？怕碰钉子，不写吧？但是我心里痒痒难熬。不知有多少夜，我睡不着觉翻来覆去，说不出是怎般的难受了！这还不算！白天，我也没有心思做事，只是想到这上面去。所以你叫我'看书吧！看书吧！有好书！'我怎么能看得下去呢？关于这件事，应该怎样解决，书上一定没有，你那些书上只是写着一些于我毫无相关的事。你那些书的确是好书，我只看书名和作者也会知道，这个，你不是讲过么？我都记得，但是我……我实在看不下去呀！我自己也不知道这些天是怎么的，浑身发烧，走也不是，坐也不是。"

（《泰东日报》1938 年 11 月 25 日，署名：慈灯）

C 君

　　C君总想把过去的事情排开，永远的遗忘了，一点影子不留，永远的不会再想起来，可是办不到，一点也排不开，一点也不会遗忘，不但如此，他的一面记忆的镜子时常把往事反映出来，显得清清楚楚，十分分明，而且，一幕幕像影戏似的具体的象形的表现了出来。

　　他时常想：人如果能够没有记忆，不知多么好啊！他是倦于记忆的苦恼了，然而他不能把记忆的镜子像有形的物体一般摔碎。

　　闲暇的时候，他把眼睛盯在什么时候地方过久，这件事就映在他的眼前，他无论如何避不看也不成，非看见不可！

　　——距今十年前，那些难民因为战事从K县县城走出来，向他们理想之乡L省进发的时候，有一个在政界做事的E先生，领着他的妻子和儿女，混在成千的难民的队伍当中，走着艰难愁苦的旅程。

　　这个E先生便是C君的父亲，那时C君是十岁，他的小妹妹六岁，因为不能走得太远，时常喊着叫妈妈抱。C君的母亲不是个忍艰耐苦的人，她的身体很弱，稍稍走动，便觉吃力。这样一来C君的父亲只得兼任妻子的职务，把他的女儿抱着或者背着走。

　　战事爆发以来，火车不载旅客了，因为火车只运输军队还嫌不够。那些公共汽车，和人用的汽车，以至乡民用的牛车也全被征发了去，连脚踏车都被收集去了。

　　这些军队不是为了国家的光荣在打仗，他们是为了私人的势力，为争夺地盘，为施展权威，不惜牺牲了大量的人和物，也不管千千万万的人民陷于水深火热之中，他们尽管把炮弹胡乱的放射出去。

　　E先生在黑暗的官场内眼看着那些灰色的老鼠在不歇气的钩心斗角，在他的性质和思想上罩上了一层不愤的网。然而E先生的意志很消极，他除了辞去他的职务，离开那专扮演丑角的舞台之外，想不出，并且也没有勇气走第二条路。

于是，战事刚一开端，他的职辞成了功，但是 K 县已站不住脚，他不得不带着妻儿逃命，像那成千的人走着悲运一样。

从 K 县到 L 省境是二百里路，这样长远的旅途，E 先生从生以来没有跋涉过，加上他背上的重荷，没有走十里地，早已把他累得气喘如牛了！

他坐下来，休息着，看着那些奔走的人，疲乏的拖着两条腿，满面愁思。从他身旁擦过，年老的妇人一步一步很艰难的拄着拐杖走，那种可怜的走法，一点钟恐怕连二里路也不能走上！

C 君跟在父亲后边，有时在母亲身旁，慢慢的走着，他什么也不想，他还不会想，他只知道这不是个快乐的旅行罢了。

——他们披星戴月，吃尽辛苦，好容易挪到 L 省城，下榻在一家小客栈。

E 先生终日愁眉不展，他觉得这个世界污秽极了，他是个中年人，虽然读书不少，却不懂得人生观或宇宙观，所以他抱着厌世的观念，在到 L 省的第四天投了江。

C 君的母亲以为他失了踪，各处打听不知道他的下落。

E 先生未投江之前已经写了封信给 C 君的舅舅，住了半个月，C 君的舅舅才赶到。这时，C 君的母亲病倒在客栈里，如果不是舅舅赶到，真不知道怎样下场，C 君住在舅舅家里了，舅舅供他读书，他很聪明，成绩不错，舅舅非常喜欢他，所以一直供他读到十八岁。

他在十九岁那一年考进一个官费的专门学校研究军事，他受了一年半的严格的训练，当了军官。

他第一次到战场去就险些送了命，他们的部队沿着铁道线展开，向敌军的正面施行攻击，当他们进展到一个村落里去时，一连二十几发炮弹把他们的人马损伤了十分之三，在 C 君身旁的一个弟兄炸断了一条腿，但是 C 君却幸免了这场灾难，他被派往侧方攻击敌军的一翼，弟兄全阵亡了，只剩下五个人，C 君是这五个人中之一。

不幸的命运来了，他们被包围在一个小城里，援军到得很慢，只差三个钟头，他们全部便有高举着两手的可能，后来把敌军克服。C 君的母亲因为挂虑他的情况生了急病，医治未效，与世长辞了。同年，他的妹妹因为失恋发了狂，和他父亲一样的厌了世，投了江……

C君孤孤独独一个人，举目无亲，只有三两个好友安慰他，他的体格健壮，性格寡默，不喜欢多说话，他愿意一个人坐在清静的地方冥想，团体生活远没有把他的性格磨灭。

在他袋里装着一个小布包，这个小包永远的装在他袋里，袋里是一绺丝丝的乌发，这是他妹妹的头发，自杀前，写了封信给他，信里装着这绺剪下的头发给他留着做纪念。

他第二次出征干得很猛烈，他的一排人在最前方当尖兵，在行进路上，在一个山坡下面和敌军的先遣部队遭遇了，他把战死的一个弟兄的枪拿过来，蹲在一个掩蔽物后面迅速的射击，一来因为他的射击术精巧，二来因为他勇敢，他所发出的十五粒子弹有九发以上命中，敌军退却了。他们拼命的攻击，把敌军夹到一个山谷里，一个不留，完全歼灭了。这次虽然他们也受了相当的损害，但是这算什么呢？

父亲消极的厌世的思想没有传给他，传给他妹妹了。

他是相信天下和平的，最适于实际的理想非得在炮火吼叫中不能实现，打算建筑新房子必须把旧房子拆毁了才成。一杯牛奶洒了他并不哭，但是记忆的镜子时常把他过去的事反映出来，他不能把这面镜摔碎，这实在是憾事。

（《泰东日报》1938 年 11 月 30 日、12 月 1 日，署名：慈灯）

小事情

不知有几年没有移动一下位置的八角挂钟，在粉白的石灰墙上一刻不停的摇着钟摆，除了到时刻当当的敲几下之外，它是什么也不说，默默的度着寂寞的光阴。

这时，短针差不多放在四点上，长针指着十一点五十分。

B公司的大小职员都知道，下班的时间眼看到了。

李先生和他的许多同事一个心理，并不觉得每天总是做着不变样的职务，而感到无聊或憎厌——虽然，有时，那是极少的时候，也会想到所谓一个人的生命和价值，但是决不长久的想到这些。所以生活尽管是刻板的，乏味的，然而过了半刻之后，仍是照常，按部就班，把他担任的职责，做得井井有条，决没有一丝差错。三十几岁的人，早觉悟到人生究竟不过是这么回事，而少年时代所做过的那些英雄豪杰等梦想，早被现实消灭，现在，李先生唯一的挂念，便是他的地位、薪金，和他的妻、孩子。

失掉了地位，便领不到薪金，领不到薪金便养活不起老婆，孩子也要挨饿，这几件事关联得非常密切，李先生也知道得比什么都清楚，好像三加二等五，五减三剩二一样的不错！因为李先生知道失业问题是很严重的，所以他小心翼翼的维持他的职位，从来不敢放松。虽然挂钟敲了四点，告诉他："李先生——可以收拾收拾回家了！"但是他不收拾桌上那些账簿和文具纸张，似乎没有听见钟响，照旧很热心的拿着笔写。

这样干，不消说，能博得经理的欢心，他的原意也在此。坐在他的不远的位置上的老郑，经常过了七点才下班，这是因为什么呢？并不忙，活人都会明白这道理！

不过，这几天，李先生的眉目之间，挂着忧愁的气色，那样子，似乎表示受经济压迫的难堪。

其实，这个年头，全仗饷头过活的人，谁不感到经济压迫的滋味难受呢？

不错，李先生是为了这项心事。半年前，他的祖母死，两个月前，他的母亲做故，一个月前他的妻又产了一个吃饭的小国民，这些花销，全由他一个人身上出，他寥寥的几个薪金，即使省吃俭用，也不够这些意外耗费的。他就是懂得经济学，明白预算和决算，也分配不够啊！

他预支薪金，和朋友们借，妻生孩子的费用，是他当了几件衣服才把这个难关渡过的。而且，今天早上，一个和经理的感情很密切的同事对他的提议更叫他叫苦了。

李先生深知道经理的儿子，是个蠢笨、品行不端的坏小子，怎能把他亲爱的小菊许给这小子呢？他又是反对旧式婚姻最力的人，他和他妻的结合，完全是新式，聪明伶俐的小菊是他和他妻第一个得意的结晶，好容易培养到八九岁，那经理却看中，却希望配给他自以为不错的臭儿子。

李先生想起这些事，眉头越发锁得紧，他把桌上的零碎，痛痛快快的收拾一下，扣上帽子走了。

他出了公司的门，颇踌躇，有些懊悔，不应该这样早回家走。但是他低头寻思片刻，毅然的把脚步迈开。

他一回家，小菊一定要飞出来迎他，像个美丽的小鸟似的，像个可爱的蝴蝶似的，扑向他怀里。同时报告他这一天，在学校的经过。并且，因为母亲又给她生个小弟弟，加添了不少新鲜有趣的报告资料。

"爸！小弟弟今天对我笑了，他会笑了！小嘴张着，小眼睛眯眯着，笑得嘎嘎的响，爸！小弟弟真好！"

李先生把满腹心事都抛到九霄云外，把帽子脱下，让小菊拿。他的妻对他微笑着，这微笑便是她言语的代表，是她永远不变的性格。

李先生在晚间，把经理的意思对妻说了："这成什么事？这种婚姻我们不能赞成呀，小菊才九岁……"妻第一句话便这样说。

"谁说不是？"李先生答，"我何尝不知道？但是……也罢我明天只回说不成便得……"

"真可笑！经理还是这么个旧脑袋！"妻嘲笑着说。

李先生咒诅着：

"不但如此，而且更坏得很！"

这一夜，李先生没有立刻入睡，他翻来覆去的思索：

地位，薪金，妻，孩子……

地位，薪金，妻，孩子……

他只想这件公式，不知想了多久。

第二天，李先生起身，出乎寻常快活。

他抱着小菊吻，又吻一吻小菊的小弟弟，微笑着离家去上班。

他的决心像钢铁一般坚强，即使移山倒海，天翻地覆，他的决心是不会变的，为了自己亲爱的女儿，不能忘掉廉耻，失掉了地位算什么呢，他情愿要饭来养活他的小菊，他不能为苟且的平安，便抛弃了人类天然的爱。

他走得很快，抬头看着天空，他的心胸也像天空一样广大。他觉得羞耻，羞耻他曾有时扔开的生命和价值。到公司，公司的同事有很多先到了，在自己的位子上，泰然自若的处理他自己的公事。

为经理张嘴的程先生走过来，拖一把椅子，在他面前坐下。

"怎样？"

"啊！请你对经理说，小女年岁太小，现在还不能讲到订婚，总得……请原谅吧！"

笑着走到他面前的人，板着面孔离开他，他的心更坚决！

当天下午，仆役送给他一张字条，他一看，便明白。

李先生失业了，但是他快活的走回家，在路上，买了些糖果预备带回去给小菊。

小菊的母亲听到丈夫失业的消息，并不垂头丧气，因为她当多年教员，畸形的社会诸般恶现象，她早已司空见惯，她的意志的坚强也许比丈夫更硬，所以，她不但不颓废，反高起兴来。

"现在，我的身体已经复原，我们还是到小菊舅舅那里去吧！"她这样说。

"是呀！上星期他还给我来信说，随便什么时候，到他那里去都可以，只怕没有真正的本领，有本领找饭吃是容易的！"

就这样，他们的方针决定。

第三天，诸事准备妥当，他们启程。

上江的小火轮这一天跑得特别愉快，初夏的江风像果子露一样，吹到面上说不出的舒适，小菊靠着父亲，小菊的弟弟抱在母亲怀抱里，他们唱了起来，父亲用手打着响亮的口笛，像提琴一样好听。一个在船上司职的青年闲着无事，拿了本书骑在船头的栏杆上放声念。

白色的浪花在船的两边或前后翻滚，机舱里发出响亮的前进的歌曲，粗大的烟囱冒着灰黑色的浓烟，向半空飞去。

李先生向远处眺望，他想起一句西方有名的伟大的教言：

一块静铁会变成废铁！

骑在船头栏杆上，念书的青年忽然把书合上，迈着舞步窜进船舱里去了。

……

（《泰东日报》1938 年 12 月 2 日—4 日，署名：慈灯）

桥洞下的哀怨

自从名震全城的杜十娘——一个野鸡的绰号——住在桥洞下以来，每天总有好些人抱着好奇和仇恨的心理走去看她。

杜十娘穿着一件短衫，又破又脏，肩头露在外面，底襟撕碎三个窟窿，背上沾着泥土，裤子比上身还要肮脏，脚上套一双破袜子，破鞋因为太破的缘故，已经没有法穿，常做拖鞋一般的拖着。她那一副面孔，至少有两个月不曾洗了，零乱的头发披在脑后，好像一团尿污里的野草一样！

半年前的杜十娘还不是这个样子，那时，她还住在一间小屋子里，有些她旧时的客人时常送几个零钱给她买东西吃，不过，她一有几个小钱，就去过她无可奈何的吗啡瘾，后来连给她小钱的人也没有了，她被小屋的主人驱逐出来，因为没有地方住，她便选定在这桥洞的下面。

她在桥洞下面过了一夜，消息便迅速的传播开了，好像一位英雄豪杰似的引得众人非常注意，都争先恐后来看个彻底。

大家闪着嘲笑的眼睛把视线集中在她身上，起初的两天，来看的人非常多，她早已不知道什么叫做羞耻，满不理会的躺在桥洞下面，懒懒的闭着眼。

有的人来看过三次四次，好像鉴赏一件有价值的艺术品，大有百看不厌的气概。

杜十娘一到早晨就到街上，去沿门讨要几个小钱，到了下午她就回到桥洞下——回到她栖身之所，她的过夜的旅馆，她的家。

从前，当杜十娘还没有失掉姿色，还没有染上一身恶嗜好的时期，她的生活和现在比，真有天壤之别！那时她所过的，是骄傲的少奶奶式的生活，是天上安琪儿一般的生活，她决没有想到，其实她连做梦也没有梦到会弄成现在这样倒霉的地步，她怎么会想到呢？

她住在一个月花二百多元租的小楼房里，有老妈子侍候着，有仆人给她看门，她的寝室天堂一样的华美，她的饭厅和花园一样，她有舒适的眠床，她有放光的食器，她出门有尊贵的客人来应接她，她坐的是汽车，只有在室内，她才肯步行。她的地毯是价值最高的外国货，她有一副戒指，值两千多元，是一个大买办赠送她的，她有各式各样的客人，这些客人都富贵，都名华都很讲究穿戴，讲究饮食，讲究交际，他们花钱像扔石头一样，特别慷慨。

杜十娘的职业，便是陪着这等人吃饭，睡觉，打牌，看影戏，逛花园，兜风，换句话说，她做的是供人玩乐的营业，而她自己也可以玩乐，她的唯一的资本是数一无二的姿色，加上她的媚态和巧妙的作风。

晚上总是下半夜三四点，往往到天亮，她还陪着客人在玩乐，她并不疲劳，她有第二天一天的休息时间，无忧无虑，宛然是月宫里的仙子。

她有的是钱花，几乎要多少有多少，有了钱，当然要什么有什么。但是，杜十娘也有件最大的心事，那便是她的容貌，她对着镜子看，总觉像起了变化，显然的，有些衰老的形迹了。她努力的旅行化妆，然而过了两年，化妆也遮不住面部的变化了！她拿出所有的媚态和手段来补充她的缺点，然而她的手段也没有头几年那样轻而易举的容易发生效果了。终于连最后的一个客人也溜走了，她这才觉悟到苍老真的来袭击了她。

她埋怨时光，过得这样的快，她咒诅那些客人，这样无情，有几个对她的情谊非常浓厚的人也跑掉了，唉！这些人，不是些好东西，他们忘记了她的许多好处，她曾给了他们很多的沉醉和幸福，而他们连这点也不顾全，躲开了！杜十娘没有储蓄，房租打不上只得住次一等的房子，这样一来，那些阔人，拖也拖不到手了。

没有法，她和一般的，那些嫉妒她的野鸡一样的打食吃。她本来就有鸦片瘾，鸦片抽不起只好打吗啡。

环境变得实在惊人，她混了两年，眼看一天不如一天，不消说，她那些贵重物品早已当净花光，就是看门老妈子早也养活不起，甚至连她自己也养活不起自己了！

夜里，她站在阴暗狭窄的小巷里拉客，但是要她的人很少！这行生意简直不成了！她住在一间小屋子里，房东每天讨房钱，这种房子是住一天花一天钱的。

她一连十天拿不起房钱了，剩余的一件长衫早卖掉了，现在什么也没有，房东知道没有希望，把她驱逐，她在街头对付着过了几夜。

可怜她定价半角钱也没有人要，这碗饭确实绝了望，她开始讨要。她发现了这个桥洞，便栖身在那下面。那些讨厌的人，他们来看什么呢？杜十娘已经老了，没有什么好看了，按正理，三十几岁的人还不算老，但是人们都肯定的说她老了！唉！杜十娘自己也明白！她还赶不上六七十岁的老婆子。

人竟老得这么快！杜十娘想起过去的事，简直就和昨天，和前一刻的事情一模一样，然而此刻，她是躺在桥洞下面，那些讨厌的人，讥笑的瞪着两眼，他们看些什么呢？这些人呐！他们唯一感兴趣的事便是眼看着别人倒了霉，被践踏，被蹂躏，被恶劣的环境压倒在地狱里，他们看着，感到开心，洋洋得意。

桥洞下是石头和泥土，还很潮湿，杜十娘拾了些草铺着，幸而是夏天，还容易过，到了冬天可怎么办呢？

杜十娘还没有想冬天，她只想过去的荣华和现在的悲惨的对比，她记得睡在舒服的床上哪有躺在泥土上这么难受呢？睡在舒服的床上多好啊！她的床是铜做的，不但舒服而且美观，枕头布，褥单，床帷子，一天一换，她睡觉的时候老妈子把被褥铺好，桌上有一架美丽的小钟，这是客人送她的，她很爱这只小钟，她的化妆品非常的丰富，都是上等货，价格最高的。然而，这些东西现在都飞到哪里去了呢？怎么一件也没有了呢？

杜十娘翻身一看，有些苍蝇绕着她飞。

这些可恶的苍蝇，从前她住的屋子里哪有苍蝇啊！那些幸灾乐祸的人，还在呆呆的看，这些人，他们从前敢摆出那一副面孔来看杜十娘么？这些欺软怕硬的东西，杜十娘想把他们骂跑，却没有骂。

天黑了，来看的人一个也没有了，杜十娘躺在阴黑的桥洞下，侧着身子，眼看那满天繁星自怨自艾起来。

唉！如果在我年轻的时候，肯嫁个丈夫，那么，现在也不至落到这步光景。

有许多曾双膝跪着向我求婚，他们并且发誓，说海可枯石可烂，他的心永远不变，情愿一生一世给我当奴隶，只要我嫁他。

然而我一个也没有答应，为什么不答应呢？我真该死！我天生是个贱货，贱骨头，应该受罪的命！

现在，我后悔了啊！我连个家都没有的人，连个亲人都没有的人，我还不如别的乞丐，他们没有人来嘲笑，甚至咒骂，我呀！我不如碰死在这桥洞下，脱离了苦海吧！

杜十娘啜泣起来，她伏在地上，眼睛压着手背，头发披散开，寞寞的哭。这时候，在繁华的街市当中，有许多汽车来往飞驰着。汽车内，有的是和杜十娘从前一样的过着舒服生活的女人，以倒在有钱有势的汉子的怀里为光荣。杜十娘哭泣了半天，伤心伤意的仰着流满眼泪的脸，望着黑夜的半空。一个光耀刺眼的星，十分活泼的闪耀着，忽然，它向东面飞去了，很快的，像一点火，拉了一条光线，一刹那间，坠落了，消灭了！杜十娘哭泣到疲倦的时候，便睡去了。

一九二九年夏于万寿山

（《泰东日报》1938 年 12 月 6 日、7 日，署名：慈灯）

小仆人的日记

三月初四

科长交给我两张英文的契约书让我叫来保险科的女打字员给打出来。

保险科的女打字员本来很忙，她一看见这两张纸就为难的皱一皱眼眉，她这一皱眉不要紧，把我皱得很难受！

从她的愁苦的表情中我看到人生的一小部分，这一小部分的人生包括了全宇宙！

我差一点皱出眼泪来！

她用愁苦的眼睛看了看契约书抬头对我说：

"急着要吗？"

"我们科长说下午要！"

"今天一点工夫没有！你看这里这些，一星期，怕也打不完！"

她说着指给我看放在打字机旁边整整一竹篓，那全是她的工作，那么多真愁煞人，我默默的拿着契约书走开，身后砰砰啪啪的打字机悲苦的响动起来，好像在对着谁呼吁它的痛苦。

科长很不高兴我没有把他命令我的任务完成，不耐烦的接过契约书去，自己动手写了。

既然自己能够写为什么不自己写，而偏要支使别人呢？真是稀奇古怪的人！为了脱懒或弄权的缘故而奴使别人是很大的羞耻！这是不对的，做人不能这样。我们科长的英文很不错，可惜连这项为人的要义都不懂，真是憾事，这种人世界上太多，必须痛加悔改！

七点半钟，我就跑到夜学校了，今天我到的很早。

几个同班的学友正在楼下打乒乓球，我也加入，我打掉两个人，可是败在曹龄手下。曹龄打乒乓球实在好，他能把球连抽带转，叫你不知从哪里下手对付。可惜他读书的成绩正相反，没有比他再笨的了！

　　这种人世界上也很多，不过这种人我认为也不算坏，因为有点拿手的本领，不管那本领怎样小，也比什么都不会可取得多吧？

三月初五

　　昨天晚上大概是过半夜，我们宿舍的东面，距我们不到半里路，一家油坊的工人宿舍起火了！

　　我正睡得很熟，忽然被街上吵闹的声音惊醒，同事们都穿起衣服跑出去看，我也随着奔了出去。

　　救火车的铃铛铛铛响着，呼呼的从街上飞过去，那尖锐的警报笛，好像鬼哭一样，听见那叫声，我全身几乎抖擞起来。我随着人群向东面跑去，老远的就看见那直冲向半空的赤红的火焰。

　　火光里有无数跳动的人影。

　　救火车有五六辆，散乱的停在街中央，那些救火员动作敏捷的奔跑着，他们从车上拉下水带，吸了水向房上喷，水的狂叫，火的怒吼，人的吵闹，打成了一片，寂静的夜一点也不寂静了！

　　那些住在宿舍里的工人，都匆匆忙忙的把他们的行李卷搬到街上，有的还没有穿衣服，赤着身子跑了出来，情景很凄惨，一连串有三十几间瓦房全烧起来了！

　　火接续烧了两点钟才熄，火未熄我已经跑回宿舍，因为抗不住冷，冻得我全身打颤。

　　我是第四次看见起火了，我一生不知能看见几次起火。

　　这些工人很可怜，也不知他们昨夜是怎样焦急的度过去的。他们从幼年到衰老，从生至死始终是受着自然的因果律或不自然的因果律的逼迫，过着多半不得意的生活，和这些人相比，我是优越分子，我应该知足，不应当常常为了自己的地位低下长吁短叹。

三月初七

父亲又来信了。

他说母亲的病照旧不好，母亲很想我，盼我赶紧回家一趟，我也想家，想母亲，想妹妹和弟弟，但是公司里很忙，决不能准我请假，我们的科长一天要喝二十次水，没有我，就没有人端水给他喝，他支使我东一头西一头，把这样拿过去，把那样拿过来，我晕了头，转来转去，总不出两丈远的地方，累死了才算完！这未必是人的生活吧？我渴望着自由和高尚，我梦想着美丽的生活。

三月初八

"谁家的小鸡儿不拴笼头，啄死人不偿命吗？"

这句话，我听小张一天至少说几遍，他说得津津有味儿，我总猜不出这句话是什么意思，问他，他只是咧着嘴笑，但是不告诉我。

他告诉我种种我从来没有听说过的可羞的故事，他并且教给我……可是我不干。

在楼梯上，我总是躲避着他走在无人的地方，他一遇见我就把我搂住，说我像个姑娘，什么我的眼睛特别好看……我必须用力挣扎才从他怀里脱开逃走。他有时好像个疯子，生生的搂着我不放，我有点怕他，也有点喜欢接近他，不知是怎么回事。

我的生活是寂寞的，不合我的性格，我希望有个人时常来安慰我，我需要温柔和同情。

我把父亲来信的事报告科长，但他立刻就板起面孔。

"现在公司里正忙，请假是不行的呀！"这便是他第一句话。

"我只请两天就够，看看母亲……"

"你自己和经理说去吧！我不管！"这便是他第二句话。我不能再张嘴了。

直接和经理请假，像我这样一个端茶水抹桌子的仆人的资格远不够，公司里是没有这种章程。仆人请假，非预先经过科长的批准不可，科长是必须首先经过的一层难关呀！

我想写一封信，把父亲的来信也附上，直接送给经理，或者他会准我两天假的。可是我缺少勇气，不敢这么干，科长要知道，一定生气，以后这碗饭更难吃了。

我写信告诉父亲，说明这里的情形，我写了几行，忍不住胸中的悲酸，跑到后院，偷偷的哭了半天。

母亲哪！我不能回家看你，求你原谅我。在这里，我很不错，你不要挂心，希望你快快的好吧，为什么要时常的有病呢？我做着回家的梦，醒来却在异地，我想念妹妹和弟弟，也不知现在他们都长多高了，我离家二年，没见过他们一面，很想念……

晚上，我在被窝里，伏在枕头上哭了……

三月初十

鲁滨逊漂流记已经登完了，可惜我不能剪下来贴在本子上，几份报纸，公司都要保存，过去的全放在仓库里不准动，管理仓库的老刘很认真，我和他商量了多少回，他总是不肯通融。

老刘可以说是个大傻子，在我们这样的公司要当一个仆人何苦认的什么真呢？一个与经理无亲属关系的大学卒业生品行又好，能力又佳，只赚二十四块钱。一个与经理有亲属关系的中学卒业生，品行不见得好，能力不见得佳，却赚四十五块钱，这是怎么回事呢？

老刘不懂这些，他活了二十七八岁，连是非曲直都不能判断，他认为是经理的亲属，就该多赚，不是，便该少赚，这是极公平的待遇，这就是合理的。

下午，我看见老刘在后屋休息，他自言自语说：

"肚子饿了！一个铜板没有。"

我赶紧上前去，对他说：

"我去买几个烧饼来吃吧！我也饿了！"

"真的么？你有钱么？"他立刻瞪起眼睛，很亲热的看着我张着嘴，好像一个蛤蟆。

"我还有一角钱哩！"我说着就走，"立刻就买来！"

我把袋里仅有的一角钱花了。

老刘很高兴，我们一面吃着一面谈天，我像忽然想起什么事似的对他说：

"我想剪几块儿报纸，你今天上仓库去不？"

"不去！你时常要剪报纸做什么？"

"有用处！"

"什么用呢？"

"你不知道！"

"明天吧！"

他答应我了，这是六个烧饼的功效。我没有钱，买不起书，《鲁滨逊漂流记》书局是有的，但是你不拿钱，他们决不能给你。穷人哪能读起书呢？昨天晚上在夜学校听先生讲过："有钱能买得起书的人，不一定就能成一个有学问的人，反之，没有钱，买不起书的人，如果知道发奋用功，却往往成了大学者。这种人，古今各国很多，举起例子来要多少也有。"

三月十一

我时时刻刻的盯着老刘，看见他上仓库，马上尾随着跟了他去，怀里藏着剪子。

报纸都按月钉起，很整齐的堆在仓库的一角，从最近的剪起，向过去追着剪，老刘等着我，他在不耐烦，手里拿着锁头，不时的在门柜上碰，我很焦急的翻着报纸，聚精会神的搜查，迅速的剪裁，他等了一刻，还跺着脚……

"快点儿！剪起没有头？"

我知道他的意思，他是怕被主任看见。

"你可以先回去，把门锁上，半点钟以后来开门，我就可以剪完了！"

他把门关上，我听见他在外面挂锁的声音。

我突然慌起来！如果仓库起了火，是不是我得烧死在里面？啊呀……我立刻看见一架焦皮烂肉的尸体被人拖了出来，那么多人在看着，正是我……

很快我就忘记，欢喜把恐惧打跑，笑自己太神经过敏，胆怯得非常可怜！

我一篇一篇的剪，把一捆一捆的报纸从这面搬到那面，不停的翻弄，搜索，剪，累得喘不出气，加上急，额角累出了汗。

也不知剪了什么时候，好容易剪完了，少三回，为少这三回我重搬一次报纸，可是怎样找也找不着，后来查看日期，知道报纸缺了页，这可没有办法了！

老刘来开门让我出去，他大不高兴，他说报纸翻得太乱，没有像原来那样整齐。他必须重加整理。

我却满心欢喜的跑回楼上。

科长迎头就吓了我一跳，差一点儿把剪子掉了。

"你死到哪里去了？"他怒不可遏的这么大声责问。

"我……我肚子痛！"

"什么？"他恨恨的瞥我一眼，"你愿意干就好好干两天，不愿意干就赶紧滚蛋，有事情，怎么我也找不着你！"

沉默。

"把这些证书拿去！存卷！"

他把七长八短的一堆纸扔给我，我赶紧遵行。

我没有怒气，我的怒气已被环境弄没了。

三月十二

会计课的冯先生，这些天，总是低垂着头，好像一只没有勇气的小鸟经过一场暴风雨的吹打，全身的羽毛都淋湿了，再也振作不起来了。

经理大王的开玩笑未免太玩弄别人的感情，自以为有趣，他以为他的地位有玩各种把戏的特权。我想委员老爷赶紧到，把公司的各种黑幕都调查得水落石出，该惩的惩，该罚的罚，小姨子算什么呢？

小张虽然坏，但他是个不顾一切的家伙，他居然敢私自跟她接近，他站在写字台前面说东道西，引得她把手放在嘴上笑。

今天小张又跑到她那里去说笑，我很注意的留心小张的举动，可是看不出什么来。

夜学校一天比一天热闹了，招的学生先后报到听讲，为使新同学知道他的擅长起见，摇头摆尾的显其手腕。其实那些学生大多数都是为了求学而来的，他们白天进不起学校，趁着晚上一点闲时间学习点什么，他们志在学业不在打乒乓球啊。

我想做一篇文在报上登，做了五六天，老是做不出来。

题目是《秋夜》，起初我先写虫声。

"虫声唧唧的叫"这一句是不通的，于是把这句改成"树叶沙沙的落了"。

"落了"以后又怎样呢？

接着写刮风，可是不对，应该先写刮风，然后再写树叶落，今天不能写成了，明天再写吧！老师说，"创作必须有天生的才能，再加上刻苦的训练，方能成功"。我没有天生才能，恐怕不行。

三月十三

三月中旬，天气还冷得很。春的季节已到，为什么温暖还不早些来呢？

我喜温暖，寒冷实在给了我很大的痛苦，我愿意读书，不高举当小仆役，可是有什么法子呢？

我想请两天假回家看看母亲的病都办不到，我打算跑了，不干了。

"秋夜"还是写不出来，保险科的女打字员今天没有上班，不知因为什么，我很挂心她。

三月十四

科长今天又把我斥责了一场。

一早，我跑到电报处主任的桌上把那份报偷着拿到手，叠一叠装在袋里，打算趁闲空读。但闲空好像幸福一样，却不愿接近我，我追求，也不成。

我在位子上坐着是找不到闲空的，科长一看我没有事就找事叫我做。他这种心理不知是怎么回事，我想，这不能算人类最高尚的心理吧。

我跑到厕所里到底把两份报上的文艺看完了。

公司里的厕所比我们宿舍清洁得多，还有座位，舒服得很。

平均每天，我倘若能坐在清雅的厕所里读两点钟报，不，一点钟也好，那我对于人生就满足了！

科长当我在厕所看报的时候有事要吩咐我，正好我不在，我一回去他就是迎头大骂一场，说我越来越坏！

天知道，我是越学越坏么？我决不愿意学坏，不但是我，世界上所有的人没有一个喜欢学坏，他们所以或好或坏，不过是物质、经济、环境的摆布罢了。

我想：在书店当个伙计，也许不错吧？因为书店里有书，愿意读什么就读什么，其实这也怕是睁眼做梦。

在报上我读到这么一段杂谈说是：

每年，世界各国的大学文科卒业的学生，不知有多少千多少万，可是世界上，成功的文学家，一世纪里仅仅出一两个，甚至一个不出。

这可不知是什么原因，杂谈的作者也没有说明。

我想，这些大学文科的卒业生所以不能成为文学家，大概因为是命中注定的。八字不好？有叫"文学"家的，有叫"文艺"家的，也不知"文学"和"文艺"这两个名称有什么区别。

三月十五

科长今天又把我责斥了一场，他斥责我的回数也太多了，渐渐的就不发生效力了，我也不在乎了！

责斥就责斥，既然不能损伤我的皮毛，那就随他去！

我还是照旧的到厕所看报上的文艺，其次我喜欢地方新闻。

三月十七日

父亲来信，母亲的病好一点儿了，谢天谢地！

今天，科长告诉我一个快乐的消息，从下星期，调我到保险科里服务。谢天谢地！

我手舞足蹈的跳了一阵，嘻嘻哈哈笑了一阵。

三月十八

这两天我特别高兴。

母亲的病渐好，调我到保险科服务，这两件事不是应该高兴的么？是的！应该高兴！

三月十九

我今天比昨天还要高兴。

母亲的病渐好，调我到保险科服务，这两件事不是应该高兴的么？我越想越高兴，晚上几乎高兴得连觉都睡不着了！

三月二十

小赵有一本叫《我的故乡》的小说，他还没有看完，答应看完之后借给我。

小赵也是喜欢读报上文艺的孩子。他家里很穷，父亲在海上打鱼养家，他的母亲在他幼年时代就故去了，他两个妹妹都寄养在姥姥家，现在他家里除了独身的父亲外，有个年老的祖母。小赵的性子很寡默，我很爱惜他，他也喜欢我。

我将来要会写小说，一定也写一本《我的故乡》，这题目多动人哪！谁不爱他的家乡呢？

但是我的故乡在哪里？现在我的家乡，并不是我的故乡，从会记忆的时候起，就记得父亲从东搬到西，从南搬到北，过着苦恼的不安定的流浪生活，我的故乡，不知在什么地方。

连我生身的地方都不知道。我听父亲说过，祖父是南方人，飘泊到北方来。连父亲大概都不知道他的故乡究竟在何处吧？可怜的父亲，可怜的我，我们连故乡的所在地都不知道，我将来会写的时候怎样来写《我的故乡》呢？

也罢！不写我的故乡，写我的家乡也很好吧？可是D村能算是我的家乡吗？如果是，那很好，不是也不妨，我是一定要写我的家乡的，就拿D村来做背景，将来写一本富有诗意的小说吧！

D村很不错，四面有青的山，山上有苍绿的松树，桃花盛开的时节，满村是一片鲜艳。后园里有两棵桃树，那里有我小时最喜欢的河边，我和弟弟常坐在石棚上看水里的游鱼，几场风雨后杏花便落了满地，花瓣落在葱叶上就好像葱叶开了花。

附近的树林里有各样可爱的小鸟，它们唱的非常好听。

只有一件事使我想起来很不痛快，D村的人都是势利眼，他们对穷人极苛刻，丝毫不让。我们住在D村没有房产田地，只凭父亲耍手艺赚饭吃。十冬腊月，父亲赚不上吃的，东筹西借，各处碰钉子，如果父亲有能力供我读书，哪能叫我背井离家出外给人当支使呢？

一想到这里，D村的田园风光就变成一片灰色！我不喜欢它，讨厌！

我即使能写一本《我的家乡》，恐怕也写不出什么鸟语花香、春花秋月吧，怕是还要对平原小草咒诅起来的！

唉！我连生身的地方不知道，连故乡不知道，现在的家园也不过是暂时栖身之地，饥饿的避难所罢了。

晚上从夜学校回来，在路上看见一个骑自行车的老家伙在转弯处摔倒。他跑的太快，一转弯不小心，砰啪一声，跌得很厉害，衣服跌破了，脸也跌出了血，为什么不慢一点走？我去扶起他。他的车子碰坏，不能骑了，他低头推着车子走了，他的脸一定很痛吧？

从今天起，我在保险科里干活了。

这位科长不像那一头蒜，很和蔼，他说话喜欢带着笑，其余几位职员也都很不错，我的位子和女打字员对面，以后不该叫她女打字员该称她郑先生，她的名字是郑晚风，这名字真好，冬天的晚风不冷，夏天的晚风凉爽，春天和秋天的晚风更美妙了！

她不叫我的名字，叫我"喂"。

她问我："喂！你十几岁？"她能够一面打字一面谈话，她的十个手指不停止的敲打着字键，打得出奇的快，砰砰啪啪，好像三十晚上放鞭。

午间休息别的职员全都吃饭去了，她不吃午饭，她一天只吃两顿饭，她找一张没有用的纸给我学习着打，我认识英文字母，学起来还不感到困难。我坐在打字机正面，拙笨的动转着机轮，把白纸卷到轮上面开始打 A、B、C、D、E，她在旁边热心指导。

学了十分钟，停止了，我问她：

"大学什么样？"

她笑了起来，感到我的问话的难以答复。

我问别的：

"你每天也上课么？"

"上课。"

"先生讲什么书？一定是很难懂的书吧？"

"也不难，不过单是听教授讲也不行！"

她笑了，不得不说，她笑的很好看。

有一位外国的学者在我国住了三天就走了，他写一篇在我国住了三天的感想。他说，他预定在我国住一个月，可是他不能多住了，因为他看不惯我国的妇女那一种装模作样的怪现象，连有点知识的女性，许多还是脱不了旧风俗的丑壳，他讨厌，所以赶紧走了。正如在电影院看电影，一开映就不顺他的眼，所以他厌恶的走了。这位学者，或者预定的就是在我国住三天，他这篇文的寓意也许在刺激我国识字阶级的头脑。他并且还提出许多国民在生活上、教育上，应行改革的事情。

三月二十五日

今天是个神圣不可侵犯的日子——发饷。

我的薪饷是七元八角二，刨去伙食费五元，还剩两元八角，再去学费一元，还剩一元八角二，剃头洗澡买胰子毛巾或其他零用至少得一元，总计剩八角钱，这八角钱决定寄给父亲。

三月二十六日

小赵把《我的故乡》借给我了，嘱咐再三，不准弄坏这本书，我知道他这本书的来之不易，正如我的两本书的来历一样，经过至少有两点钟的心跳，郑先生看我闲暇的时候手不释卷，很是快乐。记得从小在家上学的时候，有一天坐在街上的树荫下温习功课，东屋家二婶子出来看见我，把我大夸一场，说我年年考头一名并不是无因的。

可见，读书这件事，不论是有学问人或者是目不识丁的庄家佬，没有一个反对，甚至加以轻蔑的。只有一部分除了吃饭没有别的思想的人，他们认为女子没有读书的必要，说是，女子无才便是德，可是对于读书人，比较起来，大多数人都是尊敬的。

《我的故乡》这个集子，所收的七个短篇都是作者生活的故事。有一篇《光荣的遭难者》，叙述一个过着平庸的幸福的生活的青年，感到他过着的空虚的生活缺少意义，毅然的抛弃了家庭和恋人，走到有价值的路上去。最后他是为了光明的理想在炮火下负伤，被敌人俘去，做了光荣的牺牲。作者描写心理擅长，这一篇最合口味。

《我的故乡》一篇主要描写的是乡村中几个流氓，几个少数的不良分子，把一个平安的农村毁坏。许多人，因为不了解他们命运的操纵者，在水深火热之中挣扎着过活，并且暗示了农民渐渐的觉悟到自身的力量。他们如暴风雨一般的集合，终于把几个坐享渔利的坏蛋打跑，结局。一个被毁坏的农村恢复了原状，大家过着快乐的生活，此篇在儿童骑在牛背上唱着山歌结束。

还有一封信，作者用写信的体裁叙述一个少年的悲惨的境况。读了这篇，我觉悟到自己的环境并算不得什么苦，相反的，我如果和书中的人相比，我简直是一个幸运儿。

其余的几篇都很好，这本书是有价值的，读这样的好书，像吃好东西一样，吃的人一定会满足的，决没有异言。

三月二十七日

总号派出的委员老爷今天到公司，我以为是些三头六臂，原来是些肩头狭窄，很软弱的中年汉子。

他们并未认真办事，在这位科长面前说笑一阵，在那位主任面前说笑一阵，这就是他们的使命！

其中有个胖子在郑先生身后直直的立了一点多钟，他是看郑先生打字，还是看郑先生呢？把我气得够受，我想一脚把他踢倒栽葱，替郑先生出口气，但是没有机会。

他走后，郑先生对我微笑起来，她为什么要笑呢？

"这个胖子的眼睛像驴一样！"我这样对郑先生说。

她笑得更厉害，弯着腰，眼睛挤成一条线。

女子真是些稀奇古怪的，她为什么要这样开心的笑呢？说胖子在她身后立了一点钟，她觉得荣耀么？我百思莫解，跑到夜学校去听两点钟瞎说，不如自己读点报或者什么书。

今天晚上我决定了，我没有上夜学校，我跑到青年会的图书馆里坐到十点多钟，那些杂志把我的灵魂抓住了！

我决定，永远不上夜学校了。

在图书馆里聚精会神的读两点钟杂志，比跑两个星期的夜学校所得的益处还要大若干倍，从此起，我每月可以多寄给父亲一块钱。

四月初六

十来天没有写日记，因为没有工夫，——其实也不是没有工夫，主要的原因是懒，细说起来也不是懒。近些天从青年会回来的时候太晚，他们不宣告关大门我不会离开，那些杂志太好啊！

同事们都说我玩野了心，他们以为我跑什么荒唐的地方去夜夜迟归，其实他们不知道我发现的天堂，并不是所谓荒唐地方，乃是高尚的教育自己的最好的乐园。

青年会图书馆里的杂志我几乎一字不少的读完了六册。

在同事们面前，我觉得自己是比他们进步的人物，虽然他们的年龄个个比我大，但是他们除了人情世故的经验之外，不见得比我多明白什么。想起这些，我觉得很骄傲。

我的嘴本来就喜欢多说话，现在加倍的愿意唠叨了！

出了许多问题把郑先生问住，她答不上来，看她为难的样子很可怜，我也就不问了。

我以为大学卒业生，无论什么问题都明白了，闹了半天，我想的并不对！在杂志上看到一段闲话，说是现在有许多大学卒业生连一封信都写不明白，也不知真假，这段新闻，给了我一个很大的惊骇！

《秋夜》到底完成了，拿给郑先生看，她不信是我写的，这真叫我不痛快！莫非说当小杂役的个个都是饭桶么？不见得吧！

从前，我很羞耻自己的地位低贱，这种思想是错的，而且是大错的。

古今各国，有许多成名的伟人都是出身很低贱的，像我国连庄稼人都知道的薛仁贵是伙夫出身，朱买臣打柴，像姜子牙卖白面，刘备卖草鞋，朱洪武放大牛；往外国说，大文豪高尔基做过各式各样低贱的职务。这样一想，我就挺起了胸脯走路，虽然有时受点打击，还不至于要垂头丧气的，大概我总不会成为一个伟人吧？因为我动不动就灰心呢！

还有，我没有意志。

当我肚子有些饥饿时，做什么也没有心思，我不能忍受物质的缺乏，环境始终是影响我的精神。

我怎样才能把这些缺点征服呢？

——没有方法！

四月初七

春来到的消息，在人们穿着的衣服上都表现出了。

假如年四季都是冬，那真是一点意思没有。

昨天晚上我又回来迟了，宿舍已关上大门，我叫了半天才叫开，厨师不耐烦，唠唠叨叨的说三道四。

《秋夜》寄走了，也不知编辑大老爷能不能给我登，我很焦急，我是第一次投稿啊！

在图书馆里认识一个朋友，他叫程占复，今年十六岁，他在 K.M 洋行当学徒，他时常到图书馆里看杂志，所以我们便认识了，不过今天头一次交谈，谈得很投意。我忘记问他是哪省人，他说话的口音很特别。小张有一本书，他只给我看了一页就装进袋里去了，这一页书上画着两个人坐在一起，赤裸着身体，很难看。

小张是不可救药的坏孩子，他成天到晚什么事也不想，只想些下流事，不说话则已，一张嘴便是些下流调。

我便躲避着他，他一见我就搂我，说我像姑娘，是什么意思呢？他一定不怀好心。

小姨脸上的粉一天比一天增加，快有二寸厚了！

郑先生没有改变，和从前一样规规矩矩，她有时不言不语的样子很冷淡，是个性格沉默的家伙。她和小姨恰恰相反，小姨的举动活泼，你问她一句话，她能答十句，会计课的冯先生为了她，害着单相思，神魂颠倒，一天比一天瘦了，这些成年人真可笑。

四月初八

科长批准我三天假，明天就往家走。

四月初十

别了二年的家乡，情景有些变了！

我们居住的三间小草房，我觉得比从前狭窄了若干。

父亲还是不停的忙着，他始终不辞辛苦，工作了一生。

母亲比从前消瘦多了，她想念我，不知哭了多少次，父亲告诉我，这二年家中的情况太坏，父亲对我像对成年人一样的说话。

妹妹和弟弟身前身后的缠着我，尤其是弟弟，他一时一刻不肯把我放松，我也舍不得和他离开，我愿意抱着他，背着他，引他发笑，我爱妹妹和弟弟，半年来，我时常因为想起他们在半夜流泪，我不知做了多少次回家的梦。

现在我总算到了家，这不是梦了！

满村的桃花全开过了，杏花也快开了，我看见了弟弟，也摸着小妹妹的头发了，但是，在家里只能住两天，看不见了桃花，还来不及看杏花，这是多么遗憾呀。

从前的友伴现在都高了。

秋菊见了我还害羞，我问她：

"少见啦！秋菊！你好么？"

她立刻垂下头来，小脸红红的用眼角看我，半天才说话。

"你几时回家来的？"

"昨天晚上！"

我们只说了这么两句话，她就走了，她走到很远，还回头望望我，我对她摇摇手，她赶紧转过脸去，好像怕谁看见。

秋菊比从前美丽多了，也不知谁有福，能把秋菊这样的好姑娘娶到家，我是没有希望的，因为我家不是她定的门当户对。

晚上，母亲煮熟了稀粥，坐在炕上问我这样问我那样，她怕我学坏。

我告诉她，我决不能学坏，我把上夜学校的事，上图书馆读书的事，都对她说了，她很欣慰的瞅着我。

弟弟靠在我怀里，仰着脸看我说话。

东屋家二婶也过来了，她进门就夸奖我。

"唉呀呀！好儿子可回来了！长的又白又嫩，比大姑娘还好看！"

大家都笑了！我很不好意思的回避她的视线。

她走后，母亲对我说：

"你大婶子想给你提媒。"

"给你定媳妇！"妹妹插嘴这样说。

"妈！我不要。"我摇摇头：

"我愿意恋爱结婚……"

母亲不懂我说的话是什么意思，很费劲的思索着，她误会我了。她很难过的说：

"莲爱吗？她已经订婚了！"

莲爱是我的表姐，大我一岁，从小就和我不错。

母亲竟误想到这里，真是笑话。但我没有笑，一提这，我笑不起来。因为母亲悲哀的低着头，她想起六年前，父亲到远方去，日久不归，母亲领我到姨母家找饭吃的事情……

母亲用衣襟拭着眼睛，我把脸埋在手心里。

四月十二

回公司，我提不起精神来干活，天空阴沉沉的，好像要下雨，下午果然下起雨来了。

丝丝的细雨，落在玻璃窗上，像个泪人儿一样，哭得十分伤心，很是可怜！

（《泰东日报》1938 年 12 月 8 日—18 日，署名：慈灯）

是茶房么

B旅馆的大掌柜和二掌柜，这一天在厨房邻壁的饭厅里，一面吃着饭，一面在会议。

大掌柜：

"这事情，能是实在的么？我想……他不能够，你想，他今年才十六岁，看他那样子，二掌柜，哈！不懂得。"

"你单是从他的年龄上判断可不中，他虽然是十六岁，我看他呀，不只十八岁！你问烧水的老刘，他亲眼看见的，他说，他看得清清楚楚，一点不会错。不信，请你当面问问老刘，我想，这事情可不好办！哎！是呀！再把老刘叫来你问问吧。"

大掌柜从盘子里抓过一个馒头两手一掰，分成两半，一半送回盘子里，留一半在手，夹一筷菜，咬一口馒头。他的嘴很大，半块馒头用不上两口就能吞进肚去，可是他吃得慢，因为他是个很讲究饮食的人，他说："文明人吃东西细嚼慢咽，狼吞虎咽是些下等人的吃法。"他的身躯肥胖，脑皮没有头发，磨着两个金牙，衣襟处挂着金表链，处处表示着他是个文明人。

二掌柜正与他相反，是个瘦子，他说话的时候瞪着眼睛，比老鼠小的事件他看做比老虎还大，这时他放下筷子，已经吃饱，喊道：

"老孙！"

老孙是厨子，他在隔壁答应了一声，兔子一般的跑了过来。

"你去把老刘叫来！"

老孙："是！"应一声，表示着非常服从的面孔，转身走出门槛。

大掌柜：

"这件事，你要知道，我们不能管哪！依我看，还是随他们去吧！"

"当然！管也怕是管不好，可是，我们总得问详细，如果闹出笑话，对大家的面上都有关系。"

老刘进来，他提着一个铁茶壶，眼皮不住的挤着，大概上了火。

"你详细的说说，关于那件事从头到尾，把你所看见的。"大掌柜这样下了命令，他因为感到事件的兴趣，所以咧着厚唇对"下面人"说话，也格外和气。

老刘更快的挤着眼皮，他想了一想，开始讲：

"这话，是一个多月以前了！"

那时候，我还不留心，直到最近五六天以内，我才……才留心到这件事。

"起初，这个少妇住在西楼三号，这，二掌柜也知道，她住在这里，也不是一两天，从她丈夫被逮捕以后，已经三个月，她就住在西楼，忽然，她搬到东楼去了，这自然是件很平常的事。

她在西楼住的头一月，我不是常上去送水么？她就问过我——是的！她是叫我上她屋子里去的，她问东问西，好像是无事闲谈，我也不在意，随便答她的话。后来她问：'我那东楼的茶房，不像个当茶房的人是不是？'我告诉她，'富义本来是个读书人，是这里经理的亲戚，他起先到旅馆来闲住，等着找职业，后来东楼茶房不干了，他就接着干起来了，是个好小伙！'她沉思着，不知她在想些什么。"

富义每天傍晚把楼上的窗户打开，伏在窗台上闲眺，她的窗户正对着富义，我在楼下，坐在茶炉旁边，抬头看得清清楚楚，但是下过道的门把我挡住，他们在上面一点看不见我，她看富义打开窗户，她也打开，互相看着，这样一连有两三天，他们竟相对着点头，微笑，不过没有谈话。

"有一天，我看见她把一个纸球的东西扔给富义，扔得非常准确，一下投到富义的怀里，富义欢欢喜喜的拿了进去。过不多时，富义也弄个纸球扔给她，她拿着进去了。

第二天他们又扔纸球，我想他们一定是写的什么字，这样很便利的传达着。

那天晚上，我上西楼送开水，下来的时候，在楼梯上碰见富义，他急急忙忙的走了上去。我又转身走上去，在后面偷看三号门悄悄的开了，富义进去了，门悄悄的关上了，我从门缝看进去，看得很分明！

"看得见么？看见了什么？"大掌柜听着情急的插嘴问。

"是呀！因为屋里开着电灯，所以看得分明，富义从袋里掏出几张纸来，伏在桌上就写，她伏在旁聚精会神的看，他写了半天，也不知他在写些什么，他写一气，抬头看看她，好像是问：'你明白么？'她对他点点头，好像是说：'我明白了！'

他写完一张纸，交给她，她拿起细看，然后叠了一叠，装进袋里。富义坐了片刻立了起来，也没有做什么，我看他是要走的样子，赶紧闪开，好像在做着事，没有理会他们似的。

以后我没有看见什么，富义到她的屋子去了没，我全不知道。

上月初十，她忽然搬东楼去了，这么一来，他们的来往更方便了！

大前天，我知道她上街去了一趟，回来的时候，带些苹果。过不大时，富义嘴啃着苹果到茶炉去打水。我问他：'你真好运道！'他对我看了看，说：'别嫉妒！'

就是这些，这都是我所知道的实情，我已经对二掌柜说过了，是吧？二掌柜。"

二掌柜点点头，表示承认。

大掌柜好像走到云里雾中一样莫明其妙的歪着秃脑瓜。老刘看看没有事，挤挤眼皮，走了！

大掌柜：

"你说不怪么，他为什么到她屋子里写字呢？他能写些什么我想不出。"

二掌柜：

"或者把富义叫来问他一下，怎样？"

"那问他也不能说实话，还是不管他们，写去吧。"

但是，二掌柜是个好奇心很甚，喜欢"多管闲事"的人，他所以瘦，就因为太操心，无论任何一点小事，都想研究个彻底，弄个水落石出。他很有科学家的性质，可惜没有用到正经地方，只弄得自己瘦得太不堪罢了——他的两只尊足，又瘦又小，好像小脚放大的处女，稍为走动就觉得吃苦。

吃完了早饭，同时会完了议，他和大掌柜分了手。

他迈着方步，做他每天照例的一次认真的巡视。

他走到西楼，看着各处，那漆亮的地板擦得干不干净啦，水桶放置的紊不紊乱啦，玻璃和茶几擦得亮不亮啦，他的着眼点很琐碎，然而很周全，室内各处他都看遍。

西楼检查完毕，轮到东楼，他有点气喘了，他不过是四十几岁的人，有四子三女，难怪他不气喘，但是他的妻却非常的胖，虽然是养了七个孩子的人，风韵还很好，这很能鼓励二掌柜再养七个孩子。

二掌柜走到东楼。

他第一眼就看见茶房坐在凳上打瞌睡。

"这小子，怎么，他夜里不睡觉么？"

靠墙角放着的一张皮面桌底下有些尘土，二掌柜一眼就看见了。

"喂！你看那下面，你扫了么？"

"扫了！昨天扫的！"

"昨天？昨天扫、今天就不扫么？"

"用不着天天扫吧？"

"胡说！为什么用不着？"

一个开门的声音，把二掌柜视线拖去。

一个没有穿大衣，披着卷发的少妇，穿着拖鞋，笑着对二掌柜看，这一笑把二掌柜的职务笑忘了。

他很温柔的，像对小孩子说话似的：

"刚起来么？"

"不——早就来啦！"

她的"不"字说得特别委婉动人，养了七个孩子的女人决没有这样好听的声音，实在，她说话真像莺莺燕语一样！

一阵嫉妒和欢喜的血在二掌柜的体内流过，他向前凑了几步，离少妇更近了。

她来了一阵迷人的笑，生生的把二掌柜迷住，二掌柜觉得飘飘摇摇，有点支持不住了。

但是他毕竟老练，他知道唯一的救助自己的法子，就是赶紧离开这里，他什么也不说的走了。

他到柜房去。心里忐忑不安的坐在椅里不动。"不——"的一句莺声和一阵迷人的笑还在脑里翻来覆去，他觉得奇怪，为什么这点事会抓住了他，他竟忘也忘不掉呢？他掏出一支烟卷来，想借着烟雾把他的记忆遮蔽，但是不成，喷出的烟是青灰色的，他的记忆是粉红色的，一朵粉红的鲜花在青灰的叶丛中显得更美丽更动人，二掌柜吸着纸烟——醉醺醺。

这天晚饭时候，二掌柜吩咐厨师，给他买了一壶白干。

他喝醉了，他的尊足虽然又瘦又小，可是有点酒，使他出奇的兴奋，他头脑昏昏的到大街上走了半天，后来走回旅馆，上了东楼。

他轻轻的敲着一扇此刻在他眼里好像月宫一般神秘的门，然而此时夜色已深，他虽然是轻轻的敲门，但是反响却很大，震破了楼上寂静的空气，他战战兢兢的，活像一个发热寒病的人。

"谁呀？"里面悄悄的这样问："是茶房么？"

他随随便便的哼了一声，门很急的，也是很静的开了，二掌柜抖擞着勇气跨进去。

"有事么？"

"……"

"有事么？"

"……"

"做什么呀？有事请明天吧！"

"……"

"啊呀！救命！救命！"

这一声尖锐的呐喊，把二掌柜从昏迷中喊醒，他正想巧辩或者是逃跑，但是已经来不及，那强壮的茶房如猛虎一般飞上楼来，上前就把二掌柜揪住。

楼上一个旅客没有，只有他们三个人，二掌柜满脸赔笑，哀求着：

"放手！放手！我不过是来……"

"来干什么？深更半夜！"

"放手！你这孩子，我告诉你！"

"说吧！"

"我听说你俩……所以我来查看一下……"

"胡说八道，走，我拖你上警察署去！"

"别……别……你这孩子胡闹！"

茶房指着他的鼻子说：

"现在，好在没有第三者知道你这丑事，我可以放你，但是有个条件，你以后不准管我的事！这样办，我就给你守秘密，不把你的丑事宣扬出去，她也能饶了你。"

"是的！我原谅你。"少妇说，"以后别这样了，多么吓人，深更半夜的。"

二掌柜也不知道自己刚才做了一回什么事，他以为："这是做梦吧？"其实不是梦，即便是梦，也不体面，一个四十多岁，有了七个孩子的人，还做这样的梦，太可羞了吧？如果把这事登在报上，二掌柜多丢人呢？他茫茫然的下了楼梯，他怯怯的看着四面，四面没有人看他。他怨恨、羞耻、悲愁、愤怒，种种情绪苦恼着他，他想报仇，把富义捶个半死，或者想法把他开除。

他的计划还没有实现，那茶房便自动的辞了职。

富义离开旅馆的一天，少妇也离开了旅馆。

在一个旅客寥寥的小火车站的候车室里，有一个面貌美好的小伙和一个清秀动人的少妇，并着肩坐在木椅上，他们的行李是三件，一个被褥捆或行李卷，二个藤条箱，此外还有一个小包袱。

火车快到了，人们在月台上等着，一个警察，在旅客当中踱着，他很留心的端详着各个旅客的形色和行李的形状。

忽然，他看见那一对美好的伴侣，便走了过去。他走过去看一看，走到别处去了。

火车进了站，人们毫不礼让，深恐落后的进车厢去。

"呜！"火车吼了一声，"库！库！库！"开了！

小车站的寂静复原，那一对美好的夫妻被警察监视带走，当火车还没有开走之前，警察又走过去，询问了几句，他因为他们的言语支吾，说不清道不明的，所以警察认为这是一对可疑的人，阻止他们上火车，带往所里审问去了。

（《泰东日报》1938 年 12 月 20 日—23 日，署名：慈灯）

泪

莲英虽然住在乡间，但是她浑身上下的打扮，比住在都市的小姐还要漂亮。

这也是莲英村里的风俗，老人们并不干涉，有许多人家的女孩儿到城里沙厂做工一去便是一两个月，住在女工宿舍里，总是不回家。当妈妈的一点不挂心，能够赚许多钱回来，穿得漂亮，村里的人是敬仰的，也有些人造谣，说是这些姑娘在城里干的是"野鸡"勾当……这是谣言，有甚么证据呢？这个年头能赚钱便好。

但是，莲英在城里当了一个月女工，她母亲把她叫回家，不准她去了。

这是因为，家里不愁吃不愁穿，用不着做工，而且莲英的母亲缺少帮手，她的年纪也不小了，稍微做些事便觉得腰痛腿酸。丈夫得了病症，一躺三年，还没有好，她得时刻守在旁边侍候，屋里屋外，看着像没有什么事，做起来却多得很。洗衣服须到稍远的河边去，她不能走动太远的路，所以把姑娘叫回来帮助。

莲英的哥哥在城里教书，因为老婆是小脚，没有带到城里去，抛在家里。她有四个孩子，时常为了孩子忙得顾头不顾脚。莲英有两个姐姐，都出了嫁，妹妹还小，不懂得什么，她在这一家里，算是重要的人物了。

莲英在未到城里去以前，本是很沉默的性格，从住了一个月女工厂回来，便大变了，好说好笑，笑的时候用手堵嘴。看人用眼角，走路时上摇下动，姿态非常活泼，嫂嫂时常赞美她："哟！妹妹一天比一天好看！"

得了这话，表面上好像在点生气的样子，可是很欢喜。她跑到自己的屋里，对着镜子照了又照，打开粉盒，在脸上仔细的扑了几下，再理理头发，并且拿两个镜子，前后对照着看，然后整整衣服，跑到嫂嫂屋里，"我哥哥，怎么一个多月还不回家呢？"

"我在你这个年纪的时候时常想女婿，但是现在，孩子已经是四个，什么也不想了，妹妹，你不想么？"

莲英咧着嘴笑。她知道嫂嫂在调戏她，她在嫂嫂的腿上捏了一把。

莲英最欢喜的工作是洗衣服，因为这项工作能使她有到外面去走动的机会。实在她不愿意坐在屋里，她总觉屋子太也狭小，空气沉闷，寂寞。后园有个葡萄架，她时常呆呆立在那下面。看着枝头的小鸟，盛开的菜花，空中的飞翔的云，便感到自己特别的寂寞，有不可名状的苦闷，不禁烦恼起来，很想哭一场，泄泄胸中的闷气。

这一天她收拾几件该洗的衣服，盛在盆里，步覆轻盈的走到河边，选了一个比较满意的地点，坐下。把衣服浸进水里，摆一摆，在石板上揉着。

忽然，她听见马车轮子的声音，由远而近。她的心突的跳起，急忙立起向西面展望。

一匹马拖着的马车，后面坐着一个老头子，从她家门前走过去了，有一个赤腿的孩子追着跑，一匹饮过水的驴随之走过，那驴的嘴还是湿的。

莲英慢慢的坐下了，她看看河边枝叶垂到水面的柳树。柳树旁边的大石，还有她身后的一堆石块那不是……？

她不能不想起这件秘密的事来。

莲英也和一些十七八岁的姑娘一样是心中藏着秘密的。

那是去年夏天的事。

一天午后，门外有马车停住的声音，母亲在屋里奇怪的说："是谁？"

"我出去看看吧！"莲英说着便跑了出去。

一个穿着白色长衫，戴着窄边草帽的青年下了车。她一看就知道，这是表兄，二十岁的表兄的美貌使她惊骇了！他也看着她发愣，目不转睛的看着她，对她微笑："喂！五年不见，你长得这样高了！"

表兄说话的声音很好听，他在她肩上拍了一下。

她急忙回边头去，没有人看见。

姨母拐动着小脚走出来。

"姨母你好啊！"小伙子很讲礼节，他给姨母恭敬的行了礼，并且问安好，给姨母一个很好印象。

"呀！是你呀！孩子，我好想你，快到屋里休息吧，莲英！你赶紧给烧点水！"

莲英很欢喜——她自己也不知是为什么欢喜，好像大旱时期的雨一样，她不能不快乐，她去拿草呀，找火柴呀，拉风匣呀，忙得很，不一刻，水烧开了。

"妈！没有茶叶怎么办？"

"用不着，用不着，莲英，你快休息吧！真对不起，我来给你添麻烦……"

这小伙子的嘴很甜，把莲英说得满心欢喜，姨母也很高兴。

这时期，莲英的嫂嫂不在家，回娘家去了。病人躺在炕上，只能说话，不能起来，他的一半身体已死，不能动，这叫"半身不遂"。

病人咕噜着说："外甥，你看看姨父病得这个样子，还不如赶紧死掉的好！"

"不能这样说，姨父，活一年是一年，你这样躺着，用不着工做，我以为是福呢！"

姨父欢喜了，他咯咯的笑起来。

"莲英，你没有念书么？"

"念了四年。"姨母对他说。

"我不叫她多念了，一个丫头，能识几个字就够了，念多了没有甚么用，可不是么？外甥，姑娘大了得嫁人，嫁出去便完事，妈省一份心思。"

莲英拿着无形的篮子，到后园去摘豆角，表兄也跟了去帮忙。

豆架像 A 字形似的连接着重叠着，密密的排着许多行列，浓密的枝叶挂在架上，遮蔽得没有一丝空隙，在这下面藏着身子是很难发见的。

莲英穿着短袖小褂，露出雪白的胳臂，动作敏捷的把豆角摘下扔进篮里，表兄帮助她。因为她左手拐着篮子，表兄是站在右边，摘下的豆角须从她背后扔过去，表兄的手时时的触着她的腰！

有几次，表兄从她胸前把豆角扔过去，这样便触了她的胸。有一次，她看见表兄把豆角扔进篮里并不立即缩回手，故意把身体靠着她，对她情深的微笑，她把表兄推开，向园门那一面眺望，那大胆的小伙子过来把她搂住，在脸上吻了一下……

她想得出了神，忘记现在是在洗衣服，她记得表兄曾坐在柳树旁边看她洗衣服，她身后那堆石块是表兄搬来打算放在小河中央，把水挡住，让她洗衣的地点的水加深一些，她再三的拒绝表兄才停了手。

表兄住了三天。第四天晚上，姨母到村西头一个本家去讨一笔旧债，莲英的妹妹跑到哪家找同伴游玩去了，只剩下表兄和莲英两个人。

当时，姨父已经睡熟，她在嫂嫂屋里待着，屋里没有点灯，但是她能看见门帘掀开了，一个人走进来了。

她一点都没有害怕，很有经验似的等着，那人走到她身前了……。

她想到这里，有一只肥大的狗跳到水里，跑到对岸去，把她骇了一跳，她把衣服浸入水里，洗起来。

（《泰东日报》1938 年 12 月 11 日、14 日、17 日，署名：杨小先）

车厢内

有一年，我因为就职，坐在往西南面走的一趟火车里，认识了两个旅伴。

一个是好说好笑的青年医士，一个是在中学校当体育教员的人，是个活泼有趣的青年，对于文艺非常的爱好，还有一个不知做什么的年轻的女子，她没有参加我们的谈话，所以在这篇故事里，她不算"主要人物"，也不算"次要的人物"，只可算一个"陪衬的人物"。

医士坐在我的对面，教师在我的左边，他的对面是年轻的女子，我靠着车窗，不消说，医士也是靠着车窗。

谈话是医士发起的，他问我到哪里去和做什么职业，我很客气的告诉了他，并且以同样的问题反问他。

"我！是大众的仆人，为大家服务的，哈哈！您猜猜我是做什么的？"

"军人么？"

"哈哈！医生！治病的，但是治不好！别见笑！"

教师也感到他的谈话有趣，便笑起来，医生看他一笑，马上和问我一样的问他，他简单的回答了。这样，我们三个人就熟了。从面貌上看，要算我的年龄最小，我问医士消化不良的治疗方法，因为我时常有消化不良的毛病。

"那——好治！我告诉你个最简单的，第一不用药，第二还不用钱的治疗法子。这法子，你猜猜是什么？"

"运动么？"

"是的，是的，不错，不错！你看那些农人，在他们中很难找出一个消化不良的人，原因就是他们不缺少运动，没有比农夫的生活更好的了！"

"不见得吧？"我摇摇头，"比方近数年来，天灾人祸，他们在水深火热的境况中，挣扎着活命，那有什么'好'可说呢？"

"哈哈！你说的不错！这个我也知道，不过我所说的是病……

哈哈！你想，如果没有天灾人祸，他们过得很太平的话，那真是没有比农人的生活再好的了！第一：他们的生活有纪律，每天早早的起身，早早的睡觉，吃饭也有定时。——自然，他们并不照着钟点，一分一毫不错的去起居，但是正因为如此，才比我们每天还要顾虑时间，甚至为了时间而忧愁好得多多。他们的纪律是高超的，我们即使去过那种被各方面逼迫的纪律的生活，也不如农人的自然，有益处。

他们有个最大的益处就是时时刻刻获得新鲜空气的，这种优先权，关于这点，除了农人，谁也不行！实在，像我们每天仅仅故意去做几分钟的什么深呼吸，腹式呼吸啦，这自然不能一点益处没有，然而，一天二十四小时，只吸了几分钟并不见得是新的空气，而大部分的时间还是在乌烟瘴气的都市的氛围内活动着，这和农人比较其程度之差异该有多么大呢？差得太远了，哈哈！实在！"

"不错！这是确实的理！"教师附议着，我也点头表示赞成他的言论，他更高兴了，把身子往前挪了一挪。

"还有一件事，这是最主要的有益于身体的妙诀，便是思虑。农人即使有多少思虑，分析起来也比我们简单得多多，他们所思虑的，不外是吃粮烧草，非常的简单，比起我们满腹复杂的愁事来，真是不可同日而语，哈哈！"

"我也并不缺少运动！"我听到的谈论渐渐离开我的质疑太远了，便提醒他。

"不缺少？那——我敢说，你的运动一定是不平均的，运动起来，一连几小时，坐下来成天到晚。你可知道，劳动一小时的脑筋比劳一天的力气受的损失还大，要使身体健壮，除非不劳动而劳身，再也没有别的法子，哈哈！"

教师掏出一盒烟来，送给医士。

"谢谢，我不会吸烟！"

教师又送给我：

"谢谢，我也不会吸烟！"

"喂！你们二位都不吸？只我一个人吸烟……这……"

他自己抽出一支烟来，燃着了。这时火车到了一个站，停车五分钟，有许多人下去了，又有许多人上来了，这和人类的生与死的老例一样，有许多死了，但是，也有许多人生出来了，这样互相的交替着，保持着这个地球面的热闹。

车一开，谈话立刻开始。

教师说：

"我看，现在的病院，定价太贵，穷人得病，简直是治不起。除了等死之外，恐怕没有别的法子！"

我急忙加上一句：

"是啊！你说：为大众服务？这怎么说呢？"

"不贵呀！"医士瞪大了眼睛举起手来摇，"现在，所有的病院都把定价弄得很低，有些病院治病根本就不要钱！"

"有这样的病院么？"教师问我。

"说不上呀！我从来也没有听说治病不要钱的病院！"这便是我的回答。

医士说："有！确实有！"

教师："这可说不上。"

我："我只知道，病院里有头等室、二等室、三等室，而大多数人连三等室也进不起。"

医士："那是另一个问题，火车也分三等。"

教师："不但火车，大众也随之分成三等。"

我："大众分三等？不只三等吧？还有四等、五等、六等哩！"

医士："哈哈！"

坐在教师对面的女子——也感我们谈话的兴味了，她在面上分明的表现出，但是她可没有参加的勇气。

远处的山和树林像喝醉了酒似的旋转着，近处的电线杆有序的向后倒，一片草原上有几只牛在吃草。

医士为抬高他的身价，说了这样的话：

"无论怎样说，当医生的决发不了大财。根本，当医生的绝不是为了发财的，他的使命是为人类的幸福，这是谁都承认的。"

教师："当然，这个谁都承认，医生是为了好几等的人类的幸福而尽着职务，这使命是伟大的！"

我："不过钱，总得多少拿一些，没有钱便不能生活，虽然不是为了发财，也少不了拿钱这个举动，一个人的两只手如果一生不能动一下钱，不摸一下钱，这个人才够得上伟大！"

教师："哈哈！不错！这样一个人才能够得上好名声，不过，马的名声虽好，还得草饱腹……"

医士："单是草还不够，必须有些料，可惜我不懂兽医，不知马不吃料，单吃草行不行？"

教师："不吃料，那不成！马就要瘦了！"

我："听说托尔斯泰晚年就把财产抛弃了！这样的人，可以说差不多是伟大，一般人决办不到这事！"

教师："你对于托尔斯泰的作品喜爱么？"

"爱，不过我爱的是他作品的那种简而严谨的写法，不是内容和思想。"

"他的人道主义的基督教的大道理是行不通的。"

医士："托尔斯泰做什么的？"

教师："是医生，世界上最有名的一个医生，他医治人类病症的工具是一支笔，他有一副灵丹，吃下这副灵丹的人，便明白人道主义的爱。可惜活人都不愿吃他这服药，因为当时有许多人吃下这服药，大半已经全死，半活的人呢，只有左手，而右手何为都不知道了，他们是麻木了。不过后世人对于他的医（艺）术至今还尊敬着，但是对于他那矛盾的禁欲的生活却不敢领教，甚至都取笑他，然而他是一个大医（艺）术家，到底是个可钦佩可崇敬的模范人物！"

医士："我怎么不知道这样一个人呢？"

火车"呜"尖锐的一声把我们的谈话暂时打断了。

旅途上有这样东扯西拉，有趣的谈话，是不会觉得寂寞的，我们谈得有滋有味，好像多年的老友一样，要不是教师在半路下了车，我们一定谈得更有趣。

他在一个有卖"鱼类化石"的车站下了车，这在我们是个很大的损失！补他座的缺的是个中年的农夫，他患着喘病，坐在位子上不住的喘气，而且不住的咳嗽。

"你有病么？"医士问他，身子往后挪了挪。

"嗯，有病……"

他很艰难的说了这句话，便低下头去，什么也不说，医士端详着他，想问什么，总也没问。过了几站，陪衬的人物下了车，又过几站，我也下车了。

"再见！"

"再见！"

我和医士告了别。

我刚一出站，把车票交给守在角门的收票员时，看见有几个警察监视着下车的旅客。说是注射完了才许走，墙上也贴着字，写的是：

"下车旅客需防疫注射。"

字的旁边还打着红色的双圈！这就是治病不要钱的病院？无怪医士先生说有这种病院，确实是有，可见医士先生是诚实人。

（《泰东日报》1938 年 12 月 29 日，署名：慈灯）

新编杨慈灯文集

1939

惩罚和决斗

一个号兵，从卫兵所出来，很快的走到校庭的国旗下面，规规矩矩的站好，把号举起来，鼓着嘴巴，努力的吹起来——哒、哒、哒、哒、嘀、嘀、嘀……

"上课了！"

一群学生呼喊着，他们是在庭院散步，赶紧飞跑到宿舍里，拿了书和笔记簿出来站队。排尾最小的一个学生忘记了戴帽子，光着头。他右面一个圆脸大眼睛在他秃头上打一巴掌，他这才想起，慌慌张张跑回屋去取帽子。

队伍排好了，"值星学生"在队伍的中央前下口令：

"报数！"

"一、二、三、四、五、六、七、八、九、十、十一、十二、十三、十四……"

数到三十，声音断了。

下口令的人翻翻眼球想了一下：

"哎，少一个，谁？"

队伍里有个学生说：

"二姑娘！"

大家笑起来了。

二姑娘是个地员的绰号，因为他的面貌美好，有一双美丽动人的女子似的眼睛，所以大家送给他这么一个可爱的艳称。

"他跑到哪儿去了？"值星学生焦急的瞪着眼。

"大概是和谁幽会去了吧！"

有个学生这样幽默的说。

全体又笑了。

等了片刻，一个学生飞一般从南面往这面跑，像身后有狼追他样。

"快点儿！"值星学生对他喊，同时下开步走的命令。

二姑娘因为跑得太快，累得满脸赤红，他迅速的拿了书出来追上队伍。

这一队学生转一个弯，向东面走去。西面也有一队学生，几时已经走到教室，只剩排尾这个人，好像尾巴。

他们走到教室门口，脚步慢了，队伍渐渐缩小，教室的门像大嘴似的把他们一个一个吞进喉咙去。

他们坐在位上并不静肃预备功课，你看我，我看你，回头回脑，交头接耳的乱讲。

"哎！你明天上哪儿去？"

"看电影。"

"明天星期么？哈哈我忘了！"

中央排尾位上有个高鼻梁，忽然跳起来，跑到讲台上做怪脸。他伸出舌头、瞪着眼、两只耳朵动来动去，这是大家最欢迎的幽默表演，他特长这一手。一个十七岁的学生，有一副生成的诙谐的面孔，他轻手轻脚走到讲桌前面，扭着屁股开始跳滑稽舞。

一个学生拍拍桌子喊：

"教……教……教官来了！"

跳舞家赶紧跑回座位，像猴似的抱着头假装老老实实看书。

其实教官并没有来。

寂静了几秒钟，苍蝇似的，又嗡嗡嗡嗡起。

"哎呀！明天星期么？"

"我一共有二分钱，不够，谁借给我？"

"请你到银行吧，我存着两万元。"

"呸！那是你姐姐赚的吧！"

"……"

忽然，沉静了，一个一个都正经的看书。

教官是个体格很壮的人，军帽正正的戴着，眼镜稳稳当当架在鼻梁上，脸色很好，嘴紧紧闭着。他今年三十二岁，阶级是少校。软勒马靴后跟的拍车响，他大踏着走进教室。

敬礼和报告人数的方式完了，他打开一部厚厚的战术教程开始讲解。

他讲战术是嘎嘎叫的，在黑板上画要图，画得很详细，字写得很快而且规整，拿粉笔是用拇指和中指。

虽然把书本捧在鼻子前面喋喋不休的演讲，但是他的眼睛总在镜片下面留神的察看学生。他看着学生们的棉裤呢，忽然看这个，忽然看那个，锐利的眼光像火星样，很迅速的射到预料不到的方向。

手指脚趾讲了半点钟，他盯着最后排坐在靠窗的位上用书本遮着脸的一个圆脸大眼睛学生和这个学生身后一个尖下巴颏学生，他在这两个学生身上特别留意，不时的把视线射去却还不使他俩发觉。

正在讲着，他喊道：

"杨方！"

"你把我刚才讲的意思说说！"

讲不出来，只是挤眼皮，两手直直的垂着，眼珠向屋顶翻，教官又喊了一声："朱南！"

尖下巴颏立起：

"你讲讲我听！"

——讲不出来。

老师皱皱眉头，对这两个学生噘噘嘴，吹吹鼻子，拍拍桌子跺跺脚。

"杨方！你在那里做什么？"

"……"

"朱南！你在那里做什么？"

"我……没有做什么……"

"胡说！我看见！"

生气了，十二分的生气了，连眼镜也生了气，四射着愤怒和威胁的光芒。

放下书，走下讲台，仔细的在两个学生桌上看了又看，桌上除了书籍和文具以外，也没有什么分外的东西。

大家担心的喘着气，教室里的空气很紧张。

他把两个人的笔记簿翻着看，又拿起书来翻，在杨方的书页里发现几张纸条，朱南的书页里也有几张。他看了半天，把两个人的纸条互换，然后一条一条排好，先叫朱南念。

朱南很踌躇，为难的动着嘴唇，好像放在热锅里的蟹子。

"大声念！"教官高叫一声。

"是……"他念了，"情人，比我们大两岁好，小两岁好？立刻答复！"

"杨方！你念！"

他吞吞吐吐念道：

"小两岁好……"

教官嗫嗫嘴，皱皱鼻子：

"朱南念，你们俩轮流念！"

朱南："我不同意，我以为大两岁好，因为年纪大些，会体贴，不骄傲。"

杨方："按生理，女子比男子小两岁合适，而且，叫妹妹好听，叫哥哥比叫弟弟妙……"

朱南："情人嘴，叫什么都好听。"

大家忍不住要笑，可是不敢笑。

杨方："叫你王八，好听么？"

有几个学生扑哧的笑出声来。

朱南："打是亲，骂是爱，这就是说，甚至打也好，何况称呼？"

杨方："那么，你叫她妈吧，轻便，轻便……"

纸条念完了，教官把这些纸条装在马裤袋里，他拿去作什，没有人猜得出。

他对值星同学说："到值星司令室，把戒尺拿来！"

"是！"

板子拿来，朱南先挨打——啪、啪、啪、啪……

板子举得很高，打得很响："你再改不改，什么大两岁好小两岁好？……"

朱南皱着眼眉挨了十二板。

"把手伸出来！"

杨方慢慢的伸出手。

"不是，左手！"

他把右手放下，搓左手。

……啪、啪、啪、啪……

"什么哥哥妹妹，不好好听讲，胡闹！"

他忍着痛，一下、两下、三下，好容易挨到十二下，不打了。

教官走回讲台，把板子当啷一声扔在桌上，拿起书本接续讲释。

下课以后，大家围着两个挨打的人，嘻嘻哈哈的说笑，他们也讨论起这个问题，究竟是大两岁好还是小两岁好。

"小两岁好！"

"我说大两岁好！"

"小两岁好！"

"滚！"

"哈哈，叫妈！"

"哎，你们听我说……"

闹嚷嚷，吵得人耳聋，直到一个不剩，走出去了。教室很清静，好像有杂音的无线电机被闭上一样。

杨方寞寞的抱着书往宿舍走，二姑娘把手放在他肩上问他：

"痛不痛？"

"你说呢？"

"我怎么知道……"

"哎，我挨了打，怎么，你不疼么？"

二姑娘锤了他一拳走开。

他摸摸左手：

"哎呀！肿了！"

他要哭似的皱皱眉毛。

……

……

这时，C军官学校已经吹过熄灯号了，宿舍里的电灯全都熄灭，只有自习室里的电灯还亮着，有十几个学生静静的用功。一个脑瓜像皮球、圆圆的、很大，而眼睛像牛似的学生伏在桌上写信。他写了几行，看一看，歪歪头，想一想，不满意的把信纸撕碎，团了一个球，顺手扔了。

他不把纸球送到屋角地方的字纸篓里，随便扔在地下。这个学生是个长脸，宽肩膀，有两道浓黑的眉毛，他正在闭着嘴唇读着，听见桌底下有一声轻微的响，低头一看，原来是纸球。他抬头向四面看看：

"这是谁？"

写信的人瞥他一眼，挤挤眼皮哼一声。

"喂！"长脸放下书，怒气冲冲地说，"金冰！你为什么往我这里扔？"

"你不好拾起来么？"

长脸愤愤不平的裂着嘴：

"我不是你的奴隶！你是什么东西？随便瞎扔，值星司令看见算谁？"

但是金冰理也不理，低着头去写信。

长脸拍拍桌子：

"金冰，你赶紧拿去！什么东西……"

金冰转脸看看：

"真是少教！一个纸球还值得这样？"

"你把纸球扔在人家桌底下以为有理么？"

"有理。"

"放屁！赶紧拿去！"

"我偏不拿。"

长脸拾起纸球，对准了金冰的脑瓜狠狠地打去。

金冰挨了打，立刻跳起走到长脸面前叉着腰。

长脸也立了起来，并且向前果断的迈了一步。

"你要做什么？"

所有的人都停止了用功，转着脸开心的看光景。有一个学生说：

"到外面打去！到外面打去！"

"走！"金冰伸手指指外面。

长脸咬咬嘴唇："走就走！"

一对仇人走到外面，在有电灯的地方停了。

金冰勇猛的前冲去，好像一只老虎，但是长脸向旁一闪，躲开攻势，顺手抓住金冰的胳臂上去一腿，把金冰绊倒，然而金冰抓住了他的衣服，两个人同时跌在地下。

屋子里的人全跑出来了。

两个人滚在地上，你打我一巴掌，我揍你一拳，撕扯开各不相让。

一个学生跳出来劝解：

"停手！停手！唉唉……这成什么？快起来，快起来决斗，我当审判。"

他们七手八脚拥上前去把两个人推开。

两个人摩拳擦掌的仇视着。

愿当审判的人述意见：

"这样吧，三回胜负，怎样？"

大家都赞成，鼓励着，挑拨着开心地笑。

争打开始了。

审判员高举右手，下口令：

"预备！"

两个人站好姿势。

"一、二、三！"

金冰不顾命似的攻上去，长脸只是向后退，他退了几步，就势一拉，把金冰拉倒。

审判员赶紧呼喊：

"停！"

金冰爬起，咬着牙，静静的瞪着眼睛。

"预备！一、二、三！"

金冰又是先冲过去。这一下做得很好，一下抱住长脸的腰。长脸想跳开，但是来不及，被金冰摔倒。

"停！"

长脸爬起，拍拍跌痛的屁股，审判员摸摸脸，说：

"这回决战，来！预备！一……二……三！"

802

金冰的攻击精神很旺盛，他又冲过去，但是长脸喜欢防卫，因为防卫战是他的拿手，所以金冰一冲过去，他便后退，正在这瞬间，金冰的气力被利用，他把身体巧妙的一反，顺手把金冰的身体向上一反，更用力一推，这样一来把金冰弄得很危险，差一点就跌倒，幸亏金冰敏捷，赶紧收回攻势，转向防卫。等长脸一上，他又冲过去，谁知长脸的这一上乃是虚势，不是本旨，是不用气力而狡猾取胜的企图。金冰仍然发现他这用意，然而他已经冲了过去，正如骑虎难下，来不及逃避，被长脸回身一抱，扯住他一条大腿，另一只挡住他的胳臂脚底下一扫，他便倒栽葱一般跌倒了。

审判员把胸脯一拍：

"结局！"

长脸拍拍衣服，胜利的微笑存在面上，金冰虎虎的爬起，有点不服，还想动手。可是大家表示反对，他只好罢休。金冰坐在凳上，也不写信，闭着两眼，抱着两臂在想什么。忽然，他跳了起来，直向长脸冲去——

把大家骇了一跳，都闭住了呼吸转头看。

——金冰伏在长脸桌上：

"你生我气么？"

"生一点儿，你呢？"

"我不能生气，我应该忏悔，因为这是我的错。"

"那么——和好吧！"

"……"

长脸立起，和金冰互相拥抱着脸贴着脸，胸贴着胸。

大家都不说话，静静的看着。拥抱了五分多钟，两个人难舍难离的松了手，你看看我，我看看你，难受的裂着嘴唇，而两个人的眼圈都有点红了……

（《泰东日报》1939 年 1 月 1 日、7 日，署名：慈灯）

前 哨

一

午前七点钟，他们的先遣部队从革庄出发。

李班长带四个兄弟，在排的先头走，他们的任务是路上斥候。

山脚下的道路很不好走，狼牙石块，每一步都得加小心，一个不留神就会跌倒。

周围的地形是复杂的，山套着山，树林连着树林，浓密的树枝好像手样，亲密的，大家互相牵扯着。

这样的地形给了他们不少愁苦，如果敌兵潜藏在树林里，他们很难发现，而且有被捕获或射杀的危险！不过按着时间和路程计算，还不至有这种事发生。他们走过前面的山岭，到中午时分可以看见村庄，到那里，除了吃东西之外，还有一小时休息的预定计划。

现在，他们的目标就是这个村庄。

他们恨不能一下飞到这个村庄，痛痛快快休息一下。

陈兴的脚磨坏了，他的鞋有毛病，走一步蹶一下，像缠足的妇女似的走得很慢，李班长无论怎样催他，他总是不能走快一些。

磨坏了脚是鞋的毛病，道路的作恶，不能怨他。

然而不快走是不行的，他们不能为了可怜他，或帮助他，停止了或减少了行进速度。

李班长叫他坐下等着排长来到，请求排长许可他，让他随着本队后面的战友一起跟上。

但是他不肯，他一定要忍着痛咬牙干。

这家伙有个怪脾气，无论担任什么勤务，你如果说他不行，他就非常生气，宁肯吃苦累死，——死也不告饶，活像一匹个性强烈的马拖一车重载，明知道拖不上山坡，偏要拼命的爬，即使翻了车，滚掉山谷里把骨头摔碎也不管！

走了一程，李班长回过脑袋从肩头上看看他：

"陈兴，我看你，还是报告排长换一个人来吧？"

他皱着眉头，把枪像扁担似的扛着，那样子又可怜又可笑。

"我能走。"他说：

"你的脚不痛？"

陈兴咧咧嘴：

"痛点……不要紧……"

李班长看看他因为风吹雨晒变成了紫黑色的憔悴的面孔有点难受：

"我说……陈兴，你还是在这里等着排长吧？"

陈兴摇摇头，用袖头抹抹额角流下来的汗珠。

二

走到山坡上，他们觉得非常吃力。

天上的太阳，虽然不像头十天那么吐着猛毒的火焰，然而余威却还没有减，他们的衣服湿透了，汗水流个不停，流进眼角里刺眼痛，流进嘴里味是咸的！

不过，热总见差一程，因为毕竟是秋天，他们所以热，是因为奔走的缘故，到晚上还冷呢。他们走乏了，口也渴了，可是他们水桶里有限的一点水，不能尽量喝，好像穷人的不能随心所欲花钱一样。

一跛一颠像只鸡走路似的，陈兴虽然磨坏了脚，走路觉得痛苦，可是他不像弱者似的诉苦或告饶，李班长总想劝他坐下，一想起他的固执的性子，只好寞寞的不开口。

路是永远走不尽的，走一程又一程，有时，看着前方似乎没有路可走了，然而转一个弯，路又接续下去，延长下去。

走上了并不怎样的高岗，回头一望，看见了尖兵排，王排长在队伍前头蹀躞着走，摘下了军帽，头上盖一条手巾，一个老总落了伍，在后面奔跑着追赶队伍。

他们盼望着，盼望着，比盼情人还急切，好容易到了预想的村落。

这个村落，不过五六十户人家，许多草房相依为命的挨靠着，寂寞的蹲在山谷间。萧索，荒凉，死气沉沉，是这村落的模型。

有个山神小庙，孤独的伏在村落东端，身后歪歪扭扭干干巴巴一棵高大古老的大树，树上挂着一缕缕的红布条，这是象征着这棵树有些灵气，所以可尊敬吧？

他们真是走乏了，坐在树下的庙台上休息。

陈兴累得张着嘴，露出一排不整齐的牙齿，眼睛周围有道黑圈，他一坐下就闭上眼皮，好像熏熟了的黄花鱼，再也不愿睁开了！

申世明看着陈兴，禁不住笑了起来。

李班长把枪夹在大腿中间，背靠着庙台，唏嘘的喘气，他看看陈兴：

"脱了鞋看看吧？"

陈兴提起了勇气，开始打开裹腿。

有一阵凉风徐徐的吹过来，他们舒服的享受着这休息的美妙的味道。

申世明咧着大嘴，他的鼻子像蒜瓣似的，可是颜色是黑的，是朽坏了的蒜，他有三个人的力气，可惜稍欠敏捷，太笨，除了拉车不能干别的。但是他不论在怎样艰难的景况之下，总能设法快活他自己，他的灵魂，始终穿一套乐观的服装，这种性格是遗传，他妈给他的。

这时，他是第一个高兴的人，他伸个懒腰，拍拍脖子，鼻子一皱，打个哈欠。

三

尖兵排到了。

"立——定！"

他们把枪架上，解下背包。

李班长把陈兴的脚磨坏的事报告了排长。

王排长挤挤眼睛，扬扬眉毛：

"为什么不早告诉我？"

陈兴说：

"不要紧！"

王排长望望累得半死的陈兴，笑笑，对着他和蔼的说：

"这古怪家伙！那么，是的，让他留在后面吧。"

他们在一个好像很不错的人家借锅烧水，这家里有个口吃的伙计，说一句话费半天劲，累得脸红脖子粗。

李班长问他：

"水干净么？"

他先抓抓头发，慢吞吞吃力的答：

"这这这这这……这水，这水……水水水……水干……水干净呀！"

大家听他说话觉得很有趣，都开心的笑了起来，申世明推推他的肩膀，模仿他说话的笨技术问他：

"你你你你你……你贵……贵贵贵……贵姓？"

他知道是逗他解闷，一点也不气的赶紧摇摇头，摆摆手，撅撅嘴唇，去了。

尖兵连是在他们还没有烧好水时到的。

他们吃饱了肚子，懒懒的分散开坐在各处休息。

陈兴坐在山神庙前面，他不想睡，因为睡醒了特别难受，而且休息的时间不多，所以想睡也不行。

小庙里一共九位尊神，山神老爷正正当当坐在正中，细细的浓厚的白胡须垂在胸前，肥宽的长袍盖着脚，笑眯眯的。

四

郑国栋补了陈兴的缺，这是个有一个鸭蛋形的脑颅，两只老鼠似的小眼睛，镶在山峰似的鼻子两旁，和申世明正好是一对，一见叫人发笑的人，和这样人在一处是有趣的。

他们在部队出发前十分钟就走了。

到了下午，天气凉快了些。

然而道路坏得很，也不知从哪里来了这么多石头，把路塞满了。他们不能顺顺当当安静的走，只得小心的躲避着。有块人高的粗胖的大石，不偏不歪挡在路中央，这大概是从山上滚下来的，多少年挡在路上，一定有悠久的历史了，这种石头非坚决的设法搬走不可，因为它阻碍了人类的路线，实在是罪大恶极！李班长咒诅了起来：

"这个龟犊子！"

申世明绊了一脚，他跟跟跄跄蹀躞了几步，差一点摔倒！

李班长警告他：

"加小心！"

"不要紧。"

"要紧就晚了，傻子！"

郑国栋摸摸鼻子

"咳，他摔了一跤两跤不算什么，骨头硬！"

不说话便罢，一说话就带着傻气。

他们一气走了十几里，前面有个阴森的树林必须搜查。

他们分路走，李班长和申世明在一路，郑国栋和风多夫在一路，胡胜勇当联络兵。

李班长和申世明窜过山头的凹道，顺着馒头形的坟地，小心翼翼的向树林仔细的展望着跃进。他们有点担心，万一这林中偷偷摸摸藏着敌军斥候，可就麻烦了，而他们又必须从这林中通过，因为别处没有捷便的道路。

他们像猫似的灵敏的蜷伏着，慢慢的终于到了树林边。李班长静静的瞪圆眼珠，各处侦查，没有什么动静，他想了一下，拾起块石头向远远的高处扔去。擦一声响，石头迅速的穿过枯叶，击在一棵树干上。嗵！落下了，接着有几只鸟惊愕的飞起。

他们放心的，可是防备着走进了树林。

刚一进树林，有个东西把李班长骇了一跳，他急忙举枪瞄准，但是仔细一看，原来是白毛兔子，这东西，真捣蛋，简直是和他们开玩笑，他妈的……兔子！

他们忐忑的穿过树林，觉得平安了，几个人吐口闷气。

下午四点，到达了王虎村，一百多户人家，老老小小，全胆怯的逃到七十多里地的县城避难去了，只留下拿不动，搬不动的空洞的房屋。

五

"敌军在松树村宿营。

我团在安柴庄宿营。

木营为前哨，位置于王虎村，应该警戒右翼的西车村至新良台之线。

迫击炮连在朱村宿营。

前兵改为前哨，位置在青牛村，应该警戒右翼罗家村及其东的赵家庄之间，第一连第二排现在柳村警戒，至晚归侯家庄宿营，其余为前哨本队，在王虎村宿营。抵抗线在青牛村之线。

本晚之给养归大行李供给。预在王虎村前哨本队。……"

这是徐营长所下的命令。

他这时坐在一间冷清的小茅屋里靠土墙的板凳上，拿着一张精确的五万分之一的地图，微微的张着嘴。

他刚才下马，还没有休息半分钟，因为天晚了，所以赶紧下命令，他也忘记了疲乏。

营副官姜上尉，把这篇命令按着顺序，在每行字的顶上加上号码，并且添了日子时间和下令者的所在地，然后呈给营长校阅，他静静的立在屋角低着头等营长盖印。

营长看了一看，点点头，在袋里摸出图章，轻轻的按了一下，喘口气：

"召集各连，口述笔记吧！"

"是！"

六

位置在青牛村的陈连长，是个团脸，宽肩膀，有绝对的服从性格和忍艰耐苦的人。他接到营长的命令，立刻把部下集合在一幢草屋后身的空场上，不到五分钟，就把兵力配置完事，王排长在队伍前面，挤着眼皮在队伍里望望：

"李班长！"

李班长响亮的答应一声

"有——！"

"你出来！"排长和气的说。

李班长摇着上体从队伍后面绕到列前，把足跟在一线上靠拢并齐，两足尖向外离开约六十度，挺着脑袋，两手用力把枪一举，使枪身上下垂直，左手还拍一下在枪身上打个响，对排长看一看，然后把枪放在右足尖前，听排长说话。

"你——带六个弟兄，到右前方小树林前端停止，监视敌方。"

李班长把这话复诵了一遍，立刻把右足向后一拉，用两个足跟把身体从右向后旋转一百八十度，在队里选出六个弟兄排成一串，像群鲫鱼似的向东跑去了。

排长又挤挤眼皮说：

"夏班长，你带六个弟兄，到正前方十字路口停止，监视敌方。"

一个身躯肥健，脸上有麻粒的家伙走出队伍。

"申班长，你带六个弟兄，到左前方坟地……"

眼珠放着光，三角形脑颅的人，答应一声跑出去。

小脑袋尖下巴的吴贵春，带三个弟兄当枪前哨。

其余的老总归薛中士指挥，他们的勤务是在高坡上挖卧射散兵壕。

各班急急忙忙的带开，王排长挤着眼皮向右前方走去。

李班长带着弟兄跑步去，陈兴脚痛不能跑，一蹶一颠在后面跟着，很焦急的挪动着两腿，他们像松鼠一般，跑到小树林里，李班长摇摇手，意思是叫弟兄站下。

他独自一人轻轻的走去，好像走在不巩固的冰上一样，慢慢的走到树林前端，向前方展望。

前面是一片广寰荒冷的草原，衰败的草丛已经褪去了光泽的颜色。最远处，紧接着无垠的天空，与天的交界处是灰色的山，有一个山尖，高高的圆圆的，就如女人的乳房。看着像几块石头似的小村庄，狐独的坐在山麓下，几棵树插在房屋中间。蛇形的道路弯弯曲曲的从小村流淌出来，直通到这面的小树林西侧——一直通到青牛村。砚台似的凸着垅沟的田亩，枯黄，青瘦，好像有痨病的人的脸。右前方有条没有溪水的小河。

李班长望着小河西边的凹地特别留心，因为敌军的斥候，如果来侦察，一定要选择那处凹地做遮蔽。他伸着细脖子弯着腰，把前方各种地形看清楚，并且记在心里，他一转身就往回跑。

"申世明，郑国栋！"他悄悄的用力喊，"来！"

小树林前端，突出两棵比较粗些的槐树，他把申世明安置在右面的树下，把郑国栋打发到左面的树下，并且告诉他俩应该主要监视的区域，他指使其余几个人，开始构筑简单的工事。

"陈兴，你的脚怎么样？"李班长问：

"痛……痛一点，不要紧！"

"你不行，不能挖壕，在后面休息吧！"

"不，我能！"

拿着镐头刨泥的一个老总，忽然咒骂起来：

"他奶奶个腿，这地方太硬！"

他把拳头卷个圆筒，往筒里吐口唾沫，用力举起小十字镐，狠狠的刨下去，十字镐的尖端刨进土里，啪一声响，这是土里有石头，很强硬的抵抗住十字镐。他不忿的重新举起镐头，凶猛的干下去，然而这次石头发出的声音更响。

"他妈的……"他愤愤的咧咧嘴，李班长和气的瞪他一眼：

"你不能雅静点儿？"

"有石头呀！"他冤屈似的，"这地方太硬！"

他说话的声音是哑的，嗓子里好像含了块石头，还咕噜咕噜的，他的名字，是周百流。在他旁边正把一圆匙土扔到前崖去的冯多福，噗嗤的笑了一声，打他背一下：

"你不是喜欢硬的么？"

几个人都笑了。

周百流回身翻翻驴似的眼球：

"你姐姐才喜欢硬的……"

李班长咳嗽一下：

"嗳，我说你们悄悄的，这不是在后方！"

确实不是在后方。

他们是在前哨间最前方的军士哨，这任务不算小，一方面要搜索敌情，一方面要防止敌军的奇袭，还要掩护后方休息的部队，让大家有准备战斗和整顿一切的时间，并且须极力的遮蔽后方的情况。担任这种勤务，轻浮是不成的，李班长说的有理。

他们静默了，悄悄的挖着泥土，把积土堆在前面。

周百流把顽强的石块挖出来了，他很欢喜，好像从自己身上割掉了疮一样。

七

荒野里寂静无声，形容枯萎的草在凉风里叹息。

李班长的工作进行的很快，他们的步哨配备大体算完，除了两个监视敌方的人以外，都坐下来休息着。

李班长想了一想：

"胡胜勇，你到后面去，如果排长来了，你就在前面领路。"

"拿枪么？"

"当然，可是你不要走错了路呀！"

胡胜勇气拍拍脑顶的帽子，跺跺脚走去。

交代的时间到了。

这回是冯多福和陈兴。

冯多福的脸像枣粽子似的，有两道浓厚乌黑的眉毛，和两只特别肥大的耳朵，他拿着枪轻轻的走去。陈兴还是一蹶一颠——而且脚痛更加重了，他咬着牙齿左歪右扭的蹒跚走着路，他俩躬着腰走到步哨后面，悄悄的蹲下身子，冯多福拍拍胸脯做记号。

"谁？"郑国栋头也不回的悄悄的质问。

"换班！"

"来吧！"

他们静肃的进行着交代……

太阳每天在老大的空中奔走总不能不乏，这时已经累红了脸，走到西方的山顶上，快到他的家了，他的妻——金黄色的云霞——在山顶笑嘻嘻的迎接他。

王排长提着军刀，轻轻的踏着步走过来，领路的胡胜勇，半闭着一对无精打采的眼睛随在旁边。

李班长把右手向帽檐一举：

"报告排长，步哨配备完了。"

王排长挤挤眼睛——他的眼睛大概是上点儿火，所以老是这么不停的挤着，——他把前方的地形地物看了一遍，嘱咐李班长：

"你是第一军士哨，敌人今晚在松树村宿营，距这里约有二十里，你应该警戒右前方的罗家屯，至左翼的小松树林。"

排长伸出手指，咳嗽一下，挤挤眼睛，接着说：

"前面，那紧靠山根的便是罗家屯，有少数敌人在那里停止，要特别注意，左前方有我们第二十军士哨，要去取联络，晚上去人联络。左面没有步哨，留心些。

后方三百米处有我排哨。青牛村有我们连哨。前哨本队在王虎村。抵抗线在排哨。

如果发现敌情赶紧回去报告我，倘若敌人来袭击，由右翼绕着归还排哨抵抗，换班一小时为限……"

八

李班长和几个弟兄，从干粮袋里拿出饼干嚼着充饥，唾沫是咖啡，凉风是茶。

他们决不因为物质上的缺乏而抱悲观，因为简陋的生活已经过惯，即使三天两天不吃东西，他们也能够泰然自若的忍耐，并且照常的接续着勤务，忍艰耐苦，是他们训练就的样子，并不算稀奇。

有的时候，他们的言语举动很是粗野，似乎把横蛮当做温柔，然而他们绝不是天生的坏心肠，那是习惯。

李班长的性质是柔和的，他生气的时候很少，即便是生气了，弟兄们也不憎厌，因为他的生气没有恶意，他和弟兄之间的感情是亲密的，现在，他嚼着饼干歪着下巴微笑着。申世明很快把饼干啃光了，伸出一双手放在他腿上。

"喂！"李班长看看他，"你这家伙，吃得真快！"

他拿出一包饼干打开，分了一半给申世明，把其余的一半扔在草上：
"嗳，你们谁不够，吃吧！"

他们嘴啃着铁片似的硬饼干，牙齿咯喽喽咯喽的发声，轻轻的谈着，好像坐在灯光辉煌的夜茶馆里一样。

太阳的后继者是黄昏，太阳到家不久，黄昏就张开了双翼，从山后轻轻的飞出来，飞到半空，拉起黑色的大网，把空中舞台遮蔽了，于是，世界变成了黑暗，唯恐人们讨厌它的职务起见，又去搬弄星和月出来买好。

排哨的位置在一个不容易发现的后面，王排长和弟兄们坐在一起休息，黑暗中什么也看不见，凉风刮过来，和他们作伴，四野有唧唧的虫在私语，它们的管弦乐团，现在正是极盛时代，冬天一到，它们就解散了。

王排长坐着，想着，满天的星斗陈列出来了，但是月亮没有出现，大概是有病正在月宫休养。

秋天的后半夜，凉风很紧，不穿棉衣蹲在荒野里真够受，王排长冷得坐不安立不稳，如果有个大火炉，大家烤着，不知多么好啊！

忽然，有急速的脚步声，渐渐的接近了，排哨前面的一个监视兵举枪问道：

"口令？"

"奋！"

跑来的人在黑暗里答应，并且问：

"排长在哪？"

王排长咳嗽一声，说：

"在这！谁？申世明么？"

"是！"

"什么事？"

"报……报告排长，听见前面有什么声音，在，在第一军士哨前面，但是马上又没有了，听了半……半天，那声音总听不见了，现……现在……"

他因为在路上跑得太快，呼呼喘着，咳嗽着，枪上的刺刀在星光下闪闪的放着冷光。

"现在怎么的？……"王排长焦急的问：

"现……现在……"咳嗽，住了一会，止了气喘：

"我正在监视着……"

"那么，留心，去吧！"

申世明跑了，他的脚步渐渐远，远，远，模糊，听不见了。

王排长喊道：

"秦方！"

"有！"

"你快去，报告连长。"

"是。"

跑了。

"得准备准备。"王排长说：

"我想，他们打算扑上来？……"

一阵复杂的声音，这是弟兄们整顿装具，排长不放心的蹑到排哨位置左右去巡查。

九

掩蔽在小树林里的监视兵，这时全卧倒在壕沟里，握着枪把，聚精会神的聆听前方的动静。

那轻微的在先一刻只发了一点的声响，好像有许多农夫去拿镰刀割草，其中有一个把刺刀碰在石上，因之他们惊惧了，赶紧停止了脚步，伏下身子，就如这面有老虎会跳出来吃掉他们似的，一声不响，又像甲壳虫似的挨了一下打，无论怎么也不动了！

李排长和弟兄们懂得这是狡猾，所以他们也聪明的卧倒了不动。

然而那声音，突然一间断，再也不接续了。

五分，十分，三十分，五十分……过去了一点多钟，还没有变化。

憔悴的树枝在黑夜里摇摆着，管弦乐团已经无力，风在四野呜咽。满天的星斗，好像王排长似的不断的挤着眼睛。

郑国栋卧在地上，他有点儿忍耐不住这沉默，悄悄和身旁的胡胜勇说：

"嗳，怎么回事？"

胡胜勇只轻轻咳嗽一下，打扫了嗓子当做回答。

李班长也有点沉不住气了。

"怎么？"他悄悄说，"莫非说退了？"

陈兴脚痛，他不愿说话。

申世明拍拍地皮：

"一定是侦探，来看看又回去了。"

"瞎说！"李班长悄悄的指导他："等着看吧！"

在他们的左后方有走路的轻轻的脚步声，不慌不忙，一听就可以判明是自己人。但是李班长不放心，他赶忙跳起，迎上前去，蹲在树后面预备射击。

"口令？"他举枪对着有脚步声的方向间。

"奋！"

他立了起来走过去：

"谁呀？"

"丁其敏。"

"噢……"

李班长告诉他："没有什么！"

他回头走了，他是属于第二军士哨，身躯肥健，是脸上有麻粒的夏班长一班的。

发生在前方的声音，不像再起的样子了，可是这声音叫他们大不放心，好像平静的池面落了一个石头一样。

他们虽则有过多次的战斗经验，而且前哨勤务也并不只服过这一次，然而恐惧的念头，多多少少总是不能免的，有了经验，不过精神沉着些，处置得当些罢了。

警戒了好久，情况没有变化，李班长把不是步哨班次的弟兄，撤回休息地点待机，只留着两个弟兄，在固定的位置不绝的监视着。陈兴的脚，使他非常痛苦，他抱着枪立在树下面，觉得身上一刻比一刻冷。他越是冷，风越是欢喜和他接近，像故意和他开玩笑似的，他不声不响的摇动着上体，使体内的血液四下奔流，这样，可以暖和些。

勉勉强强走了一天路，脚又磨坏了，他的身体不是机械，疲乏和痛苦包围着他，凉风又要和他开玩笑，这使他非常烦恼，可是他不能扔下枪去睡，他的性子是强的，欢喜别人夸奖他，不爱叫别人讥笑他，所以，他忍耐着困和乏，支持着痛的脚，直熬到申世明来换了班，才高兴的回到休息位置。

冯多福的背靠着郑国栋的。他们全相依为命的，好像小猫一般亲切的依靠着。

同情的血在每人的体内流着，这时，在他们任何一个人心内，没有丝毫的嫉妒和憎厌，只有原谅和博爱，他们唯一的希望，是这一夜便这样安全的过去，其实是盼望冷风稍稍变暖和些。

他们也许怀念着家乡，然而这个，和他们此刻并不发生直接关系，因为他们饿了，一心一意想着吃的，冷了，则渴想着温暖，陈兴贴在郑国栋旁边，恨不能钻进他的怀里，把身子变小一些，藏在他衣服里面。

十

“陈兴！轮到你了！”

陈兴睡熟了，李班长把他叫起来。

他朦朦胧胧的爬起来，这时是什么时候，他不知道，他只知道这时是夜，无边的黑暗的夜，缺少温暖的夜，他一瘸一颠歪歪斜斜拿着枪去站岗……

冷的夜，冷的旷野，冷的前哨区，几个弟兄也是冷的。

他们披星戴月，喝着风，吃着霜，在前哨线死守着。

三点二十分，陈兴对着天空迅速的打了几枪。

敌人很快的摸了上来，陈兴来不及报告，为使后方立刻得到这消息，所以射击了天空几枪，夜里的枪声格外清脆。

子弹尖锐的怒吼着，在半空中呜呜的叫，李班长说：

“射击！快……”

他们全卧倒，把枪顺着地面端平，迅速的装填子弹，一发一发打去。

寂静的夜，变成了动乱的海洋，他们忘记了困，忘记了乏，也顾不得冷，除了勇猛的射击，企图把敌人打退以外，什么也不想，没有工夫想。

敌人也开枪了，确是摸上来了！

邻哨好像撤回去了？

李班长说：

“别着急，把他们打退！”

在战壕上面，有两个木叉，这是白天设置好的，他们摸索着把枪放在这上面，用不着瞄准，对着前方猛射。

敌人快接近了，他们只得退向排哨抵抗。

李班长在前领导，深一脚，浅一脚，很困难的摸索着跑。陈兴在后面跑几步，脚不行，不能跑，他跟跟跄跄的咬着牙跑，忽然跌倒了，他赶紧爬起，但是前面的人已经跑远，他想呼喊，恐怕敌人听见，便悄悄的奔跑，跑了几十米，被石头绊倒了，他又爬起，这时有几声枪响，响得震耳。

李班长呼喊着，把他的归还报告排长：

“你们在右翼！”排长大声说：

派到前方各要点的别的步哨都回来了。

冯多福忽然叫了起来：

"呀！陈兴呢？"

一排枪声把他的声音压倒，他们顾不得别的，赶紧就散兵线，跑到排长指示的位置伏下准备抵抗。

冯多福还在叫：

"李班长！陈兴没有了！"

"啊！"李班长惊骇的说："一定是落在后面，你们听，那不是他跑来了么？"

他们听一听，不是，等一等，陈兴还没有跑回来。

李班长急了。

十一

排长跑来跑去指挥。

"张班长！那里是不是张班长？"

"有！"

"你们距离太近！"

"是！"

"夏班长？"

"有！"

"你们再往左去，快！"

"是！"

李班长喊起来：

"报告排长……陈兴落在后面……"

"什么？"

"陈……"

一排枪声把他的话压住了。

星光下，看得很清楚，敌军的部队密密的横排着，跳跃着向这面飞跑。

许多黑影前进到阵地的前方，刺刀和装具杂乱的响着，王排长又喊起来：

"射击！"

子弹猛烈的狂吼起来。

"机关枪，快射！"

突突突突突突……机关枪开始扫射。红色的火光冲出枪口，好像魔术家用嘴喷火一样，在远处，机关枪的反响咆哮着，步枪的狂叫掺杂着，天空有只星吓跑了。

敌人的火力也很强，他们想即时把这面克服。有个炸弹投过来了，在阵地前方爆发，泥土崩向半空，石块和草叶同时飞起，浓重的烟雾在半空飘舞，火药的烟味四下散开，像一个妖怪一般，从地里跳出，跳到半空打着转，泥土和石块落下时很沉重，发出郁闷的跌痛的声音。这个炸弹的投手，如果再多用些力气，多掷十米远，就发生了很大的杀伤的效果。

敌人停止了前进，这面的火力把他们压倒了。

轰——又一个炸弹飞了过来。而且爆破了！

突突突突突突……机关枪还账似的连续打去。

敌人又开始跃进。

王排长喊道：

"快放！"

敌人停止前进了。

这面也减低了射击。

这是很使敌人苦恼的。

第三个炸弹投了过来，可惜这一个抛的更糟，一定是投手跑乏了，或者肚子没有吃饱，把好好的炸弹糟蹋了。

从前哨本队来了迫击炮。

迫击炮连长是个老手，他从无数的炮弹中间练成精确的射击技巧，他们很快的把炮架上，把炮弹入膛，把敌人轰散——像蚊子似的退却了。

十二

第二天一清早，东方刚发白，黑夜的大网从半空拉开，因为一夜的辛苦，属于前哨间的警戒兵又困又疲乏，但是还不能抛弃了任务去睡觉。

冯多福两手抱着枪，把半个身子掩在树后面，他的脸色是灰的，鼻子上粘了许多泥土，皱着眼眉，凝视着前方。李班长因为冷，跳来跳去的走。郑国栋坐着打哈欠，他把身子靠在树上，袖着两手。申世明疲乏的伸个懒腰，皱皱蒜头鼻子。

"陈兴要不要紧？"

李班长歪歪脑袋答他：

"胸脯打坏了，决不能好！"

申世明不说话，闭上了嘴唇，他沉思的看着地皮。

头上的干枝，有一片枯叶，摇摇摆摆的落下来了，落在他脚前面，和凋残死灭的衰草躺在一起。风顺着泥土把它们掩埋，永远永远的埋在泥土下面。

李班长跳来跳去的走，忽然把头挺直，转到右面去看，原来是王排长来了，他的眼睛不停的挤着，挤得很厉害。

郑国栋弯腰屈背的从地上爬起，拍拍屁股，摇摇头，伸伸臂，踹踹脚，眼睛里含着受苦的光。

李班长对他自己的脚尖说：

"啊，好冷！"

他们为什么要这样的牺牲呢？这不消说，是为了四千三百万民众。

（《泰东日报》1939 年 1 月 7 日—11 日，署名：慈灯）

一个青年的死

每逢星期日傍晚，在 P 城城里的大街上，是分外的嘈杂，小学生们三个一群，五个一伙，跑、跳、拍手、叫喊，闹得很。抱着孩子的妇人，穿着没有袖子旗袍的大姑娘，赤胸露腿头发剪得短短的女学生，拿着芭蕉扇的老婆子，坐在各家门口乘凉、说笑，他们都是吃得饱、住得舒服的人。还有些年轻的小伙子，只穿一件汗衫，在街上走来走去，有的吹着口琴，摇头摆尾，得意洋洋，迈着方步。卖冰糕的小贩摇着小铃铛，忙忙碌碌的各处窜，并且张开大嘴呼喊……这些繁乱的声音把一条本来是寂静的街闹乱了。

天气很热，那些姑娘虽然不停的摇着新鲜颜色的花扇，但是还流着汗。老婆子虽然没有汗，但是还不停的摇着芭蕉扇。大多数的人都上公园乘凉去了。在一家厢房的小屋子内，有一个青年伏在桌上，两手捧着一本书，聚精会神的把眼睛盯在一行一行细密的铅字上。他的肩上搭着一条手巾，这手巾是擦汗用的，此刻他额角上的汗水很多，可是他已忘记了擦。他很怕那书上的铅字会跑掉似的，很快的把它们一行一行吞进肚子里。同时，他右手的拇指和食指捏着书页的一角预备翻。桌案上有一壶凉了的白开水，一个茶碗，案头上堆着一堆书，他身后的床上乱扔着两双破袜子和一件破衬衣，床底下有些劈柴，一堆报纸，几双鞋。窗台跟前有一个两层的隔板，上层摆着瓶子、碗碟、气炉，下层是六七个茄子、三棵大葱，还有几个粗圆的纸包和其他几样零碎的东西。

他饱餐的书，喝些凉水，午饭还没有吃，这时天已经晚了。他舍不得的放下书，手忙脚乱的开始做饭。

他先燃着汽炉，打上汽，弯腰从案下拿出一个黑脸的小锅，打开纸包，抓出一把白米，扔在锅里，把案上的一壶水倒些锅里去，他看了一看，合适了，他把锅坐在炉上，急忙跳在凳上坐下，接续读书。

汽炉的火呼呼的喷着，烤得小屋里加倍的热起来了，他流着汗，忍耐着热，读他的书，那本书好像他的生命一样，一时一刻也离不开，他贪婪一般的嚼着，那汽炉呼呼的响声并没有进到他听觉的范围内，街上的嘈杂声也是一样，他什么也听不见，好像坐在鸦雀无声的古寺之中。锅里的饭已经好了，他还不知道，他已经忘了。

一种烧煳的气味刺进他的鼻孔里去，他忽然跳了起来，拿下锅来，熄灭了汽炉，很愁苦的打开锅盖来看。

饭窜了烟，大半全焦了，他盛在碗里，歪头想了一想，找出筷子，吃起来了。他想把茄子做一做，因为天不早了，没有时间了。他剥了一棵大葱，也没有酱，就那么咬着吃，咬一口葱，来几口饭，他狼吞虎咽的吃得非常快，不到七分钟半锅饭一扫而空，三棵大葱也吃光了。

门后有口小缸，他瓢出一勺凉水倒在锅里，把碗先洗完，然后刷锅。屋子里闷热得要命，他口渴，没有热水，他想去茶馆买一壶，因为舍不得时间，就喝了一气凉水，他觉得很舒服。吃也吃饱了，喝也喝得了，他很满足的坐下来安安静静读书。街上，因为黄昏来到了，嘈杂之声减少了许多，那些姑娘，老婆子，小学生等，有的风流云散，有的照旧闲话，卖冰糕的小贩还在摇铃铛大声叫喊。

天色完全黑了，——还没有十分黑以前，电灯就来了。青年不能静静的伏在案上了，因为室内的灯光招引许多渺小的虫豸。这些虫豸从窗上冷布的空里飞进来的，它们围着电灯飞，把电灯碰得叮叮的响。有的落在他的脸上、臂上、后脖颈上，他痒痒难熬，势必要抬手去打，虫豸越聚越多，他的书上也落满了，他想关上纸窗，但是他如果那样办，屋子真能把人活活闷热个半死，他只得挥着一双手去驱打，同时还不间断的眼睛盯着书。

他又渴了，他喝了些凉水。

他知道这种季节喝凉水不大好，容易生病，他觉得自己的体格强壮，喝些凉水，大概不至于生病，他放心的读书，渴了就喝凉水。到了过半夜三点，他才把这本书读完。他很困了，头脑一阵昏晕，险些跌倒，他的肚子有点不舒服，可是并不剧烈的难受，他有忍艰耐苦的魄力，训练成的强硬的性子，一星半点小病满不在乎。

现在，街上可一点声音没有了，人们都已昏睡，他还清醒着，他到外吸了几口清新的空气，回头收拾床，把案上简单的整理整理，睡了。

第二天起来，他一早就知道不好，头昏眼花全身发热，脸上烧得很难受，他渴得要死，不得不喝些凉水解。他站起来直晃，后来支持不住了，就倒在床上，他很痛苦的咬着牙齿，病来得太快，他的眼眶深深的凹了进去，眼睛周围有一圈深蓝的颜色。

嗓子也有点痛，他咳嗽起来，身上一刻比一刻烧得厉害，他的脸上出着汗水，他想擦，但是抬不动手，他静静的看着天花板，他恐慌了起来，想挣扎着爬起去找个医生看看，或者买点药吃，可惜他爬不起来，他用尽气力坐起来又睡下了。他想，睡一天休养，也许就好了，这没有什么。但是睡了一天还是没有好，他也不觉得怎样的痛苦，他只想坐起来，勉强下床，身子总不给他做主，他挣扎了又挣扎，结果什么也不能，他想喊个邻居来帮忙，可是他是个独身人，素日与邻居毫无来往，也不大和邻居说话，事实上他是因为没有话说。本来没有事情说说什么话呢？他和邻居们一点儿交情都没有，可以说不认识一样，他怎么喊人家呢？再说，怎样喊法？他想了半天，这个不成，他还是忍耐着这点小病，怕什么，最多也不过躺三四天，用不着医治，自然而然会好的。他有几次生病，都是自然而然好的，躺了两天还没有好，他有些惊慌了，他知道这场病很凶，不然，他哪能连坐起来也不能了呢？

"咳咳！有病真可怜！一个连身心的平衡都不能保持住的人，真是可耻！"

他自言自语的说，对空气说，空气是个哑巴，只会听，不会答呀！

他感到孤独的苦味了！如果眼前有个人帮帮忙，侍候侍候他，病一定会快一些好，他觉到伴侣的重要了，可是他没有什么伴侣，所有的，只是些破书、劈柴、碗、碟子、汽炉等等，他病到第三天，来了几个警察和官僚派的人，这是邻居给叫来的，他已经死在床上了，如果不是送报的来要报费而发现了他的死，恐怕第四天没有人知道。

邻居都惊骇的围在外面，大家议论这件事。

警察询问那些人，他们全不知道关于这个青年的事，警察在纸上，写些四方一块的字，写完就走了。下午，又来了一个警察，带了几个人，抬一口薄薄的棺材，把这个可怜的青年装了进去，收拾收拾走了。

（《泰东日报》1939 年 1 月 19 日，署名：慈灯）

马烈耶斯基

一天早上，同事张千从外面跑进来，很惊奇地睁着眼睛，对我说："马烈耶斯基死了！"

"怎么？死了？真的么？"

"昨天晚上死的，他又喝醉了酒，爬到楼顶房盖上去睡。他大概是睡熟了，一翻身掉下摔死的，脑浆都跌出来了！鲜血溅到各处，头发染得通红，您去看看吧！"

"现在在什么地方？怎样处理了？报告司令了么？"

"报告了，司令只说给他买口棺材埋了就是，郑副官负责人办理这件事件。"

我扣下帽子随张千跑去，看见楼后身靠厕所旁边的墙跟前围了一群弟兄，他们在说说讲讲，手指脚划，或者抬头望着楼顶。

马烈耶斯基的尸身盖在破蒿子下面，脸被头发和血所包围，已经看不出面貌的确形了。一阵恶心，我几乎要呕，急忙离开人群，走回自己的屋子，站在窗前，看着街市上的人，——为了生活，在尘土飞扬的地上蠢动。江上有只小火轮很快地跑着一朵灰白的云在半空游动，我眼瞅着江边拥挤的帆船，想着。

马烈耶斯基是去年冬天到我们这里来的，他是随着司令来的，因为他有一手专门的技艺，专修理机关枪，所以我们的司令便雇用了他，给他一个月三十五元薪金。

他来的那天，正好我在司令的屋内。看当差的把他引进来，我便有趣的看着他那像猫头鹰似的面孔。

他有一个高高的紫红色的鼻子，蓝色的像鸟似的眼睛，两只手又粗又大，肮脏的领带歪在一边，腋下夹着皮大氅，规规矩矩的靠着足跟。

"我告诉你，在队里，要遵守起居时间，喝得乱醉可不行！"

"是！是！"

"我这队伍，你总会听别人讲过的，违背军纪和强盗一样的处罪！"

"是！是！"

"月薪虽然少些，但是看你服务成绩如何，如果好，一定增薪！"

"是！是！"

司令微笑着，同时也是很严厉的对他训了一番话，并且吩咐当差的通郑副官，给他预备一个睡觉的地方。

这天下午，部里的官员都下班回家，——我是住在部里，没有家可回——我在营庭看见了他，他微笑着和我打招呼，前进两步，举手敬礼。

我看见他那副猫头鹰似的面孔禁不住露出笑意，他很诙谐的伸一伸手，意思是叫我坐在他坐着的椅上，并且客气着说：

"阁下，吃饭了么？"

"还没有。喂！你说我们国的话，说得太好！"

"不！不行！说的不好！很多的话不明白！"

营庭的木椅虽然很凉，但是我忘记了凉，坐下和他谈话。他坐下时的两膝交叠着，脚后跟在硬地上很有节奏的捣着响。

"你到我们国来几年了？"

"哈哈！阁下，十三年！十三年半还多！"

"妻子呢，在什么地方？"

他摇摇头，垂下脸去，吞吞吐吐的说："没有，没有，一个也没有……"

这样，我就和他熟悉了。他是个性格诙谐的家伙。不过他有时又十分沉默，喝起酒来使人吃惊，喝个乱醉之后，便东倒西歪的满院子走动，闭着眼皮，张开大嘴，像驴似的喊着唱，庞大的身子撞在墙上若无其事一般，跌倒时，并不立刻爬起，坐在地上，或者躺下去打滚，引得大家哈哈大笑，都觉得开心。看到他这种可憎的光景，我很想过去，踢他几脚。

醉酒乱闹的行为，第二天总是被司令所得悉，叫过去申斥一顿，他总千篇一律的说："是！是！"

他的故事是经我多次怂勇请求才讲的，我知道，每一个流浪在外国的

827

俄国人，都有桩故事。"从前，我阔得多了！现在，这真不像话。三十五天，一个月赚这几个钱，还不够从前给我妻子买一盒粉！"

"你不说你没有妻子么？我知道你是撒谎，现在，别撒谎，诚实的讲吧！"

"噢！噢！我没有撒谎，从来没有！"

"我从前，实在，阔得多了！阁下，您想想，我的父亲当大官，不要说别的，单是仆人就有一百多，别的不算。我的母亲的父亲也是大官，她家里的钱，恐怕你这小屋子也装不下呢？（我们是在屋子里谈话，坐在炉边，这时他指指我的屋子，把脚踏在炉门上，猫头鹰似的蓝眼睛放着荣耀的光，我们住的屋子漂亮多啦！阁下，你恐怕没有见过那样美丽舒服的屋子吧？譬仿吃饭的碗碟，都镶金边银边，刀叉全是银的，我母亲有条项链价值好几万元，她手上的结婚戒指，能买好几个大楼，从前我阔得多了！"

"我的妻，她父亲也是大官。她呀！脸子真好看，在你们贵国，我住了十三年多，走过多多地方，但是我没有看见一个女子像她那样美。阁下，你别生气，贵国的女子我真看不中，又瘦又小，成什么样子？身体太不好，不结实，拿手指一指大概就会倒了！还有些小脚女子，那简真不像人……"

"现在，小脚女子很少了！"

"是！是！很少！阁下，你别生气，那种小脚，真不成话……"

"我一点不生气，我国的文化所以落后，小脚是妨碍进步的最大的原因之一，马烈耶斯基！你说的不错！"

"咳！从前，我阔得多了！"

"我的妻真美呀！我俩互相很情爱，那时，阁下，我不像现在这么丑相，穿的不是这种衣服，这……这套衣服，要饭吃的人都不穿，我真想不到会穿上这样的衣服。那时候，衣服我有的是，都是华丽的，值钱的，今天穿这件，明天穿那件愿意穿什么就穿什么。我的妻她的衣服才多呢！全是华美的值钱的，又好看，又高贵！"

"那时候，我们成天什么也不做，吃好的，穿好的，每天晚上，成群结队的宾客，到我们家去聚会。这些宾客，都是上等人，差不多都是做大官的或者是有钱的，都是大富翁，还有会做书的有学问的人，还有音乐家，都是有名的，他们都吃得好穿得华美，都高贵！

"宴席是太好啦！上等的菜，上等的酒，上等的仆人侍候。叉子，碟，全是金的，银的，那有磁的、铁的呢？我从前根本没有见过磁的碗饭，粗糙的竹筷子。我们喝着酒，谈笑着非常的快乐，喝完酒，那些音乐家弹琴，弹得太好啦！阁下，那种音乐，你没听过吧？"

"我们跳起舞来，真是快活，和我伴舞的，全是尊贵的美丽的妇人，都是高贵的。从前我阔得多了！……"

"现在呢？"我不耐烦的插嘴问。

"现在？啊！现在！完了！一切都完了！旧日的欢乐如今变成了苦恼！"

"为什么好好的幸福不去享，要变成苦恼呢？"

"这……阁下，你不知道么？不能吧？你想想，你一定会知道的。也许，你是忘记了？"

"我们国内乱后，我父亲气死了！我母亲吓死了，我的妻失了踪，不知流落到那一方，暖！从前，谁想到会这一着……"

"你怎么会到我们国内来了呢？"

"后来，看看情形不行了，我就逃出来。我跑到贵国，首先是闲住，起初我还有些钱，渐渐花光，我也找不到职业，因为我没有熟人。幸亏找到一个在国内是熟人的朋友，他介绍我在一个工厂里做工，修理机关枪的手艺便是这时开始学习的，从前哪会干这种职业？以后我又到过很多地方。"

马烈耶斯基的故事并不动人，这样的故事是随处可以听到的，每一个月发饷，他就喝个乱醉，他有了钱，什么也不干，全买了酒喝。

后来，他的胆子大起来，喝醉竟骂人，但是我们的弟兄比他胆子还大，挨了骂并不忍耐，大家一齐围上前像一窝蜂似的围着他，脚踢拳打，把他鎚个半死。一向，我们在队里的生活本是寂寞的，灰色的，这么一来，增加了不少兴趣。他的乱醉，成了大家最好的消遣！当他乱醉以后，弟兄们鎚打着他的时候，我在旁边总是袖手旁观，既不同意，也不反对，中庸之道，两方面虽不时好也没有得罪的可能。

他挨了打就老实了，像猫似的卷曲着身子，哼哼着喝。

我们的房盖是平的，到上面去有特设的梯子，夏天，大家在上面乘凉，马烈耶斯基时常在上面睡觉。

谁知，他竟会滚下去摔出脑浆呢？

当天的上午，棺材抬来了，又抬走了。从此，马烈耶斯基君睡在棺材里，睡在黄土下面，如果是从前他阔着的时代，那葬式决不会像现在这么简单，一定是隆重的高贵的吧？

（《泰东日报》1939年1月21日，署名：慈灯）

一幕短短的人生

一

在一个寂寞的村庄里，有两间破旧的小草房，孤独的蹲在一条小街上，门前是一棵苍老的憔悴的槐树，又粗又高，老乌鸦的窝巢在树枝上，当黄昏来到的时候，老乌鸦扇着疲乏的翅膀飞回来，坐在枝上呀呀的叫，一只黄色的老狗，时常蜷曲着身子在这树下面睡。

草房里住着的一家人，是新近从都市里来，因为一家的生活的维持人老木匠，在都市里开设的店铺倒闭，为躲避那些严厉的债主，便搬到乡下来，给农人廉价的做些零碎活计，使一家人的肚子不至挨饿。

老木匠是个性子粗率直爽的人，他有一副和蔼的脸，肩膀很宽，说话的声音高大，并且喜欢喋喋不休，头发的一半变成了灰白，他的右手，几乎天天握着斧头。

他的老婆恰与他相反，是个沉默寡言、喜欢干净的人。她有四个小孩子，两个男的，两个女的。最大的女儿已经定了婆家，十一岁的儿子在村庄二里路的小学校读书，七岁的菊月和二岁的小路除了吃饭之处，还不能做什么。

但菊月不是个愚笨的孩子，她梳着两条粗大发辫，垂在背后面，一副团圆的面庞中间镶着两个大眼睛和一个适宜的鼻子，嘴唇时常翘起，抱着她的小弟弟微笑。当母亲做饭的时候，她便抱着小弟弟在院子里望着那槐枝上飞回来的老乌鸦叫唤，她这时心想：

"能够把老乌鸦捉下来一只给小弟玩多好啊！"

有时，她帮助母亲烧火，坐在暖炕跟前，一下一下用力的拉着风匣，

831

把碎草很均匀的扔进灶里，让赤红的火焰吹着锅底。她一张脸映着火光，变成通红如霞一般的颜色。一直把锅烧热，浓厚的热气从锅底的四周向上冒，在屋顶化开，她把做饭好了，便拍拍衣服立起，把灶底的碎草扫干净。

母亲和蔼的脸，使她喜欢，她知道母亲对于她的工作很满意。她更喜欢帮助母亲或妹妹收拾屋子，哥哥也使她喜欢。她只是有点害怕父亲，这理由是很难说的。父亲晚上回来，时常叹声叹气的发牢骚，这叹声使她感到烦恼。她赶紧靠着坐在母亲身后，偷望父亲那副神情沮丧的脸。她好像看见从半空有只毛茸茸的大手，将要把这一家算不上的幸福抓到苦海里去。

她觉得浑身有一阵骤冷，立刻抖擞一下，她怯怯的闭上眼皮。

二

菊月的哥哥忽然走了。

十一岁的哥哥，连小学校都没有毕业，竟离开家到远远的什么地方去，她不知道哥哥到那里去做什么。

母亲说，哥哥是到都市地方学什么职业去了。

她不喜欢什么职业，她不愿意离开哥哥，没有了哥哥，她好像缺少了一个重要的东西，哥哥走时，她随着母亲和姐姐送到村头上，她看着哥哥，提着小包袱，很可怜的背影，渐渐的在她的视线消失时，她的眼眶里便涌出晶明的泪水来了。

父亲的工作缺少了，他的叹声叹气越发加倍了，母亲的愁苦的面容，时常望着窗外，深思默想的样子，这一切都使她觉得难受，虽然，她的年龄还小，但是，她懂得判断事情的前因后果了。

她知道父亲叹气的理由，她知道母亲是为了思念外出打工的哥哥，成天到晚的垂着挂念的头，她也知道姐姐的嫁期迫近，时常，有些人来找父亲，拿着棍子，厉声厉气的汉子们，是找父亲讨债的。她为父亲愁，还为姐姐操心，因为，她知道姐姐出阁缺少衣服。

那是天气很好的一天，有两辆轿车在门前停住了。

菊月眼看着姐姐上了轿车，那轿车的车夫一扬鞭姐姐便没了。她看着这幕情景想哭。母亲在姐姐走后不时默默的在流着泪。

房东老婆子虽是个乡下女人，但是说起话像放鞭一样响亮。她为了讨房租来大吵大闹，她说什么住了半年房子只给两个月钱，这是不对的。菊月想，这房子能是她那样一个可厌老婆子建筑成功的么？这老婆子一定不是好东西。

有一天，来了两个汉子，把父亲拖走了，说是拖到什么地方讲理去。

菊月的一颗心吓得噗噗的跳，她跑到远远的地方去看，她想拿起大棒或石块把那两个汉子的头打破。

受了一场侮辱的父亲，垂头丧气的蹀躞回来了。

她为父亲伤心，她恨不得一下长大，有点本领帮助帮助父亲。那些债主多冷酷啊，她想，天下最可怕的莫如债主了，如果父亲没有债务，这家人一定很幸福。

菊月的母亲是个多病的身子，病起来便老是不好，她担任起母亲职务，把围巾捆在腰上，把米粒淘净，把饭做好，还有两只时常饿得鸣叫的母鸡，她把剩久的坏饭倒给鸡吃，领弟玩耍，看护母亲。

秋天，西风把树叶吹掉地下，附近的树林里的堆堆的树叶，许多乡下孩子拾这些树叶，拿回家去烧火，菊月也学会了，她拿着麻袋，走进树林，忙碌起来。

院子里，在角落地方堆着很多树叶，母亲看了欢喜的问……

"这是谁弄来的呀！"

菊月从屋里跑出来，笑着答：

"不知道是谁呀。"

"不是我的闺女么？"

"是你的儿子哟！"

"儿子"两个字，把母亲的心思引起了，菊月立刻反悔了，她知道这个玩笑开坏了！

母亲立刻收去了笑容，默默的把头垂下，沉思起来。

"妈妈，哥哥上哪里去做什么去了？"

"傻丫头！他不是赚饭吃去了么？"

菊月又反悔了，她不应该这样明知故问，但是她想不起别的安慰母亲的法子，她摸摸辫子，看看脚，揉揉衣襟，回屋子里去，看着睡熟的小弟弟闭着的小嘴。

<h2 style="text-align:center">三</h2>

母亲病得很重。

这一天晚上，是个深黑寒冷的深夜，父亲把她叫醒：

"快起来！看看妈妈怎么了……"

父亲焦急的把她叫醒，又去喊弟弟。菊月战战兢兢的走到母亲旁边，母亲微闭着凹进去的眼睛，两手规矩的放在身体的两边，腿伸得直直地。"妈妈！"

菊月喊着，眼泪涌出，她的手抖擞起来，弟弟也叫喊着：

"妈呀！妈呀！"

母亲很艰难一点一点睁开眼，看看她和小弟弟，然后闭上了。

她倒在母亲怀里号哭，她知道母亲死了，棺材由四个人抬来了。

母亲就躺进这间狭小的，缺少光明的屋里，上面钉着木盖抬出去了。菊月和弟弟穿着白粗布缝成的衫子，哭着随在棺后面到墓地去、邻家女人出来看，说：

"嗨！这两个孩子，真可怜呀！"

父亲把屋子里零碎的东西，大半送了邻人。他只把工作的工具和行李以及几件棉衣捆起，整成一个担子，挑着弟弟，菊月随在后面，离开了这两间草房，门前的槐树，和老乌鸦，和乡人，走了。

他们在一个小镇上，租了一间小房住下了。

父亲开始到四下找工作，菊月不但是这一家人的主妇，并且还是父亲的助手。

四

颠沛流离的过了六年坎坷的生活，菊月十八岁了。

她的两个粗黑长大的发辫变成一个，披在背后的正中，笑起来的时候，颊上还露出一个酒窝来。她不经常到街上去，凡是从前常用到她跑街的事情，弟弟代替了她的位置。父亲因为几年来的愁苦老得特别快，菊月的哥哥从离开家的那一天，一直没有回来，父亲为了找儿子一走半个月，但是一点儿消息都没有，这件事叫老人伤心。他一想起多年不见儿子，老泪便淌下了，而且这件事，几乎是每天父亲要和菊月讨论的题目。

"哥哥能到什么地方去了呢？如果他再回家来，他是能够打听到这里的，为什么连封信都没有呢？"

父亲：沉默。

在他们居住的一条街上的一家铁器铺，打铁的声音是这条街上从早到晚的音乐，黄昏以后那街角的烧铁的炉子，冒着赤红仿佛初升的太阳一般灿烂的火星，铁锤舞在半空，火花向四面喷散，那坚定的叮当的声音和美丽动人的情景，菊月经常一看到了便远远的发呆。

有一天，菊月这样呆呆的望着，觉得身后走来一个人，她赶紧一回头，一个十分面熟的青年立在她面前，她一愣，连话也说不出来了！

这不是她哥哥么？是呀！正是他呀！

"菊月，你不认识我么？"

"啊！哥哥呀！你快到家来吧！"

老父亲看见儿子回来，立刻哭了，菊月也哭了起来，只有弟弟，在砖窑厂学徒还没回来。暗淡的小油灯下，老父亲坐在炕边，菊月欢喜的在收拾饭。同时，她焦急的盼望弟弟回来，她对父亲说：

"往常弟弟这时早回来了，今天怎么……"

她的话还没说完，门开了，走进一个中年人来，他是砖窑厂里的人，他满脸晦气的走进屋子，因为走路太多或者是太快的缘故，使他上气不接下气，他咳嗽了半天，涨得满脸通红，一只手放在胸前，吞吞吐吐，好不容易喘出一句话。

"砖窑……倒了一个……里面的几人……还……还没出来，全……全压在里面了，好半天才一个一个弄出来！你家的人很不幸，也在里面了，现在虽然弄出来了，但是早已断气了！"

……

（《泰东日报》1939 年 1 月 27 日、28 日，署名：慈灯）

怪帽子

一

一个奇怪的老头子，走在高而且窄的独木桥上，走了半截坐下了，死死的抱着独木桥不动，并且闭上眼睛不睁开。

桥下面是水，没有人知道河水的深，曾有几个人掉进水里淹死，这个老头子大概是走着走着害怕了，不敢走了，便坐下不走了。

我正要从这桥上通过，这老头子一坐下，我便不能走了。我是立在对岸上等着他的。起初，我本打算先走，他在对岸要求我，希望我等一等，让他过去之后我再走，于是，我便让他一步，谁知让这一步，我便不能走路了！

我焦急的喊：

"哎！老头子，快走！"

他动也不动，战战兢兢的说：

"我……不……不敢……走了！……救……救救我吧！"

我看了看太危险没有去救，是因为救他而淹死是不合算的。我想从他身上迈过去，但是那也很危险。

我苦恼的等了半天，他还是不动。

我生气的叫他起来快走。

"快走！——拿出勇气！你既然走了一半，为什么这一半不敢走呢？无用的东西，起来！走！"

不成！叫喊也没有用，他还是不走，并且抖擞起来。

"快走吧，没有什么怕，只消拿出勇气……！"

"不敢走了……你……你快来帮助一下吧！我要掉下去了！哎！救救我。"

我不理他，跺着脚，手在大腿上拍着。

"救救吧！我眼看要掉了！救救吧！救救！"

他哭起来了。

我仔细想着，怎样救呢？这是很难的，我小心的走到他跟前，拖着他的两肩，打算用全力把他拖过去，但是很难用力气。独木桥很窄，稍微不慎便有掉下的危险，我小心的拖他，他的身体很重，我无论怎样也拖不动，如果在平地，我可以不费力的把他背起，在这艰难的地方却不成。

他忽然抓住我的衣裳，险些把我拖倒。

"唉！放手，这样不成，我没有法救你了！"

他不放手，死死的抓住。

"放手！这样怎么办？我没有半点力气了，快放！"

他挣扎着，更抓得有力些！他是慌了，全身抖擞起来，他睁开眼睛，这独木桥既高又窄，离水面有两丈深。

我想打开他的手，我向左一用力，又向右一用力，因为用力过猛，一只腿滑掉了，我的身子向后一倒，差一点就滚下去了，我赶紧抓住桥梁，吓了我一身冷汗，咒骂起来：

"你这老不死的，抓住我做什么？看我险些掉下去了！"

然而他还是死死的抓着我的衣襟不放。

"你不放么？好！我把你推下去！"

"别……别……别……救救我！"

"那么，你放开手，我好拖你呀！这样怎么拖？"

怪不得？他摇了摇头不放手，我急个死……

我恨恨的扭着他的手臂，并且用牙咬，他痛极难忍，叫着放开了。

我赶紧调过身子跑回来了。

我不过去了，我往回走了，但是老头子放声大哭，哭得可怜。

"救命呀！救命呀！"

他把我的脚哭得不动了，怎么办呢？

我又走回去，用着全力，把他拖过来了。中间有好几次险些把他弄翻，他吓晕了，倒在桥头的草地下。

躺了半天，他醒过来了，对我格格的笑。

我几乎急死，他还笑，这老头子，真奇怪。

他拍拍我的肩头，夸赞我：

"小伙子，你胆量不错，你要什么报酬？"

"不要！"

我要走了，他扯住我的胳膊，慎重的对我说：

"我有一件好东西，把他给你吧。"

他说着从怀里掏出一顶破礼帽。

"把帽子送你！"

"我不要！一顶破帽子好什么？我有帽子，你留着吧！"

"嗯！你不知道，这不是普通的帽子，你把他戴上谁也不会看见你，信不信？我戴你看。"

他把帽子戴上，立刻他没有了。只听见他在我面前笑，却看不见他。

再出现的时候，帽子握在手里。

"这帽子怎样？"

"奇怪！"

"你留着吧，但是你要记住，不准戴着它去做坏事，而且无论看见什么不准干涉，我住在这桥下面的水里，再见！"

他一跳，跳进水里，不见了！

怪事！莫非说我是在做梦么？太阳明明挂在半空，我的意识很清醒，我想了再三，这不能是做梦，自然，是不是梦没有关系，不过确实不是梦。

二

我很想试试这顶帽子戴在我的头上，别人究竟能不能看见我，故意跑到大街上，在一个行人身后问他：

"喂！你上哪里去？"

他回头一看惊奇的张着嘴，什么也不说，只是愣头回脑的各处看。

"你上哪里去呀？"

我又问，他更惊叫了，自言自语的说：

"谁和我说话，为什么看不见说话的人呢？"

我试了两三个人，都是这样。这帽子，确实有点神奇了。

那老头子，一定是神仙，或者是妖魔，这是无疑的。

我走到一条肮脏的街道，各处埋着废土和废物，难闻的臭味，扑进我的鼻内，有几个脏孩子，在泥里玩。

街道两边密密麻麻的排着房屋，都是破旧，黑暗的，里面污秽的住着些人类，他们吸着不洁的臭味在苍蝇乱舞之中过活。我走到一间狭小屋子里去，地下坐着几个人，他们并不在意我的进去，他们看不见我。一个蓬着头发的妇人，散着衣襟，对着一个狰狞的汉子说话，这汉子有一副灰白的脸和一张歪在一边的嘴。

"三十五元？"妇人说，同时摇摇手："不成，至少得加一个数，四十五元！非这个数不可！"

"这样办吧，我也不少给你了，四十五元！怎样？这不少了！你得看看你的人是什么样子，我不说假话，别人，决不能出这样多钱，你好好想想……"

汉子这样说，他举手拍拍胸脯。

女人想了一会儿：

"说话就算，你少给两元！就这样吧！"

"得，得！我不和你多讲了，现在，我交钱给你。"

汉子从衣袋里拿出一个手巾包打开，是钱，他数了两遍，交给妇人，妇人接过钱放进怀里。她喊道：

"小英！"

从外面进来一个十来岁的小姑娘，长脸蛋、大眼睛，脸上有几个麻粒，她怯怯走到妇人身前，张着小嘴。

"你跟这位叔叔去吧！"妇人说："他给你好衣服穿，给你好东西吃。"

"妈！上哪去，你不去么？爸爸去不？"

"你先走，等着你爸爸回来，我再和他一块去。"

"妈妈，我想你一块去。"

"你先去吧！好孩子，这位叔叔带你去，给你新衣服穿，给……"

"走吧！"汉子嘴说："你在家里，没有好东西吃，也没有好衣服穿，到我那里，什么都有。"

但是，小姑娘很踌躇，她看看母亲的脸，又看看汉子的态度，好像她感到一种不幸的袭来似的，眼眉皱着。

"妈妈，为什么不叫弟弟先去呢？先叫他去吧！"

"他先去怕……等一会儿去，我领他去，等爸爸回来一块。"

"我不去！"小姑娘像明白了什么似的，贴着母亲的膝盖。

"好孩子，去吧！"

小姑娘终于跟着汉子走了，我也跟着去了。

汉子把姑娘领到远远的另一条街。

这条街上，比较干净些，有杂货铺的幌子在门前摇着，有卖水的汽炉笛尖锐响声。

小姑娘去的一家，是在一个胡同里，两边玻璃门开着，几个穿着簇新的衣衫的姑娘，脸上擦着厚厚的脂粉，聚在一张圆桌上吃饭。

一个肥胖的，镶着金牙的女人把小姑娘的面孔仔细的看了一看，觉得很可惜的说：

"这几个麻粒给弄坏了，多少钱？"她转向汉子问。

"四十三！"

"也行！"女人点点头，很愿意似的："多倒不多，将就了！"

小姑娘换上了新衣，洗了个脸，金牙肥胖的女人还给小姑娘擦了些脂粉，那些姑娘都是齐口同声的说：

"不错呀！"

小姑娘得到幸福了，她有了新衣服穿，还有好东西吃。是的，现在金牙肥胖的女人就领她到桌上去，叫她吃饭了。

小姑娘惊奇的瞪着每个人，这些姑娘都穿着好看的新衣服呀！桌上摆着饭菜很好吃呀！她在家里，哪有这样好的衣服和这么多的东西吃呢？

她在家里不但没有这样的衣服穿，连吃饱一餐肚子的东西都没有，她从来没有吃饱过一餐，她和母亲时常是讨着吃的。

她吃着饭，心里大概想着：

这大概是爸爸发了大财，有了这样有钱的亲戚，她盼着妈妈和弟弟快些来。小姑娘吃饱了，她吃得饱饱的。

小姑娘是幸福了！

我看到这里，用不着再看了，我走出这间屋子，走出这个胡同，走出这条街……

三

我走到这样一个地方。

一片广场，平平坦坦，什么也没有——不，有，有许多活泼的青年，他们脱了衣服，只穿着裤衩和背心，在场子里奔来跑去，有的三五成群，把一个大皮球向篮子里投，跳着，抢着，满头是汗，但是他们好像不知道乏，玩得特别高兴。还有的，把一个皮球用脚去猛力的踢，还用脑袋去碰，把球碰到远远的，有些人，坐在场子四周，拍着手，欢喜的瞪着眼睛，他们被情绪的力量所支配，有时把身体斜向这里面，有时斜向那面。

我在几个谈论得非常起劲的青年的旁边坐下了。

一个说：

"我们应该把全部的精力用在姿势的练习上！"

其余的应和着：

"对！对！"

请大家看看，那些人，是由于怎样的错误，在动作的时候把姿势忽略了？不外缺少指导和训练。

"对！对！"

"我们不能朝秦暮楚，意志不坚的，今天干，明天便不干了，我们应该抱着坚毅不拔的志气干一生，把所有的时间和精神全用在这上面，不愁没有在世界上得到一个相当地位的一天。"

"对！对！"

只有这种事业，发生在我们民族，国家必定坚强。

"对！对！"

所以说，我们的一生的精力全在这上面下功夫了！

"对！对！对！"

他们解散了，说话的一个青年走出场子，我随着他，他在一群男女混杂之中，把一封信交给了一个女子，这女子穿着新衣服，她接到了信，立刻走到一个清静的场所，把信拿出来看。

我把脖子伸过去，看看那封信：

"只有爱情，是人间最伟大事，我们应该用全部精力，为了我们的事情努力想办法，我们不能朝秦暮楚，意志不坚的，把我们的理想打破。我们应该抱着坚韧不拔的志气，来为我们的爱情，开辟一条平坦光滑的路。我想，不愁没有成功的一天……"

这女子看完了信，像吃完东西似的伸出舌头在唇上舔一舔，我止不住的咳嗽了一声，她赶紧回来察看，看看没有什么，才放心的走了，小心翼翼把信装好在袋里。

我在人群中又把那青年找到了，他已经上了马车，刚要走，我急忙跑去，在他对面坐下。

他有一副可爱的面孔，脸上好像擦着粉，他的眼睛尽是在行人身上溜着，特别注意女子，即便那女子走远了，他还回过头去仔细展望。

马车把他拖到一个楼房前面，他下了车。

我随他走进屋里，我想，这一定是他的家了。

他在楼上一间有睡床的房间把帽子摘下，一间写字台上面放几份报纸，他拿过来看一看，坐下了。

他很注意的看那报纸上的文艺栏，他看得非常迅速，一转眼他就看完了。

他开始写字了：

"只有文艺，是人间最伟大的事业，我们应该用全部精力为了我们的事业努力，我们不能朝秦暮楚意志不坚的，把我们的理想半途而废，我们应该抱着坚韧不拔的志气，来为我们的事业开一条平坦光明的路。"

究竟，这个青年是干什么的呢？我随意伸出头看了半天，想了半天，真想不明白，他在各方面，在各种事情上用着千篇一律的套子，也许，这是成功之路，他一定是很有天才的人。

他吸着烟，得意的翘着腿，听见楼梯响了。

一个穿着放亮光的皮鞋的青年走进来了，他们开始谈话。

"我说，你怎么还不写呢？批准你的文，我已经写好，并且——快登出来了，关于我的，你得快写呀！"

"那当然，不过，你托我怎样说的？"

"请你放心，我能说你坏么？登出你来一看，就明白了，但是你得把我好好的批评一下呀！"

"昨天晚上，我已经写了个起头。因为有朋友会我看电影，所以放下了。今晚一定写出来。"

"是么？给我看看！快！"

脸子不错的人打开抽屉，拿出一张纸来给皮鞋放光的，我伸过脖子去看。

"只有这位作家的作品，是比较使人满意一些的。综合他在本刊上所发表过的几篇，其中最精彩的是……以下还没有出来。"

看的人喜形于色，满意的送还主人。

他们又开始谈话了。

但是我走了，因为他们所讲的我听了也说不出什么滋味，觉得恶呕。

四

我有趣的走下楼梯，摘下帽子来看，这帽子真是怪事，戴在头上能使人看不见身体，真是怪事！

一个仆人模样的人看见了我。

"喂！你是做什么的？"

我赶紧把帽子扣上，他看不见了，他惊骇的四顾，脸上变成了青色，我想，他大概是以为活见鬼了。

我想大大的吓他下，但是想起老头子的话，没有吓他。

我看见一个白色的楼房，进去了，一个面孔狰狞的家伙拿着一把刀，东望望，西看看，他身后还有个小眼睛的人随着他，他们走出后门，把门上了锁，又走进一间放煤的屋子里，狰狞的家伙在墙上一按，墙壁倒了一块，是一个门，他们进去了，我也好奇的赶紧的进去，进去之后，狰狞的家伙又在墙上按一按，墙壁合上了。

一个黑暗的狭道，两旁都是石壁，拐一个弯，是一个小屋子，在小屋正中有个什么东西，我仔细看看，原来是个人被绑在木柱上，他没有穿上衣，眼睛蒙着布，使他什么也看不见，两手背在身后。他身前有张红桌子，那桌子上的红好像是他的血，有股恶臭的气味。

狰狞的家伙在那脖子上就是一刀，这一刀那人的头和身子分开了，

小眼睛过去把那个人的身子摊到桌上解开，把那个人两手割下，又割下脚。他的动作非常快，三刀两刀把那个人分成许多块后切成粉碎，弄成肉酱，统统装进罐子里，封了口，两个人抬着走。

他们抬到前屋，换了件衣服，罐子搬在街上预备好的小车上，拉着走了。

在一个饭馆门口停了车，里面出来几个人迎接，把罐子搬进去了。

我摘下帽子进去了，找了一个位子坐下。

一个伙计过来问：

"吃什么？"

"你们有什么？"

"包子！"

"猪肉？"

"是的！"

"两盘！"

热的包子拿上来了。

我用筷子夹开一看，也分辨不出，但是想，这一定是人肉。

"这是人肉包。"我对跑堂说，"我一看就明白！"

他瞪大了眼睛，惊讶的看着我半天不说话，出去了。

接着来了一群人，他们手拿棍棒，来势汹汹，一个人上前就把我的帽子抢去，我想把我的帽子抢回来，但是他们动打了。

棍子棒子一齐打下，打得好痛，我好不容易跑到街上，和他们要帽子，掌柜把帽子扔进炉子里烧了。

我往独木桥的地方奔跑，想去找那奇怪的老头子设法。

在半路，我看见在树林边，坐着一男一女，那男的不是别人，正是那位好看的青年男子，那女的我也一看就认识，是读信的那女子，她拿一份报纸，喜欢的对青年说：

"你看见么？这里面的批评你的文章。"

"是么？我不愿意看那种东西！"

女的像吃东西似的把舌头伸出来舔了一下嘴唇。

我跑到他们前面去，把我所看到的杀人故事告诉他们。

青年吃惊了，他愤怒的对我狂叫：

"你胡说，没有这种事！"

女的也狂叫起来！

"这是疯子、疯子！"

我想跑开，但是在身后，在草丛中埋伏着许多人，他们一拥而上，把我围在中心，这些人是刚才打我的人。

青年也参加了，拿着最粗的一个大棒的人被青年称为父亲，青年喊他："爸爸！为什么事？"

"这小子污蔑我们，王八羔子总得把他打死，不然……"

其中有一个汉子跳出来说：

"把他抓住、绑起来！"

这汉子拿着铁铲，他被女的称为父亲，那女子也参加了，她捡了一个石头在手里，预备打我。我发现了一个机会，有个空隙地方，我拼命的跑出去了，他们呼喊着在后面追赶。我不要命的跑，一气跑到独木桥。

有个小姑娘站在桥头，哭诉着说：

我的妈妈把我卖掉，他们逼着我接客，我不接，他们狠毒的打我，现在，我已经逃出来，我要寻死，老天爷，保佑我死掉吧！

她噗通一声跳进去了。

后面的人眼看跟上来，我急得两腿直跳，狂呼着：

"老头子！快出来救我！"

水里有说话的声音：

"你跳进来吧！"

"我……不敢……跳进去岂不就淹死了么？……救救我吧！"

"淹不死！拿出勇气，无用的东西，你不看小姑娘么？她很爽快的跳进来，你却不敢，快跳吧，快！"

"我不愿意死，老头子，你救救我吧！"

他跳出来，对我笑笑，用力的拖着我。

"快进来吧！"

"不，不，不！"

但是，我敌不过他，终于被他拖进水里。

水太深，我喝了几口水，后来——淹死了！

（《泰东日报》1939 年 1 月 29 日、31 日，2 月 1 日、2 日、3 日，署名：慈灯）

山 中

"喂，你在屋里做什么？"

我的朋友朱安这样问我。他刚从外面进来，把帽子摘下扔在桌上，解开衣扣，走到我背后，把两只手放在我的肩头。

我仰着下巴和他说话：

"你看我现在做什么呢？什么也不做，不过在想……"

"想什么，想女子呀？"

"不是……是想你！"

他在我脑后上拍了一下，我赶紧缩着脖子。

朱安是个美貌的小伙子，他的一对女子似的眼睛，宽胸脯，说话的声音很响，我很爱他，因为他性格豪爽，喜欢干些有趣的冒险的事情，我和他处在一起有一年多了。

这是什么事情也没有的一天，我们的职业是清闲的，但是忙起来却忙个死！他在床上，背着墙壁，活像一只懒懒的猫在喘着气，眼珠直直的对着我，我把桌上乱堆的几部快翻破的书收拾起来，整齐的放好，窗外面有一只公鸡尖锐的叫起来：

"喔！喔！喔！"

我们开始谈话，谈人类的历史，谈闭着眼睛幻想光明的哲学家，谈达尔文，谈那些批评家，谈到金丝鸟，关在笼子里，舍不得离开笼内的生活无聊的张着翅膀唱着的金丝鸟……

"我们还是出去走走吧！"他立起来，伸伸懒腰。

"你，不听说，到处有匪贼么？在屋里吧！"

"没有关系！走！"

他把我拖起，拿帽子给我戴上。

“但是，往哪里去呢？这乡下地方，除了山便是森林，难道你还没有看够？”我虽然满心不愿意出去，可是随着他走了。

“喔！喔！喔……”公鸡又叫了一声，它弓着腰，高抬着美丽的脖颈，它是新近烫的发，全身的羽毛特别光彩，脸儿涂得赤红。这只公鸡很肥，肉也必定很香吧！

我们住在乡间，真是寂寞得很，我们最喜欢观赏的目标一个也没有，看见老母猪叫大姐，看见骆驼叫绒长脸儿。

山顶上、森林内、草地、河边是我们时常散步的区域，因为爬山，把我的鞋扶爬破了。气候一天比一天冷了。

树上的叶，已经完全离开本枝，找它们的归宿去了。河水，从春到夏到秋的奔跑，虽说是为了光明的坦途，但是总因他们的意志不坚、缺少忍耐和始终如一的精神的缘故，竟流在半路，禁不住太阳的蒸晒，而干枯了！当然，有许多涌澎湃的溪流早流到了大海。

我们跨过没有毅力的干枯的河，穿过树林。

朱安像兔子似的一跳一跳的走着到墓地，我们坐下了。

“在这狭小的寒冷的屋子里，”他说，“住的是些慈悲的人类。”

“不错，这些人，在活时是因为没有工夫讲慈悲，而在死后才慈悲起来的……”

“哎！你说，这些人不是多余的占了许多活人的地盘么？”

“是呀！可是，这无多大关系，因为住许多年以后，这些填地会自然而然成了平地，谁也看不出来了。”

“嗯——如果这里有两个异性谈谈多好呀？”

“那么，你立刻假装异性吧。”

他跳起来把身子压着我，扯我的耳朵。

“哟！别别……别扯耳朵，你这姑娘，怎么这样粗野呢？放手！”

“哎！别动手，你听我说，我们俩比较，你有些像女子，所以我才说你……”

这样的玩闹，是经常干的，几时讲乏了，才肯罢休。

他站起来，拍着衣服。

我也立起："呀！有点冷！"

这季节，正是秋高气爽旅行最好的时光，在田野上走走，自然很不错。但是这田野，并不是"山光明媚河水绿"那种景象，山是荒凉的山，河已经枯死，树叶全都落掉，只剩下憔悴的枝干和顽固不化的石块。天上，是飞跑的云，那些云和游手好闲的流氓一样。

还有——便是那些活的时候没功夫讲慈悲——即使讲，也是狭小的、没有意义的——到死后才肯慈悲的人们老家（坟墓）。至于和我们一路走的人呢？并不是志同道合的好同伴，他们都是蠢材所生，生性粗暴，容易受物质颠倒，完全是些没有灵魂的东西。

我想骂出声来——但是没有骂，我的鞋本来就不行，爬几次山快坏了，这样糊涂的随他们走着，真是忧心。朱安仍表现着快活的颜色，他想使他们对我俩报好感起见，始终微笑着，没有一点厌恶的意思。

整整的走了一下午。我实在不耐烦了，走到一个小村庄休息。眼睛锐利的人对我俩说：

"怎么？你两个人没有回去么？"

原来，他是把我俩全忘了，还是开玩笑呢？

"我们愿意这样随你们走走。"朱安微笑着说。

"回去吧！"他诚恳的说。

"好！那么，再见了。"

我们谢谢他，并且和那些人点头道别，不慌不忙的往回走。

"我的老天！如果老是这么走去，我的鞋怎么办呢？你看，眼看不行了！"

朱安叹着粗气。

秋天的天很快的便黑了，我们顺着一条弯曲的小道走到山中，附近没有村庄好借宿，只得在山中过夜了。

"怎么办？天黑了，道路不好走，你说……"

他也说不出来什么，决定过夜，我们走到山谷间，在一个避风的崖底坐下。

"如果我们睡到半夜，狼来了怎么办？"

他摇摇头，表示不惧怕。

其实怕也不行了！

肚子里面响了一阵，叫一阵，像雷鸣一样。

我枕着石头躺下身子，他愁苦的抱着膝。

太冷了！

"这纯粹是群不讲义气的流氓！"他咒骂起来。

"幸亏我穿了这身破衣，不然，哼！一定活不了！你说呢？"

"那是。不过，我倒没有害怕。"

"你的胆量比我大多了！我差得远，缺少经验。"

我看不见他的脸了，天已经全黑了，我缩屈着身子，和他互相的靠着，像两只鸡一样抱成了一团。

"我有一次可真危险……"他开心的说，"我们一队人在露宿，睡到半夜，听到山头枪响，我们赶紧爬起，卧倒对面山头开枪打，我们一打，山头上没有动静了，大家很是奇怪，悄悄的等待着。我们之中有一个人，他说像是听见在另一个山头上有些什么动静，我们对着那方面射击，夜是黑暗的，没有星或月，什么也看不见，打了一阵，又没有动静了，我带着几个人去搜索。

我们走着走着，小心的防掩着，忽然一声枪声，我们的弟兄倒了一个，我赶紧卧倒下去，突地，一个人跳过来把我抓住，我看见他把刺刀举起，这时，我急忙在他腿上一绊，他就跌倒下去，我下去就在他胸上一枪，他们有好多人，不知怎么向后退去，跑了！"

"唉！真是危险！"

夜黑得怕人，冷风一阵一阵的吹过来，我不时的打寒战，朱安也是，但他比我能忍耐些。

"我们今天活着，明天不能不活，实在不知道呀！"

他——叹气。

"把我们生命的发丝挂在树梢上的这种生活和那些蹲在笼里的金丝鸟一比，真是，无论谁都要伸舌头吧！"

他——叹气。

"但是，如果世界上全是金丝鸟，那么，这个世界真不知糟得什么样子了？"

"别抱怨了！你忘记了么？对于各种事情抱怨的人是不能做什么的。"

"不是抱怨。"

"当然，我知道你是不抱怨的，嘿！好冷！你不要睡呀。"

"不睡！"

有几颗半明半暗的星出现了，有一阵比一阵冷的风吹出了，我瑟缩着睡熟了。

我做了一个变成了一只乌鸦的梦，朱安也变成了一只乌鸦，我们在自由的上空飞着，飞到大千世界，栖在一棵高大的树上，看着下面许多愚蠢的人类。我因为感到这些人类的愚蠢，他们不知道人类在自然界的地位，以为是宇宙间的万物之主，互相欺骗着做些蠢事，而呀呀的咒诅起来，希望把他们咒醒了的缘故，把他们弄恼怒了！其中有个肥胖的人，对我的胸脯开了一枪。

但是他们的子弹是软弱的，不中用的，只能损伤我的皮毛，不能毁灭我的灵魂。

然而，这一枪，把朱安打恼了，他的性子暴发，立刻飞下去，把胖子的眼珠挖出一个来，扔到厕所去了。

我们飞起，离开了人类，到大洋的上空。

在波涛汹涌的大洋上空飞翔，有说不出的兴趣。

"应该回去了，飞得太远恐怕乏了！"我对朱安说。

"不要紧！"他头也不回，下起雨来了，并且突刮起大风。

"赶紧回去吧！"

"好，回去！"

雪太大了，风怒吼着，猛力的刮着，像尖锐的刀子一般，袭透过我的骨髓。

我的翅膀不能活动了，一个翻身便跌落下去。

我在风雪的半空，身子毫不能自主的向下面飘落，下面是大浪翻滚的海洋，海也发怒了，它把浪头滚得比山都高，混着风雪的怒号，成了震天动地的音乐。

我往下而落，落，落，我还听见朱安在头上拼命的呼喊，但是，我总战不胜风雪的威力，落到水里去了。

水流入我的喉内，我不能喘气了，一阵难受，便醒过来。

朱安把我抱得太紧，我推一推他。

"怎么，这样不好么？"

"不，太紧！松一点！"

夜里太冷了，这样躺着太受罪，商量商量，走！

我们毅然的走了，在黑暗中牵着手一步一步架着走，不知走到什么时候才能走到我们住宿的地方，但是我们相信，通是很容易走到的，好久的停顿使我们受了苦，而且后悔了。

（《泰东日报》1939年2月4日，署名：慈灯）

一个难时期

我在初级小学校卒了业，以后便读不起书了！

因为什么读不起呢？家穷。因为什么穷呢？"坚固的无形的丝网"在半空冷酷的罩着的缘故。

失学，我并不难过，而且很快乐呢，我对于学校没有好感，幼年时代如此，到现在还是如此，这也是我年龄的性格之一。但是父亲把我从家里领出去叫我到外面"独立的"赚饭吃的时候，母亲伤心伤意的哭：

"他爹爹！他的年纪太小，你让他在家里住二年再说吧！"

"噢，在家里做什么？你放心，他一点也不傻，他知道客气是吃不饱的，你用不着挂心！"

"年纪太小了，人家欺负，他要是想家呢？我说你……"

母亲无论怎样劝，终未能劝倒父亲，我很喜欢的随着父亲走，他领我到都市，在一个粮栈当掌柜的姐夫处，"你看他能做什么，就给找个职业吧。"

姐夫是个身躯胖胖的人，他有一张多肉的和蔼的面孔，眼珠圆大，厚嘴唇好像蛤蟆。他仔细的把我打量了一番，对父亲点点头。

我在一个半大官的公馆里当差。第一天，屁股滚圆的大太太就给了我一件困难的活计干。

"你过来，我告诉你。"她伸着肥圆的五个手指招呼我：

"这是洋服衫袖扣，细线的扣环开了，你想法子把它接好。"

银亮的袖扣放在我手心里，我皱着眉头拿到外屋。

我左思右想，想不出法子，我把分开两个褶子在一处比量着，这样弄，弄不上，那样弄，也弄不上，因为扣子太细小，我的手指是粗的，不要说把它接到一起，就连拿着还拿不住，我找了一柄小刀，然而没有用，整了两点多钟，结果是徒劳心机，我只得失望的交还大太太。

"我——接不上，无论怎样……"

"拿来吧！笨货！你能干什么？"

没有几天，我就知道，她手里有许多钱，放在外面吃利，二太太虽然年轻貌美，但是没有权势，一家的大权全归她掌握，她随时随地下任何使命，没有敢不服从的，便是书记官也常被她指着鼻尖咒骂，不敢反抗她一句，她虽然是徐娘半老，风情也不存在了，但是她对于梳洗打扮还很追求，尤其注意饮食。稍不合口，便发起怒来。

"把这菜拿回去，加点酱油，另炒一遍。"

厨师是个老年人，他的耳朵有毛病，对他说话，必须大声，大太太像呼喊贼似的对他说话，他撩撩眼皮，连连的答应着，赶紧把菜拿回去。

一到厨房，他的性子就爆发了。他把菜恨恨的扣在锅里，把酱油恨恨的加上，锅勺用力的铲着锅，咒骂着。

"王八羔子，我把菜扣你头上，把你鼻子磕掉……"

他的嘴虽然勇敢异常，但是没有实行的勇气。

这样人，从来我看见了很多，他们都是胆怯的人，能说不能做的，做什么也不中用！

大太太还有一项工作，她每天晚上算账，她有一本流水老账，记着别人欠她的数目，她自己不会写，可是她认得数字，她的记忆力很好，会心算，几笔数目，她只消把眼珠向上一翻就算清楚了。

在早晨，我的工作比较忙些，她未起来之前，我得在院子里把水烧好，打扫庭院，扫除屋子，倒痰桶，把各处收拾干净，然后给她预备漱口和洗面水。

起初，我不懂得拿茶碗的方法，她不满的指教我。

"这样，看，不要把手指横在碗上面，记住！"

给她盛饭时接碗或送碗也有一定的姿势，立在她旁边的位置也必须选择适宜，以方便，不妨碍她的地点为限。有一次，我离得远一点，她生气了。

"你跑那么远干什么？"

渐渐的，我在不当的威严之下，自然而然的学会了圆滑的撒谎，她的嘴，一天到晚很少有闲的时候，这样不好，那样不好。如果她和二太太吵起嘴来——她俩时常打架——那真是热闹，几乎吵翻了天！

"小老婆，你能管我么？你叫我听你的话，服从你的命令呀！你好好看看，你觉得你自己的小样不错？我听谁管过？我受过谁管？你，你睁开眼睛，你是瞎子么？哼！你仔细想想！"

"自然，我并不想管你……"

"你敢！你敢！小样？你等着吧！呸！"

她们的争吵的原因，现在我很难回想起，总不外因了些琐碎的小事，她们吃得很多，喝得很多，把身体吃胖了，把嘴巴骨也吃硬了，无事便大吵大闹，她们整天除了吃饭睡觉之外，什么也不做，像锁在笼中的鸟一样，只知道吃的放在什么地方，喝的放在什么地方，世界上的事，是一点也不知道的。

最使我吃惊的一件事是二太太时常捧着手本。

她喜欢看小说，我想她一定是受过相当的教育的。

现在，我想来，自然是不觉得稀奇的，有知识的女性，过着猪一般的可怜的生活，世界上何止千万，然而那时候，我却惊骇了！我为她可惜。

我干了一秋天，很快的，到了万物走向沉寂的冬季了。

冬天是我的难关，我害怕冬天像对狮或虎一样，因为我的工作吃苦。东方的太阳还没有出现，我就得爬起，忙到半头晌，她们才起身。

我的手背冻坏了。

但是大太太并不同情我——事实上，她是没有同情的，在镜子里，她只看见她自己的尊像——她看看我的手，淡淡的咧着嘴说——

"你的手没有洗好！"

水并不是医生，我的手是冻坏的，怎能洗得好呢？

如火山一般的怒气将我从我胸膛中裂开爆发，但是我咬着牙忍住，我低头看着痰桶，我曾想抓起盆桶把她脑袋摔破。

父亲来看我，他带着母亲给我做的棉鞋，回去的时候，我把工钱全交给他，一分钱也不留。

棉鞋穿在我的脚上，暖和多了，除了母亲，谁能这样顾虑我呢？她为想念我，时常背地啜泣……

我在厨房里睡觉，在厨师的旁边，我的行李薄，夜里时常冻醒。

有几条破麻袋堆在墙角，我冻得很难忍耐，把这些破麻袋放在被上面，第二天早晨厨师未醒我悄悄的放到原位。

有天晚上，厨师很晚回来，他看见我身上的麻袋，把我喊醒了。

"嗳，你把麻袋当做什么？快拿下去，我这头上不多！"

"我冷呀！"

"唉！快拿下去！"

"不，我冷……"

他不由分说，把麻袋扯去，扔在地下。

我揉揉眼睛，浑身因为寒冷不住的抖擞着，我困乏的爬起，咬着嘴唇，冷不防的在他脸上打一拳，立刻，他的鼻腔出血了。

他一手堵住鼻孔，一手和我厮打。

我不要命的打去，他终因年老而败北。

（《泰东日报》1939年2月10日，署名：慈灯）

炮火下的小村

这时候，黄昏张开雨翼，从渺茫的远方飞来，在半空撒下灰黑的丝网，天空罩上朦胧，山变成了黑色，只有本村的半空没有被网套着，还映着一片浅的金黄色的云霞，把冻冷的洒流照得放光。但是黄昏的眼睛很活，它马上看出它的网没有遮牢，还留有一些空隙，于是赶紧把它的网向西面扯扯，那一片最后留着舍不得离开人间的云霞的半个面孔，在灰黑的网后面掩灭了！

风吹了一天，早已变得精疲力歇，藏在树枝桠间，和房屋的背后，洞穴里，石头底下去休息，待到了明天一早，它的精力一恢复，就要照常的甚至加倍的吹个痛快。

三面全是山，山包围着的一个小村落，在冰冻的河旁边寂寞的蹲着，小街上的住民，因为炮火的威胁，全跑到山上，在浓密的茂林内躲避，步哨的刺刀在街头巷尾闪着亮光，农民的院落里，背着鞍具的军马在啃草叶，牙齿抹擦的沉重的声音传到远处，一只瘦饿的老狼夹着尾巴顺□跟奔跑，河边有个士兵手拿通信旗摇摆，他在和一个站在房上靠着烟囱的士兵用记号联络，巡察将校拖着战刀走向持旗的士兵的身后，他大踏着步走，但是走几步停住了。他揉揉鼻子，接着打个喷嚏，半天方打完，又揉揉鼻子然后向前走了，他大概是伤风。我和赛训两个人，刚从房屋走出，他在后面轻轻的关上草门，手放在脑袋顶，摸摸他的帽子没有戴好，衣钮刚扣完，手枪还挟在腋下。

"喂！还是很冷"他走到我身旁，把手插进袋里去。

我默想着，晚上的饭是和大家在一起吃的，吃得很好，有的同事还喝了大量的酒，但是没有喝醉，我不喜欢酒，所以没有喝，我唯喜欢的就是吃，我的嘴有个嘴病，三天不吃点好东西就有点焦急。

赛训呢，他只要有够吸的烟卷就知足了。

我想想他，想想我自己，他的身体比我高一些，他是满喜欢喋喋不休，心直口快，而性情非常温顺，并且是个诚实人。他的下巴有点歪斜，眼睛窝在深深的眼眶内，他是戴眼镜的，因为眼镜腿跌断，没有地方修理，便装在衣袋里，他的衣服放在凳上，一个同事疲乏的坐下去，没有看见他的衣服，他的镜片在笨重的屁股下，粉身碎骨了。

"傻子！你的眼睛生在什么地方？"他当时发怒了，但是经同事的一番赔罪的笑脸把他的怒气熄灭了！

你如果把他的手指打破只消道道歉就万事全休，他是这么样一个人。

他在袋里摸着，时时的停下脚步，躬着腰，用力的穹着肩膀。

"唉！烟没有了！"

"我不吸烟，所以从来不忧愁烟的缺乏，嗳，你不是说要买只野鸡来吃吃么？这地方野鸡真多，可惜我们不能随便放枪，不然，一定可以过个野鸡瘾。大前天，我看见一个老妇人提着一只野鸡，我问她，多少钱卖？一角五！她说：可惜我连一角钱也没有，给她一角她一定喜欢卖！"

我想想香的野鸡的嫩肉，口内流出唾沫了！

赛训不理我，他还是摸他的衣袋：

"嗳，我分明说得还有半截烟头放在袋里的，怎么？……"

他停步不走了，闭起眼睛去沉思默想的烟卷。

站在房上的士兵顺着梯子爬下来了，他们在移动位置。一个立在墙角地方警戒的士兵对我们这面望着，他的脚冷了跳着，枪上的刺刀发出不耐烦的锵锵的钢铁声。

"走吧！"

我推他肩膀一下，"半截烟头算什么要紧？"

他摇摇头"不……不，不成！没有烟了！唉！这怎么办？"

"等一回和别人要一枝吧！"

他走了，缩着脖子，挺起胸脯精神抖擞起来，大踏着步，好像小孩子得到了一块糖一样。

"听说这附近的山上有鹿，天大亮以前，就一群群的出现，昨天晚上我听见狼嚎，那声音真难听！"

他看看我的脸，"鹿跑得真快！没有法追赶！"

"鹿肉好吃么？"

"没有吃过，嗳，你怎么竟顾着吃？馋嘴！"

"住两天吧！再住两天发了饷，我多买几只野鸡来"

"呀！"他把眼珠一瞪，"我想起来了！烟头在后面裤袋里。"

他停了步，去摸烟头，烟头摸到了，但是又没有火柴。

"啊，这怎么好？"他把烟头含在唇里，焦急的说。

忽然，他拔腿往回跑了，跑到士兵立着的墙角。

"报告排长，没有！"士兵大声的答他。

他失望的转了身子走路。

黄昏的网越拉越紧，一刻比一刻浓密，手伸到面前，仅仅能看见一只手的黑影，天色完全黑了。

一排士兵由班长所领着，从东面走过来，他们散乱的步子，把硬路踏得乱七八糟的响，枪零乱的杠着，排尾的两伍兵落在队后，他们为追赶队伍在踟蹰着一跳一跳纵着肩头跑步，有个士兵蹲下了，他的裹腿布没有缠好，大概是因为集合的时间短，他的动作迟慢，他躬着腰焦急的修正，鼻腔呼呼的喘着气，好像牛，他把靠在肩上，像挂拐杖。

赛训想了一想，对我说：

"今晚上的情况很不好，你看，我有烟头没有火柴，不景气！"

"没有火柴倒并非大事，我们几时吃得野鸡呢？"

"噢！后天，嗳，不是，是后天发饷吧？是么？"

"大后天！"

到了。我们在五间草房的街门口停住，木篱紧紧的关着，他上前拍拍门，里面悄声并且很威严的问：

"口令？"

"我！"他回答，同样的用了小声。

门呀的叫了一声，开了，一个士兵拉着枪，我们身后把门关好，屋子里灯光灿然，蜡烛的捻子跳耀着，人的影子在墙上滤了一圈圈的黑。

尖脑顶的老冯躺在炕里边，炖熟的白鱼一样的闭着眼。明白天文学的袁□屈着一条腿背靠在壁上。打枪拿手的林音，双手抱着膝头坐在地下的凳上，披着外套、嘴里叼着烟卷。赛训走到他跟前，把烟头燃了火，猛力的吸着，吐出长长的烟雾，其余的几个人坐的坐，躺的躺，都不敢睡觉。

街上，有队伍过去了，听那脚步的连续，大概是一个连。

横卧在炕中央的连舒，对我点点头，我过去，坐在他旁边，他扯着我的左手，对我嘻嘻的笑。

他是个身躯胖胖的人，有妻子并且是两个孩子的父亲，他不能担任激务，他是旅长的副官，写一手漂亮字，能做很不错的文言文，还会简单的说一种外国语。

这时街上有两三个人奔跑的脚步声，很慌乱的向东西跑去了，喘气的声音都可以听见。

大家面面相觑，沉默了半分钟谈话又开始了。街门响了一下，一个勤务兵跑着进来，对连舒恭敬的说：

"报告副官，旅长请！"

他放了我的手，爬起，摇摇胖胖的身躯，穿了外套，拿着刀走了，勤务兵随在他后面。他刚一出门，有一队长长的部队跑着步向西面去了，还听见有人锐利的喊：

"快跑！"

脚步更杂乱了，半天队伍才过完。

躺着的人全坐起来了，老冯揉揉眼皮，我的枪那去了呀？他的枪在帽子底下压着，他瞪大了眼睛还看不见，真是条白鱼。

"回去吧？"赛训抛弃了烟头立起对我说，"恐怕有事情，走吧！"

"好！走！"

我们俩到街上，一个士兵呼呼的跑进去了。

走了几步，骑兵过来了，他们是两连人，马蹄杂乱的踏着地面，房屋发着抖，二百多匹马排着，鼻腔吐着粗气，士兵的枪碰在背上、鞍上，啪啪的发响，有匹马叫了一声，声音远入空际，打破了这静寂的黑夜的空隙。

我和赛训回到茅屋，冷得很，在屋子里守着还不如在外面走走温暖。

他缩着肩头，把外套领下掀起挡着后脑，在小屋中走来走去。

蜡烛只剩下了半截了，外面刮起风。

“生点火烤烤吧？”他提议说，屋角的地方有一堆干柴，我们协手合作，把干柴燃着。

“蜡烛吹熄了吧，用不着了。”

他说。

我吹熄烛火，烟冒了满屋子，柴火燃盛的烧起，火光照着手脸，肉皮映成赤红的血色，我们拖过破草席在柴火旁边坐下，守着这堆热火，尝着这短时间的温暖的幸福。

远处有枪声了，赛训爬起，戴好帽子和手套，我把手枪掏出来装好子弹插在腰上，预备着，等待着斗争。

（原文缺失）

老妇人没有眼泪，好的泪和她的情感一样，早已在惊慌中干枯，她像个骷髅一般的消瘦，呆呆的在儿子的尸身旁边，愁苦的垂下眼皮。

我摸摸衣袋，领到的薪饷还没有花，我把纸包爽快的掏出来，放在老妇人面前，然后，我提着三只野鸡跑了。

我跑到冰冻的河边，我想发现赛训倒下的地方，但是不知道是什么地方，我寞寞的对着荒山看了半晌，想了半晌，又回到小屋子。

燃着了干柴，把屋子烤暖，挽起袖子，扯鸡毛，扯得精光，人类的原始的本能从我的眼睛里发挥出来。我贪婪的看着被扯得精光的鸡体，干柴架起来了，鸡放在上面，火燃盛的烧起，冒着青烟，木柴啪啪的响，金花四溅。

我恍惚看见了赛训，他从外面无声的进来，脸上挂着血，衣服破碎，胸也有血，悲痛的在我对面坐下了。

我酸楚的看着他，想哭，但是哭不出来。

"赛训！"

他摇摇头，仍是不说话，一眨眼间，他的影子消失了！我加上干柴，让它猛烈的烧起，烈火直向上冲，青烟罩满了小屋，屋里不冷了！

我又恍惚的看见了赛训，他无声的进来，脸上挂着泥和血，衣服破碎，胸前也有血，他把破碎的外套披在肩上，外套的袖没有了，他的头发散乱，发上也沾着泥和血，我越看越清楚，他的影子分明的立在我面前，他慢慢的朦胧的立着，两腿有些抖颤。

啊！原来他的腿也炸坏了！他的右臂呢？怎么？只剩了一只手。他的面孔青灰，眼睛微闭，脸上遮着发丝，灰紫的嘴唇紧紧的闭着。

干柴猛烈的烧起，青烟燎绕罩满小屋，野鸡躺在柴火上痛苦的翻着身，肉皮变成黑色，黄的油水流出，难嗅的气味钻进我的鼻腔，赛训还是呆然的立着，我悲酸的望着他的面孔。

"赛训，你为什么不坐下来呢？"

他轻轻的，无声的坐在对面，破碎的外套拖在地下，他也不管，静静的看着柴火。

"赛训！你受苦了！"

但是他仍然无话，紧闭着嘴唇，我的眼光朦胧，罩上一层湿的薄膜，看不清楚他发丝下的面孔了。

"赛训！你虽然到了另一个世界，然而我必须仍活在这个人间，你是到寂静的安然的另个草原去了，我仍在这个的草原的一角活动，我们立在两个不同的草原，中间只隔着一道河流，距离并不远，不久，我，以及世界上所有的人都得过去和你在一处。但是，你在那里可有烟抽么？如果没有，我可以设法弄一些给你……"

我的眼睛完全昏花，什么也看不见了，再睁开眼里，他早已无声的告别，到寂静的草原，到那美丽的国去了，存在我心中，留在我面前的只是他的影子罢了！

干柴的火减低了，我坐着，没有力气立起，没有兴趣去拿木柴，眼看着柴火颓然堆倒，青烟冒起。

外面，苦恼的风又刮起了，它吼叫着，猛力吹茅屋，然而我，靠着土壁，快睡熟了，柴火已经全灭，只剩下青烟。

（《泰东日报》1939 年 2 月 15 日，署名：慈灯）

中秋节

"我买几个月饼带回来吧？"父亲准备去买米的时候这样对母亲说。

"他爹！"母亲用袖头擦擦眼角："你忘记了拿米袋呢！这里。"

母亲在摆着碗碟的隔板底下拿了米袋，在凳腿拍了一拍米袋外面而透出来的米粉，像尘烟一样飞扬着。

"哎，哎……"父亲急忙过去阻止她："别拍了，弄一屋子，等我拿外面拍吧！"

"噢！我不准你！"母亲像生气似的："你总是在墙上拍，会把米袋打碎了呀！"

父亲不说话，他踌躇的低下头去看看鞋尖，他的鞋尖像棉花的朵一样，已经开了蓓苞，快张开棉花了，他愁苦的皱一皱眉。

"买不买，月饼？"

"钱不够呀！"母亲忧愁摇摇头："你那是六毛钱，买十斤米，哪有余剩的呢？"

"少买二斤米？"

"算了吧！月饼以后再说吧！他爹，晚上等着你的米回来才能下锅呢！"

"孩子不要吗？人家都……"父亲的话好像被骨头扼住了咽喉似的，只说了半截，他悲苦的挤挤眼皮，举起手去搔搔头发。

母亲也不说话了，她靠在土壁的柱上，两手放在胸前，规规矩矩的站直了腿，她还没有年老，但是那满头的发丝因为忧愁已经灰白一多半，她的面貌，比她的年龄早苍老了许多年。

父亲的脚在地上踏着，他画一个狮子鼻，他是喜欢狮子的，随时随地的画，可惜他并没有成一个画家，不过是个时常在和苦恼的生存竞争的硬逼下挣扎着的工人罢了。

妹妹靠着窗台，练习刺的花枕，她的发辫像马的尾巴一样，长长的垂在后面，拿针的小手敏捷的活动着，小眼睛聚精会神的看。弟弟在伸出舌头瞪眼，这时他正在幻想着月饼的香味，他盼望着，盼望月饼，他看看父亲紧闭的嘴唇，又望望母亲愁思的眼，他看见母亲的嘴慢慢的张开了。

"他爹，你赶紧的去吧！天不早了，你看那太阳的影子吧！"

父亲伸着脖子向外面望望院子里，太阳的影子下到半墙，好像说：

"我快要到家了！你们的工作还不完吗？"

"走！"用军官在出操时的口令的声音指挥他自己，迈开大腿，走了，母亲送着他的背影。

父亲还没有想到要去买米以前，为了这种渐处于没落的生活问题，曾和母亲商量了半天，他要去很远的什么地方找舅父。舅父是做官的，听说发了财，还娶了小老婆。可是母亲坚决的不愿意叫父亲去冒险，他从很年轻的时候就在各处跑，会跑到很远的地方一年多不回家，结果是两袖清风跑回来。母亲得到了过去许多次经验，所以情愿揪着他的衣角讨饭，也舍不得放他走。

父亲虽然是个性格强硬的汉子，然而有许多事他全本照了母亲的意旨去做。他不是个固执蠢笨的人，别人的好意见很喜欢采纳，然而他有种奇怪的性子，非常的暴躁，一上来就不容易制止。

母亲拍着衣襟，揉了几下，她走到门口，呼喊小鸡：

"咯咯咯……！"

小鸡不只一两天的没有喂了，他们饿急了便跑到远处找食吃，母亲很不放心，怕他们跑丢了，找不着，她伏在园门展望，园里没有鸡的影子，树上连雀也没有，他们大概也怕被这个人家沾了光，不敢光顾的吧？"咦！鸡都跑到那里去啦？菊月！"她呼喊着。

妹妹在屋内答应，她的嗓门高而又细："哎——！"

她摆着辫子跑了出来，弟弟也随着出来。

"你看看，鸡跑到那里去了？"母亲对她说，同时往街上走。

妹妹跳着跑，活像一个草丛中的青蛙，又像一只蜜蜂，她舞着两臂向西面跑去，一面锐声的呼唤：

"咯咯咯……！"

母亲在街门旁边的枣树下立定，弟弟过去扯她的手。

东屋家金大嫂的儿子从什么地方去了，他拐着一个半新不旧的元宝形的盒子，里面是苹果梨和葡萄，还有红绿色花纸包裹着的月饼。他对母亲点点头，笑笑：

"今天晚上该给月亮月饼吃了！"——说着，走过去了。

"是呀！"母亲无心的附和他。

"妈！"弟弟喊着，"爹去买月饼么？"

"买什么月饼……"

"人家都买了！今天不是……晚上，噢！不给月亮好东西吃么？月亮大得很！像一面大铜镜，真好看！妈呀爹不是去买月饼么！"

"我们不买……"

"爹说买！妈！说买呀！噢，月饼！什么馅？我要两个，要两个大的。"

母亲摇摇手，把他的幻想的话打断，他惊奇的瞪起小圆眼睛来看母亲。五只小鸡从街上连飞带叫的跑来了，他们惊慌的张着两个翅膀，两条细腿好像车轴，妹妹向左右伸着手，驱逐着。

"回家！回家！"

小鸡们惊慌的飞跑着并且叫唤，好像是说：

"别打！别打我们哪！"

母亲开了门，躲在一边，让小鸡进院子。

父亲回来的时候，太阳的影子已经走下墙头，整个的院落失掉温暖的太阳光，只有草房盖，还留有一少半淡黄色的光线，村里大多数人家的烟囱都向半空冒着青烟了！

父亲放下米袋，他还拿着一个粉红色的纸包，交给母亲。

"他爹！你真买来了？"她看着纸包唏嘘的说："这样贵东西，我们现在哪里买得起呢？我看……还是不要买吧！"

"得，已经买来了！"父亲拍着肩上的面粉。

"唉！太贵呀！你少买了几斤米？"

"三斤！"

"三斤？哟！这……这多不合算？可了不得！太贵了！我看，还是送回去吧！他爹！我们吃不起……"

"唅！留着吧！"

"少买三斤米，少吃多少顿？你不算算，这种东西，只吃到肚里当什么呢？"

"唉！你老人家，别唠叨了！已经买来，就留着吧！"

"啊！他爹，我们吃不起呀！你信我话，送回去吧！"

"我走乏了！"

父亲厌恶的坐在凳上，他低头喘粗气，满脸沮丧的神色，完全是对于生的兴趣失掉了的表现，痛苦的单独的人的力量在他眼里消耗得不剩分毫，只有最后的一丝微光，还依依不舍。他生气了，十二分的生气了，紧紧的咬着牙齿。

然而母亲却并不害怕谁的怒脸，尤其是父亲的颜色好早已看惯，她把月饼用手巾包好。

"菊月呀，你去一趟，把这个送回去，换了米吧！"

父亲气得牙齿啃得很响，他怒眉竖目。

"你……多余，留下吧！你叫她去……唉！她能去么？"

"能够！"母亲不服气的说，她的意思是理智的。

然而父亲的情绪烧得很高，他跳了起来喊着：

"我说，留着吧！已经买来了！"

"不！送回去，我们吃不起。菊月！你去吧！"

妹妹怯怯的接过包袱，抖着两手，慢慢的往外走。

父亲不响的立起，他在隔板上抓过一个饭碗，恨恨的向地上一摔，"啪！"碎了！他的不定暴性子上来了。母亲苦痛的闭着灰嘴唇，对妹妹使个眼色，并且悄声嘱咐她：

"小心那河东范家的狗！"妹妹为难的去了！

父亲一看妹妹走了，更加暴躁，是穷苦的力量倒在驱使他，他对母亲说些难听的话了：

"倒一辈子大霉，全是因为你们，如果没有你们追着我，我早就远走高飞，什么地方都可以去了！"

他喘了几口气，接续说：

"不是因为你们这些嘴么？吃我一个人，把我吃死了算完，我快累死了！我做大工，我受活罪全是为了你们！"

这样的话，本是家常便饭，母亲听得很多，这时，她只是紧闭嘴唇，什么也不说，她也不想说什么了，她还有什么可说的呢？如果她说什么，不但不能熄灭父亲的怒火，却能增怒他，所以她默默的，开始淘米，动手做饭。

父亲发了一阵白气，看看没有人理，便自消自灭，不动声色的上了炕，躺下去，把手放在头上，看着屋顶。把悲酸的眼泪吞进肚里，始终是忍耐着各种苦楚的母亲，她大部分的言语都倾吐给沉思默想。

她把米淘在锅里，盖上锅盖，坐下去烧火，并且时不的向外面探着头，她不安的睁着挂念的眼睛，恨不能一下盼到妹妹回家。

黄昏从地上生出来，渐渐的向上长，终于一跃而起，在半空张着大翅膀，把太阳遮蔽，把昼间罩上一层灰暗的网，天下成了一片灰色了。

树梢在黄昏下，只留有一团模糊不清的黑影，墙壁是一片模糊的轮廓，而黑夜，接着便很快的上来了。

母亲把饭收拾在桌上，父亲已经消了气，他慢慢的喝着稀粥，什么话也不说。

母亲出去了，她立在乌黑的街角上盼望着，她等了半天好像听见在远远的西方有孩子的哭声，顾着凄凉的夜风飘进她耳里，她心里一惊，慌忙的向西面走去。

深黑的秋天夜里，有些寒意，村进而寂静无声，只有远处的犬吠，和庙上的钟声，把静寂打破，母亲越走越快，那哭声，越来越近。

她听清了，那是妹妹的哭声，好像一柄剑一般刺穿了她的胸膛，她的心流血，而粉碎了。

妹妹被狗咬了！咬伤了左腿，她的月饼没有送回去，还没有换了米，但是狗把她咬了，并且把月饼抢了去。

她哭着，叫着痛，她哆嗦着身体揉着眼睛喊叫妈妈，母亲找了布，看过她的伤口，给她包扎。

父亲又发怪了：

"这都是你……你办的事，叫你留下，偏去送，看，咬死了一个就好了！"

他跺着脚说话，咬着牙齿，母亲不理会，她的灵魂早已受了伤，已经是不健全的了，生的力量从很早的就离开了她，她不过是用勉强的几分气息来支持着身子，不使它倒下。她不希望别的，只挂念还有几个孩子，如果没有孩子她或许早已断了生的信念。此刻，她正燃烧着死的欢喜，她看见了死的草原，那走向死之国的道路，然而她不是快乐的欢喜，是悲痛的，酸苦的。

妹妹止了哭，灰白的小脸上还挂着泪水，弟弟失望的睡下了，他的小小的如水泡似的幻想打碎了，母亲坐在半死不活的灯下，忧愁的想着过去、现在和将来。父亲睡不下去，他怎么能睡下去呢？他一跳一跳的走到母亲面前：

"喂！别生气！别生气！唅！这算什么？这……"

母亲不理，低着头。

"生气了？唅！这不到得！明天，哎，我有法子，我想超别的法子，不做工了，我要自己做些活计。"

母亲——沉默。

弟弟翻一个身，他说着梦话：

"噢……月饼！什么馅？我要两个大的！"

父亲愁苦的笑起来了！母亲也禁不住的笑起来，但是她的泪水，像大雨之后的激流一样，汹涌的淌了起来……

（《泰东日报》1939 年 3 月 1、3 日，署名：慈灯）

舞　台

　　我是个没有演剧兴趣和舞台经验的人，因为肚腹之国闹内乱无法解决，不得不腆着面皮去干了！

　　我的老师是个演剧专家，他有二十多年的舞台经验，虽然五十多岁了，但是他的体格还很强壮。惟有一对母鸡似的眼睛，和一只鹰鼻子，一张善吃的嘴好像野猪，说起话来总是哑嗓子，这——对于他的演剧是没有关系的。他从来不张开嘴歌唱，有时只呐喊一声，好像迷信的乡下佬"求雨"的那种喊法，用不着具有什么先天的才能，是无论谁不用学就会的。关于这一门简单的科目，他没有详细给我讲解，他只是告诉我声调用法的要领，我起初觉得困难的是出台时的步法，怎样不紧不慢的走到舞台前面，怎样转过身来，最后怎样到一定不可错误的地点站着，这些麻烦的规矩很费记忆。

　　他是个专门扮演的戏剧家——打小旗！

　　他从三十岁的时候开始在舞台上打小旗！直打到五十岁有了二十余年的经验，可见他是个老练而且可崇敬的人物！

　　我的加入演剧班，完全是他的力量，他给我介绍的。

　　那时候，我在各处鬼混着，像无家的小狗一般过着艰难的生活，时常挨着饿睡街角上，然而我并不厌倦这地球，我热烈的欢喜着在这世界上生存，虽然是在极艰难的时期里，我确实没有悲观。举凡一切对于我带有强烈的引诱的力量，那照在墙角上温暖的阳光呀，那栖在电线丝上的小鸟的歌唱呀，忙于奔命的人，这些，我并不十分厌恶，我抱着十二分的希望的心，希望这地球开满了普遍的幸福的花。我时常蹲在阴沟里或在人家垃圾箱旁边睁着眼睛做梦，做着关于人类幸福的梦，像高尚的山，美丽的河，伟大的铁，真理的书等等，都是我时常在可爱的梦境中所看到的事物。便在这时候，我的老师出现了。

他穿一件拖到脚面的长衫，裂着衣钮，把一顶没有边的礼帽扣在额角上，袖着两手，嘴角叼着纸烟，神气很是怡然自得，他看见我：

"没有事情做么？"他对我咕噜着说。

"是！"我仰脸看看，他虽然多日不洗脸，但是并不害羞，我立起来拍拍屁股上的泥，我看看他的长衫，并不比我的干净多少。

他站在我跟前，伸出一双手来，放在我的肩上，对着我的脸说：

"一天半角钱干不干？"

"做什么活计？"

"你如果愿意，跟我来吧，我告诉你。"

他说着就走，我随在他后面心里很欢喜，这是我的救星，他也许能把我从苦难中救出来，帮助我站在和人类差不多的地位上。

"在戏台上做些事，还有，给我们同伴做饭！"他告诉我："一天半角钱，这是很难找的，你也知道，我看你不怎样脏能干得来，怎样，干么？"

"干！我什么都能干，都愿意干！"

就是这样，我加入了他们的演戏班。在后台上，我惊奇的看着那些聪明有技能的伶人，有许多虽然是没有什么技能的人，而且赚钱很少，可是，大部分都是快活的人，他们不哭丧着面孔，不皱眉头，不唏嘘，不长吁短叹。大受欢迎的伶人并不摆起尊严的面孔和了不起的架子，女伶是和蔼的，亲切的对着同伴们，不骄傲，不发脾气。他们互相的开玩笑，打着闹着，但是化妆以后，就规规矩矩矩的坐在凳上。

我第一次出台，演的是《古城会》，我扮演关公部下的一名兵士，很是光荣！我的化妆是最简单不过的，戴着软体花色帽子，穿着红袍，两手拿着"巾"字形的红旗和我的老师站在一排，我目不斜观的看着关公的马童在台上翻筋斗。

锣鼓响亮的敲打。台下的看客开心的仰着脖子，电灯从屋顶上一直线的垂下来，悬在半空放着灿烂夺目的光，卖茶水的伙计手持着铁壶走来走去，打手巾把的人把手巾从楼下扔到楼上，包厢里坐着阔人，男的女的，全是面光焕发，得意洋洋。关公马童累得直喘，我很清楚的听到他像牛似的喘气呼呼，锣鼓快把耳朵震聋了。和我司同样职务——同样角色的一共是八个人，轮流着出台。在后台，我们没有坐的位置，我的老师随时随地的指导我，把各种科目加以说明，并且嘱我记在心里。我很快的就知道我的老师是个贪婪的臭虫，他不但没有高洁的灵魂，而且是个丑陋的性格，他像蚊虫一般的吸我的血。

我的工钱本来一天应该是两毛钱的，但是他留下三分之二，我做饭是分外的工作，应该有些补贴，然而他把这一点也吞吃了。

住不上三天我就厌恶这一切了，那敲锣虽然不停的在敲打，那胡琴虽然时时尖锐的响，出场的人嚎着嗓子唱，可是我是寂寞的，我的灵魂是这样的容易厌倦，而且我的腿跑酸了，我不愿意扮演这等卑下的角色，这种没有意义的戏剧决不能使我发生兴趣或激起爱好的心，它和我没有缘分，一开始我便憎厌了！真是不幸，一个人对于他的工作不发生兴趣，那么，他全部的精力都算白牺牲掉！

而且，我想到关于人类的幸福的事，更加叹息了！

我默默的，像个幽灵一般立在舞台的旁边，混在与我毫不发生关系的戏剧的狭小的圈子内，看着那些与我没有交情观众的脸，他们在笑在赞美，在唏嘘，我呢？我怀疑起来了。

这些人，扮演的，看演的，他们是为了人类的幸福在努力么？他们为了什么在拉在唱，他们为了什么在假装哭，在假装笑。那些仰着脖子，在滥用感情，连是非善恶都不能辨到，连他们自己所坐着的凳子是卑贱的都不觉悟，连他们的笑是可耻的都不清楚，连自己是在醉生梦死，不知道自己的价值的人们。我看了这些实在忍耐不住了，我想呼喊，我终于张口叫了起来：

"你们——"

坏了，这一声喊的乱子可了不得，因为我忘记了我是在服务，我头上扣着红帽，身上拖着红袍，手还持着帜。我的老师恨恨的瞪了我一眼，台下的人们惊奇的瞪了眼望我，台上的人也出奇的瞪我，后台经理知道出了岔子，他赶紧出来把我拖进去。

"畜生！怎么？你，喊什么？你耍疯么？"

他上手就是一掌，我赶紧拿了旗杆遮挡，但是他夺下旗子倒过来，恨恨的对着我的腰腿打下，我来不及躲避，被他打了一下。

台上的秩序保持得很好，表演还在继续着，我的空位有别的同伴赶紧跑出去补上了，许多人围着我，他们讲论纷纷：

"他，大概是疯了！"

"不，精神不好！"

"也许是受点什么打击所致。"

"神经错乱？"

"不是！"后台经理大怒的说，"他是故意捣蛋，要扰我的台了，畜生！"他又举起旗柄，左一下，右一下，无头无脸的打着，我躲避，乞求向他道歉。一个女伶看我被打得太可怜，上前劝解，但是打我的人不理她，我的脸碰在棍上，牙出血了，胳臂也打肿了！

我的老师回来的时候，后台的经理对他大发雷霆：

"谁叫你弄这么个货来！他喊些什么，你问他！"

"是的。"老师反转脸来对着我，旗帜还拿在手里，他把旗帜的后端像老旦的拐杖似的拄着地，露着牙齿审问我："你怎的，你是……要发疯了么？你喊什么？你，说呀？你……"

他的眼珠要吃人的野兽一样，我看着他，沉默不语，他要打我了。我拔腿就跑，跑到街上，老师在后追。我的红袍还没有脱下来，街上像鲫鱼一般的群众围上来看，老师拉住我的衣领，横一巴掌，竖一巴掌，直向我的面门劈下，他打得太凶了，我有点忍不住，人们围在四周惊奇的，有趣的看光景。他们正议论，正笑，在袖着手，很开心。

打得太痛，这不成，再这么打下去，好打死了。

我回过身来，凶猛的把老师的鼻子抓破。

他疼痛难忍去捧着鼻子。

我反悔了，我不应该呼喊，而且，我不该抓他的鼻子，他是五十岁的人了，把他打伤于我有什么好处呢？

我直直的给他跪着，流着泪求他原谅。

一脚，踹在我胸前，我跌倒了。

事情弄僵了，这碗饭不能吃了，我悲痛的爬起，脱下红袍，扔给他，但是我忘记了摘下红帽子，街上是人山人海，他们望着我哈哈大笑。喂！这是怎么回事？他们怎么看着我笑？我弄到这步境地，他们不同情，不加以帮助，至少也应该为我叹口气，但是却笑，开心的笑！

噢！原来是我的帽子在使他们发笑，我赶紧摘下来丢给老师，沮丧的走了。我听见人们还是在那里嬉笑，啊！人类的本性不变改，这地球是永远不会开出美丽的花的，他们，每一个人，都必须经过一个相当时期的诚意的忏悔，这些人们，他们不知道在笑些什么，可怜！

于是，我到别条街上，在从前，我会时常藏身的墙角，蹲下我的两腿，美丽的梦是不会有了，我想到炸弹和野炮的威力。

不久，我离开这地方，到各处，寻找理想和光明。

（《泰东日报》1939 年 3 月 5 日，署名：慈灯）

李 四

　　李四是个四十岁的汉子，他生平不曾进过饭馆子喝过一次酒或吃过一顿饭，他以为那些摇摇摆摆走进饭馆里去，或从饭馆得意洋洋走出来的全是了不起的人物，他认为饭馆子不是没有福分的人有资格进去的天堂——但是这一天，李四却坐在沉闷的饭馆里了！

　　穿着长衫的账桌先生背着两手在屋里踱来踱去，肩头向前倾着，垂头，是个瘦瘦的苍白脸孔的人，有两只狡狯的眼睛，他在李四面前经过的时候并不看他，始终是看他自己的脚，他好像在思索着他自己的前途，他目前的出路，李四就如不存在了一样！

　　门是关着，窗户遮着布帘，几只板凳零乱的扔在各处，靠着墙壁的地方钉着隔板，那上面放些酒壶和瓶子，东倒西歪，一点不整齐，那下面是一张八仙桌，堆着各种形色不同的碗碟，地上，各处是尘土和废纸，处处表现出这个饭馆是倒闭了，像一匹死马一般，躺着一动不动，没有一丝复活的希望。

　　这饭馆的突然倒闭实在给了李四一个致命的打击，他从二十多里远的乡间跑到城里来，抱着满腔的愁苦和希望。他以为一到这里，就可以会见掌柜，那么掌柜将对他十二分的抱歉，爽爽快快的打开钱桌，一五一十的点出钱来，连"本"带"利"一个不少，痛痛快快交给他，这样，他就算逮到了希望，而难在他胸口的那块愁苦的大石头会马上拿下去，他可以在城里买点老婆和他讨要了不知有多少次的家常布快快乐乐的带回去，不但老婆见了喜欢，就是他那满脸白须的老父亲不知怎样的高兴呢。

　　但是事实上正与他的想望相反，他在饭馆里等了一天，而此刻，黄昏已经张开翅膀，街上的行人减少了，掌柜的影子，他还没有看见！

他发了不只一次急，账桌先生对他说，掌柜是到各处讨欠账去了的，不定时刻就会回来，然而掌柜——那个低矮的、满脸假笑，一肚子诡计的胖子，总未回来，李四盼望他，像在大旱时期，盼望乌云一样，只要他回来，事情就有头绪，屋中这个账桌先生好像马车上的第五个轮子似的，是一点不中用的。半年以前，李四不听老父亲的话，把存了二十余年，从一滴血一滴汗赚到的，省吃俭用，熬心熬月，好容易攒下的五十元钱，只因为一时糊涂，贪几分利钱，全部的借给了饭馆掌柜。如今，饭馆已倒，掌柜不知跑到了什么地方，但是，他相信这是不会错的，因为他手里有证据，有写得清清楚楚的"借契"，有保证人和借钱人的图章，只可惜，保证人不在了。

保证人是李四一村的村长，他很知道李四家里藏几个钱，他是饭馆掌柜的股东，他们五个人合股开设了这饭馆，已经开了五年，谁想到会突然的倒闭呢？

那时候，李四的父亲恳恳切切的对他说：

"你信老爹的话，还是不要和那些人找麻烦吧！他们这些人，都是不可靠的，你看他今天穿得很阔，明天有没有饭吃还说不上呢。他们想做这个，想做那个，恨不能一下飞上天，想头很大，可是能力很小，他们祖先所留下的一点产业，天天摇动，不定时刻就丧失了！你不知道那些把房产田地卖净花光的人么？开饭馆子的人更不可靠，今天开，明天倒，不消说，得几个利钱是好的，你们看做事呀！和他们这些人办事情，总得千加小心万加小心，不然，很容易上当呀！"

"爹爹！"李四说："这家饭馆在城里一条很热闹的街道上，生意很不错，是个中等饭馆，开了很多年，村长呢，不是不讲信用的人，他说三分利息，借半年，你想想，这半年，我们放在家里是不会生枝生芽的，出去活动活动，就不同了，我想借给他们，不会错的，一来有证据，二来有保人，期限也不长，满可以放心哪！我想——"

"你听我说。"老人捋捋胡须，咳嗽一声，把儿子的话打断：

"那种证据，有什么用呢？一张纸，写上几个字画着图章，这是死的，不会说话，不能变成钱，如果人不办实事，就是拿什么写出来的东西也没用啊！万一这个饭馆一倒，人也不见了，你就算有这个证据，我问问有什么用呢？他不能把人找回来，不能变成钱，而你，要添麻烦了！所以我说：你总得好好考虑，这种事情，我没有办过，你也没有办过，可是我们听说，如果他们给你个'房照''地照'压着，不是更妥当些么？"

"他们开饭馆，哪有房照和地照呢？村长也说过，五十元钱的事情，只写个借契，是满可以的，我想总不至于出了岔子！"

"你看着办吧，可是要仔细想。"

李四也和他的老婆商量过，老婆说：

"不要紧哪！得几个利钱，你想想，钱赚钱，比人赚得容易，老吴家寡妇，不是有许多钱放在外面吃利？人家坐着吃，坐着喝，一点不愁，我们把这五十元钱放出去，滚上几年，一定可以滚几个利钱的，无论怎样也比死放在家里好多……"

现在李四想着：怎样快活的决了心，怎样踌躇的从墙窟窿里把钱拿出，饭馆掌柜怎样坐着马车特意下乡来取钱，村长怎样把保条亲手交给……

他又想：一个月以后，城里怎样特意打发伙计来送到钱，他的老婆见了利钱是怎样的高兴，他想起村长怎样被县里招去的事来了。

那是两个月以后的事，村长不知因为什么被县里招去，回来的时候，把几间房子和几亩地卖光，结果，还是被押了起来！

老父亲告诉他：

"这保证人是不行的了，你赶紧进城，叫他们另写吧！"

但是饭馆掌柜很轻蔑的对他说：

"这是用不着的，现在我把利钱给你，还有四个月，你看，一转眼就到，本钱也给你，利钱一个不少，有什么不好呢？哎，你用过饭没有，在这里吃吧！"

掌柜是很殷勤的招待着他，他一想，可不是怎的？还有四个月，一晃就到，利钱已经拿了两个月了，总不至于错吧？

他没有在饭馆吃饭，他怕扣下他的本钱，他是个瓦匠，钱太少，在饭馆吃一顿饭够一家人吃好多天了！

谁料想，饭馆正中了他老父亲的预言，倒了！

他想着：西屋李刘怎样报告他这个消息，他当时是怎样的惊愕。现在，他的脸上没有表情，他木然的坐在圆凳上，看着账房先生走来走去，天色，渐上黑了。

"你可知道，他的家住在哪里？"李四忽然想起这件事。账房看看他：

"我没有去过，不知道！"李四不是个狡猾的人，他不懂得那些不凭着"天地良心"办事的人们的诡计，如果李四能抓住这个账房的衣襟威吓他一下，他立刻就领他去见掌柜了，但是李四不能，他没有这种聪明和勇敢。

他像石头一般的坐着，等着，直等到天黑，他没有钱住旅馆，走了。

半夜他才到家，他满心的愁火，已经忘了饥饿，老父亲从半睡中醒过来，呼喊他问他：

"事情怎样了？"

"明天去，还没有一定！"

他听见老父亲愁苦的叹了一声长气。

李四第二天又跑到城里，但是等了一天掌柜还是没有回来，有几个拿着棍子的人进饭馆来看了一看，咕噜些什么去了，李四默默的坐着，他不知道这些人是做什么的，等到深夜，那矮小的胖子回来了。

李四如得到了珍宝一般，赶紧迎上前去。

"嘿！我等了你两天！你……"

"嘿！老朋友，真对不住！"矮小的胖子说："你这几个钱，请你放心，我现在正忙着收账，外面有两千多元的欠账，你想想，我一收齐会错你的钱么？哈哈！你别看买卖倒了，钱是有的，你尽管放心，请你再过两天来，如果我不连本带利付清，你可以告发我，一言为定，决不会错。明天住一天后天住一天，大后天早晨你来吧，我柜上等你，如果你没有工夫，我给你送去，怎样？这几个钱，实在有限！你放心吧！你看我这账。"

矮胖子说着把账本掏出来，李四是不识字的，他不知那账上写些什么。

"一定么？"

"倘若有一点差错，到那天你来，我少给你一分钱，那么，我——我对你发誓，老朋友，我过不去这一晚上……"

"用……用不着那样说！"

李四看他这样诚恳的态度和热烈的说话，十分的信任了。

"到那天，好，你预备妥吧，你知道，我这几个月钱是很不易的……"

"是，是，老朋友，你不用说，我知道，人活在世上，全凭良心办事，我不是黑心肠的人，你打听打听，我是不是不讲信用的人，实在你放心齐吧，再住两天，我就把账收齐了，你这几个钱是不成问题的，假使我没有钱给你，这屋里有这许多东西，难道不够么，实在！真……我……你千万放心，这……你那天一定来。"

李四是以他自己的思想的标准来判断别人的，所以，掌柜一番话，他十分信任了。

虽然他走到过半夜才到家，然而他没有觉得困乏。

他的老父亲一听见他的话，立刻摇起头来，李四在黑暗中看不见父亲所表显着的是怎样的脸色，他只听见老父亲不住的叹气，连话也说不出来了。

老婆问他："怎样了？"

"过两天，一定会给钱，那掌柜说得很硬，他还起誓发愿，决不会错！"

"可惜呀！没有保人！如果保人在，我们就放心了！"

"村长押在牢里，听说三年五年出不来，人不办人事，总得不到好下场！"村长因为假造"文书"把别人的产业占为己有，所以押进牢里，这在李四，可以说是个损失。

这一天，李四起得很早，他对老婆说：

"今天一定拿回钱了！"

他的老婆很欢喜，微笑着送他离家。

二十里路，在李四走起来是没有什么的，他四十年来没有一天不走路，所以惯了，他是满心的高兴，很快的走到城里。

饭馆里有许多人，全是陌生的，他们忙忙碌碌的在收拾屋子，掌柜不在，账房也没有踪影，他的进去，使那些人很奇怪。

"做什么？"他们问他，他把他的目的说了。

但是那些人告诉他：

"这房子，我们租下了，饭馆掌柜因为欠下亏空太多，已经跑了，不知跑到哪里去了！"

晴天白日一个霹雷，把李四的灵魂打碎了！

他茫茫然的立在饭馆门口，没有主意，他不知怎样办好。这样大的打击，李四是受不了的，他呆然的张着眼睛，他那饱经风霜的面孔，好像突然的罩上了一层死灰的网，他的嘴唇苍白了。

他还想问些什么，可是张不开嘴。

他挪动着笨重的两腿，离开那欺骗了他的门口，他眼睛昏花的看着两边完全是一式的房屋和人们，他厌恨到极点，这些房屋里面都是瞪着欺骗的眼睛的东西，那路上迈进着的是人们欺诈的两腿，李四的心，好像从半空刺进了一柄利剑，他的身子，有些摇摇不定，他努力的支持着，不使他跌倒。

他到了家，已经忘记了饥饿和疲乏，他只觉得胸口发烧，嗓里窒息，好像里面有一块硬骨，他连话也说不出来了！

他一头倒在炕上，两眼直直的望着天花板。

他的老父亲和老婆一看就知道是由于什么缘故。

一滴血，一滴汗，每一个小钱，都混合了他灵魂的一部分，活了四十年，不停的劳动着筋肉，他是多么艰难的赚几个小钱，他一点一点积蓄着，好像把海边的沙粒堆成了山那样的费力，他忍艰难耐劳苦的把几个小钱集了起来，谁料想如今，这样简单被人家轻而易举的抢了去，这是些匪贼，他们用不着刀和枪，只凭着一张虚伪的毛毯，盖住了他们的住房，凭着一件黑色的长衫，遮住了他们欺骗的骨架，他们把李四的肉割去了，把李四的血吸去了，把李四一个人的面孔，都吸得灰白。

一连三天，李四躺在炕上，不饮不食，为他的运命悲伤，他的老父亲，满头的白发越发的白了，脸上的皱纹也越发多了。他的老婆，垂头丧气，她忘记了她的职务，鸡饿得满院子尖叫，她也不管，她挂心丈夫一刻比一刻瘦消下去的面颊，那嘴唇，是紫色了！

李四在第五天上，情势很不好，他在炕上说呓语。只听他说：

"钱，钱，钱……再过两天，一点——不会错，活，活不到明天，啊！不知跑到哪里去了？是么？这怎么说……"

晚上，他不说呓语了，什么也不说了，很平静，他将永远的不说什么了……

（《泰东日报》1939年3月9日、10日，署名：慈灯）

未来世界的文学家

这一天，苍蝇少爷到父亲面前说：

"爸爸！我要自由的到世界去考察！"

他的父亲在大学文科当教授，有满肚子的理论，曾用了最大的努力教导儿子，希望儿子成个有名的文学家，他听儿子这么说，满心欢喜，微笑着直点头。

"好，这是必要的，在动手创作之前，必须身临其境的到世界上把各种事情考察一番，这对于创作上是有益的，并且是不可缺少的步骤，爸爸的一部世界文学史，翻了许多年几乎翻碎了，未曾见过一个文学家能闭起眼睛来创作出好作品，你要出外考察，这，爸爸决没有反对的道理，去吧！"苍蝇少爷的年龄虽小，可是具有先天的才能，非常聪敏的他是用不着太多的研究的，对于世界上各种事情只要明白个大概，也勿须太多的读书，凭着天才，满可以创作的，他抱十二分的自信，离开他居住的别墅——垃圾箱——

他携带着手记簿，几支铅笔，活泼的飞了。

他飞到一个军营的马厩内，看见有几百匹壮健的马整整齐齐的排列着拴在柱子上，一个黑手黑脸的马夫在厩舍各处走来走去的巡视，眼皮像上火似的不停的挤着。

"从什么地方着手考察呢？如果要考察马，有这许多，考察哪一匹呢？"

他落在柱子上，这样想，觉得考察这种工夫，原来是很难的。

他移到马槽上，给一匹全身雪白毛发的马鞠了一躬，对他说：

"先生，我很想知道你的生活，希望你告诉我"。

马从鼻孔里喷出一股气，"突露——"一声，把他吓了一跳，他赶紧躲开，立到马耳朵下面的缰绳上。

"你要知道这个有什么用呢？"马竖着耳朵反问他。

"先生，我是一个未来世界上的文学家，在开始创作以前，必须懂得大家的生活，这是重要的，所以——"

"未来世界的文学家有什么用呢？"马又反问他。

"他的使命是伟大的，没有一定的范围，如果往狭小的地方说，他能造福大家，为大家谋幸福。"

"那么，对于我的草料，能不能增加一些呢？"

"当然，这是很容易办到的。"

"马夫也得更换！"

"怎么？"

"他没有把他的职务达到，你看，我这地方，还有些粪渣没有扫净，未来世界上的文学能办到这些么？"

"这个……是的。"蝇少爷举起前腿，在脸上摸一摸，想一想："这些琐碎的小事，自会有人办好，我们的使命是更伟大的，不拘限一件小事情。"

"这就可疑惑，既然自有人会办好，还用你们做什么呢？你们的使命是伟大的，不管这些小事，好！你去吧！畜生，用不着你……"

马厌恶的摇摇头，他赶紧飞开，站到墙上，很为难：

"喂！马先生，你别生气，我的话你没有听明白，我是说，我们的使命是为造福大家，对于你的生活上的不满一定也可以尽力帮助，使你心满意足。"

"噢！"马点点头："那很好，你记住吧！第一，多加草料；第二，把粪扫干净；第三，哎，你没有本子么？顶好写上。"

"是的，有！"他掏出本子来，开始写。

马接着说下去：

"第三，我不愿意跳障碍，他们叫我跳跃很高的篱墙和木桩，我不能够；第四，用不着这么老是拴在柱子上，让我们随便的到郊野去散步，还有，你让我想想……"

"还有别的么？"

"有当然是有的，不过我一时想不起许多罢了。"

"你没有想起的部分，以后让我给你想。"

"你明白么？"

"明……白！"

"为了使我确实相信你的明白起见，我问你件事情，你知道我们每天，一个马吃多少草，得多少钱？"

"嘎！"蝇少爷为难的说：

"这事可惜我还没有研究到，我对于风景的描写上用过很大的苦工从事练习，我特别觉得描写春天的风景最有趣，因为……"

"得，得……"马不耐烦的打断他的话，"风景不风景，描写不描写与我们没有关系，你再说，我们所穿的四双鞋底一共是多少个铁钉，得多少钱？"

"说起来很抱歉，我没有注意这件事，我很注意法国文学，听我爸爸对我讲过，描写灵肉冲突最淋漓尽致的要算法国的'阿那托尔法郎士'的得意作品：《女优泰伊丝》就是学者的鲁迅在什么大学演出，也详细的叙述了这本书的内容，我读过许多遍，总是不厌，高尔基也很喜欢法国文学，还有……"

"还有那铁匠。"马岔开他的话说："他们给我更换鞋的时候，总是紧紧的绑在两个粗大的木桩上，上面还横架着一个钱杠，把我吊着，好像犯了滔天的大罪，要把我处死一样，其实无须如此。哎，这个，你也写在本子上吧，你单是注意什么法国文学英国文学有什么用呢？你不注意这些事，比方，草料的价格，鞋的构造和价格等等，都得精通，不然，你怎样造福我们呢？建筑房屋，总得先知道地皮和各种材料的价格，这些，你也写上，做写你创作的参考。"

"不错。"苍蝇感叹的说："每一件事都必须注意的。"

马摇摇身子，开开眼睛，磨磨牙齿。

"已经说得不少，你还要谈别的么？我困了！"

"还没有把你的生活对我说呀！"

"说过的不全是我的生活么？好，我再对你讲一点，到战场去，我们是不畏怕的，炮弹尽管落在我的身旁，子弹尽管从我头顶飞舞，这些，没有什么，我宁肯去冒险，不愿去拉大车，就是这些，没有别的可说了！"

"谢谢你告诉了我这些！"

苍蝇满意的飞出马厩，他在半空巡视着，他看见一个窗户开着，飞进去了。

这屋子他有点害怕，墙上挂着地图和刀，一个青年军官坐在椅上写字，他的皮裤带上还插着手枪。

他颇踌躇的飞到桌头，站在一堆书上面。

军官一看见他，立刻皱起眉头，他看这表情很少温柔的成分，赶紧飞走了。

"我还到什么地方去考察呢？"他在半空飞着并且想。

他到农家的庭院里，看见一只鸡，走过去对鸡说：

"鸡先生，我很想知道你的生活！"

鸡红着脸，因为她是女性，很容易发羞，她活泼的活动着脖子，看看他：

"你是……"

"我是未来世界的文学家。"

"噢！"鸡娇娇的说："文学家么？很可崇拜的人物呀！你必是要写一部长篇小说，拿我做主人公？那很好！"

"写什么，目前还没有一定，我只是把大家的生活考察一番，作为将来创作时的材料，你的，对我说吧！不要害羞！"

"没有什么不可以的。"鸡微笑着说，"我在这家庭中一向是很高兴的生活着，我非常自由，非常满意，我每天很早的起床。身体，我知道有健康的必要，所以我一天到晚是不停的运动着，这面跑来，那面跑去，不觉得疲乏。我的寝室，是在墙角的草堆下面，设备很简单，因为我不喜欢奢侈，一向讲究俭朴，你看我这件金黄色的花旗袍，从来是不换的。饮食，全由东家奶奶预备，有时，我饥饿了，随处可以寻到食物，关于吃上是不发生问题的，我的工作，用不着说你也明白，下蛋，这是我应该尽的职务，一天下一个或者隔一天一下，没有一定。"

"下蛋是很苦的工作吧？"

"没有什么，比起那些牛马来，强多了！"

鸡的面孔红红的，她很得意的向前走了一步，在嗓里哼着唱歌。

苍蝇把鸡的话概要的写在本子上。

"你可以到猪太太那里去。"鸡说："她能告诉你许多事情！"

"谢谢你！"

"别客气！"

"再见！"

"再见！"

苍蝇少爷到猪太太的居所，她住的地方很美丽，四面是大理石的墙，一个圆门挡着厚大的铅石板，院子里铺着污泥制作的潮湿的毛毯，香水气味弥漫着。她懒懒躺在凉亭下，那里有供她安眠的石床，很是舒服。

猪太太有一身肥肉，面孔胖胖的，两只小眼睛像杏核似的嵌在高高的鼻梁的两边，她擦着很多很厚的扑粉，她还梳着一个发辫，直垂到屁股后面。

对于未来世界文学家的来访，使她满心高兴，她高喊着表示欢迎，她说话嗓门很尖锐，苍蝇少爷有点害怕，但是，他立刻就和她弄熟了。

"宇宙诸神，"猪太太说，"他们创造世界的起源和他们当时的旨趣，我完全懂得！"

猪太太决不是个蠢东西，别看她四条腿太短，她那副大脑袋里面决不是空无一物的，她们的祖宗是个大哲学家，世世相传，都有哲学的智慧，对于宇宙，有超人类以上的见解，她们都是有信仰的，不是糊涂的活在世上。

她喘了几口气，说：

"宇宙诸神，决不是做了这个又去做那个，像那些忙忙碌碌的东西们，没有一刻的清闲，他们抱着很大的兴趣和决心创造了这地球，使各种生物活在上面，他们的意思是叫生物们幸福的活着，用不着辛辛苦苦的做什么事情，然而生物们是没有出息的，他们想出种种多余的事情来把这地球弄糟了！

看到现在这种混乱情形的宇宙诸神，都拿袖头遮着眼睛，躲到最高的一层天上，永远的不理会这被毁坏的地球了。我们的祖宗，很早的就悟透对于宇宙的真理，所以真传到现在我们的一族是什么也不做，本着宇宙诸神当初创造地球的旨意，舒舒服服的生活着，宁肯几年回到天国去，无论怎样也不做什么了，你看看，最肥胖的是谁？这是很简单的，聪明的才肥胖，而愚蠢的消瘦了，不是么？你到各方面考察吧！"

苍蝇少爷把她这一番思想都写下来了！

他并且到了各处，把多种的生活，都考察到，他并且注意他们的举止言谈，经过了很久的苦工，他回到父亲的家里。

可怜他还没有看见父亲，他刚要到家，在一个墙角上歇腿，被一个螳螂所害，这只螳螂一把抓住他，很欢喜的说：

"很不错的一个小东西哩！"

当时，苍蝇少爷曾拼命挣扎，希望逃出虎口，可是不能，他乞求螳螂：

"放了我吧，我是未来世界文学家！"

"哈哈！"螳螂冷笑一声："我还没有吃过未来世界文学家的肉呢！如果不尝尝是很抱歉的呀！等我尝两口是什么滋味然后放你吧！实在对不住，我要吃了！因为我很饿……"

他的父亲得到这消息，很是伤心，连讲书的勇气都没有，只是嗡嗡的哭。

他在讲堂上——他们的校舍是在厕所里，那些蛆便是他的学生，——他哭着对蛆学生们说：

"并不是因为我的儿子死了，我便格外伤心，你们也都知道，他是一个很有希望的孩子，他到各处去考察，还没有发挥他的才能，就不幸的惨死了！我怎能不难受……"

蛆学生们叹息着，为他的伤心而伤心不已！

（《泰东日报》1939年3月12日、14日，署名：慈灯）

君　子

风音病了，病得很重……

头痛、腰酸、全身发烧，没有人照顾他……

唉，唉！这可诅咒的病，像一条大蛇似的把他捆住，捆个结结实实，手脚动弹不得，有什么法子可想呢？他想请一个医生来看一看，但是他生平最讨厌的就是医生，这种古怪的性子无论怎样也是改不好，他想买点药来吃，然而他厌恶药，宁肯多受几天苦，他不愿意吃药，他口渴了，想喝点水，可是屋子里只有他自己，没有第二个人。他爬不起，勉强支起上体又躺下了！

咽喉里干燥得厉害，好像里面有一团烈火，烧得丝丝发响，他用两个手指捏着喉咙，皱着眉头，不停的摇头，咳嗽着，他用力的把上体撑起，身体抖擞着，像风中的枯叶，快要离开了本枝。

他把被掀开，战战兢兢的披了衣服。

啊，啊！头痛！是一个妖魔在暗中用针刺他的脑袋，这是个迟钝的针，慢慢的刺进并艰难的拔出来，刺穿他的头皮，刺入他的头骨，在骨髓里拨动。他一阵昏晕，整个的屋子在旋转，窗户倒向下面，桌子翻向屋顶，像大风中的风车，溜溜的转起来，眼前是黑的，他觉得眼睛发花，脑上冒着金星，好像烧熟的铁被打碎，他赶紧抱着头，身体向后一仰，又倒下了！

喉咙烧得要命！口渴，他盼望有一碗凉水下去，那一定好得多。

他呼喊起来了"茶房"，但是没有人答应他，隔壁屋里有嘻笑歌唱的声音，像打雷似的响，他们把他的声音压住，连床底下的老鼠也听不见他的呼喊。

唉，唉，他唏嘘的张开嘴，愁苦的瞪着眼睛。

他知道那茶房是不能来的，他就是喊一万声也不能来，他眼睃桌上放一把水壶，那里面有水，只要喝下一些喉咙就会见强，然而他无论怎样的努力也爬不起来，他和桌子的距离不过五尺，中间就如相隔几千里路，还隔着一道大海一样！出乎他意料的，房门砰一声开了，带进一阵冷风，门开得太凶猛，把屋顶震得咯咯的响，再用力一些，这房子怕要倒了！

旅馆掌柜满脸横肉，牛样的眼睛，噘着嘴，活像一个阎王。

"此地你没有一个熟人么？"

他想回答，无奈张不开嘴，喉里有一丝烈火烧起，从他嘴里冒出，他痛楚的摇摇头做了个手势，对着桌上的茶壶指一指。

掌柜明白他的意思是要水喝，然而他是一个尊严的掌柜，长袍短褂，整整齐齐的穿着，不能侍候这么一个可厌的人，他欠下好久的房钱和饭钱还没有付清，而且他现在又病了，想驱逐出去都不能。

掌柜喊了一声，茶房进来了。

"他要水！"

茶房梳着分头，脸上还抹着雪花膏，他是个尖下巴，猪样脑袋的人。他把水壶放在面前，因为放下时过于用力，水从壶嘴洒出来，把他的被溅湿了。

他挣扎着，咬着牙爬起，就如在死里看见一条生路，提起茶壶就往嘴里倒，喝了一肚子凉水，他顿觉清醒不少了。

他看见掌柜和茶房，凶恶的立在地中央，他打了个冷颤，仿佛在深夜的荒野间发现两条灰毛倒竖的狼。

"此地，你一个熟人没有么？"掌柜不耐烦的问。

"没有！"茶房替他回答。

"那么，他到底怎么办呢？这么住下去，我们是不能同意的！"

"他说写了信给什么朋友，还未见回信……"

"如果一年不见回信，那么我们这房间就算一年白搭了？"

"不……"他努力的说出一句话，"我的朋友就在此地，我想……他大概是出了门，不然，一定会来帮助我的，请，请你们再等两天！"

"我们不只等两天了！两天两天，一直得到现在，等了两个半月，不给我们房钱，也不给饭钱，这不成啊！"

"……我相信，我朋友如果不出门，一定会来看我！"

"你的朋友在那里做什么？"

"啊，啊！我的头快痛死了！请你们别问了！再候两天一定！"

掌柜和茶房出去了。

门像炸弹似的关上，震得全屋直抖。

隔壁房里笑得更响唱得更响，风音苦恼的望着天花板，口张开，艰难的呼吸着。

他的面孔消瘦得更厉害，两只大眼睛深深的凹进眼眶里，饿猫一样挺着高高的鼻梁，两个肩膀虽然很宽，但是两三天没有一粒米下肚，已经瘪样的了。

头还是痛，那妖魔还是兴致勃勃的用针刺着他的脑袋。屋子渐渐黑了，世界被黑夜所主宰，病人的影子被黑暗所吞。一辆汽车停在旅馆门前，司机赶紧下来打开门，两个背着手枪的马弁跳下车来，最后下来的是个持着军刀的将校。马弁一前一后，他在中间，这人看来很年轻，脸上容光焕发，自然的挺着胸脯，一双手背在身后，走路迈着大步，拍车咯吟咯吟的发响。掌柜和几个伙计兔子一般飞出来，满脸和气迎接招待。

在前的一个当差对掌柜问：

"你们这里住着一位叫赵清羽的先生么？"掌柜想了一想：

"没有！没有姓赵的！请坐，请坐。"

那位将校着了慌，像丧失了宝贵的东西似的跳了起来。

"怎么？没有？他是走了么？几时走的？"

掌柜糊涂了，他说：

"这些日子，没有姓赵的在这里住……让我查查店簿。"

他慌慌张张的去查店簿，账桌先生也着了急，把流水老账拿出来了。

"这不是！"掌柜生气的瞪他一眼。

账桌先生更慌了，他有个毛病，越着急，做事情越不灵俐，这时，他把毛笔含在嘴里，手忙脚乱的翻店簿，原来店簿放在戏院广告下面，他无论怎样也找不着，掌柜因为生气，把手一挥正好把戏院广告打落地上，看见了店簿。

"这不是么？"他们打开店簿从最近的日子查起，仔细的用手指点着，查了许多页没有。

"喂！奇怪！"这位将校也发了慌："那么，你们旅馆里现在都住什么人？"

"你老……请……请看！"掌柜两手恭恭敬敬的捧着店簿，这位将校皱着眉头焦急的看名簿，忽然，他叫了起来：

"就是这人，李窘民，一定是他！这不是写的从北城来的么？他是不是在这里住了好久？"

"是，是，住了两个半月了！"掌柜客气的答："他现在有病，住在后屋。"

"他……有病？什么病？很重么？"

"是，是，不轻，好几天不吃饭了！"

这位将校悲痛的样子摆摆手："在哪屋子，我去看看！"

掌柜慌忙的跑在先头，茶房和其余的几个伴伙也随着走了去，当差的跑着对掌柜说："你告诉赵先生，说郑团长来拜访！"

"是，是……"

病人躺在那里昏睡，面孔苍白，身旁放着的茶壶倒了，地下堆着灰土和乱纸，桌上有层厚厚的灰尘，这屋子少说有一个月没有打扫了。

掌柜走到病人床前，悄悄的说：

"赵先生，有位郑团长来看你！"

郑团长已经进了屋子，他前后左右的看看这屋子，悲伤的叹口气，好像做了什么错事在深深的忏悔一样！

病人痛苦的张开嘴唇，眼睛没有睁开，无力的说：

"请，请你们别逼我了，我快死了！"

"不是……赵先生……"掌柜很慌神，不知怎样说好。手在头上摸摸，在胸前摸摸，又在臂膀上摸摸，同时挤挤眼皮，咧咧嘴，抖抖腿，摇摇头。

"哦……我的朋友不能来看我了！我不能付清你们的房钱，也不能付清你们的饭钱，我……唉！你，你们别来逼我吧！让我好好的死了吧！别逼我了呀！求求你们……"

郑团长赶紧走到病人跟前，扶起病人的头：

"风音！风音！是我！风音你怎样？哎，赶紧打电话叫医生！"

"是！"当差的跑了一个。

"风音！你怎样了？是我……你睁开眼睛来看看吧！风音！"

病人慢慢的睁开无力的眼皮，苦楚的对郑团长看一看，看了半天：

"啊！我是做梦么？你是深华么？"

"是我，你不是做梦，对不住你呀！风音！我出门了，今天才回来，刚回来，刚看见你的信，你怎样了？"

病人一听他的话，精神突然振作起不少。

"啊！真是你……"

风音痛苦的微笑着，他那可怜的笑，比哭还叫人看了难受。

深华摘下军刀，脱下帽子：

"打电话叫女人们来！"

"是！"当差的又跑了一个，半点钟以后，医生来了。

他掏出听诊器，在病人的胸上听了一听，又摸摸病人的头，拿出试温器，放在病人的怀里：

"不要紧！"医生放心似的说，"好像肚里缺少食物！"

旅馆掌柜对茶房使个眼色，茶房出去了，回来的时候拿着灰黑色的手巾，偷偷摸摸的擦着桌子，悄悄的收拾屋子。

当差的进来看见收拾屋子，把掌柜叫到外面去：

"你为什么连屋子都不扫？"

"是的，是的，今天还没有扫，因为病人……"

"放屁！"当差的是个强壮的小伙子，两只眼睛像老虎一样，他恨恨的指着掌柜的鼻子：

"就因为没有给你们房钱、饭钱，你们就逼他么，要把他逼死？好！以后和你算账，王八羔子！你们都是些势利眼！非收拾不可！"

当差的咬着牙，瞪他一眼，回到屋里去：

"报告团长，我告诉汽车回公馆接太太去了，太太说就来！"

团长点点头。

医生问了病人许多话，他告诉茶房煮些稀饭：

"肚里缺少食物。"医生说:"流行性感冒,但是热已经退了,养几天就会好,请放心!"

外面有人说:"团长太太到了。"

太太是个美貌的女郎,她身后随着一个十五六岁的丫环。

"你,"团长对她说:"在这里侍候风音!"

她点点头,走到风音面前坐下。

风音吃了稀粥,精神提起来了,对他的朋友说:

"这位掌柜很不错,要不是他,我恐怕早死了!两个多月,我没有开付房钱饭钱,他还让我住下去,实在是个好人!"

"谢谢你!"团长对掌柜说,掌柜立在旁边,十分抱歉的摇着头:

"哪里!哪里!侍候的太不周到,赵先生是个君子人,能够原谅,这……"

先头对他瞪眼,要和他算账的当差,这时对他露齿的笑笑,他弯腰屈背的掏出纸烟送给当差:

"请,请抽烟!"当差谢了他,他松口气,欢喜了!

"头几天,"病人对他的好友说:"我把书卖了!你看,我倒霉到这步光景,如果你今天不来,也许我会死了!唉!"

"啊!你知道我是怎样盼望你来么?因为我走投无路,非有人帮助一下,简直不能活了!"

"请你放心!"握了他的手。

"我那面有你睡觉和吃饭的地方,而且,你如果愿意,有个差事,得你病好去看看吧!"

他看见了生存的光,微笑了。

(《泰东日报》1939年3月15日、16日,署名:慈灯)

雪 夜

　　我们互相的谦虚了半天，结果是我先坐下了，那时候电影院没有开，楼上一个别的人也没有，只有我们两个。我应该说明白，当我和她说头一句话的时候，我使用着特别熟识的口气，而且尽可能地表现出我是认识她的模样。这种才能完全是附在我身上的魔鬼教给我的，而她正是中了我这魔鬼的欺骗。她在明亮的灯光下流露出很费思索的样子，她皱着清秀的眉毛，想了一想，为难的对我说：

　　"我怎么想不起来你是谁呢？"

　　我这样回答她：

　　"请您好好想一想吧，我和您在一个地方住过。"

　　她又左思右想了一阵，天知道，她的记忆里并没有我这么一个人，她即使不间断的思索八年也绝不会想起我是谁来着！

　　"后来怎么样了呢？"这是我阁下问的。

　　"后来终于成了好朋友——怎么，你不知道这件事么？"说这话的是松，他并且简单的把这个故事告诉了我。

　　"成了好朋友以后，又成了形影不离的情人，那个姑娘不是平平常常的姑娘，她到过许许多多的地方。因为她的父亲是个商人，她有三个母亲，她是第二个母亲生的，她受过很好的教育，做过各式各样的职业，很有本领，他俩现在还不断的通着信，可惜，离开的太远，不能常常见面！"

　　我把笔记簿掏出来。

　　"林，你头一次看见她的时候，她穿着什么样的衣服？"

　　"她穿一件浅灰色的绒外套，脖子上围着一条狐狸，鞋是黑色的棉皮鞋，带扣的。"

"拿着什么东西没有？"

"她拿的是那个套袖，毛朝外的……"

"此外还有什么呢？"

"没有别的了——哎，你记这个做什么？要把这个故事写出来么？"

"高兴的时候就会写出来！"

我们走出吃茶店，到了大街上的时候，满天的雪花更大了，脚踏在雪地上，积雪盖到脚面。

"还要到什么地方去呢？没有地方去了，解散吧？"

"那么，明天见！"

我又变成孤苦伶仃一个人，我很后悔和他俩分散的太早了，时间还早得很，这么长的夜，睡得太早，时间实在可惜。从十二点睡的话，还有七八个钟头的睡眠，睡得太多的人脑筋绝不会聪明，即使聪明也要渐渐变成糊涂，这是一定的。世界上的英雄豪杰，伟大的艺术家、科学家都不是像猪似的贪睡的人。我觉着自己好像是一个了不得的人物似的，高兴的顶着雪，踏着雪。

街上，人稀少了，我想起这时候，人人都在家里守着老婆孩子。如果那家庭是阔气的话，必有很多兴会吧？倘若是不阔气，免不了长吁和短叹。可是这些事与此刻的我完全无关，我这时候是属于雪夜的，我是这地球上的人，我是这大地之子，我像一只山林间的野兽，在原野里迈着方步。我又像一只空中的飞鸟，在广阔无边的世界里扇动着翅膀——可是，我和野兽，和飞鸟是不同的，因为我是一个人，一个离不开群众的人，所说的像野兽，像飞鸟，不过是比方比方罢了。人怎么会像野兽，像飞鸟呢？我本来不是四条腿，也缺少翅膀。比方说，我能拿笔描写我的行动和思想，这决不是野兽和飞鸟可以办得到的事，是不是？

哎呀呀！我说的话离题太远了！赶紧拖回来吧——

我是走在街上，雪花一堆一堆的落下来，我的身上盖满了雪花，成了一个白人，我很高兴，因为我和大自然打成一片。

小饭铺里热气罩着，理发馆里的灯光还是那样的明亮，成串的路灯都像蒙着布罩似的，显着格外的美妙动人。我轻轻的闭上眼皮，眺望着阑珊的街道和远处的黑暗，两条腿慢一点儿迈，真像做着梦一样。

走到一家熟识的旅馆，用不着谁请，我自动的进去了。

在这里，住着我的两位朋友，他们这时候一定在海阔天空的高谈阔论，说些没有边际的大话，来消磨无聊的时间。

"快把钱给我！"

"我偏不……"

"你都拿去可不成！"

"我要做大氅，这是预定的。"

"你先给我，让我算一算，快点儿！"

"不，我知道你要去赌牌，我知道，我不能给你……"

"好乖乖，快给我吧！"

噢！我想起来了，今天不是领年末赏金的日子么？

在另一间屋子里，有口琴的声音，有些还大声的合唱，唱的是：天上人间。有一个声音，唱得特别的婉转动人，好像受过专门的唱歌教育似的。

我把朋友的门半开的拉开了。

完全出乎我的意料，我的这位朋友不眉笑颜开，他是垂头丧气的坐在床边上，把两只手插在腰际，好像要准备着做体操一样。另一位朋友不在家，有几本书随意的扔在床上，小桌上放着一堆锅碗瓢盆。

"为什么愁眉不展呢？"

"唉！真想不到！"

"什么事？"

"我有个妹妹……"

"她怎么啦？"

"她和人家同居了二三年，突然分开了！"

"分开以后再同居，那有什么呢？"

"事情不是那样的简单，当初我也劝过她，我们全家人都劝过她，不赞成她，可是她的性子太顽强，一点儿不听劝，她以为她自己的思想是正确的，别人的观念都是错的，她缺理智的，特别是在那感情的欲火烧起来的时候，理智什么的都没有位置。"

他喘了一阵粗气。

我也陪着喘了一阵粗气。

当我出来经过别的屋子的时候，那口琴和合唱的声音还没有停止，那男女打闹的声音还在接续着，茶房一步一步，不紧不慢上着楼梯，在嗓门里哼哼呀呀的唱：

"好亦似，凉水浇头，怀里抱着冰……"

我又走在街上，心里比先前更快活了，因为我得到了许多学习写作的资料。这些宝贵难得的好资料，老老实实坐在屋子里是得不到的。

有一个女性立在街角，她的头上身上全是雪，用又嫩又细、战战兢兢的声音对着背面用力呼喊：

"马车……"

那个车夫的耳朵，大概是并了声，一定是因为这个女性的声音太小，所以那个车夫听不见，他摇着鞭子，把马车赶跑了，跑得很快。

我真想替她卖点力气喊一声，我自信，我用不着怎样的大声，轻轻的一喊就会把声音清清楚楚的送进那个车夫的耳朵里去。如果大一点呢，会把他吓一跳，他不敢不快点赶过来，老总没有别的，本事就这么一种，这可不是吹牛，可惜我没有勇气替她呼喊。我眼睄着她失望的转一个身，往黑暗狭窄的胡同里走去了。

我真想拿出奋勇的精神给她做伴，一直把她送到家门上，可惜，这份勇气也振作不起来。走过了一条街，我觉着很后悔，为什么不替她喊马车和送她回家呢？这实在是我一生一世永远补不上的一件遗憾的事了！

出了明灯辉煌的街道，走进一条狭窄的胡同，因为有厚厚的积雪，胡同里是不黑暗的。大片的雪花活泼的落下，我真不知道怎样写出这胡同里幽静的美，它仿佛不是人类的胡同，是在梦中才能梦见的神秘的小巷。所有的人家都把门窗关得紧紧的，从窗户、门缝透出来的灯光，映着积雪，好像是那些房屋里住着童话中所说的人物一样。

我认识一个人家，他们不到深夜是不肯睡觉的，因为在那乱七八糟的东西堆满了的屋内，时常有些吃饱了肚子无事可做的人，说笑或打闹，当然他们到这里来的目的并不仅仅限于这一点——关于第一节，是的，你往下看吧。

　　我加快脚步用力地踏着雪，很快的走到了那个人家。

（《泰东日报》1939 年 3 月 17 日、18 日，署名：慈灯）

茶　杯

茶碗一个不剩，全滚倒了，水溅了我的衣服倒是小事，把干净光滑的楼梯也弄湿的事，叫我非常害怕。

我手里端着失败的茶盘走回去，这件事太难，而别人怎么干得那样容易，我却不能？奇怪！

烧茶的老婆子一见我就生气，她噘着冷冷的嘴，瞪着狰狰的眼。

"你，怎么又洒了么？全洒了么？嘿！你这笨货，真是少有，我从来未见过像你这样的笨东西，你——什么也不能干，还是回家去吧！"

我愁苦的看着她，难受。她也是女人，为什么不像我母亲那样慈悲呢？她诅咒着给我把茶盘擦干净，一碗一碗倒了茶。"你再弄洒了我可不管！真是笨货，不中用的东西……"我也生气了，我想踢她两脚，或者把茶盘扣在她头上，把她的脑袋打碎。但是我没有这么做。我千辛万苦，像登山一样，好容易把六碗茶弄到楼上。第二天我又把茶洒了，洒了一身水，并且把手烫红。老婆子的愤怒变成了恶意的嘲笑，她厌恶的瞥了我一眼，动动缺少同情的嘴唇：

"你的手不好使么？莫非说你的手有毛病？"我想着怎样报复她，或者教训她一场，顶好把她的脑袋搬下来摔破，另换一个安上，"你糟蹋了好多茶水，这是不行的！"

我看着她的耳朵，她的左耳朵有个疮疤，她的狠毒，大概是因为有这个疮疤的缘故。

她说了许多令我永远不会忘记的废话，唠叨了好久才肯给我倒茶，我端着这大杯茶水，艰难的走了一半难走的楼梯，和头一天一样的，茶水又洒了，我把空茶盘放在桌上，什么话也不说，傻傻的坐着。

科长——脑袋像马似的人，把我喊过去了。"你怎么不拿水来呢？"

我想了一想，是的，说谎吧。"茶，已经没有了！""没有了？"他翻翻眼珠。"不能吧！"他不相信的摇摇头。"是的，没有了。"他说："你再去看一看！"

我踌躇的端了茶盘，和老婆子哀求了半天，她凶狠的骂了我一场，把我骂得很难受。因此，我甚至减少了在人间活的勇气！生的苦味真难！另一天，我端了茶碗，从楼上往下走着。

走着走着，我脚底一滑，跌倒了！扑通！同时当啷一声沉重的巨响，我整个身子跌翻，头向下，滚了几滚，木制的茶几跌碎了一个三角形的缺口。脸痛，腰痛，手和腿也疼，我难过的爬起来，想哭！楼上有几个人惊奇的看我，他们这一看，我没有法哭了。我忍着痛，拾起茶几打碎的碗渣。老婆子没有生气，又很奇怪！她嘻嘻哈哈的笑起来，弯腰屈背，笑得很开心。

"你这个小傻瓜呀！怎么你连走路都不会吗？哈哈哈哈哈……"我摸摸腰，屁股和腰部特别痛，似乎跌坏了骨头。"我没有见过像你这么样的笨虫，六个茶碗，不用托盘也拿到楼上去了，你，唉，这笨的可以，跌倒了，哈哈哈哈哈……"我的脸大概是肿了，没有镜子，我看不见。"人家端二三十杯茶，也没有摔倒的，看看，你把茶碗打碎了，这还不算，连茶盘也给跌破，你看，这成什么样子？你知道，这茶盘多少钱一个？"

我的腿不知怎样，痛得厉害，如果跌断了，不是成了残废人么？"发薪的时候，要扣你的钱，这茶盘，这茶碗……"唉，我怎么这么无用，连六杯茶碗都端不好，还摔倒了，打碎了茶碗，跌破了茶盘。

"看看你的脸，不是跌破了吗？你那笨样子，真笑死人了，哈哈哈哈哈……"

我的脸实在跌个不轻，摸摸，手上有血，啊，痛！"快拿去吧！你还装什么傻？"老婆子换了六个茶杯，茶盘没有换。这天晚上，我回到姐夫的柜上，在许多伙计睡觉的屋里睡。有几个伙计，问我的脸怎么了，我说跌倒了，但是端茶的事却没有说。

我躺着，把脸埋在枕头下面，眼泪流到嘴边……我昏昏的睡了。

我在梦中回到家里。母亲从屋里飞一般的跑出来，把我抱住："孩子，你……你的脸，脸怎么样了？""不痛！"

"这……这是怎么的？不痛？你看，这肿了！怎么弄的？快说，告诉我吧，怎么弄的？……"

"不痛……"虽然说不痛，可是很痛呢！我哭了，哭得伤心伤意，母亲也哭，她一手摸着我的秃头，另一手扯起破碎的围裙角擦泪。我哭醒了。

这一醒，无论如何睡不着了，脸痛得厉害，腰也痛，腿也痛，我的灵魂受了伤！

（《泰东日报》1939 年 3 月 29 日、30 日，署名：慈灯）

冬　夜

剥剥着咸花生，默默的想着心思，什么话也不说。

跑堂拿下手巾，在桌上抹一抹，从铁桶里拿一双筷子在桌子碰齐，放在他面前：

"先生，吃点什么？"

"来碗稀粥！"

"是，一碗稀粥，再……"

"再来一斤油饼，二分钱的炒豆腐。"

跑堂喊了一声，把他要的饭菜说一遍。

他摸摸包袱，像守财奴摸大洋一般，得意的笑了个满脸。饭馆门口来了个破衣破鞋的孩子，有十三四岁，一副清瘦的小脸，又黑又脏，好像霜后的菜叶，挂着铁桶，声音直哆嗦：

"发福生财的掌柜的！可怜可怜吧！"

他这一声战战兢兢凄惨的叫喊，把正得意的喝着稀粥的青年叫醒，他立刻回头看去，眼眉皱了一下，把一块饼慢吞吞的嚼在嘴里。

"发福生财的掌柜的，可怜可怜吧！"

跑堂瞪瞪眼。

"去吧！"

"掌柜的！可怜可怜吧！"

孩子露出牙齿，像要哭的样子，举起破碎的袖头抹抹眼睛。青年悲苦的垂了头，三口两口把饼吞下，一口把半碗稀粥倒进肚子里。

他付了饭钱，拿起包袱就走，他回头看看孩子，孩子也抬头看看他。

"发福生财的掌柜的，可怜可怜吧！"

他摸摸衣袋，掏出两个铜板，孩子高高兴兴的接了铜板，惊奇的对他张着嘴：

"谢谢，少爷！"

他走了很远，把一只手堵着耳朵，风在半空呜咽，但是还远远听见那孩子的声音。

"发福生财的掌柜的，可怜可怜吧！"

像达到了最高潮的这悲哀的音乐一样在风中呜咽着，电线丝就如伴奏的提琴，娓娓的拉出凄惨的曲子。

他走出明灯辉煌的街，进了灰暗的巷子，黑暗如一条大网，一下将他抓住。

然而那孩子的声音还在飘荡——这是音乐，唯一的，人间的伟大的音乐，在寒冷的冬夜向着全世界的人类放送。

"发福生财的掌柜的，可怜可怜吧！"

青年到了住处，——这是朋友的住处，他为了谋职业寄存在这里——这位朋友在另一间屋里，早已睡下了，他把包袱放在桌上，小屋子里缺少温暖，但是却也不十分冷，比在街上来，暖和多了。

他打开包袱，拿出一本书，坐在二十个烛火的煤灯下面，两眼聚精会神的盯着铅字。他一行一行的看下去，看了一点多钟，忽然那孩子的声音响起来了：

"发福生财的掌柜的，可怜可怜吧！"

他放下书，瞪眼向四面看看，四面除了墙壁，门，窗，以外没有什么，想了一想，接着看书。

夜逐渐的深了，虽然是屋子，可也冷起来了，他从床上拖过一条被，紧紧的把身子裹起。

"发福生财的掌柜的，可怜可怜吧！"

好像有只无影无形的手，把这凄惨的声音从远处抓过来扔在他耳朵旁边，这声音像狂风暴雨中的大洋上的波涛猛烈的打翻了他心底中的舢板，他坐不稳了。

跳起来，掀了被，扔了书，在屋中走动。

"发福生财的掌柜的，可怜可怜吧！"

他走动着，像走在崎岖的山路上。

走了许久，疲乏了，他吐口气，坐下，包裹着身子，拿起书。

窗户渐渐的放了光，夜已经过去了。

然而，坐在凳上的人，还没有闭眼，只是，把被更裹紧了一些。

天亮了，东方，跳出了通红的太阳⋯⋯

他在凳上睡熟了，书散乱的落地上。

一九三八年十一月二十八日于油灯下

（《泰东日报》1939 年 4 月 1 日，署名：慈灯）

衣制之病

衣制君在外国——说不上是那个国——留了十年学，因为学成了，回到家里来，他头一天到家就太不高兴。看看这里也不顺眼，看看那里也不顺眼，房子呀，人呀，桌子呀，凳子呀，甚至连鸡猫鸭狗，没有一事一物使他发生快感的。

他愁眉不展，叹声叹气，坐在石头一般硬的炕沿上，非常愁苦，好像得了重病的人一样，脸上没有一丝一毫快活的气色。他母亲——一个四十五岁有一张黄土色的面孔，头发半白的人，以为他远里风船上车上，太也劳苦，身子不舒服，便劝他回房去休息。但是他摇摇头，无聊的吹吹鼻子，什么也不说。

屋里坐着站着许多人，这些人都是亲戚朋友，听说他回来了，特意来看他，一个一个瞪着好奇和尊敬的眼睛看着他的头发。他的头发并不怎样特别因为蓬蓬乱乱的，一点不整齐。

大家觉得奇怪，有个邻家的中学生，暗暗的佩服他这头发，认为这是有高深的学问的人的象征。东屋家吴大娘对他母亲说，"你，这回可好了，儿子回来，书也念成了，不做事便能，有点事就能赚一百二百的，赚一个月够我们家那傻子赚一年了。"

母亲摇摇头："那里呀，他不见得有这么大本事。"虽然是这么说，然而却高兴。

最高兴的，就算衣制的媳妇，她这时正忙着给丈夫做饭。是一对又瘦又小的小脚，可是走动起来却很快，做起活计来比往日活泼得多，嘴角和眼旁流露着满足的幸福的意味。真的，她守了十年活寡，如今是二十八岁的人了，从嫁过来，丈夫就到外国去，这些年，她过着寂寞单调的生活，多难受啊！

衣制的祖父，含着水烟管，留着白须须，问东问西，问南问北，问上问下，问左问右，啰哩吧嗦，唠唠叨叨，问个不休，把衣制问得大不耐烦。他含含糊糊，有意无意的回答，说实在的话，这老头子真叫衣制讨厌，比厌恶苍蝇还厉害！

"衣呀！你还是回房休息去吧！我看你脸色不好，一定是路上累了呀！媳妇呀！你快铺床被，叫他躺躺。"

媳妇听了婆婆的命令，赶紧放下活计，回房去收拾。

衣制在家里住了三天，身体总不见好，他到街门的树下坐坐，风凉凉的，望望门前的溪水，看看青草地上的牛羊吃草。

医生为难的站着看，母亲说，"怎么办，我们大家抱着他，把着他的手，让先生看腿吧？"

父亲先抱头，过去握衣制的乱飞的拳头。但是他没有握住，衣制的两臂很有力，无声打着，衣制的另只拳头凶猛的飞过来，正正当当的捶在他鼻梁上。他啊呀一声，立刻放手，鲜血像泉涌一般，从他鼻腔里冒出，滴了满身。

"快，快……"

母亲着了慌，话也说不出来了。

还是媳妇麻利，赶快找了一块布给公公堵住鼻腔。父亲蹲在地下，痛得直摇头。这一来，谁也不取上前了，病人呼喊着：

"小脚，小脚，小脚，文化呀！文化呀！下雨了，好大的雨！嘿，大风，大风，睡吧，睡吧，来来来唱，拍手拍手……"

祖父捧着一本线装书，踌躇着走进来。

"你们看，这是怎么写的？这字太小，我看了半天也看不出。"

医生接过书来，拿到鼻子前面看，书上写着的，衣制回家那一天是好日子。

"宜沐浴，宜远行，宜会亲友。"

大家研究再三，讨论了再三，最后还是医生出主意：

"你们一定得把住他两手，我看看脉就知道。"

他们找了个机会，等衣制安静了，便七手八脚握住他的两臂，医生看了脉，胸有成竹的点点头，开了药方，安心的坐在椅上。

母亲问他：

"先生，他是怎么的，是不是在路上受了惊？"

医生点点脑袋，"唉！不错，是受惊过度，你们照这单上抓药来给他吃管保吃了就好！"

当天晚上，父亲忍着打伤去买药，衣制闹乏了，睡下了，他的脸色青白，好像从土里挖出的人。

第二天，给他一碗煎熬的汤药，但是他一拳把药打洒了，狂乱的呼喊起来。

"历史呀！小脚呀！文化呀！小脚呀！来来来，你们，唱吧，唱吧，拍手拍手，嘿！雨，雨，风，风……"

豆大的眼珠从媳妇眼里淌出来了。

（《泰东日报》1939 年 4 月 2 日—6 日，署名：慈灯）

家常事

"我的天啊！你死了叫我怎么过呀……"

这是老张家二媳妇哭丈夫，她的丈夫是理发匠———一个瘦身材，脸色苍白的人，娶了媳妇不到一年，就因为痨病死了。

她坐在丈夫的棺材旁边，穿了一身白，涕泪交流，摇着身子拍着棺材号啕的哭，伤心伤意，哭得死去活来，很是可怜！

听见她悲惨的哭声的人，没有不觉得难受的。

棺材由八个老哥抬出去，她随在棺材后面哭，一直哭到坟上，要不是她的嫂子和姐姐在两旁扶着她，恐怕一步也走不了，早就昏倒了！

……

两个星期以后，她嫁了一个赶马车的——绰号叫"三分醉"的人。这个人好喝酒，时常喝醉了酒，指天骂地要酒喝，就是没有喝酒，他也半闭着两双红肿的眼泡，摇摇摆摆的走路，好像喝酒了一般。

她每天一早就爬起来做饭，丈夫吃过饭便去赶车，摇着鞭子到各处拉座。

她在家里有很多事要做，闲时候很少。

把这个马车夫和理发匠比较一下，当然理发匠要好些，因为这家伙的性格粗暴，他赶车惯了，对她说话也和对马一样的大声，而且说话喜欢用手势，就如拿鞭子威吓马。

头一两个月，她真的有点害怕，一想起死去的丈夫，就暗自伤心，但是，常了，她也惯了，她看着马车夫的一举一动并不害怕，也不觉得憎厌，而且很喜欢。

不错，他的举动没有理发匠温柔，然而直率豪爽正是他的美点，自从娶了她，酒也不大喝了，他从前之所以欢喜酒，大概是因为三十多岁还没有女人，感到寂寞和孤独，便用酒来消愁。现在，有了又年轻又美貌而且又能治家的女人，所以，除了正正经经的赶马车以外，酒是一点也不喝的，这一半是他的有志气，一半也是女人的功劳。

很安静的生活过了二年，她生了个孩子，是个小姑娘，一双小眼睛很像马车夫，小脸又白又嫩，和她的面孔差不多。

谁知她的八字不好，丈夫又死了。

他赶着马车要横过铁路，正好火车过来，他赶紧勒马，这马受惊，不听他指挥，一直往前跑，跑到铁路中央火车已经过来了。

他和马，还有三个乘客，全在火车大轮下血肉横飞的送了命！

"我的天啊！你死了叫我怎么过呀！我的命好苦啊！你把我娘俩抛下了！你呀……你不如把我们带了去吧！我……我还活个什么劲哟！我的天啊！我的命好苦呀……"

她坐在丈夫的棺材旁边，穿了一身白，和哭理发匠一样的哭这个马车夫。

……

她很年轻，不能守寡，如果改嫁，孩子是个累赘，这真苦了她。

马车夫所遗留下的财产，和理发匠留下的一样，没有房子没有地，只有些零东西罢了，依着这些能过活么？不能。不能怎么办呢？讨饭吃么？不能讨饭，那太苦。那么怎么办呢？恐怕除了嫁人没有第二条路吧？

她在娘家住了许久，每天在悲叹她的命苦，人都说她克丈夫，命毒，这个评论对她很不利，竟有诚心打算娶她的人而因此罢休了。

车到山前必有路，她虽然几乎绝了望，然而总会有人来娶她。

这个人是个农夫，三十六岁死了老婆，有两个孩子，他不怕被她克死，坚决要娶了她填房。

农家生活，她本来熟悉，因为她的娘家也是农人。

做饭呀！洗衣呀，侍弄孩子呀，下地呀，忙得很。

丈夫是个沉默寡言的人，很疼爱她，她很高兴。

岁月来的来，去的去，转眼又是二年，她又生了个孩子，是个小子，她满心欢喜，说不出的快乐。

然而她的命确是毒，把这个丈夫又克死了。

"我的天啊！你死了叫我们怎么过呀！我的命好苦啊！你把我们抛弃了！你呀！……你不如把我们带了去吧！我……我的天啊！我的命好苦啊……"

这回，她永远不想嫁人了，她自己也怀疑，她的命也真像毒，克死了三个丈夫，她即使有心改嫁，也恐怕没有人要她了！

这个丈夫留给了她几间房子和几亩地，生活能勉强对付。

但是事不由人，丈夫留下的儿子，已经娶了妻，为了这点田产恐怕她的儿子长大占去一半起见，千方百计给她受气，恨不能立刻把她赶出去。

她也知道以后的生活是艰难的，无奈她克死了三个丈夫再改嫁是难能实现的。

然而她又嫁了，现在嫁了一个四十多岁的独身的汉子，是个瓦匠，他有一脸麻子，喜欢赌钱，人家都说，这个人不久也要被她克死……

一九三八年十二月四日于油灯下

（《泰东日报》1939 年 4 月 11 日，署名：慈灯）

枕　头

有一个时期，我曾不知羞的陷于堕落的生活圈里。

于今想起来，不消说，我感到羞耻和悔恨，并且深深的善意的为自己的灵魂而忏悔。但是，后另一方面想，也许这种生活对于我会有益处，因为，它放宽了我的眼界，我多知道了一种人——并不承认她们是无价值的一群可怜的人的行动和观念，自然这样说是为自己错误的脚步遮上巧辩的尘土，想为自己丑陋的躯壳穿上美丽的衣服。然而，我已经说过，我觉得羞耻并且惭愧！

现在，我想起那时候的生活，除了一幕幕象形的景致像影戏似的过去以外，我唯一的所得和觉悟只有一句话：成天什么也不做很容易堕落。其实这是谁都知道的，可是那时候的我笨得很，矛盾得很，虽然知道往东走是不好而往往却往东走去了！

我赶紧讲明白吧！

那时候，我是一个小职员——现在也是——一点也不傻的我和一个野兽一样，饿了就想到吃，冷了就想到穿，对于异性的需要，我是很饥渴的，既然有了暂时的饭碗保险公司，愁，我就用不着了。于是我被兽性的饥渴的欲望支配着，把余剩的薪金全部送到"安慰人的屋里"去了。

起初，我觉得脸熟，刚一进门，那粗眉大脸的伙计的一声大叫，像雷一样，我总是羞耻垂着头，在许多媚人的视线当中钻进她的屋子，一看见她，我的寂寞就消灭了。

她欢迎我的表示是极其热烈的，伸着两手，瞪着一双乌黑的大眼，牙齿白而整齐，还放着光，头发烫成波纹，一副可爱的面孔和温柔的姿态的魔力的大，实在不是我这破笔所能形容出的，当她活泼的走到我怀里时，除了愉快和满足之外，实在我什么也不想，没有工夫想。

世界上的一切，全忘掉，甚至连我自己的存在也忘记，我只知道在我面前，有一个天使般的她，我熟练的和她紧抱着亲吻，一吻就连续了十分钟以上。

她的名字是阿早，南方人，在这一家安慰人的屋里据说是首屈一指的红姑娘，因为她识字，会写信、会唱歌、会弹风琴、会演旧剧，所以芳名很高，不知有多少傻瓜被她迷倒，我便是这些傻瓜之一。

据说，她并不接待所有的客人，必须她看中，她愿意，她才接待。她掌握着几个非常有钱的客人，无论她要什么，他们全肯给她，所以掌柜非常器重她，正如一个父亲器重他能挣钱的儿子一样。然而我并不是个有钱的人，每月所赚的几个有限的钱还要刨去伙食再去了零用，便剩不下许多了。"盘子钱"是两元，我一次只能掏出两元，一个月我尽了经济的能力只能开两个盘子，她的热烈欢迎在我是件奇事，此刻我想起来，我才知道她的灵魂也有许多洁净部分。诚然她的生涯是卑贱的，似乎在她身上寻找不出一丝丝真正的爱，事实上，并不如此。如果在异性身上真能找到高尚的爱的话，那么——我不是夸口，我在她身上发现了这爱，并且侥幸的获得了。我已经说过，每天去，经济力是不够的，不过，我特别努力俭省，最低限度一个月要去两回，总不能使我多去几趟的愁苦使我很伤心，我周围之事全消失了兴趣。

我不能撒谎，我很愚傻的把自己的经济状况向她彻底的报告并加上说明。

她静静的听我讲解，有趣的把手放在我肩上。

我的害羞的缺点很快的被她矫正了，所以我在她面前，后来一点不拘束，连自己的恶劣的品格都向她述说。使我惊奇的是，她并不憎厌，却同情的叹息着，把她的嘴唇压在我的肩上安慰我。连一天，我把预备好的两元掏出来放在桌上，拿起帽子要走的，她赶紧扯住我的胳臂，把钱抓起来塞进我的袋里，在我脸上吻了又吻。

我很愁苦，我误会她是嫌少，但是她皱着秀眉摇头：

"你明天来吧。留着你的钱，坐车！听见么？明天来，不要失信。"

每一个星期六的晚上我住在免费的旅馆里，而且有人相陪，在临睡前还有一顿好饭菜下肚。

她不单是我的天使，而且是我的老师，她指导我各种妙决，怎样能够心满意足……然而快乐的生活不久就消失了。

因为饭碗发生了问题，我不得不远远的走开，当我把这消息对她讲时，我竟伤心伤意的哭了，她也花了不少眼泪洒在我胸襟上。

离别以后，除了写信之外，没有别的能减少我满腹悲哀。我的信是很长的，用了写小说的形式和技术写给她，风呀，月呀，小鸟呀，小狗呀，什么都写，并且，时常的远在信上屁股上写些小诗，我怎样思慕你呀，我怎样烦恼呀，简直比"维特"还烦恼呀——不过我没有自杀，这是和"维特"不同的。

她的每一封信虽然写的不多，可是纸短情长，意义很深，我读了又读，总是不厌，比那些枯燥乏味的世界名著有趣多了。不过她总是说不满意她的生活，喊着苦闷，这，我有什么法子呢？我曾计算到，怎样领她出来……然而这是空想，办不到的事。

时常，我一觉得苦恼，便看看她的枕头，这一对枕头的魔力真大得很，它有打倒我一切苦恼的力量。

一个枕头上是绣着花草，花朵水仙好像刚开在晚风里吐着芳香，另一个是绣着两只小鸟，相依为命似的栖在无花的绿枝上，有茂密的肥叶含着露水，还有一个月亮在半空挂着，好像一盏灯笼。这对枕头非常精工，我曾亲眼见她刺绣，她实在是个聪明的女子，可惜"红颜多薄命"，她的境遇不佳，身世凄凉，我如果是个英雄，一定拿了大刀去救她跳出火坑，可惜我是个不中用的东西，和她差不多是一样的屈服在物质、环境和经济大魔王的皮鞭之下忍气吞声了，呜呼，可怜，可怜！

一年以后，她来了一封信说回南方。

啊，这好像死刑的判决书一样，我难受了一个多月，眼泪不知流了多少，唉！

后来，我的脑袋虽然变了形，不能动一动就哭了，但是一对枕头我总没有勇气抛弃，走到什么地方带到什么地方，好像带着自己的灵魂。

谁知，一个朋友，听了我这段枕头的历史，竟咬着嘴唇把这对枕头撕得粉碎，烧了，并且把我大骂一场。

我想起这对枕头的结局，很难受呢！唉！唉……

一九三八年十二月四日于油灯下

（《泰东日报》1939 年 4 月 13 日—16 日，署名：慈灯）

秋 桂

冬天的下午，没有风，很暖和，吃饱饭无事可做，觉得闷，便和 C 君到街上闲走。

在一条清静的街旁有个小姑娘立在一家大门口讨饭，她浑身上下全是破片，头发好像枯萎的杂草，拐着锈黑的钱筒，还挂着弯巴巴的木棍、瑟瑟缩缩的抖着身子战战兢兢的喊：

"丫环？不幸的？谁家的丫环？她怎么悲惨？"

"我说你听吧！" C 君耸耸肩头，擦擦眼睛，并不停步的说起："我姑母家很有钱，他们住在北京城里。我十二岁的时候在城里读书，因为隔家太远，便在姑母家居。那时候，我还不懂事，不过，悲哀和快乐我是知道的。

我眼看着姑父姑母和几个亲人，在门外商量，很快的，商量妥了，他们花了一百元现洋买了一个小姑娘，这小姑娘有一副瘦小的长脸，眼睛里含着泪水，当她看见了她的父母把她像物品一般卖完了时，便号啕大哭起来，紧紧的抓住她母亲的破衣不放。

她母亲也哭着，她的十四岁的哥哥和六岁的弟弟也默默的哭，就是那父亲———一个中年男子，脸上粘满了尘土，挑着一担破行李，脸上也挂着泪珠，这几个可怜的人为了生离死别的哭泣，像刀一般，把我的心割碎了！当时，我虽然没有哭出来，然而我立在旁观地位的悲哀，实在达到了高峰。现在我想起来，还觉得滋味是酸的……"

忽然，摆在我面前的街道和商店以及行人全改变了颜色，天与地罩上一层死灰，一块重重的铅块从我头上压下来了！那走在面前，得意洋洋的摇动着屁股的女学生的价值，从一百分降到了零点，C 君这个故事的起头便抓住了我的灵魂。我觉得浑身寒冷而且瑟缩了！

"这一幕人生的悲剧不过是刚起头，这一个小姑娘进我姑母家的第二天便有了一个名字，这名字是姑母起的，叫——秋桂！

她是个头脑不灵敏的孩子，当然她的灵敏是被悲哀压倒了的。一连十几天，她的小脸上总没有脱退了悲哀，她是在思念她的亲人么？在这里过不惯么？姑母时常说她，一说起她来就带着愤怒，有一天对她说：

'秋桂，你怎么老是垂头丧气的呢？在这里，冻不着饿不着，有什么不好？哭丧着小脸，好像个呆子，多讨厌！'

她两手堵着脸就哭起来，大家看着她哈哈大笑，很是开心，别人越笑得厉害，她越哭得凶，我姑母有三个儿子。这三个小子和我在一起读书，非常淘气，他们一看她哭，便过去拖她的黄毛头发，踢她的屁股，这样一来，她更哭得重了，张开嘴，拼命的哭喊。起初，姑母只是骂。后来，看她的性子总是不改，便恨恨的打了她几次，然而打也不成，她动不动还是哭了！"

女学生拐了弯，向西面走去，我们也向着那个方向。

"无论做什么，她的动作总不能快些，而且时常把事情做错，挨骂挨打之后并不能就改好，打在于她，只能加重她更多的蠢笨。在这个家里，几乎没有一个人喜欢她的，上自姑父姑母，下至厨子老妈，都使唤她，一天到晚，她跑来跑去，好像风车一样，毫不停息。如果单是奔跑，也可以说好些，她除了奔跑之外，还要受气，受气在她，真是接之不暇。少爷们高了兴，把她当玩物，如果她不愿意，便连踢带打把她打哭，大家看着她开心的笑了！"

"不，妈！她知道，可是不来。"二少爷插嘴说："我去找她，她还要躲起来哪！"

"你撒谎。"秋桂和他辩白，但是，二少爷一巴掌就把她的嘴打闭了！

姑母冷冷的瞪着她，咒骂了一顿，也没有打，晚上不准她和老妈们在一个屋子里睡，叫她在外面。

这一夜，天空是阴的，没有星和月，风像在恶劣的环境之中忍无可忍而大怒起来，一股呼呼抖擞吼起，连房屋都战战兢兢的抖擞起来了。

她在草堆里，像小狗似的睡了一宿。第二天，冻得不能动了，可是没有冻死，当差的把她拖进屋里，好半天，她才能伸动手脚！

她那副小脸的枯黄憔悴，你一见就会替她寒心的，皮包着骨，瘦瘦的身材，好像一只因饥饿而损伤的小狗样。后来姑母看她不能做什么，在她身上一点希望没有，结果是卖掉了，卖了一百五十元现洋。

以后，她的生活怎样，我便不得而知了。她走后，过了半年，有一天我在路上看见了她，嘿！阔气了，穿着新衣还擦着脂粉，和两个打扮得花枝招展的女人，在一路……

我们拐了弯，走到一条严肃的街上，这条街的拐角有个天主教堂，赞美歌的声音飘荡到好远，电线丝呜呜的响。

有两个洋车夫拖着车子并列着对我们走，其中一紫红脸对同伴，冷笑一声：

"那么，她是有了幸福么？"我不停步的问。

"是呀，她是得到了幸福了。但是，我看那两个女人不外是妓女，那么秋桂和她们在一起，当然，不错，一定是有了幸福了。不过她那时的年纪不过十三岁，我想，她还不能'下水'，正在学徒吧。"

我们又转了一个弯，看见先前那三个女学生了。

然而，我看她们，觉不出兴趣了，因为C君的故事苦闷气氛把我的良心抓住，我几乎喘不出气。

"所以，我刚才看见那个讨饭的小姑娘，忽然想起秋桂来，秋桂进我姑母家那天，那副小脸和穿戴和那个讨饭的小姑娘一模一样。

虽然事隔多年，而秋桂的眼泪还湿着我的心，到现在，这悲惨的泪水还没有从我心上擦净，似乎永远没有擦净的希望了！"

我想说些什么然而说不出来，黑夜渐渐近了，夜的黑影已经在墙角占领了地盘，C君冷冷默默的说：

"往回走吧！"

我们往回走。

一九三八年十二月五日于油灯下

（《泰东日报》1939 年 4 月 16 日、18 日，署名：慈灯）

苦命人

夏公馆的老妈子是个寡妇，今天四十六岁，有一头好头发，可是没有好肌肉，面孔瘦瘦的，下巴有点歪，眼皮肿肿的，嘴唇厚厚的，两只脚又肥又大，好像男子的脚，做起活计来很快，沉默寡言忍艰耐苦，老爷太太小姐们都很欣喜她。

这一天，她正坐在院子里洗衣服，她唯一的儿子——理发学徒，一个十六岁，有两只大眼睛的少年——跑来告诉她，说是他的姐姐忽然上吊死了！

这个消息，好像晴天一声霹雳，手里的衣服掉在水里，目瞪口呆，半天说不出话，好像受了催眠术样！

好半天她的意识才清醒，她急急忙忙扭干衣服，跑到老太太屋里请假。

"老太太，我的姑娘上吊死了……"

她说完这话，眼泪就滚出来，一只手抹着眼睛，嘴唇上面急出不少鼻涕，老太太正正眼镜，瞪大了双眼，少奶奶刚刚掀开风琴的盖子打算按琴，可是又把盖子盖上了，写着字的姑爷放下笔，读着杂志的小姐跳了起来，把杂志卷了一个筒，在腿上一拍，这几个人都吃了惊！

"上吊死了？"

"是……是的，上吊死了！"

"为什么，她？"小姐情急的问。

"不，不知道，我得去一趟……"

"好，你去吧！……"老太太批准她。

"可是，"她转向少奶奶，"能不能借两块钱给我？"

少奶奶打开抽屉，拿出两张票子递给她。

她匆匆忙忙的，流着眼泪和她的儿子走了。

这几个人惊疑的谈论起来，老太太："怎么会上吊死了呢？"

小姐："那一定是为点什么，不能无缘无故自杀。"

少奶奶："唉！她只有这么一个女儿……"

姑爷："我想，她的女儿所以上吊，一定是因为不愿意活了！"

小姐："那还用你说？"

他们同情的，并且是近于开玩笑的谈了一会，写字的写字，读杂志的读杂志，把这事丢开了！

过了三天，老妈子回来了。

她的眼本来是肿的，现在加倍的肿了！

她把女儿上吊的前因后果……

"老太太，我真是苦命人呐！我这个姑娘，从小就很伶俐，能说会道的，一点固执性子也没有，直到长大，从来没有和我拌过嘴。我领着她和秃子过活，真是不容易的，他爸爸活时好歹能赚吃赚穿，一家人总不至东离西散。可是他一死，我就活受苦了。我出来雇给人家，自赚吃，姑娘在工厂做工，也能赚吃赚穿，儿子去学徒，也能对付混饭吃。我时常想，这么样倒也过活下去。前年春天我一想，姑娘大了，赶紧找个婆家吧！费了不少事，托这个托那个，好容易找到了一个主。她的女婿起初看着是个很不错的人，他在一家公司里看门，虽然赚几个钱有限，可是养活一个人也能办得到。谁知他喜欢赌钱，领了饷就去赌，三日两头不回家，我的姑娘是好说话的人，只是由着他去干。天长日久，什么人也不能忍下去，她劝他几次，他也不听，钱输光了，没有办法，我的姑娘直着脖子挨饿。这样过了一年多，他还是赌，她时常挨饿，饿急了，不想个法子不行了。她到工厂去做工，那个没有良心的东西还不准她，说是到工厂做工的女人没有好东西。人能够全一样么？好人到哪里也是好的，坏人到哪里也是坏的。我的姑娘，我知道她，她正正经经，是个老实人，叫她学坏也不肯干。可是那个没有良心的东西无论怎么说也不叫他去做工。"

"她能饿着肚子等么？人不是死的呀！死人可以不吃东西，活人不吃东西能行么？她偷偷的去做工，不告诉他，赚几个钱买点米对付几天，像拼命似的。她对我不知哭过多少。我当娘的，孤孤独独一个人，有什么法子呢？我劝她，我说，孩子，我是苦命人呐！你呢，你也是苦命人呐！我们在前世不知做了什么孽，所以到这一世来就免不了受苦受罪。哎！我除了这么对她说，还能怎么办呢？我自己，我怎么办也都不知道……哎……我是苦命人呐！"

"她到工厂去，丈夫不愿意，他俩就吵嘴，那个没长心的东西说她的钱全是从'坏道'赚来的，他这没有良心的东西竟说出这坏良心的话！那天晚上——他们又吵了嘴，闹得很厉害，听动静，拿东西好像还打了她，第二天他不在家，她就上了吊……我姑娘，她真好苦呀！那么容易就死么，我，我是苦命的人呐！前生造了孽，这世就受罪，这都是……命、命、命……"

她捧着脸哭泣起来，眼泪像雨点样。

听了她的诉说和看了她的悲伤的幸福的人们，也禁不住把头低下了。

她哭了好久才止住眼泪，用衣角擦擦脸，到厨房端饭去了。因为厨子在外面喊她：

"开饭！"

一九三八、十二、六于油灯下

(《泰东日报》1939 年 4 月 21 日、22 日，署名：慈灯)

大眼睛

有一年秋天——

我们的总指挥部,在一个叫 P.S 的小县城里住下了。

寂寞的小县城,蹲在凄凉的秋风里,灰色的房屋,密密的排列着,苦恼的街道两边是百业萧条的店铺,营业并不是兴隆的饭铺门口的幌子,已经失掉了新鲜颜色。泥土粘满的布条变成了淡黄,人们疲惫的拖着两脚走路,瘦狗沿着街边饥饿的奔跑,乞丐在店铺门口悲哀的呼喊。

我们走了一天路,然而并不疲乏。因为走惯了,而且是骑马,所以不觉得累,找到住店的地方,我们便安置了装具,然后到街上打听澡堂。

澡堂的格局不大,脱衣地方只能容下三十人,后来的人只好不耐烦的等着,我是得到了先制之利的人,很舒服的从那水池里上来,在短小的床上躺着发懒,跑堂殷勤的拿着手巾走来走去,在每人面前经过时,必大声喊:"擦脸!"

一个十二三岁,有一副苍白的圆脸,赤着上体的小伙计过来问我:

"先生,搓澡么?"

我想了一想——对他点点头,他尖锐的喊了一声,接着有一声粗噪的答应,马上有一个宽肩膀扎着水红色花裤带的汉子过来指示我座位,很用力的开始从我背上搓起来。

我把两手伏着粗糙的躺椅的边沿,弓着脊背,稍稍用些力气,轻轻的喘着气,灰色的泥卷堆在肩头上,搓澡的人把黑手巾裹在手掌里,狠狠的在我背上推来推去,还不时的拍一下手,拍得很响,搓到胳臂,这汉子站在我的侧面,一条腿踏着板凳,把我的胳膊放在他的膝盖上。

他对我的脸看一看,大有所思的歪着脖子,好像认识我而想不出我是谁似的,他动动嘴唇,问道:

"先生，您的年纪大概过二十？"

我承认的点点头：

"是十八吧？"

我很惊奇他的聪明，能猜中我的年纪，这不能不说是天才。

我赞叹喘口气，夸奖他：

"你眼光很好！"

他欢喜了，为了报答我赞美他的好意起见，对我夸奖着说：

"实在不多见，这么年轻就当官儿……"

一个像商人的人穿好衣服走了，一个伙计喊道：

"小柜半毛——"

其余的伙计们连合一气，高音低音很齐的喊了一声：

"谢！"

搓完肚皮，和我谈话人讲起来了，他说这街上，有很多不错的姑娘，价钱很便宜，不过得熟人的向导和介绍，不然是找不着门的。他在眉目之间流露着他是个熟手而且是独一无二的熟手。做向导是他的专门特长，并不是夸口，你愿意要什么的，他能给你找到什么样的，决不能使你失望，他会把你弄得心满意足，没有半点埋怨。

他贴着我的耳朵悄声说：

"要女学生也有，十八九岁，管保漂亮，不过得多花个一元八毛的，容易得很！"

我看着他高高的、尖尖的鼻子，好像个恶魔，但是我极力的压服着，胸中的愤怒和复仇的情绪，对他假意的微笑着。

他以为，他有一笔好买卖要做成了，百般的向我献着讨好的脸色，在我腿上搓起来也特别用力气。

正在搓着，他起来悄声问我：

"怎么样，今天晚上？……"

我暗想，他把我看成怎么样一个青年了呢？

但是，我极力的忍耐着怒气，这对于我的灵魂，是莫大的侮辱，因为我一向抱着要成为一个英雄的野心。因之，我不能不在污秽的境地中保持住己身的纯洁，这样当然是需要很大的魄力，然而在我，这算不了意志，因为我的性质是幼稚的，和许多初出茅庐有一身钢铁的旺盛的血的年轻人一样，总是挺着胸脯迈步，而脚步之间还带着侠义之风！

我付了澡钱走出狭窄的玻璃门，恶魔也随后出来了，他还现披上长衫，很快的追到了我：

"一定吗？晚上……"

我在胡同口停着，听到头上有电线丝鸣鸣的声，好像一个因饥饿而疲乏的音乐家吹出的箫笛之哀音一般！

我冷冷的对他望着，恶意的点点头，默默的走了。

这天下午，时间是艰难的，光阴的腿宛如踏在泥泞的池内，很不容易拔出脚来快走，我坐着，躺着，总是不安，我为自己的软弱无能而不满了，我为什么不能面对着这人生，而大踏步的前进呢？这就是镜子呀，我藏在镜子后面，只是听到了许许多多讲说镜子里面五光十色的话，后来没有跑到镜子前面身临其境的观察过。

然而这样想，我更苦恼了！苦恼我的矛盾心理，如果我真的跑到镜子前细看，恐怕我将没有气力转开眼皮，也许整个的被镜子的光吸住，或者钻进镜子里面出不来了！

这种思想的理性把我包围了，我很困难的度过了这一下午。

晚上——

我在街头徘徊着，所有的（我所能有的）思想全部失掉，只剩下矛盾的影子，在灰暗的灯光下映在路上，忽然，我发现了自己是在期待着什么东西了，我是在期待什么呢？啊，我是期待堕落荒唐的网从半空飞下来把我套住，把我拉去，拉到没有活路的岸上。

啊！我如果被拉到污秽的岸上，还能跳回干净的水里么？即使我有力量，而我身上的鳞不会磨破若干吗？

一个人走到我面前，向我点点头：

"我们就去吧！"他对我说，我什么也不想，身不由主的随他走去。

"哎，很远吗？"我快走两步问他。

"不，不远。"

转弯抹角到了。

虽然天黑了，可是我能看清路上的泥土和石块，能看清院子里的缸和水桶，墙角地方有一堆草，窗户纸是亮的。

"谁呀？"屋里这样问，我可以听明白，这是个中年妇人，似乎我还感觉出她的面貌和姿态。

我的向导轻轻的答："我！"

房门开了。

一间很杂乱，可是不肮脏的屋子里，桌上放着玻璃罩灯，中年妇人是个瓜子脸，尖下巴，穿一件半截肥大的粗布衫。进屋之前，我想象她是个相貌可憎的妇人，谁知不是，她面孔的什么地方有点像我死去的母亲。

最使我注意的坐在炕上，背靠着墙壁，目不转睛的看着我的姑娘，她的发是短的，有一对流动的媚人的大眼睛，温柔的看着我，好像有点吃惊似的。

中年妇人客气的指着板凳：

"请坐。"

我坐下了。

想说什么，但是说不出来，向导对妇人笑着说：

"这位先生可太好啊！"

妇人对我看一看，满意的点点头，对外交家射去感激的视线。

他对我笑笑：

"你请坐吧，我要回去了。"

他说回去，可是不走。

"你不要走，等一会儿，一块儿走。"这是我说的话。

"别，"他摆摆手，摇摇头，"无论怎么样你在这里……"

姑娘低了头，看她自己的手，我有点难受，并且又欢喜，这是很奇怪的心理，这种心理一定很高尚吧！

领路的人吞吞吐吐的对我说：

"先生，您借我两毛钱买点东西吃，好不好？"

哦——他所以说走并不走原来为了这个。

我掏出两毛钱给他，他欢欢喜喜的走了。

中年妇人把沉默打破了！

"您先生很年轻啊！你的母亲真有福。"

"我母亲早就故去了！"

"唉！"她叹口气，"我去烧点水给您喝吧！"

"不喝，我不渴。"我急忙阻止她。

"那么，我出去买点东西来。"她对姑娘说："把钱给我吧。"

她在衣袋里摸了半天，我也没有看清拿出多少，只听铜板哗啷一声响，妇人拿着就走，害羞，我可不，因为我的脸皮是厚的，并且，我也有过经验，我早已不是什么处男了。

我想了半天，想出一句适当的话：

"你读书么？"

她抬起头来，大眼睛对着我点点头。

"出去买东西的是你的母亲吗？"

"嗯，是我母亲。"

"领我来的那人是谁？"

"他吗？他是我的——叔叔……"

我咳嗽一声，清清喉咙：

"你有父亲吗？"

"有，可是死了！"

"你叔叔挣钱养活你母亲和你？"

她笑了，这笑的意义一定是很深，因为我猜不出她为什么笑。

"你叔叔既能养活你们，为什么叫你……"

"他不是人！"她的话打断了我的话，"他，骗了我母亲，现在，他又弄个老婆，所以把我们抛了！"

我看他像个恶魔，果然不错。

"母亲和我没有人养活，所以——"

"所以你就干这个，是不是？这也是大势所趋，人力是无可奈何的，我……"我开始讲傻话："我是好人，你叔叔把我拖来了，本来，我实在

926

不愿意来，而你，我想也是好人，因为环境不好，变成了坏人，这不怨你。"

她笑一笑——

"你怎么说我是坏人呢？我没有做什么坏事呀！也许，是的，我是做了坏事，这是别人逼我的，我没有法子，即使我做的事是不好的，可是我不承认我是坏人，我和所有人是一样的人，或者比较起来，我做的事还不算太坏，有许多人做的事，比我坏得多，比方我叔父，他把你拖来，这对于母亲，是帮助了她，她还感谢他呢，却不知他是拿我做买卖，你不是给了他两毛钱吗？这是不是做买卖？他一点不费力就赚了两毛钱，至于我，可不这样容易，其实，比我叔叔坏的人不知有多少啊！"

真想不到她说了这么一大套。

我想笑，可是笑不出来，肚子里有许多话，可是又说不出来，怪事。

我挤挤眼，摸了耳朵，看着玻璃罩灯。

"咳！"她喘口气，我看看她的眼睛。

"你怎么愁起来了？"

她又笑了。

我为什么要愁呢？愁能当饭吃吗？

我和她谈了许久，宛如多年不见的老友一般。

她母亲回来，拿了一个纸包放在桌上，打开，棒子淌出来了。

"没有什么好东西，不嫌恶心吧！"妇人亲切的对我说，我坐到十点多钟，扣上帽子走了。

她送到门外，扯了我的袖子。

"明天来不来？"

"不一定！"

她扯着我不放，我搂着她，在黑暗中亲嘴，亲了好几次嘴才离开。

"明天来不来？"

"一定来"。

可惜第二天我们向前方移动了，还真是我意料不到的事！

走出小县城，我回头望望，有点恋恋不舍，虽然这个县城是灰色的，我却觉得它很辉煌。好久的，那一对大眼睛在我的前面，在荒野的远处，默默的向我凝视着。

越走得远，我的苦闷越重，我恨不能生了翅膀飞回去，飞到她面前，永远的不和她离开，我愿意出大力，尽我所有的能力养活她的母亲和她。

"明天来不来？"这是她的声音，满怀着希望的声音，还在我耳边响。

这天晚上，她一定等着我，寂寞的、孤独的，守着昏暗的玻璃罩灯，静静的听着街上的动静。

如果她等到深夜，知道我不能去了的时候，她能怎样呢？

这个，我想象不出来了！

寂寞的道路，不知有多么长，走也走不尽，我希望这道路忽然从中间断了，好像一条木板断了一样，把我扔到地球以外的世界去了，天堂也好，地狱也好，最好把我跌死。

往常，一天不停的走，我不觉得疲乏，然而现在，我走了不到半点钟，就疲乏了。

（《泰东日报》1939 年 4 月 27 日、28 日，署名：慈灯）

一个朋友

这样，义清就走了。

我站在月台上，望着渐渐变小的火车，火车转过山脚，吼了一声，立刻消失了，好像大地张开口，把火车吞进去了一样。

热闹一时的车站，现在变为沉寂，我迷惘的跳上公共汽车，往回走。

义清在这里住了三个月，他来的时候是夏天，吸血的英雄们——苍蝇蚊子以及臭虫——使他受了不少苦，当然这么苦他是不在乎的，因为他受惯了苦。

他来的那天是星期六下午，我正闲着无事，坐在窗户前面发懒，听见外面有脚步声，接着就问：

"灯在屋里么？"

唉，谁？我想不起来，赶紧跑出去。

啊！原来是清！他怎么会来到这？

惊奇使我忘记了说话，我紧紧的握着他的手，看着他瘦削的出了不少汗水的脸，同时接过一个白色的包袱。

在屋里坐定了我就问他："你怎么知道我在这？"

他掏出手巾来擦脸，把厚边草帽放在桌角上，很惊奇的看着我，他说：

"实告诉我的。"

"噢！实，他现在好么？"

他默默的点点头。

谈了十分钟，我就明白了，他失了业，无路可走，死逼梁山，到我这里，看我能不能有什么法子。

法子是没有的，我只有愁苦给他，马上把愁苦给他，恐怕他受不住，我先给了他一点连我自己也没有把握的淡淡的欢喜。

第一顿饭我很考究，买了六个鸡蛋两毛钱馒头，做大米稀饭，还有早晨剩下的炒黄瓜菜。

吃着饭，他告诉我，这二年来，他所倒的霉。我听着，同情的点头，喘着粗气，把馒头拿给他，鼓励他多吃，他想了一想，问我：

"为什么你也瘦了呢？"

"我和你一样啊！这里的苍蝇蚊子和臭虫多得很呢！晚上简直睡不太平，你在这睡两宿就知道了！"

睡了两宿，证明了我的话是真实的，他的血被蚊子吸去了不少，臭虫大哥给了他许多报酬，他身上起了些包。

"怎样？这里的蚊子特别毒吧？"

"你倒很镇静，而且很有自信似的！"

"我没有自信，你有自信么？"

"没有。"

我们俩的意见，是"差不多"的。因为他是个倒霉的人，我也不是幸福的人，老鼠的意见怎能不同呢？老鼠和猫的意见决不能一致。

一个月转眼就过去了。

找职业的幻想很难实现，我求了不少表面是朋友而骨子里是仇敌的人，他们的客气的回答还不如当头打我一棒舒服。

义清知道了我的经济状况是困难的以后，在他的面孔上我清楚的看见了不安。

为了设法安慰他起见，我极力的表现出活泼，领到薪金应该寄给没有人养活的姐妹们的数目不得不减少，她们我以为饿死了是不要紧的，而我这位朋友，我觉得是有用的。

有一天傍晚，我们坐在树下乘凉，他提出要走的意思。我真不高兴了，皱着眉头瞪了他一眼。

"你讨厌我么？那么，请你走吧！"

他愁苦着垂了头，什么话也不说。

我望着西方山顶的赤红的云，追忆我们过去多年的关系。在人生的旅途上他是年轻的伴侣，在苦恼的没有休止的路上，我们向着同一目标迈进。

从我认识他以后，就觉得他是可爱的人。虽然他也有些缺点，这，我也是有的，因为我们没有受到长期的训练，时常还禁不住露出孩子气，然而我们得努力的学习老练。他的性格是沉默的，他的体格很适于艰重的生活，我不知道他领悟到没有，他性格有些地方简直是天生和我一脉相通。

坐到天黑，我们回屋，生了烟火，驱逐蚊子，他睡在我旁边，我喋喋不休的讲说各种事，我所经历的他不知道的事。

他说：

"很可惜的，我没有对于我周围的事仔细观察，过去的事好像影子似的，我追忆起来就如在想象，似乎不是我所经历的事了，我的记忆太坏。"

蚊子嗡嗡的吵着向我飞来，我静静的等着它落在我臂上，我熟练的举起手掌，狠狠的打下去。但是，这蚊子狡猾得很，它叮了我一口，泰然自若的逃跑了。

"打死了？"义清欢喜的问。

"跑了！"

"唉！"他失望的叹口气。

我连消除一只蚊子的本领都没有，所以说，我是没有自信的。我在黑暗中苦恼的摇晃着受了创伤的身体，诅咒蚊虫的苛毒无理。

白天，我到工作的地方混钟点，扔下他自己，他做什么我不知道，我时常回来见他把脸埋在书页里。

两个月过去了，他所过的生活，可以说是清闲，但是他并不胖，而且比来时更加瘦损，一副长长的面孔，镶着一对适中的黝黑的眼珠，这眼珠渐渐陷进去了。我想，是缺少运动吧。

于是我鼓励他跑到篮球场，只有我们两个人，脱了衣服光着上体，像猴子似的跳来跳去，互相传递着，轮流着把球投进网里。

支持不上半点钟，感到疲倦了，这种游戏从前是感到兴味了，并且热烈的嗜好着，可是现在，时过境迁，我们已经不是小孩子了，时时觉得背上的义务的加重。

每天晚上谈着，讨论着，因为热到闷气，总是过半夜以后才能睡熟。

这是三天以前的事，在Ｐ城的Ｃ君来信，说是有个职位。"我去吧！"

他和我欢喜的商量。

"等两天，等我领到饷。"

但是现在，他已经走了。

三个月一转眼就过去，我觉得他不过在这里住了三天，在车站上他一句话不说，我知道他肚子里有千言万语。火车开时，我看见他握着栏杆，眼睛里有些亮东西，但是他垂了头，我觉得悲酸……两腿沉重了。

公共汽车停了，我下了车。

一九三八年十二月八日于油灯下

（《泰东日报》1939 年 5 月 4 日、5 日，署名：慈灯）

傻　子

　　我们的部里新派来了一个当差的，这个人有一对像母鸡似的眼睛，一个粗大的鼻子就如大蒜头样，从鼻子根到鼻子尖差不多一样粗，嘴特别大，两只耳朵又肥又宽，好像猪耳朵似的，细密的头发歪歪巴下巴生着，肩膀很宽。头一天，他就把事情做错，因此，有两位官长很不满意他，打算叫他回去。

　　一个官长的马靴脏了，叫他擦拭一下，他看了一看，想了一想，很笨的拿起马靴到外面去，弄了一块破布，扔在水里，然后拿出擦马靴，马靴是干净了，但是油全掉了！

　　还有个官长穿大氅，叫他拿着，他把大氅夹在腋下，而这位官长向后伸着两臂，伸了半天。回头一看，他夹着大衣在那里呆呆的站着。这位官长拿回大衣，自己穿上了！

　　开午饭的时候，他打碎了一个饭碗。

　　一位年纪最高，阶级最大的官长生气的说：

　　"这是个傻子！"

　　于是，他的名字定了，从此无论谁都叫他傻子。

　　为了使用时便利起见，部里的六个当差的分配开了，一个当差的服侍一个官长，然而无论谁都不要他，因为我的阶级最小，所以我不能选择，也不好意思竞争，只得勉强的留下了他。

　　我第一句话便告诉他：

　　"无论做什么事，不要慌张，不明白，先问问，问明白了再做。"

　　他羞歉的低着头答应。

　　一个星期之后，我就知道，这个傻子，原来并不傻，他是很聪明的，至少比那些在表面上会殷勤而在背地却十分狡猾奸诈的东西能干些。

手枪脏了，我交给他。

"你会擦枪？"

"会是会，不过擦不好。"

他很快的把手枪分解开，很快的擦完了。

这使我非常惊奇，我问他：

"你识字么？"

"稍微识几个，写不好。"

我找了一张纸，把座位让给他：

"你随便写两个字给我看。"

他并不坐下，拿起笔来写了"先生"两个字。至少比我写得好，我说不出的欢喜，我用各种方法使他毫不察觉的试验他的结果，知道他不单不是傻子，而且比所谓聪明人还要聪明些也说不上。

有一天，我外面有事，晚上回来的很迟，刚一进门，看见桌上摆放两个馒头，还有一碟菜和一双筷子，炉上坐着热水。

喂，这是谁干的？真奇怪，谁能知道我晚上没有吃饭呢？我肚子正饿得难受，我抓起馒头就吃，喝了两碗白开水，此生以来没有这样快乐过。

过后，这件事便忘记了，也没有问是谁准备的饭菜。

这天晚上外面刮着大风，我刚躺下，门轻轻的响。

"谁呀？"

"我！"

"什么事？"

"有点事情……"

我不耐烦的爬起，开了门，傻子进来了，他有点惊慌的样子，悄悄对我说：

"说我今晚上在这屋子地下睡吧？"

"什么？……"

他为难的望望外面，从袋里掏出不少子弹给我。

"做什么，这？"

"唉，您留下吧！今晚上肯定有用。"

"你胡说。"我有点生气了。"不,我对天发誓。"他悄悄的说,好像怕谁听见:"如果我撒谎,那么,是的,我就……"他举起食指对他脑袋指指。

"好,你在这屋睡吧!用不着在地下。"

"这不能。"他惊恐的指指窗。

我明白了!啊!

我赶紧穿好了衣服,他轻轻的把被褥全搬在桌上,把席子拖地上铺好,然后把被放好。

灯熄了,他穿着衣服睡在我旁边。

老实说,这样是睡不好的,我翻来覆去总是睡不着,听着,想着,而他,却很安然的打着鼾,好像老母猪样。大概,过了半夜,我忐忑的睡熟了。

忽然,有几声巨响,把我惊醒。

如果不睡熟,我能泰然自若些,因为睡中惊醒,意识还很朦胧,所以不免有点害怕。

傻子早已醒了,推推我,悄悄说:

"您就掩蔽在床下面,手枪交给我吧!"

其实,用不着掩蔽,身后便是土炕,我坐起来,从枕头下面抽出手枪,扔给他,我袖着手。

外面,枪声很猛烈,我们本部的大门被打开了,从墙上跳进来不少人。

我把眼睛露在炕沿上方,望着窗影。

我觉得身后的墙壁上方有点声音,这是飞进来的子弹。

对面屋和东西下屋全进去人,有呼喊的声音,咒骂的声音,刺刀碰在什么地方的声音,哀求的声音、枪声……眼看有几个人影在窗户外停住。

傻子对着屋顶连发了三枪,第二和第三枪距第一枪的时间距离比较长点,窗外的人赶紧跑了。

我听外面喊:

"那屋子别进去!有准备……"

"咳咳……"傻子轻轻的咳。

"你为什么不打上?让他跑?……"我不满的骂他。

"啊呀！那……"他把头靠近我些说："那，那就糟了！"

像一阵暴风雨，合着疾雷闪电一样，骚动接续了一刻后告终了！傻子把手枪还我。

"我们出去看看吧！"他在前面走，我跟在后面。

各屋的灯全亮了。

街上有一队人急急忙忙向西奔跑，这是去追杀叛乱士兵的队伍。

我看见了凄惨的光景，死尸，血，重伤，呻吟……

倘若没有傻子救我，这一次我一定见阎王爷了！

我摸摸头发，头发还健在，我放了心，不过，我觉得腿肚子好像转到了前面，好几天以后才转回后面。

我很感激傻子，但是他说：

"就是没有我，他们也不会到你屋子，因为……"

我想，大概是因为我不是个坏蛋吧。

一九三八年十二月十日于油灯下

（《泰东日报》1939 年 5 月 5 日—7 日，署名：慈灯）

街　头

这两天，我的鼻子不通气，头昏昏的，眼睛不愿意睁开，身子发烧，腿没有力气，吃不下饭，也睡不好觉。

第一点是不要紧的，我就怕有病，尤其是这种小病，你说痛吧，也不痛，你说痒吧，也不痒，坐不安，立不稳，看书看不进去，写字写不下去，想笑笑不出来，想哭哭不出眼泪，唉！真他妈难受到了极点！

小朋友们在街上跑着跳着玩，吵吵闹闹，非常热闹，东下屋两个女学生，在院子里踢毽子，说说笑笑，特别快乐。我掀起一点窗帘的角，偷偷的看，看她们俩的活泼的姿态，有一个是团脸，一双黝黑明亮的大眼睛，脸蛋儿又白又嫩；那一个是长脸，细密的短发巧妙的披散着，她现在正踢毽子，张着小嘴露出雪白的牙齿，柔声的念：一个，两个，三个，四个……声音太好听，真是莺声燕语一般，两个都有十八九岁了，不好好坐在家里学习做针线，还像小孩子似的在外面玩，也不怕人家见笑。她们的妈妈怎么不给她们找婆家呢？姑娘大了如养老虎，多留一天多增一天仇，当妈妈不至于不知道这个道理吧？

我贪婪的看了半天，恋恋不舍的放下布角，好像馋嘴猫看见了炒肉片而捞不着吃的难受滋味一样，轻轻的喘口大气。

鼻子不通气真不好办，我把脑袋歪来转去，但是怎弄也不成，我气极的把鼻头狠狠的揉搓一阵。

闷！

怎么办？

走！

我穿上棉袍子，扣上破棉帽，勇敢的开了门。

两位小姐望了望我，但是我低着头，假装正人君子似的，大大方方的迈着步，街上的小朋友们在骑马打仗玩，有一个小朋友认得我，对我笑笑！

"杨叔叔，上哪儿去？"

"闲走，你爸爸在家么？"

"不在家。"

"你妈妈在家吗？"

"在家。"

"姐姐在家么？"

"在家。"

我问了一大套，对他笑笑，闲步走。

唉，这么走走，头不大昏了，不错。

我的住处是个宽大的街衢，走二百米，有条横街，在这街的东头是直通街里的马路，西头是菜市场。乡下人，人山人海，汇集在那里做生意。

我对着这个目标走。

在一家黑漆大门楼门口，靠墙立着一个旧时的朋友，是个六七十岁的老头子，偏瘦的身体，挂着木杖，拐着钱筒，一条腿战战兢兢的抖擞着，声音很微弱。

"大爷爷，大奶奶呀！开开恩吧！可怜可怜我老头子吧！……"

菜市场，人很多，像苍蝇一般，拥挤着。

白菜，大萝卜，大葱，大蒜是数量最多的出品，劈柴整整齐齐的堆在各处，卖柴的老哥袖着手，有的指手画脚和顾客讲价，卖鱼的呼喊着，卖地瓜的大声叫，讲话，讨论，批评，全是大声，闹闹嚷嚷，好像无线电机发生的杂乱声波一样。

这些人，都是生机勃勃，有精力的，他们为了一个铜板争论两个钟头的事本来很平常，他们对于生存的竞争很有经验，他们的手段和要领虽然极其简单，然而必须熟练，他们的虚伪不是狡猾的，是哀求和宽让，从他们各色的面孔上可以看出同情和慈善的记号，即使有恶劣，但那是由于愚蠢的结果。

我从不十分拥挤的地点走过去，和一个肩上放着布口袋的老哥碰了一下，有个老婆子差点被我撞倒，我赶紧扶住她，她张开没有牙齿的嘴咯咯的笑。

"多少钱一百斤？"有个人在我身旁放声大叫着。

"七角。"

"五角五，行不行？"

"你去打听打听，有没有卖五角五的，全是七角，实在。"

"不多讲，六毛吧，痛快价钱。"

我走到破烂摊附近，这地方围着许多人。

破衣服，破布条，破毯子，破帽头，破手套，破袜子，破鞋，瓶子，罐子……乱七八糟，摆了一大堆，有不少人蹲在周围热心的挑选着。卖主是个有一副狰狞面孔的中年汉子，他忙忙碌碌的应酬买客。

忽然，他跑了出来，在人群中拖住一个老头子，他嚷着说，这老头子偷去了他一条布条，缠在腰上，打算悄悄的带了走。

人们都惊奇的抬起头看老头子，这老头有七十多岁了，瘦瘦脸头上生满白胡须，他肩上挂着灰口袋，里面装着菜和米之类，有鸭嘴瓶露在外面。

卖破碎的一面咒骂，一面争抢着套老头身上绑着的布带，并不是什么好东西，只是一条破旧的黑布条罢了。

老头身上捆着一条草绳，他必是想弄条布做腰带，以代他身上的草绳。他向半空摆手，辩证他的清白。然而卖破碎的人已经争抢着把布条夺了下来，凶狠的咒骂着：

"你这老头子，真可恶，我眼睚着你把它绑在腰上带了走……"

"不……不是，不是，那是我的。"

"放屁！我打你，你这老头子，还撒谎，我不看你是个七老八十的人，一定打破你的头！"

"不……不是，那是我……我的……"

"滚！什么东西，你老不要脸，偷就偷了，还嘴硬！"

人们都哀怜的看着老头因焦急而发抖的下巴，谁也不知道究竟他是不是偷的，可是看光景的每一个人，都表现着可怜这贫苦的老头，而讨厌卖破碎的神色，因为，这是极简单的事，即使他是真的偷了，也不见得那么凶恶的咒骂，一条破布带值几个铜板？

正在他们争吵和混乱期间，我紧靠着一堆破布条立着，我趁着人们不注意的一瞬，拿了一条很结实很新的布带巧妙的藏在身后，走的时候，就把布带挽在胸前。

老头沮丧的垂着头向西面走了，我随他身后。

走到拐角地方，我快走两步把很好的布带送给老头：

"给你，我给你弄了一条更好的，藏在怀里吧！"

我交给他就往回走，说不出的快活，我从来没有这样快活过，身子轻松多了。

我愉快的往回走，在街道口看见一男一女，男的穿着大氅，女的也穿着大氅，都很年轻，脸上露着喜气。

我仔细一看，原来是 C 君。

"你上哪儿去啦？"C 君笑着问我。

我留意女的，不知这位大密斯是谁，我想了一想，答他：

"闲走，你呢？"

"我们上你那儿去了，你老先生不在家。"

"我老先生在这里，而这位大姑娘是谁？是……"

大姑娘把脸移向一旁害羞的笑起来了。

（《泰东日报》1939 年 5 月 7 日、8 日，署名：慈灯）

落雪的一天

穿短裤的老哥，喊了一声：

"掌柜！"

掌柜答应一声，走到他跟前。他翻翻眼球，问掌柜：

"看看我的账，这两个月是多少？"

"要结怎么的？"掌柜笑着说。

"当然，今天有钱啦，多少吧！"

掌柜去拿了账来，找了不少时候，才找到。

"十元九毛六，今天的不算。"

"什么？"老哥把桌子一拍怒气冲冲的张着嘴："你看我是个傻子么？上月你多写了我一块钱，我没有和你争讲，这两个月你多写两块多，你是个什么东西？"

火豆君放下茶碗，惊奇的看着为难的掌柜。

掌柜挤挤眼皮，半天说不出话来。

"你拿我当傻子看么？啊？我自己吃的饭，我自己都有数，不信我拿给你看！"

老哥弯腰从背后袋里摸出一张皱皱的纸条拍在桌上。

掌柜摇摇头，不承认这件事。老哥跳了起来，指着掌柜的鼻尖。

"哼，难怪你发了财，你娶两个老婆，原来你是这样发的财！"

"喂，老弟。"掌柜满脸赔笑："你喝醉了！明天再说吧！"老哥又拍拍桌子，桌上的碗碟跳动着响了一下。

"我没有喝醉，我不会喝醉的，你别装糊涂，我不是傻子，你看清楚你怎么把我的账写的？你要不弄明白，我不给你。"

掌柜笑着走开，但是老哥上前一把抓住掌柜的衣领。

"你少装混蛋，你说明白，为什么记我的花账？"两个跑堂的和账桌先生走了进来，惊骇的看着。

直到此刻没有抬头，还在喝着酒的老哥，这时站了起来。火豆君一看见他，急忙跳过去和他握手。

"喂，老李！"

这位老哥有一个高鼻梁，两只鹰似的眼睛，脸是枣红色的，棉袍破了边，一双手还拿着酒盅，他看看火豆，把眼眉向上扬起。

"哟！我简直不敢认识你了，你怎么跑到这地方来……"

揪着掌柜的衣领的老哥放了手，目不转睛的看着火豆，掌柜并没有生气，他还在笑着，说：

"他喝醉了！这个人。"

"我没有喝醉，明天和你算账，别装糊涂。"

"算了，算了，这种小事，不值得……"老李劝慰他的同伴，火豆君坐在两个老哥中间，开始和老李谈了起来：

"你是几时离开这里的？"火豆君问。

"你走后三个月，我就不干了，你想，当个茶房有什么意思？而我现在还没有事做。你很不错吧！"

"哈！不好，你看我什么地方才比从前强？"

发脾气的老哥，喝着酒听着，微笑着，很满意火豆，他有些为自己的野蛮举动表示羞愧。

他们谈了很久，分手了。

火豆坐在屋里，眼看天色渐黑，而雪还没有停，他翻笔和纸，伏在桌上写了一封短信。

"王先生：

来信收见了，我欠贵店的书钱，这月不能清了，因为我今天在饭铺里偶然碰见了多年不见的旧同事，他现在没有事做，很艰难的，我应该想办法帮助他，所以，我有几块钱，打算明天去送给他，欠的书钱，只好下月清了，我是你们的老顾客，你也知道，决不会有一点错，下月定清，行不行？"

一九三八年十二月十一日于油灯下

（《泰东日报》1939 年 5 月 9 日、10 日，署名：慈灯）

有本领的女人

这两天，我懒得要命，什么也不愿做，想写点什么吧，没有材料。不，材料是有的，而且多得很，可是我肚子里所积存的材料我全不高兴，因为我不会利用的缘故，总觉没有什么可写的。当然，事实上是因为蠢笨，写不上来。正因为这样，我就闷起来了。天热的闷倒不算什么，这心头的闷实在难熬！

这天晚上，我闷闷的坐在小屋子里，开了窗，望着碧空的星群，有许多瘦小的飞虫围着电灯舞，把电灯伞碰得叮咚响，是些活泼的小生物。我有些讨厌它们，想往外驱逐，又觉得它们可怜，因为它们的生命是延长不多久的，抗不住外面风雨就得死掉的，无论怎样强壮的也活不到秋天，这样一想，我就不忍驱逐了，让它们快活的飞几天吧。

我正这么想着，门开了。

原来是房东太太，我客气的向她点点头。

她从来不到我的屋子来，来了一定是有事，我这么想——她一屁股坐在凳上，喘了口粗气。

喂！这是为什么？

我一细看她，她的眼睛红肿着，一定是哭过，脸上还有泪痕。

“杨先生，明天早晨请过去喝酒……”

我更糊涂了，请我过去喝酒，为什么……呢？

是……我奇怪的看着她满头不十分整齐的黑发，她有一副老毛猴似的面孔，嘴唇向上噘着，两个哭红的眼睛两边有不少古老的皱纹，她快有四十岁了，我不能不问。

“什么事？”

她把手指对着上屋的方向狠狠的点点，悄悄的说：

"那个该死的东西娶小，怎么你不知道么？"

噢！我想起来了，这事我听西下屋郑大娘讲过，说是她的丈夫——我们的房东，一个将近五十，有半头灰发，时常把胡子刮得干干净净的人，他看中了一个年轻貌美的女人，在她身上花了不少钱，现在弄熟了，所以要娶她，就是这么一回事——不消说，这种事多得很，不算什么奇怪。

我表示明白的向她动动下巴，可是我说：

"谢谢吧！我明天有事，不能讨扰了。"

她赶紧摇摇头。

"无论怎样，你过去喝两盅，赏个面子。"

"我就是这么个人，说不去就不去，对不住。"

我这么说，她不但没生气，并且很感激似的挤挤红眼皮，站起来，客气几句，很可怜的走了，顺手带了门，轻轻的。

这样的女人，你说奇不奇怪？她丈夫要讨小，她反对，所以哭了，然而她又这家那家替丈夫请客，唉——这样可怜的女人，世界上不知有多少呢？

我想起郑大娘的一番话，——那天傍晚，许多人坐在院子里的席棚下纳凉，老婆子们摇着笨大的芭蕉扇，大姑娘摇着漂亮的小花扇，有阵阵的香味飘进我鼻子里，我坐在小板凳上懒懒的不愿走。房东张大爷不在家，郑大娘毫无牵挂的讲起来。

"这个女人，你们不知道，她很有手腕，你们想，她从前本是个窑子，后来嫁了一个当教员的人，过了二年，这位先生不满意她，因为她奸懒馋猾并且品性不端。丈夫出去，她就东家西家的和那些不要脸的小伙子眉来眼去的，天长日久，扯出了闲话，她丈夫知道了，便休了她。其实她也愿意这样，因为她嫌丈夫穷呀！丈夫所以休她，多半是她逼的呢！咳，这个妖精，她回到娘家去不做好事，竟打起野鸡来了！你们看，我们这位张大爷，快六十岁了，还被她迷住了。

他给她割布呀，做衣服呀，买高跟鞋呀，领她去烫头呀。瞅！张大爷也有钱，花个三百二百元不算什么。人家命也好，五十多间房子，一百多田地，一辈子什么也不用干，天天溜溜，逛逛，逍遥自在，多么舒服。日子一到，房钱成堆的进来，地租钱一堆一堆往家里滚，这些钱，不花留作什么？有钱不花死了是个地瓜，哈哈哈，张大爷真是聪明人……"

郑大娘是个碎嘴，说起话来就招人笑。短旗袍，露出精光肥胖的大腿，头发剪得短短的，是个十八岁的大姑娘——这时敲敲她母亲的膝盖警告着说：

"妈呀！张大爷知道你讲她好生气啦！"

郑大娘把眼珠一瞪。

"什么？生气？我不怕他生气，这是东邻西舍，连街里各种买卖家，没有谁不知道的事，张大爷并不怕谁，人家自己也说。"

"哼！我有钱，愿意做什么就做什么。"

可不是吗？谁敢干涉人家？有钱，哼！有钱！娶小纳妾的事也不犯法，人家有钱，有本事……

郑大娘歇了一歇，接着讲。

"她（指房东太太）为这件事，不只哭过一次了，张大爷一定要把这个风流女人娶进来，她哭，是的，哭有什么用？我问问，她老了，你的皮色不新鲜了！你不吃香了！你年轻的时候哭是有用的，现在，咳，哭不单不能感动他，倒反而叫他讨厌，你们看吧，没有几天，张大爷就要娶了！"

郑大娘真是个预言者，果然——明天就娶，可惜我不能喝盅喜酒，因为我实在讨厌酒，并且讨厌喝酒的人，正如讨厌赌钱吸烟的人一样！第二天一早，我被窗外的叫声闹醒了！

是什么东西叫得这么尖锐？我开了窗一看，原来是大茶炉，这不消说，一定是为了张大爷的喜事，招待客人预备的，客人很不少，出出进进，男的女的，都穿得新衣，满面风光，好不快活。

我开始在屋子里锻炼拳脚，我刚竖了三个蜻蜓，听见外面喊：

"来了，来了，新娘来了！"

我赶紧把身倒转，伏在窗台上看。

门外有汽车停住的声音，客人都往外跑，小孩子呼喊着，跳着走。有一个小朋友因为高兴过了度，还跌倒了，但是他并不哭，立刻爬起来。一只猫受了闹，从墙头跳到房顶上。

我以为新娘一定披着纱，但是没有。穿戴很平常，她有二十七八岁的年纪，瓜子脸，有一双大眼睛，头发烫成卷……圆形衣领高高的，胳膊露在外面，身材适中，不瘦也不胖，虽然不是倾城倾国之貌，那走起路来一扭一扭的肥圆的屁股，一定能把张大爷的眼睛迷得什么也看不见，就是把所有钱财全花光，也满不在乎。"能在花下死，做鬼也风流"，张大爷也许抱着这个主意，不错。

结婚仪式很讲究。

院子中央摆着一张八仙桌，绑着红地金花的桌帷，桌上是红器，银的香气，金的供碗，"大地牌位"坐在正中，香的青烟得意的向上冒着，八碗供菜和四垛大馒头整整齐齐的供着，一切都很有秩序。新郎立在供桌左面，胸前插着一朵花，身旁有两个中年人，大概是"男傧相"好像"哼哈二将"，一般，新娘换了一件水红色的大旗袍，新鲜极了，胸前也插一朵花，身旁也有两位"傧相"，不消说是女英雄。

四周是客人。

人类的仪式很尊敬的举行完了。

有一阵噼噼啪啪赞美的鼓，可是我很奇怪，既然是供着天地牌位，为什么不跪下磕头，而鞠了三大躬呢？

唉！我的脑筋太笨，人家这是一半旧式，一半新式。

第四天晚上，大嘈大闹的声浪从上屋传出来了。

咒骂夹杂着哭，拍桌子，跺脚这声音很生，莫非这是新娘？

一定是新娘，因为是女人的哭声，这大院里所有的人的声音我都熟悉，这声音我却不熟，一定是新娘。

我放下书，把脸仰着听。

"你……你骗我，你……你没有良心，啊，啊，你没有良心！"

喂？讲良心，这是个大问题，我更加注意的听着。

"你……你是怎么说的？你不是说得明白么？你骗我，你呀，你原来是这种人，没有良心的……啊啊啊！……啊啊！……"

"做什么没用那样子，"这是张大爷，"这点事还值得哭闹？真少有，我能骗你什么？我是那种人么？你打听打听，你也知道我的为人吧？唉，别哭，别哭，用不着哭，这……这算什么，呸！算了！你的性子太窄了！快……快别哭了！咳……"

这是为什么事呢？我听了半天也听不出来头绪。

我拿起书本，接续往下看。

闹了半宿，他们才结束了。

第二天晚上还是照旧，第三天晚上还是照旧。

第四天上午来了许多人，闹闹嚷嚷，吵个一片糊涂。

我忍不住了，在门口看见郑大娘，我就问：

"他们为了什么事，天天吵吵闹闹呢？"

"哟！"郑大娘露出一笑，"杨先生，我告诉你吧，那婊子要一千块钱，这钱，大概是没有娶过来以前说好的，现在，张大爷变了卦，说是给三百，她不肯收，因为这是身价，本来应该说多少给多少的，好像已经给了三百还有七百，张大爷无论怎样不肯拿出来，想不到那婊子也上不了当，没娶以前她为什么不把钱全部要到手呢？这一定是张大爷的手腕，你别轻看这老头子，他是'要人'出身，正经有两套，不然他怎么会发财呢？哈哈哈，您看吧，这事情可麻烦哪！一天两天完不了，真热闹，哈哈哈……"

可惜，这件事的结束我没有亲眼见，因为我出了三天门而事情就在这期间结局了，怎样结局的呢？自然我不知道。

我只得请教郑大娘，据她说：这三天几乎把老头子愁个半死，他舍不得拿七百块钱，而小宝贝儿非要这七百块钱不可，女的斩金截铁的说，如果不照数给她，她便上衙门告状，告他"重婚罪"要求离婚，而且要两万元养老金。这么一来，把张大爷难住了，他舍不得钱，舍不得名誉，也舍不得小宝贝儿，所以事情很难办的同时，他的大老婆也出了问题。她鼓励三个儿子，提出意见"分家"四面八方向张大爷全面攻击，这三天，他们也不做饭吃，也不睡觉，吵呀，闹呀，从早吵到晚，从黑又闹到亮，嘿！

热闹极啦！

后来，亲友给讲情，叫张大爷痛快拿出三百块钱打发她走。

两下同意了，张大爷拿出三百，她走了。

她一走，这一家安静了，好像黄鼠狼离开了鸡窝一般，郑大娘讲得很高兴，最后她说：

"这真不像话，天天吵，真烦死人，吵个一次半次的，大家开开心，天长日久，哪好天天闹呢？闹得我这几天连觉都睡不好。"

她说着打个哈欠，像母猫似的揉揉眼睛，眼角流出泪水。我想，这个女人的本事很不小，她轻而易举的斗了张大爷六百现洋，至于从前在她身上花的还不算。

我真愿意变成一个女的，如果我是女的，哈哈，我什么也不怕，第一：我的生活是不成问题的，决用不着每天给人家涮痰桶倒尿壶了。

有一天，我和一个同事"抓大头"下馆子，"大头"被他抓去了，他不得不请我，我欢欢喜喜的和他坐在饭馆里，等着饭菜。

饭菜还没有到，好好把我吃了一惊！

你猜什么事情发生了？咳，我不写出来你决猜不着。

一个男子，有三十来岁，他的面貌很美好，戴着软边草帽，穿着白绸大衫，他身后随着张大爷的因各种难问题不得不舍弃的爱妾——那位有本事的女人。

"这女人有两手！"我的同事这样感叹的说。

"你认识她么？"

"为什么不认识？"

"你说她是谁？"

"是前面那人的妻。"

"前面那人是谁？"

"是个当医生的。"

"嗯？"

"你不知道吧？这个女子很可钦佩，她嫁了不少丈夫，她嫁过九次人，连这次是十次！她再嫁两次就嫁了一打丈夫，怎样？"

"不错！"

"有本事吧？"

"有！"

（《泰东日报》1939 年 5 月 10 日、12 日，署名：慈灯）

路　途

　　我们的队伍，天不亮就从防地出发，走了两点多钟，达到船场。雇了两艘帆船，分成两班，我最怕坐在有马匹的船上，谁知八字不吉，我坐的船尾正好有三匹马。船还没有开，有匹马就撒了一泡尿，这股味儿，真要命！

　　所有的人都堵着鼻子，不敢张嘴，摇橹的一共三个人，前面俩后面一个，后面是把舵的，并且兼指挥，他有两道浓厚的眉毛和一双黝黑的放着亮光的眼睛。他们都赤着上体，身体是紫铜色，有满身健壮的筋骨。船开不久，热的难受，我们七手八脚把船棚架上，这极凉快了，混浊的河水，静静的往西流斜坡地方，水流很急，河水张牙喷沫的滚去，并且愤怒的流着，勇敢的冲过石堆，活泼的吐着白沫，呼唤着向前奔流。

　　河面宽广的地方水流一定浅，船到浅处定不动，摇橹的人便脱了裤子下水推船，这种工作是吃力的，但是他们很有力气，轻而易学的把船推得迅速的跑，船底擦着沙土哗哗的响，好像沙土受压榨而因之生了气似的，过了浅滩，船的进度加速，B君和把舵的人开玩笑：

　　"如果船上有女人，你们也脱裤子么？"

　　把舵的人笑了起来，冷冷寞寞的说：

　　"那就得穿着裤子下水啦！"

　　"穿裤子下水，很不方便吧？"

　　"不方便也不能脱"

　　大家都觉有趣。

　　到了一处河谷狭窄、水势很急的地方，前面两个摇橹的人赶紧放下橹，换着长大的木杆，在水里熟练的支来支去。这时候，把舵的人表现着紧张的面孔，他大声响亮的呼喊着：

　　"往左靠！摇呀！再用点力！往左往左，唉！轻点儿伙计！往左，摇！

摇！摇！用力！"

他的声音震到了两岸的山间。在远处，他因为呼喊太用力，加上和他的指挥是合法的，前面两个人极服从他指挥，努力尊行着，以使工作顺利，使船平安的进行。我们只能看见前面两个摇橹人的背，这两个人，一个是年纪苍老些，而肩头很宽，胳臂粗硬的人，也一下一下不快不慢的摇橹，紫铜色的筋肉不停的活动着，显得很结实。另一个是动作敏捷的小伙子，他把裤脚挽在膝盖以上，腿肚的青筋一条一条现出，两只脚又肥又宽。天气是晴和的，但有许多密集的白云，好像芍药花朵鲜花瓣结在一起，亲密的不愿意分开。有几朵云把毒热的太阳遮住，我们把船棚推翻大家愉快的伸着懒腰，高兴的呼着空气，有的立起，活动着身体，很像个猫似的卷着身子骨睡而展开。两岸是连绵不断的山，宽阔的河岸，有一座峭壁如切，直直的，险峻的耸入云端的山峰，灵山的高，真高的骇人，我们用力仰着脸才看见山峰，如果倒下来，我们这两船人的身体恐怕连碎粉也没有了。

走过这险峻的山，看见一个萧索的小村落，寂寞的蹲在山谷之间，没有一个人影，就如古城中的景致。这一带，似乎全是密密重重的大山，没有广漠的原野。所能见的也只有天上的碧空。

到了晌午，我们拿出干粮吃，摇橹的人退下一个来，在船尾一处狭下的部位吃饭。他们吃得很简单，一个锈的铁片做成的土灶上面放好一口小锅，在旁边插上一小截烟筒，从口袋里倒出小米——其中有一半是糠——连淘也不淘，瓢了一桶混浊的河水，连米带泥，混合着弄在锅里开始烧火，把这种像米糊似的稀粥煮熟，便开始盛在粗糙的瓷碗里喝起来！这便是他们一日三餐的饭。我们吃着携带的饼干就着馒头还觉得不高兴，看到他们吃的原来是这个，啊，我们觉得羞耻难当！L君问他们：

"你们单喝稀粥，不吃点干粮，恐怕经不住饿吧？"

他们是怎样诚实的回答：

"吃干粮？唉！我们的时常有这样喝粥，就知足了！"

在一处有几间房屋的地方船靠了岸，大家下船散步，我们发现了一个西瓜地，一个老太婆在窝棚里，我们和她讲了半天价，讲妥了两毛半一个。大家跑到瓜地里争着挑选，把老太婆急哭了，她张着没有牙的大嘴呼喊：

"唉呀！可了不得，你们人数太多了！把我的西瓜摘光我一家人得饿死了！"

大家以为她开开玩笑，一看，她真的哭起来了，我们赶紧掏钱给她，安慰她，她看见了钱，欢喜了。

摇橹的方法，我很快的学会。我摇了好久，把手磨破，摇橹的人夸奖我！

"你摇的很好！"

这一天，我们航行了一半路程，晚上，我们在一个村庄附近把船靠着岸，在船上过夜。

第二天一早，我们接续奔路，途中看见了一个大村庄，一个瘦小的老人上了船，帮助摇橹，我们看见了惊人心魂的伟大的工作，两个人，赤裸着身体，连裤子也不穿，在岸上，背着绳子，头深深的垂着，几乎低到地面，一步一步很艰难的走。他们的后面，隔有五十米，是一艘吃饱了风的帆头缓缓的前进着。他们什么也不看，呼着呼吸，躬着腰，拖着船，逆流而上。这样很重吃苦的工作比背上驮着重载在沙漠上奔走的骆驼还要困难，只要一看他们的两脚，用力的蹬着松松的沙土，半天才进一步的那种艰巨的情景，就可以领悟那工作是如何的繁重。绳子是沉长的，他们两手握住绳子拉到腹部以上，把绳子拉成直直的，那船逆行在河流上，不知有多么笨重。

拖船的人就如拼命的拖一车重载要拖泥带水上高坡的马一样，而赤日炎炎之下，光着头，全身一丝不挂，要一直跋涉几百里。他们的红黑色的皮肤在太阳下面放着亮光，好像涂了一层辉煌的油漆一样。我看着他们渐渐走远，终于消失在山头的。

沙滩上的背影之后，才想起自己的呼吸。在河旁上立着一对雪白的水鸟，看见船和人，并不恐惧的飞走，大胆的伸着红脖子展望。有一道瀑布从山涧淌下来，水沫飞奔着，从半空一直往下冲，响亮的叫着，好像一个冰柱，挂在半空。水冲到下面的石上，像许多手指似的，水的喘喘的响号传到很远，打开地面一看，我们知道现在的航路是 S 形。船顺着急流向东拐，转过一列山脉，绕道反对的方向，然后向西急转直下，这才是我们前进的目标。船漂在急湍之上，航行显得很快，这河流是一直奔进到大海去的，所以走几天也走不到头。两岸的山越走越惊奇，都高高的怪石号似的立在岸边。有许多人屈着身子睡熟了，把舵的人，毫不眼倦，他的精力很足，有用不尽的气力，始终是聚精会神的望着前途，巧妙的握着舵柄，有时呼喊着，指示前面摇橹的人安全的航路。有一次，摇橹的人因为不用心，差一点把船碰在藏在水面的石礁上，船身紧靠着石礁轻轻擦了一下，但是船里受了一下很大的震动，所有昏睡的人都觉醒了，把舵的人咒骂起来：

"挣开眼，健子。"

看了他强而有力的姿势，会联想到大力士的形象，在他有经验的热烈的指挥之下，船平安的前进着，日落时分拿望远镜可以看见灰色的万里长城了。

到了天黑，我们的水路完全。登了岸向西奔走，半夜里进了长城的一个阴森凄凉的开口，同时听见轰轰的炮声。

一九三八十二二十二于南窗下

（《泰东日报》1939 年 5 月 14 日、16 日，署名：慈灯）

呼　声

　　昨天是大概无论谁都欢喜的日子——星期日！这个日子我很难得到，因为平常，我忙得像头驴一样，一点闲工夫找不出来，这是因为端人家的饭碗，不得不奔跑的缘故啊。过到星期日，我能够安安静静坐在屋里写点什么过过瘾，所以这虽然是"堕落的日子"但是我却很欢喜。谁知下午来了朋友，把我的安静搅乱了，我肚子里很不高兴，可是在面上却不能不表现着欢喜，这也是我的弱点，很难征服的弱点。

　　他穿得很漂亮，雪白的领，鲜艳的领带，裤子一点皱纹都没有，草帽是外国式的，又风凉又美，好像一口小锅倒扣在头顶上，他的眼镜放着得意的光。

　　我看着他，想起银幕上的小生，这样的漂亮小伙，虚荣心的姑娘哪有不爱的道理呢？他把草帽轻轻地很加小心的放在桌角上，拍拍我的肩头。

　　"走啊？"

　　"上哪里去？"

　　"公园。"

　　"我——有点事情，对不起。"

　　"什么事？撒谎，你没有事走吧。"

　　我想了一想，怎么办呢？

　　我穿上汗衫，扣上帽子，伸手跟他先走。

　　他惊奇的看看我。

　　"怎么，你就这样，不穿衣服么？"

　　"这样凉快，有长衫脏了，不如不穿，走吧。"

　　一路上，他讲着荷花。

　　不错，现在荷花正开，说起来，太抱歉，我还没有看见过荷花是什么样子，恍惚在书上见过。

他说："我最喜欢荷花。"

"为什么呢？"

"因为它生在水里。"

"那当然，生在水里是洁净的。"

对于荷花，我没有什么意见，我虽然也很爱花，可惜没有工夫欣赏，这在我一生实在是憾事。

走到大街上，看见了各形各色的人，我最可怜那些连星期日也没有资格过的人，他们也是没有工夫欣赏花的，可是，我敢说，我的境况比他们优越不少。

有一个光着屁股的孩子，披一件零零碎碎的破衫，头发长长的，小脸就像猫舔过的菜碟一样，两只小眼睛直直的瞪着我的朋友，从街角飞跑过来，跑到他身旁，伸出小黑手：

"大爷，大爷，赏赏吧，赏赏吧？"

他憎恶的挥挥手，但是这位十二三岁的小朋友并不走开，拖着两条瘦细的小腿尾随着。

"大爷，大爷，赏赏吧？赏赏吧！"

他摆了几次手，小朋友还不走开，张着小嘴，露出两列黄黑的小牙齿，哀求着：

"大爷呀！可怜可怜吧！大爷呀！看着赏赏吧！大爷呀，可怜可怜吧，可怜可怜吧！"

他对我说："快走。"

然而这位小朋友也会快走，也许比我们能走得快些，他紧紧的追随着不放，好像下雨天脚底下粘着的泥块。

"大爷呀！啊，可怜可怜吧，啊！可怜可怜吧！"

我停了步，替小朋友哀求：

"超，你没有铜板么？给他个吧。"

他摸摸衣袋，掏出钱包，打开翻弄着找铜板。

小朋友很欢喜的望着，他终于成功了，在地下拾了一个从半空掉下的铜板。

谁知他这一施舍不要紧，不知从什么地方飞来了一个小姑娘，她没有光着屁股，可是那破裤露出不少肉，脑后的辫子细小的太可怜，恐怕苍蝇一口就吃掉了。

她跑过来就向超伸手：

"先生，先生，给我一个，给我一个吧！"

超不耐烦了，他把钱包袋放进袋里：

"没有，没有。"

小姑娘不信。

"有，有，先生，给我一个吧！给我一个吧！"

尾随着，哀求着，跟了半里路，超无法，扔了一个铜板给她，她才欢喜的停了步，向道旁上一个走路的女子那面跑去。我听见她喊：

"小姐，小姐，给我一个铜板吧！你慈悲慈悲吧！"

我一面走，一面回头望，她拿出钱给小姑娘了，这位小姐很不错？

我们走到十字路口，从树后跳出一个老太婆，两腿一屈跪在超的面前，差一点把他绊倒，他慌忙的退后两步。

老太婆两手伏地叩了一个头：

"少年！你是好人，你一定会可怜我，帮帮我，你看，我这么大岁数，给你叩头了！"

说着又叩了几个头。

这可难住了我的朋友，他皱皱眉头，掏出一个铜板。

公园门口，来来往往人很多，都是"整齐人物"，其中也夹杂着不少"破烂人物"。

我们在荷池岸边的石头椅上坐下。

噢！这就是荷花，叶很大，好像舞女飘起的衣裙，红的，浅红的，白的，花朵的颜色很鲜艳。

可是我看不出什么诗意来，与其看这个，还不如看市场上耍把戏的热闹，可见我是个穷骨头，虽然学过一些咏花的诗句，而对花总激不起兴趣。我觉得头上繁密的树叶很不错，因为它使我凉快。我走了一身汗，超也出了不少汗，这样的夏天还在脖子上绑些布条，真是自讨苦吃。"吃碗冰去吧？"他这样说，我不反对去吃冰，不过我没有带钱，有两万元钞票存在银行，因为怕火烧掉，所以不敢取出来，用的时候只消挂个电话，银行就能给我送来。真的，本人不是吹大牛，我花个三千五千的决不在乎，我父亲是个大买办，一个月给我两千元零花。

卖冰的店真凉快。

喂！还是女子招待嘿！

喂！真漂亮！真摩登！

我一面"很文明"的吃，一面偷偷的瞥她那副又白又嫩的小脸蛋儿，如果这里没有许多人，我就给她跪下，拿起刀来把手指切断两个，对她起誓，一生一世不会变心，愿意给她当奴隶，即使她因为什么不满意，而把我按倒在地下拳打脚踢，我决不发半句怨言。

这一下午真快活，比坐在屋子里好多了。

有许多人，男的，女的，在荷花池边徘徊，说不上其中也许会有诗人或小说家吧？公园里，是幽静，是安静，在这里面，会忘记了这世上一切的苦恼。我从生以来，虽然到公园并不只一次，但是我从来没有感到像这次这么舒服自在，飘飘然如入神话之境。

然而一出公园，情境变了，立刻就有个"破烂朋友"逼上来，伸出黑手向超要钱，他和我商量：

"我们坐马车回去好不好？"

坐汽车我也不反对，可是我没有带钱，因为，是的，钱存在银行，一共是五万元，不，不是，是两万元，我记错了。

坐马车的好处是一言难尽的，第一、省鞋，第二、不累腿，第三、可以躲去那些可怜的人，那些生存的不适者绞缠。

马车正在跑着，听见车后有人呼喊。

我以为是朋友，回头一看，哟！是两个小朋友，可怜的小朋友，生存的不适者，他俩跟着马车跑，呼喊着：

"大爷呀！赏赏吧！大爷呀！赏赏吧！可怜可怜吧！"

车夫举起鞭子，在马背摇了一摇，车快了。

我回头看看，唉！小朋友的腿总没有马的腿快，落伍了。他们失望的立在街中央，向别处注意的看着。

停了几分钟，我听见车后面又有小朋友的呼喊：

"大爷呀！大爷呀！可怜可怜吧！啊！可怜可怜吧！啊！"

我回头一看，呀？什么也没有，奇怪！我调回头来正正的坐着，但是又喊起来了。

"大爷呀！大爷呀！可怜可怜吧！啊！可怜可怜吧！"

莫非被车棚挡住我看不见什么？

我站起来，欠着足，用力的向后望，可是什么也没有，超拍了我的腰一下：

"看什么？"

"我听见车后有什么动静。"

他惊愕的瞪着我，往后望望。

"什么动静？什么也没有！"

"什么也没有么？"

"什么也没有。"

"我听着像有什么动静似的……"

"你要疯狂吧？"

"倒不至于……"

可是我坐了不久，恍惚又听见悲惨的呼声：

"大爷呀！大爷呀！可怜可怜吧！"

我冷静的想了一下，这一定是我的耳朵出了毛病，我两手拍拍耳朵。

谁知道一拍更糟，那声音更清楚了，好像从远远的地方忽然移近了样。

"大爷呀！大爷呀！啊啊！大爷呀！大……爷……呀！……可怜……可怜……吧！……大爷呀！……"

我再一次往后望，还是什么也没有，我举手把耳朵堵住，然而也不成，那悲惨的呼声更响了！好像宏壮的闹钟的敲击一般！

幸好马车停了，我们下了车，对朋友道了谢，分别了。

我闷闷的走进屋子，刚一开门，门后喊了起来：

“大爷呀！大爷呀！”

我战战兢兢往门后一看，什么也没有，我苦恼的躺在床上，但是又听见枕头下面响：

“可怜可怜吧！”

我呼的跳起，拿起枕头一看，什么也没有，我正奇怪的想着，忽然，屋中的各处全呼喊起来，桌子下面，床后面，书堆里，报纸堆里，色水瓶里，椅子底下，窗户框上……全，全都呼喊着：

“大爷呀，大爷呀！可怜可怜吧！啊！可怜可怜吧！先生，先生，可怜可怜吧！小姐，小姐，小姐呀，可怜可怜吧啊可怜可怜吧！……”

我抱着头，整个身子倒在床上，我想，我大概是要疯。躺了几分钟，睡熟了！

醒来以后，天快黑了，声音没有了，可是我的头有点痛！……

一九三八年十二月十三日于北剑下

（《泰东日报》1939 年 5 月 17 日、18 日、19 日，署名：慈灯）

访 问

西北风好像小刀子似的，把我的耳朵割得很痛，我在屋里的时候真没有想到外面会有这么冷，走在马路上，怨恨自己愚蠢，为什么不多穿件衣服。

城里的街上，人永远是多的，有家丝房放送唱片，唱的是：

"我好比，笼中鸟，有翅难展……"

唱片的声音很响，似乎把大街上一切杂音全压倒，但是这种音乐与我无缘，不知怎么，我恨之刺骨。

汽车，马车，洋车，鲫鱼似的不断的飞跑，数不过来的人群来来往往奔波，我混在这蝴蝶般的人群里前进着，为了去访一个多年不见的朋友。

他的住处，写在他给我的信上。

我逆着西北风走了半点多钟，好容易找到我要找的一条胡同。

这胡同很清静，胡同口，有一家杂货铺，旁边的砖墙上贴着许多广告，有一张是什么女学校招生，有一张是卖月经不调的药，有一张是仁丹，有一张是治梅毒淋病，有一张……

我顺次的注视着门牌，发现了四十五号。

一定是这里。

我很快活的走进大门。

这是一个大杂院，许多房屋紧紧的挨靠着，我的朋友是住在哪一个屋呢？而院子里一个人没有，只有一只猫，看看我还跑了，我大声的对着天空问：

"李先生在哪屋？"

我看见在西下屋，紧靠着右面的一个玻璃窗上，现出一副平面的女人的脸，她看了一看，隐去了，立刻，一扇门推开。

平面的脸变成凸面了，她的面孔是瘦削的，一双大眼睛放着亮光，穿一身青的长袖棉袍。她问我：

"贵姓？"

"杨。"

"噢，请进屋吧！"

我对她走去，并且问：

"李先生在家么？"

"立刻就回来，他买东西去了。"

是一间很宽敞的屋子，光线很好，炉子正旺，我觉得非常暖和。把帽子摘下放在桌角上，这张桌子紧靠北墙，有二十来本小说之类书，一堆乱七八糟很不整齐的报，几件没有秩序的文具，几十张稿纸，还有一把茶壶和几个茶碗以及别的零碎东西。一个六七岁的孩子，看我一进来，就停止了玩耍，床上还睡着一个小国民，大概不满两岁。

她让我坐在靠墙的一把椅子上，她把水壶坐在炉上，然后对六岁的孩子说：

"小锅，给杨叔行礼！"

孩子立刻垂直两手，对我一鞠躬。

我赶紧点点头，表示答礼，对他笑一笑。

她说：

"我听他说你今天来……"

她的声音是微弱的，好像怕惊醒睡熟的孩子。我看她，简直一点也不像七年前那个活泼的少女，她站在那里，就如一条木棍，死板板的，显得很苍老了！

她叹息的说：

"想不到你还和从前差不多没有变样！"

变不变样，我自己也不知道，她可真变了！

相君一进门就吃了惊，我也吃了惊，啊，我不相信这就是他，七年前那个有趣的青年。

他还不满二十七岁，可是，那面貌，就如五十岁的老头子。

握手，——紧紧的，伤感的欢喜的握手。

"呀！你长得这么高了！"他瞪着眼说，同时放下油瓶醋瓶，两株白菜，半斤左右猪肉和两个纸包。

小锅扯着他的裤子，张着嘴喊："爸！花生，花生。"

她把孩子拖过去，像生气的说："看，不怕杨叔见笑，我拿给你吧。"

她打开一个纸包，抓一些花生给孩子。

相君坐在我对面，两手搓搓脸，又搓搓手，大概是冻痛了。

话是很多的，但是我一时想不出说什么。他也是。她呢？则替孩子剥花生，压制他满腹怀旧的情感。

"那一年，"相君首先打破沉默，"你是十七岁，是不是？"

"对！"

"现在，你是二十三岁，是不是？"

"对！"

"啊！"他把身子向后一倒。

"真的，"她接着丈夫的话尾："太快了！"

"这些年，"他说："你的生活我都知道，我很佩服你，灯，你有希望，我敢断定，这只是时间问题，再过几年你就了不得了——我，咳，我这算完，实在，你会看出，你看，四个孩子，死了两个，还有两个，这个大些的太淘气，我一拿起笔来，他就缠我，简直我什么也不能干，别打算有什么发展了！我的勇气尽于此了！"

啊，这真是我万想不到的，他竟说这样灰色的话。七年前，他不是一个努力不息，勇往进取的青年么？

"灯，你想不到我会变到这样吧？现在，我为了职业，薪金，钱，孩子而努力的前进着，此外，我什么也不想，这是良心话，不信你问她，我早已连书都不看，甚至连'字'都不写了！"

我不相信的看看桌上的文具，可不是么？那色水瓶，摆在书上，落了一层厚厚的灰尘，就如几十年没有人动过，几是她也未免太懒了吧？

"从前，你也知道，我常在报上投稿，但是为投那些无用的东西，花费了不少邮票，其实经济的消耗还是小事，精力的消耗才是大事，我太早，而且过多的用去了不该用的精力。现在，你看，我的身体比精神先老了吧？"

他的话里藏着不小的意义，可是，我不明白，身体老了有什么关系？只要精神不老……

我想极力的从他身上的某一部分找出他精神健康的表现来，然而——没有。

小锅，很有趣的吃着花生，紧贴着母亲的大腿立着，他的鼻子像父亲，眼睛像母亲，嘴可不知道像谁。

"你吃饭了没有？"

"吃过。"

"我还没有吃呢！"

"那，你怎么不吃？"

"还没有做呢，哎，你做饭吧？"

她答应一声，推开孩子，放下花生，进里面一间小屋去。他开始问了我一些对于"人生"的见解，我说出"科罗链诃"的话答他，他感叹的粗口喘气：

"我，不但没有看见前面那点火光，并且也没有在黑夜里航行过，既没有摇橹的力量，也不想乘船。你想，我只是永远的栖息在陆地上只为寻食物而徘徊的兽一样，如今，离不开母兽，也舍不得扔弃小兽，我的求生欲求几乎都厌倦了的灵魂，还有什么希望可说呢？翅膀不单软了，而且受了伤，再也飞不起来了！"

他说到这，指指屋中各处，悄声说：

"这一切，全是网，希望你不要自造这种网套住你自己的毅力……"她出来了，他闭上口，向屋顶望着。

我把孩子拖过来，摸摸他的小脑袋，他格格的笑，这正如从前他的父亲。可是，现在，他的父亲已经承认老了，希望他快快的生长，发展，不要在半路跌倒，即使跌倒也要爬起来，千万别躺下闭着眼。

她看看孩子，问丈夫：

"灯在这吃不？"

我急忙回答：

"不，不，我吃过。"

"真的么？"老了的人问，"那么，好吧，你不要给他预备饭了。"

她羞歉的拍拍她自己的手，转身进入小屋。

老了的人翻翻报纸，找出一张打开，递给我，指给我看：

"是我今年正月高了兴写出的一篇，你一看，就知道我是进步还是退步，也可以知道现在每天怎样消磨着时间。"

是一篇大约有 2000 字的小品文，写的是老婆、孩子等生活琐事。

我有些不信这是他写的，因为——我觉得，没有从前写得好，他的笔一定是生了可怜的锈了！

她在小屋里做饭，汽炉呼呼的响，好像工厂中的机械，有一股豆油的香气和葱肉气味从门帘空隙处吹过来，他拿起铁钩，打开炉盖，把炭火搅动一下，添了几块放光的煤。不到三十便老了的人叹息着，是在叹着这时代进步之速吧。我看完他的小品，把报叠好放在桌上，想着，这是可悲的，除了老婆孩子之外，再也写不出别的什么了，这是出于什么原因呢？

他说起近代西洋文学的事——可怜他，只凭着猜测来讲，直到现在，我还尊敬着他，这一刻，我觉得他很可怜。我看见了突飞猛进的时代的火车，从车窗中扔下了许多乘客，他们被摒弃在过去的路上，受了重伤，而且呻吟了，有的摔破了头，立刻丧命，有的还想挣扎起来，打算赶上飞跑的火车，然而这火车是无情的，飞跑的极快，一转眼，便无影无踪，消失在大地的前方，而且，永远不会退回来了。

这样被丢弃在路上的人，实在数也数不尽，这些人，是悲惨的，他们曾努过力，而结果是落伍。坐在我面前的朋友，不是被丢弃者之一吗？并且，他是受了伤的，丧了勇气的，所以更加可怜。

当然，我这样想，并不沮丧，我摸着孩子的秃头，盼望他赶紧长大。他在墙上挂着的一件外套里摸出纸烟，问我：

"你不抽吗？"

"不。"

他自己吸着，把情感混着灰烟，一道吐出去，不到一刻，灰烟化归无有，炉里的炭火烧着。

她出来沏茶，给我一杯，给她丈夫一杯，又慌忙的回到小屋做饭。

这一个从前也会在报端上露过"笔名"的女子，如今只能够生孩子和做饭了！唉！

夫妻和孩子送出了大门，十分钟以后，我在来时经过的热闹的街上走路。

人和车马还依旧的多，但是丝房的唱片却变了。

不是二黄，也不是落子，乃是管弦乐和击乐器合成的行进曲，粗声的喇叭悠悠的哼，快活的笛子尖锐的叫，小鼓活泼的擂，大鼓督催着重轰，好像在狂风暴雨之中往前奔跑的一群人的歌声，其宏壮胜过大洋的波涛……

我轻松的顺着街边走，说不上现在是几点钟，也忘记了冷。

一九三八年十二月十四日于炉边

（《泰东日报》1939 年 5 月 20 日——25 日，署名：慈灯）

冬夜的梦景

这一夜真可怕。

外面的北风吹得呼呼的响，好像大海涨潮，汹汹涌涌，滚滚腾腾的前进，轰然一声，冲过山岭，很快的奔流到县城，现在水已经进了院子，转眼就会把房屋推倒，而我立刻就得粉身碎骨，淹在大水里面，骨和肉一片一片，不知将漂到什么地方去。

我赶紧跳起，把书扔在桌上，跑到边角拿煤。

因为炉子忘记填煤，快灭了唉！

填了煤，我好好坐下休息，听着外面的大风，这风真不小，你听吧，呼——呼——呼，可不像大海涨潮吗？窗户纸啪啪抖动着，就如有许多人在外面用力推，打算把窗推倒啊！这真可怕！

看看小钟，三点多了，快亮天了，我困得厉害。

忽一声，房门踢开了！谁？喂！闯进来一群人，足有三十多个，似乎外面还有许多人，他们要做什么？

头前进来的一个大汉用黑布包着头，堵着嘴，只露出两只炯炯放光的眼睛，穿着黑色的短衫，长长的裤角绑扎着，其余的人也全是这种打扮，他们腰上挂着来福手枪。

我吓得不能动了，心咚咚的跳，手脚麻木，身子抖着，为首的人噗嗤的笑了一声，举动胳臂，握着拳头，狠狠的向门上一拍：

"伙计们，进来！"

他们全进来了，"喂呀！人数真不少呀，我这屋子挤不开呀！"

我想对他们说话，但是张不开嘴，好像嘴被什么粘住，坐在凳上的，桌子的，地下的，还有站着的，外面挤不进来的人埋怨着，咕噜着说些什么，咳嗽，跺脚，还有嘻笑的声音。

北风呼呼的狂吼，窗纸颤抖着，远处有狼叫，近处有犬吠，我恍惚听见什么地方有人唱歌的声浪。

他们静静的坐着不动，都直直的向我瞪眼，就如猫瞪着老鼠。

我想站起来，觉得身子没有大气，腿软，站不起来，我只好不动，并且我怕得很，怕他们掏出手枪。

我的枪放在什么地方呢？我忘记了！这真糟糕！

为首的人拿起一个茶碗，向半空一扔又接在手里，其余的人都看他，他把茶碗往寻面墙壁上投去，啪唧一声，茶碗像皮球似的跳向他手里，他把堵嘴的黑布拿下，张开大嘴，呵喽呵喽，三口两口把茶碗咬碎，像苹果一般吃了！

那些人看他把茶碗吃掉，都咕咕的笑了起来。

他在桌上看了一看，拿起一支钢笔，用笔尖把眼球挖出来，那眼球像鱼的眼球似的落出来，但是有一条丝挂着，所以不至于落在地下，很像一条细丝扯着蜘蛛样。

那些人看他这样，都咕咕的大笑，很是高兴。

他把丝扯断，把眼球吸了。

忽然他抓住坐在他旁边的一个人，手疾眼快，一下把那人的眼球挖出，按在他自己的眼眶上，那人哭着，喊着，躺下打滚，他在那人肩上一拍，那人爬了起来，眼睛并没有损失，好好的，于是，那些人鼓掌捧场，赞美他的手法巧妙。

我想站起来，可是身子太硬，只能战战兢兢的看。

他拿起一本书，翻了一翻，问我：

"这叫什么？"

我怯怯的摇头，因为嘴张不开。

他生气了，把书狠狠的摔在我脸上，这样，我就挨了一下打，可是不怎样痛，也一点不痛，书落在地下。

他拿起第二本书，问我：

"这是什么？"

我用了全身的气力，好容易把嘴张开：

"那……那，那是书。"

他想了一想，把书吃了。

刚一吃下，他就捧着肚子，呼喊着：

"呀，呀，肚子痛，痛的要命！快，快，快痛死了！这，这怎么办？救救我，救救我！……"

他捧着肚子打滚，跺着脚，那些人都惊慌的面面相觑，有个人跳过来，抓住我的头发，一手指着我的鼻子：

"你这个东西，可恶，怎么弄的？快说！"

"我……我……我不懂是怎么回事呀！"

但是他狠狠的摇着我的头，好像要把我的头摇掉似的咒骂着：

"可恶！你怎么弄的？快说！"

这真的急坏了我，我瞪着眼，张着嘴，两脚跺着地。

肚痛的人一刻比一刻凶，他放声呼喊：

"痛呀！痛死我呀，啊呀！我的妈呀！快救救我……快……"

抓我头发的人上来一巴掌，把我的嘴打破了：

"你不说么？混蛋！"

又是一巴掌。

我有点发昏了！

他提起腿来，一脚把我踹倒，我咕噜咕噜滚到桌底下，腰部被什么垫了一下很痛，我一摸，原不是我的手枪，好，王八羔子们，加小心。

我悄悄的装上子弹，对准踹我的人的脑袋打了一枪。

他好像块木头似的一下栽倒，我赶紧跳起，把枪口对着他们威吓：

"混蛋！都赶紧给我滚！谁要动，我就打他！"

滚的滚，爬的爬，互相撞着，拼命的往外跑，门被挤住，门框咯吱咯吱发响，肚痛的人还呼喊着：

"妈呀！痛死我了，快救救救救……"

我对着他的屁股打了一枪，并且踢他一脚，他一头栽倒，所有的人都跑出去了，我随后追了出去。

风很大，把树弄得东倒西歪，月亮罩着风圈，把地面照得一片淡黄。

他们跑到街上，想回头抵抗，我赶紧打了一枪，打倒一个，把他们吓住，他们往城外奔去，乌黑的一群，好像猪一般。

我一直追他们到荒野，他们在一个高坡后面对我卧倒了，我赶紧掩蔽在树后面，和他们对峙着。

子弹像雨点似的射过来。树枝被打掉不少，落在我头上，很凉。

我一看，不好，快退却吧！我拼命的跑了回来。

但是脚一过门槛，吃了一大惊。有一群狼在屋里，争着，抢着，吃那两个僵尸。

那两个人仰卧着，肚腹被咬开，肠子和血流在各处，真难看！

我正要跑开，一只狼回头看见了我，它嚎了一声，马上向我扑过来，同时，别的几只也扑过来了。

我拔腿就跑。

跑呀，跑呀，一下绊倒了。

一狼上前就是一口，在我的腿上咬下一块肉，如果不是手枪在手，真危险极了。

它吞一粒子弹死去，可是还有三只，眼看就赶到了，我拖着一条受伤的腿，忍着痛逃命。

然而跑了一程，前面有一群人挡住路，喂！这不是那些人么？唉呀，前面是仇人，后面是狼，我想了一想，往回跑。

花了三粒子弹，把三只狼打死，开辟了一条逃命的路。

我钻进一堆草里藏起来，他们跑到我的屋子里去，狼把他们追出来，有几个被咬倒，呼喊着，他们开枪打，总因逃跑的人多，失去了团结力的缘故，完全败了北。群狼呼嚎着紧紧的追赶，渐渐追远，枪声和呼喊全都不见了，我才出来。

屋子里，有两堆骷髅，血和肉都吃净饮光。

我怎么办呢？

愁。

腿痛的要命，几乎立不住了，我踉踉跄跄的跌倒在骷髅旁边。

哟？外面是什么声音？

原来是狼，他们又回来了。

我一手放枪，一手抓过骷髅扔着打，子弹打完了，骷髅也扔完了。

这些狼高兴的扑回来，我一急，跳到半空，头把房盖顶个窟窿，像生了翅膀似的，飞到半空。

飞着飞着飞到大海上空，我看见下面凶猛的波涛，掉下去了，我觉得身子很轻，一直落下，落在水里，往下沉、沉、沉，不知沉了多深，只觉得难受，就在这一刻，醒了。

啊！好冷，我睡在椅子上，炉火早已熄灭，邻家的鸡叫起来了。

（《泰东日报》1939 年 5 月 26 日、27 日、30 日，署名：慈灯）

喝醉酒的人

这天晚上，银球咖啡馆里非常热闹——

粉色的电灯把屋子映成了桃色，屋中间有棵美丽的假杏树，树枝间挂着五光十色的垂珠，好像碧空的星群，看着这满树鲜艳的花，再听着那放在屋角地方用电气装置的音乐片，会忘记了自身的存在，恍惚到了天上的乐园，几个穿深蓝色短旗袍，扎着雪白的丝巾，头上还结着鲜花，把好看的头发绑着丝带的女郎，就如月宫中的仙女一样，她们的招待很殷勤，大家都满意而且快乐，所有的人都喜形于色，他们把世界完全扔开了！

靠着墙壁的位上坐着四个青年，他们的桌上放着两打啤酒的空瓶子，其中一个把衬衫的袖子挽在肘节上的青年喊道：

“拿酒来！”

一个有一对黝黑的大眼睛，总是微笑着的姑娘答应一声掀开门帘，进去拿五瓶酒。两个坐在西边，对面悄悄谈话的青年，忽然笑了起来，一个姑娘坐在他们旁边，也随着哈哈的笑。有个人孤独的坐在门后看报，在假树石边一共有五个人，他们吃着鲜果，快活的谈论着。其中有一个噘嘴吹口笛，吹得很响，好像吹高音喇叭，他旁边有个招待，把嫩白的胳臂放在他身上，笑眯眯的望着他，露出两列洁白的牙齿，她有一对动人的酒窝，在这屋中，数她最美貌，她有个绰号叫“玫瑰”。

我和老袁坐在壁角地方喝茶，坐在我身旁的是小樱，她一副苹果脸，喜欢用眼角斜视人，她说我太老实。

现在，音乐片换了，不知是什么曲子，提琴像哭一般，呜呜啊、呜呜啊的吹着，还有敲洋铁桶似的声音，夹杂着尖细的喇叭和忧郁的手风琴，吹口笛的青年闭了嘴，搂着玫瑰，想要亲嘴，但是玫瑰嘻嘻哈哈的跑开，拍着手像蝴蝶似的，动荡着活泼的腰肢，一个戴眼镜的人伸手捉她，她巧妙的跑开了，跑到老袁身旁坐下，苹果脸向我们点点头，安慰别的烦恼的灵魂去了。

靠墙壁，挽着衣袖的青年，把一大杯啤酒一口吞下，接着大叫一声：

“唉呀！快闷死了！”

他有一个扁扁的鼻子，面孔很诙谐，大家望望他，有人哧哧的笑。

“你们别见笑！”他对大家说：“我这个人不是好人，但也不是坏人。”

他说话的时候，摇着头和上体并且用手指画，好像讲书老先生，大家觉得有趣，开心的望着他。

他身旁的一个青年扯他一把。

“坐下！”

他坐下了，但是还举着一只手，想说话，可是没有说，手风琴拉得很快。

呜、呜、呜、啊、啊、呜啊、呜啊呜……

吹口笛的，又噘起嘴唇，开始吹他美妙的嘴喇叭。

两个静静的谈话的青年，又笑起来了。

“哎！”挽袖的先生站起来，“诸君，我讲几句话，你们愿听不？……我……我……”

有个人憎厌的瞥他一眼，玫瑰对他说：

“闭上嘴吧！”

他旁边那青年拍他背一下，狠狠的把他扯倒在椅子，但是他不一刻，又挣扎着立起。

“我……我，我讲几句话。”

老袁扯玫瑰的手。

“他是谁？”

“一个时常来喝酒，容易喝醉的人。”

“噢。”老袁对我悄悄的说：

“是个可怜的灵魂。”

“不仅如此，”玫瑰说，“他很糟糕，家里很有钱，但是讨厌读书，他说要在酒里寻找光明，没有酒，他便陷于黑暗里面，嘻嘻，真有趣，你们看，他又喝醉了吧？”

不错，确是像喝醉了，他的眼皮有点没有力气睁开似的，一定是看见光明了。然而，这屋子不是很光明的么？街上不黑暗，有棋子似的路灯，吹口笛的人住了口，鼓励他：

"喂，讲吧！"

这一鼓励他有了勇气，大声说：

"唉！我、我、我喝了不少酒，可是一点没有醉，清醒，清醒和你们一样的清醒，朋友们，我说的是实话，你们别生气，你们都是好人，可爱的人，有作为的人，可尊敬的人，听……听我说……"

他身旁人打他屁股一下：

"傻子，坐下！"

但是他不理，好像立在草原上对着风说话，忘记了害羞。手风琴停了，换了钢琴，这琴音真叫好听，那一连串不间断的琴声，就如六月的雷雨，大点的雨珠滴滴沥沥的从房上滚下，还挟着暴风，把繁茂的树枝压得呼呼的叫。

"讲吧！"吹口笛的人再一次热烈的鼓励他。

他欢喜的笑一笑，搓搓两手，把嘴大大的张开。

"哎，先生们，你们听我说，你们没有什么可骄傲的，是吧？"

"我……我说，你们未必有力量，看，我喝了这么多酒，你们能么？哈哈……"

"比方，我说你们用不着骄傲……这，唉，我怎么说好呢？反正，我有点不满意你们，正如你们不满意我一样。"

谁在地下跺一下脚。

"你们的眼睛未必近视，可是戴着眼镜，这有什么用呢？"

戴眼镜的人憎恨的瞥他一眼，有点不愤。

"你们的肚子未必饿，可是在这里吃东西，这个，我不明白，我自己，更下贱，喝了这么些酒，有什么用呢？不，有用，但谁有用？掌柜有用，这小子我没有见过他，他从来不出来招待我们，弄这些姑娘来迷魂人，他赚了不少钱，吃肥了。看看这些姑娘吧！她们一面对你们笑，一面偷偷的把小手伸入你们袋里，把钱拿去了，拿去做什么呢？买香水。"

"我说的不对？哼！这些女孩都受过教育，据她们说，是环境逼迫，没有出路，不得不干这个，说这话，哈哈全是撒谎，我明白，她们都是没有脸，没有皮的，社会上的恶魔，应该把她们全打进牢狱里，守二十年的铁窗。我……说的全是实话，这酒里，是有光明的，就好像电灯的光明一样，真的，我发现了，你们没有发现么？那……那很不幸……实……实，实在，我说的全是真话！"

玫瑰对他瞪杏眼：

"你胡说！"

"啊？我胡说么？你才胡说呢？像你这样的女子，我看见了，何止千万？环境不好呀！没有法子呀！于是便……便出卖了自己，价钱呢，还是很贵的，而……而且，言无二价，这样便算高贵，还自鸣得意。"

老袁惊奇的望着他，很高兴的微张着嘴，对他说：

"朋友你往下讲，我们——没有一个不愿意听的，你看大家都静静的听着啊！"

吹口笛的人也说：

"对，讲、讲。"

"啊！真对不住，让我喝杯酒……"

他拿起酒杯，旁边拖他的人，这时笑着，举起酒瓶给满上：

"对呀！"他快乐的说，"你这样才是对的，制止我是不对的，这个嘴，是为了说话和吃饭生的，而……而吃饭没有说话用处大。"

他一口把一杯酒饮下。

钢琴已经完毕，这次是本国货，《挑夫曲》。

他搓搓鼻子接续讲：

"我说的全是实话，你们……都是好人，也是愿意听实话的，那些谎话的传播者且不要信，他……他们，全，全是些可恶的东西，玫瑰！你为什么那样看我，不满意我么？我很喜欢你，因为你和我一样，全是好人，其实你比我好些，你看，有不少人爱你，可是谁爱我？酒爱我么？它不会，这酒是人造出来的，没有灵魂。我告诉你们大家，像这酒似的被造了出来的何止千万？如果不信，请看，这里正在说话的是我，我便是这种人，我在酒里发现了光明。但是，你们请听啊，这光明是什么呢？是酒呀！它使我醉了，所以，这叫醉的光明。朋友们，你们永远的记住吧，这是醉的光明。我是个酒徒，父亲母亲不爱我，哥哥嫂嫂讨厌我，姐姐憎恨我，亲戚朋友嘲笑我，他们，全是糊涂虫，说我是没有出息的人，他们有出息么？他们的出息是什么？我看，他们的出息是什么也不是，我……我，我能喝这么些酒，哈哈，你们愿意听我话，可是你们才是真正的好人，不过我还有点不满意你们的地方，就是你们不喝酒，不知道酒里有光明！"

这个人因说话太多，而满嘴冒着白沫，好一匹疲劳的马。

他对每一个人望望，招呼玫瑰：

"你到这儿不，我有话对你说。"

玫瑰摇摇头发。

"你不来么？好，我永远不理你，你不是好人！"

她想了一想，理理衣服，轻轻的走过去。

"什么话，说吧。"

"我告诉你，唉，你靠近些，别害怕，我不是老虎，我不能吃你，哟，你真漂亮，脸子是你的武器，可是加小心吧！真……真的，这武器会生锈，很……很快的生锈，到那时，你想磨掉这锈是办不到的，我现在替你磨磨吧？"他说着便拖过玫瑰，摸摸她的脸蛋。

直到此刻都在有趣的静听着的每一个人，这时都开心的笑了起来，笑这个说话没有头绪的人。

口笛随着《挑夫曲》响起，假树上的垂珠闪闪放着光，一个姑娘过来向老袁：

"你们不要别的么！"

老袁和他开玩笑：

"要你！"

"要我做什么？"

"你想想，男子要女子能有什么用？"

她在老袁的肩上打一下，咯咯的眯着眼睛媚人的笑，这是她的特长。

她坐在我旁边，看看我，很有深意的对我说：

“我……总觉得什么地方见过你。”

喂？这可是出了怪事，我的记忆中没有她这么个人，只有和她近似的人。

“你在什么地方见过我？”

“嘘——我一时想不起来。”

老袁插嘴说：

“在梦中吧？”

她瞪瞪老袁，噘着嘴像生气似的。

“谁和你说话啦？”

老袁轻轻拍拍桌子。

“和不和我说话没有关系，他是我的好友，从远处来的，你看他怎样，小伙不错吧？哎，别假装，我看你很有意思。实在，你也知道，到了春天男女都应该种牛痘，虽然现在是秋天，可是，不妨也种种……”

她活泼的跳起，扭老袁的大腿，坐在他怀里，打他。

我深深喘口粗气。

咖啡馆里的空气是快活的。这是混混僵僵的青年男女所愿意呼吸的空气，在这样的空气中，也能发现光明吧。那位发现了酒的光明的人搂着玫瑰大喝其酒，玫瑰劝他多喝，但是旁边有个人劝他少喝。

忽然，轰的一声，把大家吓了一跳。

喝醉酒的人把一个空瓶子用力的摔在地下，这一声响，好像手枪一样。

老袁付了钱，和我走了。

走在街上，他说：

“我领你到一个最热闹的地方看看，好么？”

“怎样的地方？”

“销魂窟？”

“算了，这种地方我见过。”

“这和你见过的决不一样，去吧。”

我随着他走。

虽则不是冬天，然而街上有些凉意了。

几辆洋车跑过来问一问，失望的往别处走了。

有一家洋货店门口挂着大旗，写着几个大字，是：秋末大减价七天。我往里望望，只有几个伙计罢了。

一九三八年十二月十六日于新报社

（《泰东日报》1939 年 6 月 1 日、2 日，署名：慈灯）

母　女

"你说，香子，叫我怎么办？"

说这话的，是个四十岁，有一头细密的黑发，一双和蔼的眼睛因为清瘦落了眍，下巴三角形，而肩头瘦小的妇人。

她穿着粗布蓝短袖衫，肩上和背襟补了几个补丁，坐在靠土墙的板凳旁边，望着她女儿的背。

香子好像没有听见母亲说话似的，她靠着窗户，坐在凳上，默默的看着从房檐上滴下的雨珠和院子里的水注。雨已经断断续续，有意无意的下了一天了，从早晨开始下，有时大，有时小，有时好像停了，其实并没有停，仍是丝丝的细雨，直到此刻，天快黑了，而雨还没有住的意思。

她望着院子角靠街门旁的那棵槐特别出神，这棵树是最小的，还没有十分长大，树身和枝很瘦弱，不过一丈来高，清瘦的绿叶像难受样被雨点打得战战兢兢。

母亲等了一刻，喘口粗气。

"唉！"

香子冷冷落落的，头也不回，喊：

"妈！"

"什么？"

"你就那样对爸爸说吧！"

"怎么说？"

香子调过身来，把她那一双愁苦的柔媚的大眼睛和两道清秀美丽的眉毛对着母亲，两个肘节支着窗台，对母亲温和的说：

"爸爸的意思，我全明白，把我嫁出以后，是受苦，是受罪，他全不管，这事情办妥，他能弄到四百块钱。他也不想想，四百块钱能发了大财？

如果他能发大财，那么，把我痛痛快快卖了倒踏实，我即便受苦死掉，也不算什么。其实，——唉！他听说四百块钱，就红了眼睛，什么也不顾，把我……推……推出去……"

声音越来越弱，好像嗓子里进去了什么东西，说不出来了！

母亲急急忙忙摇摇手，动动嘴唇，接着吐口唾沫：

"我说，香子啊！你不知道你爸爸不是全为他自己打算哪！你没有听他说过？我们是贫家，按理，姑娘找婆家只能找贫家，富户人家，谁要贫家的女儿呀？妈比你知道的事情总多些，无论好歹，你听妈的话是不会错的。孩子，你不是三岁两岁的人，二十岁了，也应该懂事了，你不看你妈过了一辈子穷日子，这怨谁？不是命吗？当初，我嫁你爸爸，是看他吃苦能干，头二十年，吃苦能干的人，十有八九都是能发家的，你看他，出了一辈子大力，赚下了什么？好歹没饿死，这也是老天多保佑。可是，孩子，我告诉你，如今这个年头，钱是难赚的，像我们这样人家的姑娘，能找个有钱人家，不是梦不到的机运么？谁不愿嫁个有钱人家？我看你，孩子，瞪着两只眼睛说胡话。"

香子不耐烦的垂了头，母亲的话针一样无情的刺了她的耳朵。

因为焦急，两眉挤到了一起，她咬咬下唇：

"有钱人家固然好，可是妈，你不看那是怎样有钱的人家么？把我做小，给人家……"

母亲接了女儿的话：

"给人家生个后人，还是体面事，不单你爸爸沾光，妈也欢喜，唉，有什么不好呢？孩子，你知不知道？不知有多少人家的姑娘争着抢着，想嫁给他们，你呢，怪！却不愿意！"

香子痛苦的垂着两臂，身子向后仰着，似乎坐不住要倒样。

她不愤的瞪了瞪秀眉：

"给人家留个后人，这就体面？"

母亲赶紧回答她：

"谁说不体面！你，唉，孩子，你简直不懂事！"

"我懂得，什么都懂得，我不是傻子……"

身子转过去，望着外面。

有一阵风吹过来了，——因为那尖叶槐的枝向左右摇摆了一下，落了不少雨珠在水池里，那水面上跳出千千百百的水泡，好像有许多小鱼纵跳样。

母亲也有点愁苦，因为她不能把女儿劝服，她转头想了一想，然而也想不出什么好法子，又喘口粗气！

"呼！"

香子望着阴沉的天空说：

"妈！你如果愿意，我一定听你说的……不过，我……"

母亲欢喜的咧着嘴：

"是啊！孩子，你听妈的话吧！他们这家人，你也知道在县城是数得着的一户，那人，年纪不算大，你想，这不到三十三岁，人是再老实不过的，一心一意的做买卖。他那女人，今年三十多，只生了两个丫头，以后就不生养了，人家是一户不错人家，不能这么断了后，你要过去，除了享福，孩子，他们能叫你做什么活计么？那样人家，能叫女人做什么吗？做饭有厨子，洗衣打杂有老妈子，还有不少跑腿人……"

香子噘噘嘴唇，对着尖叶槐哼一声：

"那人，妈，我听人家说，快有五十岁了，他那女人，好像野兽一样，我如果去了她不给气受么？人，五十岁，八十岁，我倒不管，那气我可受不住。"

"这都是胡说，香子，你听谁造的谣？我能对你撒谎么？你也不能不听说，'做小'全是享福的，何况人家并不是无缘无故娶小。"

雨大起来了。

从房檐上淌下的雨，就如一排丝线似的，满天是一片白茫茫的雾气，雨纵斜着下，交织成一面迷茫的网，还放着亮光。

尖叶槐在无情的雨中，极力的垂了头，前后左右难受的摇摆，总想回避风雨的压迫，然而总是躲不开，雨和风结了不可分的姻缘，一定要欢喜的揉搓着它。

香子瞪着懵懵懂懂的眼，她只凭一时的直觉的意识，打算征服她不满意的环境，——然而，环境的绳子早把她的手腿在无形中绑紧了。

她看着雨，和在雨中表示屈服的尖叶槐，便不痛快的举起两手，把秀美的面孔埋在掌心里。

母亲愉快的吐了口唾沫，想振起女儿的精神。

"香子，这是你的命里有福，八字注定的，决不会错呀！你的福分，妈，一生一世不会尝到了！你还不知足，真是怪脾气，我从来没有见有像你这样的姑娘，人家都是愿意嫁给有钱人家，一辈子不愁吃，不愁穿，这不是福么？谁都愿意享福呀！什么人不愿意享福呢？人不论老老小小，孩子，都不愿意受罪呀！"

雨愤怒的喷着，大地的污垢被洗刷干净了。

母亲唠唠叨叨得意的说着：

"你有了福，香子，爸爸妈妈也沾点光，多少也能享点福，贫家姑娘嫁个有钱人家给爸妈增光，邻邻舍舍，亲戚朋友，都会一百二十声称赞的。"

尖叶槐痛苦的在雨中挣扎了一天，这时表现着疲乏和悲哀了。

黄昏的天幕很快的熄灭了雨丝的光亮，屋中罩着凄凉的黑影。

香子狠狠的拔出手来，在窗台上拍了一下。

母亲吃惊的立起。

"香子，你怎么？"

"我还不如……"

"不如怎样呀？"

"不如……"

她没有说明白，把脸一抱，哭出来了。

母亲为了谁。

"香子，你这是怎么的？"

沉默。

屋外面的愤怒的雨代替了回答。

可是母亲不懂得，她温存的劝女儿：

"唉！孩子，我见过不少人，没有见过你这样人！"

香子忍着悲痛：

"妈！爸爸把我卖了！还不如卖一口猪……"

"你胡说！"

"妈！你和爸爸看着办吧！只要能留我一条活命……不论卖给什……什么样人……我决不埋怨……这是我的命！……命！……命苦！"

一阵滴滴沥沥的雨声，把香子的哭声压下了，母亲的慈悲的光芒还没有射尽，所以，还尽力的安慰她的女儿。

"为了把你嫁个不错的人家，你爸爸和我不知费了多少心血，想不到你还是小孩子气，不体谅爸妈的苦心，倒反……"

"我知道……"哭着说！"爸爸是为了四百块钱，他什么也不为，给人家做小，谁，谁不知道？……这是下贱的事！只……只有那些下贱骨头给人家做……做，做小……有半分志气的人，决……决不干！什么享福？我……我不愿享福，我……我愿意嫁个穷光蛋——我……我宁肯受罪！难道……别人能受！……受罪，我……我就不能受？……我也……也是人……我不是下贱的！……"

雨点打在下窗上，噼噼啪啪的，就如有人在外面敲着窗，"如……如果叫我做下贱人！……我还不如，不如立刻就死！死了……总比做下贱人好！好些！……妈！你和爸爸看着办，我的主……主意是……是这样的，你们看看着办吧！"

"孩子，你说了些什么呀！别发小孩子脾气了！你看！天也快黑了，你爸爸快回来了！我得去做饭。"

雨一刻比一刻大，满院子哗哗的响，宛如发了洪水！——不可抵挡的大水从山顶上凶猛的直冲下来，眼看要把这可爱的人间消灭了！香子，和雨势一样，越哭越厉害，把满腹悲酸顺着泪水向世界倾发。

母亲！——没有办法，她只喘着粗气。

这间屋子，一转眼，被夜来的黑暗拥抱了！

一九三八年十二月十九日于南窗下

（《泰东日报》1939年6月8日—10日，署名：慈灯）

日记十八种

军官日记

目次

十月六日

早晨六点钟光景，有人敲门砰、砰、砰……

原来是营长派来的传命，他把命令卷成一个小块，像药包似的放在水桶里写一个收到的暗号交给他，把杂志也叫他带了去，这是借侯副官的，六点三十分准备完，立刻就出发——这样，我们就离开了蔡庄。

在蔡庄住了十三天，这个小村里的人对我们的感情很不错，初到的时候，他们有点害怕，怕我们动野蛮。那时我这样对村长说：

"请您尽管放心，我这一连弟兄不像别的，如果冒犯了你们，就算是我们没有良心将来得不到好死……"

总算不错，弟兄们很给我露脸，没有干一点缺德的事——哎，不，大前天，王德海在小杂货铺买白干，他说白干里有水，和那位尖下巴清瘦的脸的掌柜争论起来，正好，郝排长从那经过，远远的瞪了他一眼，他赶紧走开，回来的时候，郝排长轻轻的打了他两巴掌问他：

"您为什么和人家争论？"

他觉得有理，不错，酒里确是兑了水，郝排长也承认，可是他这样教训王德海：

"人家并没有来请你去买，如果酒不好，你应该别买，和人家争论便不对！"

郝排长的处置相当，他把情况报告我，我赞成。

今天村长出来送行时这样对我说：

"我永远不会忘排长的恩德。"

这人很不错，听百姓说，他的儿媳妇因为丈夫投井死了，这种女子，现在好少！

午后两点四十分，到了兴隆沟，大约有六十多家住户，从表面上看，好像很萧索，暮气沉沉，一点活气没有，井边没有挑水的男子，河沿没有洗衣的妇女，他们大概是怕捉官工，却不知，他们自愿来我们还不用呢！

留下郝排长，和老刘、老丁侦察了半天附近的地形，在河南沿的高处上非设一个展望哨不可，可惜过河没有桥，来往摇小船太麻烦，只得求地方帮忙，给搬些大块石头当桥梁，老丁很会来，他讲个天花乱坠，把那些老乡们说动了心，干得很高兴。

老刘的嘴还欠训，他讲话的成绩还不如老郝，这后嘴实在重要，一个会说话的嘴，能使人们颠倒，可惜老刘的进步好像慢一点，这也是他的天性。

赵班长不知怎么把刺刀的"驻笋"弄坏了。

十月七日

今天有点冷，丝丝的小北风带着十分的寒意，不穿棉衣很难受。

一清早，老郝在院子里跳来蹦去练少林拳，他拿大顶能持续半点钟，这家伙真有意思，他一喝点酒就意趣横生，他捏着鼻子唱小旦，娓娓动听，很像个女的。

前天，他的尊夫人来了一封信，说什么孩子成天问爸爸几时回家，这哪里是孩子问爸爸？用这一套艺术的手段的语言来叫老郝难受，勿怪老郝这两天在饭前总要喝两盅酒了！

唉！可怜的孩子，你的爸爸一两个月是不能回家的，你如果守不住，可以找一个代替爸爸……

刚吃过早饭，勤务兵说有一位先生来拜访。

他是个四十开外，两眼落了眶，面孔是四方形，有几个麻粒的先生。

客气话讲了半天，才知道他是这个村中的绅士，一定读过圣人的书，因为话里有文章，讲起话来不快不慢，还摇摇摆摆，像个鸭子样。

读圣人的书，不行圣人之道的人是太多了，不知这个人怎样。从他的言语之中，可以听出是个虚伪的善面君子，可是不能不尊敬他，和他一样的讲些客气话。

他走后，写信给侯副官，借两本书。

黄昏时分巡察。

李良立在高阁上，用臂夹着枪，他的位置太突出，天快黑了，他还不走下换岗，真是个笨虫，他唯一的好处就是力气大，像牛似的。

老刘要学吹口琴，谁知，找了半天，口琴没有了！

想了半天，啊！一定是扔在蔡庄，临走时忙忙乱乱，收拾东西时司务长问这问那，好像没有我就不能办事似的，他没有独立的办事能力，蚂蚁大小的事也得指示，这样的人，将来绝不会成大人物，只适于给人家干小差事。对他讲了许多次，可是葫芦还是葫芦，怎样教导也变不成甜梨！他从结婚以后，比从前更笨，更没有果断，更显得胆怯了。兴登堡说的不错：

"军队里，多一个干部结婚就是缺少了半个人才！"

其实，不单是军界，别的界更甚，一百个人有九十九个半，不论男女（尤其是女子），一结婚就进了坟墓，就算完蛋！只有有魄力的人，结婚在他们才是一种助力，然而这种人，像白天的星一般少！

十月八日

薪饷领到手不到一星期，眼看花光了，真糟糕！

老郝说，昨夜，西院东厢房有赌局。

悄悄和老郝商量一下，他很赞成，这样办了！

半夜里，把老郝打醒，叫起六个弟兄，悄悄的爬土墙，到那间有灯光，还有许多晃来晃去的黑影的窗前把守好。老郝在门口，我刚进去，把他们吓了一跳：

"你们这些人做什么？"

他们害怕，打算逃跑，可是被我们吓住。

演讲：

"赌钱这种事，不是人类干的，你们……"

讲了半点来钟，把这些人说服了。

他们悄悄的散去，我们的幼稚的使命达成。

本来，这是狗咬耗子多管闲事，可是这么做，乃是人类的任务，为了这些蠢笨的人少睡半点钟是应该的。

据司务长的秘密的调查，这村里，一共有四家人全靠妇女养身过活的人家，有六家专靠放赌抽头活命！

这种事，好像树木一样，是随处可见的。这是难办的事，而且不在我的任务范围以内，所以——接受老刘的意见，不必操心。

接到一封没有署名的秘密的信，这信，是用粗糙的格纸写的。和老刘商量的结果，是委任老丁办理，他对于这种事颇有经验，他也愿办，于是把信交给他，叫他独断专行，当然不能违背军长的企图。

营部又来了传令，送一份情报，把给侯副官的信交给他，他说侯副官现在不在营部，到团部联络什么事去了。但是这也不要紧，老侯不能一去不回，他回来时把信交给他也可。这个停令，眉目之间流露点懒惰的意思，给了他半盒牛奶糖。

张班长又犯了老病。

这真是难事，牙痛不好治，这里没有医生，他想请旧医，只得由他，他的嘴巴子已肿痛得他瞪眼裂嘴，那样子又是可笑又可怜！

头些日子叫他把坏牙拔去，他说危险，无论如何不肯，不肯危险就免不了时常受苦。其实拔一个牙并算不了什么危险，他的胆子小，这种人难得幸福，就如家鸡，最大的出息不过多下两个蛋，不能高飞，像雁那么高高的腾空起码是梦想。

最有希望的还是夏班长，他勇敢果断，处置什么事像晴天打雷似的，痛快！

十月八日

"什么地方也没有去吗！"

"没有。"

"你知不知道，我们连长最喜欢的是什么？"

"诚实。"

"那你为什么撒谎？快认错！"

他把所做的错事吐出来。

他跑到人家窗前窃听，打算窃听有没有局，他想押一押，赢两个！

这种无心的企图，还在他胸中发展着，罚他两星期步哨勤务，这很便宜他。

下午三点，班长以上会议，四十分钟讲完。

这个会议，营长说过很好，我们应该接续往下施行，老郝的尊夫人又来了信，他不在屋时，老刘给打开了。

信很长，说是孩子又想念爸爸。

唉！猪的肚子饿了，应该喂点粮食了……

傍晚在街上散步，这条街越走越高的，街旁两边全是低矮的小屋，窗户都很小，好像胆怯似的蹲在房檐下面，一个个破裂的烟筒，冒着没有勇敢的灰烟，人们在并不温暖，也不光明的小屋子里喘着闷气，许多人家的生计都是穷苦的，而缺少希望，他们不怕抢，因为他们没有什么值钱的东西，唯一觉得宝贵的大概就是活着厌倦而死又不愿的身子，他们因为依恋父母所思的骨架，所以舍不得和地球离开，这是可怜的人。

冬天眼看到了，他们怎样忍受那刺骨的冷风呢？这只有他们自己知道罢了。

走了几个圈，走乏了腿，走倦了精神，回来睡下。

十月十一日

村长和绅士先生请吃饭，谢绝了。

老丁的事已经办完，这算是安然无事的结束，只盼望人类，以后不要互相残害了。如果人人能够把原始的性格改变，行么？世界真正的和平是不难实现的，可惜这个理想，目前还办不到，非待识来日，待人类努力不可，而这个日子，早晚必到。可是几时能到呢？营长来命令叫报告所得的情报。

我们已经努力的设法往四面派人搜索过，目前，还得不到真实可靠的情报，写了几条意见报上去。

张班长的牙痛还不好，他时刻来诉苦，原来是医药费缺了，没有军医真不方便，而营部有，可是他一个人不能去，连下的看护兵只会缠绷带。

给了他几个零钱，这是当连长应该的。

有一排别的骑兵从这个地方经过，那个排长认识我，我却不认识他，想了老半天也想不出他是谁，又不好意思问，他们下马休息了十分钟，喝了点水就走了！

他们的马都很壮，可是人都疲倦了，他们的队伍消失时浓烟还在半空飞扬着。

井边，有来往不断的人挑水，他们知道我们不捉差事，都很放心的赶着路，这些都是善良的、温顺的。他们的缺点，乃是他们的愚蠢，他们很难判断什么是好，什么是坏，如小孩子不能辨别事物一样，他们绝不懂什么团结的必要，只盼望个人的幸福，而这幸福又如浓烟那么不可靠，在视线中升起了，很快的又消失了！

有个十来岁的童子，他赤着脚，丝毫没有冷的样，坦然自若的渡过冰凉的河流，他在北岸蹦蹦跳跳的走，手舞足蹈，还响亮的唱着歌，歌声直达到对面的山坡，从雅静的半空送回他声音的反响，他得到了安慰似的更大声喊，高岗上的步哨，好像一只炉台，静静的立在凉风之下，一动不动，宛如雕像样。

老刘跑上那山坡，他向各处展望。

空中是活泼的飞云，天气很晴朗！只是有点冷。

一个牙脱光的老农夫从我对面走来，他对我望望，像要说话似的，可他没有开口。

十月十三日

清晨五点，别离了兴隆沟，寒冷的风伴着我们走路。

大地是冰硬的，脚踏在上面咯咚咯咚发响，走了半点来钟，身子渐渐暖和了。

道路两旁的山睡在了朦胧的阴影里，霜样的雾气，挂在头顶上，太阳懒懒的从东方的山顶露出半个脸时，我们已经走出了山地，到了平坦的原野。草原是荒芜的，没有一朵花开，在地上植物全死灭了，只有人，还欣欣向荣。

晨景的美很难描写，冬日的晨和夏天不同，太阳是红的，刚出山时是血色，从五光十色的晨雾中伸出金色的光芒，骄傲的喷着万丈辉煌。山罩在阳光里快活的笑，树的枯枝懒懒的摇摆，好像疲乏的伸懒腰样。太阳努力的跳出云雾，用它的光刺穿了它，那些云雾本想把它包围，不许它出头露面，可是它的力量是超过一切的，它很快的升到了半空，把它的光普照世界。那些无聊的，美极一时的云，都羞赧的散开了。弯弯曲曲的河水在我们的旁边悠悠的流，他们的前进目标，是波澜澎湃的大洋。

在一处沙滩地方休息。

老郝到了前方的山顶，他们在树丛后面坐下。

前进。

这一回走十五里。

地图上有个小村落，不知怎的实地上没有，只看见了几间无人居住的颓倒的小屋，屋梁和门窗都失了踪，有一间厢房的后墙上写着几个不是很清楚的粉笔字，是

"花开时，我再来"。

那是什么人写的呢？现在，花是死完了，写字的人到哪里去了呢？决定露营。

虽然冷了一点，可是没有办法，附近没有家屋，大家挤在一起睡。

夜里冻醒了两次，睁眼看看半空，是一片漆黑，周围全陷于黑暗之中，黑的势力很不小，它统治了这大地，我们在黑黑的空气里喝着冷风。

好容易熬到东方发白，我们爬起来赶路。

把身体走暖一些，坐下来啃干粮，嗓子渴的人都喝了河水，这河水很甜，满可以喝。

午间遇见了村庄，大家欢欢喜喜，如鱼得水一般，快活的了不得。

十月十四日

今天走了七十五里，下午四点和第二连相遇。安连长又瘦又黑，他的胡子像芳草样。

"老弟，怎么样？"

把这些日子的景况告诉他，和他交换了一些意见。

"哎，你有多少子弹？"

他的手枪子弹用完了，想借几粒，可惜，我只有十粒，不能施舍，他失望的喘口粗气。

"唉！"

告诉他，这用不着，他也知道用不着。

他走了很远又跑回来，大声喊：

老侯叫他带给我的两本书，他忘记交给我了，记性真不错！

七点三十分，到张家店。

这地方很不错，有一条很有秩序的弯弯巴巴的小街，有一百来户并不大富大贵的人家，有一家不大兴隆的小饭馆，褪了颜色的布幌子在房檐下乱丢当，还有一个可怜的小学校，在一个寂寞的庙前院，门口站着一样孤独的老槐树。

分三下住下，一排一个院，我和第一排凑在一起，和老刘、司务长三个人住在一间屋。这小屋很干净，有两个吱吱嘎嘎的房门，小窗像生了气似的，有几个窟窿呜呜的叫。一出门就是小饭馆，那位小个掌柜，为了拉主顾起见，赶紧跑进来宣传他的营业，老刘用敬而远之的政策和他套头，他知道在我们几个人身上没有多大希望，挤挤败兴的眼皮寂寞的走了。

一年以前，这个小镇，据说很热闹。后来，每况愈下，一年不如一年，连风都是不快活的，刮起来无精打采。最奇怪的是公鸡，叫没有一定时刻，愿意什么时候叫，便什么时候叫，一高兴，便伸着脖颈，瞪着两只小眼睛：

"喔喔——喔……"这声虽然悠而长，可是嗓门全不干净，算不上优秀的歌唱家。卖糖块的敲着铃铛，满街走来走去，买的人很少，只有他的铃铛很殷勤。

一到黄昏，小店铺全上上了闸板，街上寂静，无声，只有归巢的老鸦，在树头嘎嘎的讲话，讲它这一天的所见所闻和感想，但是谁懂得它的话呢？

十月十五日

午前，躺在炕头把脸埋在书里消磨时间，勤务兵拿来一张纸来，求我给他写家信。他说，老父亲挂念他，老母亲想他，他的老婆有病，他们盼他请假回家，但是，这个期间请假是办不到的，他想写封平安家信安慰一下高堂二位和病苦的夫人。

给他写了封信，他欢欢喜喜说不出的感激。

这家伙虽然没有读过圣人的书，不懂之乎者也，但是他的品格很正，就是打他、逼他，叫他去干坏事，他也不能服从。他有一颗赤裸裸的诚实的心，天生的好性格是他为人的基础，良心乃是他唯一的教科书。这样的人是无须受教育的，一点也不傻的，他服勤务的成绩很不错。

老郝最欢喜他，说有他在跟前，无论什么事都放心。

吃过午饭在街上绕了一圈，今天很暖和，阳光表示和人亲近，冷风睡在墙窟窿里。

到小学校东门。

教员是个年轻人，他有一副白的，好像女人似的面孔，四十几个小孩子，归他教育，他每月的薪水是十五元。

他愁苦的说：

"不干这个吧，又没有干别的资格，一点门路没有，在这寂寞的小地方混了二年，赚几个可怜的钱，刚够住房子吃饭，时常，校里连粉笔都没有，往上请'上面'不发，教育界的黑暗简直到了极峰，为了混碗饭吃，不得不忍耐……"

他很羡慕军官的生活。我告诉他，当军官，并不像他所想象那么神气，他如果身临其境在寒冷的野外睡一夜，就知道这生活是不是舒服的了。

"一家不知一家苦，家家都有个难唱的曲。"这话确是不假，尤其是年轻人，就长坐在月宫里和仙女们为伍也不会知足，还要抱怨，要发牢骚。但是这个人很不错，他的头脑很清晰，有幻想各种事的才能，一个人能够常伸伸臂，便会健康些。

他送我到槐树底下，恋恋不舍的和我握手。

晚上刮起大风，呼呼的响，像涨潮一样。

十月十六日

我们有进击四人岭西北高地的敌军的任务，午前八点收拾出发，这一部敌军，并不是敌军的主力，他们是先遣部队，好像并不想立刻开始作战，是掩护后续部队占领阵地的样子，他们的意图是防御。

我们顺着山谷的小路前进，这附近的地形不大使人快活，山太多了，过一岭又一岭，越走越高的道路使人加倍吃力，如果是乘马，可就漂亮了。

越过一个山岭，前面是险峻的大梁，爬到半坡，弟兄们全停了步，一个一个如牛喘。老郝的脸变成紫色，谁也不如老刘，爬山本是他的拿手，他走在头前，悠然的坐在大石上笑着看别人。

歇了四回，好容易到梁顶，回头一看，山底下的小路好像一条细线样。

其实，这是比较好走的路。

十点半钟，开始爬岭，从下面看这岭的顶端接着白云，如果从半坡滚下来休想活命，但是不能不冒险。

我们一点一点往上爬，老刘在头前领路，老丁不时的大声喊：

"哎？往左去，往左去……"

弟兄们都拿出力气前进。

这是附近最大的一个岭，我们从这上去，往东进，可以绕到敌军的左侧。

爬了两点多钟，才爬了一半，弟兄全出了汗，冷不会威胁谁了。

三点十分，冒险的爬岭成功，在山上啃了一顿硬干粮。

晚上，只得在山上过夜了。

这一宿也许会冻死也说不上啊！大家都忧愁。

风一刻比一刻的凶猛，我们蹲在山谷里躲避这阵狂风，弟兄们冻得直抖，大家像猫似的蜷着身子拥抱成一团，这样比较暖和吧。

这时候，自私心是不存在的，同情心血在每人体内奔流，大家的境遇全一样，都闭着眼睛忍受这无垠大的黑夜的军队，渐渐从我们的周围逃到世界的别部去。

地球不停的旋转，我们看见了黑夜已过，白昼已到的微微的光明。

这在我们，确是大欢喜前进。

小学生日记

三月一日

——阴天，一点风也没有，一点也不冷——

李老师对大家说：

"谁要买书，明天来报名，同时把钱也带来！"

吃完了晚饭，和母亲商量买书的事。

母亲很愁苦，她静静的看着我，半天不说话。

姐姐悄悄告诉我，家里连买半斤油的钱都没有，哪有钱买书？

母亲发愁的问：

"得多少钱？"

她听说一共六毛五分钱，立刻把头低下了！

躺下之后，听母亲和父亲商量——

"老师告诉，明天得买书，一共六毛五。"

父亲深深的喘喘粗气，转一个身，一句话也不说，好像立刻就忘记了似的，呼呼的睡了！

三月二日

——天是半晴半阴的，好像要下雨，可是没有下——

早晨，临走的时候，母亲随我到街上，轻轻的说：

"你好好对老师说，我们现在没有钱，再过半个月，就存钱了，求老师赊赊账吧！"

一路上，总想这件事，李老师能答应吗？

同学都带了钱，他们欢欢喜喜买了新书，说不出的快活，我走到老师门口，真不想进去，停了半天，李老师出来一开门，看见了我：

"买书么？"

我想了半天也说不出来，也不知是怎么回事。

好容易说出来了，李老师听了很不高兴，他吹吹鼻子，看看我的鞋。

"现在，你先借别人的书看，等有了钱再来买，可是，再过两天，剩下的书就要送回去，不能等，你回家就这么说！"

如果这么说，母亲多难受啊！

和张永政看一本，他很不愿意，我告诉他，书，姐夫给我买，还没有寄来。

三月三日

——上午是晴天，下午又是阴了——

也不知因为什么，母亲面对着墙壁，偷偷的流眼泪。

晚饭她也没有吃，姐姐把饭放在她跟前，哀求了半天，她还是不吃，总说不饿。

唉！母亲动不动就哭，我真难受……

弟弟把一个小花碟打碎了，父亲生气的瞪他一眼，把他吓的脸通红，忙到母亲身后藏起。

我领他到后园摆小桥玩，我们把一个坏萝卜头在石板上磨圆，当足球踢，弟弟很欢喜，他用力的踢，累了一头汗。

父亲看见这，生气了。

"哎，鞋破得慢么？"

我把萝卜头扔在墙角，领弟弟上街绕一个圈子。

弟弟不放心，他张大了小嘴问：

"萝卜头不能丢吗？"

我们赶紧跑回家，萝卜头还在原处，弟弟把它藏在后园的杏树下草堆里。

东屋家唐福的三叔，给唐福做了一个"树笛"。

和弟弟跑到河东树林，折了几棵细嫩的柳枝，我们坐在河边造笛子，扭了半天，好容易把枝皮扭活，用力一抽，光滑的枝杆脱出了。弟弟欢喜的大叫起来，他拍手跳、喊、唱。我们赶紧跑回家，找菜刀把细小的枝筒小心的切成许多小截，拿起一吹，立刻就响了！

我们跑到街上吹，弟弟说他的笛子声音小。我拿过试一试，声音很大，因为他力气小，所以吹出的声音不大，他用力的鼓起嘴巴，皱着眼眉努力吹，成绩很不错。

我们和唐福比赛，看谁一口气吹的时间长。

三个人一同时开始吹，弟弟先住了嘴，其次是唐福，弟弟出力太大，累得满脸赤红，好像一个成熟的苹果样。

三月四日

——上午是阴天，下午又是阴天——

母亲给了我六毛五分钱。

"仔细装在袋里，别弄丢了呀！"

她不放心，叫姐姐找了一个生锈的别针把我袋口缝牢这样，母亲说决不会丢失啊。

我真高兴，连跑带跳到老师屋里，把钱掏出，放在李老师桌上。

他数数钱，看看我，笑了。

九本书，全是新的，真好啊。

放学回家，拿给母亲看，她也很高兴，说：

"有了新书，你得好好用功，别贪着玩，听见没有？"

晚上，有一个人来找父亲——这个人，个子很高，两只眼睛有点像老鹰，他说话的嗓门很高，还拿着一个棍子——他一进门就大声叫：

"怎么样，给我预备好了没有？"

父亲很客气的和他讲话，父亲有点怕他，因为父亲欠他的钱。

他吵吵闹闹，口气很强硬讲了好久才走，这个人，我恨他，妹妹恨他，弟弟也恨他，妹妹指着他的后脑壳这样赞美他：

"他像个猫头！"

三月五日

——晴天，阳光很温暖，可是我今天挨了饿——

一清早我看见母亲的愁苦的脸，她告诉我，干粮没有了，上学不拿干粮，午间肚子饿，我对母亲撒谎：

"妈！有个学生，他每天给我东西吃，我不会挨饿！"

母亲信了我的话。

其实，谁也没有给过我东西吃呀！

午间，同学们都拿出干粮来吃，冯国新拿的是包子，他把包子高高举在半空给大家看，特意叫别人眼馋。他家里有钱，时常拿着高贵的好吃的东西，可惜，他脑筋太笨，老师一问他问题，他就害怕的立起，什么也讲不出来，可是老师并不讨厌他，从来没有惩罚过他。唐福告诉过我，说冯国新的母亲时常送礼物给老师，这是大家都知道的事。

同学们一口一口，有滋有味、不忙不慢的吃东西，我——有点饿，我离开了教室，跑到操场西面的草地上呆坐，看见一个孩子，他赶着一群猪，一面走一面高兴的吹口笛，我老远问他：

"哎，你回家吃饭吗？"

他立定了看我，摇摇头，举起鞭子来在半空画一个圆圈，接着把鞭子用力的往旁边一抽，啪一声，那声音好像生气似的。

他不理我，不答我的话，他的短衫的后肩破了，赤着脚，那样子很可怜。

坐在草地上，默默的想了半天，为什么他不读书呢？啊！我真笨！他家里一定穷，不然……

孙秉成跑来找我玩。

他坐在我旁边，奇怪的问：

"你怎么不吃东西？"

我抓起一个石片往远处抛去。

"忘拿来了！……"

我心里很酸，并一点淌出眼泪！

三月六日

——上午是晴天，下午还是晴天——

今天是星期日，帮助父亲翻弄了一上午柴草——这些柴，堆在墙角地方，潮湿了，打开在院子里晒，父亲说晒两天就能晒干。

母亲的心痛病又犯了。

她没有梳头，头发很乱，早饭午饭全没有吃，躺在炕上搂着枕头，把枕头压着胸窝，她说这样会减轻一些痛苦。母亲的脸色是苍白的，一双大眼睛落了眶，眼眶青黑，嘴唇像纸样。

母亲一犯病，姐姐就苦恼了，她时刻问母亲：

"妈！强一点儿么？"

母亲的回答总是伤心的摇摇头，晚上，父亲回来的时候，很高兴的，告诉母亲，他找到工作了，可以做半个来月，从明天起，他就去上工，一天能赚四毛半钱。

父亲快活的收拾工作器具，他说，借西屋家三婶子的钱，工作完了就还她，这钱，是母亲费了很多唇舌借来给我买书的。

三月七日

——天气和昨天一样的晴——

还没有吃早饭，就有人来找父亲，他在门外喊：

"木匠师傅在家么？"

姐姐告诉他，父亲做工去了，他不信，进来看看。

他是父亲的债主之一，母亲和他讲了无边的好话，他很不高兴的走了。

母亲的病完全好了，姐姐很欢喜，我、妹妹、弟弟都欢喜。

李老师夸奖我，说我的作文比谁都好，他把我的文稿拿给大家看，同学们轮流看完，他收起了。他说，这留作成绩。

我把这事告诉了母亲，母亲说不出的欢喜，她搂着我的头，把我的脸压在她下巴壳底下，咬我的脸颊，咬的真痛，可是我忍受着，直忍到她松了。

弟弟爬在我背上，他叫我把他背到街门口。

当我背起他的时候，妹妹悄悄的从后面扭他的屁股，姐姐跑过来，扯住妹妹的辫子，像赶车似的喊：

"哦，哦，叫，叫。"

母亲不愿意这种游戏，她生气似的对姐姐讲：

"怎么好拿人当牲畜？真少有！"

妹妹跳过去复仇，用力的把她推倒在炕边，弟弟从我背上爬下去，跳到炕上，按住姐姐的脸⋯⋯

三月八日

——好天气——

晚上母亲给我们讲了一段故事。

这故事很长，很有趣，很有意思。

妹妹也要讲，她说：

"有一个人——"

弟弟插嘴说：

"这人是你老公公。"

她不理，接着讲：

"他好赌钱⋯⋯"

弟弟又插嘴把她的话打断：

"我知道，他赌钱，赌输了，把老婆卖了，成了要饭花子。"

妹妹不讲了。

弟弟要讲，他说：

"有一只老母猪——"

妹妹赶紧接下文：

"这个老母猪是你的老丈母娘。"

"妈！"弟弟喊："你不管她吗？她说⋯⋯"

母亲不愿听了，她让我们快睡。

三月九日

——天气也不算好，也不算坏——

父亲回来了，他带回半口袋小米，还有四棵白菜，一串咸萝卜，还给我买了两支铅笔。

三月十日

——阴沉沉的，冷风，下午有点冷——

弟弟病了，他浑身发热，脸红红的，连眼睛也红，他躺着，动也不动，好像一条上了岸的金鱼，他的嘴唇是紫的，他难受的瞪着小眼睛，后来哭了。

母亲很害怕，她把弟弟抱在怀里，焦急的问他：

"你觉得什么地方不舒服？啊？快告诉妈妈……"

但是弟弟不说话，他只是哭，母亲愁的连一口饭也吃不下，她一时刻不离弟弟一步，过会儿抱起，过会儿放下，摸摸头，摸摸手，解开弟弟的衣服，看看他的身体。

一夜，母亲没有安睡，她坐在弟弟身旁，在黑暗里坐着。有时，她点了灯，细细的看弟弟的脸，看完放了心，又把灯吹灭。

弟弟时时惊醒，他一醒，总是浑身打几下冷战，哭着喊：

"妈呀！妈呀！"

母亲赶紧抱起他：

"妈在这，在这……好孩子，你觉得什么地方不好？"弟弟睁着看看四处，好像怕什么似的，紧紧的把脸贴着母亲的胸，他睡熟了，母亲才睡，安静一夜，他的哭声，把我惊醒了好几次，我盼望弟弟的病快好，他病苦的情境，真可怜哪！还有可怜的母亲，她快愁坏了！

三月十一日

——今天还是阴天，不刮风，一点不冷——

弟弟的病好像加重，母亲连梳头洗脸的工夫也没有，她也没有心思吃饭，总拖着弟弟，问热问凉。

房东老婆子来要房钱，她也不管弟弟有没有病，说话的嗓门很高，好像鬼附了她的身体一样。

母亲温和的对她说，父亲出外做工，不久就回来了，等父亲赚了钱回来，立刻给她房钱，她半信半疑的噘着嘴，她的嘴，比蛤蟆的嘴还大，真难看！

她走了之后，河西杂货铺的范掌柜来了，他想找父亲给他做个小黑板，父亲欠他四毛钱，他怕不给他，想了这么个法子，想叫父亲做个小黑板还他的账，母亲告诉他，父亲不在家，得父亲回来才能决定。

他看见墙上挂一个小黑板，很喜欢问母亲：

"把这个给我吧！"

我赶紧跳起来，跑到他身前大声告诉他：

"这是我的！"

母亲对他解释，这个小黑板是父亲特为我做的。

但是他偏要拿，我偏不答应。我真生气，我把黑板摘下，放在背后。

他看看没有办法，很失望，摸摸缺德的瓜皮帽，走了。

三月十二日

——天气太好了！——

弟弟的病好了不少，他也不哭，也不闹，老老实实的躺着，脸不像昨天那样红，嘴唇也不像昨天那样灰白。母亲快活了，她坐在弟弟身边，看着弟弟笑，弟弟也笑了！我把两张红纸给了弟弟，他很喜欢，他早想要这样两张花纸，我没有给他。

母亲梳了头，洗了脸，抱着弟弟满屋走。

晚上，弟弟爬起来，他要到外面玩。

母亲对他说：

"太黑了，明天再玩吧！"

我和他商量：明天，我们到河边去折柳枝，多做些笛子，做几个大的，吹起来呜呜响好像喇叭。

三月十三日

——晴——

四年级，出了一件事，一个学生，把买账本的两毛钱丢了。他这钱，是放在书包里的，他说，他上厕所去，怕丢了钱，所以放在书包里。回来一看没有了，这不是谁偷了吗？

老师搜查学生们的衣袋，为这事，搜了一上午，结果不知是谁拿去的。

王老师对大家讲话，他说：

"今天晚上，我要蒸猫，如果这只猫死了，偷钱的人也要随着死，谁要偷了钱，赶紧拿出来，只要表示后悔，就没有罪过，如果不这样，就活不到明天早晨了，是谁拿去的，快说出来！"

没有说出来的！

放学回家，把这事告诉了母亲。

母亲说：

"人，无论怎么穷，不怕饿死，也不要当贼，贼，是下贱人做的事！"

我想不出是怎么回事，当贼的，难道不明白做贼是下贱的事吗？他们为什和要偷人家的东西呢？

李老师说过，在外国（不知是哪一个）有个人，因为老婆孩子快饿死了，他便偷了一片面包，谁知，人家发现了，把他捉住了，下了牢狱。后来，他想从狱里逃跑，又被人家发现了，这样他的罪更大了，在牢狱里，蹲了好几十年，出狱的时候，已经苍老了！

唉！这个贼真可怜，只为了一片面包……

三月十四日

——真暖和，好像夏天似的！——

后园的杏树开了花，真好看！

张老师，叫我到她家去，帮她糊窗。

她有二十岁，还没有婆家，有很多人说，她和李老师是好朋友，大家这样说的时候总带着笑。

她一个人住一间屋子，没有同伴，她自己做饭，自己洗衣，她叫我去了两次了，上次她叫我帮她收拾屋子。

帮她糊了一点多钟，她给我两个馒头，三块方糖，我不要，可是她偏给，她还给了七张大图画纸。她说，我今年还能考第一，如果今年又考第一，能得一架很值钱的钟表。

我真快乐！

把馒头和糖带回家，给了母亲。

她欢喜的不得了，把馒头分给我、妹妹、弟弟三个人吃，糖也三个人平分了，姐姐，只要两张图纸，她想画枕头花样。

妹妹把一块糖分一半给母亲，母亲不要，她偏给，她说母亲不要，她就不吃了，妹妹的脾气很强硬，母亲没有办法只好吃下。

吃完了晚饭，弟弟要母亲讲故事。

母亲讲的故事很可怕，故事的大意是一个老狐狸精，变成了老太婆，打算去吃掉三姐妹，这三姐妹很聪明，把老妖杀死了，可是，最小的一个心肠很好的妹妹，却牺牲了。

三月十五日

——蓝的天空，像海洋一样，一点云也没有——

父亲深夜回来把大家吓了一跳。

黑夜走路看不见，他掉进很深的泥水坑里，从脚底到腹部，全是污泥和水，两个胳膊也一样。

母亲难受的皱着眼眉，她赶紧找衣服给父亲换。

父亲很丧气的咧着嘴，他说：

"那坑很深，幸亏我抓了沟边的一棵小树，要不然一定淹死了，我爬了半天，总爬不上来，嘿！我一看，要坏，他妈，越弄越深，泥和水涌到肚皮了，我拼命的抓住小树，好容易爬上来……唉！真倒霉，不走运！……"

母亲把父亲脱下的衣服拿到里屋去，半天没有出来，她在里屋，悄悄的掉眼泪，出来的时候，眼泪没有擦干净，一看就看出来是哭过……

父亲躺在被窝里对着屋顶发大怨……

"没有你们这几个人，我决不至于落到这步……"

母亲把灯吹灭了，她会在黑暗里悄悄的哭。

我轻轻的伸出手来摸索着，摸到了母亲的手，把这只伤心的手握住……

"妈！"我悄悄喊，嗓子发紧。

母亲摸摸我的头，嘟念着：

"快……快长大……大吧！"

心里发酸，把脸埋在枕头底下……

病人日记

八月六日

今天好一点，头不像昨天那样昏了，身体也不烧的难受，可是起不来。

对面屋，那个脑瓜像葫芦，哭起来，嗓门非常尖锐，好像有鬼扼了脖颈的孩子真讨厌！那个把打牌当作生命的母亲，孩子就是哭死她也不管！

他奶奶的孙子，这种母亲，对于社会对于国家，对于人类的文化，能有什么好处呢？

八月七日

一清早，对面屋那个坏种孩子把我哭醒。

昨夜三点多钟才睡熟，早晨又没有好睡一下的运气，在这种境况之下得了病，不该死也得死！

唉、唉……真苦恼！真苦恼！

风很愁，他虽然勉强假装微笑，但是他那微笑，也许还不如掉眼泪叫人好受些！这一个星期以来，真把他忙坏，他跑了好几趟药房，亮着电灯他是睡不好的，然而因为我，又不能闭电灯，昨夜十二点才上床，翻来覆去也有两点钟，叫他闭电灯，他不，他知道，闭上电灯会把我闷个半死，我一个人有病，连他跟着受罪，唉，太对不住朋友了！

他从部里拿回两份报纸，我不愿看这些无聊的东西，但是，为了使他欢喜起见，我翻了几翻。我看了一下文艺园地，啊！真可怜！那些作者，除了吃饭，睡觉，老婆孩子，玩，爱，苦闷之外，什么也不写，他们是故意不写，还是不知道更有意义些的题材呢？

下午五点来钟，克修君来坐了好久，他谈东讲西，意思是想打破我病中的寂寞，因为唠唠叨叨讲话过多，他的嗓子变哑，他时时清扫喉咙，可惜越清越糟，后来只得挤挤眼皮闭了嘴。他临走的时候说明天来。

八月八日

下午真难受，身体像火烧一般。

想打开窗户，风说开开有风，怕于我的病无益。想喝点凉水，他也说不好，他把手巾湿了凉水放在我脑袋上，如果有几块冰就好了。

这月的薪水借光了，现在已经花完了，风想把外套拿去当，我阻止他，本来，天气一天比一天凉，当容易，买难。我这点病，眼看好了，即使受点罪，也不至于死。病与死的距离很近么？虽然是并不幸福的活在这乱七八糟的世界，然而，又不愿痛快离开这美好的地球。这真是最大的苦恼！

黄昏时分，西下屋嘈嘈闹闹的嚷起来了，那夫妻二位，时常拌嘴，也不知为么点事动不动就大吵大闹。男的大声，女的也大声，各不相让，都很勇敢，如果他们能把勇敢用在有用的地方多好呢？这一对夫妻，都很年轻，他们的爱情也不知死到哪里去了！

结婚真是个坟墓，而家庭乃是牢狱，他紧紧的拉住了男的或女的手脚，他俩的争吵多半是为了吃醋，从他们仇恨的对话中可以听出点头绪。

晚上，那葫芦孩子哭起没有头，风过去了，听他说：

"我们屋里有个病人，希望你们哄哄孩子……"

他回来的时候瞪着眼，握着两手，好像要动武样！

八月九日

天还没有亮，我听见窗外有滴滴答答的雨声。

我怕下雨，一听见雨声，心里有一种特别的滋味，是酸是苦，也摸不准，但是快活的味道很少。

听着如泣如诉的雨声，想起悲苦的幼年时代的情景，母亲逝去的那天，不也是雨落么？而且正是草木死灭的秋季，八个人抬一口棺材，我们随在后面跟着走，到了墓地雨还没有停，棺材埋完在土里，雨还沙沙的下，虽然事隔多年，然而这幕悲哀的情景，到现在——恐怕永久不会忘吧！

其实，生死乃是生物界的老例，从有地球那一天起，就没有不死的生物，死就死吧，不应该怯死，死的国里也许是光华灿烂的也说不上。

细雨直下到日落黄昏，午间的雨很大，窗外有个铁筒，雨珠打在上面，叮叮咚咚的响，加上一阵阵的风啸，真像钢琴伴奏着提琴一样。

医生大人迈着方步走后，风喘口粗气。

我对他说：

"三等也进不起啊！"

坐火车是三等，住房也是三等，穿衣、吃饭，无一不是三等，这是从前自己承认的阶级。现在，这一级也保不住了！

唉！我们连乱七八糟的人生的三等旅客的资格也不够，这，太糟了！

然而地球是美好的，我相信这地球要一天比一天美好的，这个变化，有如可惊可叹的童话故事中所说的那般快，不久以后，地球的各个角落都能开遍了人类的幸福的鲜花。

克修把医生送到街上，他回来时，显着一副沮丧的脸，这样的脸叫人难过，没有乐观的、有希望的脸么？这两个可爱的、性急的、年轻的朋友，太容易灰心了，这是因为缺乏训练的缘故吧？

其实，我何尝不如此呢？

八月十日

风下班回来买了几个苹果，啊，苹果的滋味真不错，这是朋友的钱买来的，这是朋友的血，朋友的义。

克修晚上跑来，他一进门就喊：

"得了七毛钱稿费！"

七毛钱？啊！不少不少，这是人家的施舍，有如少奶奶舍给花子的剩饭菜一样，而在花子，当然是大欢喜！

他所写的，是一篇两千来字，纯粹是娱乐木偶人的玩意儿，他问我，觉得怎样，强一点儿不。

我说："你放心，三五天死不了……"

八月十一日

天是阴天，本来就不光明的小屋子越发黑暗了。

风五点多才回来，他发了一大阵牢骚，发完了又后悔，唉！发牢骚有什么用呢？端人家饭碗的小职员，受气的事哪能避免？狗所以对主人摇头摆尾，那不是因为吃饭，是主人的恩惠么？如果是老虎，那另当别论了。其实，现在的老虎大不如古年了，马戏团的老虎还不如猫的权威大。

八月十二日

想爬起来走走，老是躺在苦恼的床上，如同在黑暗狭小的笼中样，简直是要命！

雨后到外面绕一圈，在清净的街上，顺着街边的树下散散步，不知多么好。可是爬了半天，没有起来，身子也不知怎么这样沉重，就如头上有千百斤重的大石压着似的，手脚无力，不给做主，这身体，不是属于我的了。现在，真正是不自由了！这真是人间最大的痛苦，自己的身子自己做不得主，他奶奶个孙子，活个什么劲头，不如赶紧死掉！

想爬起到外面走个圈的希望粉碎了！唉！

风，不满意我天天写日记，他忧愁的对我张着像少女似的嘴唇：

"你应该老老实实躺在那里，伏在枕头上写字多累？这样你打不打算快好？"

他的意思对我是有益的，可是不能服从，我太寂寞了，太苦恼了，写几个字可以消遣一下，能把脑中的烦忧解除一点。

八月十三日

医生来了——这是克修花钱请来的。

这位医生大人，他戴着金丝眼镜，面孔很白，像擦着粉样，头发光光的梳着，还镶着金牙。他有二十七八岁年纪，举止柔顺，处处表现着"文明气"，是位贵人，这样人，才是最受尊敬的，尤其是那些养尊处优的女性，对于这种比老鼠的胆量还小，比小羊还柔顺的男子必定欢迎吧？

他仔仔细细的端详我的脸，如果加细看他的作品一般，把我看了多时，他拿出测温器叫我夹在腋下，把我的内部听察了半点来钟，胸有成竹的点点头：

"最好是入院。"这是医生的话。

克修客客气气问他："入院，一天得多少钱？"

"二等，三等？"

"三等。"

他骄傲的钱的数目的宣言使我们各个吃惊，克修大失所望的垂了头，风也一样。

风和修坐在床边，懒洋洋的把背靠着墙，我们从东讲到西，从南又讲到北，讲到托尔斯泰的旧的人道主义，讲到卢梭的矛盾的生活，讲莫泊桑的短篇，讲流浪汉的高尔基。风提出一部分青年恋爱观，他说，人类的慈爱主义就是两层肉皮的摩擦，由黏液变化出来的小说家颇受世人的赞美。他这套理论很有意思，直讲到对面屋那葫芦孩子大声哭起来才罢休，夜里的睡眠平安。

八月十四日

今天身体轻松了不少，披衣下地走一圈，很吃力。风很欢喜，他跑到大街里，和他一个亲戚借个无线电来。傍晚到外面站了一会，啊，外面很凉，赶紧回到床上。

八月十五日

太糟糕了，昨天出去受了凉，夜里头痛甚剧，又喝了半碗凉水，这样把自己弄毁了。老天爷，真要命，大清早，刚睡熟，被坏种孩子哭起来，那个缺德母亲不想法止住孩子的哭，却噼啪打孩子，这一来，哭声更响，如由炮弹爆炸一般，把耳朵震得嗡嗡响。

啊啊！这个真是要命！不能忍耐！

瞪着两眼听那孩子叫，他叫完，我也不能睡了。

唉唉，真苦恼，死也快死吧，活着受罪不如死了痛快。想起自杀，又想起这一天比一天美好的地球，进化的地球，于是，死的念头打消了，还是对付活下去吧！唉！

八月十六日

一天只喝了半碗稀粥，一点也不饿。

咳嗽的难受，一咳就是半天嗓子痛，胸膛像裂开似的，头呢，昏；眼睛呢，花；手和脚呢，酸。

邻家的孩子们又跑到窗外来嚷，大前天，风已经强硬的发表过宣言，这些小东西记性真好，这么快就忘记了，风出去发表抗议：

"你们再要嚷，我可要动打啦。"

孩子们毕竟胆小，他们怕打，噼里噗隆跑开了。

想写封信给姐姐，又一想，告诉她，给她添愁，算了，修晚上带了一瓶汽水来，是葡萄牌太好？

八月十七日

风当掉了他的外套，他把十三块钱放在床边。

"你想吃什么，说吧！"

告诉他，我想吃苹果，这是诚实话。

他扣上帽子就走。

买回来二十多个，都是红玉，痛痛快快的吃了五个。

小饭馆掌柜来要饭钱，风给付了。

西下屋又拌嘴，门砰一声响，好像踢碎了似的，接着有茶碗打碎的声音，以后便雅静了，天下太平。

八月十八日

头昏脑涨，嘴唇干燥，眼睛疲乏的不愿意睁开。

这受罪的日记，能接续到几时，明天如果死了，那么，明天便用不着写，这很简单。但是，活一天，必须喘一天气，小船大海里，要前进，就得摇橹，危险的风浪大起，就该加小心，万一翻了船的话，那么，当务之急是抱着船板，如果船沉了呢，这游泳吧，能游多远游多远，实在不行就张嘴喝咸水，葬身在波涛之下，给鱼龟虾蟹饱餐一顿这就完事——我目前的境况就是这样，能活一天就活一天，活一时是一时，终究是免不了要像海边的一个细小的沙粒，不得不消失在暴风雨中间。

夜里，静静的躺着，想着往事。

往事不是不堪回首，不过没有大意思，从现在起才有意思，然而不幸病倒，这是"时也运也"，是不是，是自己不好，为什么不好好保重身体呢？

风说我奇怪：

"病得这样，还嘻嘻哈哈笑？"

笑好？

哭好？

八月十九日

大概是老天爷睁开了眼睛，他保佑我的病今天见好了，喝了一碗半稀粥，还吃了半个馒头，加上两个苹果。妹妹来了两张纸的信，说要钱，钱么，有的是，上银行取吧，要多少有多少，就怕你不敢去拿，那么可没有法了，这不能怨我。

八月二十日

今天——算了，不写了。

八月二十一日

病，是一条坚固的大铁链，紧紧的，无情的把我的灵魂捆住。而且，把我绊倒了，我躺在冰冷的地下，手脚不能动，所以爬不起来。想起来不难，一定得设法打开这条铁链。

没有钱没有资格进病院，除了瞪着两眼受苦之外，就是瞪着两眼受苦！

这两天，对面屋的孩子很不错，没有尖声嚷。

西下屋，也不拌嘴了，大概是翻倒的爱情的车复了原，但是这辆破车不定早晚还得翻，这可怜的车不如换一辆，不知是舍不得换还是没有勇气换？

风，半夜才回来，他是找他的"车"去了。人间决没有永远健康的车，这实在是憾事！

八月二十二日

上午爬起坐了半点来钟，可是，坐久了不成。

啊啊！快闷死了！

眼所见的，只有这一间狭小的屋，屋顶是破的纸，变了黑的纸，角落地方挂着尘土的丝，飘飘摇摇的像柳叶样。四面的墙，最美丽，有诗意的是横七竖八的臭虫的血。桌子上，破旧的书籍乱七八糟，茶壶茶碗一点秩序没有，在一个肮脏的茶碟子旁边有一只换下的臭袜子，他不知怎么把袜子弄到桌上，真少见！

地下，炉子、劈柴、破鞋、笤帚、铁铲、炭、碎纸……乱七八糟的一大堆。

耳所听的，是对面屋几个大小人类的讲话，笑，吟，西下屋的吵嘴和沉默，以及街上嚷嚷的小贩们的呼喊。有个卖糖块的伙计，他敲着刺耳的小铜锣，一过来就是铛铛，一铛铛就是半点来钟。唉！这些幽雅动听的音乐，真能把人烦个发昏了！

如果我能离开这可爱的地方，病一定会快一点好，住在这窟窿里，休想好病，一定得死，非死不可！

啊啊！死吧！赶紧死吧！

八月二十三日

想起死——也是个难问题。

如果我现在死了，谁给我买棺材呢？风和修，是一对穷光蛋！一口棺材钱，他俩决拿不出来。别说棺材钱，就是去报告我死的这笔费用也拿不出。

倘若我现在死了，谁哭爸爸呢？啊，连哭丈夫的人儿都没有啊！这样的死，未免太凄凉了！

想起这些事，怎能不悲伤？想抱头大哭一场，又没有眼泪。

晚上风回来，对他说：

"没有个孩子真不行呀？死了连打'灵幡'的人都没有。"

他诙谐的皱皱鼻子，挤挤眼：

"孩子他妈妈还没有哩！他娘的腿，真难办……"

八月二十四日

昨夜想了好久，想"孩子他妈妈"的事。

现在即使没有孩子，有个孩子他妈妈也好，这是不可缺的，正如农夫不可缺地一样，病到这样子，她好好一侍候，病的痛苦一定可以减少些。又一转念头，有了妻就有了家庭，有了家庭就有了牢。这么一想，妻的美味便变成了大粪了！

唉！往左往右全不方便，一定得想一条新的路。

下午，风说头有点痛，莫非说我传了他吗？

晚上，他又说不痛了。

八月二十五日

下雨了。

从清早开始下，直下到黄昏，听了一天沙沙的雨声——这一场雨，一定把落叶埋葬了。叶的烈，是值得羡慕的，他们痛痛快快的离开了木枝，一无牵挂落在地下，死既简单又干净，他们随便埋在什么地方，也不用棺材，也不用孩子他妈妈哭，他们悄悄的死了！在他们憔悴的时节，哪用什么医生诊察呢？三等病室更没有用了！

八月二十五日

过了一天又一天，这样活下去，真不如快死。

修把我的日记翻了半天，他说，这些日记，他看了，哭不得笑不得，有伤心的话，有前进的口令，有油舌滑调。唉，这是自己的意思，自己的话，想起什么写什么，风的批评很正确。

"他的日记十足的表现他的性格。"

我的性格，是好是坏？他没有说。

这一场病真害苦了人，痛不痛，苦不苦，说不出的难受。上半天爬起坐了一会儿，读了两页杂志，头昏，想写点什么，腰直不起来，总觉得身子笨重，手腿不听指挥。

对小镜子一照，啊，瘦多了。其实身体的瘦是算不了一回事的，因为不是妓女，无须挂念姿态，所担心的是精神的瘦，从病魔把我拖倒之后，竟不自觉的颓伤起来，真是个无能之辈。从这上看，是个什么也不能做的东西，有点病，不过是身体受点困，精神上应该强硬。

啊，振作起来吧！把疲倦的精神振作起来吧！

八月二十六日

秋风吹着窗户纸，好像魔鬼在头上一样。

一说起魔鬼，有点害怕，昨夜在梦中看见一魔鬼，他轻轻的推开房门，无言的垂着头进来，恍惚，看见他的面貌，他的面孔和人的面孔差不多，可是颜色是黑的，黑的散乱的长发，黑的眉毛黑的眼，黑的耳朵黑的唇，连舌头也是黑的，还穿着黑的宽大的长袍，他坐在椅上一动也不动，仿佛是目不转睛的看着我的脸，大概是等着领我到死之国去，因为害怕身体麻木了，想呼喊，但是唤不出声音，后来好容易醒了，身上出了不少冷汗。

如果有这样的魔鬼来把我领了去也好。

天快亮时又睡了，并且又做了梦，梦见一个大火球，像四号足球那么大，从门口滚进来，滚到屋角，滚到桌上，把书烤起了火，又滚到床上，滚到我旁边，啊，它的火真热，我用力的挣扎，这么烤起来简直是要命。

桌上的书起了火，书页变成火的蝴蝶，各处乱飞，屋顶也烧起来了，啊，真可怕！这怎么办，一惊，把我惊醒。早晨，嗓子干燥的要命！喝了一杯凉水，可是还不好，胸中像起了火，摸摸脸烫手，后来发昏了！

多亏医生注射了一针，不然今天一定活不过去。

修把日记收起来了，哀求了半天他才拿出来。

唉！太对不住他俩了。

风也瘦了，这十来天，他没有睡好，眼睛是青的，说话的声音也小了。

八月二十七日

午间，医生又来了。

他在我胳臂上注射了一针，感觉清醒了不少。

他问：

"在这不适于养病，不能回家么？"

摇摇头答他。

他走后，想了好久——回家？家在什么地方，在这世界上，哪一个窟窿是我的家？啊，这地球便是我的家。现在，这间小屋子，也可为是我的家吧！

风买了几个大甜梨回来，他把梨放在我鼻子前面：

"吃吧！"

看着他清瘦愁苦的脸，说了些使他辛酸的话：

"风，明天，我们还能够谈话么？"

他不满的瞪着我，苦笑一下。

从他的笑里，看出了死的阴影的惧怕，他忘记了无论谁早早晚晚都必须消失在死的黑影下！

黄昏时分，看见了死的黑影密密麻麻罩满一楼，在这下面人的力量，一定得败北，完全像鱼在网里一样，越多挣扎，越多受伤，鳞磨掉了，肚皮也擦出了血……克和风坐在床边，坐到深夜。

写到这，胳膊酸了！眼睛也朦胧了！

风拿开了本子，叫我好好躺下。

休息了好久，不，还得写几行，风愁苦的拿过本子来放在枕头前面。

这几行字怕是最后的几行了，我活了二十几岁，对于人类很抱歉，什么有益的事也没做过，悄悄的来到世上，又悄悄的别去，朋友，读了我遗留下来的日记的朋友，请别悲哀我的离去，生和死乃是生物界的老例，不要怪……明天，我能不能写日记，不得而知。

啊！迷昏……

小姐日记

四月一日
（星期六、晴天）

有两个多月不写日记啦！

唉，近来不知怎么，懒的什么也不愿做，饭也吃不下，觉也睡不好，连讲话也不高兴，谁一和我讲话就觉得讨厌。一听见人家，三五成群集在一起，讲东说西，嘻嘻哈哈，我一点感不到兴趣。赶紧躲开，跑到清静的境地，宁肯对着窗外的花盆默想也不欢喜参加别人的讲话队里。

想起来，这几个月，自己的思想兴趣和性格的变迁的没有一定，实在觉得吃惊！母亲时常用稀奇的眼光看我，好像，我不是她的孩子，而是毫不相识的路人样！唉！这多使我难过，莫非说，她们讨厌我的沉默寡言吗？连母亲也不喜欢我寂静的本色吗？

昨天晚上立在窗外静静的想想自己的过去，想自己的现在，而且想到将来，听见母亲在里屋和姑妈和表姐议论我。

母亲忧心的问她们：

"你们看，秋丽是不是有点两样？她像有点什么心事似的……"

"不错。"姑妈说："我也看出，她成天好像很忧愁。"

表姐插嘴表述意见："顶好是问问她。"

后来，她们悄悄的讲了些什么，接着又笑了一阵，又沉默了。

有什么心事？自己知道自己什么心事也没有。

不错，近来老是发愁，愁的是这寂寞的生活，这样的寂寞真够受，如果能够到什么地方旅旅行一定是很好的。可惜，这个理想很难实现，倘若和母亲商量，她决不会许可。即便她同意，父亲也不能批准，无论什么事，母亲没有权利决定，全听父亲一个人的命令。

啊，母亲真可怜！她一生，是生活在父亲的命令之下，父亲说东，她不敢往西，父亲说南，她不敢往北，好像无智的小羊在顽固的牧童的皮鞭之下一样，但是，这样的生活，她不觉什么不好，她以为这是应该的，一个女人就必须服从一个男子，她胸有成竹的发表过她的学说：

"男子是一层天！"——这便是那学说的结论。

我总想不明白，为什么男子是一层天，这个"一层天"也不知怎样讲。

唉！每天悠悠忽忽，好像做梦。

几时能醒了梦，出了梦景呢？

天哪！快闷死啦！

怎么办？

四月二日
（星期三，晴天）

啊，春天确实到了！清早开了窗，有一阵阵温馨的微风拂着脸，这样温馨的微风，真使人沉醉！为什么一年四季不能全是春呢？而春是这样短，在人们的不注意中，它就悄悄的别去，抛给了人类，以那样炎热的夏。我讨厌夏天，宁肯欢迎死寂的冬。

母亲上街，买了许多枝刚开的桃花。她欢欢喜喜的捧着花回来，如得至宝一般，把几枝最鲜艳的给了我。我把这些花插在花瓶里，老吴给弄些清水，她对于插花完全是外行，教了她半天，她眯着眼睛对母亲说：

"哎哟，小姐真是有学问的人，连插花还有那么些讲究，我一点不知道！"

老吴真可怜，她只知道好好伺候人家，到月头领工钱，不知道她自己的生命的可贵。其实，这样人，世间不知有多少啊！

端详了半天刚开的桃花——桃花，你们很得意么？你们可知道，你们已经被人们折断，逼你们离开了本枝，把你们卖了钱，而现在虽然插在屋里,可是,你们的寿命没有多久就完了呀!你们将很快的盛开,很快的衰老,很快的枯谢,而且,很快的被人们丢掉,如扔掉废物一样把你们丢在随便什么地方。人类爱你们,人类又憎厌你们,啊!桃花,你们真可怜。可惜,桃花不会说话,它不懂我的意思,正如我不懂它像桃花似的可怜人,世间实在多得很!这些人,她们接受过人的爱,又领教过人的厌恶,这些人,她们的被爱被憎完全是被动,她们本身,丝毫做不得主,所谓自由或意志,是一丝一毫也谈不到的。

想起被爱又被厌的桃花,联想到受宠又受憎的人,使我发呆了!

唉,异性间爱的原则,如果和桃花的命运相同,那么,我真不愿接受这种爱,即使是有那样欢喜爱枯谢的桃花的人,恐怕这人的爱决不是真实的,而是勉强的俯就的。实质上,还是厌恶!

现在,这些桃花,她们盲目的,骄傲的接受了人的爱,努力的开放她们的鲜艳,却不知那不久的将来,那可怜的日子很快的就要到了!哎呀!我怎么变成一个厌世家了呢?这不成,得振作一下……

四月三日

(星期四,晴天)

表姐和我谈了两点多钟的话,真可笑,她竟极力的,巧妙的探寻我的心里,她好像受了一种委任,受了谁的嘱托似的。

坦白的和她讲,我心里什么也没有。只是,这春天,带来了忧愁,温馨的风吹来了忧闷的种子,我们的兴趣上面罩上了一层灰色的网。这种烦恼,比什么都简单,可是她却不懂这意思,好像她没有经过这个时期似的,啊,真是健忘的人啊!母亲呢,还不如她的记性好,她们每天只讲些衣料和饭菜,桃花插在瓶里,她们只看见了盛开,不想到不久以后的凋残。

唉!真愁人!

午饭后,母亲提议:"你们看电影去吧,听说换片子了。"

这是弟弟带回来的消息——他成天,除了踢球就是电影,踢球和电影,是他的灵魂——他不愿和我讲话,怕我嘲笑他。

表姐和我商量看电影，她请客。

去了。

影院里，人很多，拥拥挤挤差一点没有找到座位。我们身后，有几个年轻的男子，一个个，歪戴帽，邪瞪眼，是群流氓。我刚坐下，觉得背上谁轻轻摸了一下。回头一看，他们都老老实实把脸转向别处。

我忍住怒气。过一会儿，又重演前次的戏文，真压不住气，回身大声喊：

"谁做什么？"

他们咻咻的笑，同时，有无数的眼睛往这里看，喊一声也发生点效力，以后，没有那讨厌的动作了，这些卑陋的东西，他们把女性当玩物，也不想想，女性全一样么？

从影院出来，和表姐在街上散一回步，走到一条街道，发现了身后有一对忠勇的护从，他们尾随了好久，直到我们上了马车，那两位可怜的先生打断了野心。

表姐说，她时常遇见这种事，现在，她不胆怯了，这也是一种训练，我也经过几次这样的训练。可是，还有一点忐忑不安，那些男子，如狼似虎，他们那种政策，对于妓女或野鸡是有效的。

唉！

四月四日
（星期五，上午晴，下午阴）

表妹来了，她一进门就笑，她走路好像跳舞。

表姐说，她最近在报上发表了一篇散文。

啊！表妹成了女作家！这真是了不得真正的文艺家，是人类中的优秀分子，他们站在人类的前面，指导人类以正确的道路，想不到，表妹是伟大的人了！

把她大夸而特夸一回，表妹告诉我：

"我从发表了那篇散文以后，接到四封醉翁之意不在酒的男子的信！"

表妹很得意，把两手从后面抱着我的肩。

但是表姐说：

"你要想得一个文艺家做丈夫，顶好的法子就是在报上登两篇东西，他们一看你能写两句，便崇拜你。"

噢，这法子是不错，不知所有的姐妹们懂不懂这妙诀。这实在是出路，不愁找不着好丈夫。

可是，真正的文艺家太少，像表妹接到的那四封信，那四个人也许和表妹一样，不过在报上登两篇胡诌八扯的东西，算什么文艺家呢？狗屁！

表姐说的不错，一万万个从事写作的人，未必能有一个成文艺家的人。

希望表妹能成一个女作家，表姐欢喜读小说，她的书，全是她女婿寄给她的，她女婿也欢喜读小说，人很老诚，这样的人很难得。

唉，真闷！

下午，和表姐表妹上街散步。晚上，母亲叫写信，给父亲写。

这差事真讨厌，给父亲写信总是千篇一律，干燥乏味儿须头必写："父亲大人膝下敬禀者……"这也不是哪一个死人留下的文法，活着的人却顽强的守着当宝贝。

弟弟回家太晚，母亲把他大骂一顿。

他歪戴帽，邪瞪眼，和那些流氓纯粹一样，在外决不会干好事，听了两点来钟无线电，无聊。

母亲愿听大鼓，弟弟愿听流行歌，姑姑愿听西皮二黄，表姐愿听相声，我愿听西洋音乐。几个人的耳朵完全不一样，是冲突的。

真闷，闷的发昏！

四月五日
（星期六，晴天）

一清早，表妹没有吃饭就走啦。

正吃着早饭，表姐家里来人叫她回去，说是她女婿回来啦，她听说这一声，哟！连饭也没有吃饱，放下饭碗和筷子就进屋收拾东西，谁也不留她，其实留也留不住，她穿好衣服就跑，好像有鬼在她身后追她样！

饭，实在吃不下，想扔下饭碗，又不好意思，勉勉强强把半碗饭胡乱咽下。

唉！今天比哪一天都闷。从来没有这样闷过……

在门口徘徊了半天，想换换胸中的闷气，但是，头上是闷的天空和闷的云，半空是闷的风，四周是闷的空气。房子、墙、门、窗……什么都是闷的，所有的东西全统治在苦闷之下，唉唉，老天爷！真闷死人啦！回到屋子里倒在床上，母亲不放心的进来问问：

"秋丽，你怎么的？……"

我说，有点头痛！

母亲打发老吴去买药，我说用不着，挺一挺，就会好。默默的躺了好久，爬起找本书看，看了半天，不知书上写的什么，心乱如麻，什么也做不下去。

我的心，没有风——为什么波浪汹涌？

一下午，在园里徘徊，真不愿走开，想把生命终如此……写了一封长信，直写到过夜两点，母亲进来，她披着毛衣，惊奇的看着我的脸：

"秋丽怎么不睡？"

赶紧收拾，泰然自若的睡下，母亲难过的出去，顺手关了门。

啊！可怜的母亲，你不知道你的孩子因为什么烦恼。

三点多钟，才入了梦。

四月六日
（星期日，晴）

刚吃完早饭，老吴跑进来说：

"有位张小姐来，她说和小姐是朋友？"

赶紧跑出迎接，原来是金柳。从卒业分了手，以后未见过一面，听说她现在教书，问她，果然是。

母亲很奇怪，稀奇的看着金柳的短发，她的发很短，加上她那一个健壮的体格，好像个男子。

她比从前胖一点，还是急性子，举动很粗野，她如果穿起男子衣服，谁也不相信她是女人。

告诉我，她们校里缺一位女职员，问我愿不愿干。

对她讲，母亲的脑筋太新，她说我年纪大了，应该蹲在鸟笼子里。父亲呢，他老人家的思想前进，如果我请求出外做事，他一定满脸不高兴，从前和他商量过，他说什么：我们家里，不愁穿，用不着打发女孩到外面去给人家跑腿子，这是给父亲丢体面……

金柳喘口粗气。

她不大满意我，她说，一个人，无论怎么说，不是一只鸟，既没有关在笼里，也没有锁在箱里，两只手是做什么的？两条腿是做什么的？

我说：

"两只手，一只端碗，一只拿筷子，两条腿，好走着上厕所！"

她又喘口粗气，随后又哧哧的笑。

其实，手和腿的事，我何尝没有想过？所谓到社会去，我也仔细推敲过，可是，无形的锁链的力量大得很，而且我的意志太强，简直什么也不能干。

最后谈起婚事。她不愿结婚，——说：

"我不能轻易的签字，把自己的身体交给任何一个男子，变成他们的私有物品让他们随便管束。为什么我不能任意结交所喜欢的谁呢？好像现在，男同事都是我的朋友，他们不能把我当私有物品。如果我自投法网，那便是跳进了苦井，至于将来，等四十岁以后再说吧！"

和从前一样的怪诞，她即使和谁结婚，也不会受管束。而和她结婚的那人，我真替他发愁，他一定得"拍案叫苦"。

午间，好容易把她留下，在这吃饭。

在庭院中散步约一小时，谈起同学们的消息，有的当影戏演员，有的当教师，有的当书记，有的结了婚，她说：

"这一部分是给人家做生儿子的机械去了！"

怪，她对于婚事这样仇视。

三点半钟，她走了，留下通信处。

四月七日

（星期一，晴）

一清早，檐前的家雀唱得多么快活呀！它们的忧虑是什么呢？那老鹰，一定不是它们时刻愁苦的敌人。在这样温暖的春的一早，它们吃饱肚子，浴在亲切的阳光里，其欢欣的程度，实在不是忙于奔命的人所能想得出的。大多数的人，为了不值一顾的事，在那里呼吸着污秽的尘土，这和家雀比，谁高尚些呢？

有几朵桃花，颜色憔悴了，青春的光辉从它们身上失去，几天以前，它们还娇艳的放着清香，这样快便衰老啦！唉！

告诉老吴把花拿到母亲房里，我不忍亲眼看它们凋残！早晨起来，洗脸吃饭，这一天，除了吃饭，做了些什么事？

海边的一粒细小的沙石在地球上有很大的用，山头一棵嫩矮的小树，对于世界也有很大的益，而我，在茫茫的人类之中，算是一个什么？

苦闷的日子是难过的，有时感觉光阴太慢，有时以为时间太快，从太阳出来起，一直至落下去，像昏睡似的，把这一天悠悠忽忽、浑浑噩噩的过去，没有一件事会激起一点兴奋。精神一天不如一天，如秋深的黄叶般，一刻比一刻的衰弱，强壮起来的希望简直没有。唉，谁说吃得饱住得舒服的生活是快乐的？

桃花是幸福的么？然而它已经衰落了！

唉！这日子真难过，闷的心忙意乱，好像翻了船，快淹死的人样！

灯下，写一封长信，写到头迷眼花，手酸腰痛，这是写的什么，唉！

四月八日

（星期二，阴天）

早饭一口吃不下，母亲强逼，没有法，喝了几口汤。

母亲的忧虑流露在眉目之间，她问东问西，问南问北，问左问右，问上问下，只回答她一个。

"！"

表妹来的时候，天已过午。

"公园？"她这样简单的闲走！

坐了二十分钟公共汽车，步行了半点，到了公园，很疲乏，坐在凳子上动也不愿动。

表妹悄声说："你看，那些男子……"

身后有四五个男子在那徘徊，他们，又是猫见了肉，拿不动步了！

表妹开心的说："我国的男子真缺德！"

唉，女作家的眼光这么小，哪一国的男子不是如此？

有个不要脸的家伙在我旁边坐下，把左腿放在右膝上，这样，大概是为了叫人家看看他的新皮鞋，那皮鞋样难看透了！我偷看他一眼，他的下巴有点歪，眼睛像老鼠，面孔是丑陋的，只有傻子才喜欢他。不，妓女是欢喜他的，欢喜他的钱包，其实他的钱未必饱满。

表妹如在无人之境，大大方方讲她的文学。

她说莫泊桑的短篇比左拉的短篇好。

歪下巴也插了嘴，他说：

"不错，不错。"

这是个拍马屁的能手，实质上莫泊桑是谁，左拉是谁，他未必熟悉。

我们走了，换了一个地方坐。但是，那家伙又跟过来了，好像下雨天脚底下的湿泥似的，他一定是个苍蝇变的，没有人理他。

和女作家谈论了许久。

她说短篇好，我说短篇长篇都好，当然，我所说的，是好的短篇和长篇，从这又讲到作家本身去。

我的意思是：真正的作家，会写短篇也能写长篇，假如黄天霸只会扔镖，不能飞檐走壁，那能成个什么好汉呢？上不去锅台的杨香五决算不了英雄，而且，要讲义气，要行侠仗义，要杀赃官除污吏，除暴安良，替天行道。——这是说：作家应该有高尚的人格，要是个真理的战士，不然……

讲个天花乱坠，自己也觉着吃惊！

苍蝇问我：

"女士贵姓？"

鬼才回答他。

我们从公园步行回家。

晚上写信——写信，几乎成了日常的劳动了。

一到夜晚就闷，不知怎的……

妓女日记

二月十七日

云青姐姐说：

"一天一天，老是'抗刀'，简直不够粉钱，这真赔账，太不够本！"

这话虽有理，她这些日子，也倒了运，连半个客人也接不到。我很可怜她，正如可怜我自己一样。可是我有点讨厌她，因为她的嫉妒性太大，大的厉害！嫉妒性本是人人决不能一点没有的，然而像她那种嫉妒的程度，实在惊人。

头些日子，小刘每天来，她看到这，就对桂凤说：

"看人家，怎么样，真有两手！"

桂凤姐，无论什么事，对我一点不隐瞒，有一句说一句。可惜，她的面貌不扬，在姐妹中，数她的"事由"坏，她有个固性约平脾气，——太强硬！这是容易吃亏的。劝过她几次，她也承认这种毛病，可是总改不好。

晚上，来了三个人，全是生客，他们要见见。

于是，老刘大声喊了一声！

"见客！"

我们争前恐后的跑去见。我排在最后，他们竟选中了我。招呼我的人姓赵，赵爷——赵爷有一副裹棕形的三角脸，鼻尖是紫色，两只耳朵肥大，眼圈像毛猴样，有点红。看外表，就知道是个"逛道的老手"。

他嘻皮笑脸的问：

"花名怎么称呼？"

我客客气气的告诉了他。

他很满意似的对另外两位大爷一笑。他一笑，就显出满脸皱纹，是个年龄不高而身体早衰的人。"妈啦个巴子"是他的口头语，他说"妈啦个巴子，刚才这顿饭吃多了！妈啦个巴子肚子有点痛！"

"妈啦个巴子"生在他的嘴上，一句话说了好几个。他还喜欢说"时候"，吃饭的时候，吃完了的时候，临走的时候，一大串"时候"从他那又笨又难看的嘴里滚出。他的声调太难听，也不知是在哪一个省城下生的。

另外二人，一个姓冯，那一位姓什么我现在忘记了。

姓冯的夸赞我的眼眉好看，他有点醉醺醺的意思，忘记了姓什么那位先生不大欢喜讲话，总是沉默不语，好像没有吃饱想老家似的。

赵爷赏了一块钱，他临走的"时候"说明天来，说了明天来，的"时候"就扣上帽子，扣上帽子的"时候"……

"妈啦个巴子"真不错！

二月十八日

小刘十一点多钟跑来了。他打算记账住一宿。我悲哀的告诉他，记账的事掌柜现在不许可了。我想找两件衣服给他去当，他摇摇手：

"别，别，别这样！"

他很欢喜的走了。

其实，他真要把我的衣服拿去当，我绝不许可——世界上没有这么一个傻子，会找亏吃的。在小刘身上虽然吃不了一大亏，可是得小心，不能轻易的搬出感情滥卖，上当就糟了。而且这小子，有点不可靠，从眉目之间，满可以看出，他如果在桂凤身上这么殷勤，一定会得到桂凤一片好心，——这正是桂凤的缺点，她时常把下面这作事忘记了——我们出售的乃是身体，不是感情的火焰或理智的冰块。所谓爱在我们周围，有如在海边找金子一般难。

赵爷果然来了，他一个人来的，闹了半天才走。他想住下，可是我撒谎说"不方便"，如果留他，他以后也许不会这么殷勤的拜访。

和买糖的争讲了半天，他在我屋子门口喊来喊去讨厌极啦！

我说："你喊两声得啦，何必这么不停的喊？"

他满不在乎的瞪我一眼，嘟嘟念念的说什？

"嘿！架子真大！可了不得……"

我想质问他为什么说我架子大，又一想，多一事不如少一事，而且"小不忍则乱大谋"所以没有和他辨别。

香兰又挨打了。

唉！这孩子太可怜！她今天才十三岁，怎么能拉住客人。十有八九，招呼她一回，再也不想招呼第二回。

当掌柜把她关在房里，从里面锁了门，用鞭子噼噼啪啪的抽香兰，她不敢大声哭喊，因为这是掌柜的脾气，越是大声喊，越打得重。她悄悄的，把哭声压在肚里，悲惨的哀求。

"妈呀！打死我啦！饶我的命吧！我……我……我一定好好的，嗳呀！痛呀……打死啦！……"

掌柜决不告饶，他一面打一面咒骂：

"小兔羔子！我不是白养活你吃闲饭！你小声！小声！你再出声，我打死你……"

香兰压低了那并不敢放大的惨声。

"我……我不，我不……不不啦！嗳呀！打死我啦！妈呀……"

忍无可忍，我跑过去推门。香兰知道是我，她凄惨的发出一声绝命的呼叫：

"救命呀！救命……"

我用力推门，怎样也推不开。掌柜停了毒手，怒气冲冲的转过身来，狼一般咧着毒牙瞪着兽眼睛，不愤的问：

"谁？"

我苦苦的哀求他：

"饶了她吧！饶了她吧！打我吧！打我……"

他大怒的开了门，对我嗥叫：

"管你什么事？"

哀告半天，他凶狠的迈开非人的两足，气汹汹的走了。可怜的香兰，她已昏倒。

把她抱起一看，啊！伤太重了，全身是血，面无人色，嘴唇是紫的，两眼也发了青，把我吓了一跳，以为是断了气。把桂凤叫过来，她说不要紧。

我们把这可怜的人抬到桂凤屋子，轻轻的包裹起伤口，好半天她才睁开眼睛。痛楚透过了她的全身，她诉苦也不能。只是像快断气似的难受的呼吸。

这一个痛苦的夜，简直不能安眠。桂凤姐看着香兰受罪的情景泪水就如大雨一般。我，只觉心里一刻比一刻酸痛，两腿有点摇摇不稳，赶紧跑回屋子倒在床上……

三月十九日

早饭一口吃不下。

坐在床边，看着香兰的面孔，桂凤姐盛了一碗稀粥，用小勺一口一口喂她。起初，她只是悲痛的摇头，不愿吃，桂凤姐劝她：

"你勉强吃点儿，可以快些好，听姐姐话吧！"

她痛苦的张了嘴，一口饭没有咽下，伤心的哭起来了，把饭吐出。劝了好久，她止住眼泪，勉勉强强喝下几口稀粥。

王先生来了。

他有十来天没有来，大概厌恶了我。

但他说不是。然而问他为什么不来他却说不出理由出来。

他是个有钱的少爷，他每天逛，只这头等二等，像我们这三等都不够格的窑们，他是抱着好奇心来看一看的。他头一次来就招呼我，他说我们的屋子太脏，当他坐下的时候，还厌恶的看看破椅子，掏出一条丝的小手巾放在屁股底下，这才勉勉强强的就了坐，这种他"麻辣个巴子"有点叫人什么。今天是第二次来怪，他没有搯丝的小手巾放在尊贵的屁股底下就坐下了。我告诉他：

"徐爷！你快起来，我给铺上点什么，那椅子太脏啊！"他笑一笑，摇摇手。老刘拿上手巾吧，他不擦，这是嫌脏。

我给他敬一支烟，他也不要，从袋里搯出高贵的烟。给他敬一杯茶，他也不喝。这位老爷，真难侍候。我痛快不理他，把脸转向墙住一会，听见身后有脚步声。

他从后面拍拍我的肩，我赶紧搬下他尊贵的手。

"喂！架子真不小！"这是他的话。

我生气的对着他：

"拍拍良心，我的架子大，你的架子大？"

他莫名其妙的反问：

"我怎么架子大？"

我加了一点解说，他恍然大悟的张着嘴：

"哦！这是我的习惯。"

我到死也不会忘记，摆架子乃是他的习惯，跑到我们面前来这一套，何苦？

他走了后，我费了一支洋火烧了一张黄纸钱——这是表示无上尊敬的象征。

香兰没有陪伴的时候就哭，没有法，我和桂凤姐轮流给她做伴。

她对我说，她想早点儿死！

"嗳呀！别这么想，再住二年，年纪大些，就不至于这样受苦啦！到那时，骨头练硬了！人情世故全懂得，就容易活啦！"

把我从小时候的苦处全讲给她听，她一言不发，静静的望着我的嘴。

三月二十日

云青和金花打了一场嘴架。金花有个很漂亮的小伙的客人，这小伙一来，云青就到金花屋里谈天，表面上虽然谈天，可是实质上却是吊人家的客。她想把那小伙吊到手，金花发现了这个危险，所以屡次给云青以脸色看。而云青却不理会。因为她太热心从事进行她的狡猾了。于是不可避免的斗争便在今天爆发。

大家讲起这段故事都开心的笑。

金花的醋气总是□□□，她把这事报告了掌柜，云青挨了一场责骂。

掌柜说：这是最大的罪过，密门里，这要算第一条规矩，以后云青倘若再犯，一定要重重的惩罚。

这样，金花的醋海的波浪才告平息。

小刘一进门就笑。

问他笑从何来，他说亚牌九得了胜利。搜他的衣袋查出十块钱。还有几毛零钱。把这零钱留给她，其余的给他保存起来。他欢喜这样，这是不会错的，他也放心。

留他住下了。

这小子，也不知从那位师爷学会了种种花样和妙诀。啊！又乏又困，一败涂地……小刘呢，他得意洋洋的看我笑。

好，等着看吧！不定哪天有苦吃的时间来到。

过半夜，忽然惊醒了。香兰又哭了，我爬起又去看她。她说胸口痛，痛的厉害。在她胸部轻轻的一摸，她赶紧推开我的手，说一摸更痛，简直不能忍耐。她还加上了咳嗽！

桂凤姐也惊醒了。她看见这种情形，忧愁的瞥一眼我，对香兰说：

"这不要紧，过两天就会好，睡吧！"

但是她喊着说："痛呀！"

唉！

三月二十一日

桂凤姐，把香兰在夜里叫苦的情形告诉掌柜，这个狼心狗肺的东西，他说香兰假装。桂凤告诉他，这是千真万确不是撒谎，他还是不信，他要看一看。香兰一看见这只人面兽心的？？忽然哭起来了。

他怒从中来，过去就是一巴掌，打在香兰的脸上。我苦苦的祷告他，把他推出去。香兰拼命的哭，她两手抱着胸，一口气一口气艰难的往外拔气，她的脸色太难看，两眼深深的掉进洞里，眼眶四周乌黑，鼻子也变成了青色，嘴唇一点血色也没有，好像在黄土里埋了多年刚刨出来样！

无论怎样劝她，安慰她，她总是哭，哭声惨人心腹，听了这声音会碎了心。

后来，他哭乏了，才住了那碎哑的喉咙。

桂凤姐愁苦的问我，香兰是不是有点可忧啊！我相信——我虽然不是医生——香兰的可怜的生命快结束了！

这对于她，能说不是幸福么？

她屈服在悲惨的境况下——正如现世成千累万的可悲的女子样——从生下之后，就把灵魂交到了恶魔手里，随它怎样摆布，生也由它，死也由它，自己是做不得主的。受罪就受罪，有什么办法？香兰，什么也不懂得，她只知道一件事：她的恶运乃是由于"八字"不良的结果。此外，她不相信别的，她不知道别的，她不能知道别的，她怎么能明白什么呢？

与其像她一样受苦，过着这样连监狱也不如的女子生活，把生命这样苟延残喘下去，实在不如痛痛快快，赶紧的把这不值价的生命结束了好些吧？

晚上，香兰的情势很可怕。她时常惨呼，在昏睡的时候，嘟囔些听不懂的语句。

桂凤姐不住的摇头，她默默的望着我不开口，用不着闭口，她的沉默的语言，我完全了解。她和我得到思想趋向了一路，我们抱定了一个观念，这就是香兰不久之后就要脱难了，现实的灾难的判断。

"你们用不着那样操心，"——这是掌柜的警告："她养两天就好，再过两天要不起，两巴掌就把她打起，他妈的，装腔作势，好不讨厌！"

"妈啦个巴子，来上个盘子。"他又说又笑，简直是了不得的快活。

我假装一副笑脸，随利他说笑，——因为我还要生存，现在不是哭的时刻，——他说，妓女没有一个是有"真心"的。

"妈啦个巴子"也不问问他自己，他有没有所讲"真心"。什么叫"真心"？我还不懂得呢！

他刚走，小刘来了。

我"真心"欢迎小刘，因为他这里为着钱"局饭"他吃的很讲究，又是酒又是菜，叫了满桌。

谓从良，就是给人家当老婆，给人家当私有物品，身体与灵魂全交给人家。这种职业和我自己目前的职业，很不同，然而论起价值或意义来，我可分不出高低。我不知道前一项比后一项高尚多少倍。我宁肯把现下的职业发挥光大下去，我情愿在野地里受苦，不愿锁在笼子里闷死。

但是，我和小刘说：

"你能办到么？"

"我想——能"

我闭上眼睛，因为我困了。

虽然义务还没有尽，然而小刘没有挑错，我是"真心"对他，他也真心对我。

三月二十五日

昨天晚上，小刘来借钱做赌本。我又不开银行，哪还有这么方便的钱。他有点不高兴的样子。我把他骂一顿，把他骂高了兴，跳跳跃跃的走了。

一清早，还没有醒，桂凤姐敲门把我惊醒。

"你快过来看看！"

我急忙穿衣下地，跑过去。

香兰的呼吸有点异样，好像到了最后的一刻。

"怎么办？"

我也想不出办法。

住了半点来钟，香兰难受的睁开眼皮，看看我两人的脸。

桂凤轻轻问她：

"你觉着怎么样？"

她半天吐出一句话！

"好……一点儿！"

我俩放了心，这个早晨算不安过去。

晚上，香兰还没有改变。桂凤姐很欢喜，她说大概不要紧。

要紧不要紧我是不敢说一定的，但是我直觉的意识到，香兰眼看就要到安静的幸福的境界里去了！

黑小子来了——他有两个多月没有来，他说轮船开到别处，一直到现在，一天也没有休息，成早到晚在船上做工。

这怨谁呢？如果我是船长，或是说话算，那么我天天放他的工，他好天天来。

他的袋里一定是有几个钱，所以喜气洋洋。

他买了二斤苹果，半毛钱花生，一面吃一面唱：

"春日融合百花鲜，

宝玉想红颜，

缓步缘水前

……

……"

他的嗓门太粗，一点不好听。还不嚎叫！

他要请我看电影。

"谢谢！"

他对我笑笑，我没有对他笑……

回家日记

（原文缺失）

答应一声。

听见父亲急急忙忙摸索什么的声音。他咳嗽着，呼喊着：

"喂！楚云，快醒……"

妹妹恐怯的问："什么事？"

"你哥哥回来了！"

妹妹情不自禁的叫了一声"嗳呀"！

接着是沉重的奔跑的脚步声。

父亲出来开了门。

妹妹已经点了灯，她手忙脚乱的急着扣衣钮，头发很散乱，因为冷身体不住的抖擞。她长高了不少，酒窝比从前深许多。

弟弟没有醒，他闭着小嘴呼呼的甜睡。我在这张小嘴上难受的亲了一下。

父亲苍老多了，满头灰发，脸上是堆堆的皱纹，眼里有些发光的东西。他又欢喜又伤心的看着我的脸，半天不说话。我知道，他有满腹的千言万语，可是此刻却半个字也吐不出来。

妹妹把脸向着壁，两手捧着脸……

父亲挣扎着说出一句话："你吃过饭吗？"

晚饭没有吃，可是肚子不饿，江东到西，直到天亮。

十一月四日

弟弟一早爬起，看见了我，吓了一跳，眼睛大大的瞪着：

"呀？"

父亲告诉他，哥哥是昨天半夜回来的。

他躺在我怀里，紧紧的抱着我。我吻他的眼皮，舔他的鼻子，狠狠的咬他的嘴巴。

妹妹做好了饭，又烧水给我们洗脸。

她辛辛苦苦，好像一个成年人，做起活计来，手疾眼快。父亲说，如果没有她，这日子简直不能过。

弟弟拿出一个纸匣，打开给我看，里面装满了字块。这是父亲给他写的，他已经能认识两千字了。

他叫我考问他。

我随便拿出一些字块叫他认，他一看就认识，立刻念起来：

"这是吴，这是关，这是殖民，松，国，存，生……"

一个字也没有念错，不笨。

妹妹摆上桌子，收拾碗碟，开始盛饭。

饭后和父亲闲谈，他讲这三年来的生活景况，我静静的听着心里一阵酸，一阵痛，好像有一柄剑刺着我。

和弟弟坐在门槛上，望着满天飞跑的云。

父亲把院子里的雪打扫干净。他说，今天不上工了，休一天假。

父亲到外面去的时候，妹妹告诉我许多事。

"哥哥，从你上月来那封信说是回家以后，父亲天天上车站去望你。他放工回来，连饭也不吃，先跑到车站去。火车过来，又开走了，他才回家。有一天，他回来说他看见一个年轻人，跳下了火车，急急忙忙奔跑，他赶紧追上去，从前面□□□□□那个年轻人回头看他，很奇怪的看他，他跑到跟前一看，原来是认错了人。他回来的时候，半宿没有睡，他不断的，每天傍晚上火车站去，一连跑了半个多月。这几天不去了，他说，哥哥大概是因为有事情不准假，所以不能回来了。头两天，他眼睛上火，饭也吃不下，幸亏好了……他时常，悄悄的掉眼泪，他想和放印子钱的借钱当盘费，去看哥哥，如果哥哥再不回来，他真要去了……"

妹妹讲到这，眼圈发红，不讲了。

我抱着她的头，把脸压在她的发上，想痛痛快快的大哭一场，可是没有眼泪。

她仰脸看看我，流着泪苦笑。她的泪水流进嘴里，我用袖头给她擦擦。

她又告诉我：

"还有一天黄昏，父亲上车站望你，天黑了还没有回来。我把饭桌放好，一等也不来，二等也不来，怎么回事呢？我关了门，和弟弟出去找。我们走到大桥上，看见桥头靠着石栏杆上有个黑影，上前一看，原来是父亲，他坐在冰凉的石台上，垂着头，袖着手，动也不动……

唉！那一天，很冷，如果再住半点钟……"

妹妹的声音变了，她悲痛的咬着嘴唇，吞吞吐吐的接续讲：

"从……从那以后，我哀求他不要上车站盼望，我……我说……哥哥如果回来……也不是不认识路……"

冰硬的心，在我肚里碎了！

父亲一早爬起去上工。

他提着饭盒，□□直走，我看他的脚步很沉重，他的肩头宽宽的，很魁梧的低着头。当他开门的时候，还停了一下，好像有什么心事似的回头看看。

这么大年纪的人，还要到工厂去做工，为了什么呢？为了生活，生活的皮鞭从早至晚抽打着他，从幼年时代到他的目前，——这是一堆梦的火的炉灰，在这上面，没有热也没有温了。

并且父子之间，还有一层思想不同的鸿沟深深的隔开，可是这父子并不是仇敌，我十二分的相信，他爱我的心比从前深得很。虽然，他对我的希望已经化了为冰点，然而他的爱，丝毫没有降低。如果我现在的灵魂脱离了躯体，他的生命将因之马上结束，他所以还能够走路，没有别的，只因为有这人类的爱之丝把他缠住。

妹妹的工作总是多的，她洗完了衣服，又为弟弟缝补破裤子。

我想起一件心事，问她：

"你知道不，淑兰出阁没有？……"

她望我笑笑：

"孩子都两岁啦！"

在我的心上，压了一块失望的大石头。

三年前，淑兰姑娘和我们住对屋，她的母亲是位心肠慈悲的寡妇，她只有这么一个女儿，又美貌心肠又好。她借过《桃君的情人》给我读，这些事情我永远不会忘记。然而现在，往事已化成了云烟，在初春的树林梢头消灭了。现在是万物死寂的冬日，春的到来虽然不远了，怎么忍耐呢？

十一月六日

留下妹妹孤独的在家看门——其实孤独的生活，她早已经过惯了——我和弟弟跑到海边去。

冬季，太阳光一点温暖的意思也没有，海洋在这冷冷的天空下，不惯的，翻翻腾腾滚着浪花，怒气冲冲的喷着白沫，还唱出雄壮的语言的歌。

我们沉重的踏着沙滩，什么话也不讲。

从前，在这冷冷漠漠的海边上，是我愁苦时消遣的地方。我曾在这上面，时常，一天走到晚，一面走一面做梦，并且，这是我三年来时常怀念的境地。

有一次，正在走着做梦，遇见了大雨，我看到了大怒的海洋的面孔，听见了风雨和海洋合奏出的激烈的前进曲。如今"山河依旧"而我已不是从前的我，即使风浪大作唱出更好听的歌，也不至像从前那样动情绪了。那时候完全是个傻子，成天悠悠忽忽好像做梦样，忘记了现实的世界。

晚上父亲回来，疲乏的挤着眼皮，他坐在炕边不住的喘粗气。

父亲和我说：

"明天，你到母亲的坟上去看看吧？"

父亲和母亲的爱情很深，母亲去了多年，他还是时时刻刻思念着。

我几乎把母亲忘记了，父亲这一提，我才想起。

灯下，妹妹悄悄的告诉我一件故事：

"哥哥，你离家那年秋天，有一晚，我到淑兰家借洗衣盆，因为我们的洗衣盆漏了，淑兰当时在家闲坐，她一看我进去，赶紧让我坐，只有她一个人在家，大婶子串门去了，她问我：'过年的时节，你哥哥回来不？'我说不定规，她又问：'你哥哥常来信么？'我说常来，她叫我把信拿给她看，我立刻跑回来把前后几封信拿给她看，她把信放在毛毯底下，说住两天还我。住了两天，她说信弄丢了，不知谁拿去了，她很对不住似的，和我商量，不让我告诉父亲。后来，她舅父给她把婚事提妥的时候，我看她哭过……"

这故事叫人难受，我的冰硬的心——软了，而且酸了！

躺在炕上，翻来覆去睡不着，左思右想，越想越难受。不知什么时候，好容易入了梦乡。

十一月七日

昨夜，我做了一个悲哀的梦，我梦见了淑兰姐姐，她流着泪水站在漠漠的海边上。老远，我就看清楚了是她，赶紧跑过去，站在她后面，她哭了又哭，忽然跺一下脚，急急忙忙往水里跑。我慌慌张张拖住她的衣服，她大惊失色的回头看：

"谁？"

仔细一看：

"呀？是你么？你……"

我凄楚的说："是，是我，我回来了！"

她倒在我怀里，放声大哭，我也一样。

正伤心伤意的时候，她忽然仰起脸来：

"嗳呀！你看那边，是谁？那是我舅和我母亲，他们追我来了！"

"那么我们快跑吧，不，没有地方跑，我们还是死了好……你愿意么？"

于是，我俩紧紧的抱着投进了汪洋大海。

这样，我就醒了。

早晨，父亲嘱咐我：

"今天不怎么冷，去一趟吧！"

母亲的坟，比从前瘦小多了。这一片墓地，大大的改变了样子，从前哪有这么多坟墓？而现在，坟墓填满了空地。这些人，和平的睡在狭小的屋子里，他们既用不着愁吃，也用不着愁穿，人非到了死后那一天，决不会安静的。在荒凉的母亲的坟前寂寞寞的徘徊了好久，四野是一片残雪，风就在身前身后呜咽。母亲，你能知道么？你的儿子在你的墓前彷徨，也没有携酒，也没有带香火，他不相信这些事，这些是人类的原始的愚蠢的仪式，他一点不重视，他把生成或死灭看作生物的定则。母亲啊，你原谅你的儿子吧！

回来的时候，弟弟走到半路说腿酸。

这么远路，他哪能不吃力呢？正好，在路上，有一辆从乡下上市的空车，和车老板说了些客气话，他慷慨的许可我们上去，一直拉到离家一里路的十字路口，下了车，对车老板说声谢谢。

这个赶车老哥，好像面熟，可是想不起他是谁。现在，我的记忆力太薄，五分钟以前的事很难记忆，何况几年前的事，简直无从想起。

十一月八日

父亲领了饷钱回来，刚拿起面口袋要去买采，房东先生就来了。

他来要房租。父亲温和的哀求他，希望他再让两天。

我把几块钱全数掏出来，交给了父亲。

房东高兴，——他轻而易举的得到了现钱。他不像父亲那样，一天干到晚，辛辛苦苦干一个月，方能得到寥寥几个刚够维持不至于饿死的工钱。而他，又用不着两手劳动，只消威严的把嘴一张，就有许多钱到手。他胖胖的，一不愁吃，二不愁穿，他的少爷小姐都读书，年龄大的在外国留学。他真有福，这是八字好，命里注定的么？

父亲买米回来，愁苦的问我：

"你回去的时候有路费么？"

我不说话。

他把钱还了我：

"你装起来，如果花光了，回去的路费没有办法。"

夜里，父亲问我好多话：

"你在中学校是怎么的？……"

我详细的告诉他：

"一个常到旅馆闲坐的教师认识了我，他是姐夫的朋友，他答应我，供我读书。这样，我便插进了中学二年级。宿食费我没有，这位老师给我说了句话，我就无须忧愁了。"

"读了四个月，这位老师转了职，——他也没有能力培养我了，于是我就失了学。他怕我蹲底，介绍我到部里当书记。"

"他姓赵，名字是启明，是位学问深博，而人格高尚的人，并且是位一般人难于了解的人。"

"当书记攒了二十块钱，我又进了一家中学校，这个学校和先前那个距离很近，我进了三年级，虽然考试不合格，可是校长许可了我，他夸奖我，说我有志气。"

"二十块钱毕不了业，我勉强对付了半年，他们一要宿食费的时候，我就撒谎，我说家里还没有寄到。后来他们知道我撒谎，不准我念书了。"

"没有法，我又去当书记。这便是进中学的经过。"

父亲深深的喘口粗气：

"这样就够了么？"

"不够，因为，我虽然住在校里，可是，精神，无时无刻不像野马似的跑到远处，每天发愁，一点没有心思听讲，功课不感到兴趣，不如当旅馆茶房好。"

父亲忘记了困，他翻一个身问：

"你不能找到再好些的职位么？"

"这个书记差事，求了不少人呐！一个月七元五，刨去伙食五元，还剩两元五。有两个书记，没有薪饷，只给饭吃。"

"唉，太难！"

"我等着机会，想考军官学校。"

"能行么？"

"我想，求谁帮助一下，如果能办到，将来就会有一丝希望。听说没有门路考不进去，我很愁，做什么都是难的……"

父亲不说话了，他陷于沉思幻想之中。

我想起这几年来，仅仅为了吃一碗饭所受到的万般侮辱。这些事，我不能对可怜的父亲讲，如果他知道了这些，不知要怎样为我悲苦了！

其实，侮辱并不算什么，可忧心的，乃是那些恶劣的遗传性的人类，他们的眼睛是有利无耻的，他们的鼻子是卑陋下贱的，他们的血中有毒，这些愚蠢的人所生下的子孙比愚蠢的老辈还愚蠢，这真是使人恶心的事。

幸亏，这地球，始终是旋转，有改造这宇宙的决心的科学者日夜在努力不息。没有这些志士，这乱七八糟的世界现在不知弄成所么恶臭了！

想到精疲力尽才睡下。

十一月九日

今天又下雪了。

父亲冒着风雪去上工。

望着漫天飞扬的雪花，计划将来的路应该怎样迈步才能登峰造极呢？啊，我竟想到这可耻的一端去，登峰造极用不着，应该努力不息的上，拼命的爬，累死了算完！

一个幻景在我面前出现——我恍惚看见了一个美丽的境界，没有风，没有雪，这是一个新奇的春天，而且这春天要永远在人间接续下去的。

花的香气充满了全地球，海洋上没有波浪，只有自由的船，或"幸福的船"在伟大的海洋中航行。所有的人都可以乘坐这船，愿意坐自由的船，就坐自由的船，愿意乘"幸福的船"就乘"幸福的船"，随便。因为花的香按照人类意志放散的，没有危险的谷，只有高尚的山，没有廉价出卖灵魂的区域，只有珍重无比的诗的乐园。虽则在这园里并没有高贵的麻醉的烟酒，然而有的是清澄甜蜜的雾泉，自然的果实和人为的点心像雪花这么多，由科学家创作出，随处都是撒满了世界的各个角落。这个幻景消灭了，接着又出现了一个。

我看见父亲，他疲乏的喘着踏着雪赶路，身后一只狼悄悄的跟随着他，他不知道照旧走路。

那狼的时机到了，他看看四野无人，从后面一跃而上，抓着父亲的后领，父亲迅速回头的工夫还没有□□□，他就在父亲的脖子上凶猛的咬了一大口。我看见了雪花上的残骨和血渐渐的被堆在雪花下面……

谁从后面推了我一下，噢，是弟弟，他望着我笑，我把他搂在怀里。

他快活的讲：

"做雪人，我做了一个雪人，肥的胖的雪人，做了半天才做好，爹出来看，说，很像。"

"爹说头有点歪。"

"他把头修了一下，这样，头就正了。"

"雪人的眼睛呢？"我插嘴问。

"石头作眼睛！"

"鼻子呢？"

"一个短木棒！"

"细吧？"

"不，这是一个干树根，很像鼻子。"

"那么嘴呢？"

"嘴是半截破瓦片。"

"有没有手？"

"没有手。"

"没有手怎么工作？"

"什么？"

"后来太阳出来了，晒上几天这个没有手眼睛是石头鼻子是木棒嘴是半截破瓦片的肥胖的雪人就堆倒了，是不是？"

弟弟笑着说：

"是的，堆倒了。"

"变成泥和水，非常讨厌，对不？"

"不，很可惜！"

"可惜？"

"嗯，因为，好，好容易做成的。"

我看着弟弟的孩子气的脸。他的鼻子像一瓣蒜，两只眼睛像一对黑豆。

十一月十日

雪下了一天，天快黑了还没有住。

父亲回来以前，妹妹把饭做好，饭桌子摆在炕上，剩余的炭火乘在盆里好取暖。天公很快的，布下了黑网，往常，父亲这时候已经回来了。

我扣上帽子出去。踏着雪走路很吃力，我跳着走。

街上一个人影也没有，没有风，大地静悄悄的，雪花没有声音。

走到一条狭窄的□□里，看见前面有个白色的人影。迎上去一看，是父亲。它很吃力的踏着雪，艰苦的呼吸着，几乎走不动了。怎么，他的腿瘸了，一步一歪。他发现了我，摆摆手。

我赶紧跑过去！

"唉，真晦气！我掉进大沟里去了，趴了半天，好容易爬出来。起初，我往东爬，越爬雪越深，雪堆到我肚子上。我一看，不好，赶紧转了一个方向，往回爬，这回才爬出来了。"

"沟里是一堆石头，把腿跌痛了！你看，迈步很难受……"

他的衣服上，沾满了雪，两眼射着惨痛的光芒。胡子上结着放光的冰碴，脸色是紫的。我扶着他，一步一步往回走，他不停的喘粗气。

天完全黑了，世界统治在黑暗下。

但是大地是光明的，我们能看清道路，在积雪少些的地方前进。

到家之后，外面刮起狂风，呼呼的响……

十一月十四日

好几天不写日记了。

父亲的腿痛不好，不能上工。他很苦恼。唉，这两天真冷！简直是活要人命。

满天黑沉沉，乌黑的云统治了天空。可爱的太阳的影子一点儿看不见，苛毒的风不带一点暖意，它耀武扬威的对可怜的人类呐喊：

"唬！唬！小心你们的鼻尖！

唬！唬！仔细你们的耳朵！

唬！唬！谨慎你们的脑袋！"

电线丝在寒风的势力压迫之下，完全吓哭了。

它不停的呱呱的哭，虽然哭干了眼泪，但是哭个不住，把嗓子哭哑，声音很难听，断断续续微弱的音调好像破旧不堪的手风琴一样！

头两天，我看见一个花子老哥，他和别的花子相仿，披着破片，抖擞着骨架，像猫似的卷伏着东奔西跑。

他咬紧牙齿，瞪着眼，窜了几个胡同。

后来，——感谢人类的慈悲心肠，他得到两片剩余的冰硬的干粮。他欢欢喜喜的啃着干粮，喝着冷风，踏着冻结的大地，消失在暮色苍茫的寒冷的街角。

怪！我怎么也不能忘记他啃干粮时露出的一排黄牙。

这是一幅人间悲惨的图画。可惜我没有在美术学院学习过，如果我会拿画笔，我满心志愿把这幅动人心魂的景致搬到纸面上。倘若办得到，我立刻捧起这幅并不见得高明的作品，敬献给住在地球上的每一个人类，请他们仔细看一看，在我们吃饱喝足之后，有这么一排饥荒饿的黄牙。

我想这样对他们讲——

"你睁开眼睛看一看吧！这并不比那繁星或明月丑恶！"

我所看见的那排黄牙，再经过几场狂风大雪之后，——或者用不着，也许埋在黄土之下。然而，同样的图画，在无论何处的胡同里，成千累万。如果想考察这些数目可以到海边去，看一看大洋中的浪花，但是能查过数目吗？

这样的图画刺痛了我的眼睛，也刺穿了别的许多的人的好心肠吧？……

孩子王日记

八月三日

校长大人因为尊夫人有病在家里伺候夫人，今天没有来校，老刘听到这个喜信，立刻扔下书本，把眼珠一瞪，拍拍桌子说：

"今天用不着上课了！"

老徐对他挤挤眼皮，咧咧嘴唇，同时摇摇脑袋，这意思是警告他不可在众人面前露出真面目，小心奸细，奸细太多了。上次老徐说校长像个蛤蟆，不知怎么第二天校长就知道了，他为报复起见，吹毛求疵找了老徐许多毛病，说他上课不注意学生的姿势，马马虎虎太随便，还有什么，下课时学生敬礼的态度不周，好像开玩笑似的，从这次以后，老徐像惊弓之鸟，小心翼翼，什么话也不敢说，坐在位子上，就如泥像样！但是，人的性质是天生的，老徐的毛病总改不好，虽然不说什么，可是听了人家说三道四他还忍不住，不是瞪眼就咧嘴，老刘得意的发表了他的不能实行宣言之后，很后悔，上课铃刚响，他就拿了书本去上课，这样，是为了补充过错。其实，这没有用，奸细一定会去卖弄一番唇舌，买一场好。

密斯朱今天特别漂亮，她穿着一件咖啡色夹袍，两只又白又嫩又胖又红的胳臂完全现在外面，金壳的小手表闪闪的放着高贵的光，她说这手表，是一个当骑兵队长的官老爷献给她的，不久的将来，要娶她做小。她这些日子，总是笑嘻嘻，真是"人得喜事精神爽"。她真有福，这是八字强，命里注定的。为什么洪女士没有这份福呢？她的面貌太不扬了！二十七岁还没有婆家，真可怜！

午间，老徐约我到"西园"散步，他正经的讲：

"如果我是女的，他娘个球何必在这里受气呢。"

这怨谁，怨他的爸爸和妈妈，没有把他造成一个女的……晚饭没有做，下了一顿小饭馆，吃了二十个烧麦，吃饭问题太难解了，连个"调米量女的人"都是没有，做一顿饭，发一阵大愁，洗一回碗伤一回心，当这个穷教员连老婆都娶不起，人家欢喜的是官老爷，志愿当姨太太，因为这种生活是高贵的、骄傲的、幸福的、得意的，如果嫁个穷教员，洗衣烧饭倒还小事，挨饿才是大事呢！而且一个女人，能高贵为什么不高贵，而降低身份呢？人都不是傻子，尤其是女人她们比男子还要懂得"适者生存"的道理。

十点半钟睡觉在厕所的墙壁上发现了一段新闻"张光甲和刘秀英……"

为研究这件事，校长大人召集了一个会议，议了半天，也没有结局，最后是老刘述意见，他说当务之急是考察真相，等事情实证明之后，再讨论处置，调查委员决定——老刘考问张光甲，密斯朱了解刘秀英，这事使老刘为了难，他对于狗男女的事一点经验没有，老徐献了一个计策给他：

"你顶好是搬出严重的刑罚，狠狠的打他一顿，不打不招，一打就招了，这法子又省事，又省时。"

老刘拍案叫苦了，他愁惨的喊：

"你们不知道，张光甲是校长的外甥么？"老徐摸摸脑袋，伸伸舌头，把脸向着壁，哼一声，还是老刘聪明，他想了一个手段，他把张光甲叫到他家，托他的女人打听，明天大概就有头绪了。

八月五日

老刘的妻把张光甲骗了，假说要给他保媒，问他，刘秀英对他的感情怎样，他吞吞吐吐的说出实情，原来，吊膀子的事确实有，他承认说刘秀英早就看中他，五月节还给他一对亲手做的"香荷包"。老刘好像得胜凯旋的将军样欢欢喜喜把这个大发现当众发表了。

校长大人怒气冲冲的咬着牙，把张光甲喊进屋什么也不说，上去就是两个又亮又脆的大耳刮子，张光甲抱头大哭，舅舅斩金截铁的大骂：

"兔羔子，不好好读书，扯蛋？黄毛未褪，你还扯这份混东西！……"又是两个耳光，并且加上三拳，四脚。

校长的意思是决了，他一定要开除这两个败坏校风的孩子，张光甲今年是十七岁，秀英才十六，两个人都不是笨虫，秀英考过三回头一名，她家里很不错，有吃有穿，大家讲了半天情——与其说为了这两个孩子求情，还不如说为了校长的外甥给校长拍马屁恰当些——但是校长的决心很硬，无论如何不答应。老徐说，这并不是为了正大光明，乃是为保全他的尊严，他这么一办，将来没有口实。对！老徐很聪明，可惜，他的嘴不好，总是讲实话，在需要撒谎的环境中用不着讲实话，一对小情人，哭哭啼啼的被开除了。这段风流韵事，到这算结束。散学之后，写信给老宁，他在省里当孩子王，薪金比我优厚，和他借几个，大概总不至于碰钉子。

今天涌出一个念头，写篇小说在有稿费的地方发表一下不好么？可是不成，因为三四年不动笔，早已洗手不干，如今笔已经生了厚厚的锈，写不上来！老徐买了一张彩票，他和我约定，如果我得彩，得一万元，一定给你一千。

"真么？"

"君子一言，驷马难追！"

"好！"

等他得一万元那一天，我至少到了九十几，而那时，已经死了。可是不能这么对他说，倘若他真的得了头彩的话，真给我一千元，那么，别说中秋节算不了一回事，过年也不成问题。唉，他的脑瓜皮不像能得一万元的样子，然而我希望着。

八月六日

昨天把信发走，今天老宁就回信了，以为是回信，打开一看不是他这封信，不为别的，想和我借几个钱，唉，真凑巧，我想和他借钱，他想和我借钱，借钱的希望成了肥皂泡！怎么办？一点办法没有。

八月七日

今天休假。

睡了一上午，只有睡才是安静的，人类不死，决不会安静，竞争的事是永远不会避免的。除非把地球一拳打碎，把这上面的乱七八糟的人都捧死，那时，地球只剩下碎片，所有的生物完全死灭之后，地球上就安静了。但是，睡眠并不是绝对的安静，因为有梦这种东西扰乱。唉，不死得不到安全！所有意志，是怎样一种东西呢？经济的压迫，使我对各种事全失掉了兴趣，我是一丝一毫的无意志，物质、经济、环境这三位大魔王无时无刻不在我左右，而且我所接触的人全部如此，他们没有希望，只有幻想，当他们希望一件事的时候，往往是把希望去连幻想，越是有点知识的人越坏，只有从生下之后，排出物质经济环境所造成的好人格，这人格才可靠。而有这等好人格的人世界上是如此少，如凤毛麟角样。可是文化的推进者全是这种人，他们在人间路的前方，举着一盏灯。别的人多少总带些盲从性质，因为他们没有创造的智慧和机会——这些人，我们可以代表是群最好的典型。

一上午的睡眠使身体越发疲倦，一点来钟爬起，煮稀粥喝。老徐来坐了半天，谈东讲西，消除了寂寞。但是寂寞我觉得是一种无限大的有奇效的助力。一个人，如果能利用寂寞，在寂寞之下努力用功，进步是最快的，所以说，只有在痛苦的环境下努力的人才能成功，舒服、适宜、美满这三种要素所造成的人物大多是蠢材！

黄昏时分，出城散步，看见两只哈叭狗，尾巴对尾巴站在墙角地方，许多大人和孩子围着看。这幅图画对于独身者是很大的刺激，世界上决没有一个人不经过矛盾的灵肉的冲突，在归宿的路上想着这件事，这个想头，是那一对亲密的哈叭狗所赐。

八月八日

下午两点钟，四年级的体操没有做，领这群孩子跑到野外草原上游戏，给他们讲了些风景对于人的好处。

看着这群孩子，一个个痴呆的脸，在这五十个小人物之中，会成就一个有学问的人就够了，其余的，大概十有八九是蠢东西。因为他们的父母是笨货，而他们的环境决不会使他们伟大起来，最大的出息不过是成就些坏蛋！

散学之后，老徐到我屋里躺下。

"混一天又一天，干燥无味儿！"

又发牢骚了，他对于生活总是抱怨，而他本身，对于生活的精力并不像缺乏。他谈到奸细，他很不满意老刘，老刘是个奸细，这是最近大家发觉的，他欢喜在校长大人鼻子下面翻弄口舌，而在我们几个人跟前表示诚实坦白。其实，这不算什么，过节送礼才是大问题哪！

老徐问：

"你想送点么？"

你的意思是为了集思广益不落人后起见这样问我，然而这不算狡猾，这才是诚实。我们互相了解，告诉他送礼的原则不能有秩序的决定，因为钱还没有借到手，他——喘口大气！

他提议下小馆，走，我不反对，一个人吃了两碗肉丝面，晚上，他又跑来了，告诉我：——密斯朱的婚事成功了，结婚的日期大概不远，他十分赞美这段姻缘。

"当姨太太真好啊！"我说："这是我们教育界的神圣。"

他又告诉我，现在城里，廉价出卖灵魂的女性太多，他嘲笑的问我：

"为什么你假装老诚呢？"

不懂他的话。

"你想风流，又舍不得好名声，对不？"

这，连我自己也没有想到，他却观察出了，这家伙，真了不得。

上床的时刻——十一点二十分，两点多钟才睡熟。

有这碗饭，抱着吃也行，不吃也行的态度，而校长大人却不能奈何她，但是洪女士可不成了，她没有门路，没有优势，没有美貌这种有形的武器——缺少这种武器的女性是一大不幸，一大悲哀——所以她，始终是谦谦虚虚、亲亲切切、无论对谁，是一视同仁，不骄傲，不吹牛，不狂妄自大，可惜，面貌不扬，年龄也大了，没有人欢喜接近她，如不愿接近猪样。她很可怜！想生育，不难，男女必须各具备一个条件：

一、男子必须有钱。二、女子必须脸子好看。从事教育界，学问不学问算不了大事，吃粉笔灰这种职业，比无论哪一件都下贱，还不如上大庙后去或者是下窑娼。

一晚上，和老徐讲起这些事，他愤愤的吹着鼻子，不住的握拳拍桌子，可是我们除了发大怨之外，实在没有别的能力，幻想大能力小的人世界上何止千万？

老徐说：

"如果有点资本，宁肯烤地瓜卖也不干这个。"

我的目的是租一辆洋车拉。

最后又谈起送礼的事！讲了半天，又回到原路，中秋节前，没有发饷的希望了，凑钱确成了问题，如果有值钱的东西拿去当，当然用不着发愁，可是没有呢？有一件夹袍，一件破棉袍，眼看要穿了，当掉了太可惜，而且当时容易赎时难，等于挖肉补疮，结果是自己受苦，这是屡次的经验和教训。

老徐坐到十点多钟，他的少爷来找他回家，问他：

"是不是你妈妈打发你来的？"

他歪着头不说，老徐想了想去灯下看了几页《茶花女》。

八月十日

上午考六年级唱歌时生了一肚子气，发了一阵脾气，现在想起来后悔，何必这样认真，以后马马虎虎算了。这一班女生顶糟糕！几个小的还好些，年纪大的真可恶！头两排都顺利唱完了，喊到范雪梅时，她不过来，不愿离开座位到我面前唱，她要站在原位唱。扭扭捏捏呢！活像个母鸡样，问她为什么要这样，她低着头不说话，意思是到我面前唱害羞，真有点生气，告诉她：

"机灵点！"

她坐下又起来了，这么没有出息的东西实在少有，是爹妈的遗传性还是因为教育的不好呢？

把她抛过去，叫别的学生唱，别人都照规矩到我跟前唱，人家都不害羞，大大方方的唱完，只剩下她一个人，她坐那里不住的哭，好像死了母亲样！

喊了好几声她才立起，但是还不过来，这种下贱东西真能活活把人气死，想过去揍她一顿，又一想这么大的学生，怎么好打呢？打也不是教育法，如果她回家告状，会发生意想不到的乱子。唉，终于让了步，许可她在原位唱。怪，这么许可了她，她还是不唱，忍无可忍，把风琴的盖子扣上，对这些蠢材所生的东西训了几句，她听说给她零分，还要扣品行分数，坐下就哭，呜呜的像牛叫！

忍着气离开了教室，这种倒霉的职业，卑陋也该有个卑陋的程度，受上面的气还要受下面的气，他妈的，心灰意冷。晚上对老徐讲，他苦笑着说：

"老弟，凡能马虎便马虎和学生生气不合算！"

问他怎么办：

"如果是我，哼，她别说在原位唱，就是躺着哼也可以。"

这种办法不错，这不是认真的地方！但是，白天不能顺顺当当的过去，到夜里睡觉也不舒服呢？

八月十一日

范雪梅的母亲和哥哥早晨来了。

她扭着一对又脏又臭的小脚进门就问：

"哪位是郝老师？"这声气很响。

我说：

"什么事？"

她一看我像发现了多年的仇人样，瞪着一对猫眼睛就大声嚷：

"我的孩子，犯了什么罪，你那样逼他？"

老刘赶紧立起，过去和她套头：

"请坐，请坐，什么事，好说……好说……"她愤愤不平的吵：

"嗯！无缘无故，就那样逼我的孩子，把她逼的要寻死要寻活，昨天晚上连饭都不吃，回家就哭，今天早晨还不吃饭，眼睛都哭红了，怎么，你逼死了不偿命吗？我和你有什么怨仇，你这样逼我的孩子，你这么逼她不成，不成我们找个地方讲理去，讲理……"

老徐立在我前面，他用身子挡住了我，怕我抓起砚台打破她的鼻子：

"你这么样逼我的孩子不成，难道说要逼死人么？我们有地方我不怕讲……"

校长大人闻声起来，客客气气把她拖走。我站在校长窗偷听，听校长说：

"大嫂，大嫂，你别生气，听我说，这个人年轻，他不知好歹，你看我的面子，让我过得去吧！什么事，我还不知道，你尽管说，我给你出气就是，请坐，请坐，这……这，别生气……"

听到这，实在忍无可忍，想闯进去给她几个耳光，但是老徐出来把我拖进屋，他苦苦的劝：

"老弟，你听哥哥话，君子不和小人争气，不值得，不值得。"

这个女英雄闹了好久才走，校长叫我过去，从头到尾把经过告诉他，他想一想，喘口粗气，嘱咐我：

"这事——好，等我晚上去赔个错就算完了，以后加小心！"

从他屋子出来，对一切都灰了心，这成个什么世界呢？

老刘对大家讲：

"教育局长是这女人的哥哥，我们要和她强硬，没有好处。"

老徐规劝我：

"算了，老弟，如果和这等人生气，会把肚皮气破，我们为了混碗饭吃，忍耐吧！"

从娘肚子脱胎就忍耐到现在，可是，这种事，真叫人不能忍耐，我无缘无故的逼了她的孩子么？如果她所生的蠢材去杀人，她也觉得有理，这个混蛋的女人，我要有权，这种东西非杀不可，这种畜生，简直是罪不容诛！在不能安眠的晚上，想着这个文化落后的古国，觉得周围的黑暗重重，简直难以打破。然而想起这个前进不息的地球，又欢喜了，因为全人类的幸福不远了，蠢材的东西们先让他们蠢下去吧！时候一到，他们就会变成人的模样了！

八月十二日

晚上，老徐请吃便饭，他的夫人听说我惹了事，温柔的劝我：

"老弟，大嫂讲实话，干一天对付一天，马马虎虎的混吧！别太认真。"和丈夫完全是一个口吻。

喝了两杯白干有点醉醺醺，老徐有点喝醉了，他唠唠叨叨的讲说他从前，初出学生门时所碰的各种钉子。

后来他改变了方针，——并不是他自己改变，乃是环境逼他改的，他变成又懒又滑，他主张，凡事"得过且过"。

他的学说很合逻辑，今后，应该模仿他对于现实所抱的态度。不过，他也并不是个能圆能滑的人，他的暴躁的性子也许比我还要猛烈，他的擅长是能够压服怒气，把愤怒在肚里融化，有如春日冰的融洽，顺顺当当运输到大海里去。他摇摇摆摆的讲：

"老刘所以千方百计，弄舌讨好，无非是为了老婆、孩子、地位、薪金，当初他还没有做事的时候，在学生时代品格很不错，后来，环境逼他变坏了！密斯朱的志愿当姨太太，也是环境的逼迫，我们都是如此，世上所有的人莫不如此，天下没有一个人不服气环境的指挥，所谓英雄，豪杰，不过是机会好，侥幸罢了！"

这话也有一部分理由，可是将来的世界是不顺着这条路线走下去的，可惜老徐不知道这些，想和他讨论一下，但是他把眼睛一闭，呼呼的睡过去了，我也躺下睡了一觉，十一点多钟才回来。

范雪梅今天上学了，事情算是平安的过去！这全是校长大人奔走斡旋的功劳。六年级，从今以后不教了，无论教几年级全一样，只要给薪水怎样都可以，这副灵魂本是为了薪水而出售的，就如那些可怜的女人为了几个小钱而糟蹋了身体一样！

下午，教五年级唱歌的时候对他们讲：

"你们愿意站起来唱，就站起来唱，愿意坐着唱，就坐着唱，愿意躺下来唱，就躺下来唱，总之，一举一动，全由你们的意思，我没有权利管你们！我也不想管你们。"

一个一个瞪着两只小眼睛，他们都知道我的失败，可是，从他们那从不见得欢喜的目光里，流露出一点同情和悲哀的意思。

"我为什么要'无缘无故'的逼你们呢！我并不是一个恶魔，我发脾气，不能一点理由没有，为了爱你们，我才逼你们，叫过来唱，这能算是逼迫么？我拿出来的是爱，而你们还我的是仇，请大家想一想，这对不对？……"

一定是我的演讲有了魔力，姜淑贞流出眼泪，她这泪水传染了别人，有好几个女生，哭起来了，这些同情的泪，是人类有爱的存在的证明，地球是在不息的前进，文化一天比一天美好。有如童话所讲的那样快，在这地球上，在不远的将来，会开遍了圣洁的爱的花，在自由的江中，有万人乘坐的"幸福的船"航行，在高尚的山上，有伟大的树林和自由之鸟的诗的歌唱，在美丽的谷中，有真理的石块，在诚实的人的心内，有一副美的、善良的、永远不会改变，即便改，乃是往更美善的地步改的心肠，空气即清爽甜蜜，那时，世界上决没有势利的，虚伪的之类的东西，所有的，还有动听的诗的音乐。目前，实在太不像话了，我如果有一分路也不干这个。

"家有二斗粮，不当孩子王"这句格言，不是说得明明白白么？但是明天我得努力用功了。

（《泰东日报》1939 年 5 月 17 日—8 月 10 日，署名：慈灯）

童话集

写给小友的信——代序

亲爱的小友们：谁都会记得当我们童年的时候，在云霞灿烂的朝头，当黄昏月出的晚上，我们娇卧在妈妈的慈祥的怀里，坐在爸爸的膝上，拿着热烈的心，恳切的口吻，约求他们讲些风云雷霆的魔化，山川草木的神迹，或是些神物的变化，或是些禽兽的邪谜，情味凄苦的，会使我们落几点同情的热泪，事态优越的，不知不觉又令我们高兴到万分。而今我们虽已明白那是一种无踪无影的古话，而在我们个人的脑海里，却深深的留着几个不可磨灭的印象，小友们相信这话否？不然请你就回忆回忆过去已往的梦痕吧！

后面这几篇，是友邦的小友们在窗前月下，海岸林头，带着欢悦的容颜，拿着清俐的口吻，常谈常讲的几个兴味深浓的故事，现在我译述过来，给你们看，相信你们是一定会喜欢喜悦的。在这里有许多是对于我们的教训和指道，要小友们细心的赏玩，日本的果子，我们吃了，感到意外的甘甜，是一种特标的风味，小友们在这篇里，大概也是和那一样罢！亲爱的小友们！请尝一尝看罢。

祖先

在最古的时候，在中央山脉的布洪地方，有一株很大的树，这株树的名字叫作什么，是没有流传下，仅知道这株树半面是木质，半面是坚硬的岩石罢了。

某时，忽然的由树里，发出来嗡嗡的声音，不时就从那里现出来，一男一女两位神人。

此后，这两个神人产生了许多的小孩子，这些小孩们，大部就是现在蕃人的祖先。

当这时候，他们赤着身体，所谓衣服等物，是从来不知道穿的。若冷了就喊："来火。"从山上烧着的柴薪就来了。若渴了就喊："来水。"水就流来。若想着吃肉了，就把兽的名字一叫，或是豚啦，或是鹿啦，立刻的就出现在面前，把毛脱下来，神们把这毛放在箕中，稍微向后一转，于是就成为肉了。再有时候要想吃饭，就把一粒米分成几块，把一块煮在直径三尺的大锅里，一会儿就满满盈盈的出来一锅饭。

因此，每年种地，就种长宽都是二寸长的一块地就足了，收获时能取得一把米，那么这一年的食粮都算足用。

在这样优悠自在的世界里生活，子子孙孙一年比一年的繁多，其中就有懒怠的出来了。有一天这懒怠的想着把好几天的饭，一回的煮出来，所以就用了许多的米煮饭了，可是这时司谷之神，是非常的恼怒，把米都变成鸟儿飞了。当此世中，经了这样的改变后，若是一年不去耕作，则粮食就不够吃了。

当这样的情形下，布洪地方是很狭隘，所以他们的子孙，自己都不得不去探寻自己的处所，故此现在台湾全岛才成得如此的广大。

黄金果

当时，在某处住着有兄弟两个人，母亲早死了，仅有一个父亲由他们侍奉着。哥哥是一个贪心无厌的人，从早到晚总是合计着自己如何能发财，并且他还是一个最大的不孝者，就是他生身的父亲患了病，要他拿出一文钱来，也是办不到的。反过来，他的兄弟，的确是一孝顺的儿子，把老人是永远的存在心里，每日里靠着自己劳动得来的金钱，总是买些父亲喜欢的东西来奉养，真也奇怪，这一样的兄弟，而性质竟这样的不同。

世间的事物，真是令人难以想象，此后，他那贪心的哥哥居然成了财主，住着高大的房子，用着许多的支使人，每天安乐的过着日子。但是对于他的父亲，是一点也不会顾及的，而他弟弟则不然，每日的同着亲生的父亲，过那穷困的日子。当此期间，他的父亲在弟弟的家里，忽然的患起病来，躺在床上，眼看着要临到危险的时候了。

有这么一天，他父亲把他喊到枕边说：

"你因为我受了这样的穷困，我实在是觉得过意不去，从此我死以后，不用费多的金钱来埋葬我，焚一炷香，供一合酒，那就足了，你要牢牢的记在心里才好。"

这样的吩咐后，不一会儿的工夫就咽气了。

这时弟弟谨遵着他遗嘱，哭着送葬于野外了。而他哥哥是始终也没有拿出一文钱，并且还用着白眼看待着他弟弟。

弟弟明白，要想和那样贪心的哥哥一同上坟去，是一定做不到的事，所以每隔七天的时候，总是自己单身一个人去参拜。真的，照着父亲的遗嘱一点也不差，老是一合酒，一炷香，祭祀完了就回来。

有这么一天，刚要收拾香酒，祭祀终了而将归来的时候，奇怪的由坟墓的后边，跑出一条狗来，弟弟这时，是很吃惊的跑开，但自己又一转想说：

"啊！对了，这是父亲的坟墓，有什么可怕呢？焉知道这只狗不是父亲遣使出来的呢，最好是领到家里养活着。"这样想着就转过身来，真也奇怪，狗就跟着他回家来了。于是每天，煮一合米的饭给它吃，而到翌日的早晨狗总是拉出一块黄金的叶给他。

俗语说尘土也能堆成山，这是谁都知道的，每天拉一块每天拉一块，积着积着，积聚的很多了。弟弟在此时，是使人非常注目的就是盖了高大的房屋，建了许多的仓库，居然就成为一村里的第一等财主了。

此时他那贪心的哥哥，是非常羡慕。

在某一天，哥哥来到弟弟的家里，探问着他发财的原因说：

"你现在是一个很大的财主了，但是我不明白你是怎样积储的，你能告诉我吗？"他弟弟的确是一个直性的人，丝毫不瞒的都告诉了他，他哥哥听了这话，非常的愤恨着说：

"啊！真的吗？若是由父亲坟里出来的东西，一定得归长子所有，这是我的东西，直到现在，叫我知道，你真是不对啊！"

说完就强制的从弟弟处把狗带去，回到家里，他想着狗多给他拉黄金，所以就煮了一升米的饭给狗吃了，不料想狗吃的太过度啦，竟于一夜之间，狗死了。

弟弟此时听说这事，是非常的惊惧而又悲伤，于是就把狗的尸首取回到自己的家来，用心的埋上，并且在那上边栽了一棵树。

这棵树渐渐的长大起来，不几时的工夫开了花，最后结了很多的美丽的黄金果实，所以弟弟比较以前越发的富起来了。

谷里的故事

早先，在某某地方有一个叫做谷里里的，是一个没爹没娘的孩子，没有吃的，没有穿的，是非常的穷困而又可怜的。在这时他有两个朋友，一个叫莎黑巴樊，一个叫鲍阿，这两个知心的朋友，是每天每天的来，不管是晴天雨天，总是给他一种无限的安慰。

谷里里得了这两个亲切的朋友，是感觉着非常的欢喜。但是怎去报答他们呢？想了许多回，因为手里什么也没有，终于没想出办法来。

有一天，他摘了许多的草和猪油在一块煮起来，煮着煮着，草不知为什么都变成猪肉了。

正当此时，两个朋友来了，很欢喜的吃了这美好的东西而归去啦。

当天夜里，古里里还是一个人寂寞的躺在床上睡了，在梦里有一个神人告诉他说："你用盾把庭前的草拂一拂罢，那时草，该变成粟了。"

次日早晨起来，他把昨夜的梦完全忘掉了，等他到庭前看见一把盾，于是他想起昨夜的梦了，说：

"就是这个，我来拂一拂看吧！"于是就很喜欢的把盾拿在手里，往草上拂一拂，果然都变成粟了。

这时他是非常的雀跃了，又拂了一看，这回是各样的饰物出来了。接连着又拂了两三回，在庭前都被些宝物装满了。于是就把这东西都搬到屋里去，从此就很宽心的过起日子来。

乡里的人们，都很惊疑的问他，而他从来没有一次把这盾的故事告诉过别人，非到重大必要的时候，是不能拿出盾来用的。

由此，他就成乡里中第一个财主，受人们的尊敬，又成为一个首领了。

火的由来

在早先人类不知有火，一切的食物，都那么样的生食了。就连夜里的灯，也是没有点过的，的确是不便至极。

当这时，比较稍有点知识的人就想，怎样能脱出这种不便呢？虽是用尽各样功夫，但终也没有想起一个绝好的办法来。

在此期间，有一只鸟名叫巧伊兮，飞到很高的地方去看了一回。真的，就由克西包普脱神人处，把火种得来了，正当翩翩往下飞着的时候，故意的把火种丢失了。

此外，又有一个叫乌弗古的鸟，再一回的往那神人处，把火种得来了。

因此他有了这样的功绩，所以直到现在还允许它随便的在田地里吃着粮粒呢。而巧伊兮是永远不许他到田地里去。现在看一看吃着谷粒的鸟儿的嘴，大概都是钝尖，就是因为乌弗古上天取火的时候，嘴里被火烧而留下的。

太阳的征讨

在最古的时候在天上有了两个太阳，当那一个往西边落下去后，另外的一个就从东方升起来。

当此期间，白昼与黑夜的区别是没有的，又兼太阳奇热光辉的照映，无论何处，所有的溪水小泉都完全干涸了，就是田野间的草木也都焦枯而死掉。

真要是长久的如此而无变更，人间一定要灭绝的，所以在乡里的人们，都集聚在一起而开始商量怎样去射杀这太阳。

最后议成的结果，是选拔出来三个勇敢的青年人去担当这种重任。被选拔出来的人们说：

"咱们是汉子中的汉子，无论如何，也得完成这重大的责任。"于是就背着弓，拿着枪勇敢的出发了。

三个人出了村庄一看，往太阳那边去的道儿实在是远着呢，走了又走，总是些荒原野草毫无际涯的在接续。

在几时能达到目的地呢？这样的想一回，而胆怯了。

像这样的，过了好几十年，出发时年轻轻的强筋硬骨，到现在都毛发苍苍，脸上也现出皱纹来，手足的瘦弱，身心的无力，就连行路也有些困难。

因此，三个人又商量一回，一面怀恨早先不该如此的粗莽，一面令其中的一个人回乡村去征求应援了。

等这个人回到乡村之后，乡村的人们听了他这种凄凉的陈述，这样的白征讨太阳，的确不是一件容易的事。

好容易的把先发队追上了一看，那两个人的脸，已经瘦得不堪，牙也脱了，说话也不真切了，都带着可怜的衰老的形容。

可是他们一见应援队的来到，真是有说不出来的欢喜，终于挣扎着精神站起来，但是因为眼睛已经瞎了，不能一步前进的关系，卒至摔倒而死，他们把勇士的这可怜的尸体葬在了路旁，大家追悼后，又振起精神前进。

像这样的又走了好几十年，应援队里的人们，也一个接续着一个的死去，最后残余的仅就是那三个用脊背顶来的孩子。

有一天，三个人好容易的达到目的地，欢乐而勇敢的搭上箭，尽力的射去，可惜是一点回应也没有，太阳对着他们现出一种轻视的样子似的，越发的红大起来，往西边落下去了。

这样完了之后，三个人注意的在等待着第二个太阳的出来。第二个太阳出来了，这回又搭上箭，狙击的一射，然后一看，此次恰好射在太阳的中央。

月之黑影

从前在叫做加礼宛的乡村里，有一位美丽的小姑娘，最不幸的是她永远屈服在继母的手下生活着。

有一天，她和许多的朋友到海岸上去拾蛤贝了，走在路上人们都闻到有一种出奇的臭味，大家都不堪其苦的说：

"谁放了屁吗？"这样说着，都前前后后的走到海岸。

少女们都很快乐的开始游戏，拾起蛤贝来了，天色到晌午了，于是都把预备午食的饭盒子开开吃起来，但是那美丽的小姑娘的饭盒却与众不同了，表面虽是一个很好的器物，而里面是满满的装了些人的粪，这时大家才明白，行在路上闻着臭味的原因。

萨大巴的故事

在早先的时候，奇密社里有一个叫萨大巴的人，有一天，他坐着用竹子编成的筏子，往海上打鱼去了。到了午间，想要做饭，在前边看见一个岛山，于是就划着木筏往那儿去。船要靠近了，刚想举火烧鱼，回首一看，鱼笼已经飘流行远，注意一看，这个岛山原来不是岛山，却是一头大鲸。

可是，已经船行到此，有什么办法呢？只得纵身骑在鲸背上，此时大鲸就负着他往西边走去。

"行的！我带着你，赶快骑在我的背上吧，当我潜到水里的时候，你不要害怕，把我耳朵一捂，我就浮上水面来。"于是他就骑在鲸的背上了。

这时萨大巴是有说不出的欢喜，真是上天帮助我的呀！大概是把鲸鱼的耳朵捂了有五六回的工夫，远远的看见故乡的山了，移时，靠近了岸，他就很快的下来，走进乡里去。

但是，到乡里一看，一个认识的人也没有，往那边自己的家里走去一看，都是从来不曾见过的人住着了，因为人们都不信服他，于是他就很详细的把从前的话对众人说：

"在我的房子的隅角下有砥石埋着，大家挖一挖看，要有的话，想诸位的怀疑一定就会冰释了。"

他这样说了以后，借一把铁锹来掘开一看，果然是有砥石，这时聚集在这儿的人们都很惊怪，面面相睹，缄口无言了。

在此期间，有一个女人出来，抱着萨大巴的脖子说：

"你就是三代前的萨大巴吗？真是不易想起来的。"说着就流下欢心的泪来。乡里人一见如此，于是帮着他杀了豚做了饼后在这里开席子盛着，供在海岸上，来酬谢鲸鱼之恩。

当此时海水来了，把这些所有的供物都卷去，到现在海渚还是当年的席子，海水的浪卷仍旧是当年提供果的样子呢。

熊和豹的故事

在从前，有一熊和一豹同上树折取树枝，熊能把很粗大的枝子，毫不费力的折下来。而豹就是很细小的也折不下来。于是熊就笑着说道：

"豹真是弱者。"

这时豹很生气的由树上下来说：

"咱们较一较力看，是谁的力气大，就会明白了。"熊哈哈的笑起来，它们两个就把手交结上，但豹始终不如熊，这时豹就往很远的树中跑去，熊在后面追着他。喊着说：

"喂！等一会！等一会！我并没有生气，还有好的事情！"

穿山甲和猴子

昔时在某处，有一个穿山甲和一个猴子在一起住着。

有一天，两个一同的到河里去捉鱼，捉了很多的鱼回来，于是就坐在一起焚火烧起鱼吃起来。这时，穿山甲向着猴子说：

"你去打桶水来罢。"因为猴子是非常的不愿意去，就到在屋子外边用一竹筒，里边撒了一点尿，过一会儿拿进来递给穿山甲，脸上一点形色也不现出来的在等着吃鱼。这时，穿山甲把竹筒拿过来，用嘴一喝，味儿是非常的臭，于是就很恼怒的说：

"猴子，你汲来的是尿罢，不然为什么这样的臭呢？"由此两个就打起嘴仗来，受了猴子计策的穿山甲，一面生着气，一面自己去汲水了。这时猴子看穿山甲已经去了，就把鱼一个一个的吃起来，最后是一个不剩的吃完了。等到穿山甲归来时，猴子就向他说：

"刚才飞来一只大鸟，鱼都被那鸟叼去了。"因为猴子吃的太饱，吃在肚里的鱼不时的涌上来，用手指往下压了。穿山甲说：

"不用说，偷的人就是你。"

猴子面红耳热的说："好！你说我就算是我，还怎样？"

穿山甲拿来一根竹杖，把身子一耸，很轻妙的跳过，遂后还给猴子说："你飞过一回给我看看。"

猴子从来是喜欢胜不喜欢败的。接说着：

"好罢！"于是就奋身一跳扔了竹杖，就飞来了，但是正当它着地的时候，因为经此一大震动的关系，在肚里存停着的粪尿一齐的都流出来，并且还有大多的鱼骨也在粪里发现了。

这是一种真实的证据，猴子才算是负了。

又不几时，穿山甲和猴子一齐的上山去，穿山甲想着这回该我报复了，于是就和猴子说："喂！把这草原燃烧起来。"

穿山甲就教给他说："当你进到草原里，把身子伏下一点就好了。"

这回猴子走进了草原里去，穿山甲是满心愿意的把火点起来，一阵凄迷的黑烟冒过后，猴子就烧死在那里了。

穿山甲为解自心过度的忿恨，就开了猴子的肚子，把肉拿出来，然后又按着原样缝上，使一种魔术的手段，又使猴子复活了。猴子复活后，因为觉得肚里空，就取了放在身旁的肉吃起来。

穿山甲看了这种情形说：

"自己来吃自己的肉，是多么的可怕呀！"说完撒腿就跑开了！

猴子也不明白它说的话是什么意思。过了一会儿，又想往哪去呢？因为心里觉得很舒适，于是就钓鱼去了，但是没有鱼饵，一尾也钓不上来。今天真伤气，正在痴然呆立的时候，在水面朦朦胧胧的现出一个东西来，不知是什么，两只黑大的眼睛闪闪的发着光，猴子害怕了，喊了一声，扔开竿子逃去。

穿山甲笑着猴子是个浑蛋，一面由河里走上岸来，回到原来的家里去。

猴子看穿山甲回来了，就问他说："你从哪儿来的？"穿山甲就悠悠自得的回答他说：

"从邻村。"

猴子又恐惧告诉穿山甲说：

"方才我到河上去钓鱼了，水神出来要捆杀我，所以我很害怕的逃回来。"说完，穿山甲说：

"那就是因为你的良心不正，惹起水神之怒，你要饿的话，咱们到山里取些果实吃罢。"

穿山甲这样的引诱了猴子，于是它们就一齐的往山上去了。到山上看见有一棵大树上的果实都已经成熟，猴子很快的爬到树枝上，很喜欢的吃起来。过了一会儿，穿山甲在下边实在是忍耐不住了，说：

"喂！给我一个不行吗？"

"啊呀！你还在这儿呢吗？行的，行的。"猴子这样的说完之后，就由两胯股间扔下一个去给它。

穿山甲拾起来，用鼻子一闻，就喊着说：

"是臭的呀！是臭的呀！"

这时猴子在树上就不住的大笑起来，所以直到现在猴子和穿山甲仍然是有仇的。

巨人的足迹

在地面上，当最古的时候，草树不用说，就是鸟和兽也一只也没有。

那时在冲绳岛上，天像云霞似的由上垂下来，天地的区别是从来没有的，并且从东海流来的水，穿过了岛上而往西海去，而西海的潮有时也飞过东海来成一个大的旋涡，这种凄凉的景色，是常有的。

此时在天上有两个神人，一个叫开天尊，一个叫劈地尊，把这种情形看了说：

"那个岛子做的是没有用。"

说完之后，就赶快的从天上把土啦，石头啦，草啦，树啦，运下来，海和陆地境界由此划分定开。

两个神人又到海边上去，为防止着海水的浸入，又把叫阿旦和有鸟的树栽上了，从此没有海水的骚扰，在地面上，青青繁茂的树也有了，小鸟的鸣声也听见了，走兽儿也各处的跑着了。这样的和平的状态呈现出来时，两位神人就开始造人。在最初时因为人是不知道什么，没有知识，也就和鸟啦兽啦一块儿处着，可是人们的智慧一点一点增加起来后，也就知道捕食从来与他们为友的鸟和兽了，由此鸟和兽全都惊惧的逃跑往山里去。

到了这时，人们才注意到低垂在头顶上的天，怎么样能把天推上去呢？人们都费了很大的工夫去思想着。几日后有一个人，飞上去一看，用手推一推，但是终归于失败。而人们始终是不死心，无论何时，老是探讨商量推上天去的办法。

有一天，人们正在聚集着用力的往上推天的时候，忽听得有人说：

"唔！真不容易呀！"人们都转身一看，原来是一个从没有看过那么大的一个人，在站着呢。

真是一件不可思议的事，从巨人嗡嗡的声音喊出以后，向来使人忧心的天，眼看着眼看着被他推上去，人们都很吃惊，不知不觉的都坐在地上，两手附着地说了：

"重谢重谢！这多亏你的帮助呀！"

说完了话一看，巨人的形影一点儿也没有了，这又使人为之大吃一惊，于是大家注意的一察看，一块大岩石里有一个很大的脚印在留残着，大概是他的力量使的太大了罢。

此后，谁也不知道，就管这巨人叫开天尊或是阿妈琪这两个名字，是同样的，也就是上天之子的意思。所说的这个足迹，在现在冲绳县的国头郡今归仁村里有一个，在那后边距离十里来地有一处叫久志村的地方，听说还留残着一个呢。

（《泰东日报》1939 年 6 月 20 日—7 月 7 日，署名：慈灯）

盗马的贼

这一年春天，在平县居住的人民都很愁苦——当然这些愁苦的人乃是穷人——因为年景坏，粮食的价钱一天比一天贵，肚子饿瘪的人多得很！老的哭，孩子叫，家家户户都叫哭连天。

想不出活命的法子。

有一天，天气很好，但是半空有些雷雨的云，寂寞的风吹着苦恼的树枝，饥饿的瘦狗躺在树下昏睡，可怜的狗连睁眼皮的力气也没有！一个皱纹满面，穿着褴褛的老年人，从南门出了城，很笨重的拖着两腿，他向着两旁没有一棵树的马路往东走去。

这个老人名叫王功，他在县城里住，听说距城十里的铁桥坏了，现在正招工人，他打算去找个出路。

他走了半里路光景，看见路旁坐着一个人，和他一样的年老，把帽子放在膝盖上，很疲乏的张着嘴，那人身后是一条小溪，奔流的溪水在阳光下闪着亮光，王功走到那人跟前停住了。他仔细的打量着那个人。那个人也聚精会神的在观察他，王功忽然把手在大腿上拍了一下，瞪着眼球叫道："嗳！你不是兴财么？"

"是呀！"兴财张着嘴问："你可是王功？"

王功惊骇的跺一下脚。

"可不是我是谁，哎呦！我看着你很面熟……"

这两个人，也不鞠躬，也不握手，王功坐在老朋友对面的土地上，你看我，我看你。

从前，他们都在一个连上当兵。那时候，两个的年纪有四十几了。当兵是他俩一生没有改变的职业。然而到了四十几，当兵是不合格的，于是这一对老兵并不是志愿地除了队，别了十年，现在见面，差一点擦肩而过，多亏王功的眼力好，看出路旁的人是老伙伴。

"你从什么地方来？"王功皱着眉头问。

"天不亮我就出城，我去看看有没有工做。"

"怎么样？"

"年纪老了，人家不要，我白跑了一趟……"

"我也想去看一看。"

"别跑腿了，我劝你，去也是白去。"

王功满腹的希望至此算完全冰冷。他愁苦的擦擦眼皮，吹吹鼻子，他俩讲东说西，忘记了目前的苦处，两个人都把这十年的事简单的说出了。

王功一边讲一边喘着粗气，他退伍之后，给人家挑水，后来卖小食，春天买些辣菜贩卖，夏天卖甜瓜，冬天卖糖葫芦或花生卷。

他的老婆子是个多病的身子，成年的儿子早年跑掉，再没有回家。二年前，一个十九岁的女儿还没有找婆家，不知怎么得痨病死了。现在他还有一个十二岁的姑娘，两个月来没有一点工作，没有东西吃，只是有什么便吃什么，以后怎样活下去，王功是不知道的。

兴财的景况也不见佳，他起初在工场当伙计，每天和泥土往一处填，这个工作失掉了，他去打石头，这工作很吃力，只凭着一把小锤头，敲碎坚硬的石块，要大小敲成适中，敲一天所得的工资刚够喝稀粥。

他没有老婆，也没有孩子，十二岁的时候就跑出家乡，在世界上鬼混，半年前他还是一个打零工的瓦匠，现在什么也没有，连睡觉的地方也没有一定。

这一对可怜的人，景况实在糟糕，他俩愁苦的讲了半天，喘了半天无可如何的粗气，王功先立起，劝他的友伴和他一路走。

这两个人，年纪虽然到了五十，可是体格还很坚实，这是因为从前当兵锻炼的结果。比较说，兴财的体格比王功健壮些，他走路时脊背还是直的。

一面走一面商量怎样敲打生活的门，兴财有满肚子计划，他打算凭着幻想开辟一条出路，但是王功劝他说："那恐怕不好……"

兴财慢慢的说明这出路的光明有希望，王功动了心一声不响。

他俩进了西门，很快的出了北门。北门外有个兵营，有一营人住在灰色的房里，还有一百来匹马。在兵舍后面，四面拉着铁丝网，但是从铁丝网下面可以曲身进去。他俩远远的看着这附近的道路，一匹马抬着头尖锐的叫了一声。

这一夜，天是阴的，没有月也没有星。在兵营后面，在凹地里，有两个黑影鬼祟祟的往前摸进，很快的接近了铁丝网，有哨子的声音。半点钟之后，这两个黑影像猫似的进入了马厩，那动作很迅速，一转眼有两匹马牵出来了，接着又是两匹，跨过放倒的铁丝网跳出凹地，一到路上，马就拔开蹄子跑了。

忽然，在马厩里，有一声呼喊，接着就发出嘈杂声，手电的光向各处射着，像探照灯一样，有一个人惊骇的喊：“看，这里！铁丝网剪断了！”

又有一个人喊：“快上马追！”

兵营里，灯光全亮了，许多黑影跑动，像走马灯里的黑影一般，人的呼声，马的嘶声，鞍子扔在马背上的声音，不过十分钟，一百来匹马全备上了，分成了五队，飞跑着去追赶。

有一队人朝向城墙追到南门，清清楚楚的听见了远远的有急快的马蹄的杂乱之声，他们飞一般奔着那个方向追去。

他们追上两匹马，但是骑这两匹马的贼可没有了。他们找了半夜，除了这两匹气喘喘的马以外，什么也没寻见。

天快亮了，路上已经能看出朦朦胧胧的人影。

这时候，在道边的斜坡底下躺着一个人，帽子丢掉，衣服很破，脸额粘着血，嘴张开，牙齿是红的，脑后有一堆东西，他的破衣后襟 XX 开，一只手压在胸脯下面，两腿一曲一直，动也不动，像一堆乱布。

天一亮，从兵营里又飞出一队骑兵，他们很容易的发现了这具尸体，研究再三，认为这是偷马的贼，其中有个老总看出这人是谁，他禁不住惊声的喊出：“嗳呀！这是王功！”

贼拿到了，但是已经死了，并且这有两匹马不知下落。于是这一队老总上了马，抱着非找到不可的意志踢马飞去。

尘烟从他们队伍后方飞起，像聚的烟样，滚滚腾腾的在空中、舞着，好久才散开落下，化归乌有……

（《泰东日报》1939年7月30日，8月1—3日，署名：慈灯）

复　仇

　　在深蓝的海水里，有三条瘦小的年幼的鲫鱼一边无精打采的游着，一边难受的掉眼泪。起初，这三条可怜的小鱼是寞寞的哭，后来越哭越伤心，便情不由己的哭出声音来，因为太伤心，竟由嘴里吸着咸的海水又从腮边把海水放出，有一条张大了嘴用了很大的力气哭喊，他的眼睛哭肿，身体改变了颜色。

　　努力不息的浪花听见小鱼的哭声，觉着可怜，便悄悄的同情上前打听。

　　"喂？你们三个，为什么这样哭？莫非说，在这浩浩荡荡的汪洋大海之中，有什么痛苦的么？"

　　一条小鱼哭着回答："这不幸的事情是刚才发生的，有一只人类的舢板，航行在我们的世界的上面，他们撒下了自私自利的无情的大网，我们和母亲和姐姐们正高高兴兴的排着队游戏，想不到被网在网里，除了我们三个侥幸逃出，他们都遭了难。我们的慈爱的母亲，亲密的五个哥哥，六位姐姐，还有三位幼小的弟弟和刚学会游水的四个妹妹……"说到这里的小鱼忍不住放声大哭。

　　浪花生气的喘口粗气，愤怒的大叫一声："好！人类的船这么不讲情理，一定得严厉的惩罚！"

　　浪花的性子是很急的，他勇敢的跳出海面，把这事告诉他的无边无数的浪花弟兄，他们齐口同声说："非惩罚不可！"

（《泰东日报》1939 年 7 月 30 日，8 月 1—3 日，署名：慈灯）

被　弃

　　在一个初学写作的青年的桌上，紧靠着墨水瓶旁边，放一只红色的钢笔杆，有如美丽的少女的胳臂。可是前天画了一层厚厚的蓝墨水，好像很久没有洗脸一样。

　　但是这只钢笔头生性骄傲，他时常目空一切说些大话。他把谁都没有瞧进眼里，总觉得自己有学问、有本领、聪明、能干，而别人都是饭桶、无能之辈。

　　因为这个缘故，所以大家都讨厌他，瞧不起他，憎恨他。有一天，初学写作的青年到幽静的树林里散步去了，屋子里安安静静，一点声音没有。

　　自命不凡的钢笔头又不知害羞的讲大话。

　　"没有我，他是什么也写不出来的，我告诉他，这么写下去，他就这么写下去，我说那么写下，他就那么写下去，他听从我就如军队里的士兵服从官长一样，我说不再写下去了，他就得好好的把我放下，让我躺着休息，他欢喜我，爱我，舍不得离开我，海可枯，石可烂，他对我的爱情永远不会变，我真高兴，说不出的高兴！……"

　　化学的黑色的笔匣乃是洋洋得意的钢笔头的妈妈，她老人家欢欢喜喜的很满足的说："这是不错的，我的女儿真有本领，真有本领！"

　　桌角上坐着的一叠稿纸，之中有一位冷冷的朝着大家喊："你们知不知道，不要脸卖多少钱一斤？"

　　又肥又胖的吃墨器答道："一分钱二斤半！"

　　正在这时节，初学写作的青年回来了，他丢下帽子就坐下，直紧抓好钢笔写下去，好像怕忘记了似的，慌慌张张的写，因为大慌张了，他把钢笔头的尖压弯，而且把纸刺了一个窟窿。

　　他生气的哼一声，把钢笔头狠狠的拔出来，用力的抛弃在纸篓里，换上了一个新钢笔头。笔匣老太太看见这，立刻哭起来："我的女儿呀！她好苦啊！你从此抛了妈妈，我多难受呀……"

先头讲话的一位稿纸哈哈大笑，问别人："现在，不要脸还是旧价钱么？"

吃墨器冷冷的答他："不，一分钱八斤也不值了！"

（《泰东日报》1939 年 7 月 30 日、8 月 1 日—3 日，署名：慈灯）

红英的死

　　红英是个头脑不灵敏的小姑娘，她从九岁起，在王公馆里当丫鬟，到现在，整整五年了。这五年来，她所接受的责骂和毒打，真是无边无头，简直没有法统计。

　　说起来很奇怪，无论挨了怎样严重的责骂或毒打，她从来没有哭过，没有落过一滴眼泪，只是，悲痛的，忍耐的，冷冷的咬着灰白的嘴唇。满脸肥肉的王太太，因为不能把她打哭，曾经气得牙齿直抖，全身打颤，把一个棍子敲断了四截，红英的衣衫透出了血，但是她没有哭，倒在地下，悄悄的，用两臂抱着头，忍受着那雨点似的棍子的抽打，连哼一声都没有，这么样硬骨头，无论谁，都觉着奇怪！

　　一嘴金牙的王老爷说过："这丫头，是天生的！"

　　是不是天生的，虽然没有法证实，然而红英的有忍耐性可是事实，她屡次的挨骂挨打，不消说是有原因的。

　　她的记忆力不好，前两分钟吩咐她的事，后两分钟就忘记了。不责骂她也许好些，越责骂越坏，她总是眼呆呆的瞪着两只悲苦的眼睛，微微的张着冷冷的嘴唇。她的面孔不是美丽的，也许正因为这个缘故，所有的人，都憎恶她。凡是有权指挥她的人，没有不骂过她，不打过她的，好像个无能为力的，不倒翁样，被无情的大手打过来打过去。

　　有一次，红英端着茶盘到小姐房里送茶，她悄悄的低着头走，正巧骄傲的小姐刚换上一件新衣往外走，她没有注意，撞在小姐怀里，摔碎了茶壶茶碗倒是小事，洒了小姐一身水。

　　小姐的火山一般暴躁的性子可怕的爆发了。

　　她一言不发，上去就是狠狠的一巴掌。

　　红英踉踉跄跄退了几步，因为脚步不稳，跌倒了。

小姐愤怒的看看自己的衣服，凶猛的瞪红英一眼，抓起跌碎了的茶壶，用力的对准了红英的脸打去……

红英的右脸腮和眼角，裂开几道伤口，赤红的鲜血流了满地，把美丽的地毯弄污了，她裂着牙齿，抱着头和脸，痛楚的惨呼了一声"哎呀妈！……"

这是红英挨打以来，第一次的呼声。

满脸横肉的王太太夸奖她的宝贝女儿说："这是你有本事！"

红英在苦重的、艰巨的、黑暗的、悲痛的境况下，像一只可怜的小鱼挣扎在泥土里一样，真是……没有过过这种生活的人，怎么能体味到呢？

待遇越是恶劣，红英的头脑越是不灵，因之，挨打的次数越多越重。

从十三岁起，她的头脑除了不灵之外，更加上了一层坚毅不拔的固执的、不平的脾气。打之后，虽然不哭，可是嘴角里，越是不愤的，悄声的，嘟嘟念念的咕噜些什么。

因为呼之不应，满脸横肉的王太太打了她两巴掌。嘟念了一句，被王太太听见了，立刻抓住她的头发，像提小鸡似的把她的脸扳向后面，大声喊："你说什么？"

她像蛮子似紧闭的唇里吐出白的□沫，可是不言语。

王太太横一巴掌，竖一巴掌把她打倒抓起，抓起又打倒，直到了两点多钟——为的是矫正她挨打之后的嘟念的毛病。

然而这一场认真的教训，并没有发生效果，以后，打她之后，这是嘟念。

更奇怪的是，有了嘟念之后，又生出"咒骂"了！

这还了得么？

王太太责打乏了，支老妈子打，后来把她绑起，吊在后面的树枝上用鞭子抽，并且剥光她的衣服。

可怜的红英，死去活来，几乎断送性命，但是，她没有哭，一滴泪水都没有落。

把绳索解开之后，她还是嘟念，念念咒骂不已。

一连三天，没有给她一口东西吃，这是王太太想出的刑罚，为的是教训她，这是对于她将来的好处打算，也是美意。

有如病人在雨中的树林里，或渔人在水上，红英的生活，实在悲惨。她呼吸着痛苦的空气，难上加难，总算不错，活到了十五岁。

她的父母本是乞丐，迫不得已，把她卖掉的。先天的营养不足是无须说了，这几年的骂打当然不能使她肥满，瘦瘦的小脸，像从土里刨出来的一般，两只胳臂，皮包着骨，看着她这副可怜的样子，就是天生一副铁石心肠的人，也没有不觉着伤心的，然而王公馆这一家，却没有觉着什么，一点也没有觉着什么。

有一天，王老爷脱下皮鞋，打发她擦油。

油擦完了，王老爷嫌不亮，命令她重擦。

她把皮鞋拿到外屋悄悄嘟念着。

"要那么亮……去死呀？"

谁想到，两眼狡猾的二少爷听见了，他是很孝敬父亲的，把得到的孝敬的资料报告了父亲。

红英挨了一场从来未有的毒打！

这天晚上，她披散着头发，满脸是血的斑点，无声无息的躺在冰冷的伙房里，紧闭着嘴唇，等着死神来领她。

寒风飕飕的后半夜，红英断了最后一口气。

第二天一早，当老妈子报告死者的消息时，老爷太太还没有起床，有一只黑猫立在房顶噢噢的叫着。王老爷有点不痛快，打死一个丫头，当然算不了一回事，可是传到外面，总有点不大受用。

他吃饭的时节，想着这件事恍惚，在饭碗里，有一张惨白的、血迹斑斑的瘦脸，披着乱发，紧闭着嘴唇，好像讲话的仇视着他。

当天夜里，满脸横肉的王太太从梦中惊醒了，他梦见了红英，梦见红英的父母来找她，叫她偿命，恨恨的捏着她的脖子，差一点把她捏断了气，她醒来还觉着咽喉难受。

她恐慌的睁开睡眼，想扭亮电灯，但是她不能动，满身肥肉像麻木了一样。

一个黑影，摇摇摆摆的从门后出现了，静静的立在屋中央望着她。

她仔细一看，这是红英，披散着头发，哭丧着小脸，嘴角滴着鲜血，不愤的睨着她。这一夜，她就这样心慌失措的度过。

在小姐房里，也同样的出了奇迹，她一夜没有安睡，总是看见红英，披散着乱发，滴着鲜血……

她从床上爬起。拉开电灯，揉着眼皮，心慌的看着各处恍惚，在桌下的黑景里，她看见红英爬出来了。

红英哭哭啼啼的抱着头，一歪一斜的走到她前面："小姐呀！你对么？你摸摸良心，你的良心这在么？人对人，像你这样对么？……"

她瞪大了眼睛，望着红英的脸，想高声呼喊，可是嘴张不开，她努了好大的力，好不容易恢复了意识。

整整一夜，王公馆里，上上下下，所有的人，都没有睡安静，在他们朦胧的睡梦中，都看见了红英——流着鲜血，披散着头发。

王老爷一有甚么不痛快的事就喝酒。

这天早晨，他喝醉了，昏昏倒倒的，两眼半闭着，不安的看着一切。

忽然，门开了。

他看不清进来的人是谁，恍惚，这进来的便是红英，一声不响的坐在他对面，目不转睛的看着他。

他一惊跳起，抓起老大的酒瓶就疯狂的摔过去。

咣啷一声响，接着是一片惊呼，而他，马上就清醒了，他清清楚楚的看见了对面的椅子翻倒，小姐仰面朝天躺在血堆里！……

（《泰东日报》1939 年 7 月 26 日—28 日，署名：慈灯）

失恋者

　　猪顺着围墙边走着，摇摇摆摆的扭着屁股走着，她想着吃东西，她希望在什么地方发现这希望，因为她肚子饿，有谁在围墙里欢欢喜喜的讲话，她好奇的停了步，闭着一只眼皮细听。

　　"我真讨厌死了！你知道么？那个家伙，多么丑陋，她一点不懂我的意思，不知我怎样憎恨她，却一步步加紧了和我亲近。"

　　"你如果把她抛弃了，她太可怜了！是不？"

　　猪难受的咧着嘴不愤的摇动一下尾巴，走了。

　　她不能再往下听了，她知道在那围墙里谈话的是狗和鸡，所谈的正是她，早早知道从前和她很要好的狗现在和鸡交好了，像废物似的把她抛弃了！

　　她忘记了肚子饿，忘记了寻找食物，面前是一片昏黑。春的风是悲凉的，春的杨柳是悽楚的，她无精打采的走到溪边，溪水如哭泣一般，哗哗的流着泪水，她想痛哭一场，尽力的把胸中的苦决计对着春的青空发泄干净，但是她没有眼泪，她的悲哀深入了骨髓。

　　一只黄蝴蝶从她头上飞过，顺便问她："猪大姐，甚么事，愁眉不展？"

　　她伤心的喘口粗气，把身子躺在沙滩上。

　　蝴蝶有点奇怪，落在她身边的一棵小草上，活泼的扇动着翅膀。

　　"这么好的春天，暮说你不欢喜，你的身体不舒服么？"

　　猪大姐没有心事讲话，她什么也不想说了。

　　蝴蝶无味的飞开，飞向香气的草原。

　　猪大姐寞寞的躺了好久，思前想后，越想越难受，她想跳进溪水深处自尽，可是没有勇气，痛苦减少些时，她才想起吃的东西，然而她不想寻求食物了，生命的意义已经失掉了，吃不吃有什么关系呢？

猪圈里是肮脏的，恶臭气味本是猪圈里的定律，她在恶臭的猪圈里过惯了，所以不觉得什么。

这一晚，猪大姐失眠了，她趴在草窝里，翻来复去的睡不着，满天的星光，仿佛可怜她似的，同情的挤着眼睛，肚皮里装满了忧愁，无论如何也睡不着。

她左思右想，终于决了心——

于是，她悄悄的，抱着很大的希望走到窝门前，离过到四脚猛抖。

那无情的东西，连对她表示一下欢迎都没有，好像明白来是为了什么似的，在黑暗中卷曲着身子，动也不动。

"哥哥…………"

猪大姐战战兢兢的跃跪在狗面前。

那一个冷冷落落的问："什么事？"

"你…………"

她的话到了嘴边，又吞回去了。

狗不耐烦的瞪起眼睛：

"你快回去睡吧，天不早了！"

"我……我不能睡！"

猪大姐伤心伤意的说："自从你对我的福气改变以来，你可知道，我没有一晚安安静静的睡觉，旧历日的美梦闹着我的脑，现在的失意绞着我的心，哥哥，你既使爱上了难，但是……请……请你，不要抛弃我，你是我的灵魂，我的生命，没有你，哥哥，我不能活……"

讲到这里，猪大姐悲痛的哭了！

狗大不高兴，他厌恶的摇摇头！大声唤："快去睡吧，别来打扰我！"

好像有一瓢冰水浇在猪头上，从头冷到脚跟，她难堪的爬起，什么也不说，急急忙忙像有什么要事的似，一直跑向溪边。

刚到溪边，她吓了一跳，狼先生坐在那里，在星光下，两眼炯炯的放着寒光，对她微笑。

她想逃跑，可是来不及了，狼先生已经咬住她的耳朵，在她脸上吻了一下，"你不要害我！"猪恐惧的说。

"我不害你，放心吧！"

狼先生领着她往草原走去，一面走一面和她谈话，所说的，全是甜蜜的，动情的，使她心醉的语句。

到了草原的深处，狼先生和她商量："我们坐下休息吧？"

她是无可无不可的，因为这时，她的伤心还没有过去，当前又来了惊慌，她没有法应付，好像在迷迷糊糊的梦中样，任凭狼先生摆布，她本身，丝毫做不得主。

狼先生一时一刻不放开她，总把握着她，像螳螂抓住一只苍蝇样。

忽然，她看见狼先生张起大嘴，对准了她的咽喉。

"妈呀！别害我……"

狼先生冷冷的笑了一声。

"害之类的事是没有的，不过吃几口尝尝！"

她苦苦的哀求，但是这没有用。

狼先生问她："你愿意我怎样吃你？从头还是从脚？"

恐惧使她忘记了挣扎，她抖抖擞擞的躺下，一声也不响。

狼先生一点不客气，在她屁股上咬了一口肥肉。

"哎哟！……痛啊！……"

"这不算什么。"狼先生嚼着肉，并且讲："从屁股开始吃，这是格外体谅你的意思，如果是别的猪，我是从头吃的，你要理解这种恩惠。"

猪大姐痛楚的咬着牙，什么也不说。

狼先生非常高兴，他得意洋洋的吃着猪屁股肉，欢欢喜喜的嘲笑着说："你是成天什么也不干的一类，所以，这屁股上的肉就特别香，所以猪这种东西，除了吃，也没有虽的用，嘻嘻，不错，不错……"

猪大姐疼痛难忍，请求着："请你快咬断我的咽喉吧！啊！……"

狼先生不理她，不快不慢，一口一口嚼着吃。

第二天一早，狗把这个消息告诉了鸡。

鸡难受的说："多可怜哪！"

狗摇摇尾巴："这么一来，我们没有牵挂了！"

（《泰东日报》1939年7月29日，署名：慈灯）

傻　人

　　这天下午出操演习头五分钟，我们打好了裹腿，扎上刺刀和子弹盒，并且背上行军水壶和背包，拿着枪坐在宿舍里，有的谈话，有的看书，懒懒的等着集合。

　　忽然，谁大声喊了一声："立正！"

　　大家赶紧立起。

　　原来是教育主任进来了，他把手举在脑门上又放下，很客气的对大家说："解去背包和水壶什么的，立刻到讲堂集合。"

　　他临走时回头补充了一句："不拿笔记本，徒手。"

　　大家都很奇怪，现在是出教练的时间，为什么到讲堂集合呢？

　　我们赶紧把枪放回枪架上，跑到门外站队。

　　我们刚迈进讲堂，就知这一定是有意外的事情了，因为校长早已立在教室里，他静静的闭着嘴，眼睛炯炯的望着每一个学生的脸，军帽拿在手里，挺着有力的胸脯，那壮健的气概，像大理石的雕刻一样，令人起敬，在他左边立着教育主任，很和霭的背着两手，在校长右侧是值 XX 司令，新鲜的赤白线值星带，很直的斜披在身上，瞪着勇猛的眼珠，两手握着拳头，好像要比武，这种态度是他的习惯，人是十二分灰谐有趣的。

　　所有的教官，差不多都到齐了，他们在窗户前面整整齐齐的立着，徐教官的眼镜一闪一闪的放着光。

　　大家就定位之后，校长迈上讲台，他把军帽放在讲桌的左角上，他还站的姿势特别端正，这是和往日不同的，他稍稍的垂着头，两眼看着中央排前头的桌子腿，静静的思量了一下，接着清了一下喉咙，抬起脸来望着对面的墙讲："这次的战争，我们很不利，我想，你们也听说过吧？不过，所谓不利，也不过是牺牲了几个人，这是免不了的，打算一个人也不牺牲便得到胜利，这是无论如何也办不到的。想成功一桩事情，一点不牺牲，等于做梦，换句话说，不愿牺牲就休想成功，世界上，大概无论什么事情都如此，牺牲的对于成功几乎成了定律。那么，这次的战争，我们的牺牲是必不可少的事。"

（《泰东日报》1939年7月30日、8月1—3日，署名：慈灯）

两条腿和四条腿

猫一面吃着肉，一面冷笑着说："神么？就是批准我吃老鼠的，如果不吃你，神才要惩罚我，吃了你不单是神的意旨，而且也是人类的意旨，人类最欢喜我吃掉老鼠。"

到此，老鼠已经无话可说，他一面悲痛的哭泣，一面埋怨神。

"可尊敬的神啊！你欺骗了我……"

神在华室正经的放出了声音："我并没有骗你，可怜的老鼠，你自己骗了你自己，不要埋怨神，静静闭着眼等死吧！孩子！"

猫吃完老鼠的屁股，接着吃肚子，最后才吃头，这是故意的使老鼠受罪，老鼠终于死了。

蚂蚁从鼠的尸旁经过，看见了一堆残骨，便爬上骨头，落了几滴同情的眼泪。

"哀！这老鼠的死真惨！"

说着便开始啃残骨，同时大声疾呼，召集同伴来会餐。

（《泰东日报》1939 年 7 月 30 日、8 月 1—3 日，署名：慈灯）

女的旅伴

"先生你住什么地方去？"

这个少女有十八九岁年纪，她的头发很短，脑顶的部分发着光，可是这并不是抹的油，这是头发好的缘故。

李健赶紧回答她，把去处告诉她，用的是最亲切最温和的口气。

他早就注意到这个少女，因为她是坐在他旁边的。她一上火车就选好在他旁边坐下，那一对乌黑明亮有如宝石似的大眼睛，他刚一见时曾好好的吃了一惊，他实在没有见过这么美好的眼睛，她的上衣是毛线织的，颜色是浅蓝色的，在短的黑裙中央的前面的叠纹旁边有三个明亮的黄纽扣，咖啡色的袜子，漆亮的黑皮鞋，提着一个黑包袱，这些他全都留心的看了，她坐下不久，从包袱里拿出一本书看，现在她把书放在怀里，李健告诉了她去处，她很欢喜似得露出一排洁白的牙齿，微笑一下，把手指当梳子，轻轻的理一下耳后的发丝。

"噢！我们是一路……"

老实说，李健说不出有多么高兴，他真想不到，这么美好的少女竟在他的渴望里先开始和他谈话，仿佛像测透了他的心理似的，看她的表情，对于他似乎很欢喜。

本来，李健的模样不算坏，二十二岁不算年老，——他时常觉着他是老了的，其实这是思想的缘故——他一点儿也不老，面孔不圆不长，大眼睛；有很大的魅力，两道眉毛非常的清秀，还有两个酒窝，此时他这样想："莫非她是看中我吗？一定是吧！"

但是，是不是看中了他，他还不敢决定，人家仅仅是问他去处罢了，然而……然而问问这个老年人呢？他想——这一定是看中了他，无疑的。

于是他欢欢喜喜的把杂志扔在身后，很热心的和她说：

"我们得到吉县换车。"

"在吉县下车就有车往西去吗？"

"没有！"

"哎呀！那怎么办哪？……"

"得住一宿旅馆。"

少女表现出不高兴的苦恼的神色，她抓起本书卷了筒轻轻的拍着膝盖。

火车尖锐的嚷了一声，车像加快了速度似的，有人推开车厢的门从外面进来，火车的扎扎的吼声，忽然加大，有点儿震人，但是那门咯噔的一关，闹声立刻变小，像是远去了一样。

少女愁苦了一刻，忽然又愉快的微笑起来把书放平，两手压在上面：

"我听说这辆车是一直开到的。"

李健给她加了一番解释：

"头两个星期还是这样，现在改变了，这趟车到吉县就停住，明天早餐才开。"

"啊！"少女喘口粗气："这多麻烦？吉县我没有到过，您知道哪一家旅馆好吗？"

李健很高兴尽这份义务，他想了半天，想出一家距车站远一些，房间清洁，而且价格也不贵，伺候的也周到的旅馆，把这告诉她，她很欢喜的点着头，表示了十分感谢的意思。

因为旅途上的寂寞单调，他们为解除这种烦恼，两下都感到谈话是能够排出无聊的，也没有经过商量，好像是在无形中有一种什么力量支配着这两个异性的年轻人似的，不约而同的亲密的谈起来。

李健是从故乡回来，他的父亲病重，特意回去看一看，现在，父亲的病已经大好，所以他赶快的回到赚饭吃的地方。他是部里的小职员。误了两天假期，虽然写了信续假，可是还有些不放心。

少女是新从中学卒业，又进了打字学校，现在已经学成，住姨母家里去，因为表姐写信给她，告诉她有个打字员的缺，所以她此刻坐在火车上，正是往姨母家去的。

"打字这种职业很好。"

事实上，在李健的心里并不这么想，可是他竟这么说，为的想博取少女的欢喜。但是少女一点儿也不欢喜他这种说法，她早有成竹在胸，她说："这种职业也许是好的，可是哪，人民并不这样想呀！这里面有好多原因。"

李健觉着后悔，为什么对一个聪明的少女讲傻话？

然而火车却不管这些琐事，它照旧的奔驰：扎扎的响着，电线杆往后倾倒，远处的田树林和零星的小村落打折旋转，好像喝醉了酒一样，现在，火车跑到高高的铁桥上，轰轰的吼声像天塌了一般，桥下是汹涌澎湃滚滚腾腾的河水，在夕阳的红光里闪闪的放光，大平原已经笼罩在暮色苍茫的朦胧的阴影之下，黑夜的军队已在四面埋伏，等到太阳一落，他们便跳出来把黄昏击退，耀武扬威的开始统御这世界。

火车慢慢的在吉县停下，已经是上灯时分了，所有的人都下了车，车站热闹起来，车站的人争前恐后的奔走着。

李健和他刚刚认识还不到三个钟头的女友坐在一辆马车上，车钱是她开的。

到了旅馆，不凑巧，房间只有一间，旅客注满了。

可是茶房说住不上一点钟，有一个房间就可以倒出来。

李健和少女商量：

"怎么办！"

"先在这里等一等也可以，如果往别家旅馆去，车钱，时间，不合算，不如等一等，是不？"

这话太有理，李健哪有不赞成的道理。

"好！先等一等！"

两个人进了一个房间，茶房打洗脸水给他们擦脸，又跑去沏茶，他称少女为太太，把少女弄得很难为情，很可笑的，茶房真以为这是一对年轻的夫妻了！

李健要来两个人的饭，少女不愿意吃，她说肚子不饿，李健再三的谦让，好容易请她拿起筷子。

对面坐着吃饭，确实像一对年轻的夫妻，说实在话，少女怎么想我们不知道，我们的李健可真正的盼望有这么一位美好的伴侣，这是一个机会，他努力的不使这个机会错过，凡是他所能尽的态度他都赤裸裸的表示出来，他恨不能双膝跪地，流着眼泪乞求说：

你可怜我光棍子汉，嫁给我吧……

然而他没有勇气干这一手。

吃完了饭，他要上街里去看一位朋友。

"三十分钟我就可以回来。"

"请你放心去吧，无论什么时候都可以，我在这……"

李健欢欢喜喜的雇了一辆洋车去。其实路并不远，他为的是快去快回，所以坐车。

这朋友并不是非常要好的朋友，他是替别人给带一封信，用不上二十分钟他就跑回来了。

使他吃了一惊，他一进门就觉着奇怪，少女不在了，他的皮包，也不翼而飞了！

他焦急的在屋中跳来跳去，想从什么地方发现他的皮包，可是门后，床底下，桌底下，什么地方都没有……

忽然，他嚷了一声，瞪大了眼睛，张大了嘴，他知道是发生了什么事情了。

一九三七年初春于锦州

（《泰东日报》1939 年 11 月 22 日，署名：慈灯）

雷　零 (续)

　　"唉呀妈呀！"一个大叫一声，两手抱着头，另一个背上挨了一石头，痛楚的摸着腰，赶紧转回身来，大骂，"该死！你做什么？"雷零对他瞪着眼睛，他赶紧拾起几块大些的石头，瞄准了就打。

　　几声尖锐的惊呼和狂叫把他喊醒，他赶紧逃跑。像发现了老鹰的兔子样拼命的跑出了公园，跑过大街，跑进胡同，转弯抹角的奔跑，撞倒了一个小学生，但是他不管，还是拼命的跑，跑出了二三里路，他才停了步，呼呼的喘着气。

　　他靠在电线杆上休息，额角流着汗，脸色变成了苍白。

　　呼吸一平，他后悔了，他知道做了不体面的事，泡丧的咬着牙齿。他痛苦的想：我为什么要干这种事呢？啊！

　　他愁苦的瞪着无力的眼睛，望着面前的街道。行人从他面前过去，他好像没有看见，没有一件事能够在这时占领他的心坎，他完全陷入了意识模糊的状态，就如做着昏昏黑黑的梦样。

　　寞寞的停了好久，他迈开脚步，拍拍手，自言自语的悄声说：

　　"痛快。"

　　杂货铺门口，一个小孩子跌倒了，他赶紧跑过去扶起。这孩子把手里的一个小瓷瓶摔碎了，孩子立起看看摔碎的小瓷瓶，哇的一声哭起来。从店铺里飞一般跑出个油头粉面妇人，她急忙抱起孩子，生气的瞪着雷零，不问青红皂白，咒骂起来：

　　"瞎了眼睛？"

　　雷零□难的和她分辩：

　　"不是我碰倒的呀！"

　　她更加生了气眼睛缩小成一个小黑点：

"什么不是？摔坏了孩子怎　办？"

雷零什么也不说，他迈腿就走。

妇人望着他的背咒骂着：

"该死的！穷鬼！瞎了眼睛的……"

他想回去和她干一仗，想一想，算了。

他泰然自若的迈着步像个无忧无虑的人，他想做点什么，但是看看街上，没有甚么可做。他走进一条清静的街道，糊里糊涂的往前走去，好像有鬼在身后推着他。

在他对面摇摇摆摆的走着一个胖子，拄着木杖。他一看这胖子走路时大摇大摆的姿势，不知怎么竟生了气。他悄悄的追上去，把腿用力的一扫，再两手一推，胖子像块石头似得很沉重的跌倒，扑通一声。

他拾起胖子扔开的粗木杖，像打铁似的，靡头靡脸的凶猛的打了下去。抽打了几下，赶紧□了木杖，转身逃跑。他跑的很快，后面狂呼大叫些什么他一点没有听见，一口气跑过三条大街。

他坐在电影院门口休息，脸色像纸样，眼睛直直的望着对面的商家。

坐了一点多钟，他费力的爬起，摸摸头发，一看太阳，快落下了。他发现了一个卖红薯的，在一个掌破鞋的旁边，他对着这目标走过去：

"怎么卖的？"

"一毛钱二斤！"卖红薯的是个老头子，他没有牙齿，笑的时候嘴像个窟窿。雷零想偷两块，但是他一看这老头子很可怜，便羞耻的打断了这念头，坐了一回，走了。

他东走、西走，没有一定去处，活像个幽灵直走到天黑。他觉着疲乏到极点，在一个小胡同里，坐在石台上休息他的腿。

天已经黑了。

电线杆上的电灯像睁开了眼睛样亮了，那辉煌的光芒刺着他的眼。他低着头看自己落在地下的影子，这影子又瘦又长。

他又乏又□，伸个懒腰，一点一点立起，走向灯光灿烂的大街。

走归姑母家，他几乎迈不动步了。

姑母出来开了门，忧心的告诉他：

"你姑父回来了。"

"是么？"他很欢喜，因为他到姑母家以后还没有见过姑父，姑父在外城做买卖，他多年不见不知姑父现在什么样子。

但是姑母很忧心的悄声告诉他：

"唉，你姑父回来走到半路，不知怎么，大概是仇人，从后而把他推倒，夺下他的木杖，把鼻子、脸打出了血，还打掉了一个门牙！……"

他刚要迈进门槛，听姑母这一说，呆住了，迈进门槛里的一只腿又拿回来。他觉着头迷眼花好像挨了一大棒子似的。

（《午报》1939 年 11 月 27 日，署名：耻灯）

给朋友们
——怎样写童话

头两天，有两位常和我通信的朋友，问我："怎么写童话？"叫我把"经验"写出来在这里发表。

显然的，这两位好朋友，看我在本刊上和《大北新报》上发表过两篇童话，以为我对于童话是有经验的了。

说起来真抱歉，我一点"经验"也没有。

可是我这个人，脸皮厚得很，谁要问我什么事情，自己明明不彻底，甚至于一点儿也不明白，总是很明白似的回答人家。这个毛病，从早先前一直到现在总没有改好。

现在，我这么想，这个毛病并不算太缺德，因为我是出于诚意的，决没有"欺人"的意思，并且，不明白的事情也不妨来谈谈，人都有一张嘴，那能老闭着呢？是不？

"怎样写童话？"是的，这个问题，可以这么说，我们顶好是先明白什么是童话。

我想，童话在文学的部门里，不是一种很简单很容易创作的东西。童话的本身本来很艰难，不像诗歌、小说、散文和小品可以简单的给它下个定义，说怎样怎样的东西就是童话。童话的定义，有也说不上。可惜我也没见过，我对于文学的各种"定义"一向抱着不能调和的感情。就是说，我以为文学是不需要"定义"的，因为文学不像数学，非三加二等于五不可的。

要想知道什么是童话，我想，除了多多的读一些童话之外，恐怕是没有别的法子的。安徒生的童话在世界上最出名，他的童话是真正的文学形式，他所以受欢迎，大概是因为这个缘故吧？我们可以这么办，把《安徒生童话集》拿出来，拍一拍桌子，亲切的大声说：

"请看吧，这就是童话！"

但是，这可不是定义。我们还要把《王尔德童话集》《格林童话集》《爱罗先诃童话》以及别的我不知道的童话都拿出来，拍一拍桌子，恳切的大声说：

"请看，请看，这都是童话！"

如果你最爱安徒生的童话就请你努力的研究安徒生的童话，如果你最爱王尔德的童话你当然是欢喜研究王尔德的童话的。我们不能硬逼一个喜欢吃甜的人去啃酸的。

安徒生的童话，好是好，不过，我看它是软性的，好像稀饭，吃到肚里，住不到多久就觉着饿。王尔德的童话，好是好，不过我觉着它是软和硬不平均，好像白米干饭没有做好，水太多了，火太硬，有些米简直是生的，吃到嘴里不大舒服。

最合我口味的是"爱罗先诃的童话"。他的童话，好像是稀饭之外还加一盘肥大的馒头，另外还有几盘丰美的菜，吃完之后，他还给你几个大馒头，叫你装在袋里，留着饿了好吃——明白点说，他的童话能给你很大的感动，读的时候觉着非常兴奋，读完之后，好久的，不会忘记。这一二年，别的童话，我全都抛开了，爱罗先诃的童话抓住了我的心。

我可不能说，爱罗先诃的童话是好的童话，别的童话是坏的童话。总而言之，我的意思是，要想知道什么是童话，最简单最可靠的办法就是读童话。比方说：有一个农人从来没有见过电影，你这么讲，那么讲，任凭你有多么大的好口才，你就讲一千，道一万，说个天花乱坠，他还是瞪眼：

"你说的什么——呀？"

你想想，你是不是徒劳无功？

如果你领他进电影院，告诉他一个座位，电影一开你对他说："看吧伙计，这就是电影！"

这比费力不讨好讲一大篇强，对不？

至于"怎样写童话"，这是很简单的，如怎样写小说，怎样写小品文，怎样写戏剧完全一样。

第一步功夫，是多多的读童话，从各种不同的童话之中寻找自己最喜欢的技术和形式，努力的抓住它，不要把它放跑。

我们知道，有许多人以为"童话"是很容易写的，他们从童话的"童"字上判断，觉着"童"是小孩子，写给小孩子读的东西有什么难呢？这真是可笑的大错而特错的理想。岂不知，童话的难写好比上青天一样的难！

有一回，我想在一篇童话里表现出愚蠢的人屈服在命运之下那种可怜的生活方式，没有适合的表现法，想了好几天，老也没有写出来，有天晚上看见老鼠从洞里仅仅的露出头部各处探望，我一跺脚，它老先生赶紧缩回去了！由于这件事，我发觉一篇故事用老鼠来代替人，为了追求幸福，想到理想之乡去过快乐的生活。一条河把它们挡住了，想等河水干枯之后再过去，结果是冻死在河边。这就是人类屈服在命运之下的结果了！我不是说这篇童话是成功的，相反，这篇童话是失败了！因为题材的处理有很大的缺点！

"每一篇童话里面，并不是单讲讲牛的故事，马的故事就算，必须把最要紧的寓意，在作品里占个大的座位。故事展开，乃是发挥寓意的道路，空空洞洞，没有一点儿哲学意味的童话决不会深刻的感动人！"

——我时常这么想。

现在，我愿意把这个想头献给我的好朋友们。

"怎样写？……"最好是从自己埋头苦干的笨经验里寻出一个结果。当然，有意义的参考是必须采纳的。可惜，我只能写出这一点儿……

（《泰东日报》1939 年 12 月 1、2 日，署名：慈灯）

跑

在外面东奔西跑，走过好多地方，什么合适的职业也没有寻到，韩飞云大失所望的重新回到父亲的家里。

"你回来了么？"

父亲劈头就这么问他，带着强烈的责斥或嘲笑的口味。

韩飞云一声不响，把小包袱放在桌子底下没有勇气打开，这包袱里是几本心爱的好书，他无论是走到什么地方总是携带着，好像携带着灵魂一样！

父亲停止了工作，把斧头扔在地下，搓搓手，用手背擦擦发红的眼睛。他的眼珠因为年纪衰老的缘故，已经失掉了全黑的□色。他的头□有半部以上发了白。眉毛是灰的，像是草尖上落了一层厚霜。他的背是弯曲的，腿也有些弯曲。他难受的挤着眼皮、生气的吹吹鼻子，和蔼的审问儿子。

"这些日子，你跑到甚么地方去了呢？怎么样，发了大财吧？"

韩飞云的性格是沉默的，不快活的时节话更少了，就是雷打也打不出话。

父亲把鼻子往前靠靠，坚决的伸出手掌摆一摆："狗走到天边也得吃屎，你跑一阵，得到的是什么？你告诉我，这些日子你在什么地方，是不是又在那'食堂'的地下室里？"

父亲的眼里，很显然的是慈悲的光芒，还有些很重的痛苦的差点不能隐藏的流露了出来。

韩飞云不是铁石心肠的人。他明白父亲的心肠是慈悲。他想了一想对父亲说

"我没有在那里……"

"那……"父亲袖起两手来，把身子靠近他，

"你在什么地方？"韩飞云是诚实的，他不愿意在任何人面前隐藏他自己的事，他觉着痛快的把肚里所有的事都讲出来，这对于他好像是有好处……

"我在木厂。"

"给他们劈柴？一天赚两毛钱像骡似得拉着车跑到大街上□喊，这是有出息的呀！我不知道，你在家里比给人家劈柴卖柴丢丑多少，这些日子你总是干这个么？"

"你说的全不对，我在木厂里给他们写账，有时候出去帮忙看看秤，劈柴卖柴的事全不管，天一黑就睡……"

父亲嘲笑的皱皱眉头，咧咧嘴唇，两只手从袖筒里拔出来，踌躇的拍拍膝盖，他膝盖上有些尘土

"写账算得上体面的差事么？好汉子干那种事？我说那还不如劈柴卖柴体面些。他们给你多少钱一天？"

"两毛。"

"充卖小工一天赚三毛五，如果行市好，赚五毛钱，在码头上挑担子一天赚七毛多钱，当然，那必须是有力气的汉子，你去干人家也不要，写账看秤不错呀！你真本事，以后呢？"

韩飞云觉着这一刻的羞耻极大，父亲的讥讽正对准了目标，箭一样刺中了他的胸膛。好久的他沉默着，把无力的头垂到胸前，想着他自己倒霉的境况。

父亲吹吹□子，瞥他一眼，催他：

"你说说我听以后怎么的，……"

"在木厂没有出息……"

"谁说有出息？"

"我想去学画像。"

"什…么？"

父亲糊涂了，他不解的追问儿子：

"学——像？什么像，人像是鬼像？"

韩飞云从头到尾的想着这件事了。

那一天，他给木厂收一笔数目微少的欠账，走到一条热闹市街。乡下到市上赶集，成群八伙的在街上来往奔走。电车路紧靠着商店。电车一过来，铃铛就不耐烦的响起，怒吼着，行人都急速的躲在街边，电车过去之后才能接续走路。当电车过来的时节，他正好躲避在一家粮店门口。这门挂着几幅惹人注目的画像和油画抓住了他的精神。有许多人围在那跟前好奇的看，他也凑过去。他一眼就看中了那画像旁边的一张纸条，写着马字，旁边画着红圈"本社招收画像学生，不收学费，志愿者，请到楼上报名"，他的心跳动了几下，接着是踌躇，终于下了决心，走进粮店，导问了那些呆若木鸡的伙计：

"画像的在这里么？"

他们往后指一指：

"后面楼上，进后院就知道。"

楼上是一间大屋子，墙上挂满了各种各样的好看的画幅，有几个年轻人伏在靠窗的长案上画什么，他吞吞吐吐的说："我想来学画像。"

立刻有一个油头粉面的学生过来招待他拿着一个账本，

"你在这本子上写姓名和住处吧，还有年岁，这上面有格式。你看看……"他写好这些之后，油头粉面的年轻人对他讲解：

"学费是不收的，不过学画像，纸张、笔、画墨、还有别的，这些东西，每月得三四元钱。如果你自己不能预备，每月拿出两块钱来，这□什么都给你，这是很合适的，"

墙上的画很有力的吸引了他。他想学成这技能，只要三个月就可以成功，这一切都是很简单的。因为韩飞云还不满十七岁，而且天生一副好心肠，所有一切欺骗的圈套他全不懂。

但是他袋里没有方便钱。在木厂里干了两个月，薪水还没有开给他。

"我现在没有带钱，不方便。以后带来行么？"

油头粉面的年轻人慷慨的答应他：

"住两天，可以可以，你请坐。我们今后是同学，大家不客气。"

（《午报》1939年12月4日、11日，署名：慈灯）

再谈怎样写童话

——给好朋友们

　　上回的《怎样写童话》发表以后，好朋友平光君来信问我……："不能再详细的谈一谈么？"

　　详细的谈，当然是很好的。可惜，我谈不上来呀！

　　好，我再来谈一谈：——写童话的朋友们，最感到困难的大概是题材的难找吧，我时常想，童话的题材小品和散文，从生活的回忆的协调里，从观察、从耳朵听，随时随地都可以抓到，然而童话的影子是很难捉摸的，从我们的回忆里也可以寻到童话的资料、模彷儿童时代听亲人讲过——但是，我从小所听过的全是故事或传说。并不是童话，而且大部分都是无论谁都知道，多半都经专家搜集过，印成书了的，不消说我们是不能写的了，我现在发见了有几位朋友还没有弄清楚童话的界限，把童话和故事传说，甚至于和寓言混到一处，当然这并没有什么要紧，我想，最好还是分清楚的好，童话是童话，故事是故事，传说是传说，寓言是寓言，这些，像民间故事，民间传说，此外有小说、诗歌、名著述略都是儿童文学的部门里的项目。

　　我们可以从头来研究一下，所谓儿童文学，决不是儿童所作的文学。儿童没有创作文学。儿童没有创作文学的能力，他们只能吸收，好像吃饭一样只能够吃，甚至连吃也得妈妈帮忙，并不会做饭，也不会炒菜，有能力的儿童，不过帮助妈妈烧烧火，拖拖地罢了。

　　儿童文学乃是文学的一种，文学家创作出来专门给儿童预备的，好像商场上的儿童玩物，是大人做出来给儿童预备的，决不是儿童做出来的，儿童决没有这种能力，做的话，也不过是本照成人的指导或模仿别人，做个简单的泥人或者用石片垒个小房，像商场上卖的小火车，把机关一动，又会跳又会跑的那些玩艺儿是决做不出来的，因为儿童玩具店里所陈列的各种巧妙的玩物有专门的工厂制造，所有的工人都不是小孩子，都是成人，今把世界上古今最出名的童话家请出来看看吧：绰号叫童话大王的安徒生并不是小孩子，他老先生胡子都白了，还写童话，王雨德也是老年人，爱柴夫诃也是老年，此外还有许多，我所有不知道的比起知道的多得很。再往近处说吧：张天翼是不是小孩子？他的孩子也有我们大了。贺玉波是不是小孩子，还有许钦文、叶绍钧都写过很好的童话，他们有的是大学教授，有的是政府的外交官……总而言之，都不是小孩子，这些事情本来用不着说，都很可能有许多对于文学并没有埋头用功，彻底的研究过，只懂得一点儿皮毛的人，却往往很容易的把这些事情弄错了。甚至有一部分自命为"文化人"之辈，瞪着幼稚的浅薄的，骄傲的眼睛轻视童话，以为"童话"是小孩子的东西，浅薄到这步，还自命不凡，真是可笑极了！

——有一回，我在一个刊物上，把这些骄傲的人批评一回，不知是死了还是怎么的，一点儿应声也没有，我想他们一定是明白自己的是错了，所以默默的不张嘴？

话好像越说越远了，可是这些事，对于爱好童话的人都是我可不敢说，我说的都对呀！

先头说，儿童文学之中又分出许多种，就是小说、诗歌、童话、故事、寓言、传说等等，像高尔基的"幼年时代"虽然是世界文学名著，可是我们一考察，这部书在外国的广为儿童喜读，我们就不妨把这部书收在儿童文学之中小说的一书里，在世界文坛最出名的塞万提斯的唐吉诃德先生，这部书也是儿童文学这中小说一部里最适于收进来的好东西，此外还有很多……

像《民间故事》《罗马故事》《犹太民间故事》《日本民间故事》之类都是儿童文学之中故事的一部分。"伊索窝吉"托尔斯泰的"三个最重要的时机""消极"等等都是富的吉例子。"英国民间传说""中国民间传说"这都是传说之部像"孟姜女哭倒万里长城"、《卖油郎独占花魁女》《王宝川在寒窑里守节十八年》这些，都算什么呢？我们只要明白民间传说的例子，当然也懂得这些是什么了。

学问上的这种分门别类的功夫，从很早年以前一直到现在，都是很要紧的，像生物学吧。如果不分门别类，几乎没有法研究，凡是系统的科学的研究，都应该分门别类。不过文学这东西，要根据科学的美学的批评的方法来说，当然不能说文学应该怎样，非这样不可，非那样不可。

但是，为了研究上的方便起见，我们知道童话和故事不是一码事了，那么，我想以后，朋友们决不会马虎，这件可以说是很重要的事了。

先头说到题材，还没有说完，这可以这么说，我们没有一定的定义可下。只好和别的文学的题材一样的去研究，去处理。

童话的题材范围是广大的差不多是不受限制，这件事给了童话的作者一个很大的方便，如果不是儿童文学，你要创作一篇小说的话，第一：你不能坐在大连描写上海的事，要写得到上海去研究，写童话我想用不着这样也可以。我们可以把天上，把那月亮当做我们的故乡，也可以把墨水瓶当成大学教授，铅笔可以扮成老丈母娘，也可以叫他当一个街头上的流氓，不论是天上的，地下的，活的、死的，什么东西都可以给他一个生命，叫他活起来，叫他去行动，叫他发展一篇好的故事，人活到六十岁，活到八十岁，再不能活得太多了。然而在童话里，你可以叫他活到五百岁或一千岁一万岁，你的笔就是一个了不得创造的王，换句话说，写童话，想象力是很要紧的，有伟大的想象力，可以写出丰富的东西来。

不过近代的童话者，多半是以现实的生活故事做对象，加以创造，描写成动人的、美丽的或者是最感动人的教训人的书本，还有一桩最重要的事实，近代的童话，不一定是专给小孩子读，有许多童话那作者的目标是正对卖成年人的灵魂，像鲁迅所译的《小约翰》小孩子能看得懂么？作者一下笔就说："我不是给你们预备的……"

我们要写童话的话，我看目标是很重要的，正如放枪，如果不瞄准射击，枪火的效力不能正确的发挥我们不可以先想一想：我们要写的东西是给怎样的读者读么？如果对小学生怎样作文，你要说："要用具体的形象的表现法来写！"我想，听讲的小学生，一百个人之中，少说有九十九半不懂得你讲的什么，你如果这么讲："你们看见过电影么？像电影那样，一幕一幕的，把故事分配开，一章一章的写出来，这才好呢！"

这么讲，他们的心里一定多多少少有个概念，当然我这个讲法并不是高妙的讲法，顶好是要用比这个更简单、更容易的说法讲出来，他们总不会鸭子听打雷，糊里糊涂的了。我们对于读者的程度非体谅不可，胃肠软弱缺乏消化力的人，你给他肥油大肉吃，他吃到肚里能舒服不能？

我有几位常写小说的老朋友，他们所用的是一少部分人能懂得的语言，我时常对他们说："你们得改一改，要简单一点儿写，托尔斯泰的艺术为什么那样的成功呢？费力不讨好，真是傻子！"

我们写童话，所用的语言非力求简单易懂不可，在这方面，我注意报上的童话，都做出来了，这是值得赞美的事！——

想象力不是很要紧么？不错，那么我们怎样能使我们的想象力丰富起来呢？这得从心理学上寻找根据。要想象丰富，唯一的法子就是时常的去想象，这也和练习吹口笛一个道理，要吹得动听，必须时常的勤练习。

写童话，技术和形式也是很要紧的。好朋友们，在这方面，我们应该谦虚的检查我们自己所写的东西，我们最大的毛病是什么。

平铺直叙，好像教科书里所写的那样，这是不会动人的，顶好是描写它，要用艺术的手段的语言来表现它。

我时常记着"文学顾问会"所发表的优秀的创作经验，有一句最重要的"是内容决定形式，不是形式决定内容"，这是指着一般的创作而言，我们写童话不消说也得根据这种成功的经验吧。还有一个重要的问题，我想朋友们也一定时常研究这个问题或者是很为这个问题苦闷了也说不上——这就是，童话里发展的故事，究竟是怎样的故事才适于在童话里发展，这个我们可以看看过去，就是说，翻翻书，不单是童话，就连小说、诗歌（当然是儿童文学中的小说，诗歌）也和童话一样的，怎样的故事才适于表现在儿童文学里，因为过去在中国已经有过许多关心儿童文学的学者热心的辩论过，可惜，我手头没有这类参考书，我的记忆也不大好，我只是彷 记着那些争论大概分为两派，有的主张描写轻性的故事——把蝴蝶当做妈妈，螳螂当做老舅，老鼠当做老师，蚊子当做学生……诸如此类，可以算是轻松的故事。

这些题材完全抛开，把题材完全抛开，把世界的过去，现在，未来人类的所有的事情无论是美的，丑恶的，社会上所有的事情都搬进儿童文学里，用最浅近，易懂的技术和形式表现出来……这一类便是硬性的，主张软性的一派的理由，是儿童的心理纯真，不应该把丑恶的事情告诉他们；硬性派的说法是，儿童的心理纯真是纯真，有许多社会上的丑恶的事情，他们时常听大人讲，在心里构成一幅猜想的图画，儿童本来都有好奇心，如果叫他胡乱去猜想，不如爽爽快快解释给他的好，我不能说这硬派谁好谁坏，他们学老的这些说法对于我们都有益处，我们可以从儿童心理学里找出证明，也可以随便在街上拖一个小朋友问问他，这种试验比什么都简单，都有力。好朋友们，我时常这样想儿童文学之中最难写的童话，这里面的故事，美的丑的全不妨，如果能够表现出社会的意义来，这价值就不算小了。

我们留心看一看，讨论儿童文学的人实在少，我们既找不出好的理论，也寻不到好的理论，也寻不到好的参考。这原因我想，一般从事文学的人，一定是对于这个问题感到头痛，觉着儿童文学好像是很容易似的，多少一研究，实在不容易呀！

我记得在什么书上见过有几位大学教授这么解释儿童文学！

"写给儿童读的便是儿童文学！"

"教科书便是儿童文学！"

"用浅近的笔法写出来，注重兴趣……"

此外还有不少的说法，好朋友们，你们看一看，他们这种说法到底对不对？

要说，写给儿童读的便是儿童文学，那么，好我们到市场去看一看！那里有的是儿童文学的作品，像"天宝图"、"连环图书"、《薛仁贵征东》、《江湖二十四侠》，还有多得很！这是儿童文学作品么？

"教科书便是儿童文学！"这个说法能把人笑死，说这话的人一定是根本不懂，"用浅近的笔法写出来……"这是不错的，可是要说注重兴趣，这可出问题了！有许多出名儿童文学的创作都不注重兴趣，安徒生最好的一篇童话《卖火柴的女儿》是个悲剧！此外还有许多！说了半天，究竟怎样的故事才适于在童话里表现呢？

我已经说过，顶好是有社会的意义的东西——其实不单是童话，所有的文学作品都如是，如果缺乏这个重要的座位，对于现今的饥渴的读者是应该抱歉的！

　　除了童话之外，我们也可以为了小说——这里所说的小说当然是儿童文学之中的小说！有许多喧噪的好朋友说："没有合适的题材！"其实，要叫我说题材是很多的呀！好朋友们因为懒哪？在童话上，我苦苦的瞎写了一气，没有一丝一毫的成就，我希望乐于此道的朋友能够在这方面敲开成功的门，坐在胜得的床上，乱七八糟的写了这么一些多半是谬的，不正确的见解，我盼望得到好心好意的朋友们好心好意的指正批评。

　　　　　　　　　　一九三九年冬天，嗓子痛的一天晚上于灯下

　　　　　　　（《泰东日报》1939 年 12 月 19—21 日，署名：慈灯）

哑巴姑娘

烧火的工作几乎成了老太婆专门担任的职责了，她忙碌的时节便打发哑巴女儿代替她。哑巴女儿默默的烧火，仿佛是，这种工作是应当的。她一言不发，做完了事情就悄悄的回去。

王教官和母女完全熟悉了，好像一家人似的，有了办不到的活计，就找老太婆或哑巴姑娘。不过，他不大直接寻找姑娘，因为他不懂哑巴姑娘的手势或单纯的语言，只有老太婆才懂得。

有一天，王教官深夜才回来。他摸不到火柴，老太婆打发哑巴姑娘送火柴。哑巴姑娘悄悄的进了屋子，王教官看不清她，差一点把她碰倒，急忙扶住她，但是火柴匣落在地下，两个人同时的伏下身体去摸索。在黑暗里什么也看不见，两个人相碰了几回，哑巴姑娘摸到了火柴，她点了油灯，急急忙忙的出去了。

从这以后，王教官和哑巴姑娘好像是进一层似的，亲密了起来，而老太婆仿佛是很欢喜这样似的，她把烧火的职务完全推在女儿身上，不过王教官虽说是个年轻人，他却没有一般年轻人那种轻浮的，不顾利害的野心，他对待哑巴姑娘的温和，全是出于怜恤和同情，决没有一丝一毫的邪念。

好像一篇虚构的小说的发展一般，很快的……

（《午报》1939 年 12 月 27 日，署名：慈灯）